中国现代文论史

第4卷 / 丛书主编 王一川

思想的制序
中国现代文论的多元取向

胡继华 著

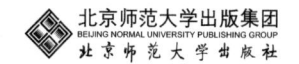

北京师范大学出版集团
北京师范大学出版社

总　序

晚清以来的中国文学界，曾先后出现过林林总总的新的文学观念、思想或思潮——它们在这里被统称为中国现代文学理论或简称中国现代文论。这些被视为中国现代文论的东西与同时期同样新的诗歌、小说、散文、剧本等现代文学作品一道，通过影响诸种不同读者的心灵，而在现代社会革命进程中扮演过重要的角色，甚至成为现代社会革命进程有力的推动力量。对这样的中国现代文论展开追溯、论析和评价，当然有其必要性和重要性，但问题在于，今天从事中国现代文论史编撰，首先需要辨明的是，当中国现代文论史著述已出现过若干种，而它们已从各自不同角度向人们重新打开中国现代文论历程中的多样景致时，现在再来着手编撰新的中国现代文论史，是否有必要？确实，现在来编撰一部新的中国现代文论史的起码前提就在于，必须确保能在中国现代文论史观上或多或少地呈现新东西，至少是有所出新。如此，在文论史观上出新就应是我们中国现代文论史编撰的唯一选择。但是，要在前人和时贤业已倾力创新的中国现代文论史编撰领域另觅新径，谈何容易?! 我们只能勉力为之。

一

中国现代文论，也可称为中国现代文学理论或中国现代文学理论批评，在这里大约是指相互交融而难以分割的四个层面的东西：第一层面是指那些明确表述出来的文学思想或理论，例如梁启超倡导的"诗界革命""文界革命"及"小说界革命"三大文学革命主张;第二层面是指在一定的文艺共同体(由一定数量的作家、文学批评家或文学理论家组成)内外标举或响应的那些相互关联的诸种文学思潮,例如,五四时期的"为人生而艺术"潮流、后来的"现实主义""浪漫主义"等思潮;第三层面是指其他人文社会科学论著中表述或蕴含的相关文艺或美学观念,例如冯友兰《新理学》中有关艺术的论述;第四层面是指文学作品中蕴含的或显或隐的文学观念、艺术观念或美学主张等,例如沈从文的《边城》等作品对湘西边远山乡中纯美情感的追求及其所呈现的深层文学与美学观念。这些层面的文学思想、思潮及观念共同编织成中国现代文论的多声部交响曲。

相对而言,本书固然会主要讨论上述第一、第二层面的文学理论,但在需要时也会对第三、第四层面有所涉及。

二

中国现代文论史可以被视为一个包含若干长时段的超长时段连续体。清末至20世纪70年代为第一个长时段,可称为现代Ⅰ时段,而20世纪80年代至今可称为现代Ⅱ时段。本书将主要探讨中国现代文论史的现代Ⅰ时段,至于现代Ⅱ时段状况,则应另行研究。

就具体的时段或时间来说,中国现代文论史的论域由三个时段组成:直接的主要论述时期现代Ⅰ时段称为主时段,与此时段存在关联的那些时段为关联时段,而有所延伸的时段为延伸时段。中国现代文论史的主时段为1899年"诗界革命论"(梁启超)提出至1978年改革开放启动前;其关联时段为鸦片战争至庚子事变;其延伸时段为20世纪八九十年代。不过,现代Ⅰ时段本身可以进一步划分为前后两个中时段:清末至20世纪40年代为现代Ⅰ时段前期,20世纪40年代至70年代为现代Ⅰ时段后期。这里将把中国现代文论史的现代Ⅰ时段前期状况作为直接论述对象,但同时也会适当涉及关联时段和延伸时段。

三

　　这部中国现代文论史著述的一个基本看法是，中国现代文论史是中国我者（或自我）与外来西方他者之间文化涵濡的结晶。涵濡，是一个中国词语。涵是指包容或包涵，即把外来的东西包容进自身躯体之中；也指沉或潜，即把外来者不仅包容进来，而且还能沉入自身躯体之中，直到潜入最基础的底层。濡则有沾湿或润泽、停留或迟滞及含忍之意。合起来看，涵濡的基本意思在于雨水对事物的包涵和滋润状态。可见，涵濡带有包涵和滋润之意，以及更持久而深入的濡染、熏陶或熏染之意。它可以同现代人类学的"濡化"（acculturation）概念形成中西思想的相互发明之势，共同把握中国我者与西方他者之间在20世纪实际经历的相互润泽情形。

　　应当看到，中国我者与西方他者各自的身份及内涵本身并非一成不变，而是历史地变化的，在不同的时段有其不同的呈现方式以及关系状况，正是这种身份及内涵变化会影响到现代文论本身的发展和演变。

　　同时，中国我者与西方他者之间发生关系的社会语境本身也是变化的，正是这种社会语境变化会对中国我者与西方他者的关系状况及其演变产生根本性影响。

　　由此，中国我者与西方他者之间的涵濡会导致中国我者发生微妙而又重要的变化，其结果是，让中国我者既不同于其原有状况，也不是西方他者的简单照搬或复制，而是一种自身前所未有、西方他者也从未有过的新形态。这种新形态正是我们今天所说的中国现代文论。

　　正是在如上意义可以说，中国现代文论史是现代中国我者与西方他者之间文化涵濡的产物。在中国现代文论界曾先后登上主流地位的"典型"与"意境"范畴，正是一对平常而又重要的范畴实例。应当讲，来自西方的"典型"范畴在西方20世纪文论界本身并没有像在中国现代这样主流过(尽管曾经在苏联文论中主流过);同样,来自中国古代的"意境"范畴在中国古代文论界本身也没有像在中国现代这样主流过(尽管明清时代曾有人在一般意义上使用过)。实际上,它们之所以能盛行于中国现代文论界,恰恰应当归结于中国我者与西方他者之间的文化涵濡或濡化,也属于这两者之间文化涵濡的结晶。就"典型"来说,中国古代以金圣叹小说评点为代表的人物性格理论,已为西方"典型"范畴在中国的涵濡准备了合适的土壤、气候等文化条件,而亟需拯救的中国现代文化危机则成为"典型"登上中国现代文论主流宝座的有力推手。而来自西方的以尼采的"醉境"(或酒神状态)与"梦境"(或日神状态)等为代表的美学理论,以及以黑格尔的"时代精神"和斯宾格勒的"文化心灵"等为代表的哲学及文化理论,也为中国古代"意境"(或"境界")理论在现代的复兴及大放异彩提供了强烈的比较发明诱因。尽管在论者因不满足于"典型"的独尊地位而倡导将"意境"作为与之平行的美学范畴提出之初(1957),"意境"概念并没有立即在中国热起来,但伴随着改革开放进程的推进和深化,"意境"作为中国文化与艺术在全球化时代当然的原创性和独特性标志,而逐渐与"典型"一道成为"美学中平行相等的两个基本范畴"①,乃至后来逐渐成为取代"典型"范畴而一枝独秀的美学范畴。由此看来,无论是人们已经论及的"典型"还是"意境"范畴,或者本书提出的"感兴"范畴,它们之所以能成为或可能成为中国现代文论的核心范畴,恰是由于中国我者与西方他者之间发生了持续的文化涵濡的缘故。如此,要想弄清中国现代文论这对重要范畴的兴衰,假如不从中国我者与西方他者之间的文化涵濡去把握(当然也应当同时从其他方面去把握),想必是难以全面完成的。

---

① 李泽厚:《"意境"杂谈》,《光明日报》"文化遗产",1957年6月9日、16日,据李泽厚:《门外集》,138—139页,武汉,长江文艺出版社,1957。

四

　　这部中国现代文论史著述属于笔者担任首席专家的教育部2005年度哲学社会科学重大课题攻关项目"西方文论中国化与中国文论建设"在结项后的一项延伸和扩展性成果，共由四卷组成，依次由笔者与陈雪虎、胡疆锋、胡继华协力承担。在与包括他们三人在内的众多同行朋友协力完成该项目的结项成果《西方文论中国化与中国文论建设》之后，我们再集中大约七年时间完成了这部四卷本著作的撰写工作。如此，这部著作的研究、写作及修改过程不知不觉中竟然已前后历时十多年。

　　这四卷除了第一卷为总论外，其余三卷都大体按照时间进程的推移或交替去安排，第二卷主要停留于清末至20世纪20年代之间，第三卷聚焦于民国初年至20世纪40年代末，第四卷着眼于五四时期至20世纪40年代。不过，与此同时，包括第一卷在内各卷的主要议题或任务诚然各不相同，各有侧重点，但它们之间又都存在复杂的关联性及其持续的缠绕，因而相互之间呈现交叉、回溯、照应或打通等态势，又实在是必要的和重要的。只有这种分工的相对性和交融互通的密切度，才更有利于进入中国现代文论史的进程之中。因此，当有的人物、事件、观念、命题或案例在各卷中数度重复出现或交叉，甚至被赋予不同的阐释任务时，都是必然的和不可避免的。

　　第一卷为中国现代文论传统。这属于全书的总论部分，概要地阐述中国现代文论若干方面的特征，由本人撰写。中国现代文论传统不是来自对西方文论的简单照搬，而是有着自身的现代性缘由。它也不是一蹴而就的，可以被视为"世界之中国"时代中国我者与西方他者之间持续的层累涵濡进程的产物。置身在持续的层累涵濡过程中的中国我者与西方他者之间的关系总是具有相对性和变化性，这导致异质他者总是不断地被涵濡进自我的机体中，转化为自我的一部分。中国现代文论传统可以由其知识型、核心范畴及其位移、我他关系模型及双重品格得到呈现。在心化美学与物化美学的对照及兴辞美学方案中，可见出中国现代美学Ⅰ时段与现代美学Ⅱ时段的分化与联系。中国现代文论传统的特点还可从与中国现代型文学传统的特征及其大海形象个案的比较中见出。

第二卷为中国现代文论的发生。探究清末中国现代文论的发生轨迹，由北京师范大学陈雪虎撰写。需要暂且搁置我们后人想当然的清晰概括，重返当时的文论发生现场（假如有的话），尽力窥见其时本来就有的多元选择中的困惑与执着、拒绝与对话、冲突与调和等不同面貌。从知名的章太炎、梁启超、王国维、陈独秀、胡适等以及未必知名的朱希祖等人物的选择可见，中国现代文论从其发生赋形时段起就呈现为多元取向中的张力式构造及历时与共时交互缠绕的复杂过程。无论是其顽强守护中国我者固有传统的方略，还是其果敢拿来西方他者的精心筹划，都呈现出多重方案或多种可能性，以及逐渐演变或寻找的复杂性。通过尽可能多地检视当时的不同陈述、查阅新近研究成果、引证时贤多种不同的论说，多方面地贴近中国现代文论发生期的内在的张力状貌和多重选择的困窘，构成该卷的自觉追求和特色。

第三卷为中国现代文论的构型。探讨中国现代文论如何以多层面的体制化方式进一步形塑自身的生存方式并发生演变，该卷由首都师范大学胡疆锋撰写。该卷的新意在于走出过去单一的思想辨析路径，尝试从学术体制与文论思想之间的关联性视角，也就是从知识制度的大众传媒、现代大学、文学社团、政党文艺政策的综合与交融视角，具体勾勒中国现代文论尽可能完整的制度化转型面貌及其具体的生成与演变轨迹，从而形成中国现代文论的制度转型过程中多层面之间的交汇以及历时与共时之间的交融图景。正是借助于这种综合与交融视角，通过大量的具体案例分析，该卷揭示了中国现代文论在其发生与发展过程中呈现的制度化转型状况，表明假如离开这种多层面制度转型，中国现代文论那些已经呈现或尚未完整地呈现的特质就是不可思议的或难以理解的。

第四卷为中国现代文论的多元取向。分析中国现代文论中的文化涵濡与多元文论思想秩序，由北京第二外国语学院胡继华撰写。该卷选取精神史与文化涵濡的视角，从纷纭繁复的现代文论观念、命题或思潮中，尽力梳理出几种具有一定代表性的文学理论主张或文艺思想，看看现代耳熟能详的或者暂且被遗忘的那些文艺思想，是如何在当时以自身面貌呈现出来的。人文主义、道德理想主义、社会主义和象征主义正体现出其时的多元思想景观。甚至其中的象征主义思潮内部，还可细分出诸如梁宗岱的象征诗学、李长之的理想人格论、宗白华的"中国艺术心灵"、冯至的浪漫主义、闻一多的古典主义、陈寅恪的史诗互通论和钱钟书的跨文化诗学等不同思想选择。当代人从这些不会被遗忘的多元思想取向及著者自己有关天文与人文汇通和中西诗学互化的构想中，可以得出怎样的反思？

需要说明的是，由于是四人合作的四卷本著作，除了各卷承担不同的分析任务，而在人物、思想、事件、社会文化语境及其他相关现象方面有时会略有重叠或交叉外，各位著者在学术上也各有其学术积累、治学专长和文论主张，因此，虽然彼此做过相互协调和统一的共同努力，但终究还是各有其特殊性或个性显露。这应当说也是合理的，因为笔者所设想的学术合作，不再是消除个别性或差异性的完全同一体，而是带入差异和体现个性的"和而不同"的共同体。不过，在关于中国现代文论的基本面貌、主线、分期、制度、知识型、核心范畴及品格等主要问题上，各位著者之间的相互协调立场仍然是接近的，尽管难免仍存有不同。

2019 年 1 月 22 日于北京大学

目 录

导 论 …………………………………………………………… 1
  一、乱云飞渡的"过渡时代" ………………………………… 1
  二、从精神史出发探索中国现代文论制序的构型 ………… 5
  三、文化涵濡与中国现代文论创制 ………………………… 10
  四、"血书"、"孤愤"：王国维与中国现代诗学精神………… 26

第一章　现代景观下的古典精神
      ——"学衡派"与人文主义文论制序 ……………… 38
  引言：过渡时代，两套文化谋划 …………………………… 38
  一、革古、复古与变古 ……………………………………… 42
  二、中西涵濡，人文化成——"学衡派"的文化论说 ……… 54
  三、修辞立诚，由情悟道——"学衡派"的诗学断章 ……… 70
  四、自律的文学，规训的帝国——梁实秋、闻一多、邓以蛰
     的文论体系 ……………………………………………… 96
  五、人文中国，审美世界——道德理想主义视野下的文论制序
    ………………………………………………………………… 122
  结语：古典的生命，人文的蕴藉 …………………………… 157

第二章　激进启蒙意识的文论制序
      ——瞿秋白文论及其时代精神 ……………………… 160
  引言：历史的反讽，还是历史的误会？……………………… 160
  一、二元人格与历史悲情 …………………………………… 161
  二、启蒙与革命的辩证 ……………………………………… 166
  三、"欧亚华俄，情天如一"——文化设计方案 …………… 178

四、浪漫的抒情美学与革命的叙事织体 …………………… 190
　　五、言"革命"之志，载"革命"之道——文学的主体 ………… 204
　　六、"现代中国文"——普罗大众的文论制序 ………………… 217
　　七、史诗正典——"普罗现实主义" …………………………… 232
　　结语：激进启蒙意识的文化符码 ………………………………… 241

第三章　文化精神的符号编码
　　　　　　——中国现代象征文论制序 …………………………… 244
　　引言：从文学到文化 ……………………………………………… 244
　　一、"象征"与"象征主义"的脉络 ……………………………… 246
　　二、"象征"诗艺及其同象征主义的契合与互动 ……………… 257
　　三、象征的诗性之维——梁宗岱的诗艺与比较诗学 ………… 268
　　四、象征的人格之维——李长之文论及其批评 ……………… 291
　　五、象征的同情之维——宗白华诗学及其文化精神的审美建构
　　　　……………………………………………………………… 300
　　六、象征的浪漫之维——冯至诗艺及其文体建构 …………… 325
　　七、象征的神话之维——闻一多的古典文论探微 …………… 337
　　八、象征的历史之维——陈寅恪"史""诗"关系论以及其复杂的
　　　　隐喻体系 …………………………………………………… 353
　　九、象征的辞章之维——钱锺书文论与跨文化汇通 ………… 375
　　结语：会通"天文"与"人文" …………………………………… 406

结语：中西互化与中国现代文论的转型 …………………………… 410
　　一、立国之忧与"三个中国"说 ………………………………… 410
　　二、"境界诗学"的内在裂变 …………………………………… 415
　　三、从"境界诗学"到象征诗学 ………………………………… 417
　　四、方法论与中国现代文论形态的生成 ……………………… 420

后　　记 ……………………………………………………………… 433

导 论

一、乱云飞渡的"过渡时代"

清末民初的历史文化"创局"已经启动了中国现代文论自我塑造的历程。"诗界革命"、"小说界革命"、"文学革命"、"美术革命",大致都可以说是西方资本主义全球化暴戾的东扩进程在诗学、文学和艺术学维度上的投影,这些革命或风云涌动,或润物无声,但无一例外地拓展和加深了历史文化的"创局"。作为中国文化传统新变以及现代体验发生的标志性事件,中国现代文论在其酝酿过程与发生时刻就显露出多种端倪,预示着多种可能性,展示出多种趋势:摹仿西方体系,回归民族本位,面对生活世界,布施社会教化,养育健全人格,捍卫审美自律……更明确地说,中国现代文论一开始就呈现出多元竞争、杂语共存、异趣沟通的景观,表现出跨越文化涵濡以及建构话语主导权力的渴望。同时,中国知识制度的巨大转型,是与中国历史文化"创局"同等重要的历史文化事件。它通过复制西方知识生产与交流的制度,一方面对正在生成的中国现代文论构成了强制性的语境压力,另一方面又改变了知识共同体的内在构成方式以及知识载体的存在方式。知识制度转型又得到现代传播媒介力量的驱动,让作为知识形态的中国现代文论的传播在速度、幅度与广度上都非历史上任何一个时期可以比拟。

青山遮不住,毕竟东流去。中国现代文论已经发生,中国现代知识制度的转型不可逆转,中国现代文论制序的构型给中国文化精神增加了新质。本卷所关注的,就是中国现代文论(以文论为主体的现代知识形式、知识制度和话语体系)的多元并存状况,分析和整合文化涵濡与文论的思想之制序的导向、生成及其定型。"制序",语出《文心雕龙·宗经》:"象天地,效鬼神,参物序,制人纪,洞性灵之奥区,极文章之骨髓者也。"这里用"制序"来描述中国现代文论对自身合法性的诉求,对自律制度的型构,对自由秩序的建构,以及对其自身在思想系统、政治系统和文化系统之中的定位。换言之,文论制序,是在道统、政统、学统之中确立文统的地位(详细论述参见以下第三节)。值得特别说明的是:

第一,本卷原名为"文化涵濡与诗学制序",为保证一套书的体例和架构的整一性,凸显"中国现代文论史"的集体创作特色,在统稿时将书名改为"思想的制序——中国现代文论的多元取向"。本卷拟从文化涵濡的角度探索中国现代文论的思想制序之渊源、生成、构造、分化以及趋向于整一——"道统"(思想)、"学统"(学术)、政统(政治文化语境)的过程,以及文统(中国现代文化新传统、中国现代文论与批评实践)的构型及其制序化。

第二,在本卷的叙述和论说过程中,"诗学"与"文论"被纳入思想制序之中,而没有做出明确的概念区分,甚至彼此互换,借以凸显思想史论域之中"诗学"和"文论"(含批评实践)的创造性质。"诗学"(póesie)在创造性意义上涵盖文论,凸显文论的创化特质;"文论"在实践性意义上呈现诗学的生命机制;而贯穿本卷的"文化涵濡"概念则赋予"诗学"和"文论"以文化整体品格以及多元导向与复杂构型。

从20世纪20年代后期到40年代前期,正是一个孕育着无限生机和巨大潜能的时段。探索思想制序,自然应该聚焦于时代精神,又关注社会思潮,却不能简单地以思想史来取代文论史,而是相反:以思想史研究来展示文论史的隐微与厚度,同时以文论史来赋予思想史以感兴与活力(参见以下第二节的详细论说)。[1]

---

[1] 以思想史来代替文学史将令学术研究付出巨大的代价:"在第一次世界大战后,恣意阐释思想史(精神史)取代了语文学,预示着学术的衰落。"参见 Ernst Robert Curtius, *European Literature and Latin Middle Ages*, Trans. Willard R. Trask, Princeton: Princeton University Press, 1990, pp. 381-382.

我们不妨套用梁启超的历史概念，把这个时段叫作"过渡时代"，一个"希望"和"恐怖"并存的时代：

>过渡时代者，希望之涌泉也，人间世所最难遇而可贵者也。有进步则有过渡，无过渡亦无进步。其在过渡以前，止于此岸，动机未发，其永静性何时始改，所难料也；其在过渡以后，达于彼岸，踌躇满志，其有余勇可贾与否，亦难料也。惟当过渡时代，则如鲲鹏图南，九万里而一息；汉江赴海，百十折以朝宗，大风泱泱，前途堂堂，生气郁苍，雄心矞皇。其现在之势力圈，矢贯七札，气吞万牛，谁能御之？其将来之目的地，黄金世界，茶锦生涯，谁能限之？故过渡时代者，实千古英雄豪杰之大舞台也，多少民族由死而生、由剥而复，由奴而主，由瘠而肥，所必由之路也。美哉过渡时代乎！

>抑过渡时代，又恐怖时代也。青黄不接，则或受之饥；却曲难行，则惟兹狼狈；风利不得泊，得毋灭顶灭鼻之惧；马逸不能止，实惟踬山踬垤之忧。摩西之徬徨于广漠，阁龙之漂泛于泰洋，赌万死以博一生，断后路以临前敌，天下险象，宁复过之！且国民全体之过渡，以视个人身世之过渡，其利害之关系，有更重且剧者；所向之鹄若误，或投网以自戕；所导之路若差，或迷途而靡届。故过渡时代，又国民可生可死，可剥可复，可奴可主，可瘠可肥之界限，而所争间不容发者也。①

置身于巨大"创局"情境中，梁启超将出离"数千年停顿"而迈向现代的"中国"称为"过渡的中国"，认为过渡时代关系着一个民族的存亡。在他们那一辈启蒙思想家看来，中国能不能超越"中国之中国"、"亚洲之中国"而成为"世界之中国"，完全取决于中国在这过渡时代能否有所作为了。当隔着百年的流年碎影回望这个过渡时代，我们惊喜地看到中国现代文论将自己的基础建立在中国人的现代体验和符号实践的基

---

① 梁启超：《过渡时代论》，见《梁启超全集》，464页，北京，北京出版社，1999。

础上，而对于汹涌的西潮有所反应，对于现代的挑战有所回应，对于自体古典文化的残像余韵更是有所回味。1935年，新文化运动的领袖人物之一蔡元培，在他为《中国新文学大系》撰写的《总序》中将五四新文学运动与欧洲文艺复兴相提并论，并期待中国人以"奔逸绝尘的猛进"，"以十年的工作抵欧洲各国的百年"，"使吾人有以鉴既往而策将来，希望第二个十年与第三个十年时，有中国的拉飞尔与中国的莎士比亚等应运而生"。[①] 蔡元培所憧憬的文化愿景，并非秋天的枝头静静地等待摇落的果实。要将中国文艺复兴的梦想种植在华夏大地，让它生根、开花和结果，实在仰赖于"过渡时代"那些开拓者。如郑振铎所说，那一群担负文艺复兴使命的探索者，"在那样的黑暗的环境里，由寂寞的呼号，到猛烈的迫害的到来，几乎无时无刻不在兴奋与苦斗中生活着"[②]。

20世纪20年代后期到40年代初期，这些现代文论的探索者呼应20世纪全球文化的多元格局，扎根于中国民族独特的生存方式及其在转型社会的现代体验，反省20世纪初的文学实践，尝试回答文学之为文学的本质问题。在这个过程中，全球文化的压力、现代中国人的体验、现代中国的文学实践构成了强大的语境压力，冲击着古典和近代的中国诗学理论模式。换言之，文化涵濡直接或者间接地引发了传统文论制序的现代转型，这一转型带来了文论制序的新变与新生。中国现代文论在生成过程中表现出一种与世界同步的努力，但与世界同步意味着认同欧洲话语的强势逻辑。欧洲文学思想如潮涌动，大有惊涛裂岸之势；欧洲近代文论话语也被广泛猎取，甚至成为中国现代文论的基本骨架。西显而中隐，便是现代中国文论制序在转型过程中遭遇的必然，甚至是现代中国知识话语的宿命，且是中国文化在现代的整体转型中必须付出的沉重代价。然而，用萨义德的话说，在西方话语"驶入的航程"上，必然出现本位文化的"反抗"，帝国文化建立的历史

[①] 蔡元培：《中国新文学大系·总序》，见刘运峰编：《1917—1927 中国新文学大系导言集》，6页，天津，天津人民出版社，2009。
[②] 郑振铎：《〈文学争论集〉导言》，见刘运峰编：《1917—1927 中国新文学大系导言集》，31页，天津，天津人民出版社，2009。

首先是"一个相互依赖的历史和互相重叠的领域,其次是需要进行知识与政治的选择的历史",帝国文化的主宰与被主宰者的反抗是同一过程的两个方面。① 在欧洲文学思想及其知识构型借助资本主义全球经济之暴戾东扩而入侵中国古典文论话语体系之时,中国古典文化以或隐或显的方式顽强地实施抵抗。"驶入"与"抵抗"二极互相较力,主导的欧洲话语、残余的古典话语和正在生成的中国现代文论三方角逐,此消彼长,盈虚消息。于是,中国现代文论呈现出"过渡时代"的典型风貌:多元竞争、远缘融构、杂语共存、异趣沟通、古今涵濡,而期待以及预备着一种话语威权的降临。中国现代文论多元归一的趋势隐隐地预存于多元思潮的涌动中。按时间范畴分类,中国现代文论制序建构中有古典余韵型文论、近代意识型文论以及现代体式型文论,它们之间彼此渗透、互相挪用,传承而又对话,冲突而又和解。按空间范畴分类,中国现代文论制序建构中有全盘西化型文论、民族本位型文论、调和折中型文论,它们之间彼此位移、互相转换,对观而又互补,间离而又沟通。按照文学运动分类,中国现代文论制序的建构中有浪漫主义文论、现实主义文论(含写实主义和自然主义)、象征主义文论(含唯美主义、颓废主义、表现主义)、现代主义文论,它们之间彼此关联、互相包含,误置而又调适,悖立而又汇通。

历史文化经历"创局",中国现代文论也经历着"过渡时代"。在这个时代,多种思潮汇流,多种声音喧嚣,多种可能性潜伏,多条道路正在敞开……真可谓风起云扬,乱云飞渡,山雨欲来。我们应选择一个什么样的角度来回眸和观照"五四"之后三十年中国文化的风云际会,探索中国现代文论制序的构型呢?

二、从精神史出发探索中国现代文论制序的构型

文化历史的"创局"以及在其中生成和发展的现代文论制序,无疑

---

① 参见[美]萨义德:《文化与帝国主义》,李琨译,370页,北京,生活·读书·新知三联书店,2003。

是精神史上值得反思的重大事件，事关中国文化复兴这一现代工程。因此，我们尝试运用"精神史"的方法来透视中国现代文论制序构型阶段多元共生的风貌，呈现其异趣互通和多元归一的隐秘逻辑。

"精神史"（Geistesgeschichte），是源于德国古典人文主义思想并直接派生于"精神科学"的一种思想史研究方法。德国古典人文主义主张，研究历史必须既挣脱宗教神学或旧式形而上学的羁绊，又摈弃实证主义或者唯自然科学至上的思维定势，把人的精神活动和象征实践作为研究的重心，以呈现人的心灵与生命节奏为基本使命。历史于是被归于精神科学而非自然科学的领域。秉承德国古典人文主义传统，又深化和拓展了德国浪漫主义精神，狄尔泰（Wilhelm Dilthey，1833—1911）曾断言："在人类社会分析中，人本身是一个生命单位，对于这种精神生命单位的分析因此成为我们的主要任务。通过探究精神生命一般形式的目的论的分类规则，旧的形而上学在这一领域首次被消除。"①

手执"精神生命单位"作为基本断制，探究"精神生命一般形式"，"精神史"学者致力于"寻求建立真正的感官，以体验社会历史世界"。②"精神史"研究首先假定，每个时代都有其"时代精神"（Zeitgeist），然后试图"从一个时代不同的客观现状中，即从这一时代的宗教直到它的衣装服饰，去重建时代精神"，"从客观事物的后面寻找整体性的东西"，"用这种时代精神去解释所有的事实"。③ 狄尔泰本人就运用"精神史"方法考察了十七八世纪德意志和欧洲近代文学的进程。在他看来，欧洲近代诸民族的文学"有一个分为若干典型阶段的共同的发展过程"，而诗人的"创作之道"或者说"诗艺"通过诗人的独特生命体验在抒情诗歌、戏剧和散文中表现出一个时代的基本精神。因而，他怀着以生命激活生命、以情感启悟情感和以精神召唤精神的信念，沉潜到莱辛、歌德、荷尔德林和诺瓦利斯生命体验的核心，感受蕴含在他们诗

---

① ［德］狄尔泰：《人文科学导论》，赵稀方译，145页，北京，华夏出版社，2004。
② ［德］狄尔泰：《人文科学导论》，赵稀方译，113页，北京，华夏出版社，2004。
③ 转引自［美］韦勒克、沃伦：《文学理论》，刘象愚等译，134页，南京，江苏教育出版社，2005，译文略有调整。

艺中的精神节奏。因而,"精神史"的书写与诗艺的建构具有同等重要的使命,那就是"着手从生活覆盖层本身,从产生于生活覆盖层的生活经历中建造起一种意义关联,在这种意义关联中可以听到生活的节奏和旋律"①。这生活的节奏和旋律,就是一个民族在世界文化格局下心灵的律动,就是一个时代共有的精神。运用"精神史"展开文学研究的另一位代表人物是考尔夫(H. A. Korff),在其巨著《歌德的时代精神》中,他尝试运用黑格尔的"绝对精神"学说,将欧洲从古典主义到浪漫主义的观念发展描述为一种辩证进程,认定其中充满了非理性与理性、生命与形式、混沌与秩序之间的强大张力,而后走向黑格尔式的最后综合与终极和谐。②

"精神史"的研究注重文学与观念的融合及其复杂关联中的一致性品格。这启示我们在研究中国现代文论体系形成的过程中注意文学实践与观念历史的互动脉络,尝试把握呈现于"文学实践"又结晶于"单元观念"的思想与想象的关系。"单元观念"(unit ideas),是美国思想史

---

① [德]狄尔泰:《体验与诗》,胡其鼎译,3、5页,北京,生活·读书·新知三联书店,2003。

② Hermann A. Korff, *Geist der Goethezeit*: *Versuch einer ideellen Entwicklung der klassisch—romantischen Literaturgeschichte*, 5 vols. Leipzig: Koehler and Amelang, 1973. 在德意志古典人文主义的语境下,"精神史"不只是文学史研究的方法,而且是涵盖了哲学、文献学和历史的总体学术范式(Paradigm der Wissenschafts)。

在哲学史研究上,洛维特的《从黑格尔到尼采》堪称典范,该书从"精神史"角度,再现了德意志19世纪精神历史在黑格尔和尼采这两个"端点"之间的运动节奏,而在当代视域中"重写"了19世纪的哲学史,其真正主题是:"由马克思把黑格尔的绝对精神哲学改造为马克思主义,基尔克果[即克尔凯郭尔]将其改造为存在主义,这仍没有被中间这段时间的事件所触及。"[德]洛维特:《从黑格尔到尼采》,李秋零译,7页,北京,生活·读书·新知三联书店,2006。

在历史研究上,斯宾格勒的《西方的没落》十分极端,该书从"文化灵魂"及其"原始象征"展开了对人类文化史的宏观叙述,特别是将欧洲近代精神归结为"无限开拓,驰情入幻"的"浮士德精神",这对于文化历史的探究影响深远。(Oswald Spengler, *Der Untergang des Abendlandes*, Verlag G. H. Beck München, 1980, s. 210-230.)

在文献学研究中,龚多夫(F. Gundolf)秉承狄尔泰的"体验"、"同情"、"意义关联"的学说,以比较的方法处理古典文献。他认为,"历史是和活的生命打交道","历史的方法是体验,而没有体验过的历史就不成其为历史","研究文献不是研究过去,而是研究与自己的生活生死攸关的事物"。(F. Gundolf, *Shakespeare und der deutscher Geist*, Georg Bondi Verlag Berlin, 1914, viii.)

学者洛夫乔伊(Arthur Oncken Lovejoy，1873—1962)提出并应用于研究欧洲思想史的一个基本概念。洛夫乔伊指出：

> 在处理各种哲学学说的历史时，人们按照自己的目的，把它们分割成坚固耐久的独立体系，并且把它们分解成它们的组成部分，即分解成可称为单元—观念(unit-ideas)的东西。任何哲学家或哲学学派的学说，它们在总体上几乎是一个复杂的和不同来源的聚集体，并且常常是以哲学家自己并未意识到的各种方式聚集在一起。它不但是一个混合物，而且是一个不牢固的混合物，尽管一代跟着一代，每一个新的哲学家通常都忘掉了这个令人伤感的真理。①

"单元观念"的基本范围大体上涵盖了思想习性、思辨动机、形而上学的激情、哲学语义以及基本理论原则。精神史与其说是由"单元观念"构成，不如说是由"单元观念"的"戏剧性的相互作用"上演的场景。

"单元观念"赋予了"精神史"以流动性、深邃性与繁复性。首先，"单元观念"关系着一个民族精神的命运而归属于传统，因而它们是绵延不朽的，或者用洛夫乔伊的话说，它们是"存在的巨链"上必要的构成环节。貌似新奇之物，仅仅是表面的新奇，或者是对旧有要素的重新配置而已。② 其次，"单元观念"拒绝简单的"主义"标签，而是由两种以上意义的复合物构成，同时包含几种不同甚至互相冲突的学说，蕴含着对朦胧的激情、对奥秘的激情、对终极真实的激情以及对唯意志论的激情。③ 最后，"单元观念"不只是存在于哲学体系中，而且更多地存在于全部历史文化领域中，其繁复性表现在它既包罗万象又体

---

① [美]诺夫乔伊(即洛夫乔伊)：《存在巨链：对一个观念的历史的研究》，张传有等译，1—2页，南昌，江西教育出版社，2002。
② [美]诺夫乔伊：《存在巨链：对一个观念的历史的研究》，张传有等译，2页，南昌，江西教育出版社，2002。
③ [美]诺夫乔伊：《存在巨链：对一个观念的历史的研究》，张传有等译，4、10—12页，南昌，江西教育出版社，2002。

现为执着的信仰，既包含智性成分又包含情感要素。① 因而，正如狄尔泰从诗人的体验和诗艺阐发欧洲人生命结构的形成和精神气质的生成一样，洛夫乔伊也建议从文学艺术开始搜索"单元观念"，重构被中断了的"存在的巨链"。

在德意志"精神史"领域和美国"思想史"空间兜一大圈后，我们再回到中国现代的多元思潮和现代文论制序的型构。德意志"精神史"研究给我们的启发是，通过"体验"与"诗艺"便可以把握时代精神的一致性品格。美国"思想史"研究给我们的警告是，时代精神不是铁板一块，而是沟壑纵横，不是绝对精神的纯净金字塔，而是感性、欲望、激情和理性所混杂而成的"千高原"。也就是说，时代精神是一场"单元观念"的表演，其中充满了悲剧性冲突。在回顾"五四"之后的文学论争时，郑振铎充满悲情的言说所表达的就是这种冲突的悲剧性："我们相信，在革新运动里，没有不遇到阻力的；阻力越大，愈足以坚定斗士的勇气，扎硬寨，打死战，不妥协，便都是斗士们的精神的表现。不要怕'反动'。'反动'却正是某一种必然情势的表现，而正足以更正确表示我们的主张的机会。"②

阻力与动力、反动与进步、斗士与帮凶，以及更为复杂的欲望诉求、情感结构和意识形式渗透在"五四"之后的文化思潮中，但有"一种必然情势"在默然酝酿，为一种历史指向的整体性预留了空间。沧海桑田，乱云飞渡，这个时代是呼唤斗士、期待英雄的时代。而"一种必然情势"则可能预示着百川归海，万法归宗，有一种文论话语将获得权威从而统率共生的多元思潮。从某种意义上说，未来"多元归一"的文论景观并非权威自外而内地加以强制的结果，而是历史文化及其代理个体的自由选择从而不得不接受的一种结局。库尔提乌斯运用精细的文本绎读和工巧的修辞分析，证明从希腊罗马到中世纪的欧洲文学传统具有一种令人惊异的整体性。在他看来，万物生生不息，万物又终归

---

① ［美］洛夫乔伊:《观念史论文集》，吴相译，4—8 页，南京，江苏教育出版社，2005。
② 郑振铎:《〈文学争论集〉导言》，见刘运峰编:《1917—1927 中国新文学大系导言集》，48 页，天津，天津人民出版社，2009。

一体,这个看似神秘实则平易的原则,乃是精神史视角下诗学研究的基础。① "万物归一学说"(All-Einheit-Lehre)启示我们,研究现代文论制序的型构,既应该注意到现代文论基本品格的一致性,又应高度关注现代多元思潮的复杂性。中国现代文论基本品格的一致性是什么?答曰:伟大的"五四"精神。"五四"精神的精粹是什么呢?是"独立的思想和自由的精神"②。这种精神不仅构成了中国现代文论话语的内在一致性,而且成为中国现代思想文化历史的根本原动力,或隐或显地渗透在各种文化思潮的精神史原型中。故此,我们就有必要在长时段的历史视角下,对全球文化涵濡与中国现代文论制序的形成作一轮廓性的描述。

三、文化涵濡与中国现代文论创制

1. 文化涵濡与近世史

文化涵濡,是指远缘近缘的多种文化之间深层的涵化与濡染,从而导致文化精神内在隐性变异的过程。"涵濡雨露,振荡风气"(苏辙《墨竹赋》),歌咏的是外在宇宙的自然世界涵化濡染而活力弥满、新风荡漾的景观。中学西学,"盛则俱盛,衰则俱衰,风气既开,互相推助"(王国维《国学丛刊序》),描绘的是普世之间学术文化实践涵化濡染而互相推助、诸分进化,进而天下一体、万物归一的态势。"山河大地,皆吾遍现,翠竹黄花,皆我英华"(康有为《中庸注》),憧憬的是天人合一、六合同风、我濡他人、他中有我的世界文化乌托邦境界。

从历史长时段来看,公元前 20 世纪,欧亚非三大板块的文化就以地中海为中心发生了一场史前文化涵濡,世界历史的黎明就在这里破

---

① See Charles du Bos, "Ernst Robert Curtius", in *Approximations*, 5th Ser., Paris, 1932, p. 125.
② 这两句话本出自陈寅恪为王国维撰写的挽词,王元化认为这才是"五四"精神的真谛。参见王元化:《对五四的思考》,见《沉思与反思》,25 页,上海,上海辞书出版社,2007。

晓，文化宛如百川归海，汇聚于古希腊世界的丽日蓝天之下。在对抗、冲突以及濡染、新变的变奏中，史前时代的全球化运动不仅成全了希腊—罗马文化艺术的辉煌，而且铸造了欧洲文化传统的坚实根基。史前地中海的考古学图景中，一个"大统一的世纪"和"国际性的文化"朗然显现。法国年鉴派史学的代表布罗代尔（Fernand Braudel，1902—1985）断言，经受这次文化涵濡之后，近东地区有了明显的跃进，一方面是超越的趋势得以显现，另一方面是文明的统一得到巩固。克里特文明，作为文化涵濡的范本形象，早就熠熠生辉，成为哲人柏拉图心仪的理想城邦原型之一。[①] 20 世纪后半叶，欧洲中心主义落潮，文化霸权主义浸衰，人类学借着史前考古学图像重描并深描世界文化图景，将涵濡提升为审视全球跨文化交往和人类独特文化创制的一个基本视角。这当然也是回观百年中国现代文论创制及其成就的一个基本视角。弗里德曼（Jonathan Friedman，1946—　）指出，早在 5000 年前的远古，文化涵濡就已经造就了一个世界体系或全球秩序。这一全球通史以"声望物品体系"为中心开启了商业文明和殖民世界。考古学记录既是"涵濡"（acculturation）的写照，又是"殖民"（colonialization）的见证。涵濡并不只是一个符码学习的简单过程，而是文化认同导致文化创制的基本程序。换言之，涵濡对于理解社会情境、文化变迁和生存品格具有根本的意义。"西方霸权当前的衰落和世界体系去中心化的突出特征是文化运动，即那些明显颠覆了似乎在世界范围上日益增强的文化同质化的新认同和民族认同的运动正在相伴而生。"[②]"文化同质化"（homogenization of cultures）表明世界体系的一体化走向，而"民族认同"（national identity）则标志着文化精神的多元化趋势。文化涵濡则是对这同一进程之两个方面的描述，既体现了人类整体的因袭性，又凸显了民族文化的原创性。

中国进入世界体系而展开全球性文化涵濡，要追溯至梁启超所说

[①] 参见[法]布罗代尔：《地中海考古：史前史和古代史》，蒋明炜等译，93—94 页，北京，社会科学文献出版社，2005。

[②] [美]乔纳森·弗里德曼：《文化认同与全球性过程》，郭建如译，59 页，北京，商务印书馆，2003。

的"近世史"。1901年,任公撰写《中国史叙论》,书中详述"中国"观念的内涵及其演变,以此观念为核心,提出空间随着时间之绵延而递级拓展的"三个中国"说:"自乾隆末年以至于今日,是为世界之中国,即中国民族合同全亚洲民族与西人交涉竞争之时代也;又君主专制政体渐就湮灭,而数千年未经发达之国民立宪政体,将嬗代兴起之时代也。"[①]任公这一说法扎根于近代中国历史的巨大"创局",而将华夏民族历史置于"世界体系"的"创局"情境中,尤其表现出对华夏与西方"交涉竞争"的忧虑,以及对中国文化远景的迷思。任公将"世界之中国"上溯至乾隆末年,时间上或许太近了些,同时以国家政制嬗代兴起作为近代史的根本命脉,内涵上或许太狭隘了些。也许,"世界之中国"可以上溯到明朝万历二十八年(1600年)。在这一年,徐光启遇见意大利传教士利玛窦,近代中国与西方的文化涵濡进入实质性阶段,古典儒学传统与西方基督教传统开始"交涉竞争",文化现代性即将破晓。明朝嘉靖三十五年(1556年),上海多处破土动工,造园运动如火如荼,边海城市呼之欲出,而海关开放只需时日。西方商人携来的异域文化,历朝圣贤流亡或朝廷偏安传播的中原文化,散播乡野弄堂而水深土厚的民间文化,以及涌动在海边传播于运河的新生商业文化……远缘或是近缘的多元文化,在此异体化生,互相涵化,彼此濡染,往复滞留,衍生不息,文化精神的深层发生了隐性的质变,文化实践的表层空间也发生了规模广大的变迁,预示着一种现代性精神气质的剧变。

2. 文化涵濡与中国现代文论制序的构型

王安忆发表于2011年的小说《天香》,[②]便为近代中国的文化涵濡提供了一个历史的叙述与基本的象征。小说以上海、杭州、苏州的四代女性之命运为叙事主线,以天香园绣的创造与流传为叙事视角,在文化涵濡的普世进程中,呈现了"世界之中国"的图景,"中国之女性"的风韵,"女性之命运与艺术"的独特色调,以及"中国之现代艺术学(诗学)"创化景观。小说家叙述的时间长度,上起明朝嘉靖三十八年

---

① 梁启超:《中国史叙论》,见《饮冰室文集点校》第3卷,1626—1627页,昆明,云南教育出版社,2001。

② 王安忆:《天香》,载《收获》,2011年第1、第2期。

(1559年),下至清朝康熙六年(1667年),恰好覆盖了普世涵濡导致文化实践大规模变迁和文化精神隐性变异的时段。小说结尾,作家用浓情重墨描绘了崇祯十四年一代文化涵濡先驱徐光启的葬礼。"以耶稣会仪式,十字架引领,耶稣受难旗跟随,再是四名青年手捧香炉,继而众人肩负木台,台中放着十字架,四周烛光荧荧,最后是一百四十名天主教徒,持白色烛,一路高诵玫瑰经……"普世文化涵濡,实在是华夏与西方文化精神的交涉竞争。而华夏进入世界体系,乃是以文化精神的深度变异为结果。耶稣会仪式、十字架、受难旗、天主教徒、白色蜡烛、玫瑰经,这些意象明确无误地象征着中国人精神气质的现代性,甚至还暗示着礼乐三千的古典民族文化的式微,而令人不禁黯自神伤。不过,小说家又补充了一段情节,暗示文化涵濡是彼此的涵化,而不是单向的流入。她让天香园绣的两位传人——乖女和蕙兰——合绣一件绣品赠给意大利传教士仰皇。绣品上面,用正统的中国民间绣艺绣出了圣母圣子像,设色用针全依西洋画法,如同一幅西洋画。这意味着,在普世的文化涵濡中,中国民间艺术涵养和濡染了西洋艺术,甚至令基督教精神也不可避免地发生了隐性的变异。在小说的最后一段,小说家王安忆让中国古典艺术与民间艺术联手,为中国艺术学(诗学)设定了绚烂之极归于平淡的基本象征:康熙六年,绣幔中出品一幅绣字,绣出《董其昌行书昼锦堂记屏》,全文四百八十字,字字如莲,莲开遍地。中国古典之美,乃是至善的象征,并不会在普世文化涵濡中风流云散,相反却一定会在现代文化语境下、在全球世界体系中神韵远播,流兴不息,显示出顽强的生命力和坚韧的化育力。

仔细审察中西文化涵濡的进程,我们应当看到,中国在世界体系中一度占据过中心位置。普世文化涵濡的进程,首先是"中学西传",然后是"欧风东渐",最后才是资本主义经济制度东扩和"文化全球化"。"中学西传"肇始于中国明代,恰逢欧洲文艺复兴,延至启蒙运动,中国古典儒家学说和《易经》西传,涵养和濡染了欧洲近代文化,甚至还成为欧洲理性主义时代的信念支撑之一。在世界体系中,启蒙时代的欧洲乃是"中国的欧洲"。中国堪称"中心",而欧洲好似"边陲"。中西文化涵濡,则是中国文化精神从中心向边陲的流布,从而导致了欧洲文化精神的隐性变异。这一情形在比较文学研究中以及在"东方学"的视野下得到了学者们的关注。"欧风东渐",乃是第二度普世文化涵濡,始于明代万历年间,到晚清民初达到高潮。在这次文化涵濡中,世界体系的"中心"与"边陲"发生了颠转,欧洲像是中心,而"国中之国"不再是"中国",抽象的"天下"观念由具体的"地球"符号取而代之,"中国"滑向"边陲",而遭遇千年未有的"创局"。这一次普世文化涵濡乃是西方殖民主义和文化帝国主义的一场表演,西方文化——主要是军事、科学与政制——暴戾东扩,造成了中国学统、政统和道统的空前裂变。江河万里,中国百年,其间惊涛裂岸,浊浪排空,传统中国的政制与学术、感物方式与知识构型、伦理规范与审美习性、社会建制和个体人格无一不受洗刷和冲击。在这次文化涵濡中,中国文化精神的隐性变异层次之深,文化实践的空间范围拓展之广,社会出离古典传统速度之快,堪称史无前例。

中国现代文论制序的开创,就发生于这次文化涵濡进程中。中国现代文论制序的创制延续了百年,至今还在型构的进程中,尚未尘埃落定。这种开创于全球多元异质文化交替涵濡过程中的中国诗学,又可称广义的中国现代文论,即中国现代的文学、文化与艺术理论。为了表明现代诗学对于文学的建制性与制序性的诉求,我们把中国现代的文学、文化与艺术理论体系之草图称为"诗学制序"。"制序",源自刘勰《文心雕龙·宗经》:"象天地,效鬼神,参物序,制人纪。"制序同拉丁语单词"institutio"庶几相通,有"话语"、"制度"、"习性"、"规范"、"建制"等含义。为了凸显这种理论形态的创造性,我们不妨将这种广义的中国现代文论统称为"中国现代文论"。毋庸赘述,这种创制中的文论,乃是远缘的西方异质文化与中国地方性知识之间发生空前激烈的涵濡的产物。这种涵濡作为中国文化与前所未有的陌生或异己的西方文化之间的抗拒与接纳过程,代表了"现代中国文论"制序的一次根本裂变与激进转型。"当代之文,理融欧亚,词驳古今,几如五光十色,不可方物"①,实为这次普世文化涵濡及其现实流向的真实

---

① 钱基博:《现代中国文学史》,299 页,北京,中国人民大学出版社,2007。

写照。

3. 文化涵濡形式与中国现代文论制序的多元导向

全球多元异质文化的涵濡进程在表象上混沌无序,内在逻辑极为复杂。经过细察慎审,我们还是可以穿过混沌的网幕,窥见其中闪闪发光的秩序。从明代到晚清民初,甚至到20世纪40年代(1943年堪称界标之年,宗白华再次发表《中国艺术意境的诞生》,毛泽东作《延安文艺座谈会上的讲话》),我们不难梳理出异质文化互相涵濡的方式及其基本导向。

第一种涵濡形式是"以我涵他",以"自我"为主体积极地吸纳"他者",将他者话语中有益于自体的元素据为己有,为己所用,由此产生文化"改革"、文学"改良"的基本导向。第二种涵濡形式是"以他涵我",主动否定"自我",而完全服膺"他者",心甘情愿地为"他者"所包含和置换,由此产生文化"革命"或"革命"文学的基本导向。但是必须指出,"他者"对"自我"的包含和置换同时也意味着外来文化的本土化,或者用意大利文学理论学者莫莱蒂(France Morreti)的话来说,那是"西方的形式"(formal West)化用了"地方的素材"(local materials)从而产生了"地方的基调"(local voice)。① 涵濡在此表里不一,自呈悖论,也就是说,表面上看是"他者"涵濡"自我",实则是"自我"借着"他者"自我表演、自我伸张。从古典与现代这个坐标来看,一切古典堪称现代中的古典,一切现代都可能是古典化的现代。此种涵濡形式及其基本导向远比表面复杂,需要认真分梳辨析。第三种涵濡形式是"我他互涵",就是"自我"与"他者"之间处在共生共存及彼此影响的过程中,并立而不相悖,相益而不相害,互美而不相伤。一种从"中西互补"走向"菁华总汇"的基本导向由此产生。这种涵濡形式、基本导向以及现实产物都在表明,中西文化情缘了而未了,理而更乱,中国现代文论制序的创制也是永无止境,任重道远。在普世文化涵濡的过程中,一切学说都是童牛角马,不夷不惠,非古非今,故而中国现代文论也是一个尚未定型的"东方稚儿",中国现代文论的新传统还是"音调未定"的传统。

---

① 参见[意]莫莱蒂:《世界文学的猜想》,见胡继华主编:《比较文学经典导读》,94—114页,北京,北京师范大学出版社,2016。

三种文化涵濡形式及其基本导向中浮现出中国现代文论的三种理论形态。

（1）"以我涵他"的改良导向上，生成了古典诗学理论形态，其价值关怀在于人文化成的伦理。

"以我涵他"，自我为本位，这种诗学理论坚信他者"非我族类，其心必异"，故而坚定执着地主张"依自不依他"。民国肇造，国体更新，西学浸淫而古典黯淡，诗界革命、美术革命、文学革命乃至道德革命甚嚣尘上，以至人心不古而大雅不作。诗学复旧，文化执古，追思古典的思潮应运而生。

1906年，出狱而流亡东瀛的章太炎在东京留学生欢迎会上发表演讲，从保国护种绵延文化香火的高度提倡"文学复古"。章太炎感叹"裂冠毁冕既久"，而畅言"追姬汉之旧章，寻绎东夏之成事，乃实见犬羊殊族，非我亲昵"。借镜异邦文艺中兴，以文学复古为前导，章太炎认定文学复古对于保存种族有益无损。这种激进的执古立场未尝不可以解读为对西方过度涵濡中国的反弹，因为恰逢其时，西方思潮澎湃涌流而先贤古训湮灭无闻，"入主出奴，聚讼盈庭，一哄之市，莫衷一是……欧化之东，浅识或自菲薄，衡政论学，必准诸欧"[①]。严复、章太炎、林纾又确非泥古之徒，反倒是他们开风气之先，把改良文化的目光投向西方，寻求富国强民、增益种族的生存之道。然而，一旦西方学说家喻户晓，平民熟知，他们又"文必典则，出于尔雅"，意在以"自我"为主体主动吸纳"他者"的有用元素丰富自体能量。

同时，诗学复旧和文化执古立场同欧洲以至整个世界的现代性自反思潮有着隐性的契合关系。19世纪末到20世纪初，浪漫之风在欧洲复活，进而席卷世界，诗人和哲人在文化危机和政治紧迫的情境下对现代性展开了自反思索，从而对启蒙理性的自我中毒进行了剖析诊断。及至第一次世界大战后，现代性自反之思达到了高潮。梁启超游历欧洲，脚踏沉沦土地，眼观一片废墟，惊鸿一瞥之际看到欧洲人惊魂望绝，顿悟科学的破产，而急不可耐地将温良娴静的中国文化推荐

---

① 钱基博：《现代中国文学史》，8页，北京，中国人民大学出版社，2007。

给滑向了"末日之年"的西方。从此,"动流趋静流",西土慕东方,几近成为现代世界体系的新时尚。文化涵濡方向逆转,一场"中国热"悄然蔓延至20世纪20年代之后的欧洲,连驰名世界的物理学家也畅谈中国道家精神和诗化的理智直觉。1919年岁暮,留学美国的陈寅恪与吴宓彻夜长谈,对中西文化涵濡的情境做出了一种发人深省的评判:"今人误谓中国过重虚理,专谋以功利机械之事输入,而不图精神之救药,势必至人欲横流,道义沦丧,即求其输诚爱国,且不能得。西周国史,陈迹昭著,可为比鉴也。因此,救国经世,尤必以精神之学问(谓形而上之学)为根基。"① 言下之意,中国若任西方浸淫,遗忘虚理,专谋功利机械而不图精神解药,则只有死路一条:人欲横流,道义沦丧。吴宓不堪其忧,与陈寅恪一道反思,究问读书治学何以能"脱志于俗谛之桎梏,真理因得以而发扬"。十年之后,陈寅恪将答案铭刻在中国现代文论的元祖之一王国维先生的纪念碑上:"独立之精神,自由之思想。"此乃由一个文化执古之士率先总结出的"五四"精神。近一个世纪过去,这种精神及其表述修辞已经成为经典。由此可见,古典诗学基本精神和伦理诉求就萌芽于"以我涵他"的姿态中,它以自我为主体慕悦和涵纳了西方近代文化之精粹——"独立"与"自由"。

1922年,吴宓、胡先骕、梅光迪、刘伯明创办《学衡》,一个宗旨明确、建树卓越和影响深远的学术流派便诞生了。《学衡》杂志的英文名为"批判的评论"(Critical Review),宗旨是"论究学术,阐述真理,昌明国粹,融化新知,以中正之眼光,行批评之职事,无偏无党,无激无随"。其主要撰稿人都学兼中外、造诣颇深。这一学派不仅为中国现代文论的创制确立了"以我涵他"立场,而且志在寻觅人文主义和古典道德的茫茫坠绪,挽狂澜于既倒,扭转了中国现代文化建设的方向。作为学衡派的领袖之一,吴宓深受陈寅恪的影响,言必称独立自由,所有论说都寄系于道德伦理。以"自我"为主体融合"他者"的有益元素,"学衡派"为中国现代文论的创制铺展了人文道德的纲维。他们吸收白璧德的"新人文主义",严厉谴责西方近代物质主义、情感主义和功利

---

① 吴宓:《吴宓日记》第2册,101页,北京,生活·读书·新知三联书店,1998。

主义。胡先骕翻译《白璧德中西人文教育谈》，吴宓欣然作序，阐扬其文化理念，弘扬人文道德："西洋近世物质之学大昌，而人生之道理遂晦，科学事业日益兴盛，而宗教道德之势力衰微，不知所以为人之道。于是众惟趋于功利一途，而又流于情感作用，中于诡辩之说，群情激搅，人各自是。社会中，是非善恶之观念将绝。而各国各族，则常以互相残杀为事。科学发达，不能增益人生内心之真福，反成为桎梏刀剑。"物质之学窒息为人之道，西方近代历史就本末倒置，科学艺术越是进展，人文道德就越是堕落。而西方文化对中国的过度涵濡，又平添更加险恶的景象："以物质之律施之人事，则理智不讲，道德全失，私欲横流，将成率兽人之局。"①

于是，"学衡派"诸贤自然而然地效法白璧德、阿诺德，对柏拉图、释迦牟尼、耶稣、孔子追思怀想，对人世间"至善至美的思想"殷殷瞩望。因而，他们的诗学建构不仅具有强烈的古典取向，而且有浓郁的道德情怀。一代人文道德宗师白璧德仙逝，梅光迪撰文志哀，称其为特立独行之士，以及人类的"爱人"与"恩人"，将他与"文起八代之衰，道济天下之溺"的韩愈相提并论，赞赏他们"对于文的诉求"和"对于道德崇高的诉求"。引用儒家和古典文学的伟大复兴者欧阳修《记旧本韩文后》中的文字，充满激情地称颂"孔孟惶惶于一时，而师法于千万世"，预言韩愈之文"久而愈明，不可磨灭，虽蔽于暂而终耀于无穷者，其道当然也"②。

深知文学之道德意蕴，吴宓本人对诗学之人文精神的瞩目一以贯之，不改初衷。他给"诗"的定义是："以切挚高妙之笔（或笔法），具有音律之文（或文字），表示生人之思想感情。"③切挚高妙之笔，直指道德人文境界；而音律之文，则是此种道德人文境界的形式化。思及文学与人生，吴宓凝练出"由情悟道"这一经典命题，以指示一条诗性之

---

① 段怀清编：《新人文主义思潮——白璧德在中国》，19页，南昌，江西高校出版社，2009。
② 段怀清编：《新人文主义思潮——白璧德在中国》，16页，南昌，江西高校出版社，2009。
③ 吴宓：《诗学总论》，见《会通派如是说》，徐葆耕编选，219页。上海，上海文艺出版社，1998。

路,将政治、爱情、战争引起的生活之痛苦经历升华到"逐渐理解和信仰上帝世界的宗教境界"①。"由情悟道",在学衡同人、新月派理论健将梁实秋手上,就等同于"文学的纪律",等同于"以理节情"。"由情悟道"为精神的上行之路,而"以理节情"为灵魂自制之道。为了抑制浪漫主义情感的放纵和想象的过度,梁实秋力主由内而外的"节制力量",为文学颁布铁一般的纪律,那就是"以理性驾驭情感,以理性节制想象"②。"文学的纪律"与"节制的力量",就是古典诗学依据人文道德而为文学制定的清规戒律。以这两条清规戒律为中心,学衡派及其流裔建构了一种以人文道德境界为皈依的古典主义诗学体系。即便是闻一多那一套形式主义色彩浓重、技术化的"格律诗学",以及"音形义"三美学说,其旨趣和归趣也还是人文道德的境界。唯其如此,古典诗学才蕴藉深远而流兴不息,因为它是"以我涵他"融汇新知的产物,同中外文化之古典精神有血脉关联。

(2)"以他涵我"及其革命的基本导向上,产生了启蒙革命的诗学,其价值关怀在于开启民族国家,建构现代社会政制。

"天地革而四时成,汤武革命,顺乎天而应乎人"(《易经》),"革命"本为改朝换代之剧烈形式,如"兽皮治去其毛"一般自然而必然。然而,在中国现代文化语境下,"革命"的含义却因西方近代精神对中国的涵濡而发生了重大变化。1904年,梁启超在《中国历史上革命之研究》一文中较早地对"革命"进行了现代的和西方式的阐述。依据任公之言,"革命"含义有三:一是最广义,指"社会上一切有形无形之事物所生之大变动";二是次广义,指"政治上之异动与前此划然成一新时代",无论是以和平方式还是以铁血方式;三为狭义,指"专以兵力向于中央政府"。作为改良派或温和革命派的梁启超力主"最广义"和"次广义"上的非暴力"革命",而对狭义的暴力"革命"表示恐惧,施以抑制。就现代中国的创局而言,"革命"不仅意味着社会震撼和传统断裂,

---

① 吴宓:《文学与人生》,见《会通派如是说》,徐葆耕编选,169页,上海,上海文艺出版社,1998。
② 梁实秋:《文学的纪律》,见《梁实秋批评文集》,徐静波编,102页,珠海,珠海出版社,1998。

而且在革命中蕴含着文化维度。"它绝不仅仅意味着吉登斯意义上的'时空分离',而代表着中国历史上前所未有的最深刻而又最富于动荡性的巨变。"①但我们也不妨补充说,非暴力的"革命",暗指梁启超之类的改良派,革命派人士所心仪、效法的西方近代精神,包括开启民智、教化民心、振作国力以及建立现代政制的启蒙文化精神。

"以他涵我"中的那个"他者",便是西方近代文化。在近代西方文化暴力扩张而开启的文化涵濡过程中,中国进入"世界体系"的代价乃是否定自我,主动迎受、积极服膺他者。"衡政论学,必准诸欧",唯西方马首是瞻,唯西方精神是尚,就是"全盘西化论"为救中国的极端穷弊而开出的主导取向。西方涵濡中国,中国进入世界体系,可是这个进程屡屡受阻,满纸败绩。无法走出穷弊的中国,其民心所向和国力所依,非效法西方启蒙精神则无以成事。可是,何谓西方启蒙精神?20世纪中国,选中并心甘情愿地接受了西方"普罗米修斯—浮士德精神"的涵化和濡养。

在20世纪开局之年,邹容写下了《革命军》(1903年),阐发卢梭学说的微言大义,以拿破仑、华盛顿为政治模范,倡言革命,相与同胞共勉,但政治变为悲剧的契机蕴含在虚无主义修辞中。唯有神才能反抗神,过渡时代的现代中国,将启蒙与革命的期待情绪和历史趋向投射到"普罗米修斯—浮士德"这个复合的异域形象上,以这两个神话中的传奇人物为中心建构了"青春、转折时代和创造"的象征体系。鲁迅把英国诗人雪莱笔下的普罗米修斯阐释为"人类之精神,以爱与正义自由故,不恤艰苦,力抗压制主者僦毕多,窃火贻人,受縶于山顶,猛鹜日啄其肉,而终不降"(《摩罗诗力说》)。浮士德则是"人中之至人",是近代欧洲文艺复兴以来三百年历史文化精神的升华。前有文化保守主义者辜鸿铭,用"天行健君子以自强不息"来类比浮士德精神,用孔门儒学思想来烛照浮士德身上的人文主义和博爱意识。后有中国共产党早期理论家张闻天,用"活动主义"来概括浮士德精神,赞美浮士德渴求新知、企慕无限、向往永恒的生命动姿,意在震醒保守、苟

---

① 王一川:《中国现代文学引论——现代文学的文化维度》,101页,北京,北京大学出版社,2009。

安、麻木的中国灵魂，从消极无为到主动作为，与时俱进，趋向圆满。①

启蒙而至革命，乃是西方文化涵濡中国、中国在"以他涵我"中进入世界体系的过程。从毁裂的纲常中重整秩序，便是启蒙到革命的进程中不可回避的使命。在群流博弈中，在满天飞舞的新思中，有三种思潮渐渐明朗起来，显示出相对强劲的优势，展开了对中国20世纪心灵支配权的征战。这三种思潮借着"科学方法派"、"东方文化派"和"唯物史观派"为媒介广为传播，互相矛盾，互相冲突，互相反抗，综合进展，而演示出历史的进化和思想的蜕变。② "科学方法派"锋芒犀利，"东方文化派"根深力厚，而"唯物史观派"气势恢宏。经纬合成，三家演绎，彼此涵濡，为中国文化的建设与中国诗学的建构提供了历史的坐标和思想的架构，展开了中国20世纪思想史的内在生命节奏，塑造了中国现代性的基本形象。在唯物史观一派中，前有陈独秀、李大钊，后有自命为孤臣孽子的"零余人"瞿秋白。

在瞿秋白看来，建立在宗法社会与封建政制基础上的"东方文化"崩坏分裂，而建立在资本经济、技术文明和殖民暴力基础上的"西方文化"走向独裁，成为阻碍人类进步的巨魔。两种代表过去的腐朽文化，一在殖民地之上（东方），一在强国中（西方），都在苟延残喘，都已经是墟墓里的游魂。资本主义的全球扩张，帝国主义的武力征服，把东西文化熔铸为一，而世界无产阶级崛起，联合殖民地受压迫的各民族，

---

① 杨武能：《三叶集：德语文学·文学翻译·比较文学》，486—488页，成都，巴蜀书社，2005。

② "科学方法派"、"东方文化派"和"唯物史观派"三派并立之提法，初见早期共产党人邓中夏《中国现在的思想界》，载《中国青年》第6期，1923年11月24日。稍后有伍启元，用"直觉主义的阶段"、"实验主义的阶段"（相当于科学主义阶段）、"唯物辩证论的阶段"和"东方文化的阶段"来概括民国以来中国学术思想的"蜕变"："直觉主义代表了封建残余的'回光返照'；实验主义代表了资本主义的抬头；辩证法的唯物论是站在社会主义的立场以反对资本主义的理论；而东方文化论是站在理想主义的立场来反对资本主义的理论。这四种思想潮的发生，很明显地是建筑在走向资本主义途中的经济结构的。"（《中国新文化运动概观》，23页，现代书局1933年印行，黄山书社2008年重印）梁漱溟将20世纪世界文化划分为三大派系——英美文化派系、苏俄文化派系和中国固有文化派系，参见《政治的根本在文化》，载上海《大公报》，1947年1月12日。

反抗、革命，从而进入世界革命的史诗时代。在这宏大的叙事中，文化本无东西之别，唯有时间之分。无产阶级革命与东方民族革命使命合一，那就是"颠覆宗法社会、封建制度、世界的资本主义，以完成世界革命的伟业"①。这就是秋白所讴歌的"团圆梦影"，"欧亚华俄、情天如一"，"万族共婵娟，婵娟年千亿"。② 论及现代文明及其难题种种，瞿秋白草描了一幅乌托邦主义的文化愿景。由物质文明而至技术文明，由技术文明至于艺术文明，是为人类文化的演进之道。同时，这也是中国现代文论建构的政治伦理纲维。

在这一政治伦理纲维下，瞿秋白谴责矫情放纵的浪漫主义，批判以幻想代替真实的"革命罗曼蒂克"，唾弃肤浅描写现实的自然主义，甚至罢黜文坛百家，而独树普罗大众文学，奉"普罗现实主义"为现代史诗的正典。他从历史实体、文学主体、文学语体、文学文体、批评论体等维度上展开探索，将现代性的革命颜面空前彰显出来，而编织出激进启蒙意识的诗学符码。这套论述将启蒙导向革命，将文学与阶级斗争及党性政治高度统一起来，堪称革命现代性论说的典范。至关重要的一点，乃是这套论述力图回答中国文学"如何现代"的现实问题。无产阶级决裂旧秩序，扫荡封建余孽，取代资产阶级而成为文学的主体。推进白话运动，以俗话运动延续文学革命的志业，展开第二次革命，无产阶级将以方言俗语为基础铸造大众文学语言，探索新式文体，历史地建构文类制序，从而将艺术政治化。中国现代批评选择"杂感体"，将古典诗话与时政论文结合起来，将传记反思与社会批评统一起来，使艺术批评同艺术创作一同担负起战斗、动员、组织无产阶级革命的使命。

（3）在"我他互涵"以及"中西互补"、"菁华总汇"的基本导向上，产生了文化象征诗学，其价值关怀在于"和而不同"、"美美与共"的审美世界主义。

---

① 瞿秋白：《东方文化与世界革命》，见《瞿秋白选集》，21页，北京，人民出版社，1985。
② 瞿秋白：《"东方月"（中秋作）》、《赤都心史》，见《瞿秋白作品精编》，346页，桂林，漓江出版社，2004。

"世界文化的中国化"和"中国文化的世界化",双向进展,动静互流。故而,"我他互涵",中西互补,采花摘英,总汇菁华,这不仅是全球时代文化涵濡的愿景,也是带着对观互照眼光展开中国现代文论创制时无法拒绝的思考进向。这种思路具有浓烈的审美主义色彩和世界主义取向。文化进化的历史趋势和比较研究的必然理路也同样展示在自觉或非自觉的诗学研究及其成果中。即便是初看起来十分古典和非常传统的诗学范畴,也是全球语境下中国学者"以中化西"主动融化世界精神而铸造出来的。"境界诗学"源远流长,然而在中国现代文论中却因文化涵濡而获得的世界性蕴含而发生了自我解构。

《人间词话》删定稿第五十二则,王国维用"以自然之眼观物,以自然之舌言情"来品题纳兰性德词作境界。若仅从中国古典美学的现代延伸来评价王国维的"境界"诗学及其"自然"观,人们会不假思索地断言:意境诗学属于中国古典,只不过被王国维携入了现代文化语境,从而获得了绵延不绝的生命力。若从上述文化之双向进展来审视王国维"意境"诗学的生成及其"自然"观的真正含义,那么,实际的情形也许是,王国维的"意境"诗学乃是中国与西方互相涵化与濡染的观念结晶,即德国古典观念诗学的中国化和中国古典意象诗学的西方化的结晶,而如棱镜一般反射出欧洲近代观念历史的危机,折射出中国传统文化观念的裂变。朱光潜赓续前贤诗艺学理,采纳"境界"概念,并进一步探索诗歌境界内在肌理。每首诗自成境界,返照人生世相,而诗之境界则由"情趣"与"意象"两个元素构成。作为其"诗论"体系之核心环节的核心概念——"境界",自然不只是中国古代诗学传统的现代延伸,而是亦有一种深邃的悲剧精神和强劲的生命意识在酝酿、涌动,表现出一个现代自由知识分子灵魂深处的壮怀激烈。在"他我互涵"的过程中,蕴含在王国维"境界"诗学中的张力已经蓄满,就像一张弓已经被拉到极限,古典"境界"的自我解构就成为一种诗学的宿命。

中国古典"境界"诗学的自我解构、脱胎换骨,到宗白华手上终于得以完成。1944年,宗白华《中国艺术意境之诞生》增订稿发表,这是中国现代文论发展史上的重大事件。文中有一段名言:

> 以宇宙人生的具体为对象,赏玩它的色相、秩序、节奏、和

谐，借以窥见自我的最深心灵的反映；化实景而为虚境，创形象以为象征，使人类最高的心灵具体化、肉身化，这就是"艺术境界"。艺术境界主于美。……艺术家以心灵映射万象，代山川而立言，他所表现的是主观的生命情调与客观的自然景象交融互渗，成就一个鸢飞鱼跃，活泼玲珑，渊然而深的灵境；这灵境就是构成艺术之所以为艺术的"意境"。①

在这段文字中，除了"鸢飞鱼跃"、"代山川立言"、"灵境"这样一些字眼暗示某些中国古典诗学的残像余韵之外，整个逻辑脉络和概念选择都表现出了西方诗学权威在中国现代文论中不可动摇的地位。下文将会论证，宗白华的境界诗学，是中国古典兴辞诗学与欧洲象征主义文化运动互相涵濡的产物。

在中国兴辞诗学传统中，尚有同欧洲象征主义相对应的词汇——"象"与"征"。"象"、"征"二字连用是非常晚近的事情。"象"，初见于"圣人立象以尽意"（《周易·系辞上》），"圣人有以见天下之赜，而拟诸其形容，象其物宜，是故谓之象"。"征"，初见于《左传·昭公十七年》："申须曰：慧，所以当除旧布新也。天事恒象，今除于火，火出必布焉。诸侯其有火灾乎？梓慎曰：往年吾见之，是其征也。"杜预注曰："征，始有形象而微也。"（《十三经注疏》）这起码能说明，"象征"之"征"常常是政体兴亡的表征，而在汉代又被纳入谶纬神学体系，与"象"具有同等的地位，建立在《易》、《书》、《春秋》的基础之上，成为一个神秘概念。20世纪初，欧洲象征主义被引入中国，起初 symbolism 被译为"表象主义"。1919年，罗家伦在《新潮》上发表《驳胡先骕君的〈中国文学改良论〉》，文章中称诗人沈尹默的《月夜》是"象征主义"的代表。这是"象征主义"第一次出现在汉语中，应该也是"象""征"连用成词的较早例证。② 宗白华所用的"象征"同中国古代"象"、"征"在含义上相去甚远，而应属于现代象征主义以及象征理论的脉络。

---

① 宗白华：《中国艺术意境之诞生（增订稿）》，见《宗白华全集》第2卷，358页，合肥，安徽教育出版社，1994。
② 张大明：《中国象征主义百年史》，23页，郑州，河南大学出版社，2007。

1920年到1925年宗白华游学欧洲，近距离地接触到后浪漫主义诗学潮流。而论及对宗白华的影响，应首推新康德主义的象征形式理论。先后滋养宗白华诗学体系的，有斯宾格勒的文化象征主义、狄尔泰的生命象征主义以及卡西尔的人文象征主义。而卡西尔的人文象征主义不仅为宗白华提供了基本的概念工具——"象征"，而且直接为宗白华区分五种人生境界提供了理论架构。在欧洲象征主义与中国兴辞诗学传统互相涵化、彼此濡染的过程中，宗白华创构了以音乐性和节奏化的空间为中心的境界诗学，而呈现在中国诗画中那种音乐性和节奏化的空间，便是中国文化精神的基本象征。在艺术境界中，"生命情绪完全是沉浸于理性精神之下层的永恒活跃的生命本体"，而艺术以象征形式保留了神话的元素，让它不因为理性的凯旋而化为云烟。然而，这是一个悖论，一种逻辑的绝境，神话的辩证法变格为艺术境界的辩证法，即艺术家都像歌德那样，"对流动不居的生命与圆满谐和的形式有同样强烈的情感"①。生命反对逻各斯，神话解构理性，动力逾越秩序，舞境超越乐境——总之，我们在宗白华的"境界"诗学中看到，中国古典诗学中的境界行进在转换中，圆融与和谐之美正在裂变。

从更大的文化语境看，20世纪上半叶，世界文化从"静流"涌向"动流"，审美从"静穆"转向"飞动"，艺术由"抒情"迈向"史诗"，心灵从"日神的宁静"转变为"酒神的迷醉"，这一切都表征着中国古典诗学境界的自我解构。也就是说，中国古典诗学境界，在西方文化的强大压力下，并因为诸多话语的介入，多种思潮的涵化，多种逻辑的扭曲，而不可避免地成为一种正在破裂和自我转型的象征形式。以"境界"为战场，中西话语展开了一场权力争夺战。叔本华、克罗齐、斯宾格勒、卡西尔话语的干预，让中国现代境界诗学远离了古典的"虚实相生"，"情景合一"，而接近了西方现代文化象征诗学的"生命反对逻各斯"，"创形象以为象征"。境界诗学的现代偏航和自我解构，一方面标志着西方思想渐渐占领了诸如"境界"之类的符号意义，而建立其西方思想在中国现代文化语境中的主导地位；另一方面也表明中国现代传统也

---

① 宗白华：《歌德人生之启示》，见《宗白华全集》第2卷，7页，合肥，安徽教育出版社，1994。

渐渐主动地融汇和化合了诸如"象征形式"之类的思想资源，而以广博的胸襟容纳世界文化因素。一种现代诗学新传统正在形成，而这一新传统具有审美世界主义的导向。就前一方面看，那是中国的世界化之进程中的必然，其结果是在权力关系上西方主导、中国次属，"西显中隐"。就后一方面看，那是世界的中国化之工程的开启，其前景是在文化生态上"中西互涵"、"和而不同"，其未来境界乃是"以中涵西"，集中西乃至世界文化之"菁华"，总汇构成审美世界主义的诗学。

四、"血书"、"孤愤"：王国维与中国现代诗学精神

为了更清晰更具体地呈现中国现代文论在古今、中西的涵濡中创制的过程，我们将眼光投射到中国现代文论的开端，对现代诗学开拓者王国维作一反思，审视萌芽状态的中国现代文论精神。

20世纪初，尼采与中国知识分子的遭遇，乃是现代中国精神历史上的一次"创伤"事件。尼采精神"诱拐"了中国知识分子的灵魂，但中国文化精神也让尼采学说"洗心革面"，中国现代文论精神就在"尼采的诱拐"与中国文化"涵濡潜能"的双向作用下生成、演化和转型。

1. 结构性文化危机中隐匿的对话

王国维深受叔本华和尼采的影响，是一桩不争的学术事实。但学术界历来谈论得较多的是叔本华对王国维的影响，甚至将王国维自沉昆明湖解读为叔本华悲观主义哲学的"最后完成"。至于尼采对他的影响，则点到为止，语焉不详。但在笔者看来，尽管学术界的共识起码是建立在严格的实证考察基础上，但这种共识却隐含着对中国现代文化精神危机问题的忽略。"古今之创事，天地之变局"（王韬语），这是中国清末民初这个特殊时代的紧迫氛围。王国维则在这一紧迫氛围中感受到文化精神的巨大危机。而文化精神的危机首当其冲地体现为诗学精神的危机。"观近数年之文学，亦不重文学自己之价值"，诗学因此丧失了独立自由的精神。"社会上之习惯，杀许多之善人。文学上之习惯，杀许多之天才"，伦理文化的危机和诗学文化的危机凝聚在一个

冷峻残酷的"杀"字之上，真令人不寒而栗。而最令王国维不堪其忧的，则是欧洲文化精神的没落，或者说古典文化的衰微。作为近代欧洲文化精神之象征的"浮士德"已经蜕变成气吞八荒的"恶魔人欲"，世相败落，几近沙漠的伸延和废墟的增高，是谓"世衰"。而"上帝已死"又隐喻着基督教的没落，滚滚红尘，只觉残仁绝义，是谓"道微"。"呜呼！十九世纪之思潮，以划一为尊，以平等为贵，拘繁缛之末节，泥虚饰之惯习，遂令今日元气屏息，天才凋落，殆将举世界与人类化为一索然无味之木石。"①

正是在这一结构性文化精神危机的肃杀氛围下，欧洲精神的叛逆嫡子尼采和同中国古典文化共命而终的晚清遗民王国维相遇了，两道充满文化焦虑的哲学目光交汇并延伸到了个人的自体文化地平线之外，坚定而又执着地叩问一种可能性："破坏现代之文明而倡一最斩新最活泼最合自然之新文化，以振荡世人，以摇撼世界。"②故而，我们不妨认为，发生在王国维和尼采之间的这场隐匿对话，成为中国文化与德国哲学之间对话的典范，堪称"影响"历史的范本。而这种所谓的"影响"是地道的"诗学影响"（poetic influence），其含义是彼此互相灌注、交相流入和彼此充实、相互歪曲，从而形成一种提升的力量和引导的意志。王国维就这样将尼采携入中国现代诗学语境，又以中国古典诗学精神改造了尼采的学说，从而尼采学说成为中国现代诗学精神的建构要素，而中国古典诗学精神亦发生了现代转型，在转型中发生了质变。

在个体精神史层面，先知式的"孤愤"，以及精神生命"未完成性"，构成了尼采和王国维之间特殊的人格亲和势。王国维生性敏感，心情易生郁闷，忧生忧世的情怀伴他终生，而尤其是一种先知式的"孤愤"催化出他的悲剧诗学精神。"杜鹃千里啼春晚，故国春心断。海门空阔月皑皑，依旧素车白马夜潮来。山川城郭都非故，恩怨须臾误。人间故愤最难平，消得几回潮落又潮生。"（《虞美人》）"孤愤"，是一种深到孤独的灵魂层面而用心体味宇宙秘密韵律的"情"，一种上可溯至屈原，

---

① 佚名：《尼采氏之教育观》，载《教育世界》，1904年第71号。
② 佚名：《尼采氏之教育观》，载《教育世界》，1904年第71号。

外可比拟于但丁,当下可以直接交通于尼采的悲剧情怀。屈原的灵魂在儒家的实践理性结构和道家的诗性感性动力的撕扯之下流出哀怨的血,但丁在神圣秩序和世俗之间往返追寻一种作为救赎之津梁的象征。尼采更是在"旧表"与"新表"、"奴隶道德"和"主人道德"之间安置他疯狂而又疲惫的心灵。"徘徊于虚伪的辞藻桥头,盘旋于彩色的虹霓上,介乎虚伪的天,和虚伪的地,周转飘游,飘游浮起。……再作一度呼吼,道德的呼吼!像道德的狮王,在沙漠女儿前呼吼。""呼吼"首先是诗学的,然后是道德的,尼采要用再生于音乐精神的悲剧来整饬世衰道微的欧洲,一如王国维要用"人间词"来恢复诗学的自由独立精神。这当然是不堪承负的使命,而正是因为使命之不堪承负,才有了王国维和尼采的"未完成的精神生命"。尼采晚年在幻想中找到知音,在疯狂中拥抱安宁,在梦境和醉境中挥洒权力意志,而永远不复醒觉,但他的幽灵却在中国徘徊了一个多世纪,在欧洲也一直流浪到了后现代。王国维欣赏尼采的血书之笔,渴望担负人间的罪孽,书写出自己的孤愤和世道的荒蛮,但他毅然告别了诗学、美学,去亲近流沙、坠简。"众鸟高飞尽,孤云独自闲",他所留下的话题直到隔了一个世纪的今天依然诱人追问和深思。从伴随着王国维生命之始终的"孤愤"体验以及"忧生忧世"的诗学精神看,我们有理由认为尼采对他的影响远远大于叔本华。

在文化精神史层面,"元气屏息天才凋落"的19世纪末20世纪初的世界文化紧迫状况,生成了一种结构性的文化危机,滋生了一种普遍性的生命体验。最让尼采忧心的不是"上帝的死亡",而是"死亡了的上帝"的阴影下基督教"作为诚实的道德主义被迫走向了道德的毁灭",[①] 因此他给自己规定的事业乃是对欧洲精神系统实施全面的转型。而最让王国维焦虑而倍感苦痛的是传统知识分子借以安身立命的"纲纪之说……已消沉沦丧于不知觉之间",虽然"强聒而力持",却无

---

① [德]洛维特:《尼采的敌基督教登山示训》,见《墙上的书写——尼采与基督教》,田立年等译,5页,北京,华夏出版社,2004。

补于文化价值的飘零。① 尼采和王国维不得不成为各自文化精神的凝聚之人,成为这种文化精神之现代命运的象征。

总之,不论在个体精神层面,还是在文化精神层面,王国维和尼采都具有可比性。发生在二人精神深处的对话,直到如今依然能够震撼我们的灵魂。

2. 穿越悲观主义

从实证的史料看,据专家考订,1904 年,在王国维主编的《教育世界》杂志上,刊发了《尼采氏之教育观》等三篇关于尼采的论文,再加上《叔本华与尼采》,王国维共有四篇文章,从教育、文化、哲学以及尼采学说的发生、发展等角度全面述说尼采,并颂扬了"自忘我之为我,欲托一切羁绊而勇往直前,不达其极必不自已"的先知孤愤精神。我们完全有理由对这些文本是否出自王国维的手笔存疑,但也不妨推测:主持《教育世界》笔政的青年王国维出于对文化精神之忧思而向国人推荐尼采的学说。在自己主持的杂志上刊发这些论说,不仅表明了他个人对于尼采的偏爱和厚望,而且他往后的著述还证明他要通过尼采来超越叔本华,那就是穿越悲观主义的愁云惨雾,为通往"自由精神之合体"而觅路前行。

从文本的证据看,1904 年《红楼梦评论》发表后,王国维对其中提出的"生活之欲"与"苦痛"、"悲剧"关系的看法进行了相当大的修改,进而尝试以中国古典精神和尼采的学说来超越叔本华的悲观主义。首先,王国维在《叔本华与尼采》一文中已经明确地表示了对叔本华哲学的不满,而宁取尼采的学说。他援引《列子·周穆王篇》"周之尹事"与其"老役夫"之梦境互相颠倒的隐喻:

> 叔氏之天才之苦痛,其役夫之昼也;美学上之贵族主义,与形而上学之意志同一论,其国君之夜也。尼采则不然。彼有叔本华之天才,而无其形而上学之信仰,昼亦一役夫,夜亦一役夫,醒亦一役夫,梦亦一役夫。于是不得不弛其负担,而图一切价值

---

① 陈寅恪:《挽王静安先生》,见《王国维学术经典集》下卷,479 页,南昌,江西人民出版社,1997。

之颠覆，举叔氏梦中所以自慰者，而欲于昼日实现之。此叔本华之说所以为不反于普遍之道德，而尼采则肆其叛逆而不惮者也。①

王国维为了暂时平息"可信"与"可爱"之间的纠纷，而出人意表地告别了文学、美学和哲学，把眼光投射到古代世界，在典章制度的碎片与礼乐文化的废墟之间追思"中国思想之能动时代"。在他看来，"自周之衰，文王、周公势之瓦解也，国民之智力成熟于内，政治之纷乱乘之于外，上无统一之制度，下迫于社会之要求，于是诸子九流各创其学说，于道德、政治、文学上，灿然放万丈之光焰"②。而这就是他既感到恐惧又为之亢奋的"剧疾之变迁"，是"旧制度废而新制度兴，旧文化废而新文化兴"的现代中国的"创局"。③ 在这么一个时代，自有振荡世人、摇撼世界的"势力之欲"。而这种情形同尼采反观古代世界的境域没有什么两样："我坐在这儿等待，周围是破碎的旧标榜，以及写定了一半的新榜示。"④为了为即将兴起的新民族探寻新的水源，尼采孤身一人平衡着自己时代的喧嚣话语，对抗时代精神，发动了重访前苏格拉底时代的运动，呼吁人们集中关注那些具有永恒价值的真正经典。⑤ 经典之所以是经典，因为它们蕴含着"天真"，更养育着神性。尼采心中的神性不是别的，就是"狄奥尼修斯"，就是那种赋予万物以强大生命的能量，一种超越悲观主义的激情之涌流。"生命意志在其最高类型的牺牲中为自身的不可穷竭而欢欣鼓舞"，这种生命能量足以让王国维自信地超越叔本华用天才之笔墨呈现的地狱景象。"蓦回头宫阙峥嵘，红墙隔雾未分明，依依残照，独拥最高层。"（《临江仙》）为修改和补足《红楼梦评论》中"生活之苦痛"惩罚"生活之欲"的悲观论调，他提出"势力之欲"，探究"生活之欲"的根本，而这一概念与尼采的"狄奥

---

① 王国维：《叔本华与尼采》，载《教育世界》，1904 年第 84、85 号。
② 王国维：《论近年之学术界》，载《教育世界》，1905 年第 93 号。
③ 王国维：《殷周制度论》，见《王国维学术经典集》下卷，129 页，南昌，江西人民出版社，1997。
④ ［德］尼采：《苏鲁支语录》，徐梵澄译，196 页，北京，商务印书馆，1992。
⑤ 参见［美］奥弗洛赫蒂等：《尼采与古典传统》，田立年译，17 页，上海，华东师范大学出版社，2007。

尼修斯精神"直接相关。关于"势力之欲",王国维最早的规定是:"夫势力之欲,人之所生而即具者,圣贤豪杰之所不免也。而知力愈优者,其势力之欲愈盛。人之对哲学及美术有兴味者,必其知力之优者也?故其势力之欲亦准之。"①

透过"生活之欲"而发现"势力之欲",而后王国维便掘发了人类物质实践和精神活动的原始动力,而作为人类之高尚嗜好的文学、美术亦本乎"势力之欲"。只因一脉原始动力存在,则足以"活动人心而医其空虚的苦痛",从一己的"忧生之念"超脱出来,养育大我的"忧世之怀":

> 若夫真正之大诗人,则又以人类之感情为其一己之感情。彼其势力充实,不可以已,遂不以发表自己之感情为满足,更进而欲发表人类全体之感情。彼之著作,实为人类全体之喉舌,而读者于此得闻其悲欢啼笑之声,遂觉自己之势力以为之发扬而不能自已。②

超越一己感情而书写人类感情,这已经展开了王国维诗学的"审美世界主义"维度。在这个意义上,我们就可以理解他的"血书"之论。他之所以独爱血书,是因为"血书"将他的"孤愤"升华为"人类全体之感情"。

3. 以血为文,超越孤愤

王国维在《人间词话》里面特别标举"释迦、基督担荷人类罪恶之意"的"血书"文学,而这正是他用尼采精神克服悲观哲学的标志。如果说叔本华的悲观说是建立在"个体意志原则"上的一己之忧,那么经过王国维改造后的尼采悲剧观则是以"超人"为模型的普世之忧。王国维说:

> 尼采谓:"一切文学,余爱以血书者。"后主之词,真所谓以血

---

① 王国维:《论哲学家与美术家之天职》,见《王国维学术经典集》上卷,107页,南昌,江西人民出版社,1997。
② 王国维:《人间嗜好之研究》,见《王国维学术经典集》上卷,122页,南昌,江西人民出版社,1997。

书者也。宋道君皇帝《燕山亭》词亦略似之。然道君不过自道身世之戚，后主则俨有释迦、基督担荷人类罪恶之意，其大小固不同也。①

王国维所引尼采之言，出自《查拉图斯特拉如是说》（即《苏鲁支语录》）卷一"读与写"篇：

> 凡一切已经写下的，我只爱其人用其血写下的。用血写：然后你将体会到，血便是精义。……任何人也可学读书，这久而久之，不但毁坏了著作，也损伤着思想。在从前精神便是上帝，于是化为人，在现在是变了下流。……你们望着上方，倘若你们希望高超。但我向下看，因为我已经在高处。你们中间谁能大笑而又超然？谁攀登最高峰上，将嘲笑一切悲剧，与悲哀的严肃。②

不屑于自道身世之戚，而超越一己之忧，在这么一种祈向"超人"境界的姿态上，王国维与尼采完全一致。但王国维有所不知，尼采区分了两种"血书"——教士的血书和他自己（通过查拉图斯特拉、敌基督者得以人格化）的血书。教士的血书是禁欲者的作品，他们精心地挥洒自己的血，然后愚蠢地相信自己的血就是真理；尼采自己喜爱的血书则是"将热情与对所有发源于身体的言论的情境特性的意识结合起来"，从而质疑、颠覆以及翻转基督教的真理，全面展开价值重估。③ 为什么"超人"能够嘲笑一切悲剧与悲哀的严肃？因为尼采已经颠倒了整个评价体系。王国维所心仪的血书中所表达的"释迦、基督担荷人类罪恶之意"已经在尼采的魔眼中接受拷问了。

让王国维兴奋的也许还不是"余爱血书"之类的自我剖白，肯定还有更深层的灵魂激荡。王国维为什么要把他的诗学著作称为《人间词

---

① 王国维：《人间词话》108(18)，见《王国维学术经典集》上卷，347页，南昌，江西人民出版社，1997。
② ［德］尼采：《苏鲁支语录》，徐梵澄译，34—35页，北京，商务印书馆，1992。
③ 参见［德］洛维特：《墙上的书写——尼采与基督教》，田立年等译，39页，北京，华夏出版社，2004。

话》?这么一个近乎陈腐的问题,也许只能以尼采的影响为线索展开有限的猜想。"人间",既是王国维的笔名,又可能包含着比一个笔名更为深远的意义。"总为自家生意遂,人间爱道为渠媚。"(《蝶恋花》)或许,"人间",就是尼采所殷殷眷注的"大地":"像我吧!将飞散去的道德重新引回大地……"①尼采生活的世纪已经渐行渐远,他的绝望呼吁却声声在耳,鞭打着几近麻木的现代人的灵魂。而今的"大地"既没有母亲一般的仁慈,亦没有赤子一般的纯洁,无所不在的是灾异的遗迹、烈士的姓名以及茫然于苍茫天命的"我们"。看来像让-吕克·南希告诫的那样,我们需要"谈论一种同情","但不是那种自为地感到悲哀和以自己为根由的怜悯一样的同情"②。王国维将自己的诗学著作题名为《人间词话》,显然表露了对"人间"("大地")的巨大同情,但绝对不仅仅是那种悲天悯人的同情,而是一种对安身立命的精神价值的同情,他渴望衰落的文化和飞散的道德再度光临苦难的人间。"最是人间留不住,朱颜辞镜花辞树。"(《蝶恋花》)文化的衰落与道德的飞散,这些令人心碎的美,总是让王国维刻骨铭心,难以释怀。但王国维朦胧地选择了"审美的世界主义",希望用"以物观物"、"以天下观天下"的姿态进入生命与宇宙同流、个体与永恒同在的境界。

不仅如此,王国维的《人间词话》在文体学上也是一个重要标志,它标明了"以古典文体书写现代精神"的文论类型应运而生。我们以为,王国维选择这么一种文体来铸造现代诗学知识形式,也是受到了尼采《查拉图斯特拉如是说》的启示。"《查拉图斯特拉如是说》是一种文学的形式,但在内容上则类似于一部敌基督教的福音书(antichristlich Evangelium),一部颠倒过来的登山训众。"我们不妨直截了当地说,《查拉图斯特拉如是说》以戏仿圣经(parody of Bible)的形式表达了敌基督教的学说,圣经形式是古典文体,而敌基督教学说则是现代精神。王国维几乎是如法炮制,《人间词话》也是以戏仿古典词话的形式表达了现代诗学精神。我们不难觉察到,《红楼梦评论》在文体形式上完全不同于《人间词话》:一个是以现代学说和现代文体来读解古代经典,

---

① [德]尼采:《苏鲁支语录》,徐梵澄译,74页,北京,商务印书馆,1992。
② 转引自胡继华:《后现代语境中伦理文化转向》,198页,北京,京华出版社,2005。

一个是以戏仿古典的形式表达现代诗学精神；一个负于叔本华的悲观哲学，一个试图以尼采的超人哲学来超越悲观主义；一个似乎是少年不识愁滋味，还要故作深沉地书写苦痛与忧伤，一个已经是"话到沧桑句更工"，像尼采一样嘲笑悲剧与悲哀的严肃；一个在忧伤的语调中流溢着至热之情感，一个却在典雅的文句下掩埋着至热而又至冷的情怀——狄奥尼修斯和阿波罗两境相入，从而塑造了中国现代文论的"意境"。

王国维编译日本学人桑木严翼的《尼采氏之学说》，从中接触到尼采《悲剧的诞生》中"两境相入，悲剧生焉"的学说。阿波罗为"审美之神，以其优美之形体，示美术家以美之模型"。狄奥尼修斯为"酒神，使人酗酒沉湎者"。这两位神明所象征的精神共同构成了古希腊思想的根柢，阿波罗为其表呈欢乐方面，而狄奥尼修斯为其根而预定了生命的苦痛。酒神祭日，"人人狂醉歌舞，而合奏科尔之乐"。"此合奏之一群，与大众共舞蹈，实视此神为最奇幻者也。既视为奇幻，且以形式表之，于是作种种悲壮之现象，此即悲剧之根本也……"①

而王国维看来，这种两境相入不独是悲剧之根本，也是人间诗学的要义。通观《人间词话》，其中"忧生"与"忧世"、"有我之境"与"无我之境"、"主观之诗人"与"客观之诗人"、"能入"与"能出"，这些二元对举、张力丰厚的概念，明显改造并融合了尼采日神与酒神"两境相入"的诗学精神。"无我之境，人唯静中得之。有我之境，于由动之静时得之。"②动静合一而两境相入，故而"优美"和"宏壮"的诗学形态便确立起来了。我们既无须在阳刚/阴柔的意义上，也不一定要在崇高与秀美的意义上来理解"优美与宏壮"，还可以通过尼采的两境相入来理解这对范畴的含义。也许，它们既不能还原为古典的诗学范畴，也不能还原为西方的诗学范畴，而只能说它们是生成中的中国现代文论范畴。

通过以中化西，王国维将尼采悲剧诞生的学说融入自体文化之内，而铸造了"境界"学说，从而开启了古典诗学向现代转型的道路，而作

---

① 佚名：《尼采氏之学说》，载《教育世界》，1904年第78—79号。
② 王国维：《人间词话》36(4)，见《王国维学术经典集》上卷，326页，南昌，江西人民出版社，1997。

为古典诗学之精粹的"境界"也在现代文化语境中获得了生生不息的流兴余韵,甚至可以成为裁断现代文学艺术现象的一种元美学原则。

4."赤子"与中国现代诗学精神的生成

在王国维那里,"境界"是通过诗学范畴呈现出来的生命形态。《人间词话》一开篇,"昨夜西风凋碧树,独上高楼,望尽天涯路"的悲壮生命境界就自然展开,随后又呈现出"衣带渐宽终不悔,为伊消得人憔悴"的悲苦生命境界,以及"蓦然回首,那人却在灯火阑珊处"的天真生命境界。王国维以全称判断十分肯定地表明,这三种"境界"乃是"古今之成大事业、大学问者"必须经由的三个阶段。

非常有趣的是,尼采的"精神之三迁"——骆驼变狮子、狮子变婴孩(赤子)——也正好出现在《查拉图斯特拉如是说》的开篇,这纯粹是偶然的吗?或许,王国维的生命"三境界"就是对尼采"精神之三迁"的改写,用中国古典文学的形式完美地涵化了尼采的学说?在此,引人注目的,还不是这样一种类似的文本结构和表达方式,而是中国式的诗情画意所能达到的象征效果。不论是"生命之三境"还是"精神之三迁",其中都包含着"无限制的自由意志"对于价值的全面转化,而这种转化乃是"破坏旧价值创造新价值"。"生命之三境"象征地呈现了"精神之三迁",二者同样象征地呈现了人类精神价值的颠转(Umbesetzung)。而这种价值的颠转乃是"世俗化现象的基础,它从某种意识的贫乏状态汲取动力","神性的绝对行为(in absoluten Akten der Gottheit)曾经在彼岸世界做出的种种决断(Entscheidungen)现在一概归于人所完成的道德、社会和政治行动之下"。① 所以,作为现代性变幻生命状态的颠转,王国维的"生命之三境"其中一定包含着超越诗学含义的价值含义。在王国维和尼采的这场隐秘的对话中,是尼采的"精神之三迁"启示了王国维"生命之三境"的价值底蕴,同时是王国维赋予了尼采学说以诗学之维。第一境中那位在西风碧树时节孤独登高而望断天涯的诗人,宛然就是那负重奔向沙漠的骆驼,在敬畏中表现出坚贞,在谦卑中暴露出孤傲,他(它)象征着神圣的律令——"汝应"。第二境

---

① 刘小枫选编:《施米特与政治法学》,127页,上海,上海三联书店,2002。

中那因追求得不到满足从而不堪苦痛、憔悴不堪的诗人正像那疲于奔命的威猛狮子，他（它）无能创造新价值，却拥有创造新价值的自由，但他（它）所拥有的是一种消极的自由（negative Freiheit），因为无法满足的"我欲"而忧郁成疾。第三境中那份蓦然回首的天真，恰恰是一种新天新地的象征，一个普遍游戏的王国，那是赤子遗忘了一切同时得到了一切的境界，他（它）对应于真实的存在——"我是"，如云破日出，如水流花开。但是，在尼采的"精神之三迁"和王国维的"生命之三境"之间存在着两点不可小觑的差异：尼采的"狮子之变"象征着基督教千年传统价值的毁灭，而王国维的"憔悴之境"却没有这么强烈的积极毁灭作用，而是一种为追求欲望的满足而顾影自怜的悲情之写照；尼采的"婴孩之变"暗示了《新约》中的"子父关系"，而这种关系属于还没降临的"第三约"上帝之国，它纯粹是一个属于圣灵的新天新地，在尼采的象征体系中它是由狄奥尼修斯的世界来体现的。赤子依恋大地，但他的生命总是未能完成，而这恰恰就是王国维与尼采的共同命运，也是一切天才的共同命运。①

如果从"赤子"这个象征来看待王国维诗学中的"自然"范畴，那就可能探索出另外一种解释的可能性。在《人间词话》、《宋元戏曲考》中，"自然"成为"境界"的本质规定之一，但这个"自然"同古典道家的"道法自然"之"自然"的含义，以及"清水出芙蓉"所象征的"自然"的含义不可同日而语。当王国维说"以自然之眼观物"时，他心中想到的是以"赤子"之眼观物。而"赤子"眼里的自然就是王国维渴望的"最崭新最活泼最合自然之新文化"，这种文化与其说是自然主义的，不如说是"新自然主义的"，或者"野蛮主义的"。而这种新自然主义或者野蛮主义的文化构想直接来源于尼采而不是席勒或者卢梭。尼采反对卢梭，说必须"除此非常迷误而返诸自然，乃可以达于最高尚最自由最有效之自然状态"②，说的是尼采要求人类逆一切开化状态，描摹"人类之新性状"，弘扬"自然之价值"。而王国维和尼采心目中的自然之价值当在于"强

---

① ［德］洛维特：《墙上的书写——尼采与基督教》，田立年等译，10—11页，北京，华夏出版社，2004。

② 佚名：《尼采氏之教育观》，载《教育世界》，1904年第71号。

健,快活,少壮",当在于狄奥尼修斯之欢歌醉舞,当在于查拉图斯特拉所教导的那样,"回到人生与躯体,使其为土地开意义,人类的意义"。最后,王国维的"自然"概念还可能是尼采的"酒神境界"与"固将磅礴万物以为一"的儒家境界之会通,而这将预示着个体与永恒同在、生命与宇宙同流的审美世界主义将烛照中国现代诗学精神的生成。

第一章　现代景观下的古典精神

——"学衡派"与人文主义文论制序

引言：过渡时代，两套文化谋划

无论是作为古代的终结，还是作为现代的原点，"五四"运动都是衡量中国现代文论及其文化新传统的基本参照。"五四"成为中国现代的"转折时代"（"过渡时代"）的标志性事件。所谓"转折时代"，系指从1895年到1927年的30多年时间，这是中国思想文化由传统过渡到现代、承先启后的枢纽时代。中国现代过渡时代的思想史特征，乃是文化取向危机的凸显，以及新的思想论域的形成。[①]

回溯既往，两千年的文化累积与传承构成了新文化运动的时间之

[①] 张灏：《幽暗意识与民主传统》，134页，北京，新星出版社，2006。在此，依据中国现代文学史写作的共识，笔者对转型时代的下限略有调整，调整到1927年，以便更符合主流现代文学史的叙述。在常常被视为第一部论述现代文学之创制的严肃学术论著《中国新文学运动史》(1933年)中，王哲甫将现代中国文学分为两段：第一阶段从1917年胡适"文学改良论"的提出到1925年五卅反帝运动，第二阶段从1925年到1933年大规模的文学反思以及文学史的写作。30年代后，反思新文学与抒写文学史竟成风尚，当时面世的重要著述包括：陈柄堃《最近三十年中国文学史》(1930年)、陆永恒《中国新文学概论》(1932年)、王哲甫《中国新文学运动史》(1933年)、钱基博《现代中国文学史》(1933年)，以及周作人《中国新文学之源流》(1934年)。在中国现代文学的分期问题上，阿英在《中国新文学运动史资料》"序言"中提出，中国新文学运动开端于1919年5月4日，结束于1925年5月30日。但茅盾和郑振铎持论不同，坚持新文学运动始于1917年"文学改良论"的提出，终于1927年五卅运动及"文学革命"到"革命文学"的转换。这一种现代文学分期论确立了一种延续了"文以载道"传统的写史范式，那就是严格按照相应的政治事件去描述文学事件。

"经线"。眼观世界，两百多年突飞猛进而至石破天惊的资本主义全球东扩运动形成了新文化运动的空间"纬度"。经纬交织，时空合一，文化转换，社会迁移，"五四"时代的中国为多种潮流、多种取向、多种声音、多种可能性铺展了博弈的场域。① "五四"进入思想史而成为中国现代性的标志，表明思想不是独白而是对话，文化不是断裂而是涵濡。博弈的场域，便是一个新兴的文化场域。新文化运动看似贵今贱古、薄中厚西、激流涌进，实则古今相濡、中西互涵、复义俱陈。钱基博描述道："倪有国之人焉，胚胎于前光，歌颂其历史，涵濡其文化，浃肌沦髓，深入人人。人心不同，而同于爱国；如物理学之摄力，抟挖一国之人，而不致有分崩离析之事也；如化学之化合力，熔冶国人，使自为一体，而示异于其他也。"② 钱基博的描述显耀地表明，"国性之自觉"乃在文化之涵濡，特别强调国性"不可蔑"，国人不可自暴自弃，文化实践必须自固壁垒，一心齐力，外御其侮，使邦家"潜德之幽光"发扬光大，泽被人间，施惠于整个世界。

在这个新兴文化场域内，扎根于复杂语境及其新符号实践的诗学建构，在相当程度上凸显了现代性的歧义性，甚至将悖论夸张为绝对冲突：尚古与崇外，世运与维新，忠诚与叛逆，历史与想象，民族国家与个体生存……在这新兴文化场域中，张力弥满而蓄势待发，取向

---

① "没有晚清，何来五四？"王德威这一经典之问暗示着"五四"之发生乃是多种文化谋划、多维文化涵濡的一个结果。他描述说，从太平天国到宣统逊位的晚清60年间，那个"华丽的世纪末"见证了传统文学体制的巨变。那些推陈出新、千奇百怪的符号实验，酝酿出新旧杂陈、众声多义的景观。然而，"五四"新文化运动与其说推动了剧变，不若说压抑了诸种"现代性"，而终结了剧变。"然而，如今端详新文学主流'传统'，我们不能不有独沽一味之叹。"忧从中来，情何以堪？"所谓'感时忧国'，不脱文以载道之志；而当国家叙述与文学叙述渐行渐远，文学革命变成革命文学，主体创作意识也成为群体机器的附庸。文学与政治的紧密结合，是现代中国文学的主要表征，但中国文学的'政治性'却不必化约为如此狭隘的路径。"([美]王德威：《被压抑的现代性——晚清小说新论》，5页，北京，北京大学出版社，2005)王德威敏锐地观察到文学政治化的单向运行及其导致的现代性僵局，但他没有注意到另一方面被压抑的现代性在后传统的生活世界将执着地回归，而国粹运动、学衡派人文主义运动、战国策派文化精神复兴运动，在某种程度上都以"自反现代性"(reflexive modernity)解构了"单一现代性"(A modernity)，展示了"复数的现代性"(modernities)，从而也导致了文学与政治关系的"纲绝纽解"。

② 钱基博：《国学文选类纂》，"总叙"，4页，上海，上海古籍出版社，2012。

多元而意义迷茫。然而，转折时代的中国呈现出一种"亚努斯"形象：瞻前而又顾后，徘徊而又留恋，欲去而又回返。艺术符号实践、诗学理论建构以及文化体系的创制都是如此。一方面身负时间"经线"上的传统重量，另一方面面对空间"纬度"上的西方压力，现代中国文化创构势必在两种极端姿态中择取其一：或者决裂学统、政统、道统，唯西方马首是瞻而论学与衡政；或者拒斥西方夷技、夷学、夷政，恪守圣贤古训而修身与治国。两种姿态，两种路向，两套话语，却具有同一的文化语境与话语基础，分享着同样的文化使命与历史责任。

故而，毫不奇怪，"五四运动"既被称为"思想启蒙"，又被视为"文艺复兴"。[①] 从1917年开始，胡适就一直坚持五四新文化运动是中国的"文艺复兴"，而研究"新问题"，"输入西学思想"，以及"整理国故"，构成了中国文艺复兴的三大使命。到20世纪30年代后反思"五四"，胡适的思想与修辞发生了微妙的变化，特别强调中国的文艺复兴是一场"人文主义运动"。[②] 40年代后，李长之斥责以胡适为主将的新文化运动清浅无根，断言"五四运动"不是"文艺复兴"，而是"思想启蒙"，

---

① 余英时：《文艺复兴乎？启蒙运动乎？——一个史学家对五四运动的反思》，见《现代危机与思想人物》，75—103页，北京，生活·读书·新知三联书店，2012。

② 胡适：《中国的文艺复兴运动》，见《胡适演讲集》一册，44页，台北，远流出版公司，1986。胡适在如下几个方面拿"欧洲文艺复兴"类比"五四"新文化运动："首先，它是一种有意识的运动，发起以人民日用语书写的新文学，取代旧式的古典文学。其次，它是有意识地反对传统文化中的许多理念与制度的运动，也是有意识地将男女个人，从传统势力的束缚中解放出来的运动。它是理性对抗传统、自由对抗权威，以及颂扬生命和人的价值以对抗压迫的一种运动。最后，说来也奇怪，倡导这一运动的人了解他们的文化遗产，但试图用现代史学批评和研究的新方法来重整这一遗产。在这个意义上说，它也是一个人文主义运动。"（转引自余英时：《现代危机与思想人物》，77页，北京，生活·读书·新知三联书店，2012）胡适的这套说辞与其说在定义文艺复兴，不如说是在描述思想启蒙。三个要点的前两个要点——新文学与解放运动，明确地显示了"五四"的思想启蒙谋划。最后一个要点凸显了重整传统及其人文关怀，多少暗示了那么一点文艺复兴的意思。换言之，"五四"在时间上渐行渐远，胡适在反思新文化运动时事实上已经将思想启蒙的谋划与文艺复兴的谋划融合为一了，而这种姿态乃是典型的现代自由主义的姿态。关于"五四"新文化运动，胡适的说辞是现代性的一种双重的自我断言——现代性既是思想启蒙，又是文艺复兴。胡适既不同于陈独秀、李大钊、鲁迅等人的文化激进主义，也有别于国粹派、学衡派诸人的文化守成主义，但与两个阵容的人士分享了作为现代性话语共同基础的人文主义。

并乐观地勾画出超越思想启蒙、迎来中国真正的文艺复兴的愿景。①各执一端之词,恰好表明"五四"是一套由多重面相与多种方向构成的复杂情结,为描摹、谋划和阐释预留了丰富的可能性。思想启蒙的谋划,乃是惊觉变局,而"以他涵我",引进西方的器物、技术与政制以图富国强种,救贫克弊。文艺复兴的谋划,乃是国性自觉,而"以我涵他",在世界性文化危机的语境下张皇心灵之幽眇,寻道统之茫茫坠绪,以图发明传统,重整秩序。启蒙和复兴,两种历史的谋划在过渡时代的中国可谓双峰并峙,二水分流。由胡适、陈独秀开创的"活的文学"、"人的文学"及其文化革命创制系统,乃是思想启蒙谋划的代表,而由章太炎开启,由"学衡派"的学崇古雅、道取人文及其文化守成的创制系统,乃是文艺复兴的谋划的代表。从时间上看,文艺复兴的谋划早于思想启蒙的谋划。从历史踪迹看,思想启蒙的谋划比文艺复兴的谋划影响更大。从现代性的逻辑看,思想启蒙的谋划在一定程度上遮蔽甚至抑制了文艺复兴的谋划,文化革命的创制系统成为主干,而文化守成的创制系统屈居旁枝。论衡中国现代学术,估价新文化传统,文艺复兴的谋划及其文化守成的创制系统又是中国现代性的一股不可低估的动力,中国现代文论及其文化建构的一个不可忽略的环节。

因此,若要准确地估价中国现代性与新文化传统的正当性,有必要在全球现代性自反的视野下,重审"学衡派"及其流裔的古典诗学言述,凸显中国文化精神的自觉,揭示现代景观中的古典,领略理性思潮中的人文韵味。

---

① 李长之:《迎中国的文艺复兴》,见《李长之文集》第一卷,16页,石家庄,河北教育出版社,2006。"我不赞成用'文艺复兴'来称呼'五四'运动,'五四'运动只是一个启蒙运动。我觉得,西洋文艺复兴的意义,简截地说,只是希腊文化的觉醒,申言之,只是西洋人对于其传统文化的再认识,这种运动因为是以希腊文化为背景的,所以根深蒂固,源远流长,中间经过中世纪表面上的黑暗压迫,其实却是在那里培养浇灌,所以一发便是灿烂光华,照耀千秋。……我不否认'五四'运动是一枝鲜艳的美丽的花,但是,这枝花乃是自别家的花园中攀折来,放在自己的花瓶中的。因为没有源头,因为不是由自己的土壤培养出来的,因为不是从大地的深层,从植物的根本上开放出来的,所以很容易枯萎,而不能经久。"本自根才有文艺复兴,清浅无根才叫启蒙,因而必须迎来文艺复兴,以幽深玄远超越启蒙的清浅明白,这是李长之对"五四"的评判,也是借着这种评判展开的文化创制愿景。

一、革古、复古与变古

从晚清到"五四",中国对现代性的体验涌起三脉思想流向。首先是借西革古的文学革命,继而是张扬国粹的文学复古,最后是人文化成的文学变古,三脉流向同学术论衡中"激进主义"(radicalism)、"自由主义"(liberalism)和"守成主义"(cultural conservatism 或"保守主义")复杂地纠结在一起。一方面,激进主义推进启蒙,特别参照法兰西近代文明来定位中国现代性,遵从唯物辩证法而为社会革命寻求合法性辩护,表现在文学及诗学建构上乃是将启蒙诗学激进化,从文学革命走向革命文学。自由主义的代表人物乃是新文化运动的主将胡适,他仿效美国实用主义(pragmaticism,又译"实验主义")哲学家杜威的学说创制中国现代文化建设方案。另一方面,激进主义和自由主义主导着中国现代性文化创制的基本方向。而"国粹派"、"学衡派"以及"新儒家",构成了所谓"文化守成主义"阵容。策应世界性反现代化思潮,并通过揭示自反现代性的悲剧辩证法,文化守成主义构成了对于现代性的另类思想形态,在相当程度上扭转了中国现代文化创制的基本取向,为论证现代性的正当性提供了另外一种特殊视角。

"革古"乃是晚清至"五四"中国转型时期的文化与思想的剧情主线。19世纪晚期,中国传统在内外力量的交相撞击之下,急速出离传统而走向现代,一场王纲解纽、世衰道微的"创局"于焉呈现。"创局"引发维新,维新导致"革古",顺乎世运而与时俱进。钱基博借着自己的时运交际,叙说了"五四"激进主义者和自由主义者都参与其中的文化创制之历史戏剧:

> 吾生四十年,遭逢时会,学术亦几变矣。方予小弱,士大夫好谈古谊,足己自封。其梯航重译通者,胥以夷狄遇之,而诎然自居为中国,以用夷变夏为大戒,于外事壹不屑措意,此一时也。"风气渐通,士知拿陋为耻,西学之事,问涂日多。然亦有一二巨子,訑然谓彼之所精,不外象数形下之末。彼之所务,不越功利

之间，逞臆为谭，不咨其是。讨论国闻，审敌自镜之道，又断断乎不如是也！"（采严复《天演论序》）此又一时也。既世变日亟，国人晓然于积弱，则又以为中国事事不如人，就学寖已放废。于是"家肄右行之书，人诩专门之选，新词怪谊，柴口耳而滥简编。向所谓圣经贤传，纯粹精深，与夫通人硕德，穷精敝神所仅得而幸有者，盖束阁而为鼠蠹之久居矣。"（采严复《涵芬楼古今文钞序》）然而行之二十年，厥效可指：衡政，则民治以为揭帜，而议士弄法不轨，武人为于大君；论教，则欧化袭其貌似，而上庠驰说不根，问学徒恣横议。放僻邪侈，纪纲无存。欲求片词只义，足以维系一国之人心者而渺不可得。国且不国，何有于治！於戏！古谚有之曰："橘逾淮化为枳也。"况于谋人之国，敷政播教，将谓树一国之人文，而可以移植收其全功者乎！此必不可得之数也！其效则既可睹矣。此又一时也。大抵自予之稚以逮今日，睹记所及，其民情可得而言：其始足己而自多，后乃蔑己以徇人。①

"诩然自居"而至"国且不国"，"风气渐通"、"世变日亟"而至"纪纲无存"、"蔑己徇人"，中国出离传统走向现代的进程导向了革古自蔑、审父弑亲的悲剧。激进主义与自由主义无不是满口新词怪议，袭其貌似，而"驰说不根"。一时间，仿佛家传尽废，而国性寖衰，两千年的文化传统大厦无奈四分五裂。晚清诗界三杰之一黄遵宪毅然以诗鸣革古，抒诗体改革之志。梁启超审时度势，断言过渡时代必有革命，革命之职不在"革其形式"而在"革其精神"。故而"至是酣放自恣，务为从横轶荡，时时杂以俚语、韵语、排比语及外国语法"，一扫古文禁约，文体解放蔚为大观，虽为老旧之士目为"文妖"，但尽情释放了"文学感化力"。革古诗学由此发轫，到"五四"时代达到了白热化程度。

1915 年，陈独秀将"革古"之志与近代文明相提并论。"文明云者，异于蒙昧未开化之称也。……古代文明，语其大要，不外宗教以止残杀，法禁以制黔首，文学以扬神武。……可称曰近代文明者，乃欧罗

---

① 钱基博：《国学文选类纂》，"总叙"，3 页，上海，上海古籍出版社，2012。

巴人之所独有，即西洋文明也。"视近代文明为欧洲所特有，并参照西方甚至祈求西方来表达中国现代文论与文化的正当性，陈独秀率先表现出革古迎新的激进主义姿态。"近代文明之特征，最足以变古之道。"陈独秀措辞选用"变古"，而属意乃是"革命"，因为他紧接着断言"使人类社会划然一新者，厥有三事：一曰人权说，一曰生物进化论，一曰社会主义是也"①。此三大思潮之激进性，一望便知，毫无含糊。1917年，胡适撰《文学改良刍议》，提出革古诗学的八项主张，从语言文字和文体入手，为"人的文学"与"活的文学"张目提神。这种建基于进化论的"一时代有一时代之文学"的历史观，虽静水微澜，却类似于西方近代天文学和哲学的"哥白尼革命"，成为中国诗学现代性转折的标志性命题。将那种所谓"宇宙古今之至美"的古文学称为一种僵死的残骸，"革古"诗学便完成了一场乾坤倒置的颠转（Umbesetzung）。用布鲁门贝格（Hans Blumenberg）的话说，"颠转是世俗化的基础，而从某种贫瘠匮乏的意识中汲取动力……神圣的绝对行为曾经在彼岸世界做出的种种决断，现在成了由人来执行的道德、社会和政治行动"②。古人所谓"道沿圣以垂文，圣因文而明道"的绝对行为，而今为普通民众用耳熟能详的俗言俗语来实现了。于是，"国民文学"颠转了"贵族文学"，"写实文学"颠转了"古典文学"，"社会文学"颠转了"山林文学"，"正宗"变成了"谬种"，"经典"变成了"妖孽"，"宇宙古今之至美"变成了"僵死的残骸"。总之，俗语喧哗取代了神道设教，天地易位而宇宙变色，正如在一个晴朗的早晨人们突然发现"神像碎裂在地上"。故此，就其基本要求而言，由革古诗学表明的中国现代转折时代，乃是历史

---

① 陈独秀：《法兰西与近世文明》，载《青年杂志》，第1卷，第1号，1915年9月15号。

② Hans Blumenberg, *Die Legitimatat der Neuzeit*, Frankfurt am Maine: Suhrkamp, 1979, Z. 99.

上那个在人文意义上终极有效而不可逾越的时代。①

然而，"大曰逝，逝曰远，远曰反"（《道德经》），远游之路就是复归之路，国性的遮蔽与自觉的辩证乃是文化现代性的要义。余英时援引"丸之走盘"的巧设妙喻，喻说传统与现代之间的微妙关系：

> 丸之走盘，横斜圆直，计于临时，不可尽知，其必可知者，是知丸之不能出于盘也。②

滚动之"丸"，象征着从传统转向现代的中国，及其种种驱动力量。框范之"盘"，则喻指中国文化传统，以及其富有整合力的间架。③ 在西方思潮惊涛裂岸的作用下，"横斜圆直"的种种力量驱使中国传统内部发生了种种变动，滚动之"丸"左奔右突，几乎破"盘"而出。然而，"盘"之框范力量如此强大，以至于将破盘而出如同流星飞散天际的"丸"强行拉入传统的间架中。"丸之不能出盘"，即喻指现代创局无论如何都无法突破传统的基本格局。家传尽废之余，国性寝衰之际，革古之风必将转向，而复古之风将炽，而变古之志业已预存。国粹派、学衡派和新儒家即涌起了复古之风，酝酿着变古之志。

胡适夫子自道，将革古迎新的"文学改良"的直接动力归于复古派的逼迫。"逼上梁山"，胡适一脸无辜与无奈，仿佛新文化运动并非主动出击，而是被动防御。前有严复、林纾，后有胡先骕、梅光迪，一

---

① 参见刘小枫选编：《施米特与政治法学》，上海，上海三联书店，2002，作者引用黑格尔《精神现象学》叙说现代性的颠转："'在一个晴朗的早晨……神像垮在地上了。'……'理性的神殿'取代了'永恒上帝的神殿'，'理性的节日'取代了基督教日历的节日，'理性的女神'取代了旧的上帝。"(158页)作者还进一步评述布鲁门贝格的"近代合法性"构想："布鲁门贝格的近代被构思为所有的力量都综合为坚定的向前战斗，对于内部的差异几乎无法接受。他把自发的原始见证运用于早期基督教，把长期有效的调配运用于时代的转折。但在他看来，近代就其要求而言是历史的那个在人道上终极有效的、不可超越的时代。鉴于此，这个时代的微观结构、近代内部的重大转折、突变和'原始见证'都失去了意义。"(177页)
② 《樊川文集》卷十，《注孙子序》。
③ 参见余英时：《现代危机与思想人物》，7页，北京，生活·读书·新知三联书店，2012。但余英时只是用这个比喻来描述18世纪之前的中国思想史："大体上看，18世纪以前，中国传统内部虽然经历了大大小小的各种变动，有时甚至是很激烈的，但始终没有突破传统的基本格局。"在此，笔者做一层引申，用这个比喻来述说新文化运动中"复古"与"变古"思潮出现的必然性，以及国粹派、学衡派和新儒家在中国现代文化创制中不可取代的作用。

派"言须信达雅","文必夏商周",另一派则耿介建言,发誓捍卫一切"胡适博士反对的事物",甚至知其不可为而为,对抗白话文运动,保护固有的写作方式。然而,保护国粹的复古思潮却构成了文学改良的前史,以及革古诗学的驱动力。1905年"国学保存会"的重镇《国粹学报》创刊,忧心于清代以来学术革古之甚及古学寖衰之势,对"训诂词章"莫焉下流的学术颓废之风心生喟叹,而畅言保存国粹,延续周秦学脉,以孔子六艺为宗。1906年,出狱流亡东瀛的章太炎面对中国留学生阐发保护国粹之意图:"为甚提倡国粹?不是要人尊信孔教,只是要人爱惜我们种族的历史。"治今文经学者如有康有为辈所念兹在兹者,不过是保皇变法。而治古文经学者以章太炎为楷模,力主保护"国粹",振兴"小学",在民族生死存亡之际呼吁革命,将保护国粹提高到保国护种的高度。"复古"、"国粹"看似学术颓势之风的抉择,实则是国势孤危之际的决断,根柢是文化危机之世的政治诉求。"国粹"的自觉,本质上是文化的自觉,而文化的自觉乃是通往民族认同的前提。然而,如不振兴日衰的"小学",爱国保种、文化自觉以及民族认同都只不过是空中楼阁、海市蜃楼。满怀种族自豪,甚至心存孑遗情绪,章太炎高扬"文学复古"帅旗:

> 像他们希腊、梨俱的诗,不知较我国的屈原、杜工部优劣如何?但由我们看去,自然本种的文辞,方为优美。可惜小学日衰,文辞也不成个样子,若是提倡小学,能够达到文学复古的时候,这爱国保种的力量,不由你不伟大的。①

"国粹"是来自东瀛的舶来语,为文化危机愈演愈烈的中国之醉心于文化的有识之士审视种族、民族和文教提供了一种理论视角和修辞策略。国粹理念潜入晚清中国,它担负着排斥异族统治、光扬汉民族文化精神的使命。而"复古"一语,在章太炎及其国粹派同人的话语脉络中,乃是多重含义的集合。首先,它暧昧地参照着欧洲"文艺复兴",意指古代文物、古代经典、古代生活方式及其文化精神的淬砺弘扬。

---

① 章太炎:《东京留学生欢迎会演说辞》,载《民报》,1906年6号。

其次，它明确地指示中国古学的复兴，包括"语言文字"、"典章制度"与"人物事迹"。而语言文字之复兴构成了文学复古的文化基础，在这个文化基础之上，方可确立依自不依他的文学及其文化自律性。最后，它渐渐被打上了"民族主义"政治意识形态的烙印。驱除鞑虏，构成了章太炎复古事业的初始动机，然而恢复中华，则构成了章太炎复古事业的真谛。他深信非我族类，其心必异，清政府尚可文而化之，但西方帝国主义却是更加凶险更加邪恶的异类蛮夷。1909年，章太炎表达了对主权国家的忠诚，以及对民族主义的执着："既执着于国家矣，则不得不执着于民族主义……吾曹所执，非对于汉族而已，其他之弱民族有被征服于它之强民族，而盗窃其政柄、奴虏其人民者，苟有余力，必当一匡而恢复之。"①从保国护种到淬砺文化精神，以至反抗异族压迫寻求民族认同，章太炎的"文学复古"乃是一项激进的政治决断。清政府乃至帝国殖民者，在章太炎眼里，都是"犬羊异族，非我亲昵"。而以文学复古为前导，增益种族力道，淬砺文化精神，乃是中国文化现代性的另一道绝对律令：

> 夫讲学者之疏于武事，非独汉学为然。今以中国民籍，量其多少，则识字知文法者，无过百分之二；讲汉学者，于此二分，又千分之一耳！且反古复始，人心所同，裂冠毁冕之既久，而得此数公者，追论姬汉之旧章，寻绎东夏之成事，乃适见犬羊殊族，非我亲昵。彼意大利中兴，且以文学复古为之前导，汉学亦然，其于种族，固有益无损已。于此数者，欲寻共谷而咎卒不可得，微芒暗昧，使人疑眩。冥心而思之，瘣瘵而求之，其衅始于忽微，其积坚于盘石。呜呼！吾于是知道德衰亡，诚亡国灭种之根极也。②

"裂冠毁冕之既久"而至"微芒暗昧，使人疑眩"，更有"道德衰亡"预示着"亡国灭种"。宋儒妄论《春秋》，是为古学浸衰、小学湮灭之祸

---

① 章太炎：《章氏丛书·别录》，第3卷43页，转引自汪荣祖：《追寻现代民族主义：章炳麟与革命中国》，64页，香港，牛津大学出版社，1985。
② 章太炎：《革命之道德》，载《民报》，1906年第16号。

始。大雅不作，吾道独孤，世道人心如何？此等文化紧迫情境之下，章太炎逆"革古"之潮，行"反古复始"之举。其所谓"复古"，即是"光复"，光复中国之种族，中国之州郡，中国之政权。此等文化紧迫情境，是复古派、国粹派、学衡派以及自由主义、激进主义共同面对的情境，而在极速东扩的全球文化运动中，他们也必须担负共同的历史使命：民族认同，淬砺国魂，以及确立中国在全球化现代性格局中的地位。

1921年，一场"东方文化"论战如火如荼，言锋所及，尽是中国文化在现代世界的生死存亡问题，民族认同被提升到全球时代世界主义文化战略的维度。学兼中外的学者陈嘉异撰文《东方文化与吾人之大任》[1]，自命为东方文化的崇拜者，贬抑"西化论"，甚至排斥"东西文化调和说"，提出淬砺文化精神乃是世运维新的前提。循名责实，陈嘉异所谓"东方文化"，绝非陈腐干枯的"国故"，而系指"中国民族之精神"，或"中国民族再兴之新生命"。而他所谓"吾人之大任"中的"吾人"，既非一二贤哲巨子，亦非中国民族，而系指全球时代的世界人类。"振兴东方文化之道，不在存古，乃在存中国，抑且进而存人类所以立于天壤之真面目，亦尚非保存国粹之说所得而自阃者也。"章太炎及其国粹派同人言论止于"国粹"与中国共存亡，陈嘉异这位东方文化之仰慕者则进而言之，"东方文化"与人类世界共存亡。依他之见，东方文化超拔于西方文化之上，具有其他文化难以企及的优势："东方文化为独立的、创造的，而西方文化为传承的、因袭的"；"东方文化有调和精神生活与物质生活之优越性，而尤以精神生活为关键，最能熔冶为一"；"东方文化有调节民族精神生活与时代精神之优越性，而尤以民族精神为其根柢，最能运用发展"；"东方文化有由国家主义而达世界主义之优越性"。"民族精神"构成了这套论说的主旨，东方文化的形而上品格由此得以彰显，为鉴照世界性文化危机举起了一面镜子，为出离传统走向现代的中国文化系统创制规划了方向。"世界主义"构成了这套论说的境界，东方文化的乌托邦愿景由此得展开，"尤以世

---

[1] 陈嘉异：《东方文化与吾人之大任》，载《东方杂志》，1921年18卷1、2号。参见钱基博：《国学必读》(下)，367—400页，上海，上海古籍出版社，2011。

第一章　现代景观下的古典精神——"学衡派"与人文主义文论制序 | 49

界主义为其归宿,故东方文化则可为将来之世界文化也"。这套言说落墨之际,恰是第一次世界大战硝烟未散而欧洲人惊魂未定之时,即便是启蒙先行者和革命肇始人梁启超也迫不及待地要把温柔敦厚、福深泽远的中国文化推荐给满眼废墟、凄迷绝望的西方。脱古入今的中国一度饥不择食地吸取西方思潮,急不可待地"走向世界",但这一现代进程却是一场壮怀激烈的悲剧,中国现代文化创制为此付出了相当沉重的代价,那就是忽略甚至牺牲了中国文化的独特古典品格,窒息甚至扼杀了它的现代生命力。①"五经乖析,儒学浸衰"(《汉书·艺文志·诸子略》),汉代班固的感叹与忧患仿佛就是对新文化运动剑走偏锋的感叹与忧患。辟古之甚与革古之患,尽在于数典忘祖,家传尽失,以至于民族精神蔽而不明,国粹偏枯。"吾人欲焕新一时代的思想与制度,仍在先淬砺固有之民族精神",陈嘉异持论甚坚。同时,祖述《易传》,援引黑格尔、马克思辩证历史观,陈嘉异又气势恢宏,视野博大,申论现代中国文化创制"不惟负有容纳新时代精神之宏量,尤负有创造新时代精神之责任"。淬砺民族精神与创造时代精神,一经一纬,时空转换,为现代中国文化举起了庄严而沉重的"十字架"。章太炎及其国粹派同人,吴宓及其学衡派同道,陈嘉异及其东西文化仰慕者,以及梁漱溟及其新儒家数代人,甚至包括胡适、周作人、陈独秀、鲁迅等新文化运动的将士们,都必须背负着这庄严而沉重的"十字架"俯读仰思,忏悔而又决断,慎思而又明辨:如何开启民智,如何淬砺国魂,如何"旧邦新命"。

真正说来,淬砺国魂、旧邦新命,同借西革古、以夷变夏并非异途,反倒同轨,共同担负着开启民智和振兴民族的使命。由"革古"而

---

① 王一川:《中国现代文学引论》,北京,北京大学出版社,2009。王一川创设"中国现代文学",以西方现代社会理论和文化哲学为视角,展示中国现代文学新传统及其文化维度,其中"中国文化现代Ⅰ"和"中国文化现代Ⅱ"的创意性划分相当富有启发意义。从历史长时段看,20世纪只是中国文化现代Ⅰ时段,而今已经进入了现代Ⅱ时段。文化现代Ⅰ的基本特征是脱古入今、援西入中,其核心内涵乃是以西方话语为规范而把中国纳入全球化的世界进程,但这一进程让中国历史付出了一笔不可省却的巨大代价:"它忽视或牺牲了中国文化自身的独特品格问题"。然而,这一进程又是中国出古入今的必然之路,事实上也为中国文学与文化找到了一条挣断古典锁链而进入现代世界之路(41—44页)。

"复古",一场力辟异类文化霸权而寻取民族认同的文化复兴运动正在舒缓兴起。然而,这场复兴乃是在民族文化与时代精神之两难中的抉择,是在迅猛而又喧哗的全球化进程中寂寞的复兴。两难的抉择,寂寞的复兴,加重了中国文化现代性的沉重感,加深了中国现代新文学传统的悲剧意味。新文化运动余波未息,激进新文化纲领与文化守成意识之间的较量胜负未分,"科学"与"玄学"的论战又将"古今之争"和"中西之辩"具体化了,更是凸显了知识与生命、理智与直觉以及形而下之器与形而上之道的对峙、冲突。启示"科玄"之争,论涉不解之问,争论尚无结果,但往复诘难中一个形而上的文化事实由隐而显,并被推到了争论各方所关注的中心:在现代世界,中国民族究竟依托何种价值象征系统而安身立命?1921年,儒学涵养而成、佛光烛照之下的一代儒宗梁漱溟发表长篇讲词,结集为《东西文化及其哲学》出版。至此,唯一可堪同"五四"新文化激进创制纲领相抗衡的文化守成主义体系初具规模。寻取方向,寻求意义,对宇宙人生究元决疑,梁漱溟"用慧黠的心灵探求人心的慧黠",以"对文化的探究本身"构成"值得探究的文化",从而构成了对"五四"革古思潮的真正挑战。[①] 不过,挑战者并非置身于"五四"之外静观战局,而是于新文化体系的创制实践中躬身力行。《东西文化及其哲学》显然应该归属于中国文化现代性的格局,作为新文化运动的标志性成就之一。就连"语近刻薄,颇失雅量"的胡适也不得不承认,梁漱溟的《东西文化及其哲学》"让人觉察到一种新的态度,一种了解现代文明基本意义的欲望,以及了解西方文明背后的哲学",所以是"新意识的最佳范例……他呼唤出对新时代的思慕"。[②] 梁氏以"意欲"为中心,从比较的角度将世界文化体系分为三种:意欲向前而且重理智的西方文化,意欲向后而且重现量的印度文化,意欲调和持中而且重直觉的中国文化。西方文化追求"科学之真",印度文化追求"信仰之真",中国文化追求"道德之真",而所谓"道德之真"乃是"心之所以为心"的自觉,以安危系于天命,视救世为一己之职志。

[①] 黄克剑:《东方文化——两难中的抉择》,225页,南昌,江西人民出版社,1992。
[②] 胡适:《胡适演讲集》第1册,273—274页,台北,远流出版公司,1986,转引自余英时:《现代危机与思想人物》,92页,北京,生活·读书·新知三联书店,2012。

梁氏创制"世界文化三期重现"先验图式,展望了中国文化复兴的未来愿景:孔门礼乐文化复兴,"收拾了一般人心,宗教将益浸微","以道德代宗教"的时代就会降临。[①] 梁氏的文化创制图式是先验的,而其文化愿景也确有空想色彩,但他的文化哲学措意在于为中国儒学开出同现代世界接轨的通衢,因而唯独他能让孔子的生命与智慧重新转活而滋润人间,开启了宋明儒学复兴的门径。新儒家之"新",一如新文化之"新",正在于它"变古"求法,毅然面对并且发愿超越现代意义危机。西方思潮荡涤之下,中国人遭遇了佛教入华以来最为严重的道德迷失、存在迷失与形而上迷失。[②] 新儒家乃是对这三层迷失的反应,志在涵濡雨露,振荡风气,让老根发新芽,赋旧邦以新命,建构形而上象征体系,安身立命而又救世济人。故此,新儒家并非知识实体,而是一种超验而又内在的精神,它在全球化语境下复活,流兴不息,孳乳蔓生,源源不断地产出新意义,提供象征资源。

"学衡派"所执着者,也是形而上象征体系,只不过他们是以"论衡"(critical review)为手段而以人文主义为鹄的。如果说,"国粹派"胸怀保国护种的悲愿并致力于重振"小学"而开辟了阐释空间,表现了文学复古的取向,那么,"学衡派"则胸怀世界人文主义的憧憬并致力于复兴古典之道而拓展了阐释空间,表现了文学变古的取向。文学复古重在因袭、怀旧,而文学变古重转型、维新。就其逆转"革古"、超越"复古"而论,"学衡派"与新文化运动多有悖逆,而同新儒家更为亲近,二者都瞩目于古典之道的复兴,将建构道德象征秩序视为中国现代文化创制的最终使命。不过,新儒家力求将孔子生命化,"学衡派"却要重访包括孔子在内的中外古代圣贤,如佛陀、苏格拉底、耶稣。"国粹"与"道德",已然构成"学衡派"的鼓荡之词,但其意义负载已经大大超重,甚至发生了语义学上天地翻覆的改变。"国粹"已经不是文物典章和人物事迹,而是文化内隐维度和精神象征秩序。"道德"已经不是孔颜乐处和天地境界,而更多是借着经典传世的古典人文主义的"至善

---

① 梁漱溟:《东西文化及其哲学》,200页,北京,商务印书馆,1999。
② 张灏:《新儒家与当代中国的思想危机》,见《幽暗意识与民主传统》,94—118页,北京,新星出版社,2010。

至美"。"国粹派"与"新儒家"对西方始终保持着相当暧昧的警惕之心,可是在"学衡派"那里却代之以根植于欧洲古典传统的人文主义批判诉求。1915年,"学衡派"的领袖人物之一吴宓早在"文学改良论"提出之前就自立使命:"发挥国有文化,沟通东西事理,以熔铸风俗,改进道德,引导社会。"①发挥国有文化,意味着在革古之风甚炽的时代免于自暴自弃,而坚执于国性自觉。沟通东西事理,意味着在复古之情涌动的时刻免于恪守绳墨,而希望放眼世界,熔铸风俗,涵濡文化,振奋人心。改进道德与引导社会,乃是一切变古之士的心灵寄托,意味着他们以天下为己任,拯救世道人心于古典道德浸衰之时。"股肱惰而万事荒,爪牙亡而四国乱,神州荡覆,宗社丘虚"(顾炎武《日知录卷六》),中国现代文化创制的艰难可堪同晚明相比。所以,最为紧迫者,乃是"论衡",即以胡适所谓的"评判的态度",论学衡政,批判研究,以便重新估定一切价值,为荒废的宗社再度贞定神圣。浸润于欧洲古典人文主义与中国古代儒学双重传统,"学衡派"以为他们拜谒到了"圣人"(ideal men),取得了"圣道"(the truth that is taught by sage)。这些圣人就是孔子、苏格拉底、亚里士多德、耶稣以及佛陀,"圣道"就是古典人文主义及其传世的至善至美。

"革古"、"复古"与"变古"乃是现代中国面对西方而确立的文化创制立场。"革古"是顺应西方而脱古入今,"复古"是悖逆西方而保护国粹,"变古"是中西协调、涵濡文化、淬砺民族精神而瞩望世界人文主义愿景。"革古"走上"理性化"、"役自然"、"尚物质"、"崇功利"的现代性单行道,"复古"与"变古"则通往了"直觉化"、"合天人"、"仰精神"、"重人文"的反思现代性的多元化。"复古"与"变古",同19世纪末到第一次世界大战前后世界范围内的反现代化思潮若合符节,"在腐蚀性的启蒙理性主义的猛烈进攻之下,针对历史衍生的诸般文化与道德价值做出有意识性的防卫",而在古典性的意义上将现代进程视为一幕悲剧,认为启蒙的后果、理性化的成就所带来的每一分利益都要求人类付出沉重的代价,人类所珍视的事物都悉数为他们意欲的事物所

---

① 参见吴宓:《吴宓日记第一册(1901—1915)》,"四月二十四日日记",409页,北京,生活·读书·新知三联书店,1998。

摧毁。① 付出代价要求反思，而反思就要求评判，要求"论衡"，因此现代性在行进中自反，自反的贡献在于在"论衡"中辨明现代性的真正本质，估算人类究竟应该为意欲之对象付出何等代价。在客观的自反过程中，以及在主观的反思过程中，单一现代性变成了多元现代性。正如拉什(Scott Lash)所论，"在现代化的转变过程中，'系统'似乎无情地向前，破坏'生活世界'，然而自反性现代化为现代化的转折敞开了另一种可能性。它指向启蒙辩证法的一个积极的新转折的可能性"②。在思想层面和文化维度上，自反现代性表现为"发明传统"。霍布斯鲍姆(Eric Hobsbawm)断言，19世纪到20世纪，那些显得非常古老或者声称非常古老的传统总归是新近兴起的，有时甚至是发明出来的。但"发明传统"无论如何都不是"杜撰传统"，被发明出来的传统又不同于"真正的传统"，它宣布与过去的联系基本上是虚假的，只不过是一种执着的怀旧而已。被发明的传统在早期现代体制中广为散播，而且制约着现代文化创制实践。③ 这种情形在过渡时期的中国即晚清到"五四"时期尤为引人瞩目，现代中国的文化创制实践不仅依靠着真实存在的传统，而且还发明了许多传统。"国粹派"为保国护种而发明了"小学"传统，并通过文学将这一传统变成神话，让遭到祛魅而至浸衰的文物典章获得了新生。"新儒家"为匡救时弊而发明了"道德理想主义传统"，并赋予其准宗教的价值，宣称其具有普适意义。"学衡派"为重振圣贤之道而发明了"人文主义"传统，以此为根基进行诗学文化创制，凸显现代语境下诗学的古典品格，为中国现代文化创制提供了另类选择。

然而，同是发明传统，同样具有执着的怀旧意识，"复古"与"变古"两脉潮流还是有微妙的差异："复古"难免为因袭的习性所蔽，而成为修复型的怀旧，"变古"则自觉地接受未来的导引，而成为反思型的

---

① 参见[美]艾恺：《世界范围内的反现代化思潮——论文化守成主义》，张信译，16、231页，贵阳，贵州人民出版社，1991。
② [英]拉什：《自反性及其化身：结构，美学，社群》，见[德]乌尔里希·贝克等：《自反性现代化》，143页，赵文书译，北京，商务印书馆，2001。
③ E. Hobsbawm, "Introduction: inventing tradition", in E. Hobsbawm and T. Ranger, *The Invention of Tradition*, Cambridge: Cambridge University Press, 1983.

怀旧。修复型怀旧（restorative nostalgia）强调"怀旧"中的"旧"，执意重建失落的家园，弥补记忆中的空缺；反思型怀旧（reflective nostalgia）注重"怀旧"中的"怀"，致力于追思怀想，沉沦在不完整的记忆过程中。像"国粹派"那种修复型怀旧的传统发明者，他们对自己的怀旧意向并无明确的意识，而认为自己所发明的传统绝对真实。这种类型的怀旧构成了全球化时代种族和民族主义复兴的特征，它背靠未来而拒绝实在，以反现代的方式亲近历史，从事神话创造，企图返回民族文化精神象征的母体神话中。相反，反思型怀旧则是在历史的断垣残壁前徘徊，在时光的废墟和依稀的旧梦中流连忘返，然而他们生活在别处，思绪在将来。① 这种类型的怀旧乃是世界人文主义的一种诉求，一如"学衡派"的文化涵濡之梦，其中"过去"与"未来"、"民族意识"与"时代精神"、"自体文化"与"西方人文"不离不弃、交相引发，而又若即若离、彼此扞格。我们现在就在革古、复古和变古的复杂文化语境下，以"学衡派"及其流裔的选择和建构为个案，探索中国现代人文主义文论的制序。

二、中西涵濡，人文化成——"学衡派"的文化论说

在"革古"、"复古"与"变古"三脉现代潮流的涌动中，"学衡派"尝试涵濡中西，以我涵他，化成人文，进而建构中国现代文论制序。置身文学革命潮流，但旨在张皇幽眇，寻中西古典之茫然坠绪，"学衡派"彰显了现代文化的古典品格。与世界范围内的自反现代性思潮主动对话，努力以中国古典文化涵濡欧美新学，"学衡派"让中国古典人文化成的传统与欧美"新人文主义"远缘融构，为中国乃至世界文化现代创制提供了另一种可能视角。

"论究学术，阐述真理，昌明国粹，融化新知，以中正之眼光，行批评之职事，无偏无党，不激不随。""学衡派"奉此宗旨，左右开弓，

---

① 参见［美］博伊姆：《怀旧的未来》，杨德友译，46—47 页，南京，译林出版社，2010。

上下求索，为中国现代文化创制觅路而行，为救治古典文化的普遍堕落开具良方。"论究学术，阐述真理"，表明了"学衡派"知识分子的职业精神，其中蕴含着坚定的启蒙信念，而他们心目中的学术乃是人文精神浸润下的事业，他们所理解的真理又是沐浴在"甜美与光辉"中的至善至美。"昌明国粹，融化新知"，意味着涵濡中西乃是"学衡派"文化创制与诗学建构的方法：针对"革古迎新"的新文化运动，"学衡派"主张"昌明国粹"，矫正"国粹派"的尚古之癖，"学衡派"主张"融化新知"。因此，"学衡派"知识分子乃是20世纪世界文化对话的重要参与者，在历史上为文化涵濡留下了一个堪称范本的案例。"以中正之眼光，行批评之职事，无偏无党，无激无随"，表明了"学衡派"文化建设的立场，用马修·阿诺德的话说，那就是"超然无执"（disinterestedness）地探究世间所思所知之至美；用陈寅恪的话说，那便是践行"独立之精神，自由之思想"。

首先，学衡派实施"变古"，尤为重视对域外他者文化的主动吸纳和化合。在考察唐代李氏家族的崛起时，陈寅恪断言："李唐一族之所以崛兴，盖取塞外野蛮精悍之血，注入中原文化颓废之躯，旧染既除，新机重启，扩大恢张，遂能别创空前之世局。"①"学衡派"实施"变古"，端赖方法的创新和视野的拓展。在研究魏晋玄学时，汤用彤主张以新方法研究思想史，尤为重视将支离破碎的学术见解在新方法的涵濡下建构出完备的学术体系："新学术之兴起，虽因于时风环境，然无新眼光、新方法，则亦只有支离破碎之论，而不能有组织完备之新学。故学术，新时代之托始，恒依赖新方法之发现。"②其次，"学衡派"的"变古"、"创新"之道在复古和欧化（西化）之外。吴芳吉驳斥胡适的"八不主义"，最后断言："复古固为无用，欧化亦非全功。不有创新，终难继起。然而创新之道，乃在复古欧化之外……"③

---

① 陈寅恪：《李唐氏族之推测后记》，见《金明馆丛稿二编》，344页，北京，生活·读书·新知三联书店，2009。
② 汤用彤：《魏晋玄学论稿》，25页，北京，生活·读书·新知三联书店，2009。
③ 吴芳吉：《再论吾人眼中之新旧文学观》，见《吴芳吉全集》（上），404页，上海，华东师范大学出版社，2014。

"学衡派"活动于新文化运动期间,但其酝酿与实际活动还要早于文学改良和"五四"运动。1911年,清华大学就学制与课程建设进行改革,集结古典学大师,鼓励崇敬经典的学子修习国文与国学,后来"学衡派"的主将及其同人如吴宓、汤用彤、闻一多、刘朴等人就接受过这种中国古典的专业训练。1915年4月,吴宓在日记中记载,他已经考虑要创办一份杂志,提倡一种学说,酝酿一种风气,形成一个学派,"发扬国有文化,沟通中西事理"。此乃"学衡派"宗旨的雏形,其淑世之心和弘道之愿溢于言表。1915年岁暮,汤用彤、吴宓等一拨清华学子成立了"天人学会"。这个名称向世人宣告,他们旨在究极天人,阐扬国学,淬砺国魂。吴宓还致书好友吴芳吉,阐述"天人学会"的宗旨:"除共事牺牲,益国益群外,则欲融合新旧,撷精立极,造成一种学说,以浸润社会,改良群治。"沟通中西事理,融合新旧,追寻世间之至善至美,此等心愿同胡适的"文学改良"意念几乎同时产生。新文化运动随之如潮涌动,作为一种以反弹应对挑战的姿态,"学衡派"以变古而守成、援西以活中、以中而涵西的文化理论才渐渐明朗起来。

然而,对于"学衡派"的学术观念和文化创制实践起催化作用的,还是自称"不今不古"、"童牛角马"、"不夷不惠"的学者陈寅恪。1919年冬天,求学哈佛的陈寅恪与吴宓有过一番意味深长的对谈。[①] 当时,国内"五四"运动波澜未退,国外所到之处都在纪念第一次世界大战结束一周年。二人言谈所及,即是中国传统智慧、中国家族伦理道德制度、佛教与中国文化、中国与希腊文化的关系。依据吴宓的日记记载,这场对谈不是随意的应景的神聊,而是思路严谨、言有所据的论道。吴宓的女儿吴学昭肯定地说:"谈话不是即兴的,而是多年苦心钻研、广泛探索的结晶。"二人在谈话中清晰地陈述了关于文化问题的基本观点,对当时如火如荼的新文化运动表明了立场。我们完全有理由认定,这次谈话的记录乃是陈、吴的联合宣言,为"学衡派"批判新文化运动和评价当代思潮制定了宏观的纲领,提供了基本的断制。其中的许多论点,后来都融入了"学衡派"的文化理论中,成为反思现代理论的重

---

① 参见吴学昭:《吴宓与陈寅恪》,9—10页,北京,清华大学出版社,1992。

要理据。

　　谈及中国古代传统的特征，二人达成的共识是："中国古人，素擅长政治及其实践伦理学……其言道德，惟重实用，不究虚理。"这种被后来学者如李泽厚先生称为"实用理性"的传统，其长处在于修身齐家治国之旨，其短处在于过分注重利害得失，缺乏精深远大之思。其结果乃是追求功名富贵者众，而尚道崇德者寡。所以，陈、吴二人持论坚定，尊德性而道学问，贬实用而轻富贵。由此，他们对近代教育危机及其危险后果具有相当理性的认识："今则凡留学生，皆学工程实业，其希慕富贵，不肯用力学问则一。"在他们看来，这样一种功利实利的教育舍本逐末、技道倒置，最好也只不过是造就下等工匠，而"境遇学理，略有变迁，则其技不复能用"。专务实用，而无远虑，最大的危险乃是利己营私，各趋所益，而难以团结一体谋求公共福利。他们提出，"救国经世，尤必以精神之学问（谓形而上之学）为根基"。这种"形而上的精神之学问"，乃是"天理人事，精深博奥者，亘万古，横九亥，而不变"。不难看出，这种学问，就是贯通古今中西为一的"古典人文主义"。以此学问为标准评骘中西文化现代潮流，陈、吴二人断言："今人误谓中国过重虚理，专谋以功利机械之事输入，而不图精神之救药，势必导致人欲横流，道义丧失。"二人批判中国古典传统，认为其不究虚理，实用为尚，同时又批判西方物质主义思潮，断言其恣肆蔓延，必定斯文败类，道义沦丧。① 言下尽藏机锋，预言随后"学衡派"所仰慕的古典人文主义，有望担负起匡正和拯救这个人欲横流的世界的使命。

---

① 意味深长的是，鲁迅对19世纪以来西方物质文化昌盛而道德文化浸衰的"偏至"了然于心，并对人类历史的吊诡乃至悲剧性展开了痛切的反思。1907年，鲁迅作《文化偏至论》，忧患深广地描述了19世纪以来文衰道丧、欲张灵敝的景象。在他看来，"文明无不根旧迹而来，亦以矫往事而生偏至"："递夫十九世纪后叶，而其弊果益昭，诸凡事物，无不质化，灵明日以亏蚀，旨趣流于平庸，人惟客观之物质世界是趋，而主观之内面精神，乃舍置不之一省。重其外，放其内，取其质，遗其神，林林众生，物欲来蔽，社会憔悴，进步以停，于是一切诈伪罪恶，蔑弗乘之而萌，使性灵之光，愈益就于黯淡。"（《文化偏至论》，见《鲁迅全集》第1卷，53页，北京，人民文学出版社，1981）可见，从物欲膨胀而性灵遮蔽的角度看，19世纪以来的现代进程不啻是一场文化"自剥其根"的悲剧。

陈寅恪对"学衡派"思想观念和文化创制所起的催化作用，还因国学大师王国维的抑郁自沉而更显深沉与悲凉。王国维之死，将世界劫毁与斯文湮灭之际的文化苦魂具象化了。一时间，精神创伤裸露，孑遗心态毕现，大有天崩地裂末日降临之感。吴宓也惊觉生逢浩劫，主辱臣忧，喟叹文衰学弊，痛心人亡国瘁。① 随后吴宓赋诗八首，题名《落花诗》，序曰："古今人所谓落花诗，盖皆感伤身世。其所怀抱之理想，爱好之事物，以时衰俗变，悉为潮流卷荡而去，不可复睹。乃假春残花落，致其依恋之情。近读王静安先生临殁书扇诗，由是兴感，遂以成韵，亦自道其志而已。"② 看落花，睹遗物，吊故人，悲从中来，兴感成诗，一种感伤身世和缅怀理想的幽情隐志跃然纸上。陈寅恪三挽王国维，面对传统的剩水残山，缅怀玄文奇字，自抒累臣之叹和孽子之悲。③ 一年之内，他满腔怨艾，先后撰写《王观堂先生挽词并序》、《清华王观堂先生纪念碑铭》、《王静安先生遗书序》，长吁短叹，余意彷徨。究问王国维自沉原因，陈寅恪推测，面对中国文化的巨劫奇变，文化精神所凝聚之人则必感苦痛，且不得不与之共命而终。在王国维的墓碑上，陈寅恪运如椽巨笔，铭刻下了"五四"精神："独立之精神，自由之思想。"④ 为王国维遗墨作序，陈寅恪断定"别有超越时间地域之理性存焉"⑤。而这种超越的理性不为俗谛所桎梏，又不为俗众所共悟，而这正是"学衡派"纵论古今、衡量时代的人文主义圭臬。

人文主义的圭臬从何而来？这就必须讲到西方另一脉有别于实用主义，更对立于物质主义与感情主义的反现代思潮了。"学衡派"人士留学欧美，受英国批评家诗人阿诺德和美国批评家白璧德的濡染，力

---

① 吴宓：《挽王国维联》："离宫犹是前朝，主辱臣忧，汨罗异代沉屈子；浩劫正逢此日，人亡国瘁，海宇同声哭郑君。"《吴宓诗集》，163页，北京，商务印书馆，2004）

② 吴宓：《落花诗八首并序》，见《吴宓诗集》，173页，北京，商务印书馆，2004。

③ 陈寅恪：《王观堂先生挽联》："十七年家国久魂销，犹余剩水残山，留与累臣供一死；五千卷牙签新手触，待检玄文奇字，谬承遗命倍伤神。"《陈寅恪集·诗集》，180页，北京，生活·读书·新知三联书店，2009）。

④ 陈寅恪：《陈寅恪集·金明馆丛稿二编》，246页，北京，读书·生活·新知三联书店，2001。

⑤ 陈寅恪：《陈寅恪集·金明馆丛稿二编》，248页，北京，生活·读书·新知三联书店，2001。

辟培根、卢梭为代表的近代人道主义，而景仰轴心时代的古希腊和中国文化所贞立的人文正典。马修·阿诺德（Matthew Arnold，1822—1888）生在维多利亚时代的英国，正逢贵族当道、中产阶级上升以及平民得势。人人为所欲为，个个我行我素，此等境况表明人心不古，世衰道微。阿诺德吟诗作文，锋芒直指这种"文化"（culture）日衰而"无政府"（anarchy）盛行的世风俗气。观日下世风而探古寻根，阿诺德沉湎于遥远的历史记忆，到希腊和希伯来精神中追寻"文化"的渊源与命脉。希腊精神以"美"与"光"为尚，希伯来精神以"罪"与"赎"为宗，一个注重"智慧"，一个注重"顺服"。两脉源流不同，秩序与权威却一以贯之，让天道神意大行于天下。两股力量，各有属于自己的辉煌时代，各有统一世道、安置人心的时光。基督教运动乃是希伯来精神的胜利，道德境界的凯旋，而文艺复兴就是希腊精神的起死回生，理智冲动的归复本位。然而，作为现代标志的个人至上和功业崇拜，却导致了希腊理智和希伯来道德的双重沦丧，以至于"野蛮人"当道，"非利士人"上升，"群氓"得势，贵族不再优雅，中产阶级唯尚私欲，平民心性暴戾。受德国古典人文主义及欧洲"希腊文化崇拜"（Philhellenism）的涵濡，阿诺德将整饬世道、涵养天理、慰藉人情的希望寄托于希腊文化的复兴，以"文化"来克服"无政府"。① "文化就是或应该是对完美的探究和

---

① 希腊文化崇拜（Philhellenism），是指现代欧洲在自我断言和确认的过程中将希腊文化理想化和神圣化的一种精神诉求。这一思潮以这种文化模式为基础，并以这种精神诉求为导向展开文化共同体的想象，同时暴露了欧洲文化自身的现代危机。18世纪中后期，欧洲学者常常用"希腊主义"来指代"希腊生活方式"和"希腊精神世界"。尤其是在德国，当时不少"希腊迷"远赴希腊朝圣，并用游记形式记录了他们探幽索颐的好奇之心，异国情调之风，以及对奥斯曼帝国统治下的希腊本土居民的悲悯之情。在从18世纪进入19世纪的门槛上，古典学基本上完成了对古代世界的征服，"希腊主义"已经成为"一般精神和知识复兴"的征兆。经过莱辛、赫尔德、歌德、荷尔德林、洪堡、席勒、施莱格尔兄弟，一场将希腊理想化和神圣化的精神运动达到了高潮。借用德国"希腊主义"文化政治模式，批判英国国民性以及在工业社会甚嚣尘上的"市侩主义"，阿诺德在"希腊文化"和"希伯来文化"之间选择了一种折中、保守和实用的立场。在适度范围内辩护现代社会"希伯来化"的倾向，而对犹太人及其独特的生活方式、宗教信仰持一种宽容和缓的态度，阿诺德同反犹主义拉开了距离，表现了一种"和而不同"、"多元共在"的文化襟怀。参见 Lionel Gossman, "Philhellenism and Antisemitism: Matthew Arnold and his German Models", in *Comparative Literature*, 1994, Vol. 46, No. 1(1-39)。

追寻，而美与智，或曰美好与光明，就是文化所追寻的完美之主要品格。"①作为诗人与文化批评家，阿诺德将"文学批评"定义为"人生批评"。"人生批评"贵在超然无执，中正合道，探究以及传扬世间所思所言之至精至美（a disinterested endeavor to learn and propagate the best that is known and thought in the world）。在吴宓看来，阿诺德"人生批评"的定义就是文化的定义："文化者，古今思想言论之最精美者也。"②梅光迪将"人生批评"视为近代人文的典范，认为批评"率能以思想自见，有左右世界之势"，并将阿诺德的批评定义翻译为："批评者，乃无私之企图，以研求宣传世间所知所思之最上品也。"③无论是"古今思想言论之最精美"，还是"世间所知所思之最上品"，遣词虽有别，措意却不离其宗，一种宗经变古、以古鉴今的倾向朗然可鉴。

　　白璧德（Irving Babbitt，1865—1933）以其"悲天悯人之心，匡时救世之志"而备受"学衡派"文人学者的青睐。更有巧合者，乃是1933年一代西学鸿儒、学界泰斗白璧德仙逝之后，《学衡》杂志终刊谢世，"学衡派"亦风流云散。不妨说，白璧德其人其学，都是"学衡派"仰慕的楷模与范本，新人文主义思想乃是学衡派的灵魂。斯人已逝，魂归何处？白璧德学养深厚，广涉欧西与东亚，尤其关切中国新文化运动，殷殷期盼东西各国儒者（人文主义者）互相涵濡，协力行事，冀成淑世易俗之功，修成中正合道之德。像阿诺德一样，白璧德对16世纪以来的欧西现代化进程及启蒙的后果深表忧患。对于近代那种毫无管束的物质扩张，唯利是图的厉行之道，率性恣肆的情感放纵，以及征服自然、戕害人性的所谓"进步"观念，白璧德迎头棒喝，严辞厉责。他援引美国超验主义作家爱默生名言，将"人律"与"物律"判然二分，常言若将"物律"用于"人律"，即以物质主义遮蔽人文主义，则会导致文衰道蔽，肉欲横流。白璧德的反现代之思，正在于他断定16世纪以来的科学自然主义与情感自然主义所开启的现代之路，乃是一条背离古典人文主

---

① ［英］阿诺德：《文化与无政府状态》，韩敏中译，41页，北京，生活·读书·新知三联书店，2002。
② 吴宓：《论新文化运动》，载《学衡》第4期，1922年4月。
③ 梅光迪：《现今西洋人文主义》，载《学衡》第8期，1922年8月。

义的危险道路。物质愈是扩张,情感愈是恣肆,个人愈是为所欲为,肉欲愈是得到满足,俗众愈是感到快乐,世道偏离正道就愈远,人心昧于人文就愈甚。这一名曰"进步"实即"灾异"的现代进程,在18世纪末19世纪初达到了令人触目惊心的地步。自招魔鬼、主动出卖灵魂的浮士德,继而驰情入幻,浪迹虚空,最后什么也没有得到,忧郁而殁。浮士德身上凸显的现代性悖论,成为浪漫主义一种普世的、基本的情结。以歌德的浮士德形象开始,社会理论家伯曼(Marshall Berman)展示了那种让"一切坚固的东西都烟消云散"的现代精神及其困境:"歌德展现了一种社会行动的模型,无论是先进的社会还是落后的社会、资本主义的意识形态还是社会主义的意识形态,正在围着这个模型会聚。但歌德坚持认为,这是一种可怕的悲剧性的会聚,是以受害者的鲜血和尸骨支撑起来的,无论在什么地方都有同样的形式和色彩。"① 然而,浮士德为欲所迫,因欲而妄,由妄而虚,西方近代的激进虚无主义悲剧之根却在于物质的扩张与情感的放纵。而这两种思潮以英国人培根和法国人卢梭为代表,白璧德认为这两个哲人分别代表着两种类型的"人道主义"——"科学的人道主义"与"感情的人道主义",并断言二者都背叛了"古典人文主义"。

白璧德所谓的"人道主义"(humanitarianism),系指文艺复兴以来张扬人的权力意志的思潮。而"人文主义"(humanism),系指古希腊和基督教文化中景慕人的道德良知的传统。培根与卢梭各陈学理,科学与感情各得重视,"人道主义"虽二水分流,而其背叛古典的意向略同,远离文明的趋向则一。西方学者马西尔(Louis A. Mercier)撰写《白璧德之人文主义》一文,翔实而确切地阐述了白璧德学理内涵。② 吴宓编译此文,托口他人,以阐明两种类型的"人道主义"的分野,尤其强调二者对古希腊和基督教古典人文主义的偏离:

自哥白尼显明宇宙之大,人心为之震撼,既而渐能善自解慰,

---

① [美]伯曼:《一切坚固的东西都烟消云散了》,徐大建、张辑译,97页,北京,商务印书馆,2003。
② [法]马西尔:《白璧德之人文主义》,吴宓编译:载《学衡》第19期,1923年7月。

以为人苟遵从自然之律，则可凭科学之力，驱使自然以为吾用。此种新见解，以培根为其代表，故培根者，凡百科学的人道派之始祖也。其另一方法，则凭情感，以人合于自然中，而求安身立命。此说以卢梭主之最力，故卢梭者，凡百感情的人道派之始祖也。

"人道主义"虽有两种类型，但本质如一，即"专务物质及感情之扩张"。一方面，物质扩张，则功利至上，私欲膨胀，营营役役，终归人为物役，遮蔽人生正道；另一方面，感情扩张，则率性肆意，眩惑迷醉，目无纲常，终归心无其序，丧失中正和平。在白璧德看来，物质与感情之扩张，应当为西洋文明之败落和欧洲战争的浩劫负责。均衡与理性尽失，斯文与德性扫地，以至近代人弄权作威，尊己抑人，恃强凌弱，战祸难以避免。按照白璧德的立论和马西尔的论述，物质之扩张与感情之扩张两者相较，后者危害尤大，后果更堪忧虑：

> 托尔斯泰所倡柔靡之感情主义，遂变为尼采所倡刚劲之感情主义。其国之人，横思妄想，皆欲为"超人"。知四海同胞之非真与黄金世界之不可恃也，恍然梦醒，然欲图无限权力之扩张，重复入梦，专务整军嗜杀。此种感情主义与人类弄权作威之天性，毫无拘束，以及操纵物质所得之力量，为所欲为，兹数者相遇，则必生大战。

人文主义在情感主义、权力意志、野蛮主义和极权主义之间寻觅一种历史的关联，尤其将近代三个世纪的悲剧记在浪漫主义的账上，这构成了反现代思想的文化逻辑的理据。视"感情的人道主义"为战争精神的基础之一，虽有几分意气用事，但确实言之有据。其理据由爱默生所道出："世间二律，显相背驰。一为人事，一为物质。用物质之力，筑城制舰，奔放横决，乃灭人性。"①培根与卢梭的学说名为"人道"，实则昧于"人性"，终归背离"人文"。因为他们遵从"物质之律"而忘却了"人事之律"。欧洲战争之不可避免，西方文化之没落即在眼前，原因就在于"欧洲文明只知尊从物质之律，不及其他，积之既久，乃成此果故也"。物有其容，人有其序，两种律则不可混融，理论上将"物质之律"与"人事之律"混融，以前者吞噬后者，则将在实践中导致无法估量的灾难。现代进程的悲剧，无不在这"两律"并存难以取舍的一念之间。

吴宓景仰白璧德，服膺其不刊之论，叙说古典人文主义，力求匡正世界近世之乱，尤其想点醒中国新文化运动的迷妄。他论述白璧德学理之辞，至今已成经典，但读来仍然如同迎头棒喝，振聋发聩：

> ……西洋近世，物质之学大昌，而人生之道理遂晦。科学事业日益兴盛，而宗教道德之势力衰微。人不知所以为人之道，于是众惟趋于功利一途。而又流于感情作用，中于诡辩之说，群情激扰，人各自是。社会中，是非善恶之观念将绝。而各国各族，则常以互相残杀为事。科学发达，不能增益生人内心之真福，反成为桎梏刀剑。哀哉！此其受病之根，由于群众昧于为人之道。盖物质与人事，截然分途，各有其律。科学家发明物质之律，至极精确，故科学之盛如此。然以物质之律施之人事，则理智不讲，道德全失，私欲横流，将成率兽食人之局。盖人事自有其律，今当研究人事之律，以治人事。然亦当力求精确，如彼科学家之于物质然。如何可以精确乎？曰：绝去情感之浮说，虚词之诡辩，而本经验，重事实，以察人事，而定为人之道。不必复古，而当

---

① 爱默生原话是："There are two laws discrete/ Not reconciled, /Law for man, and law for thing; /The Last builds town and fleet, But it runs wild, /And doth the man unking." 另外两种汉语译文为："有两种法则分离/而不联合。/一是人的法则，二是物的法则；/后一种法则建造城镇和舰队，/但却野蛮无羁，/使人失去王位。"（[美]白璧德：《卢梭与浪漫主义》，孙宜学译，1页，石家庄，河北教育出版社，2003）另一种汉语译文为："存在着两种法则，/彼此分离而无法调和：/人类法则与事物法则；/后者建起城池舰舶，/但它肆行无度，/僭据了人的王座。"（[美]白璧德：《文学与美国的大学》，张沛、张源译，扉页，北京，北京大学出版社，2004）

求真正之新；不必谨守成说，恪遵前例，但当问吾说是否合乎经验及事实；不必强立宗教，以为统一归纳之术，但当使凡人皆知为人之正道；仍可行个人主义，但当纠正之，改良之，使其完美无疵。此所谓对症施药，因势利导之也。今将由何处可得此为人之正道乎？曰：宜博采东西，并览今古，然后折中而归一之。夫西方有柏拉图、亚里士多德，东方有释迦及孔子，皆最精于为人之正道，而其说又在在不谋而合。且此数贤者，皆本经验，重事实，其说至精确，平正而通达。今宜取之而加以变化，施之于今日，用作生人之模范。人皆知所以为人，则物质之弊消，诡辩之事绝。宗教道德之名虽亡，而功用长在；形式虽破，而精神犹存。此即所谓最精确，最详瞻，最新颖之人文主义也。人文教育，即教人以所以为人之道，与纯教物质之律者相对而言。①

吴宓服膺师说，而全无拘泥师说之迂阔。"人事之律"乃是"为人之正道"，而将之确立成"为人之正道"，既非趋今又非复古，既非拘泥礼数又非空言玄理。人生之楷模、为人之轨则，乃是博采东西、并览今古、涵濡融构而成。吴宓念兹在兹的"为人之正道"，既是古典的人文主义，又是世界的人文主义。一方面，这种人文主义具有古典性，它能逾越近代西方的物质扩张与感情恣肆，奋力返回柏拉图、亚里士多德、释迦与孔子，于破灭的宗教道德形式中求取功用常在、流兴不息的精神。变古而不泥古，"陈其数"而又"尊其义"（《礼记·大传》），以"人文"贯通"古典"，古典人文主义涵养人之所以为人之道。另一方面，这种人文主义具有世界性，它能涵濡东西，融构古今，从而超越了华夷之辨与体用之争，蕴藏着普世流传与化成人文的隐势潜能。

吴宓文字之后，紧随胡先骕编译的《白璧德中西人文教育谈》。假托白璧德之口，编译者对近代物质主义、感情主义、功利主义极尽责难之词。编译者断言，近代之争，非古今之争，而是文明与野蛮之争。所谓"进步"，无非是斯文败类，野蛮驱散文明。故而文化危机日亟，而道德重建刻不容缓。人文教育，即人文化成，也就是涵养"人所以为

---

① 吴宓：《白璧德中西人文教育谈·按语》，载《学衡》第3期，1922年6月。

人之正道",导人入仁。而"为人之正道"既不是泛情博爱,亦不是弄权作威,而是修身养性,完善德业。作者在文中盛赞古代希腊和周秦诸子,呼吁凭借苏格拉底与孔子的"正名之道",制裁物质扩张、感情泛滥与私欲横行。编译者尤其盛赞孔门儒学及其人文化成之道:"孔子当西历五百年前,即为民族之先觉,取荒古之经籍,于其深奥之义理,加以正确连贯之解释,而昭示世人,又周游列国,大声疾呼,力言其国古来逐渐积累而成之道德,且宜遵守无失。"而且,他还认为,渊源于道德之国漫长历史积累的孔子之道,笃信天命而能克己,借着修养之功而成就伟大人格,因而优越于西方人文主义。此等意义上,编译者冀望,在物质人道主义、博爱主义、感情主义之梦幻湮灭之处,涵濡希腊和中华两脉人文主义,造就"人文的君子的国际主义"。编译者最后预言,在中国必将有一场"新孔教运动",在寂寞中悄悄复兴,革去形式主义的繁文缛节,流兴不息,余韵悠长,涵养一种"最完美之国际主义"。

按照"学衡派"及其美国宗师白璧德、摩尔之论,孔子、释迦、苏格拉底、基督与世界人文主义的相通之处,就在于以法度之规,行节制之道,抑血气之欲,尚中和之境。白璧德将"人文主义"与"人道主义"判然两别,而确立了古典主义永恒不易、以一统多之终极地位。"普遍之博爱",是为"人道";而"个人之训迪",是为"人文",见微知著,二者之间的差异一望便知:

> 凡人表同情于全人类,致信于将来之进步而亟欲尽力于此事者,但可谓人道派,不当称之为人文主义者。而其所信仰者,即可谓之人道主义。若如近今之趋势,以 humanism 人文主义为 humanitarianism 人道主义之简称,随意互用,必将引起种种之纠纷,盖人道主义几专重智识与同情之广被而不问其他。若希雷尔(Johann Christoph Friedrich Schiller①,1759—1805,德国大诗人大戏曲家于美学亦多所贡献)者,欲"纳众生于怀中,全球以一吻。"则可谓之抱人道主义者也。而人文主义者则异是,其爱人必

---

① 今译席勒。——引者注

加选择……人文主义所需者不仅同情,亦非仅训练与选择,而为一种曾受训练而能选择之同情。有同情而不加以选择,其弊失之滥,缺同情之选择,势必使人流于傲矣。

是故奉行人文主义者,与人道派适相反,视其一身德业之完善,较之改进全人类尤急,虽亦富于同情,然必加之以训练,节之以判断。①

"人道主义"只知道"博爱"与"同情","人文主义"却不仅知道"博爱"与"同情",而尤其主张有所选择的"博爱",以及有所规训的"同情"。人道主义主张广施博爱,而人文主义坚持爱有差别,近代平民主义与古典贵族主义泾渭分明,纤毫毕现。更重要的是,人道之情指向外在世界,而人文之境伫立在内心。"真正奉行人文主义者,于同情与选择二者必持其平。"返求诸己,重心自在,在同情与选择之间持平,乃是孔子、亚里士多德、佛陀与耶稣四大圣哲之遗训的菁华所在。孔子以人文化世,专尚中正崇高。在"欲望之自我"与"人性之自我"之间,在"庸常之自我"与"卓越之自我"之间,亚里士多德坚持限制与均衡。以礼节情,据理制欲,乃是希腊人所向往的祛除血气、儒雅中道的生命境界。② 白璧德断言,孔子与亚里士多德立说不谋而合。比而观之,若想于人类的历史文化大厦中登堂入室,窥其奥妙,汲取高等智慧,

---

① 徐震堮编译:《白璧德释人文主义》,载《学衡》第34期,1924年10月。这段话见于白璧德《文学与美国的大学》(张沛、张源译,7页,北京,北京大学出版社,2004):"一个人如果对全人类富有同情心、对全世界未来的进步充满信心,也竭欲为未来的进步这一伟大事业贡献力量,那么他就不应被称作人文主义者,而应被称作人道主义者,同时他所信奉的即是人道主义。但目前的趋势却是把人文主义一词当作人道主义的一种简化和便利形式,于是必然会引起各种各样的混淆。人道主义几乎只看重学识的宽广和同情心的博大,比如诗人席勒说他将'敞怀拥抱千万人',并给予'全世界一个吻',这时他就是一个人道主义者而非人文主义者。相形之下,人文主义所关怀的对象更具有选择性。……人文主义者当然知道人们所需要的并不仅是同情,也不单是纪律与选择,而是一种受过训练的、有选择的同情。未经选择的同情将会导致优柔寡断,而缺乏同情的选择则只会导致冷酷倨傲。相对于人道主义者而言,人文主义者感兴趣的是个体的完善,而不是全人类都得到提高那种伟大蓝图;虽然人文主义者在很大程度上考虑到了同情,但他坚持同情心必须用判断来加以制约和调节。"

② [美]白璧德:《卢梭与浪漫主义》,孙宜学译,10—11页,石家庄,河北教育出版社,2003。

摘取经验菁华,当重访佛陀、耶稣的宗教精神,重温孔子和亚里士多德的人文遗训。白璧德遥想远东,对千年道德之国殷殷瞩望,对孔子的中正崇高仰慕不已。引法兰西学院沙畹氏(Chavannes)的溢美之词,白璧德视孔子为中国民族道德精神之所寄托:"盖孔子所代表者,乃远古传来之精魂;孔子所教导者,乃若辈之祖先所窥见之真理。"①同为古典人文主义的代表,亚里士多德所奠基的希腊文化乃是"阿波罗式理性之伟业"(Appolonian Investment)。"真正的希腊人,就像阿波罗之子那样,最重视的不是迷醉,而是自制法则和适度法则(the Law of measure and sobriety)——也即重视保持自己心灵的统一,用他最赞美的希腊语来实事求是地表达美德。"②亚里士多德让自我节制复位,而驱赶狄奥尼索斯式的迷狂。以礼节情,以理制欲,涵养健康的生命,完善崇高的德业,在儒雅合度而又自强不息的境界中洞察世界之潮流涨落,历史之消息盈虚,从而获得一份自善其心、淑世易俗的幸福,一份斯多葛主义者的幸福。秉持这种古典人文主义精神,"学衡派"人士对孔门儒学的复兴充满了期待之情。以"东方阿诺德"自命的吴宓,断言孔教之精义在于"确认人性二元","揭橥执两用中为宇宙及人生之正道",以及克己复礼、行忠恕、守中庸的敬修德业之方法。他还说,孔子教人之道"至平实而至精微",可以作为医治今日世界物质精神疾病的良师。③ 浸润在托尔斯泰悲天悯人的人道主义氛围中的梅光迪,渴望在西方文学中找到某种同古老的儒家传统相通而更加沉稳且更有朝气的东西。果不其然,他在白璧德身上发现了同孔子相类似的万世师表。信守人文主义,而又不失个人至真性情,白璧德与孔孟之风度境界几可相通相仿:孔孟二贤,"有老庄派之超逸,而无其放荡,有道学派之严谨,而无其拘泥,所以为人品极则也"④。为物质主义流行而功利主义泛滥以及"廉耻道丧"、"道德堕落"而发神圣忧思的胡先骕,

---

① [美]吴宓编译:《白璧德论欧亚两洲文化》,载《学衡》第38期,1925年2月。参见白璧德:《民主与领袖》,张源、张沛译,123页,北京,北京大学出版社,2011。
② [美]白璧德:《卢梭与浪漫主义》,孙宜学译,108页,石家庄,河北教育出版社,2003。
③ 参见吴宓:《孔子之价值及孔教之精义》,载《大公报》文学副刊,1927年9月22日。
④ 梅光迪:《孔子的风度》,载《国风》,1932年9月第3号。

一样直追孔圣,"发潜德之幽光",昌"节制之动机",提倡中正的学说,重建合度的道德,以超越克服文化与教育的严重危机。①

于是,"学衡派"秉持人文断制,论衡中西欧亚,谴责物质主义、实用主义以及感情主义,而重温东西古代圣哲不易之遗训,主张以礼节情,以理制欲,仰慕中正合度、儒雅高洁的人生境界。如果说,"五四"主流思潮"持论诡激","专图破坏",数典忘祖,而且审父弑祖,那么,与这种排山倒海的巨流相顶逆,"学衡派"立论沉稳,意在建设,心怀圣贤以期淑世易俗。综观"学衡派"的文化论说,虽修辞策略各异而且思考理路不一,但总有一种忧患意识浸润他们的所思所言,一种被无意忘却甚至被有意遮蔽的古典文化的形而上品格再度显耀起来。显而易见,现代进程毁灭传统。但毋庸置疑,传统却可能在现代世界流兴不息。因为,"自反现代性"表明,茫昧无稽的文化传统与波澜壮阔的现代思潮之间不是一种此消彼长的关系,现代必须植根于传统,而传统总是蕴含了现代。"学衡派"一反"新旧"对立、"古今"之争的分辨模式,代之以"真伪"之别、"义数"相分的思维轨范。在他们看来,文化没有新旧之分,古今之别,而只有至善至美的真理和虚伪邪恶的谎言之辨。"学衡派""谨守其义",视人文主义为古今中外文化的灵魂,而"不陈其数",视物质之扩张、感情之恣肆以及功利之谋划为整个世界文化危机的肇因。阿诺德、白璧德以及摩尔之人文论说,将"人道主义"与"人文主义"一刀两断,将整个欧西文化传统辟为"真伪"两半、"义数"两途,于是断定以科学人道主义和感情人道主义为标志的"现代性"乃是对希腊基督教文化"古典性"的严重偏离。白璧德视现代为斯文扫地人欲横流的时代,而渴望回归孔子、亚里士多德、佛陀、耶稣所象征的价值境界中,寻求生命的寄托,获得灵魂的安宁。"学衡派"服膺这套古典人文主义论说,主张"昌明国粹,融化新知"。他们以为,现代进程以及新文化运动,当是知旧而创新,而非革古而图新。中西融合,他我涵濡,乃是文化创制之唯一途径,舍此别无他途。

在古典人文主义的启迪下,"学衡派"重温圣贤遗训,憧憬孔教复

---

① 参见胡先骕:《说今日教育之危机》,载《学衡》第4期,1922年4月。

兴运动。而这种逆转脱古入今、援西入中、以夷变夏的现代性单一取向,在一定程度上已经先行谋划了中国现代文化的反思阶段。反思中国文化现代性,就是从人类看世界,在全球化的世界上兴起和立定中国自体的文化精神。"学衡派"在遭受了70多年的批判和贬低之后再次显示出其精神魅力和古典品格之时,恰恰就是中国进入改革开放特殊时期从而真正大国崛起的时刻,这不是偶然的。不过,"学衡派"及其宗师们的文化论说,虽凸显了中西涵濡一以贯之的文化创制之道,但他们却在相当程度上忽视了古典人文主义的封闭性和压抑性。古典人文主义主张一以贯之,以一统多,而现代人道主义乃至浪漫主义强调杂语喧哗,异趣沟通。古典人文主义的"中正合度"、"均衡限制"虽是阿波罗式的伟大理性事业,但它与"逻各斯中心论"一脉相承,在理性与感性、清醒与眩惑、男性与女性、种族与个人之间建立了人为的等级关系,假定前者相对于后者具有万世不易的优越性。斯潘诺斯(William V. Spanos)对现代人文教育的理性主义遗产所做的反思表明,阿诺德超然的人文主义,白璧德节制的人文主义,以及理查兹诗性的人文主义,以至于以哈佛大学人文课程为典范的博雅教育计划,本质上不外是希腊理性主义特别是逻各斯中心论的延伸,循环往复地再现了一统天道、人情与物象的"中心圆圈"。超然无执,中正合度,诗性正义,无非"一场建基于超越游戏领域的根本不可摇夺而且稳靠不易的确定性基础上的游戏",因而同福柯的"全景监控"式的文化霸权主义具有异曲同工之妙。[1] 而这么一种压抑、封闭的思维轨范以及同国家主义、极权主义相联系的文化论说,同孔门儒学所代表的中国古典人文化成理想沟通无碍吗?同全球人文主义真的可以融合无间吗?

对此,"学衡派"深信不疑:西方以古希腊为背景的人文主义和中国以儒学为背景的人文化成理想可以远缘融构,涵濡贯通,生成超越中西古今、克服恶魔人欲的全球人文主义。然而,阿诺德、白璧德移植古希腊文化于现代欧洲以克服文化的偏执,"学衡派"移植欧美古典

---

[1] William V. Spanos, "The Apollonian Investment of Modern Humanist Education: The Examples of Matthew Arnold, Irving Babbitt, and I. A. Richards", in *Cultural Critique*, No. 1-2, 1985-1986, pp. 7-72, 105-134.

人文主义于现代中国以克服新文化运动的偏差,二者憧憬的文化菁华之总汇以及全球君子人文主义的事业,显然都低估了中西两种异质文化的历史冲突,以及中西文化现代创制在时间上的差别。"融会贯通,撷精取粹",当然是一种相当富有诱惑力的文化创制思路,但如何能真正做到"国粹不亡,欧化乃成"呢?显然,在漠视自体文化与异质文化之殊异性,以及遗忘古典与现代之张力关系上,"学衡派"与他们的直接对手新文化运动将士们非常一致。因而,两派的修辞策略与论学宗旨同样超越不了历史的局限,同样归属于新文化(或文艺复兴)的话语脉络。新文化运动多了一点革命的意识,而学衡派少了一点启蒙的迷狂。可是,更为激进的马克思主义者却宣称:"东西文化的差异,其实不过是时间上的。"瞿秋白一语道破了问题的关键,但民族精神与时代精神经纬交织而成的"十字架"依然必须背负在身,中国现代的文化创制依然艰难,但无法回避。

三、修辞立诚,由情悟道——"学衡派"的诗学断章

秉持古典人文主义,实施涵濡中西融会贯通的方法论,"学衡派"展开了其特立独行的诗学建构。反对"立言务求其新奇,务求其偏激"的主流言路,"学衡派"留下了一些终未完善的"诗学"断章。虽然不合时宜而被时人目为诡异之说,时代渐行渐远,但尚无盖棺定论,"学衡派"的诗学建构为反思现代性以及中国文学新传统提供了一个不可多得的典型。

在新文化运动如火如荼之际,"学衡派"被视为传统的"卫道士",等同于复古派、国粹派,甚至在相当长的时间内被看作"封建主义和买办资产阶级的帮凶"。然而,毁誉尽随世变。新文化运动过去不到十年,郑振铎就敏锐地看出了"复古派"与"学衡派"之间的差异:"林琴南们对于新文学的攻击,是纯然的出于卫道的热忱,是站在传统的立场

来说话的。但胡、梅辈却站在'古典派'的立场来说话了。"①将"学衡派"的文学主张及其诗学建构定位为"古典",可谓切中肯綮。但我们应补充指出:"学衡派"诗学建构的古典性,乃是现代性以及全球文化时代的古典,其宗旨和归趣在于人文化成的境界。为清楚明白地展开学理讨论,不妨将学衡派的诗学称为"古典人文主义的诗学"。

何谓古典?"古典"一词有三层含义:古代的典章法式、古代的典籍,以及古人留下的生命范型及其文化精神。汉语历史上,"古典"一词早见于《后汉书》:"乃修起太学,稽式古典"(《儒林传序》),"汉氏诸侯或称王,置于四夷亦如之,违于古典,缪于统一"(《王莽传·中》)。这里的古典是指政治制度,典章法式,礼数仪轨。《后汉书》又记载:"(孝明帝)庶政万机,无不简心,而垂情古典,游意经艺。"(《樊准传》)三国魏应璩《与王子雍书》有云:"足下著书不起草,占授数万言,言不改定,事合古典。"这两例中,"古典"是指古人的经典及其所传载的古训。另外,古典还指古圣先贤贞立的生命范型或者人生境界及其文化精神。

然而,说"学衡派"站在"古典"立场上来说话,是指他们重温古圣先贤遗训,力求逆转新潮一脉的激烈诡辩,在世衰道微的情境下重新寻回意义,重整意义的秩序。中国传统的意义秩序,正如古希腊传统"美"与"光"所涵养烛照的人生范型,一同归属于古典文化范畴。史学家张灏将中国古典传统命名为"东方象征主义"(oriental symbolism),其主要成分为存在意义、政治意义以及形而上的意义。"东方象征主义以最宽阔的语境和最宽泛的方式来定义人生及周围世界","保持意义世界的内聚力和秩序","让中国人得以形成某种思想框架和观念,用这种思想框架和观念可以把自我、社会和宇宙视为一个富有意义的秩序整体"。② 西方思潮的侵入而成主流,新文化运动曲说诡辩以至古典湮灭,"学衡派"则尝试在全球化语境下涵容中西、追思古圣,拯救飘

---

① 郑振铎:《中国新文学大系·理论争论集导言》,见刘运峰编:《1917—1927 中国新文学大系导言集》,41页,天津,天津人民出版社,2009。
② 张灏:《危机中的中国知识分子——寻求秩序与意义》,8—9页,北京,新星出版社,2006。

零的意义,重整毁裂不堪的纲常。因此也不妨说,"学衡派"的古典诗学建构乃是在危机中寻求"意义与秩序"。

在这个意义上说,"学衡派"所仰慕和摹仿的古典,就不是古代的文物、仪轨、礼数,而是古圣先贤所象征的精神、风致、格调。在狭义的守旧的法先王意义上的"古典",诚如荀子所言,乃是"循法则、度量、刑辟、图籍,不知其义,谨守其数"(《荀子·荣辱篇》)。"数"与"义"两分,乃是中国古代礼乐文化特征的表现形式,"数"指挥让人际周旋的礼仪,礼器陈设的名物度数,"义"指礼乐文化之精神、风致与真谛。"数"为末节,而"义"为本干。"学衡派"倾心赞美、竭力传扬"古典",乃是尊义而卑数,扬精神而抑物质。吴宓直言"古典"、"浪漫"、"写实"之名,均有"常用"与"专用"两义,常用之义指"文章之一种精神,一种格调,以及立身行事之一种道理,一种标准",专用之义指"某时某国之文人,自为一派,特标旗帜,盛行于时"。① 就其作为精神、格调、立身行事之道理、标准而论,用陈寅恪的话说,"古典"堪称"抽象理想之最高之境",如柏拉图之所谓 Eidos,如白虎通三纲六纪之说。② 郑振铎明确指出,"古典"蕴含着"健全、清洁与秩序"的强势含义,而"古典主义便是追慕这些[希腊或拉丁]作家的典则,以技术的完整,有秩序,情绪的健全与平衡为文学的极则的"③。这个定义被郑振铎打上了着重号,特别强调典则、秩序、健全、平衡。而这恰恰就是"学衡派"推崇备至的古典意蕴。"学衡派"大多将"古典"视为"正宗"、"轨则",而将背离古典者称为"诡辩"、"奇美"。胡先骕将"古典"理解为垂范后世之著作。古典即模范,孔子、苏格拉底、柏拉图为圣贤之模范,释迦、基督为宗教之模范,还有那些政治家、军人武士之模范。堪称模范的作品,古典即为正宗,李白、杜甫、荷马、但丁为诗之正宗,索福克勒斯、阿里斯托芬、莎士比亚、莫里哀为戏曲之正宗。"古

---

① 吴宓:《论新文化运动》,载《学衡》第4期,1922年4月。
② 参见陈寅恪:《王观堂先生挽词并序》,见《陈寅恪集·诗集》,12页,北京,生活·读书·新知三联书店,2009。
③ 郑振铎:《何谓古典主义?》,载《小说月报》第14卷第2号,1923年2月10日。

典"作为"正宗",①铭刻着生命的神圣,滋养着生命的尊严,历经千年万代而无与之争锋之人,遑论以今夺古,废黜纲常。吴宓常言,天理、人情、物象,具有根本不变的内在律则。道德的内在律则在于以理制欲,以轨辙维持社会。宗教的内在律则在于扶善摒恶,博施广济,让信众笃信天命,敬畏神灵,安详其心境,慰藉其忧伤。诗学的内在律则恰恰在于"以切挚高妙之笔,具有音律之文,表示生人之思想感情",缔造"灵想之独辟,总非人间所有"的"幻境",超越"实境",获取对"真境"之大彻大悟。在为徐震堮的译介文章《圣伯甫释正宗》作编者按语时,吴宓着力纠正将"classicism"译为"古典主义"、将"romanticism"译为"浪漫主义"的谬误,而建议以"精正主义"、"奇美主义"来翻译这两个术语。②"正"、"奇"之说源自《文心雕龙·定势》:"旧练之才,则执正以驭奇;新学之锐,则逐奇而失正。"显而易见,吴宓此番用心良苦的纠偏指谬,意在用"以中化西"纠正"援西入中"的偏失,同时也表明他对"新学之锐"所导致的"文体遂弊"、"道旨渐衰"的情形充满了忧心。

怀藏天道、人情、物象自有常理不变的信念,视"古典"为"正宗"、"模范",欲追回失落的精神、格调以及安身立命的道理、准则,"学衡派"一反主流的"文学进化说",对新旧、古今提出了迥然不同于时流的看法。文学随时代而变,一时有一时之绝艺,一代有一代之文学,便是新文化运动的基本信念,而这种信念在本质上是一种基于古典演变说又为进化论所强化的线性历史观。古典演变说源自孟子"王者之迹熄而诗亡,诗亡而后春秋作",据此人们惯于观时势风尚,断言"经亡而骚作,骚亡而赋作,赋亡而诗作,秦无经,汉无骚,唐无赋,宋无诗"(《何大复集卷三十八·杂言》)。"物竞天择,适者生存"的进化论,坚定了"一代有一代之文学"的信念,因而"今日中国,当造今日之文学"。依据古典演变说、线性历史观,以及文学进化论,"五四"一代时人视历史如同流水,文学为逐水浮萍,从古典主义到浪漫主义,由浪漫主义而发展为写实主义,更进而发展为自然主义、印象主义、象征主

---

① 胡先骕:《文学之标准》,载《学衡》第31期,1924年7月。
② 徐震堮:《圣伯甫释正宗》,载《学衡》第18期,1923年5月。

义。① 与这种线性历史观和文学进化论相抗衡,梅光迪果敢断言,国人所迷信的"文学进化论",乃是流俗之错误,无知之妄言,错位之诡辩。而畅言文学革命,以新代旧、以此易彼之谓,乃是毁裂纲常,废黜模范轨则。② 梅光迪还将"古典文学"定义为"那些标准的,用最好的文字写的,从古到今堆积而成的一切文学作品"。古典之"古",便同时间没有关系,倒是同文学的标准和体制相关。因而,学习古典就是接受博雅教育,仰慕永久价值,传扬不朽民族性,即"慎终追远,民德归厚"③。私淑吴宓且受"学衡派"熏染的钱锺书后来也对文学进化论之偏失有所矫正,对"文学革命"循名责实。文学演变虽有轨则,但绝非线性演进,旧灭新生,由此代彼:"夫文体递变,非必如物体之有新陈代谢,后继则须前仆。譬之六朝俪体大行,取散体而代之,至唐则古文复盛,大乎笔多舍骈取散。然俪体曾未中绝,一线绵延,虽极衰于明,而忽盛于清,骈散并峙,各放光明。"依据此等文体递变之轨则交替,钱锺书进而道破了"文学革命"的实质内涵:"文章之革故鼎新,道无它,曰以不文为文,以文为诗而已。向所谓不入文之事物,今则取为文料;向所谓不雅之字句,今则组织而斐然成章。谓为诗文境域之扩充,可也;谓为不入诗文名物之侵入,亦可也。"④ 取"不入文之事物"为文料,含"不雅之字句"于诗文,乃是梁启超所谓"旧风格含新意境",而契合吴宓所谓"新材料入旧格律"的断制。

---

① 参见胡适:《文学改良刍议》:"文学者,随时代而变迁者也。一时代有一时代之文学……各因时势风会而变,各有其特长……唐人不当作商周之诗,宋人不当作相如子云之赋——即令作之,亦必不工。逆天背时,故不能工也……今日中国,当造今日之文学。"(《胡适学术文集·新文学运动》,248 页,北京,中华书局,1993)。另参见陈独秀:《现代欧洲文艺史谭》:"欧洲文艺思想之变迁,由古典主义(classicism)一变而为理想主义(romanticism),此在十八十九世纪之交。文学者反对模拟希腊、罗马古典文体,所取材者,中世之传奇,以抒其理想耳,此盖影响于十八世纪政治社会之革新,黜古以崇今也。十九世纪之末,科学大兴,宇宙人生之真相,日益暴露,所谓赤裸时代,所谓揭开假面时代,宣传欧土,自古相传之旧道德、旧思想、旧制度,一切破坏。文学艺术,亦顺此潮流,由理想主义,再变而为写实主义(realism),更进而为自然主义(naturalism)。"(《陈独秀著作选》,156 页,上海,上海人民出版社,1993)

② 梅光迪:《评提倡新文化者》,载《学衡》第 1 期,1922 年 1 月。
③ 梅光迪:《中国古典文学之重要》,载《国立中央大学日刊》,1932 年,总第 857 期。
④ 钱锺书:《谈艺录》,84—85 页,北京,商务印书馆,2011。

引用英国批评家哈兹利特(Hazlitt)的名言,梅光迪在其《近世欧美文学趋势讲义》中直截了当地断定:"文学进化乃是流俗之谬说",不仅全无根据,而且抹杀古派文学之辉煌。① 吴宓逆反"文学进化"时流,理直气壮地断言:"天理人情物象,古今不变,东西皆同","百变中,自有不变者存"。所以古者不必旧,而时者不必新,更何况新文化运动汲取的西方学理可能不是至真至美,而是眩惑之说,庸医之方,莫焉下流呢!吴宓深信"论学论事,当究其始终,明其沿革,就已知以求未知,就过去以测未来"。因源知流,以古鉴今,便是"学衡派"论衡中西欧亚、型构全球古典人文主义诗学的不二法门。吴宓的古典人文主义建立在一种循环论而非进化论的历史观基础上。师法古典人文主义者白璧德,吴宓将历史描述为"博放之世"(era of expansion)与"精约之世"(era of concentration)之间的往返回旋,此兴彼衰。② "博放之世"以古罗马时代之后尤其是文艺复兴之后几个世纪的现代性进程为代表,官能解放、理智解放、良心解放、个性解放为其大势所趋,以至于物质扩张,情感恣肆,肉欲横流,最终大道尽废,天丧斯文。而"精约之世"以古希腊和基督教以及中国上古周秦时代为代表,中正崇高、以礼节情、尚理抑欲、优选规训为其世风所尚,为后世留下了天道人情物象的不易常道,滋养一脉源远流长的人文主义传统。"博放之世",世人知"多"而昧"一";而"精约之世",世人惠在以"一"统"多"。"博放"为历史的消极环节,世人贪多务得,饕餮智识,左右奔突以图挣脱羁勒,废黜轨则,放纵自恣,而危及人类社会的生存。而"精约之世"方为纠偏时弊、变古图存的时代。吴宓及其"学衡派"同人深感不幸的是,新文化运动效法"博放之世",假托新名,大兴新学,以偏概全,而茫昧于古今中外古典人文之菁华。所以,在"学衡派"看来,新文化运动虽风靡一时,万众景从,但确实不知"新"在何处,而且也没有"文化",因为"文化"必须是"古今思想言论之最精美者"。持古典之典则,观文

---

① 梅光迪:《近世欧美文学趋势讲义》,见《梅光迪文存》,98页,武汉,华中师范大学出版社,2011。
② 徐震堮译:《白璧德释人文主义》,载《学衡》第34期,1924年10月,参见[美]白璧德:《文学与美国的大学》,张沛、张源译,10—11页,北京,北京大学出版社,2004。

学之通变，以古典之标准，衡诗文之得失，学衡派一面非难浪漫主义文学，一面谴责中国文学改良论。

就非难浪漫主义文学而论，"学衡派"深得师心，将白璧德的古典人文主义贯彻到底。在白璧德看来，"以情感的名义摆脱基督教和古典主义清规戒律的控制，是崇尚独创性天才的浪漫主义运动的基本方面"，而以田园景象为梦乡的怀旧情结"表示浪漫主义者无限而不确定的渴望"。① 感情的恣肆，物质的扩张，内外联合颠覆了古典主义和基督教文化秩序，导致了肉欲横流和战乱不息。"学衡派"人士与乃师同忧，对浪漫主义文学极尽非难之能事，理由在于："自浪漫派兴，绝对以推翻标准为能事，表现自我，遂不惜违人类之共我，遂其偏而违其全，矜其变而厌其常，文学于是不日进而日退。"与白璧德批判思路若合符节，胡先骕将浪漫主义的父执追及卢梭及其"回归自然"说，并历数浪漫主义文学危情乱世、颠覆标准所招致的历史恶果。

> 自卢梭创《民约论》以来，乃以人性为至善，所以为恶劣者，厥为社会礼法束缚节制所至，于是创返诸自然之论，以为充其本能，即能止于至善之域。其结果，则人生之目的，不在收其放心，而在任情纵欲，不以理智或道德观念为节制情欲之具，而以冲动为本能之南针，不求以小己之私，勉企模范人生之标准，而惟小己之偏向扩张为务。结果则或为尼采之弱肉强食之超人生主义，或为托尔斯泰之摩顶放踵之人道主义。两者皆失节制中庸之要义。其影响于文学者，则为情感之胜理智，官骸之美感，胜于精神之修养，情欲之胜于道德观念，病态之现象胜于健康之现象。或为梦幻之乌托邦，或为无病之呻吟，或为纵欲之快乐主义，或为官感之惟美主义，或为疾世之讽刺主义，或为无所归宿之怀疑主义，或为专事描写丑恶之写实主义，或为迷离惝恍之象征主义，诡张为幻，不可方物。……自卢梭《民约论》出，而法国大革命兴，杀

---

① ［美］白璧德：《卢梭与浪漫主义》，孙宜学译，29、56页，石家庄，河北教育出版社，2003。

人盈野，文物荡然……①

据此以断，浪漫主义为万罪肇因，其后裔亦罪孽深重。浪漫主义之后的诗文与哲理，几乎全然乏善可陈。胡先骕甚至还将惨无人道的战争、法西斯极权政治、民主蜕变而来的暴民专制一股脑地溯源到卢梭及其浪漫主义。依据这种逻辑，浪漫主义之失，在于昧于人性善恶二元，从而不懂得以礼节情，以理制欲，其结果必然是礼乐尽失庄严，纲纪威权扫地。用胡先骕的话说，就是"随顺感情之冲动，而不求中庸节制之训练，实为浪漫主义惟一之症结"。

与胡先骕多少有些意气用事的非难略有区别，梅光迪从历史角度审视了浪漫主义。视浪漫派之文学为"奇怪、情感、自然三者之结晶体"，梅光迪认为这一思潮乃是对古典主义的反动，对文学标准的破坏："自浪漫派出，文学界乃大革命。凡前人所奉为金科玉律者，伊等一切吐弃而无余，谓须自由叙写，无所拘束，方为妙文。"②浪漫一辈，犹有华兹华斯，抹去散文之文字与诗之文字的差异，主张以白话为诗歌，且"村俗俚语"无不入诗。不过，此乃指桑骂槐，言此意彼，托英国诗人之名，表痛恨中土文学革命之意。梅光迪反诘浪漫主义日常而平易的诗学观："语言乃自然之物，而村农野老之语，又言语之最鄙俗者，安可谓之文，又安可谓之诗哉！"一副自恃高雅、超然世俗的贵族做派尚可容忍，但接下来咒骂英国浪漫主义"自大之心，直如丧心病狂"，说他们导致了"人类支离，道德堕落"，就已经完全乖离古典人文主义者念兹在兹的"中正节制"了。

与胡、梅二人略有不同，"学衡派"领袖人物吴宓对于浪漫主义文学可谓"情理乖离"，提起不得，放下不甘。吴宓不仅最善钟情，而且作诗为文无不以《红楼梦》中的宝玉自命，情痴至极而苦痛忏情，骨髓里栖息着浪漫主义诗歌的精灵。吴宓多番痛吊诗人徐志摩，而志摩实为雪莱、济慈的东方传人。"寻道殉情完世业，依新依旧共诗神。"（吴

---

① 胡先骕：《文学之标准》，载《学衡》第31期，1924年7月。
② 梅光迪：《近世欧美文学趋势讲义》，见《梅光迪文存》，104页，武汉，华中师范大学出版社，2011。

宓《挽徐志摩》)然而，正是这同一个情圣情痴，却服膺阿诺德、白璧德之人文主义学理，对浪漫主义走向极端的"博放之世"充满了批判意识。在《论阿诺德之诗》一文中，他将18世纪以来的欧洲描述为从"新旧倾轧异说蜂起"，到"凡百分崩离析，杂糅散漫，至于极地"的世变乱象。他赞赏阿诺德诗文之佳处，在于兼取古典、浪漫二派之长，以奇美真挚之感情思想纳入完整精练之格律艺术中。在阿诺德的诗歌中，"哀伤之旨，孤独之感，皆浪漫派之感情也。然以古学派[古典派]之法程写出之，故所作之诗，词意明显，章法完密，精警浓厚，锤炼浑成"①。换言之，浪漫之奇美，为古典之正则所制服，于是"新材料入旧格律"，"旧风格含新意境"。正则支配奇美，古典驯服浪漫，构成了吴宓诗学的强大张力。因此，他的诗学是动态的和辩证的，从浪漫主义始，到古典主义终，"由情悟道"，从"物象"而"人情"，最后直达"天理"。由情悟道，直达天理，就是"从生活的痛苦经历到逐渐理解和信仰上帝的世界"②，即便不能托付于神，皈依宗教，也应该预留一份以道德淑世易俗的信念。

就其对"文学改良"的责难而言，"学衡派"可谓"论"而不"衡"，倒是意气蛮横。"古典"在他们手中不是中正之典则，而是规训之轨则，甚至是歼恶之律令。胡适的"文学改良论"甫一出口，"白话文运动"刚一冒头，"新诗之作"尚在实验中，梅光迪、胡先骕就"步步反对，驳斥无遗，作全盘大战"。吴宓更是"慷慨流涕"，与一路同人"极言我中国文化之可宝贵，历代圣贤，儒者思想之高深，中国之旧礼俗、旧制度之优点，今彼胡适等之所言所行之可痛恨"③。于是，他们以诸葛武侯自勉，将欲"以人力挽回天道，以天道启悟人生"，以至于鞠躬尽瘁，死而后已。胡适发起"文学改良"运动，首先是在理论上将三千年礼乐江山、诗文王国绵延不朽的田园图画一劈为二：文言与白话，死文字

---

① 吴宓：《论阿诺德之诗》，见《会通派如是说》，徐葆耕编选，257页，上海，上海文艺出版社，1998。
② 吴宓：《文学与人生》，见《会通派如是说》，徐葆耕编选，169页，上海，上海文艺出版社，1998。
③ 吴宓：《吴宓自编年谱》，30、117页，北京，生活·读书·新知三联书店，1985。

与活文字。传统连续不再,历史唯见断裂,而出古入今、走向世界非毁冠裂裳不可。文学史叙事从此获得了一种反抗威权、决裂旧制的政治对抗动机。从这个视角反观古典诗文,"文学改良"运动还以"整理国故"为由,将文学的"死活之争"、文化的"古今之辩"一直溯源到蒙昧的远古时代。在"学衡派"看来,这种"文学改良"虽取思想之名,但行诡辩之实,打着"创造"之旗号,表演"捏造"之慧黠。视"文言文学为死文学,古文与选体皆为文言,故皆为死文学"为一个强词夺理的伪命题,梅光迪痛责"文学改良"之辈借进化论之助,窥时俯仰,顺应俗世,直至玷污"智识贞操",晦蔽"学问良知"。①

与梅光迪抓住一点不计其余的苛责略有不同,胡先骕参证中西文学史,论证"文"与"言"不可合一,"文言"与"白话"各见其功。"文学自文学,文字自文字",文学的形式自律性构成了反对"言文合一"的白话文学运动的前提。"文字仅取其达意",而美术的韵文则于达意之外"以有声之辞句,傅以清逸隽秀之辞藻,以感人美术道德宗教之感想",必有文采,必能表情写景,并以造境为皈依。丽词雅意,情文兼至,不是专务达意的文字所能达到的,所以文言文学与白话文学有霄壤之隔、仙凡之别,岂能以"死""活"论之!

如刘半农之"相隔一层纸"一诗,何如杜工部之"朱门酒肉臭,路有冻死骨"十字之写得尽致?至于沈尹默之《月夜》诗:"霜风呼呼的吹着,月光明明的照着,我和一株顶高的树并排立着,却没有靠着。"与其《鸽子》、《宰羊》诸诗,直毫无诗意存于其间,真可覆瓿矣。试观阮大铖之《村夜》:"坐听柴扉响,村童夜汲还。为言溪上月,已照门前山。暮气千峰岭,清宵独树间。徘徊空影下,襟露已斑斑。"其造境之高,岂可方物?即小诗如"小娃撑小艇,偷采白莲回。不解藏踪迹,浮萍一道开",亦较之沈氏之月夜有情致也。不此之辨,徒以白话为贵,又何必作诗乎?②

---

① 梅光迪:《论今日吾国学术界之需要》,载《学衡》第 4 期,1922 年 4 月。
② 胡先骕:《中国文学改良论》,载《东方杂志》第 16 卷第 3 期,1919 年。

厚古薄今之意，尽在这番漫画式的比较中。不论是辞采、声韵，还是抒情、造境，刘半农、沈尹默都不及杜甫、阮大铖，是故"白话文学"无法置换"文言文学"。更有甚者，胡先骕还视胡适《尝试集》中的"新诗"为"微末之生存"，"无论以古今中外何种眼光观之，其形式精神皆无可取"。他还指责以胡适为代表的文学改良论者"窃白香山、陆剑南、刘改之之外貌"，为我独尊地断言"文言为死文字，白话为活文字"，"自命为活文学家，实则对于中外诗人之精髓，从未有深刻之研究，徒为肤浅之改革之谈而已"。① 在他看来，古者不必死，今者未必新，而胡适《尝试集》却不会因其号称"用活文字"而不死不朽，"物之将死，必精神失其常度，言动出于常轨"。偏偏造化弄人，不无反讽意味的是，历史进程否决了胡先骕的断言。1920年，白话被官方确定为初等教育的正式语言，古文教育传统从此终结，唯留宪章文武、诗乐江山供后人瞻仰、凭吊。

作为"学衡派"的精神领袖之一，吴宓同样心仪古典，对"文学改良"运动严词厉色。在他看来，文字改革运动简直就是"破灭汉字、斫丧国魂"。他一贯坚信，天理、人情、物象中，自有东西无异而自在永恒的东西。而一国一族的文字体制，负载着文化精神，蕴含着人生命脉。文言与白话之争，尽管以改良派大获全胜而暂时告一段落，但吴宓对中国古典葆有一份宗教般的虔诚。他愤然断定，"文学革命"弃旧图新，只不过是欺师灭祖，罪可诛心。但"以诗而论，吾中国之人心实未死，而文化尚未亡也"②。这句话出自《空轩诗话》第四十则，评论对象乃是常燕生之诗作《翁将军歌》，言及此君之作"气格高古，深厚而沉雄"。时值"九一八"国难之后，吴宓和诗人常燕生心有灵犀，追慕唐贤，自有一番感时忧国之叹，伤今吊古之悲。他久存稽古之志，拟编《中国近世诗选》及《中国近世诗史》，天道不公，人情不睦，物象不亲，于吴宓只留下史诗之烈与诗史之哀。在《空轩诗话》第四十九则，吴宓

---

① 胡先骕：《评〈尝试集〉》，见张大为、胡德熙、胡德焜编：《胡先骕文存》（上），26、40页，南昌，江西高校出版社，1995。
② 吴宓：《空轩诗话》，见《会通派如是说》，徐葆耕编选，340页，上海，上海文艺出版社，1998。

第一章　现代景观下的古典精神——"学衡派"与人文主义文论制序

写下了一段令人不忍卒读的文字,反思"学衡派"仰古抑今、做无谓之抗争的败绩,浓墨抒写存留国粹、为文艺复兴开道的不坠悲愿。

> 吾中国国家社会之危乱,文化精神之消亡,至今而极。而宓个人志业之摧折,情感之痛苦,亦比寻常大多数之男女为尤甚。所赖以为民族复兴之资,国众团结之本,文化奋进之源者,惟我国固有之文字。……今日(或最近之将来)汉文正遭破毁,旧诗已经灭绝。此后吾侪将如何而兴国?如何而救亡?如何以全生?如何以自慰乎?……旧诗之不作,文言之堕废,尤其汉文文字系统之全部毁灭,乃吾侪所认为国家民族全体永久最不幸之事,亦宓个人情志中最悲伤最痛苦之事。……呜呼!今日国人之言爱国,言救亡,言民族之复兴,文化之保存者,何不于此(保存汉文汉字,发挥利用旧诗)加之意哉!①

这段直抒胸臆的文字可谓悲愤至极,悲伤至极,悲苦至极。但天地不与哲人同忧,历史巨流非一二精英的愿力所能改道。以吴宓、胡先骕、梅光迪为代表的"学衡派"的吊古诗学断章,及其悲天悯人之诗意,注定是空谷足音,应者稀少。"言者谆谆,听者藐藐"(《诗经·大雅·抑》),文化守成主义者与文化激进主义的先知分享着同一种寂寞,同行者稀,朋党远去。"学衡派"之所思,被视为思古之幽情,而他们之所言,又被当成落伍者慰心之语。他们好像就是一些徘徊在帝国废墟上的老灵魂,在作痛苦的歌吟,寂寞而又幽深。直到 20 世纪 80 年代之后,积累了一个多世纪的现代性,以及酝酿了五百多年的文化全球性,相当突兀地出现在中国人面前,而经济的腾飞、大国的崛起再度将文化复兴提上议事日程,昔日"学衡派"的微言大义才隔世响亮起来,赢得了越来越多的青睐,"学衡派"人士受到了越来越多人的瞻仰与追思。

"学衡派"一脉留下的诗学论说,堪称"诗学断章"(poetic frag-

---

① 吴宓:《空轩诗话》,见张寅彭主编:《民国诗话丛编》,90—91 页,上海,上海书店出版社,2002。

ments)。① 即便是私淑或仰慕他们的后学如胡梦华之类，也情不自禁地抱怨这套学说破多立少。而对予以酷评的自由主义者如周作人辈，也不得不承认他们并非新文学运动的敌人，而是可以"忽略不计"的支脉。"学衡派"崇古抑今，眼光向后，活脱一群背靠未来目光向后，为进步的飙风驱迫前行的天使，在越垒越高的废墟之上游弋，悲歌满路，悲风四起。然而，他们建构古学，恰恰就在毁论新潮，以古典鉴照今情，旨在古典今情合一。古典今情合一的突出成就，一在重构了"摹仿论"，一在重述了"道德论"。"摹仿"乃是古典诗学体系的核心典则，而"道德"乃是古典诗学体系的价值中枢。

胡适论诗，主张"八事"，第二事即为"不摹仿古人"。与之针锋相对，"学衡派"理据充分地提倡"摹仿"。摹仿论，实为古典主义的中心，希腊主义的精髓。而善于摹仿，乃是亚里士多德甄别人情与物性的基本标准。而以柏拉图哲学观之，"摹仿"蕴含两义：或摹仿影像一般飘忽无定的现实，或摹仿赋予人情物象而构成不易天道的原始形式（理念、共相、类式、原型）。沿着古希腊诗学所开示的"摹仿"美典，古典主义者强调摹仿古圣先贤及其杰作佳构，理想主义或浪漫主义主张摹仿维系于心的"终极实在"或原始形式，现实主义则刻意摹仿人情物象，

---

① 以施莱格尔兄弟为灵魂人物，以《雅典娜神殿》杂志为阵地，早期浪漫派于1797年至1802年间撰写的"断章"，可谓浪漫派书写方式的出生证。断章是浪漫派的化身，更是其独具特色的创造性标志，尤其是极端现代性的象征。吴宓的《空轩诗话》传承中国古典诗话的家法，但浸润着浪漫情调，几可同小施莱格尔的《雅典娜神殿》相比。以古雅修辞及其写作形式表达诗学诉求，同时在现代语境中凸显古典诗学品格，"学衡派"与德国浪漫派诗学断章具有可比性。这是一个需要专论论述框架等加以探讨的话题。

"断章"是浪漫派的绝佳体裁，但它的历史却显然比浪漫派久远得多。1795年，小施莱格尔从尚福尔的《格言、警句和轶事》(Chamfort's Pensées, Maximes et Anecdotes)中得到灵感，而开始了这种独特书写的探索。断章的主题与体式，可以追溯到英国的夏夫兹伯里伯爵(Earl of Shattesbury)和法国的拉罗什福科(La Rochefoucauld)，他们创作的断章负载着伦理传统与道德意蕴。断章载道，自是不易之轨范。往上还可以通过笛卡尔的《哲学沉思》和帕斯卡尔的《思想录》上溯到蒙田的《随笔集》，其中展开一种哲学方法和思维风格的现代性筹划，表现出一种自我意识和个体诉求。在这一脉现代书写传统中，断章表现出了三个显著的特征，而这些特征同吴宓《空轩诗话》亦有相通之处：第一，相当不完整，缺少思想的论证环节；第二，思想素材的多样性与混杂性；第三，整体同一性作为超验的精神游离在文本之外，没有直接言说，只有曲笔暗喻。而且，浪漫情怀含纳至深有如吴宓者，"俯仰吟啸，忽满十年"，竟仿效曹雪芹之笔法，"兼寓个人心境"，取名诗话，论衡古今，评骘时流。

第一章 现代景观下的古典精神——"学衡派"与人文主义文论制序

再现实在于诗文中。罗曼古典学的杰出传人之一,第二次世界大战期间流亡土耳其的学者奥尔巴赫(Erich Auerbach),在流离处境中远望以思归,撰写《摹仿论:西方文学中再现的现实》(*Mimesis: The Representation of Reality in Western Literature*),将整个欧洲文学传统纳入摹仿论的框架中,缔造出背靠宏大文化历史的诗学叙事。溯源至《旧约·创世记》与《奥德修斯》,沿着历史的源流追至普鲁斯特、乔伊斯和弗吉尼亚·伍尔夫,《摹仿论》的作者将欧洲文学的形与质把握为一个整体,其中断裂而有连续,古典人文主义赋予欧洲文化以不可摇夺的整体性。① 基督教兴起,导致了崇高文体与低俗文体之融合,但丁心通天人九界而让天理与人情上下涵濡,而普鲁斯特、乔伊斯、弗吉尼亚·伍尔夫等则凸显了世俗与神圣、世界主义与个人意志之间的张力。《摹仿论》的作者与"学衡派"诸公分享着与传统隔绝、离乡远走的痛苦。面向过去,观澜溯源,对他们而言构成缓和伤痛、慰藉灵魂的方式。显然,这是一种极具悲剧性和惨烈度的缓和之策与慰藉之方。

世变唯有乱象,"学衡派"首先主张"摹仿"古典。始于摹仿,终于

---

① 在《摹仿论》的"后记"里,奥尔巴赫陈述了一个富有宗教情怀的古典研究工作假说:文学所再现的事件之间的关联主要不是时间的或者因果的关联,而是神性安排的整体性。这么一个工作假说,将《摹仿论》从单纯的文学历史拓展和提升为欧洲文化史。他主张以一种多元视角、全景视野和动态视点来表现历史和现实——欧洲文学不只是欧洲,而应该是全人类的创造物:"我们看待人类生活和社会的方式大体相同,无论是关注过去抑或是关注现在。看待历史的方式中任何一种变化,都必然马上转移到我们看待当下环境的方式中。人们意识到,对于时代和社会的论断不应该按照一种模式化的富有修辞力量的令人得心应手的概念,而应该在任何情况下都以它特有的前提为依据;人们不仅should气候和土地之类的自然因素,而且也把知识和历史因素都算在这些前提条件之内;换言之,人们开始形成了一种历史动力意识,认识到历史现象及其持续不断的内在动力无与伦比;人们开始理解各个时代活力弥漫的和谐整体,各个时代整体的呈现,以及反映在每一种表现形式和现象当中各自的生命品格;最后,人们接受的信念是:事件的含义不可能在抽象普遍的形式中被把握,而理解它们所需要的材料绝对不会只在上层社会和重大的政治事件中找到,而是存在于艺术、经济、物质和精神文化中,在枯燥乏味的世俗世界及其芸芸众生最深处,因为唯有在那里,才能把握独一无二的东西,把握内在力量所激活的东西,以及把握不仅更加具体而且更加深刻的普遍性——每当如此,我们也就有望将这些洞见也转移到现在,以至于也把现在当作无与伦比、独一无二、内在力量激荡和持续发展的过程。换句话说,现在将被视为一段历史,其日常深度和整体的内在结构也要求将我们的旨趣投射到它们的源头和它们的愿景中。"(Erich Auerbach, *Mimesis: The Representation of Reality in Western Literature*, trans. W. R. Trask, Princeton, Oxford: Princeton University Press, 2003, pp. 6, 443-444)。

创造，推陈而出新，乃是"艺术创造之正法"，因而也是不易的诗学轨则。"摹仿"基于一个假设，那就是肯定有一个范本先于摹仿者而存在，古人的范本先于今人的创作，而贯通天道、人情、物象的理念原型作为范本则先于普天之下的万事万物。蓝本之于摹本，由于理念的圆形之于现实的圆形。前者为"一"，而后者为"多"，"多"只能无限趋近而不能等同于"一"，故而摹仿者也只能无限趋近古典范本而无法真正达到古典范本。① 考察"摹仿"的基本意义，作为生物学家的胡先骕认定，"人之技能智力，自语言以至于哲学，凡为后天之所得，皆须经若干时之摹仿，始能逐渐而有所创造"②。为了防止误解，胡先骕特别强调，摹仿不等于否定创造，故而创设"脱胎"一说，表征文学创造的意涵："瓦特创造汽机，后人必就瓦特所创造者而改良之，始能成今日之优美成绩，而今日之汽机，无一非脱胎于瓦特汽机者。故创造与脱胎相因而成者。吾人所斥为摹仿，而非脱胎。陈陈相因，是谓摹仿，去陈出新，是谓脱胎。故《史》、《汉》创造而非摹仿者也，然必脱胎于周秦之文。俪文，创造而非摹仿者也，亦必脱胎于周秦之文。韩、柳，创造而非革俪文之弊也者也，亦必脱胎于周秦之文。"③在摹仿与创造的关系上，刘永济持论与胡先骕同，且特别强调摹仿与创造合则双美，离则两伤："摹仿与创造，以能取法实际而自为为极致，否则其摹仿为蹈袭，而创造为虚妄。"④

吴宓认定文学的变迁演化，乃是摹仿对象的变换移置，从摹仿此类经典到摹仿彼类经典，从摹仿一类古人转而摹仿另类古人。故而，

---

① "一多"辩证，实为吴宓诗学断章之哲理根基。师宗人文主义者白璧德，融合中国儒家之道，吴宓将他的人生哲理列为六项：一多并存、真幻互用、情理双修、知行合一、人我共乐、义利分明，而"一多共存"居其首位。在另一个断章《文学与人生》中，吴宓援引《说文》，"推十合一为士"，涵化柏拉图《斐多篇》"景从'一''多'合一之圣贤，犹如景从神祇"(266b)之辩证论说，印证"一多"学说。他尤其偏爱柏拉图的"圆形喻说"，几何学中的圆，只能心想，不可目见手摹。参见吴宓：《会通派如是说》，徐葆耕编选，124、128、130页，上海，上海文艺出版社，1998。

② 胡先骕：《评〈尝试集〉》，见张大为、胡德熙、胡德焜编：《胡先骕文存》(上)，44页，南昌，江西高校出版社，1995。

③ 胡先骕：《中国文学改良论》，载《东方杂志》第16卷第3期，1919年。

④ 刘永济：《论文学中相反相成之义》，载《学衡》第15期，1923年4月。

他制定"今日文学创造之正法",乃谓习文为诗均分三步:一曰摹仿,二曰融化,三曰创造,初仅形似,继而神似,以至自出心裁。返求古人,摹仿经典,融汇涵濡,终能异彩新出。①《吴宓诗集》扉页上,堂而皇之地放置着法国诗人解尼埃(André Chénier)《创造》(L'Invention)中的诗句,并调遣楚骚格律译为汉语:"采撷远古之花兮,以酿造吾人之蜜。为描画吾侪之感想兮,借古人之色泽。就古人之诗火兮,吾侪之烈炬可以引燃。用新来之俊思兮,成古体之佳篇。"②仿古以图变,以中而化西,吴宓用涵濡之道激活了古典,同化了西方,从而将摹仿的诗学转换为创造的诗学。

文学与人生,乃是吴宓诗学聚焦之所。文学摹仿人生,而人生犹如"诗集一册","小说一部"。诗歌抒写主观感情,小说叙说客观阅历。此等观念持驻心间,故而吴宓之作诗为文,被同侪赞为"忧时感事,情显辞达",修辞以立其诚,最讲"不诚无物"。不过,吴宓心中的人生乃指中外无别四海悠同的"天理"、"人情"、"物象"。文学摹仿人生,实指文学承载天理、抒写人情、描摹物象。摈弃浮夸艳辞,抒发真挚情思,衷心传情述事,吴宓的古典文心在于一个"诚"字。崇尚"修辞立诚"的吴宓坚信,世间万物皆可作伪,唯独诗不能作伪,因而在其诗作与诗学中传承着王国维、陈寅恪倾心的"人间性"。王国维以"人间"命笔,作《人间词话》,辨别"有我"、"无我"之境,抒发"忧生"、"忧世"之情,尤其对"落花流水春去也,天上人间"、"人间自是有情痴"之类的诗文留意措思,畅言文学以描摹人生为本。"人间"一语也频频闪现于陈寅恪诗中,感时忧世之意了无尽期,伤今吊古之情无以遣怀:"人间从古伤离别,真信人间不自由。"(《戊寅蒙自七夕》)陈寅恪熔古典今情一炉,铸造"诗史互证"的学说,独抒孑遗心志,表显恋古襟怀。在文化传统脉络中,"人间性"既指普遍人性,及其浩大的世界感,又指

---

① 吴宓:《论今日文学创造之正法》,载《学衡》第15期,1923年3月。
② 吴宓:《吴宓诗集》,北京,商务印书馆,2004。在题为"论诗之创作"的书信(答方玮德)中,吴宓引用解尼埃的这几句诗,连同他自己的《南游杂诗》之一,论说中西涵濡、变古创新的诗学。《南游杂诗》第九十首写道:"耻效浮夸骋艳辞,但凭真挚写情思。传神述事期能信,枯淡平庸我自知。"参见吴宓:《会通派如是说》,徐葆耕编选,247页,上海,上海文艺出版社,1998。

中国文人一脉流传的"忧生忧世"之念。"人间性"构成了吴宓诗学的内质。

"文质更迭穷亦反,一多并在万缘基。"(《南游杂诗》第四十五首)吴宓的诗学以"文质"二元结构为框架将"一多"哲理具体化了。从"质"看,文学或广义的诗必须载道言志,述事传情。从"文"看,文学或广义的诗又须讲究笔法、格调、音律。在《诗学总论》、《英文诗话》、《诗韵问题之我见》等诗学断章中,他从多层次多角度地论说诗的"文"与"质"合一,"材料"与"格律"融通。"诗所表示之思想感情,其内质之美也;韵律格调,则外形之美也。"内质之美与外形之美二元合一,即成妙文妙诗。内质之美唯在其"诚",而外形之美尽在其"韵",二者相辅相成,不离不弃,丽词而兼雅意,深情但中法度。将"内质"与"外形"视为一体,吴宓给出了诗的完整定义:"诗者,以切挚高妙之笔(或笔法),具有音律之文(或文字),表示生人之思想感情者也"(Poetry is the intense and elevated expression of thought and feeling in metrical language)。①

将这一文质并重、形神不离的诗学纲维具体化,吴宓设定了"以新材料入旧格律"的批评标准。依据这一标准,吴宓评价一代诗学大师黄杰之诗作与诗论:"经义史事,遂与我今时今地之事实感情融合为一,然后入之辞藻,见于诗章。"(《空轩诗话》第十则)吴宓评价一代词媛吕碧城的《信芳集》:"根柢于世家之旧学,溶于欧美之新知,优于天才,饱经世变,复得山川之助……以新材料入旧格律,真切典雅。"追根究底,吴宓将这一新诗传统溯源至清代"诗界三杰"之一、"诗界哥伦布"黄遵宪。"黄氏人境庐,论诗发精义。声律守旧程,思想运新意。"黄氏写给其妻子的《今别离》,被吴宓认作诗词新传统之滥觞:"以新材料入旧格律,不但描绘景物,又必须表现自我,情意丰融,方合。"(《空轩诗话》第三十四则)主张外形古典而内质新异,坚信诗无古今,文无新旧,从梁启超的"旧风格含新意境"到吴宓的"新材料入旧格律",这一古典诗学纲维及其批评圭臬不仅具有沉稳性,而不乏包容度。然而,

---

① 吴宓:《诗学总论》,见《会通派如是说》,徐葆耕编选,219页,上海,上海文艺出版社,1998。

这种古典诗学却未能充分考虑到"新材料"与"旧格律"之间的异质性，从而也没有预测到古典境界诗学自我解构的趋势，更没有设法回应古典容器在现代意蕴的冲击下濒临破裂的危机。

就诗之内质而言，吴宓特别强调"思想感情之真诚，笔法之切挚与高妙"。所谓"切挚"，是指夸张而不浮夸，强化而不失真情。而所谓"高妙"，则指超越"实境"，造就"幻境"，而臻于"真境"。诗有"三境"说，脱胎于唐代美学，王昌龄、皎然等人都从各自角度对此一学说予以规定。"物境"，为处身之境，眼目所接之境。"情境"，为视之于心之境，会心之境，娱乐愁怨而深得其情。"意境"，则为"张之于意"而"思之于心"之境。吴宓所谓的"实境"（Actuality），相当于"物境"，是指某时某地某人所经历之景象，所闻见之事物。而他所谓的"幻境"（illusion），相当于"情境"，是指感情所浸染改造而生之境，"无其时，无其地，且凡人之经历闻见未尝有与此全同者"。"幻境"乃是经过诗人修缮、剪裁、渲染"实境"的创造物。"实境似真而实幻，幻境虽幻而实真"，美术皆以"幻境"示人而不问"实境"，反而引领人从"幻境"中获得解救，进入"真境"。而吴宓所说的"真境"，相当于柏拉图的"终极真实"，略通于亚里士多德所谓高于"史境"的"诗境"，因此特别耐人寻味：

> 真境者，其间之人之事之景之物，无一不真。盖天理、人情、物象，今古不变，到处皆同，不为空间时间所限。故真境（Reality）与实境迥别，而幻境之高者即为真境。故凡美术，皆求造成一无殊真境之幻境。①

再现"实境"，创造"幻境"，臻于"真境"，乃是灵魂的脱胎换骨，精神的辗转脱化，真理的道成肉身。在终极意义上，诗如此，艺如此，哲学如此，宗教亦复如此。"实境"与"幻境"为"多"，而"真境"以一统多，乃至生命与宇宙同流，而个体与永恒同在。柏拉图对话中，苏格

---

① 吴宓：《诗学总论》，见《会通派如是说》，徐葆耕编选，226 页，上海，上海文艺出版社，1998。

拉底悟道的戏剧性高潮是瞩望"观念原型"的善美合一。十字架上死而无怨的耶稣终于证成了基督教博爱之道。而佛家之"华严境界"亦为"一多"驭万有，融汇而贯通。儒家"天德流行"同样也致广大而尽精微，极高明而道中庸。诗人或者文人抑或艺人，面对"实境"感兴而动，再现或改造"实境"而创造"幻境"，最终臻于万物皆备于我的"真境"。感兴而发，情满人间，乃是人与天理、人情、物象交接的应然境界。挈幻归真，乃为指导人生由幻象得以解脱（from illusion to disillusion, or redemption from the illusion）。① 从情满人间，经过修辞立诚，到挈幻归真，乃是"由情入道"。

"由情入道"是一条哲学之路，或者说在哲学的光照下超越诗学进入道德王国、归向宗教天国的上行之路。"由情入道"语出《红楼梦》而成为吴宓《文学与人生》的核心命题，乃至其诗学的拱顶石。这一命题源自古典抒情传统，却旨在超越抒情传统。"情"为人世间男女之爱，"道"为对道德、对宗教之企慕，对上帝之爱。男女之情飘忽无用，而对上帝之爱稳妥而又有益。"由情入道"，就是从爱到宗教，而宗教则是从理智上直观真理。

> 上帝的世界，即宗教，有它自己的宇宙，作为一种秩序、系统、计划、协作、目的、理解、美、完美，它可以被人们理解（虽然是局部的）；它也响应人们的呼喊或祈祷；满足人们头脑与心灵（之要求）；它是完整的，永恒的，不可摧毁的——然而它也并不需要或依赖人的努力去保护或修补它——它这样就支持了我们的终极信念。②

这段论说可谓庄严神圣，幽深邈远，"由情入道"，却只不过是以礼节情，以理制欲，而非剪灭情欲。"炉火烛光依皎日"，《空轩诗话》第八首中诗句极言天理人情互相涵养。"皎日"指上帝之光无穷大、无

---

① 吴宓：《石头记评赞》、《诗学总论》，见《会通派如是说》，徐葆耕编选，299页，上海，上海文艺出版社，1998。

② 吴宓：《文学与人生》，见《会通派如是说》，徐葆耕编选，169页，上海，上海文艺出版社，1998。

穷久,"炉火烛光"则指个人之感情之火与理智之光极渺小、极微弱。人生在世,竭尽劳苦,献身功业,殉情殉道,只不过是弘扬上帝之精神,执行天道神意而已。超越物象、人情而臻于天理,也就是归向宗教,仰慕上帝。故而,吴宓的宗教观融合了"深彻的理智"与"真挚的感情",信所可信,行所当行,造就快乐人生。同时,上帝亦兼具"无上之感情与理智之理想之人格,其光热力命皆为无穷大,入皎日为一切炉火烛光之来源及归宿也"①。

将源于《红楼梦》的"由情入道",复用于对《红楼梦》的批评中,吴宓化用"西方文学之格律",发掘了这部"史诗式的(非抒情式)之小说"的微言大义,为审视中国古代经典提供了一个全新的视角。一部《红楼梦》令古今学人赏析无尽,力竭神枯:或谓其载道言志,或责其诲淫诲盗,或读之如革命反清的政治寓言(如蔡元培),或从中读出欲望及其所引发出的悲剧之象征(如王国维)。然而,深受西方古典主义熏染而对但丁诗学情有独钟的吴宓,则援引美国学者麦戈纳迪尔(G. H. Magnadier)的学说,阐发了《红楼梦》的四层意义,及其无辨古今中西的"天理人情中的根本事理"。依他所论,书中人物的命运同社会的治乱、国家的兴衰以及笼罩宇宙的神秘天道具有隐微难测的关联。《红楼梦》的第一层意义,类似于但丁所谓的"字面意义"(literal meaning),叙说诗人一般的贾宝玉"反成长"体验及其人生悲剧,用意在于指明以礼节情、以理制欲的必要。其第二层意义,类似于但丁所谓的"寓言意义"(allegorical meaning),以宝、黛、钗三角情爱为动力,以黛、钗二女的命运对比,寓涵率性而行者常败的宿命。其第三层意义,类似于但丁所谓的"道德意义"(moral meaning),以贾母与王熙凤在贾府权力的兴衰表征王道与霸道的历史节奏,在政治道德意义上喻指一代王朝之兴亡盛衰。其第四层意义,类似于但丁所谓的"神秘意义"(anagogical meaning),以刘姥姥的言行比喻淳朴世风,以惜春的命运和选

---

① 吴宓:《空轩诗话》第二十四则、《诗学总论》,见《会通派如是说》,徐葆耕编选,337—338页,上海,上海文艺出版社,1998。

择以及《虚花语曲》，暗喻归真返璞的渴望。① 吴宓特别强调，《红楼梦》还兼备亚里士多德所说的"庄严性"（high-seriousness），谐中蕴肃，悲从情来。其主角宝玉涉过情欲之海，最终遁入空门，叙述了灵魂上行之道，表现了"由情入道"的精神历练。不由得使人们觉得，一册《红楼梦》，不仅含纳礼乐三千，集中国诗文精粹之大成，而且具有笼罩世界古今之势能：柏拉图《飨宴篇》（今译《会饮篇》）、奥古斯丁《忏情篇》（今译《忏悔录》）、但丁《新生》与《神曲》、歌德《威廉·麦斯特的学习时代》、卢梭《忏悔录》，甚至塞万提斯《堂吉诃德》等，无不尽纳其中，共同彰显人间所思所言之至善至美。而这就必须论及吴宓及其"学衡派"同人所倚重和铸造的古典道德了。

如果说，"摹仿"构成了"学衡派"诗学之根柢，那么我们完全可以断定，"道德"构成了"学衡派"诗学之鹄的。胡先骕转述白璧德之人文主义教育观时强调指出，"中国立国之根基，乃在道德"。而欧洲近代物质之学大昌，感情之风恣肆，实用之道盛行，受到冲击最大的无非就是道德。近代以来，脱古入今的中国，被遮蔽被忘却者，自然是儒家道德。所谓时势孤危，礼崩乐坏，所谓意义危机，花果飘零，都是形容"道德沦丧"的现代处境。礼仪之邦，为人欲浸淫。田园之景，唯留剩水残山。对浊浪排空的现代进程展开自反思考，梁漱溟曾孤胆独照，率先提出"以道德代宗教"，预留出传统儒家文化寂寞复兴的空间。"学衡派"的文化论说及其诗学思考，明确地将传统道德在全球化语境下的复兴视为己任。置身于物质扩张、情感恣肆的时世，"学衡派"步武阿诺德、白璧德，否定只知同情博爱而不知规训选择的"人道主义"，试图在古希腊、基督教、儒家、佛教交相辉映的文化传统中寻找真正的"人文主义"。在他们看来，儒家传统人文化成的思想，比现代人道主义（无论是科学的人道主义，还是感情的人道主义）更加具有阳刚之气，更加沉稳理智，更有淑世易俗之力。呼吁"孔教复兴"，涵养"人文

---

① 参见吴宓：《〈红楼梦〉新谈》、《诗学总论》，见《会通派如是说》，徐葆耕编选，277—286页，上海，上海文艺出版社，1998。关于但丁"四义说"，参见 Richard Harland, *Literary Theory from Plato to Barthes*: *An Introductory History*, Palgrave: Palgrave MacMillan Limited, 1999, pp. 27-28.

第一章 现代景观下的古典精神——"学衡派"与人文主义文论制序

国际","学衡派"人士以"道德"为图腾,组织成了一个同"五四"新文化抗衡的"人文共和国"。

在怀念现代人文主义者白璧德的文字中,梅光迪将孔孟言辞与柏拉图对话相提并论,把文起八代之衰的韩愈同英国文豪约翰生类比对观。① 文章的结论中,梅光迪称宋代古文巨子欧阳修为"儒家学说和中国古典文学的伟大复兴者",引用其赞赏韩愈的文辞,直抒文以载道、建言树德之宏愿:"呜呼!道固有行于远而止于近,有忽于往而贵于今者,非惟世俗之好恶之使然,亦其理有当然者。而孔孟皇皇于一时,而师法于千万世。韩氏之文,没而不见者二百年,而后大施于今。此又非特好恶之所上下,盖其久而愈明,不可磨灭,虽蔽于暂而终耀于无穷者,其道当然也。"(欧阳修《记旧本韩文后》)韩愈与欧阳修,均以古文大师名载史册。作为儒家传统意义上的人文学者,他们对于"文"的诉求与对于道德的崇高景仰,乃是一体两面的。梅光迪的这番比照与赞誉,凸显了复兴儒家"道德"、赋予现代文学以威严"制序"的紧迫意识。

痛感现代文学界黑暗重重,每况愈下,文衰道弊,缪凤林直追汉儒王充,呼吁修立"文德"。②"言为心声,文为心相。文德之不修,人格之何有?""文德"之名,典出《诗·周颂》:"于穆清庙,肃雍显相,济济多士,秉文之德。"又见《魏书·文苑传》:"杨遵彦作文德论,以为古今辞人皆负才遗行,浇薄险忌。"清代章学诚赓续汉儒之说,畅言"凡为古文辞者,必敬以恕……知临文不可以无敬恕,则知文德矣"(《文史通义·文德》)。缪凤林援引阿诺德《文化与无政府》之"超然无执"(disinterestedness)学说,合论韩愈"不志于利"的学说,将"文德"提升为"文学之良知"。依据"不志于利"的君子之道与文学良知,所谓"文德"就是"志洁行廉,特立独行,超然于实利之外,不获世之滋垢,以不偏不颇之心,惟真理之求,识此世所思之至善,为天下昌,而为人群之准则而已"。缪凤林感叹世衰道微士失己,著书全为稻粱谋,文德不存而人

---

① 梅光迪:《评〈白璧德:人和师〉》,见《梅光迪文存》,237—247页,武汉,华中师范大学出版社,2011。

② 缪凤林:《文德篇》,载《学衡》第3期,1922年3月。

格斫丧,从而力举修立"文德",规范"文情",使文学深沉而节制,超绝而谦卑,虚灵而真切。

与缪凤林"文德"论略合,吴芳吉特别标举"文心",重新论述"载道"原则。① "文心",典出《文心雕龙·序志篇》:"夫文心者,言为文之用心也。"又曰:"盖文心之作也,本乎道,师乎圣,体乎经,酌乎纬,变乎骚。文之枢纽,亦云极矣。"吴芳吉借用"文心"以衡量文学之美。依其所论,文无定法,但美在执两用中,无过,亦无不及。中道之为文心,合度亦为文心。温柔敦厚,修辞立诚,气盛言宜,陈言务去,不以文害辞,不以辞害志,无不出自"文心"。"文心"方为无法之法,衡量古往今来千万作品的优劣高低。吴芳吉总结说:"盖文学之类,固有文心,臻此文心……则非他人所能摇易……故韩文杜诗,屈骚马史,陶情庄寓,苏赋辛词……他人拟之不肖,撼之不倒,迫之不及,僭之不容,矫然特立,亘古长在。"简而言之,"文心"即为经典内质之美,一种意义原型,一种艺术精神,一种心灵指向,无痕而有味,虚灵而真实,不可言传而只能神会。不过,从吴芳吉论述的脉络看,"文心"即"道心",从"文心"重述"文以载道"学说,吴芳吉将文学所载之"道"的范围大大拓展,不仅包括传统的孔孟之道,而且还包括涵容古今中西的人文主义。"文以载道",此"道"含弘无辨东西、涵盖古今的"天理"、"人情"、"物象"。

涵濡中西,汇通今古,"学衡派"修立"文德",确立"文心",再度倚重和铸造"文以载道"。然而,经过一番镜像互观、推陈出新的转换,"学衡派"的"道德"观已经逾越了风俗教化层面,而上升到了价值论形而上学的高度。在这方面,吴宓"从爱到宗教"、"由情入道"的论说堪称典范。诗的功用在修德明教,涵理于情,砥砺志节,宏拓抱负,而不仅仅是完成道德教化,内圣外王。吴宓尊"国粹派"学者黄节为"诗学"宗师,大段抄录黄氏《阮步兵咏怀诗注自序》中的文辞,重申儒家诗学与诗教的人文化成意义:

> 世变既亟,人心益坏,道德礼法,尽为奸人所假窃,黠者乃

---

① 吴芳吉:《三论吾人眼中之新旧文学观》,载《学衡》第31期,1924年5月。

借词图毁灭之。惟诗之为教,入人最深。独于此时,学者求诗则若饥渴。余职在说诗,欲使学者由诗以明志,而理其性情,于人之为人,庶有补也……国积人而成者,人之所以为人之道既废,国焉得而不绝?非今之世邪。……余亦尝以辨别种族,发扬民义垂三十年……道德礼法坏乱务尽。天若命余重振救之,舍明诗莫由。①

重振道德,再兴礼法,辨别种族,发扬民义,"舍明诗莫由"——一种责任感之表露,可谓淋漓尽致。吴宓步武前贤,亦以孟子自许,担当"由诗以明志,而理其性情"之重任。紧接着他请来阿诺德、白璧德壮胆,将文学的"道德"提升到价值形而上学的高度,拓展普世人文化成的幅度,赋予诗歌以超越物役、救赎人性的使命:

英国安诺德 Matthew Arnold(1822—1888)论诗教(The Study of Poetry)曰:"诗之前途极伟大,因宗教既衰,诗将起而承其乏。宗教隶于制度,囿于传说,当今世变俗易,宗教势难更存。若诗则主于情感,不系于事实。事实虽殊,人之性情不变。故诗可永存,且将替代宗教,为人类所托命"云云。(以上译意)呜呼,此非黄师之志耶!宓又按:美国白璧德 Irving Babbitt(1865—1933)师倡道所谓新人文主义,欲使人性不役于物,发挥其所固有而进于善,一国全世,共此休戚,而借端于文学。呜呼,此又非黄师之志耶!黄师曰:"天若命余重振救之,舍明诗莫由。"其自任之重,有若孟子。然黄师说诗之法,亦本于孟子。"于其事不敢妄附,于其志则务欲求明。"此非孟子所云"不以文害辞,不以辞害志,以意逆志,是为得之"者乎?顾黄师之说诗与其作诗,乃一事而非二事,所谓相合而成其美也。②

中国传统"诗教"与"人文主义"互相涵濡,进而将道德提高为信仰,

---

① 吴宓:《空轩诗话》第九则,见张寅彭主编:《民国诗话丛编》,18页,上海,上海书店出版社,2002。

② 吴宓:《空轩诗话》第九则,见张寅彭主编:《民国诗话丛编》,18页,上海,上海书店出版社,2002。

提出"以诗歌代替宗教",此乃"学衡派"诗学的逻辑终点。殊不知,在修辞立诚、由情入道的理路上,诗学开始从自律性向他律性倾斜。"学衡派"的"以诗歌代宗教",便走上了梁漱溟、蔡元培的道路,不论是"以道德代宗教",还是"以美育代宗教",受到遮蔽的却总是诗学的自律性。而拯救诗学自律性的使命,却历史地落到了"学衡派"的流裔梁实秋、闻一多、邓以蛰等人身上。但另一方面,在危情自救,寻求意义与秩序的道路上,新儒家及其同道越走越远,越升越高,弘发潜德之幽光,几近演化出"道德中国"与"人文天下"了。

"学衡派"诗学的残篇断简,记录了他们同"五四"新文学主流的对质论辩,彰显了反思文化现代性的另类选择。目睹世变乱象而伤今吊古,不忍物欲横流而掉背孤行,"学衡派"的诗学浸润着全球时代的"执着的乡愁"(wily nostalgia),甚至还可以说有着色调浓郁的"哀悼之情"(emotion of mourning)。罗伯森指出,全球化导致当代世界体系的拓展和地域文化的扭曲,而世界体系中越来越多的实体凸显出古典文化品格,正在依据全球化当下阶段的制约因素来重铸历史。在世界体系的拓展和地域文化的扭曲过程中,"现代性"强化了自反,自反促成了"执着的乡愁"。[1] 在这一方面,"学衡派"代表人物吴宓的诗学命题"以新材料入旧格律",就是"执着乡愁"的诗学表达式。在《关于世界文学的猜想》中,意大利学者莫莱蒂(F. Moretti)曾一厢情愿地将世界体系从中心到半边缘再到边缘的扩张所推动的"世界文学"之形成概括为一个简洁的公式:"外来形式"(foreign form)涵濡"本土素材"(local materials)产出"本土格调"(local voice)。[2] 然而,吴宓的命题却逆反世界体系的拓展方向,硬行要把新颖异质的材料纳入古旧形式,"现代中的古典"就被颠倒成"古典中的现代",本土格调便获得了一种强大的同化力量。然而,在眼观乱世、目睹衰败的时刻,"学衡派"观澜溯源,步武古圣,力竭神枯地复兴"道德",传扬"人文",而其内心深处涌动着一

---

[1] 参见[美]罗伯森:《全球化:社会理论和全球文化》,梁光严译,43—44页,上海,上海人民出版社,2000。

[2] Franco Moretti, "Conjectures on World Literature", in *New Left Review* 1(Jan. Feb. 2000), p. 67.

种伤今吊古的"哀悼之情"。"哀悼的意图常常在于试图使遗骸本体化，使其出场，并且首先是通过辨认遗体和确定亡灵的墓地而完成的"，德里达追随哈姆莱特，在弗洛伊德、本雅明理论的烛照下去寻找历史的幽灵。① 而"学衡派"诗学断章如同众多亡灵的墓地，古今中外贤达之士的幽灵流连忘返，甚至寂寞地歌吟。然而，"学衡派"为圣贤举哀，在与众多幽灵的遭遇中，试图从贯穿天理、人情与物象的永恒道德中凝练出一股"微弱的救世力量"（weak Messianism）。古者未死，而往昔将还，而且还携带着一种秘密的标志，指引着淑世易俗的前景，并把我们与古圣先贤之间的秘密契约铭刻在此生此世的血肉之躯之上。故此，"学衡派"的古典不只是一种凝固的标准，不只是一种僵化的制序，而更是一种指引生命形象设计的力量，一个论衡古今东西的理论视角，一道感性的政治激情，一方供乱流涌动彼此争论的理论平台。诚如库尔提乌斯所论，"人文化成即惟新其制"（Humanism as initiative）。"学衡派"的人文主义理论纲领和批评实践同样表明，他们渴望从世世代代被奉为经典的诗人身上抽绎出一种近乎神话的元素，并把这些元素整合在一起，让古典诗人完成巴别塔被摧毁之后就必然落在人类身上的伟大使命——重构万物的一体。② 尤其重要的是，由于浸润着人文主义的灵韵，接上了自体传统的血脉，"学衡派"的古典人文主义诗学断章，蕴含着一股"微弱的救世力量"。这股力量虚灵而不虚空，超越而又内在，蕴藏着以人文化成世界的巨大潜能。

---

① ［法］德里达：《马克思的幽灵》，何一译，15 页，北京，中国人民大学出版社，1999。

② Ernst Robert Curtius, *European Literature and Latin Middle Ages*, trans. Willard R. Trask, New Jersey: Princeton University Press, 1990, pp. 394-395："创造之文得以捍卫，但同时也因语法、修辞、七艺以及学校教育之传承技术而变得虚空、变得外在。诸如此类的技巧本身不是目的，赓续传统也不是目的。反之，技巧辅助记忆。个体之超越一切变化而维持同一性的意识，仰赖于记忆。文学传统，乃是欧洲精神经历千年万载而保持其同一性的媒介。"学衡派的人文主义及其批评实践所刻意地捍卫的，正是中国精神经历千年万载而保持其同一性的媒介，这媒介或者叫作经典，或者叫作"文德"、"文心"。

四、自律的文学，规训的帝国
——梁实秋、闻一多、邓以蛰的文论体系

我们权且放下"学衡派"这些浸润乡愁、染色伤情的文学论说与诗学断章，把目光转向他们的同道或流裔。"学衡派"思想艰深，言辞古奥，学格峻峭，甚至连其私淑者梁实秋也对此望而却步，仿佛唯有高山仰止。与"学衡派"在文学改良伊始就冷眼旁观、大举阻击的激进反现代姿态不一样，"学衡派"的流裔梁实秋、闻一多、邓以蛰、钱锺书等人，却置身世变潮流，参与文学革命，顺乎历史进程对新文化运动表示同情与尊重。与"学衡派"偏于理论思考而疏于创作体验、长于文化论说而短于诗文辨析不一样，"学衡派"流裔却关注中国现代文学进程，在行进中反思新文学，在反思中谈文论诗，建构出系统完备的古典诗学论说。"学衡派"慷慨论道，而其流裔虔诚论诗。论道者孤标傲世，而论诗者从善如流。"学衡派"的流裔以创作经验为基础，以人文主义为视角，以古典主义为指向，建构了一套凸显自律、强调规训的诗学体系。远祧亚里士多德，赓续阿诺德、白璧德、"学衡派"古典人文传统，压制浪漫的情感诗学，阻击"左翼"的革命诗学，梁实秋提倡"文学的纪律"，闻一多建构"诗的格律"，邓以蛰憧憬"诗的别境"。① 三套诗学体系彼此对话，交相辉映，延续"学衡派"古典人文精神，仿佛在世变乱象、文衰道弊的废墟上，建构出一个自律规训的诗学帝国。

1."文学的纪律"——梁实秋的古典主义文论体系

梁实秋（1903—1987）以"豹隐诗人"出道文坛，凭"雅舍主人"驰名于世，持古典批评恃才傲物，留经典译章涵养后学，却被贬为"丧家的"、"资本家的乏走狗"，而忍辱含悲。然而，人如其名，春华秋实，

---

① 将梁实秋、闻一多、邓以蛰纳入古典人文主义脉络中来论述，这一思路受到了俞兆平的启发。在论述现代中国文学思潮之古典主义取向时，俞兆平称梁、闻、邓为《晨报副刊》古典主义诗学"三套车"。参见俞兆平：《中国现代三大文学思潮新论》，327—330页，北京，人民文学出版社，2006。

炳焕文章,当他寿登耄耋驾鹤西还之际,亦是海宇之内同放悲声。丧钟的沉凝,哀悼的庄重,几可与胡适离世之时相仿。

与胡适、鲁迅、陈独秀等"五四"一代学人、斗士相比,梁实秋在气势上少了几分磅礴,在心境上却多了几分沉稳。但他对新文化运动的关注和参与,其贡献或许分毫不让时贤。"五四"之后,梁实秋挑起或者参与的争论是一场接着一场,一波未平一波又起:与"文学研究会"争辩(20年代初),力陈"为艺术而艺术",为诗而诗,以至美为文学之鹄的;与鲁迅、郁达夫等左翼文士争辩(1927—1936),阻击革命文学,标举普遍人性;与抗战文学对局(1938年),畅言文学不是工具,反对"抗战八股";与梁宗岱的象征主义"纯诗"学说抗衡(1936—1937),提倡古典人文主义的伦理精神。岂是好辩?不得已而为之。征战多方,道器如一,其要义就是古典伦理,普遍人性,文以载道,诗化人生。在这些争论中,让梁实秋名载史册的,当是"梁鲁"之辩。

1927年,梁实秋发表名文《现代中国文学之浪漫的趋势》,引来了鲁迅、郁达夫、冯乃超等激进左翼文人、作家和理论家的驳难,对手们措辞之苛刻、语气之尖酸、火药味之浓烈,即便不能说空前绝后,至少也属世间罕见。表面上看,争论好像是针对卢梭的教育观,以及中国人对于阿诺德、白璧德学说的接纳。但在深层次上,这是一场左翼政治激进主义诗学与古典人文主义诗学之间的较量,阶级论诗学与人性论诗学之间的冲撞。鲁迅年长梁实秋二十多岁,二人堪称"忘年对手"、"隔代伯仲"。这场学界硝烟、墨海波澜持续了八个春秋(1928—1936),因鲁迅辞世而不了了之。一场民国公案,因历史风云诡异、惯性思维定势以及主导意识形式的遮蔽,迄今为止还尚无定论。回归论争现场已无可能,但回顾论争过程我们就可以得知这是一场不平衡的对话。鲁迅可以倚老,郁达夫可以恃才,左翼人士可以挥动"革命文学"大旗向异端发出歼恶令。而激进思潮甚嚣尘上,古典人文主义低调淡定,崇尚中正平和,而其"微弱的救世力量"注定动摇不了主流言论的话语长城。梁实秋似乎以一己之力,平衡着整个思想界不平等的对话。

"梁鲁之争"并非平地波澜。首先,西方浪漫主义涵养的中国现代浪漫文学思潮已经是强弩之末，四面楚歌，备受诟病与诋毁，甚至被宣判了死刑。打压浪漫主义思潮的势力，一是"创造社"左翼文人学者，一是"学衡派"及其他古典人文主义者。前者言疾论急，宣称无产阶级作为第四阶级在历史上登台亮相，"革命文学"乃是大势所趋，"浪漫主义的文学早已成为反革命的文学了"①。后者中正儒雅，尊阿诺德、白璧德为贤哲，责难浪漫主义感情恣肆，想象诡异，乖离经典，不由正道。其次，1927年春天，革命受挫，激进思想落潮。连鲁迅本人也无奈地承认："革命文学家风起云涌的所在，其实是并没有革命的。"②当梁实秋以古典人文主义为标准评论现代中国文学之时，政治嗅觉敏感的鲁迅就预感到一道逆"革命文学"而动的潮流正在兴起，便决定予以迎头阻击："上海一隅，有二年大谈亚诺德[即阿诺德]，今年大谈白璧德，恐怕也就是胃口之故吧。"③阿诺德置文化于无政府之上而心仪至善至美，白璧德痛斥卢梭及其浪漫主义为情感恣肆和俗人乱道，恰恰非常合乎"学衡派"及其流裔之"胃口"。时值郁达夫为卢梭树碑立传，传扬人道主义教育，梁实秋则一言以蔽之，"卢梭论教育，无一是处"，从思想到行止用"缺德"一词为卢梭盖棺定论。郁达夫则反唇相讥，斥责梁实秋"对于学行不分畛域"，"以一种 Decorum [规矩方圆]"妄作断语，偏见太深。郁达夫甚至反击失度，用"手淫"这样的脏词来羞辱论辩对手，用"批评叫骂"这样的疾言来损伤同侪。④ 鲁迅、郁达夫这样一些嬉笑怒骂却刀刀见血的文字所传达出来的，正是一种对于寂寞上升的古典人文主义的强烈敌意，以及对"革命文学"所代表的启蒙激进诗学的坚定拥趸。所以，在浪漫文学退潮、革命文学受挫、古典人文主义上升的三重背景下，"梁鲁之争"成为现代中国文学的一场艰难决断，同时也是众多思潮涌动，彼此博弈的一道浮标。

长期以来，文学史家没完没了地纠结于"梁鲁之争"所凸显的"人

---

① 郭沫若：《革命与文学》，载《创造周刊》第1卷第3期，1926年5月16日。
② 鲁迅：《革命文学》，见《鲁迅全集》第3卷，544页，北京，人民文学出版社，1981。
③ 鲁迅：《卢梭与胃口》，见《鲁迅全集》第3卷，534页，北京，人民文出版社，1981。
④ 郁达夫：《翻译说明就算答辩》，载《北新半月刊》，第2卷第8号，1928年2月16日。另参见《郁达夫文集》第6卷，52页，广州，花城出版社，1983。

性"/"阶级"之辩,"革命"/"反动"之判,"激进"/"保守"之念。然而,依据政治意识形态评价这场争论,却在相当程度上遮蔽了在浪漫主义之后唯一可堪同激进政治诗学相抗衡的古典人文主义诗学的深厚渊源与强劲潜能。鲁迅当时走上了瞿秋白的道路,不仅以吃狼奶成长的逆子贰臣自许,而且正在翻译介绍俄苏文学与诗学,稍后同左翼革命人士一起推进政治启蒙诗学的激进化。梁实秋却延伸"学衡派"涵濡中西汇通今古的思路,参与以《新月派》为典范的诗歌格律化运动,续接"五四"以及世运维新所断裂的传统文脉,将阿诺德、白璧德的人文思想化入新文学传统中,建构出一套完整的古典人文主义文论体系。这一体系以"人性"为原点,以"纪律"为范式,以"节制"为理想,以"伦理"为命脉,辩护文学自律,瞩望形而上价值,故而堪称"规训的帝国"。

以"人性"为原点,梁实秋反对阶级文学,抵制革命文学,主张文学超越于政治。何谓"人性"?对立于"物性"且不为"物性"所役的人之所以为人之天理,是为"人性"。忧心于物性扩张,人性蜕变为魔性,梁实秋像西方贤哲白璧德那样,渴望解救"人事之律"。他一以贯之地认为,文学乃是人性的描摹,生活的批判,理性的透视,儒雅的观照。"文学发于人性,基于人性,亦止于人性。"[①]梁实秋断定自古以来和从今以后都没有什么"革命的文学",而只有"人的文学"。"革命的文学"语句不通,却巧立名目,徒滋纷扰。时过境迁,文学史家兼诗人林庚就梁实秋《文学与革命》中的论说写下了一段公正的评价:"就文学论,我们划分文学的种类派别是根据于最根本的性质与顾问,外在的事实如革命运动复辟运动都不能借用做衡量文学的标准。并且伟大的文学乃是基于固定的普遍的人性,以人心深处流出来的情思才是好的文学,文学难得的是忠实——忠于人性;至于与当时的时代潮流发生怎样的关系,是受时代影响,还是影响到时代,是与革命理论相合,还是为传统思想所拘束,异不相关。对于文学的价值不发生关系。因为人性是衡量文学的唯一的标准。"[②]人性是文学之唯一标准,诚哉斯言。这

[①] 梁实秋:《文学的纪律》,见《梁实秋批评文集》,徐静波编,95页,珠海,珠海出版社,1998。

[②] 林庚:《新文学略说》,载《中国现代文学研究》,2011年1期,47页。

一标准是超越的，不以时代精神、政治运动为转移。这一标准又是内在的，尊重人心深处流溢出来的情思，而无涉外在纷扰。超越而又内在的人性，在此便成为一种形而上的价值，足以为据，论衡古今中西文学及其所铭刻的天理、人情、物象。对于阿诺德、白璧德之"一多为基"、"人性二元"的学说心领神会，梁实秋首先肯定"人性复杂"，有必要从迷乱中见出秩序，从黑暗中探得光明，然后悟出人有善恶，神兽并存，理欲同在。人性裂分两极，但人之所以为人，却在于以神灭兽，崇理抑欲，臻于中正之境，合乎秩序之道。而这就提出了重整文学纲常，强化诗学制序的问题，制定"文学的纪律"就在所难免了。

以"纪律"为范式，梁实秋左右开弓，一面追剿浪漫主义，一面阻击革命文学。一方面，浪漫主义之所以要追剿，是因为他们一味企求"新颖"、"奇异"，呼吁"回归自然"，推崇"天才独创"，恣肆感情而养育滥情。与浪漫主义矫情泛滥相抗衡，梁实秋以古典主义之名发出歼恶令。他看到，浪漫主义的唯一标准是"无标准"，而新文学运动就是"浪漫的混乱"。而他认为，"古典主义者最尊贵人的头；浪漫主义者最贵重人的心。头是理性的机关，里面藏着智慧；心是情感的泉源，里面包着热血"①。理性与情感是为人性之二极，一极指向精神、智慧、最高的权力机关，一极指向肉体、血气、最低的欲望动力。"按照人的常态，换句话说，按照古典主义者的最高理想，理性是应该占最高的位置。"再换句话说，追剿浪漫主义，必须以古典为剑，斩杀魔性，净化血气，抑制情感，节制想象，放逐毁纲裂常的天才。另一方面，革命文学之所以必须阻击，是因为他们以为文学的形式是创作的桎梏，"着力打破文学的形式"，从毁弃家法以至俗人乱道。于是，淫文破典，以文为诗，诗不讲韵，允许俚俗方言、引车卖浆者流进入文学，甚至以断章为时髦，严肃的整体的有机的诗学王国从此分崩离析，可谓王者之迹熄而诗亡。浪漫纵情而革命废道，为了"不妨害健康"和"不折辱尊严"，梁实秋反复强调"文学的纪律"。诗必有韵是纪律，抑制情感使其合度是纪律，规范想象使之合理是纪律，文必遵型而独有格调是纪

---

① 梁实秋：《现代中国文学之浪漫的趋势》，见《梁实秋批评文集》，徐静波编，39页，珠海，珠海出版社，1998。

律，修辞立诚又彰显文心是纪律。然而，梁实秋又断然论定，纪律不是规律，标准不是权威，文学不可有强制但不可无纪律，文学不可有机械规律但不可无虚灵而真实的标准。归结到普遍永恒之人性这个原点，梁实秋断定好奇心驱使的标新立异的诗文，都无法表现完美的人性。浪漫主义如此，革命文学亦无二致，都是率性使气，拒绝纪律，不拘方向，漫无选择。而文学王国，以及为文学王国立法的古典诗学，则强调作诗为文皆有纪律、标准，主张节制、合度。

以"节制"为至境，梁实秋重述"以理制欲"的中国古典命题，以涵化西方人文精神。在这条崇尚轨范、平息内乱的思路上，他同西学圣贤白璧德、"学衡派"前驱吴宓一脉相承，若合符节。白璧德的人文意蕴，在于尊高尚意志而卑低下情欲，扬理性智慧而抑情感血气，显然近乎孔门遗训、儒家圣道，即"导人入仁"，以人文化成世界。吴宓在翻译白璧德的《民治与领袖》一文时，常插入夹注，点明人文主义与古典儒教之间汇通的契机。"吾国先儒常言'以理制欲'。所谓理者，非理性或理智，而实为高上之意志。所谓欲者，即卑下之意志也。"又说："今夫人之放纵意志（即物性意志）与抑制是意志（即人性意志）常相争战。（前者即吾国先儒之所谓理，后者即其所谓欲。）"①"以理制欲"，"人欲尽处，天理流行"，一个人文化成的宇宙由此生成，一个因规训而合度、以纪律而有序的诗学帝国就此建立。在一个物质扩张与感情放纵的时世，梁实秋步武先儒，涵化西贤，舍弃博放而趋向精约，向浪漫文学与革命文学亮起红灯："文学的力量，不在于开扩，而在于集中；不在于放纵而在于节制。"②所谓节制的力量，就是以理性驾驭情感，以理性节制想象。几乎可以说，梁实秋箭无虚发，节节击中浪漫主义的命门。

在理性与情感的关系上，理性被赋予了相对于情感的特权，甚至还被提升到了最高判决标准的地位。理性行使威权，实施规训，强化纪律，羁勒漫溢的情感，控制泛滥的感伤，不许"我为诗狂"，祛除"浪

---

① 吴宓：《白璧德论民治与领袖》，载《学衡》第32期，1924年8月。
② 梁实秋：《文学的纪律》，见《梁实秋批评文集》，徐静波编，101—102页，珠海，珠海出版社，1998。

漫恶疾",而达到亚里士多德悲剧理论中所谓的"卡塔西斯"境界。梁实秋将"Catharsis"翻译为"排泄涤净"。不错,悲剧的任务在于使人愉快,但其愉快必须以"伦理的制裁"为前提。"排泄涤净"喻指这种经由伦理的制裁所达到的安详宁静、儒雅清明的效果。"悲剧不但不使人神志颠倒理智混乱,反足以使人摆脱情感之重担,神志于以更为清明,理智于以更为强健。"亚里士多德诗学竭力将文学、美术纳入轨范,让情感中和合道,从而有益于现实人生,最终施惠于城邦家国。当今古典学家有言,与其执守绳墨将亚里士多德的《诗学》理解为诸种"表演的技艺",不如将"诗学"解释为"行动的技艺"。行动的技艺与城邦政制、生活理想水乳交融,而归属于更加宏阔的创造语境,构成更为广博的文化系统,而其旨趣与归趣永远在于祛除邪恶而引人向善。而节制乃是臻于至善境界之不法二门,臻于至善境界乃是让人远离恶欲邪念,返归于神志清明(epieikes)。① 祖述亚里士多德,近习西方人文主义学理,并且浸润在千年儒学传统中,梁实秋对"节制"的至善向度心知肚明,他写道:"情感不是一定该被诅咒的,伟大的文学者所该致力的是怎样把情感放在理智的缰绳之下。文学的效用不在激发读者的热狂,而在引起读者的情绪之后,予以和平的宁静的沉思的一种舒适的感觉。"② 和平的宁静的沉思,舒适的感觉,便是希腊化时代斯多葛主义对于幸福的定义。热烈而不张狂,沉静而不死寂,面对汹涌的波涛,面临巨大的灾难,贤哲之士心境若水,瞩望超越于世俗生命的形而上境界。"伟大的文学的力量,不藏在情感里面,而是藏在制裁情感的理性里面。"③ 这便是古典主义诗学的基本信条之一,文渊久远,而且视境开阔,同温克尔曼的"高贵的单纯,静穆的伟大"息息相通,遥相对应。

同理,理性对于想象,亦有这种羁勒的威权。诗学从不否认想象。

---

① 参见[美]戴维斯:《哲学之诗——亚里士多德〈诗学〉解诂》,陈明珠译,6、53页,北京,华夏出版社,2012。
② 梁实秋:《文学的纪律》,见《梁实秋批评文集》,徐静波编,103页,珠海,珠海出版社,1998。
③ 梁实秋:《文学的纪律》,见《梁实秋批评文集》,徐静波编,104页,珠海,珠海出版社,1998。

亚里士多德的《诗学》曾经将"想象的诗作"视为比"实录的历史"更高的东西。清代龚自珍萌发宏愿，要在经世致用的"今文经学"框架内将源自《诗经》、楚辞的主情传统与源自司马迁、班固的主史传统融合为一，用诗意的想象之火点燃历史的断简残篇，而开创一部有情的历史。想象不仅是诗魂艺魄，而且也是科学探索的动力，历史书写的诱因。梁实秋提出以理节情之后，进一步将想象置于理性的羁勒之下。文学想象不是无目的的狂想，而是合目的有秩序的创造，因此，"想象，也就不能不有一个剪裁、节制、纪律。节制想象者，厥为理性"①。理性制裁想象，赋予文学以崇高的严肃性。这条文学的纪律，袪除浪漫的迷狂，使人回归于常态人性，过上健康的生活，养育丰满的人格。

由此观之，文学的纪律，就是以理智羁勒情感，以理智制裁想象，将诗歌的形式导入人文轨范。在《文学的纪律》一文终篇，梁实秋引用了柏拉图《高尔吉亚篇》对话中苏格拉底的言辞，强调心有其序，文有其纪："心灵的合规则的秩序与活动便叫做'纪律'与'秩序'，便是使人们守纪律守秩序的主因——因此我们才能有节制和正义。"②心灵秩序与文学纪律，同城邦家国的政治生活理想紧密相关，构成了社会正义和宇宙和谐的基本前提。

强调理性对情感的羁勒与对想象的制裁，梁实秋的古典主义诗学便以"伦理"为命脉。"伦理"在中国古代典籍中常常与礼义并置，突出了同轨范、权威、制约的语义关联。譬如，"商君违礼义，弃伦理"（《新书·时变》），礼义与伦理并举，伦理与道德便构成了人类生活的价值向度。明代郑瑗曰："马迁才豪，故叙事无伦理，不可为训。"（《井观琐言》卷二）这个"伦理"是指叙事的条理，文章的肌理，言外之意仿佛在责备司马迁疏于对情感与神思的羁勒，心失其序而文失其纪。"伦理"的养成，在于实施规训，严遵纪律。梁实秋将"纪律诗学"贯彻到文学批评中，提出了与"生活批评"合辙的"伦理批评"。考察文学批评与

---

① 梁实秋：《文学的纪律》，见《梁实秋批评文集》，徐静波编，105页，珠海，珠海出版社，1998。

② 梁实秋：《文学的纪律》，见《梁实秋批评文集》，徐静波编，110页，珠海，珠海出版社，1998。

哲学的根源和分合关系，梁实秋突出了伦理批评的优先性："以文学批评对哲学的关联而论，其对伦理学较对艺术学尤为重要。"作为哲学的艺术学（即当今的美学），以"美为对象"，艺术学史即"美的哲学史"。文学批评探究"何者为美？何者为丑？"的问题，而不再追问"美之所以为美，丑之所以为丑"的问题。艺术学家分析快乐的内涵，辨别快乐的种类，但文学批评家最重要的问题永远是"文学应不应该以快乐为最终目的？""应该"二字，为艺术学家所不过问，却是伦理学所关注的核心问题。梁实秋的逻辑是：如果文学是对生活的批评，那么文学批评就是"生活的批评的批评"。如果伦理学就是人生哲学，那么"文学批评与哲学之关系，以对伦理学为最密切"。依据伦理优先的原则，梁实秋论说了文学之美。"美究竟在文学里有什么样的地位呢？"[①]他的回答让人诧异："美在文学里面只占一个次要的地位。"文学不同于音乐与绘画，只为"美"留下了非常微小的空间。文学随时给予一点美感，目的是激发读者更深刻更严肃的追求。"李后主的词，王渔洋的秋柳，单赏玩其中的词句的绮丽，声调的跌宕，那是不够的，因为明明的里面有亡国之恨，不容你不去领会。例如杜工部的秋兴，单赏玩其中的'典丽'是不够的，因为明明的里面有一个抑郁不得志的人的牢骚，不容你不去领会。"[②]梁实秋切中批评的伦理命脉，要求文学读者披文入情，以意逆志，以语句辞章为入口，进入诗文幽深之境，叩显开隐，烛照幽微。这是一种怀着同情之心进入他人之境的伦理行为，一种寻求对话和理解的善意行为。文学作者的写作，不只是幽闭自叹，挥洒悲情苦感。文学读者的阅读，也不只是赏玩辞章，自娱自乐。存在主义的悲情苦感已经成为历史，而后现代的词语狂欢冷寂退潮，展开普遍交流，追求同情理解，乃是伦理批评的要义。梁实秋以古典为鉴，以人文主义为断制，深刻地把握到了文学批评的伦理使命。

祖述亚里士多德和柏拉图，赓续传统坠绪，融化欧西古典人文主

---

① 梁实秋：《文学批评辨》，见《梁实秋批评文集》，徐静波编，92—93页，珠海，珠海出版社，1998。

② 梁实秋：《文学的美》，见《梁实秋批评文集》，徐静波编，208页，珠海，珠海出版社，1998。

义,梁实秋建构了一种纪律的诗学。这种纪律的诗学乃是在追剿浪漫主义和阻击革命文学的双面作战中渐渐形成的。"纪律诗学"赋予理性以最高的裁决权威,强调羁勒情感,制裁想象,引人回归常态人性,催人向往至善境界。在这层意义上,用福柯的话说,梁实秋的纪律诗学,乃是一种规训的诗学。纪律即规训(discipline),与"学科"具有同一的意思。近代启蒙以至18世纪古典时代的学科分化,以及在这个过程中形成的文学(诗学)论说,无不烙上了规训的烙印。从阿诺德到白璧德,从强调以理制欲的先儒到重建道德的"学衡派",都一以贯之或一脉相承地将诗学隐喻为规训之道,坚定执着地以柏拉图权威化的结构原则为"摹仿的原型",或"整饬世道人心的章法"。然而,福柯提请人们注意,这种原型,这种整饬世道人心的章法,乃是一套将"博放之世"与"复多之相"精约定位的工具,甚至对启蒙时代的新生宇宙科学的有效运作也至关重要。规训以一统多,以理制欲,甚至扬言要以理性永久地祛除疯狂。福柯写道:

> 规训之第一个伟大举措……乃是建构"活体图表",将混沌无用、危险重重的庸众改造为循规蹈矩的多数。绘制这些图表,乃是18世纪科学、政治、经济的工艺技术之巨大难题之一。植物学与动物学,经济与军事,还有医疗系统之分类与组织,所有这一切都是双头运作,其中分布与分析,监控与理知,无不厥为两途,但二者彼此关联,唇齿相依。18世纪这幅图表既是权力技术又是认识程序。问题仅仅在于,赋予大众以组织秩序,配置工具覆盖和控制大众,也就是强行赋予他们以一种"秩序"。①

由此可见,福柯式的规训不只是羁勒情感,制裁想象,而且还要驯化肉体,惩治犯罪。规范的力量似乎贯穿在纪律中。古典时代是一个规训的时代,一个纪律的时代,一个监禁的时代,一个让全景敞视主义"无所不在、时刻警醒、毫无时空的中断而遍布整个社会"的时代。

---

① Michael Foucault, *Discipline and Punish: The Birth of the Prison*, trans. Alan Sheridan, New York: Pantheon Books, 1977, p. 148.

古典主义在18世纪复活,不是偶然的。因此,当我们反思梁实秋"纪律"的诗学及其所象征的规训帝国时,有必要对古典主义幽灵所徘徊的"整个古典时代"及其全面规训、普及纪律的趋势保持足够的警觉。古典人文精神尊理卑欲、崇尚中正和平而贬抑离经叛道,具有相当的合理性,因为毁纲裂常、俗人乱道毕竟不是人类的理想状态。然而,万事勿过,反过来也一样,浪漫主义与革命文学主张解放情感、伸张个体权力而抗拒外在权威,也具有不可辩驳的依据,因为万马齐喑、纲维森严同样不是人类的理想状态。纠正浪漫主义的偏失,阻击革命文学的乱象,梁实秋强调文学的健康、人性的完美,固然无可非议。但一旦将纪律绝对化,建构一个规训的诗学帝国,则可能给人类精神投射一道不祥的阴影。况且,以欧洲人文主义为基本标准来裁断文学现象和文学运动,以抽象的共同人性为依据强调文学纪律与规范,梁实秋的文论体系在相当程度上淡化了文学的感性、个性和民族差异性。

2."诗的格律"——闻一多中西合璧的古典主义文论体系

闻一多(1899—1946)就是画像上那个叼着烟斗、低眉沉吟、一脸傲气的文人。诗人、学者、斗士三种身份集于一身,亦可谓人如其名。诗人之热血,学者之冷眼,斗士将至冷至热完美地融为一体而成就了先知、烈士的气节。昆明至公堂外卑劣之徒射放的冷枪,虽成全了一代先烈的英名,但留下了诗坛学界永久的遗憾,史诗之烈造就了诗史之哀。闻一多其名其迹令人想起古希腊贤哲柏拉图的传世隽语:"世之所谓一,又有所谓多,吾将追踪而膜拜之。"难怪后学疑惑不已,茫然失措:激情奔放的斗士为何畅言作诗要"戴着镣铐跳舞"?感性博放而想象淋漓的诗人何以能谨守小学家法、阐释古典新义?而疾恶如仇、心系正义的民主斗士如何能安守书斋回味圣贤遗训?然而,古典遗绪、救世情怀以及人文余韵,借着他的觉世之言、济世之学、润世之诗而泽被后世,蕴藉千秋。

闻一多谈诗,留下了传世的隐喻而启人心智。一是"戴着镣铐跳舞",这个隐喻强调"诗之格律",实施诗学规训。二是中国新诗"要做中西艺术结婚后产生的宁馨儿",这个隐喻凸显中西涵濡,主张借西造中的同时更要以中化西。前一个隐喻之旨,在于"诗歌格律说",后一个隐喻之宗,则在于人文化成之道。合二隐喻为一,则知闻一多的诗学,确实融汇了中西古典人文主义的菁华。离开诗歌格律说,人文化成之道即空灵而无实体;离开人文化成之道,诗歌格律说仅为镣铐而不见舞艺。

寻觅格律,就是颁布纪律,实施规训,让诗人戴上镣铐,赋予新文学传统以规矩方圆。这种努力的缘起,自然应该追溯到文学改良、诗界维新所提倡的诗体解放,及其所招致的俗人乱道与淫文破典。让文学改良者始料不及的是,诗体解放产生了一批漫无纪律、粗制滥造的作品。不少新诗在冲决旧体诗词格律的束缚之后,完全漠视音律、韵律、章法、形式,以文为诗,引方言俗语入诗,视引车卖浆者流为诗人。作为对文学改良、诗界维新的反弹,以《新月派》为主体的中国新诗格律派应运而生。他们提倡音韵、格律,主张以理性羁勒情感,制裁想象,表面上类似反动,却实质上推进了新诗的建设,将新诗传统纳入健康的轨范。诗人朱湘、饶孟侃、徐志摩等,同气相求,聚集在闻一多的"黑屋",朗诵诗作,体会音韵的妙处,探索作诗门径,形成了格律风格。美学家邓以蛰称格律诗派的探索为"诗之创格"。"全章的音节在吟诵时,使人无形中起了快感。渐渐的口耳与之纯熟,于是这种音调就成为一种格式。"① "格律诗派"的探索动力,来自对文学改良、诗界维新的消极后果的观照与反省,但他们的诗学成就同样也是中西涵濡和以今变古的结晶。钱理群等人对"格律诗派"的诗学资源进行了辨析,其结论堪称经典:

> 新月派提出了"理性节制情感"的美学原则与诗的形式格律化的主张。……新月派的这些理论主张,显然是受到了同样是力举"无我"、"不动情感"与倡导艺术形式的工巧的西方唯美的巴那斯主义的影响;但同时也是与中国传统的"哀而不伤,乐而不淫"的抒情模式,特别是与将情感消解于自然意象中,追求情景交融、物我合一的唐诗宋词传统相暗合……②

---

① 邓以蛰:《诗与历史》,见《邓以蛰全集》,51页,合肥,安徽教育出版社,1998。
② 钱理群等著:《中国现代文学三十年》,129页,北京,北京大学出版社,1998。

西方唯美主义、形式主义，中国古典抒情传统、理性节制原则，两种诗学传统暗合融通、异质化生，而导致了中国现代格律诗派的崛起。闻一多自是置身于这一融通变古、开启新途的诗歌实验中，并对诗人们的实验进行了理论反思，提炼出"格律诗学"与人文化成之道。依据朱自清所论，新诗形式化运动其来有自，源于文学革命的基本逻辑，尤其呼应了闻一多本人的创作主张与人文情怀：崇尚精密与冷静，反对博放与恣肆。朱自清特别强调，"《红烛》讲究用比喻，又喜欢用别的诗人用不到的中国典故，最为繁丽，真教人有艺术至上之感"，"《死水》转向幽玄，更为严谨，他的作诗有点像李贺的雕琢而出，是靠理智的控制比情感的驱遣多些"。① 因此，1926 年，闻一多发表《诗的格律》，遂引起诗坛的轩然大波，时人景从，实在不是偶然的时风所染，而是中国文学现代化自反的必然决断。

其实，诗乐同源，无分中外，且于中国古代尤盛。帝王世纪，先民击壤而歌之外，尚有《康衢谣》传世，"不识不知，顺帝之则"。"《尚书·舜典》曰：诗言志，歌永言，声依永，律和声。诗之有律，其来远矣。……三百篇而外，汉立乐府，置协律，魏晋以降，乐章咸在，萃于《宋书》。沈约云：玄黄律吕，各适物宜，宫羽相变，低昂互节。"② 中国古典诗歌起源于西周时期宗庙祭祀与政制仪式，在形式上乃是一种流转有韵的言说，声音合律的歌唱。《尚书》为政治演说，《诗经》为抒情言志，《易经》为占卜以定凶吉，然而均呈现出四字成句、平仄互节、韵语流转的特征。此乃诗有格律、文崇规范的远古证据。据此而论，闻一多参与的中国现代格律诗运动，以及建基于此文学经验的格律诗学，从文渊深厚、诗制久远的古典文化中获取了现代正当性。将现代新诗置于古典的鉴照之下，格律诗运动及其诗学便彰显了以古烁今的古典品格，却没有因此而丧失现代气象。

新诗运动兴起之后，《冬夜》、《草儿》、《湖畔》、《蕙底风》喧嚣登场，打破了旧体诗词的禁锢与诗坛的沉寂。闻一多眼观文学革命之后

---

① 朱自清：《中国新文学大系·诗集（导言）》，见刘运峰编：《1917—1927 中国新文学大系导言集》，150 页，天津，天津人民出版社，2009。

② 黄节：《黄节诗学诗律讲义》，63—64 页，天津，天津古籍出版社，2007。

第一章　现代景观下的古典精神——"学衡派"与人文主义文论制序

诗歌创作的热闹景象，却从中觉察出了乱象。梁实秋撰著《草儿评论》，闻一多撰著《冬夜评论》，彼此呼应，同气相求，秉持古典人文主义断制，评骘诗坛，试立诗法。《冬夜评论》洋洋数万言，宗旨却在"虚心下气地就正于理智的权衡"，"教导世界凭着理智去景仰"。自不待言，这也是尝试以纪律去框范偏差，创生"诗格"。

立论伊始，闻一多就剑指胡适《尝试集》，说胡适的诗"由词曲的音节进而为纯粹的'自由诗'的音节，很自鸣得意，其实这是很可笑的事"。舍弃音律，不遵轨则，以中国文字作诗，要么甘心作"坏诗"，要么用别国文字作诗，而这两条道路均非正道，只会将新诗运动引入绝境。在遵从轨范这层意思上，闻一多肯定《冬夜》对于音节、句法、辞章的讲究，但对于其中纤尊降格趋近平民的倾向予以毫不妥协的抵制。在他看来，《冬夜》的根本欠缺有二：一是牺牲繁密的思想，删除唯美幻象，迁就平民精神，玉成平民风格，而丧失了诗之为诗的艺术自律；二是意思散漫，形式破碎，滥用标点，缺少"熔铸"的"作诗"功夫。就第二方面而言，闻一多特别强调"作诗"的功夫。诗不是感情的自然流露，而是必须"熔铸"经验，羁勒情感，与世俗生活拉开距离，造就一种别样的诗境，成就一种别样的诗格。《冬夜》的作者俞平伯在诗集序言里，自称"只愿随随便便的，活活泼泼的，借当代的语言，去表现出自我，在人类中间的我，为爱而活着的我"。闻一多应之以笑，诡秘而充满善意：难怪俞君作不出好诗。然后引经据典，极言"作诗"之"作"的独特要求：

　　俞君把作诗看作这样容易，这样随便，难怪他作不出好诗来。鸠伯(Joubert)讲："没有一个不能驰魂褫魄的东西能成为诗的，在一方面讲，Lyre 是样有翅膀的乐器。"麦克孙姆(Hiran Maxim)讲："作诗永远是一个创造庄严底动作。"诗本来是一个抬高的东西，俞君反拼命地把他往下拉，拉到打铁的抬轿的一般程度。[①]

[①] 闻一多：《〈冬夜〉评论》，见《闻一多全集》第 2 卷，82 页，武汉，湖北人民出版社，1993。

为了避免误解，闻一多自言自语，说他并不轻看打铁的抬轿的人格，而只是强调不能屈尊纡贵去迁就平民，以世俗的标准去"作诗"。"作诗"必须"驰魂褫魄"，"创造庄严"，因而必须在某种程度上超越世俗，忘却人间，进入灵想独辟之境。《冬夜评论》末尾，闻一多用"太忘不掉这人世间"一语为俞平伯的诗作定断，又引用培根论诗之语再度强调诗学的超然自律："诗中有一点神圣的东西，因为他以他物之外象去将就灵之欲望，不是同理智和历史一样，屈灵于外物之下，这样他便能抬高思想而使之以入神圣。"故此，他劝勉诗人，不做诗则已，要做诗，"决不能死死地贴在平凡琐俗的境域里"①。

　　闻一多强调作诗之"作"，便彰显了诗学中本来固有的"创造"之义。他强调"熔铸"，设置"格律"，故而他的诗学遥契古希腊贤哲柏拉图、亚里士多德议论诗文的精义。古希腊语"ποιησις"本来就有"作"与"制作"之意，但在古希腊文献中多用于"诗"，以区别于其他"制作"（ποιειν）的产物。在《会饮篇》中，柏拉图假托女先知第俄提玛训导苏格拉底说，并非所有"制作"都是"诗"：

> 　　制作这个行当其实五花八门，因为凡什么东西从本来没有到有，其原因就是由于制作。所以，凡依赖技艺制作出成品都是创制，所有这方面的工匠大师都成为行家。
>
> 　　可是，你当然知道，人们并不称所有技艺方面的行家为诗人，而是叫别的什么名称。从所有搞制作的中，我们仅仅拈出涉及音乐和韵律的那一部分，然后用这名称来称所有搞制作的。因为，仅仅这一部分才叫诗，精通这一部分制作行当的人才称为诗人。（《会饮篇》205b8-c9）②

　　柏拉图明确指出，"诗"有专指，"诗人"乃是一个特殊称谓。只有涉及音乐韵律的制作才称为"诗"，同样也只有精通音乐韵律的制作行当的人才叫"诗人"。同柏拉图一脉相承，在《诗学》所讨论的诸种"诗

---

① 闻一多：《〈冬夜〉评论》，见《闻一多全集》第2卷，93页，武汉，湖北人民出版社，1993。
② 转引自刘小枫：《重启古典诗学》，25页，北京，华夏出版社，2010。

第一章　现代景观下的古典精神——"学衡派"与人文主义文论制序

艺"中，亚里士多德也特别强调"用节奏、语言、音调来摹仿"的"诗"（《诗学》1447a）。①

闻一多的诗学思考就是沿着同样的逻辑行进，所以必然提出在中国现代文论史上引起"轩然大波"的"格律论"。"格律"即"形式"（form），同梁启超"旧格调含新意境"之"格调"、吴宓"引新材料入旧格律"之"格律"的含义略同。在闻一多的话语系统中，"格律"构成了诗之所以为诗的本质，构成了诗歌审美自律的核心要素。梁、吴二人所言"格调"、"格律"，均含古旧之义。这些诗学的变古维新，多少招来了"老瓶新酒"的讥评。对闻一多而言，"格律"即形式，本无今古之别，亦无中外之分。"格律"之于诗，犹如"规则"之于游戏，"程式"之于舞蹈。规矩方圆，非格律即无诗。作诗有如游戏，妙趣在于遵循轨则而出奇制胜。所以，作诗犹如戴着镣铐跳舞，外行者云镣铐是障碍，内行者视轨范为创造的前提，表现的利器。

闻一多论"诗的格律"，先历数并谴责浪漫主义的流弊。浪漫主义者呼吁返回自然，却不知自然形式（"格律"）总非完美。由浪漫而至写实主义流行，绝对写实却宣告了艺术的破产。艺术摹仿自然，更是完善了自然形式（"格律"）。古人成就的艺术经典堪称格律的范本。譬如中国古人论山水之美，却以山水画为标准；文艺复兴时代论人之美，乃是以出土的希腊雕像为标准。为西方唯美主义熏陶的闻一多，甚至一反前人旧说，以为不是艺术摹仿自然，而是自然仿效艺术。他并不否认自然美，而是反对自然直接入诗，不讲熔铸，不加修饰，不问格律。这种论说的锋芒，直指白话文以及新诗运动："偶然在言语里发现了一点类似诗的节奏，便说言语就是诗，便要打破诗的音节，要它变得和言语一样——这真是诗的自杀政策了。"②以白话"作"诗，无可厚非，但关键不在于用不用土话白话，关键在于必须"作"诗，必须经过锻炼选择、熔铸裁化的功夫，将自然言语导入诗歌格律，或者用文化形式来规范自然形式。

---

① ［古希腊］亚里士多德：《诗学》，罗念生译，4 页，北京，人民文学出版社，1962。
② 闻一多：《诗的格律》，见《闻一多全集》第 2 卷，138 页，武汉，湖北人民出版社，1993。

闻一多实施诗学规训，又直接针对自我表现的"伪浪漫"。披露原型、赤裸言说、表现自我，都是工愁善病而且自诩多才多艺的伪浪漫主义诗人的通病。闻一多说："又有一种打着浪漫主义的旗帜向格律下攻击令的人……没有创造文艺的诚意。"风流倜傥，泪眼婆娑之徒，其目的不在作诗，拒绝遵守格律轨范，有了格律轨范，他们就无以为诗了。同时，闻一多还旁涉艺术史，考察"先拉斐尔派"（pre-Raphaelite Brotherhood）的浪漫化趋势，批评他们以文学作画、以颜料吟诗。闻一多认为，这同中国古代的"诗中有画，画中有诗"传统不可同日而语，倒是磨灭艺术之间界限，放弃诗学自律，引发了艺术类型的混乱。"先拉斐尔派"自以为觅得新路，实际上却陷入绝境："简直是'张冠李戴'，是末流的滥觞；猛然看去，是新奇，是变化，仔细想想，实在是艺术的自杀政策。"[1]痛斥浪漫主义之莫焉下流，闻一多可谓下笔无情，大有将一切不遵轨范不合格律者赶尽杀绝之势。

与"学衡派"的"以理制欲"和梁实秋诉诸"文学的纪律"一样，熟悉阿诺德、白璧德的闻一多在强调"诗之格律"时，也在全力支持"新月派"的理性节制主张。然而，同"学衡派"飘逸的文化论说不一样，闻一多将古典人文主义坐实到诗的形式之上。同梁实秋将纪律推至极端而羁勒感情、制裁想象不一样，诗人闻一多却为感情一辩再辩，并为诗的幻象留下了巨大的空间。他所彰显的是，诗的格律（形式）使诗人在感情与理智、理智与想象、世俗与神圣之间保持必要的张力。故此，诗的格律不是僵化的形式结构，而是生生不息的感性动力。格律的动力性体现在闻一多对"节奏"的强调中，以及他对古典律诗与新诗格律的区分中。

郭沫若说，"节奏"蕴含着"时间"和"力"两种关系，且具有宇宙论、宗教学、生理学和生物学的依据。艺术家的使命，就是在一切死物中见出生命，在一切平板的东西中看出节奏。[2]宗白华熔生命哲学、文

---

[1] 闻一多：《先拉飞主义》，见《闻一多全集》第2卷，163页，武汉，湖北人民出版社，1993。

[2] 郭沫若：《论节奏》，见蔡乐苏编：《郭沫若学术文化随笔》，14—22页，北京，中国青年出版社，1996。

第一章　现代景观下的古典精神——"学衡派"与人文主义文论制序

化象征主义、易经的宇宙观于一炉，提炼出"节奏"乃是中国文化精神的基本象征物，认为"节奏感和音乐感"贯穿于华夏民族的宇宙意识、日用伦常、政治建制、艺术创造中。按照宗白华的看法，节奏即气韵生动，气韵即节奏的生命，生生而有条理，境界生于象外。闻一多的独到之处在于，他看到了"诗之所以能激发情感，完全在于它的节奏；节奏便是格律"。对于古今中外大诗人，他进一步强调指出，格律不是表现的阻力，反而是表现的利器：

> 莎士比亚的诗剧里往往遇见情绪紧张到万分的时候，便用韵语来描写。葛德作《浮士德》也曾采用同类的手段，在他致席勒的信里并且提到了这一层。韩昌黎"得窄韵则不复傍出，而因难见巧，愈险愈奇……"这样看来，恐怕越有魄力的作家，越是要带着脚镣跳舞才跳得痛快，跳得好。只有不会跳舞的才怪脚镣碍事。只有不会做诗的才感觉得格律的缚束。对于不会作诗的，格律是表现的障碍物；对于一个作家，格律便成了表现的利器。①

在著作残篇《诗歌节奏的研究》中，闻一多论述"节奏"传达情感、激发情感、缓和情感的作用，并断言"诗的节奏促进想象的飞驰"，"提供一种产生崇高的想象力的工具"。② 以"诗的节奏"为诗的格律的核心，强化它与情感、想象的关联，闻一多赋予了格律以动力学意义。

闻一多论格律，建构音乐、绘画、建筑"形式三美论"，世人耳熟能详，毋庸赘述。特别值得辨析者，乃是闻一多对旧体律诗与新诗格律之分。旧体律诗也有建筑美，但总归不及新诗格律所预示的可能的建筑美。略述要义，闻一多论及三点区分：旧体律诗只有一个格式，而新诗格式层出不穷；旧体律诗的格律唯在形式而不涉内容，新诗格律是根据内容的精神制造出来的；旧体律诗的格律是别人所定，而新

---

① 闻一多：《诗的格律》，见《闻一多全集》第 2 卷，139 页，武汉，湖北人民出版社，1993。

② 闻一多：《诗歌节奏的研究》，见《闻一多全集》第 2 卷，57—58 页，武汉，湖北人民出版社，1993。

诗的格律是诗人自己的意匠构造。① 三点区分说明，回归格律不是复古的表现，而是创新的标志，格律不是僵化的形式结构，而是活跃的感性动力。由此，我们得知，闻一多的格律诗学旨在变古图新，而非复古恋旧。闻一多自己作诗，即为变古图新的显例：常遵英国诗人济慈、丁尼生、布朗宁之格律为典范，尤其独标"商籁体"，力争中西诗律互用、新旧格律通融，企求重构前现代中国象征体系，振作古典诗风。

究其本源，格律诗学乃是中西合璧的文学制序的一种表现形式，是时代精神和民族精神经纬交织而成、中外古今涵濡而成的古典人文主义诗学。在经纬交织的时空转换中，闻一多背负着时代精神和民族意识的十字架而表现了他的诗学的双重担待。这种双重担待，表现在他对"五四"的追忆中，表现在他对浪漫主义的矛盾情绪中，表现在对郭沫若《女神》的赞美与喟叹中。② 一方面，他赞美《女神》所表现的时代精神：动态、反抗、科学、世界交往，以及作为物质文明扩张之结果的绝望与消极。批评家赞美时代精神，但他时刻在提醒读者，中国青年被时代精神席卷而去，于是便有了《女神》这般"血与泪的诗"，"忏悔与奋兴的诗"。闻一多对时代精神的反思，同白璧德对科学自然主义与感情自然主义的反思如出一辙，不约而同地呼吁人心中最神圣的一种热情。另一方面，他喟叹《女神》诗人欧化成癖而不能自拔，满篇西洋名物，景象尽是异国风姿，"此地"淹没在"时髦"中。闻一多焦虑发问："我们的中国在那里？我们四千年的华胄在那里？那里是我们的大江，黄河，昆仑，洞庭，西子？又那里是我们的《三百篇》，《楚骚》，李，杜，苏，陆？"③闻一多甚至对《女神》诗人及其同道充满了怨怼之意：那么富有西方精神的激荡，而不能领略东方恬静之美；提倡什么"世界文学"，却全然抹杀地方色彩。在对《女神》的评论中，闻一多一

---

① 参见闻一多：《诗的格律》，见《闻一多全集》第2卷，141—142页，武汉，湖北人民出版社，1993。

② 参见闻一多：《〈女神〉之时代精神》、《〈女神〉之地方色彩》，见《闻一多全集》第2卷，110—124页，武汉，湖北人民出版社，1993。

③ 闻一多：《〈女神〉之地方色彩》，见《闻一多全集》第2卷，119页，武汉，湖北人民出版社，1993。

第一章 现代景观下的古典精神——"学衡派"与人文主义文论制序

声赞美,一声叹息,表现了现代文化语境下中国人的典型心境:对西方所代表的时代精神,羡慕而又怨恨;对中国古典所蕴含的民族意识,斥责而又依恋。闻一多对《女神》的态度,便是中国人对现代的态度。而《女神》的欠缺,就是中国现代诗的欠缺。有鉴于此,闻一多提出两条建议:恢复对旧文学的信仰,了解我们的东方文化。"东方底文化而且又是绝对地美的,是韵雅的。东方的文化而且又是人类所有的最彻底的文化。"[①]这两个关于东方文化的断语,预示着闻一多学术的转向:拟古音,识古字,从音律、句法、辞章、义理入手阐释古代经典,重构诗与史合一、诗与骚合一的复杂神话象征系统。援引现代人类学、民俗学与文化心理学,闻一多对古代图腾崇拜、神话传说、宗庙仪式、原始歌舞以及四方民俗展开了现代解释,试图还原神话象征系统,再现文化精神的绝对之美、韵雅之美。当然,对于闻一多的古典学研究及其重构的复杂神话象征系统,我们必须另设叙述模式和解释框架来予以探讨,远远超出了此处的论述范围。但有必要指出两点:第一,闻一多的古典学研究同"格律诗学"内在相关,且是古典人文主义的不同言说方式,旨在凸显今古相因、中西涵濡的文化取向,及其日益显著的中国古典文化之美。第二,闻一多的古典学研究及其诗学言说浸润在古典人文的遗韵中,并蕴含着深邃幽远的宗教意识。在《〈女神〉之时代精神》结尾,闻一多从人性二元、善恶两分的角度论述忏悔的精神价值。"人类底价值在能忏悔,能革新,"闻一多语气坚定地断言,"忏悔是美德中最美的,他是一切光明底源头,他是尺蠖的灵魂渴求展伸底表象。"1944 年,已经不再作诗学言说,而且已有遗弃古典学趋势的闻一多写了一篇《从宗教论中西风格》的文章,与 1946 年 7 月的惊天演说一样,乃是诗人、学者与斗士的绝命遗珠,一者张扬"生之意志",一者演示斗士精神,但二者都以人文主义为命脉,将激荡时代的古典情怀提升到了宗教高度。以灵境涵盖诗境与史境,闻一多不从俗流,而置身先知与烈士之中。

[①] 闻一多:《〈女神〉之地方色彩》,见《闻一多全集》第 2 卷,123 页,武汉,湖北人民出版社,1993。

理智的发达并不妨碍生的意志，反而鼓励了它，使它创造出一个永生的灵魂。

……………

没有宗教的形式不要紧。只要有产生宗教的那股永不屈服，永远向上的精神，换言之，就是那铁的生命意志，有了这个，任凭你向宗教以外任何方向发展都好……①

憾哉，中国现代的"古典人文主义"！在宗教以外任何方向都在发展，唯独没有"好"的结果。闻一多谈诗，从戴着镣铐开始，到瞩望宗教灵境终，一种矢志不渝的追求乃是中西涵濡、以古鉴今，产生"中西艺术的宁馨儿"。诗之格律也好，古典新义也罢，其中都贯穿着一种堪称宗教情怀的"铁的生命意志"。而这浸润着古典人文主义的诗学，当是诗坛学界永久的缅怀。

3. "诗的别境"——邓以蛰的古典美学诗文观

邓以蛰（1892—1973）与宗白华、朱光潜一起，合称"中国现代美学的奠基者"。20世纪20年代，邓以蛰与宗白华分别驰名中国北方、南方文坛学界，故时人有"南宗北邓"之称。1907年至1911年，邓求学东瀛，结识陈独秀、苏曼殊。1917年至1923年，他留学于美国哥伦比亚大学。1923年夏季，邓以蛰回国，然后在北京大学、北平艺专讲授美学与艺术学。1924年，他开始在《晨报副刊》上发表文章，纵论中外诗歌与艺术。1926年，闻一多振臂一呼，提出"诗的格律"，在诗坛引起"轩然大波"，同时邓以蛰也在《晨报副刊》上发表《艺术家的难关》、《诗与历史》、《戏剧与道德进化》、《戏剧与雕刻》等论文。浸润于古典人文主义复兴的精神氛围中，邓以蛰同梁实秋、闻一多彼此呼应，从美学角度审思新诗运动，建构出比较完备而且自洽的诗学体系。这一体系的灵韵是人文主义，正如他在《彼特拉克》一文中所称，"人文主义是文艺复兴的骨髓，而彼特拉克又是人文主义之父"②。反对绝对理性

---

① 闻一多：《从宗教论中西风格》，见《闻一多全集》第2卷，361、365页，武汉，湖北人民出版社，1993。
② 邓以蛰：《彼特拉克》，见《邓以蛰全集》，33页，合肥，安徽教育出版社，1998。

主义的霸道，又反对粗鄙本能、自然情感的泛滥，这一体系独标形式完美、意义纯净的艺术自律境界。建筑在人生境遇及其丰富体验的基础上，这一体系力求汇通"诗"与"历史"，唯借诗的构型而论述诗与史的区分，同时仅凭诗的"创格"而描摹诗境的秩序。由于复杂的个人与历史的原因，邓以蛰这套体系没有充分夯实也没有彻底展开，而且其教学生涯、笔墨春秋所留下的书面文本极其稀少，一本姑妄名之的《邓以蛰全集》才区区 35 万字，诚可痛哉！诚可惜哉！1982 年，《邓以蛰美术文集》问世，宗白华应邀作序，文称邓以蛰"把西洋的科学精神和中国的艺术传统结合起来"，且"深得中国艺术的真谛"。[①] 但我们在此关心的，却只是邓以蛰美学体系中的诗文观，及其所体现的古典人文主义。

在《艺术家的难关》里，邓以蛰上打下压，捍卫艺术境界的绝对性与艺术形式的自律性。向上，他鼓励艺术家凭一己的意志向柏拉图式的绝对理性主义禁令宣战，寻求艺术的真价值，抒写艺术家的真性灵。向下，他提醒艺术家不要受本能的诱惑，抗拒邪恶的试探，奋力再现生命的真实。在绝对的理智与变动的激情之间，邓以蛰执两用中，提出将"性灵的艺术"与"快乐的艺术"二者熔铸一体，进入纯粹形式的境界。"所谓艺术，是性灵的，非自然的；是人生所感得的一种绝对的境界，非自然中的变动不居的现象——无组织，无形状的东西。"[②]"绝对境界"，乃是黑格尔哲学的关键词，说的是艺术趋近于哲学，超越感性不确定，而抵达精神的虚灵。为了达到这个绝对境界，那就必须拒绝逢迎"脑府的知识"，拒绝满足本能的需要，与情理的束缚相抗争，又与庸俗的舒服畅快相对垒。文学、音乐、建筑、器皿，一切艺术之构型，都是人类的知识与本能所无法接近的："它们是纯粹的构型，真正的绝对的境界，它们是艺术的极峰，它们的纯形式主义犹之乎狭义的

[①] 宗白华：《代序》，见《邓以蛰全集》，1 页，合肥，安徽教育出版社，1998。
[②] 邓以蛰：《艺术家的难关》，见《邓以蛰全集》，43 页，合肥，安徽教育出版社，1998。

信仰，战争的使令可以决定行为的价值，所以它们才合坐镇全军了。"①艺术自律，形式纯粹，构成了邓以蛰美学探索的根本向度，因而也是其诗学论说的基本向度。

《诗与历史》提出了"五四"新文化运动以来最为重要的美学诗观之一。此文言辞古奥，义理幽深，锋芒内敛，波澜不惊。闻一多称邓以蛰的这篇文章"刊心刻骨"，"佶屈聱牙"，"博大精深"。一反《晨报副刊·诗鉴》刊文而不介绍的通例，鉴于文章的难度和极端重要性，闻一多欣然命笔，为读者也为我们指点迷津：

> 作者这篇文章有两层主要的意思：（一）怀疑学术界以科学方法整理国故、研究历史的时论。（二）诊断文艺界的卖弄风骚专尚情操、言之无物的险症。他的结论是历史与诗应该携手；历史身上要注射些感情的血液进去，否则历史家便是发墓的偷儿，历史便是出土的僵尸；至于诗这个东西，不当专以油头粉面、娇声媚态去逢迎人，她也应当有点骨格，这骨格便是人类生活的经验，便是作者所谓"境遇"。这第二个意思也便和阿诺德的定义"诗是生活的批评"正相配合。②

邓以蛰、闻一多怀疑整理国故，当然事出有因。1923年，文学革命的主将胡适自告奋勇地领导了一场"整理国故"运动，时人无不认为胡适急流勇退，甚至复古、倒退。"整理国故"之初衷，也许是考察古代经典的起源和发展，进而祛除其神秘性。一如读《诗经》，考察其源流即可辨别，存留在经典文献中的，哪些是古风民俗的再现、原始情感的抒写，哪些是后代圣贤的比附、历代经师的牵强，从而把理解"诗人"与理解"圣人"区别开来。然而，文化运动可能不以发起者的意志为转移地背弃初衷，走向了闻一多所谴责的那个极端：史家几如盗墓贼，历史就像僵尸。出于这种历史变僵尸、国族灵魂渐灭的忧虑，邓以蛰

---

① 邓以蛰：《艺术家的难关》，见《邓以蛰全集》，44页，合肥，安徽教育出版社，1998。

② 闻一多：《邓以蛰〈诗与历史〉题记》，见《邓以蛰全集》，58页，合肥，安徽教育出版社，1998。

以诗活史、诗史合一的审美救赎方案立即让闻一多拍案叫绝。每当在国运孤危、迷惘深重的时刻,作为历史良知的代理,诗人都渴求以诗救史,将历史生命化。在这方面,清季启蒙先驱龚自珍堪称模范。在呈现19世纪时代倾颓的境遇之时,龚自珍力图将《诗经》"言志"、《楚辞》"抒情"的主情诗学传统与《春秋》、马班一脉主史实录传统融合起来。诗才与史笔,彼此熔铸,而有情的历史于焉发生。

邓以蛰在文章中确实表现出将诗与史融通的意图。诗与史,都位居生命境遇的关节上。文学的内容是人生,是历史。这构成了古往今来诗谈史说的通则。但境遇虽为诗与史共同遭遇的对象,但二者处理境遇的方式又判然两别。诗别于史,厥唯形式。形式的特点又在于音节的谐和。于是,邓以蛰提出,从音节到音调,从音调到音律,诗的形式趋向于格律化。诗的"创格",由此而生,同梁实秋的"文学的纪律"、闻一多的"诗的格律"交相呼应,烘托出古典人文主义诗学复兴的气场。

"诗之创格"之必要,在于新文化运动之结果乃是穷途末路,诗运将败。诗人闻一多说,文艺界"卖弄风骚专尚情操","油头粉面、娇声媚态",锋芒直指浪漫主义的莫焉下流及其假理想主义。美学家邓以蛰的措辞却要平和得多:"如果只在感情的旋涡沉浮旋转,而没有一个具体的境遇以知觉作为凭借,这样的诗歌,结果不是无病呻吟,便是言之无物了。"但对于浪漫主义情感放纵的批判,也是切中要害的。

以"诗之创格"为标准,邓以蛰进一步分辨"诗之境界"的高低雅俗秩序。而"诗格"与"诗境"之辨,又是基于黑格尔观念论哲学"正"—"反"—"合"三分逻辑法则。人类精神活动分为印象、艺术与知识三个阶段,"史"与"诗"介于艺术和知识之间。诗、史之别,厥唯形式,诗要求音节、音调与格律,史则要求记录时间、空间、人物。诗、史内容一致,呈现生命境遇,包括情感、知识、行为。依据诗的意蕴、格律的等差,邓以蛰将诗境由低而高地分为三个等级,同中国古典诗学中"情"、"志"、"境(格)"大体契合。

第一类为浪漫派、印象派的诗,为诗的起点。这类诗以情胜,以印象出彩,彰显诗才,其特点是知识融入印象中。新的感情,新的印象，时间性的动力，活跃于诗。情感与知识的冲突蕴含其中：

> 使读者不至于觉到言之无物，描写仅管比拟堆砌藻饰长言，与绘画音乐争其工致，实无不可，人类自始从外界所得的印象，又渐从印象脱出知识，其间经过，若能描写得澎湃回荡，踊跃冲激，仿佛如见曲苴苞菡的知识脱乎弥漫无边的星气似的情感印象而出，这样的诗力，确乎非天才不能到。①

他还进一步补充说，同绘画争巧，描写自然的诗，如六朝的五言、宋人的词，属于"印象派"；同音乐类似，驰骋于幻想的七言诗，如李贺的七言古诗，李商隐的七言律诗，属于"浪漫派"。印象凸显，情感激荡，才情勃发，但这类以情胜的诗，仅仅是诗之初阶，诗之起点。

第二类为悲愤诗、田园诗，为诗之进阶。这类诗突出人类意志力与道德感，并兼有"史笔"，摹状人生境遇之悲喜剧。推进历史进展的，是人的坚强意志与理想，然而理想总与社会陈规习俗相抵触，于是社会与历史成为人类意志、人类理想交锋的战场，自然与人性也必然有矫正情感偏差、回归沧桑正道的气概。这类诗对于人类道德的进化可谓居功甚伟，尤其是悲剧中呈现的四类典型人格：

> （一）视社会上的道德信条为人文的结晶，人伦的支柱，牢不可破，必得遵守的；这种人格实现在历史上的如伯夷，叔齐，方孝孺，张苍水辈。（二）视礼仪三百威仪三千都与人生无切实的关系，道德习惯更是空泛的，陈死的，所以有一般急进的人格，求个人的意志与理想的实现，激扬奋发，抵死不止，实际上这种人格如耶稣、墨翟、王安石、陈同甫都属于此。（三）看到人世变幻，一切是非皆以一时的利害为标准，此际于我为利，则虽危及他人在所不惜，社会的评判乃强有力者的评判，久之且奉之为是非的绳墨，圣人不死，大盗不止，人生刍狗，岂有甚于此者，有这种冷眼热肠，以为社会根本无可救药；屈原、陶渊明、Schopenhau-

---

① 邓以蛰：《诗与历史》，见《邓以蛰全集》，53 页，合肥，安徽教育出版社，1998。

er 都是属于此类性格了。(四) 对自然界，见山川的奇伟，春秋的代谢，人生于此，诚与蜉蝣为昆季，又觉到自身欲浪情波，心为形役，百年生事如驹过隙；于是顺天命，绝人欲的思想家创造出希腊末季的 Stoicism，中世纪的 Franciscan，宋明的理学；任自然，适吾性的思想家又有 Epikouros 与杨朱。由以上四种观念养成的人格，或一意孤行，皎洁幽芬；或发扬蹈厉，豪迈沉雄；或愤慨疾世，高亢深远；或矫枉过正，狂狷真诚。这些人格的躬行实践虽无丝毫假借，然其间苦恨悲愤与激昂慷慨的感情也是不可掩的。①

这套悲剧人格的类型学汇通中外，涵濡古今，令人叹为观止，其中古典人文主义的余韵悠长，流兴不息。第二类诗把人生境遇与历史联系起来，因而同伶俐幼稚的印象派、浪漫派相比，这种诗境又进一层，凸显了理想与事实的冲突。悲愤诗与田园诗，便是这类诗的代表。它们把人文的精彩结晶于历史，而贯穿于现实人生，让道德一脉相承，使生命绵延不朽。

邓以蛰关注的，恰恰是第三类诗。印象派拘于此在，浪漫派囿于情感。悲剧、喜剧与田园诗限于过去、乡土，尚未拓展历史的未来和世界的广大，笃于所知而未及于未知的境界。音乐绘画所表现的，只是直接的经验和具体的印象。言辞所传达的，乃是理智中且不为耳闻目睹的意象。而诗之所以为诗，就在于以言辞为工具，所及之远处又不止于情景的描写、古迹的歌咏、人生的悲喜。"它应使自然的玄秘，人生的究竟，都借此可以输贯到人的情智里面去，使吾人能领会到知识之外还有知识，有限之内包含无限。"②卢克莱修的物性诗，但丁的《神曲》，陶渊明的小诗，屈原的《离骚》，佛教经典，老子庄子之书，均为此类诗之范本，无限寓于有限，境生于象外。邓以蛰称这类经典为"人类的招魂之曲"，它们引领人类从感情而想象最后抵达智慧，款

---

① 邓以蛰：《戏剧与道德的进化》，见《邓以蛰全集》，62—63 页，合肥，安徽教育出版社，1998。
② 邓以蛰：《诗与历史》，见《邓以蛰全集》，55 页，合肥，安徽教育出版社，1998。

款上行，直至眼前所见的是"万物无碍，百音调谐的境界"。蓦然回首，观照人世，唯见微末物体，互相冲击，永无宁静。邓以蛰将这种诗境称为"诗的别境"。

从印象、情感进入理智、道德，最后抵达"诗之别境"，这一由情入理、超理入道的历练与铸造，乃是一种人文化成的规训过程。这种规训由浅入深，自下而上，由形而质，由肉到灵，一层进一层，一境超一境，一格高一格：羁勒放纵的情感，制裁不法的天才，净化凌乱的印象，那是理智与道德之功；超越理智的有限，克服道德的拘束，援诗入史，情理交融，那是诗之创格，诗之别境。这种"创格"与"别境"渗透着古典人文主义的灵韵，而避免了感情浪漫主义，也超越了道德理想主义，从而拯救了诗的审美自律性。而这正是邓以蛰的美学思考与古典主义思潮的契合之处，也是他对于中国现代文论体系的贡献之所在。

五、人文中国，审美世界
——道德理想主义视野下的文论制序

与"五四"新文化运动同时兴起的古典人文主义，不仅体现在"学衡派"及其流裔的文化论说与诗学建构中，更体现在"新儒家"寂寞而又坚定地复兴的道德象征体系中。20世纪初"全盘西化"与"东方文化"的论战，以及如副歌伴随主调一般的"科玄之争"，彰显了直觉灵知与科学思维之间的难以兼容，说明在西方近代物质之学与东方古典形上智慧之间存在着一条渊深的鸿沟。新文学运动的文化激进主义与"学衡派"文化守成主义之间的较量，"科学派"实证主义方法和"玄学派"直觉主义的灵知之间的对话、碰撞，在纬度上移植了杜威的实用主义、罗素的经验主义与柏格森的生命主义、白璧德的人文主义之间的对抗、辩惑，而在经度上重演了汉学考据与宋学义理之间的辩证、消长。新儒家推进"东方文化派"复兴古典、淬砺国魂的志业，阻击近代物质文化扩张所导致的激进虚无主义，力求调遣古典儒家人文资源应对现代化

第一章　现代景观下的古典精神——"学衡派"与人文主义文论制序

导致的世界性意义危机。柏格森的生命主义,倭铿的理想主义,斯宾格勒的文化类型学,卡西尔的符号人类学,被现代新儒家广采博纳,他们企图以古典人文涵化和濡染现代世界。这里所谓的"新儒家",取其广义,是指那些试图复兴儒家道德义理、弘扬民族精神的学者、诗人,而不单指以梁漱溟、熊十力为宗师的那批志在承继宋明理学的儒教传人。① 广义的新儒家论辩立言,常以旧学论断新知,由古典转出新义,借着直观体验的思考模式来寻取"道德形而上象征"(metaphysical symbolism of morality),以此探究人生在世的意义,整饬现代人迷乱的灵魂,为精神确定取向。"道德形而上象征",是为新儒家古典人文主义的中心,及其文化诗学论说的纲维。以"道德形而上象征"为中心,新儒家将现代中国甚至整个世界都笼罩在人文主义的透视之下。②"刚柔交错,天文也;文明以止,人文也。观乎天文以察时变,观乎人文以化成天下。"(《易经·贲卦》)源自茫昧远古以及忧患时世的人文,在理性化世界的凄厉风雨中不仅不会花果飘零,而且还余韵流转,诗兴升腾,以温柔的光明和脆弱的爱心慰藉这个肉欲涌动、魔道纵横、粗糙不堪的世界。

1. 生命与灵境——方东美的哲思与诗文观

方东美(1899—1977)虽被钱锺书称为"中国古典诗人"的典范,然而作诗论文却只是其博大精深的文化哲学体系的一个构成部分而已。方东美出身于桐城"素业儒门",在人文余韵的浸润下成长。"五四"期间一度投身新文化运动,加入"少年中国学会",编辑《少年中国》,主持《少年世界》笔政。1921年赴美留学,先后在威斯康星大学、俄亥俄州立大学攻读哲学。1924年,以"英美新唯实论之比较"为题撰写博士

---

① "广义新儒家",参见方克立为"现代新儒学辑要丛书"所撰写的"总序":"我们是采取了冠以理解的'现代新儒学'和'现代新儒家'概念,即超越了新儒家学者之间的师承、门户之见,把在现代条件下重新肯定儒家的价值系统,力图恢复儒家传统的本体和主导地位,并以此为基础吸纳、融合、汇通西学,以谋求中国文化和中国社会的现实出路的那些学者都看作是现代新儒家。"(方东美:《生命理想与文化类型——方东美新儒学论著辑要》,3页,北京,中国广播电视出版社,1992。)

② 参见张灏:《新儒家与当代中国的思想危机》,见《幽暗意识与民主传统》,94—118页,北京,新星出版社,2006。

论文，获得博士学位，学成回国。他先后任教于武昌高等师范学院、东南大学、国民党中央党务学校和中央大学。1947年赴台，供职于台湾大学，教授中西哲学，1973年退休后受聘于辅仁大学。方东美呕心沥血倾注毕生学力撰成《中国哲学精神及其发展》，追溯中国文化"命慧"的源头，观测中国文化精神的现代处境，展望儒家道德形而上象征的未来。方东美夫子自道："我的哲学品格，是从儒家传统中陶冶；我的哲学气魄，是从道家精神中酝酿；我的哲学智慧，是从大乘佛学中领悟；我的哲学方法，是从西方哲学中提炼。"方东美终其一生，都服膺德国古典诗人歌德，深信"诗之功能在于作生命之梦"，吟哦成诗，便有《坚白精舍诗集》传世。方东美常谓"生命"为超越物质和精神之上的"新现象"，且纳"生命"于人文化成、天德流行的道德形上象征图景，描述生命境界、心灵境界、艺术境界、道德境界、宗教境界五境递升的人生景观。这一学说对诗人美学家宗白华影响甚巨，后者终身笃情于"艺境"，研究其空间感形而玩赏其音乐化的节奏，借以窥见中国文化的幽情壮采。方东美立论，集中证明近代欧西以浮士德为象征的文化精神，背离了古希腊酒神日神两境相入的谐和有序，而弄权作威、尚能好战，以至于驰情入幻、万象皆虚。方东美对于欧洲近代文化的批判，同阿诺德、白璧德及其中国流裔"学衡派"的思路一脉相承，他们都看到了物质之昌明、感情之扩张必然导致精神晦蔽、理性式微。方东美忧心欧洲近世，呼吁中国精神回归原始人文，欧洲文化复兴希腊，从"进取的虚无主义"之下拯救"生命情调与美感"。

1931年，方东美发表《生命情调与美感》，随即驰名学界。该文融汇斯宾格勒的"文化象征学说"以及卡西尔的"符号形式哲学"，尝试以空间符号形式为媒介，探索文化精神的堂奥。"生命情府，灵奥幽邃，其玄秘隐微之深处，殊非外人所能窥见其万一。犹幸每种民族各具天才，妙能创制文化以宣扬其精神生活之内美，非然者，往古文化遗迹，固早已随时间旧流泪然幻灭，湮没无闻矣。"①方东美又言："每种民族各有其文化，每种文化又各有其形态。吾人苟欲密察一种民族文化之

---

① 方东美：《生命情调与美感》，见刘梦溪主编：《中国现代学术经典·方东美卷》，212页，石家庄，河北教育出版社，1996。

内容,往往因中外异地,古今异时,不能尽窥其间所蕴蓄之生命活动及其意向。无已,则惟有考核其文化符号之性质而征知其意义焉。"① 希腊文化符号为有限之形体,近代欧洲文化符号为"无垠之乾坤",中国文化精神的符号又是如何呢?方东美说:"中国人之宇宙,其底蕴多属虚象灵境",而"中国人之灵性,不寄于科学理趣,而寓诸艺术神思"②。何谓"艺术神思"?方东美在文化符号的比观中鉴察中国文化的生命情调与美感:

> 希腊人之空间,主藏物体之界限也;近代西洋人之空间,"坐标"储聚之系统也,犹有迹象可求;中国人之空间,意绪之化境也,心情之灵府也,如空中音、相中色、水中月、镜中相,形有尽而意无穷。……诗人词客,虽置身于弹丸之地,亦能发抒性灵,拓展心意,以充塞无涯虚境。……尝忆春日踽踽独行西湖九溪十八涧中,目染花痕,耳阆莺声,心满情愁,神滋意想,自觉穷天地之极际,亦不足以位我一人。然身在两山深处,又不觉其境之狭小,盖当是诗吾所寄托者,非物质之界限,乃情绪意想所行之境耳。是知中国人之空间,萦情寄意之所也,是亦一无穷矣。③

中国人的空间,乃是"意绪之化境","萦情寄意之所",故又称"灵境"。"灵境"为方东美借古语所造新词,亦为诗人梁宗岱、哲人冯友兰、美学家宗白华所采纳,用于表达自己的诗学、哲学和美学。"灵境",是为灵想之所独辟,总非人间之所有,寓无限于有限中,藏天国于花颜之内。方东美特别重视这"虚象灵境",冀望于此等"灵境"涵泳近代以来"不再迷人的物质世界",并且抑制驰情入幻的进取虚无主义。他写道:

---

① 方东美:《生命情调与美感》,见刘梦溪主编:《中国现代学术经典·方东美卷》,213页,石家庄,河北教育出版社,1996。
② 方东美:《生命情调与美感》,见刘梦溪主编:《中国现代学术经典·方东美卷》,229—230页,石家庄,河北教育出版社,1996。
③ 方东美:《生命情调与美感》,见刘梦溪主编:《中国现代学术经典·方东美卷》,226—227页,石家庄,河北教育出版社,1996。

其故盖因中国人向不迷执宇宙之实体，而视空间为一种冲虚绵渺之意境。……渊然而深，幽然而远，一虚无缥缈之景象也……空间宛如心照，其积气虽若甚微，及其灵境显现，则赅万象以统摄之，障覆尽断矣……实者虚立，最为吾民族心智之特性，据此灵性以玄览万象……①

1937年，方东美在《时事新报·学灯（渝版）》第4期上发表名文《哲学三慧》，主编宗白华对该文的形式与意蕴推崇备至。宗白华赞赏该文激情与气势正如《二十四诗品》所描述的"豪放"境界，"天风浪浪，海山苍苍，真力弥满，万象在旁"，肯定方东美冥想探索的"是一个民族文化的灵魂及其命运"，还断言从梁漱溟的"世界文化三期复兴论"到方东美的"文化慧命观"乃是中国现代哲学的进步。方东美以佛家的语言、简朴的诗歌修辞风格、严谨的逻辑推理表达了他对三种文化精神的把握。他说：

4.1 希腊如实慧演为契理文化，要在援理证真。
4.2 欧洲方便巧演为尚能文化，要在驰情入幻。
4.3 中国平等慧演为妙性文化，要在挈幻归真。②

这些话非常典雅，也很是深奥，用现代语言来表述，是指希腊人追求真理，渴望了解生命和世界，这样就发展了重理智的文化，其根本在于把握真实，契合真理。欧洲人喜欢方便应机，渴望征服外界，于是发展了崇尚能力或权力的文化，其根本在于要把生命情绪和意志置放在无止境的空间中，以至于达到虚幻的地步。中国人推己及物，具有对世界一体同仁的爱心，与万物平等地感通，于是发展一种美妙的文化，其根本在于把虚幻带向真实。在方东美的这个表述中，首先就蕴含着对西方近代文化的批判锋芒。在他看来，"尚能"而导致"驰情

---

① 方东美：《生命情调与美感》，见刘梦溪主编《中国现代学术经典·方东美卷》，225页，石家庄，河北教育出版社，1996。
② 方东美：《哲学三慧》，见刘梦溪主编：《中国现代学术经典·方东美卷》，304页，石家庄，河北教育出版社，1996。

入幻",这是生命和文化的悲剧。因为,一旦生命进入了虚幻境界,其意义也就化为虚无了。在同一时期的文章中,方东美一再论证西方浮士德精神带给西方文化的命运是"进取的虚无主义":

> 宇宙人生本来并非不真实,无意义,但是因为人类无端掀起大感昏念,猖狂妄行,处心积虑要鼓舞魔力来破坏宇宙,摧毁生命,结果宇宙真个倾覆幻灭,趋于虚诞,人生真个沉沦陷溺,廓落无容。这正是进取的虚无主义。①

"进取的虚无主义"乃是西方近代文化背弃古典灵魂蜕变而上演的悲剧。论及悲剧,方东美视之为生命的本质。"乾坤一场戏,生命一悲剧",乃是他立论持说的基本譬喻。"悲剧"本体唯一,而形趋两元,如萧伯纳所说:"生命中有两种悲剧,一种是不能从心所欲,另一种是从心所欲。"前者为希腊古典悲剧,尚理性节制激情,阿波罗光照狄奥尼索斯,故而是"不能随心所欲的悲剧"。后者为近代欧洲悲剧,人把灵魂典押给魔鬼,向着无垠的空间驰情入幻,以至于弄权作威,宰制自然,故而是"随心所欲的悲剧"。而"浮士德是近代欧洲人的灵魂,故其所发出之悲歌,焘蒿凄怆,在欧洲文艺复兴潮流里面直如饥凤遥唳,百鸟酬音"②。那么,什么样的文化精神能克服这种悲剧呢?在方东美的表述中,又宣告了对中国文化精神的认同取向,祈望中国"妙性文化"去补充希腊"契理文化"、欧洲"尚能文化"的不足,去纠正他们的致命偏失,同时又将要吸取他们的优长,融构一种新的文化精神——他称之为"宇宙生命境界的蓝图"。1937年春天,在日本即将发动全面侵华战争前夕,他通过广播宣讲了这一以中国文化精神为蓝本的宇宙生命境界:

> ……深体广大和谐之道,因而了悟世上所有人类与一切生命

---

① 方东美:《生命悲剧之二重奏》,见刘梦溪主编:《中国现代学术经典·方东美卷》,265—266页,石家庄,河北教育出版社,1996。
② 方东美:《生命悲剧之二重奏》,见刘梦溪主编:《中国现代学术经典·方东美卷》,234、239页,石家庄,河北教育出版社,1996。

都能浩然同流,共同享受和平与福祉。……唯有这样的境界,一切生命与万有都戒惕谨慎,谨防邪恶势力,人类才不会沉沦堕落,陷入分裂。我常提到,唯有如此,所有矛盾的偏见,所有割裂的昏念,所有杀戮的狂态,所有死亡的悲慨,乃至于所有顽劣的破坏,都将被一一克服,而融入一体和平的欢乐大合唱。①

宇宙生命境界,是一幅广大和谐、一体同仁的宇宙景观。所谓人类与生命浩然同流,所谓人与人融入一体和平,所谓共同享受人类的幸福等,就是贯穿在孔、孟、老、庄、《易》思想中的"天人合德"的伦理精神。此乃文化道德图景,也是文化诗学境界。从先秦到两汉,到宋儒、明儒,一以贯之的,就是这一伦理精神。所以,秉承这一传统并致力于它的现代转换的方东美及其所属的新儒学思潮,就是极力把这宇宙描绘成全幅生动的图景,来象征中国伦理精神。从梁漱溟、熊十力,到唐君毅,再到牟宗三,以及20世纪60年代之后栖居台湾、客居海外的儒学传人,都在延续着这一建构文化精神的志业。40年代中后期,现代儒宗梁漱溟沿着他自己开创的从道德层面切入中国文化精神的思路,追思已成历史旧梦的"礼乐文化",试图砥柱中流,证明中国伦理精神具有取代宗教的优越性,在理论上为它在现代社会中的合法性寻求论证,以充实儒学价值体系在现代出现的空虚。② 他们的贡献在于,把宇宙描绘成全幅生动并广大和谐的图景,用以象征中国文化的伦理精神。③ 这一脉思潮就致力于在伦理道德维度上建构中国文化精神。尽管他们建构的文化精神包含着审美的素质,但仍然以伦理为其基本命意。

2. 忧患人文——徐复观中国文学艺术精神论

徐复观(1903—1982)的一生徘徊在政治与学术之间,在"汉学"与"宋学"之间艰难抉择。新儒家诸子中,或许少见如此充满张力的人格与学品。1944年,年过不惑的徐复观赴"勉仁书院"拜谒一代儒学大

---

① 方东美:《中国人生哲学》,80页,北京,中华书局,2012。
② 参见梁漱溟:《中国文化要义》,上海,学林出版社,1987。
③ 参见罗义俊:《评新儒家》,上海,上海人民出版社,1989。

师、辛亥老兵熊十力。众所周知，熊十力师尊命持论，返本体仁，缔造"新唯识论"，为新儒学开出义理规模。面对这位迷惘的朝圣者，熊十力"一骂而起死回生"："亡国者，常先亡其文化"，"欲救中国，先救学术"。这番迎头棒喝，令人记起张之洞的煎心之词："世运之明晦，人才之盛衰，其表在政，其里在学。"（《劝学篇》）十力之沉重击打，如慧剑斩绝了学术与政治之间的牵连，让徐复观怀着人文义理，出入古史经籍，追溯人性始源，咀含礼乐菁华。

在《中国艺术精神·自叙》中，徐复观带着读者一起追思怀想20世纪20年代初那场"科玄"之辩。坚持实证主义方法而抗拒直觉灵知的"科学派"，为了打击对手而编造出"玄学鬼"这个恶名。"玄学鬼"，一时像"桐城谬种"、"选学妖孽"一样让人深恶痛绝。然而，徐复观却正告世人：玄学不是"鬼"，而是为生命张本、为艺术立基的"灵"。这一思考自然是植根于文化哲学的宏大架构中。按照这一文化哲学架构，道德、艺术、科学，是人类文化的三大支柱，而中国文化独占"道德"与"艺术"两支。首先，道德赋予中国文化以人间品格、现世价值。但内圣与外王并非鱼与熊掌，道德并不对立于民主政治与科学探索，只不过是强调人与自然之间具有一种若即若离、不即不离的亲近关系。天人相调，人天襄助而不互损，非勘天役物，以至于人为物役，一如张载《正蒙·西铭篇》所描述的万民为同胞、万物为亲人的境界。其次，艺术精神则是指那种被称为"玄"的心灵状态与精神品格，即孔子之礼乐、庄子之虚灵，以及呈现在中国画艺中的"气韵生动"与自然忘我。中国艺术精神，乃是对实在世界及其历史进程的省思型反应，强调虚己待物、物我通融，从而化解历史进步与人性堕落的二律背反，消解现代世界的残酷、混乱、孤危与绝望。徐复观的思路，是在人的"心"、"性"中发掘道德根源，而不假借神话与迷信，让吾人在灵明一觉一念之间凭借自律来化解人类的种种纠葛，超越心灵的纷纷悲剧。故此，心性不独为道德之源流，也是艺术之源流。徐复观对于人文的探索和对于礼乐的反思，奠基于对心性的默观之上，时刻不离中国文化在现代和未来世界之命运问题。

徐复观将中国心性论视为人性论的主因，溯其渊源至周人革殷之后的人文宗教，以及孔门儒生对此的深刻反思。"人文精神之出现，为人性论得以成立的条件。中国文化，为人文精神的文化……中国的人文精神，并非突然出现，而系经过长期孕育，尤其经过了神权的精神解放而来。"①周革殷命，乃是一场变古易常、脱胎换骨的文化运动，传统的宗教从神权倾斜而转向了人文。人文精神的萌发，表现为作《易》者之忧患涌流："（天地）鼓万物不与圣人同忧"（《易·系辞上》），"《易》之兴也，其于中古乎？作《易》者，其有忧患乎？……其出入以度，外内使其知惧，又明于忧患与故"，"《易》之兴也，其当殷之末世，周之盛德耶？当文王与纣之事耶？"（《易·系辞下》）从《易传》看来，忧患意识源自周文王与殷纣之间微妙而艰难的处境，以及对笼罩着宇宙人生的天命的绝望叩问。关于"忧患意识"，徐复观的论述堪称经典：

> 周人革掉了殷人的命（政权），成为新地胜利者……并不像一般民族战胜后的趾高气扬的气象，而是《易传》所说的"忧患"意识。……"忧患"与恐怖、绝望的最大不同之点，在于忧患心理的形成，乃是从当事者对凶吉成败的深思熟考而来的远见；在这种远见中，主要发现了凶吉成败与当事者行为的密切关系，及当事者在行为上所应负的责任。忧患正是由这种责任感来的要以己力突破困难而尚未突破时的心理状态。所以忧患意识，乃人类精神开始直接对事物发生责任感的表现，也即是精神开始有了人地自觉的表现。②

按照徐复观的论述，"忧患意识"的核心，不仅是看透了人性的丑恶、关怀着人生的苦痛，而且是在对命运对未来的醒觉意识中担当责任。周人亡殷后并没有表现出过量的喜悦、过度的自豪或过分的狂妄，而是居安思危、高瞻远瞩地谋划着未来。这里存在着一种对命运的敬畏心，对行为的责任感。从道德意义上看，这是远溯至《易传》的责任伦理，一份可能进行现代转化的有效伦理资源。

---

① 徐复观：《中国人性论史》，13页，台北，台湾商务印书馆，1990。
② 徐复观：《中国人性论史（先秦篇）》，18—19页，上海，上海三联书店，2001。

源自人性的"忧患意识",为道德的滥觞,但不止于道德。"忧患意识"是一种个体情绪,一种生命意志,一种感性动力,一种政治激情,一种审美视角,以及一种世界主义意识。王朝的起承转合,观念的兴衰嬗变,历史的盈虚消息,将忧患意识转化为一种观测中国人文主义的基本视角。在这一视角下,中国文学传统以情润史,又以史涵情,人称"发愤以抒情"的传统。忧患意识进入风骚辞赋、古诗乐府、唐诗宋词、元曲清说,即成为绵延不朽且一以贯之的"情"、"愁"。

无独有偶,到了20世纪80年代,中国现代美学家高尔泰也就中国抒情传统及其渊源"忧患意识"做出了恰切的论述。高尔泰写道:

> 《易·系辞传》云:"作《易》者,其有忧患乎?"是的,其有忧患,所以对于人间的吉凶祸福深思熟虑,而寻找和发现了吉凶祸福同人的行为之间的关系,以及人必须对自己的行为负责的使命感。通过对自己的使命的认识,周人以"德"("敬德"、"明德")为中心的道德观念与行为规范,就把远古的图腾崇拜和对于外在神祇的恐怖、敬畏与服从,即那种人在原始宗教面前由于感到自己的渺小与无能为力而放弃责任的心理,转化为一种自觉的和有意识的努力了:通过对忧患的思考,在图腾文化中萌生的"天道"和"天命"观念,都展现于人自身的本质力量。人由于把自己体验为有能力驾驭自己命运的主体,而开始走向自觉。人们所常说的先秦理性精神,实际上也就是这样一种自觉的产物,所以它作为理性的结构也包含着感性的动力。

这种忧患意识,便成为发愤抒情的感性动力。高尔泰将中国文学艺术中凝聚的情愁视为一种文化无意识。他继续写道:

> "正声何微茫,哀怨起骚人",普遍的忧患,孕育着无数的诗人。所谓诗人,是那种对忧患特别敏感的人们,他们能透过生活中暂时的和表面上的圆满看到它内在的和更深刻的不圆满,所以他们总是在欢乐中体验到忧伤:紧接着"我有嘉宾,鼓瑟吹笙"之后,便是"忧从中来,不可断绝。"紧接着"今日良宴会,欢乐难具陈,弹筝奋逸响,新声妙如神"之后,便是"齐心同所愿,含意俱

未伸，人生寄一世，奄忽若飙尘。"这种沉重的情绪环境，这种忧患的心理氛围，正是中国诗词歌音乐由之而生的肥沃土壤。

　　读中国诗、文，听中国词、典，实际上也就是间接地体验愁绪。梧桐夜雨，芳草斜阳，断鸿声里，烟波江上，处处都可以感觉到一个"愁"字。出了门是"鸡声茅店月，人迹板桥霜"；在家里是"梨花小院月黄昏"，"一曲栏干一断魂"。真的是"出亦愁，入亦愁，座中何人，谁不怀忧？"以致人们觉得，写诗写词，无非就是写愁。即使是"少年不识愁滋味"，也还要"为赋新词强说愁"。浩大而又深沉的忧患意识，作为在相对不变的中国社会历史条件下代代相继的深层心理动力，决定了中国诗、词的这种调子，以致于它在诗、词中的出现，好象是不以作者的主观意志为转移似的。"愁极本凭诗遣兴，诗成吟咏转凄凉，"即使杜甫那样的大诗人，也不免于受这种"集体无意识"的支配。①

　　王国维独尚"无我之境"，赞美"白描人生"，是不是对笼罩着万种情愁的"有我之境"的坚执拒绝，进而对抒情美学传统的质疑发难呢？世运维新，文学革命，西方浪漫主义思潮与古典忧患意识微妙契合，以至于抒情主义蔓延诗界文坛，与史诗精神相竞高低，演示出古典与今情的涨落节奏，演绎情与史的交替轮回。

　　回到徐复观，我们还应该觉察到他的另一层苦心孤诣：忧患意识浸润的中国文化，万种情愁浸染的人文宗教，不是故纸堆中的"国粹"，也不是古董店里的"国故"，不是先贤墓园中的枯骨，更不是徘徊流连于帝国废墟之上的"玄学鬼"。昧于心性，漠视人文，导致了中国文化的古董化与僵硬化。1958年，徐复观与牟宗三、张君劢、唐君毅联袂发表《中国文化与世界》。在这份新儒家宣言中，他们外斥西方汉学，内责清季朴学，力辟新文化运动"整理国故"，认为三者都只对文化遗物感兴趣，而非直接注目于"活的民族之文化生命"、"文化精神之来源

---

① 高尔泰：《美是自由的象征》，287、293—294页，北京，人民文学出版社，1986。

与发展之路向"。① 徐复观还一言以蔽之,说中国文化乃是"高次元传统的自觉",将过去、现在、未来连在一起,将个人与社会连在一起,将民族与世界连在一起,将体验与反思连在一起。② 复兴中国文化,就是与时俱进,紧随现代进程而自反,返本体仁而在世兴我,人文流韵而逸格升腾。

抛开"传统"与"现代"这类生硬的招牌,徐复观返回周秦时代掘发人文,又从中国古代诗画中寻觅人文。在他看来,人文不仅是古典政制的根基,传统道德的渊薮,更是文学艺术的精粹。清代三百年来,书画蜕变为笔墨游戏,而人文韵味几近淡灭。诗人画家之胸襟填满了名利世故,难容一片虚灵境界,无从抒写性灵。徐复观虽一笔不能画,仍爬梳古籍,手抄笔录,端详画幅,澡雪精神,并援引德国观念论和现象学哲理,阐发中国艺术精神。其用心良苦之在,便是"帮助读者,带进古人所创发的'心源'"。因为,"心源之地天机舒卷,意境自深"③。由人文而观礼乐,由礼乐而入自然,徐复观企图融儒道为一体,阐发"为人生而艺术"的古典精神。

一方面,孔门儒学将"乐"与"仁"汇通为一:"即是艺术与道德,在其最深的根底中,同时,也即是在其最高的境界中,会得到自然而然的融合统一;因而道德充实了艺术的内容,艺术助长、安定了道德的力量。"孔子嘉许曾点,欣赏风乎舞雩的潇洒从容,即为礼乐祥和、生命入艺而艺进于道的人文境界。孔子论诗,常言兴观群怨,而"观"或可解释为"观风俗之兴衰"(郑康成),或可解释为"考见得失"(朱元晦)。徐复观援卡西尔《人论》里的艺术学说,将"观"解释为"透明生活的深度与广度",将潜伏而朦胧的生命力引进"透明而强烈的意识之光的瞬间"。"诗可以观",即为诗可以强化生命,觉醒意识,照亮人生,故而同"诗可以兴"契合无间。徐复观又引用阿诺德"诗即人生批评"的定义,进一步凸显兴发感情与照亮人生的道德化过程,强调儒门诗学肯定原

---

① 牟宗三等:《中国文化与世界》,见唐君毅:《文化意识宇宙的探索》,张祥浩编,327—328页,北京,中国广播电视出版社,1992。
② 参见黄克剑:《百年新儒林》,282—283页,北京,中国青年出版社,2000。
③ 徐复观:《中国艺术精神》,9页,上海,华东师范大学出版社,2001。

始生命又超越世俗世界的双重取向。①

另一方面,庄子之所谓"道"、玄学之所谓"玄",落实到人生之上,乃是崇高的艺术精神,而由庄子"心斋坐忘"的功夫所把握到的心,实际上就是艺术精神的主体。徐复观说庄子的心斋坐忘,就是画家齐白石所追求的"静"。唯道集虚,圣人虚静,乃是超越感性却内在于感性的生命境界。徐复观引用德国美学家哈特曼(N. Hartman)的美学理论来阐释这种虚静的生命活动。哈特曼以为,艺术作品有"前景"与"后景","前景"为物质感性形态,而"后景"则为精神内容。虚静的知觉活动则穿越前景直达后景,由可见之物进入不落痕迹的境界。②

从孔子而孟子,儒家指出了心之"四端",而人类道德主体因此而彰显。从老子而庄子,道家发展出心之"虚静",而人类艺术精神因此而自觉。儒道两家人性论的特点则一以贯之:消解生理作用与世俗特征,让主体向往雅洁与自由,达到克己、无我、无己、丧我的境界。主体的呈现便是人格的完成,又是主体与万有客体共在同流。儒道互涵,一表一里,塑造了古典人文主义的基本品格,构成了与西方文化不一样的艺术精神:在中国文化的始源之处,没有主体客体对峙,没有个人与群体对立。"成己"与"成物",根植于道德,依托于不易之"诚"。有道是"不诚无物",自律与他律之间的障碍乃不拆自消。儒道两脉思想及其艺术精神的动力乃是人性深处的"忧患意识",儒家超越忧患之方乃是入世救济,而道家应对忧患之策乃是出世超脱。儒家精神的自觉,乃是立言树德,文以载道,所以唐代韩愈开创古文运动,"文起八代之衰,道济天下之溺",文之自觉与道之传扬乃是一体两面的事情。另外,道家精神的流传,在相当程度上借助于中国艺术。在中国艺术活动中,人与自然的融合有意无意地以庄子思想为媒介,而中国山水画境界在不知不觉中也常与庄子精神相呼应。中国山水画成全了道家艺术精神,同时也是庄子精神不期然而然的产物。自然宇宙,气韵生动,天德流行,既是艺术生成之所,也是道德出入之地。最后,徐复观总结说:

---

① 参见徐复观:《中国艺术精神》,21页,上海,华东师范大学出版社,2001。
② 参见徐复观:《中国艺术精神》,51页,上海,华东师范大学出版社,2001。

庄子与孔子一样，依然是为人生而艺术。因为开辟出的是两种人生，故在为人生而艺术上，也表现为两种形态。因此，可以说，为人生而艺术，才是中国艺术的正统。不过儒家所开出的艺术精神，常需要在仁义道德根源之地，有某种有意味的转换。没有此种转换，便可以忽视艺术，不成就艺术。……由道家所开出的艺术精神，则是直上直下的，因此，对儒家而言，或可称庄子所成就为纯艺术精神。①

由忧患人性探入人文精神，由人文精神返观礼乐文化，从礼乐文化上达艺术境界，徐复观以"为人生而艺术"涵化儒道两家，最后还是返回到"文以载道"的古典传统。不过必须指出，在徐复观以及新儒家同人手上，"诗"、"文"、"艺"、"画"所载之"道"，不是某种剪灭人性的伦理纲常，而是基于人性的人文精神。这种人文精神内外兼达而具有巨大的包容性：道德实践之行是"道"，良心觉悟之知是"道"，顺乎自然是"道"，制礼作乐是"道"。总之，基于心性的人文传统，乃是中国文化之神髓所在。对于物质的扩张，中国人文主义以精神抑之；对于感情之恣肆，中国人文主义以天理羁之；对于伦理纲常之冷酷僵硬，中国人文主义以艺术灵性文而化之。徐复观将对于礼乐文化和艺术精神的审视建立在人性论基础上，对于缓和现代意义的危机提出了补救方案，那就是重新确立一种以"玄"为极致的艺术心态，由此探索人生在世的形而上依据。

3. 性灵之文与自然之道——周作人的人文批评论

周作人(1885—1967)在中国文学与诗学的现代进程中的地位颇为特殊，且又歧义迭出，故而争议不断。乍看起来，积极推进新文化运动，质疑以至痛斥传统道德，周作人无疑是文化激进主义者。然而，回眸晚明探究新文学思想渊源，并远溯魏晋六朝，确立文章圭臬，以传统美学范畴表述诗学理想，尤其是坚持不懈地从传统儒家思想中寻求现代资源，周作人同文化守成主义又多有瓜葛，思路又是那么趋近。但在20世纪30年代中后期民族危亡、国势孤危的险境中，他本着"人

---

① 参见徐复观：《中国艺术精神》，82页，上海，华东师范大学出版社，2001。

间本位主义"的立场淡定超越，置身事外，将个人选择置于国族安危之上，其自由主义精神及文体建构形式又令人觉得匪夷所思。1939年之后，周作人附逆，背叛国家和民族而走向深渊。"二战"之后周作人锒铛入狱，1949年获释，1950年后重启文业，1967年去世，享年82岁。人谓"寿则多辱"，殊不知这位"知堂老人"从革命先锋到民族叛徒的生命历程给后代学者留下了太多的迷惑，以至于论断者鲜而迷惘者众。千秋功罪，数载忠逆，何人有权论说？

"五四"新文化运动"辟人荒"，周作人弹冠相庆，呼吁"人的文学"、"平民的文学"，论说"妇女与文学"、"儿童的文学"。敏锐地觉察到胡适、陈独秀"文学革命"的局限，以及晚清以来"启蒙的不满"，周作人又吁求"思想革命"。如果说，林毓生言之成理，将"五四"新文化运动的根本特征归结为"从思想文化上解决问题"，那么，周作人以"思想革命"超越"文学革命"的姿态堪为这一特征的鲜活再现。胡、陈于1915年酝酿"文学革命"，周作人用口语白话译出公元前3世纪诗人特奥克里托(Theocritus)牧歌($Idyll$)中的篇什，发表于新文化运动的喉舌刊物《新青年》。他本人对《新青年》印象一般，更觉得"文学革命"止于谈论文体改革，而动摇不了文体背后的思想。在《知堂回想录》中，周作人语惊四座，竟然说胡适的"八项主张"、陈独秀的"三大主义"所标明的"文学革命"是"实在不够的"。究其原委，乃是因为周作人坚信：白话文学仅仅代表人民和民族形象的建构，而完全有可能泯没个体生命形象。因此，从古文到白话，并不是中国文学脱古入今的唯一轨道，白话文学亦非中国文化现代性的完整象征。

究竟何种文学堪为中国文化现代性之完整象征呢？这就涉及周作人的文体探索及其理论建构了。他对于文体的探索扎根于世运维新的大背景下，顺应了文学革命的大潮流，其成就乃是"散文"，其系统思考和理论建构体现在他为《中国新文学大系·散文一集》所撰写的"导言"中，渗透到《中国新文学的源流》的文学史宏观叙事中。1919年3月，周作人在《每周评论》上发表《思想革命》一文。相隔一个多月，同一篇文章又刊登于文学革命的阵地《新青年》上。该文阐发其"思想革命"的要义，同"五四"文学革命的现代性主导话语形成了微妙的张力，暗示"散文"将超越大而化之的"白话文"担负起思想革命的使命,而成为中国文化现代性的基本象征。文学毕竟不只是言语或文字,文学革命也不只是让言文一致起来就可以了事。对于文学而言,言语文字只不过是外形,而思想情绪构成了内质。因此,变古革新就势必脱胎换骨。看透这一点,周作人不温不火地论说"反对古文"的两层意义:

> 我们反对古文,大半原为他晦涩难解,养成国民笼统的心思,使得表现力和理解力都不发达,但别一方面,实又因为他内中的思想荒谬,于人有害的缘故。……这宗儒道合成的不自然的思想,寄寓在古文中间,几千年来,根深蒂固,没有经过廓清,所以这荒谬的思想与晦涩的文字,几乎已经融合为一,不能分离。①

此论措辞讲究,论旨尽藏于微言中:"文学革命"扫荡了"晦涩的文字",却没有廓清"荒谬的思想",所以胡适、陈独秀的现代性谋划远远不够。"这单变文字不变思想的改革,也怎能算是文学革命的完全胜利呢?"周作人心思意念很清楚,文学革命带来的"白话文学",还算不得真正的现代文学。更何况,若将"白话文"的成就置于反思现代性的视野,几乎就是一场俗人乱道的谐剧。"五四以来,"钱穆写道,"写文章一开口就骂人,不是你打倒我,就是我打倒你,满篇杀伐之气,否则就是讥笑刻薄,因此全无好文章。"这种将白话文运动一棍子打死的论断诚可以商榷,但其反思的意图则在于呈现文学气运与古典精神的关联。"果一依白话为主,则几千年来之书籍为文化精神之所寄存者,皆将尽失其正解,书不焚而自焚,其为祸之烈,殆有难言。"②可见,从"古文"到"白话"并非像胡适等人所说的那样,是文学的出死入生,而可能恰恰相反,是文学的舍身赴死。尽管周作人当时不可能说出这么绝对的断词,但他确实看到了"白话文学"的局限,而意欲另辟新途,建构融贯古今涵濡中外的文体,并以此作为中国文化现代性的基本象征。

---

① 周作人:《思想革命》,载《每周评论》第11期,1919年3月2日。
② 钱穆:《中国文学论丛》,96、23页,北京,九州出版社,2011。

避开中国古典经、史、子、集的分类模式,又躲开西方文学史诗、抒情、戏剧的文类区分,周作人尝试探索"散文"之路,谋求中国现代文类建构。1921年,他撰写《美文》一篇,字里行间即可窥见他对现代文类模式的初始构想。"美文"超越"文言"与"白话"之对立、"死文学"与"活文学"之选择,也拒绝"贵族文学"与"国民文学"之区分,而突出了这种文类传情述事之功用。一方面,这种以"美文"为雏形的新生文类设计参照了西方"小品文",另一方面这种文类又融汇了中国古文"序、记与说"的要素。涵容西方"论文"与中国古文元素于美文之中,周作人规定了新文类的"叙事与抒情"功能,以及居于诗与散文之间的桥梁地位。①

这一试验中的新文类在周作人的得意弟子俞平伯、废名等人手上初具规模,略有气象。甚至还得到了胡适、林语堂的肯定。"用平淡的话语,包藏着深刻的意味,有时很像笨拙,其实都是滑稽。"②胡适的文体感悟能力的确十分敏锐,看出新文类的"平淡"与"深刻"一表一里、"笨拙"与"滑稽"一虚一实的秘密,可谓独具慧心。实验的部分成功,大大地鼓舞了文学革命者的士气,甚至还"彻底打破了美文不能用白话的迷信"。林语堂迫不及待地将这种新生的文类经典化,认为它"以自我为中心,以闲适为格调,涵括世间所有的主题",不可不重点培植,大力推广。周作人自己则认为,新文学的散文始于文学革命,但的确是文艺复兴的产物,因为在文学现代性进程中,革命与复古并行,难分轩轾。周作人将文体探索的动机追至戊戌维新,但他更关注白话文运动与新散文实验动机的差异。首先,散文摆脱了政治教育的功利性。在他看来,戊戌以降,世运维新,白话文运动限于政治与教育,而新散文实验则立足于文学自律,去表达那些不能用诗也不能用小说去呈现的思想与情绪。旧风格装不下新意境,新材料胀破了旧格律,老瓶新酒难以相安。其次,散文是个人的艺术而非民族集团的艺术。个人

---

① 周作人:《美文》,见杨扬编:《周作人批评文集》,98 页,珠海,珠海出版社,1998。

② 周作人:《中国新文学大系·散文一集·序言》,见杨扬编:《周作人批评文集》,202 页,珠海,珠海出版社,1998。

的艺术,乃是自己的园地,文人自种自赏,不为物累,不为情伤,淡定面对人间苦难。以文学自律超越政治教育的功利,以个人艺术置换民族集团的艺术,散文就克服了白话文的局限,独立生成文类,给新文学开辟出一块新地。此乃周作人历史意识与文学担待之所在。

异质融通,散文生类,乃是新文学异于传统文学的一项指标。纵观周作人为散文美学制定的理论纲维,其中有三个方面值得特别予以关注:新旧涵容、情理并举,以及欧中杂糅。

第一,新旧涵容,故散文渊源久远,独占古今风致:"现代的散文好像是一条湮没在沙土下的河水,多少年后又在下流被掘了出来,这是一条古河,却又是新的。""这风致是属于中国文学的,是那样的旧而又那样的新。"古河流逝而新现,这是动态传统的一个隐喻。①"风致"既旧且新,乃是一种观测宇宙人情物象的沉稳视角。对新旧作如是观,周作人就超越了旧风格/新意境、新材料/旧格律这种二元模式,从而真正从动态的传统中看到新文类出现的必然性及其未来前景了。

第二,情理并举,散文既能说理叙事,又能言志抒情。仰观宇宙广大,烛照人心幽微,尤其是"以抒情分子"为主,而同诗骚传统血脉相连,故而言辞简洁而寓意苦涩,意旨深远而不却凡心。周作人心仪晚明而远祧魏晋,自属于"情之所钟"一辈,故而常言"天下事物总不外一情字,作文亦然,不情之创作虽有理可据终觉煞风景"。然而,他对"情之热烈深切者,如恋爱的苦甜,离合生死的悲喜"始终持一种保留态度,而主张"朴实而合于情理"的中道境界。周作人不遗余力地支持新文学运动,但对反抗以至绝望的时代精神,以及呐喊及于彷徨的情绪指向,周作人却始终保持一种审慎的距离,而对于日常生活中那些并非大起大落的平实感情倍加珍视,以此"结成一块文艺的精华",呈现内在生命变迁的节奏。情理并举,但以理节情,抒平常情,新散文虽然够不上鸿篇巨制,但在国族孤危的时势为整饬人心提供了另类的

---

① 参见周作人:《中国新文学大系·散文一集·序言》,见杨扬编:《周作人批评文集》,198 页,珠海,珠海出版社,1998。

艺术手段。① 它表现的情虽不是"感时忧国"之情，但起码也是"忧生忧己"之情，而同民族国家建构的史诗情调及其指向拉开了距离，保持着必要的张力。

第三，欧中杂糅，意即"以口语为主，再加上欧化语，古文，方言等分子，杂糅调和，适宜地或吝啬地安排起来，有知识与趣味的双重统制，才可以创造出有雅致的俗语文来"②。这一陈述中，"双重统制"一语格外值得玩味。应该说，"知识"更多地体现了西方的、科学的、公共理性的"统制"，而"趣味"乃是中国的、直觉的、私密灵性的"统制"。双重统制熔铸了新文学散文变古趋今的审美风貌，及其雅俗共赏的普适效力。双重统制，用当代解构论术语说，就是"双重约束"（double restraint）。在两种传统交汇、两套语言并用以及两套系统并存的地方，就一定存在双重约束。新散文乃是欧中两种传统杂糅、古文与白话并置以及古典思想与现代观念冲撞的产物，故而绝不受制于两种约束中任何一种。同时，新散文实验的部分成功，在周作人看来，便是两重因缘作用的结果，一为外援，一为内应。外援，系指西洋的科学、哲学以及文学上的新思想之影响。内应，系指中国历史上的言志、抒情传统的"文艺复兴运动"。③ 新散文以儒道二宗的教育义理为基调，但经过西洋现代思想的熏陶浸润，自然就有一种新的审美趣味和新的文学气象。受制于西洋科学、哲学启蒙主义与浪漫主义，新散文必须体现情感与理智，并指向日常生活，为俗众喜闻乐见。同时，更受制于古典传统及其义理传承与辞章规范，新散文又无法拒绝言志与载道，在境界上又必须合乎儒道两家的圣贤理想。然而，在欧中古今之冲突与融汇处，散文脱颖而出，恰恰说明"小品文是文学发达的极

---

① 参见周作人：《论小诗》，见杨扬编：《周作人批评文集》，203—204 页，珠海，珠海出版社，1998。

② 周作人：《中国新文学大系·散文一集·序言》，见杨扬编：《周作人批评文集》，202 页，珠海，珠海出版社，1998。

③ 周作人：《中国新文学大系·散文一集·序言》，见杨扬编：《周作人批评文集》，204 页，珠海，珠海出版社，1998。

致，他的兴盛必须在王纲解纽的时代"①。处士横议，百家争鸣，正统哀叹人心不古，文衰道弊，然而新思想、好文章偏总是在乱世涌流、兴现。有道是"国家不幸诗家幸，赋到沧桑句便工"。将这些零散的美学思考及理论断章连接起来，周作人制定了新文学散文的诗学规范："这是以科学常识为本，加上明净的感情与清澈的理智，调和成功的一种人生观，以此为志，言志固佳，以此为道，载道亦复何障。"②

周作人的文学实验及其理论思考，同"五四"主流保持着意味深长的张力，发展出了另一种文学现代性，为国民传情叙事说理提供了另一种媒介。与主流国族中心主义及其浪漫情流、史诗格调不一样，新文学散文寓肃剧精神于谐剧形式，率性而不任性，意蕴凝重但形式松散，尤其推重个人性灵，指向人间俗世。在周作人看来，散文看似百无一用，实却力拔千钧，因为抒情序志，恰恰就在这引而不发、含蓄蕴藉之间：

> 死生之悲哀，爱恋之喜悦，人间最初的悲欢甘苦，绝对地不能以言语形容，更无论文字，至少在我是这样感想，世间或有天才也可以有例外，那么我们凡人所可以用文字表现者只是某一种情意，固然不很粗浅但也不很深切的部分，换句话来说，实在是可有可无不关紧要的东西，表现出来聊以自慰罢了。③

这就是周作人的"反例外论"。反"天才"的例外，文学必须坚持规矩方圆。反"情感"的例外，文学必须以理节情。反"想象"的例外，文学必须关注世间衣食住行，将人生艺术化。避免大悲大喜，崇尚悠闲淡定，周作人的古典人文主义取向一以贯之，令人想到温克尔曼所构想的古典美学境界：高贵的单纯，静穆的伟大。显然，经营这种古典境界者，只能是独立的个人，而个人乃是时代潮汐之下一道美妙的涟

---

① 参见周作人：《中国新文学大系·散文一集·序言》，见杨扬编：《周作人批评文集》，199页，珠海，珠海出版社，1998。
② 周作人：《中国新文学大系·散文一集·序言》，见杨扬编：《周作人批评文集》，203—204页，珠海，珠海出版社，1998。
③ 周作人：《中国新文学大系·散文一集·序言》，见杨扬编：《周作人批评文集》，208页，珠海，珠海出版社，1998。

漪。不难理解,周作人取法伏尔泰笔下老实人的倨傲,蔑视"全舌博士"对人间流年的忧患,拒绝牺牲个性去侍奉白痴社会,而甘心作"蔷薇地丁"。"真种花者以种花为其生活——而花亦未尝不美,未尝于人无益。"①如此虔诚道白,言出由衷,这种对文学灵性的忠实,贯穿了周作人的笔墨生涯,但无论如何也解释不了1939年之后的"文化落水"。20世纪解构论者诡言善辩,常说修辞本非立诚,而诚者实为虚构真理,而且盖世诗文中,天理人情物象无非隐喻。即便诗家文士谨遵"论说之道"(logos),也无奈妄言谬说(rhetoric)水银泻地一般的侵蚀、消解。② 无独有偶,比利时人的后裔、美国耶鲁学派批评名将之一保罗·德曼(Paul de Man)学理精准,但被曝于"二战"期间卖文求誉,背叛祖国而私通纳粹。人们万分惶惑:在德曼演绎解构学理之时,是否包藏着将背叛美学化,进而文过饰非的祸心?同理,周作人畅言散文传情叙事之妙、造境慰心之功,是否就埋下了不择手段的机心?所不同者,德曼著书立说在附逆之后,而周作人谈文论道在落水之前。但有一点无分中外远近,即所思所言与所作所为之间总有那么一些剪不断理还乱的关联。论说这种关联已经超出了此处的逻辑框架,只好点到为止。

回到我们的论旨:究竟如何评价周作人的文学实验及其对"新文学的散文"的理论建构?散文是一种风致既古且新的"文类",一种既不受史诗、抒情、戏剧三类规范又规避了经史子集四类约束的文类。散文升类,独标于史,却不是横空而降。西班牙人的后裔、比较文学理论家克劳迪奥·归岸(C. Guillén, 1924—2007)有言:文学趋向于系统化。政治经济现实构成系统化之经,而历史文化语境构成系统化之纬,经纬交织,时空成体。符号实践、文类生发、文学运动、诗学建构都是系统化的产物,同时也是系统化之历史化的动力。③ 一种文类为象

---

① 周作人:《自己的园地》,7页,北京,北京十月文艺出版社,2011。
② Paul de Man, "Semiology and Rhetoric", in *Allegory of Reading: Figural Language in Rousseau, Nietstzsche, Rilke, and Proust*, New Haven and London: Yale University Press, 1979, pp. 3-19.
③ Claudio Guillén, "Poetics as System", in *Comparative Literature*, 22 (1970): pp. 193-222.

征一种时代精神提供了合适的媒介，同时又为传承民族意识提供了理想的载体。归岸将"文类"视为系统化和历史化展开的理想空间，以及将结构与解构寓于其中的文学表现基质。以这个理论为视角，周作人的"散文"首先是"五四"时代精神的表现形式，是人的文学、平民文学、活的文学的理想载体，是"独立之精神"和"自由之思想"的象征空间。当他将散文作为一个文类、一种文体、一种文学制序而理论化的同时，也是个体主体、自由意志冲决社会约束和意识形态的拘禁而上升到表征秩序的过程。具体到周作人身上，散文文类建构表现了个体意志与民族意识之间的对抗，以及作家力辟外在权威、认同自我，进而抒写性灵的艺术意欲，从而为回应全球化现代性挑战提供了另一种选择的可能性。将散文视为时代精神的表现性形式，将散文诗学的建构视为对现代性的另类回应，却忽视了文学史对"散文"合法性的支撑，忽视了在"散文"中复兴的古典美学范畴，忽视了传统文化借着新兴文类传承的慧黠形式。①

为了寻觅白话文运动的合法性以及散文的传统支撑，周作人考镜新文学的源流，建构一部文学史来对抗"五四"时期主导的现代性论说。胡适、陈独秀将古今截然两分：古死今生，文言白话。胡适借着自己深厚的国学教养，发起"整理国故"运动，将文言与白话的对立溯源到茫昧的远古，将一部悠长流韵的文学史描写为文言白话生死相搏的斗争史。国粹派、学衡派除了颠倒此说之外就别无良策，不是展示一些

---

① 这方面论述，参见[英]苏文瑜：《周作人：中国现代性的另类选择》，康凌译，16页，上海，复旦大学出版社，2013。"以三种相互关联的方式，周作人建构了他对于现代性的另类回应：第一，通过使用传统的美学范畴；第二，通过在作家的身份认同和自我表达中赋予地方以重要性；第三，通过建构一部文学史来对抗宰制性叙事（dominant narrative）。"另见[日]木山英雄：《文学复古与文学革命》，赵京华译，82页，北京，北京大学出版社，2004。"他[周作人]的这条道路本身亦作为近代文学在中国命运的象征，具有完全不亚于鲁迅的重要性。就是说，他所坚信的作为文学之自我表现的最自然、最自由形态的散文，通过回归文学和自我的传统之无拘无束，却得以持续地发展下来。"另见张旭东：《散文与社会个体性的创造》，载《中国现代文学研究》，2009年第1期。张旭东的论点是：对于周作人而言，散文世界是自由和个体性得以成形的象征性空间（symbolic space），在理论上讲散文作为文类建制的同时，也就是个体性的社会内涵和意识形态内涵得以冲破障碍形成表征秩序的过程，于是周作人在非政治化写作的外观下从事一种高度政治化的写作，力求捍卫"五四"启蒙思想开启的纯粹主体性。

文物典章陈年旧事，就是翻来覆去地述说圣贤遗训。在周作人看来，国粹也好，欧化也罢，都没法成就一种"有生命的国民文学"。新文学的生机、前景在哪里？周作人拒绝革古，也避免复古，而走上了一条以今观古、以古鉴今的变古之路。系列演讲《中国新文学的源流》乃是其变古之道的演示，更是其散文诗学系统化的成果。以胡适的白话观念重述晚明公安、竟陵派的文学主张，寻求新文学运动与古典诗学之契合，这是以今观古，犹如当下时贤以"正义论"阐发儒家教理，以现象学阐释中国古代艺术精神。溯源"载道"与"言志"传统，尊"言志"而抑"载道"，从而为新文学散文作合法性论辩，这是以古鉴今，犹如当下时贤援引柏拉图、马基雅维利、卢梭重申近代政治观念。

"载道"说始于唐代韩愈，而"言志"之说滥觞于汉代毛氏。出于论旨所需，周作人避开"小学"，拒绝知人论世，断定"载道"与"言志"，"两种潮流的起伏，便造成了中国文学史"[1]。于是，中国文学的河流曲曲弯弯，在载道与言志、尊命与自命、赋得与即兴之间左右动荡，钟摆往复。晚明文士反抗"载道"，显发"童心"，不拘一格，独抒性灵，给周作人以强大的自信，在古今之间终于找到了缘契之处，从而大胆地建构新文学散文的合法性。在他看来，万历年间的公安、竟陵两派，对复古风气举起了反叛的旗帜，其文学主张和胡适差不多。反过来，胡适思想中除去西洋科学、哲学与文学的影响，就是公安、竟陵的思想。[2] 虽然说晚明文人对礼法的反抗很有现代气息，但在公安、竟陵两派中，周作人更为推重公安派："公安派的人能够无视古人的正统，以抒情的态度作一切的文章，虽然后代批评家贬斥他们为浅率空疏，实际却是真实的个性的表现，其价值在竟陵派之上。"[3] 换言之，公安较之竟陵，反抗载道更为彻底，抒情言志更加执着，个性表现更加真实。而现代散文恰恰就传承了这种反抗姿态、这种抒情志业、这种个性意志。一条流逝的古河在下游某个地方重现，周作人描写文学革命

---

[1] 周作人：《中国新文学的源流》，20 页，北京，北京十月文艺出版社，2011。
[2] 周作人：《中国新文学的源流》，25 页，北京，北京十月文艺出版社，2011。
[3] 周作人：《中国新文学大系·散文一集·序言》，见杨扬编：《周作人批评文集》，201 页，珠海，珠海出版社，1998。

的言辞同托克维尔（Alexis de Tocqueville，1805—1859）描述法国大革命的言辞同出一辙："旧制度有大量的法律和政治习惯在1789年突然消失，在几年后重又出现，恰如某些河流沉没地下，又在不太远的地方重新冒头，使人在新的河岸看到同一水流。"①中外异域但思趣相通，周作人和托克维尔启示我们，要理解惊天动地的历史创局，最好的方式乃是返回到旧制度的心脏。

周作人将明末文学与复古风气的决裂视为中国文学现代性的起点，并远溯魏晋风度，越名教而任自然。这种返回古代旧思想旧制度的心脏而建构现代合法性的思路，在"五四"一辈学人中间并不显得怎么特异。胡适主动领导"整理国故"运动，鲁迅演绎故事新编和追思魏晋人物，朱自清出入经典史籍作"诗言志辨"，闻一多披阅金文甲骨、校勘诗经楚辞、演绎庄子学理，如此等等，均可视为新文学运动返本归根、追根溯源而建立合法性依据的努力。"反例外论"的周作人亦不例外，他思及晚明、重访魏晋，旨在证明新文学散文古已有之，源远流长，文渊深厚。然而，尽管周作人心仪公安派，却毫不含糊地拒绝将这一文派视为新文学之祖师。在陈述其拒绝的理由时，周作人看似漫不经心地道出了古典儒道思想在他心目中不可动摇的地位：

> 新散文里的基调虽然仍是儒道二家的，这却经过西洋现代思想的陶熔浸润，自有一种新的色味。与以前的显有不同，即使在文章的外观上有相似的地方。我不讳言中国思想里的儒道二家的基调，因为这是事实，非言论所能随便变易，我也并不反对，因为觉得这个基本也并不一定比西洋的宗教思想坏，他更容易收容唯物的常识而一新其面目……②

周作人从两个方面肯定儒道思想：第一，它们仍然是新散文的基调，只是经过了西洋现代思想的陶熔浸润；第二，它非言论所能变易，

---

① ［法］托克维尔：《旧制度与大革命》，冯棠译，31—32页，北京，商务印书馆，2012。
② 周作人：《中国新文学大系·散文一集·序言》，见杨扬编：《周作人批评文集》，205页，珠海，珠海出版社，1998。

而且不比西洋宗教思想坏，同时还有融汇新知的雅量。将儒道视为古今文学之不变基调，不可摇夺的境界，以及将儒道思想同宗教相比，这种思考已经超越散文诗学的空间而进入思想史的论域了。更重要的是，这段论述预示着20世纪40年代后附逆的周作人"伦理之自然化"的思想取向，预示着反抗儒学的"启明先生"最终将变成皈依儒教的"知堂老人"。

1944年，周作人作《梦想之一》，从"作文之难"论及"动植物之自然"，颇有人事不胜天道之叹。而比照中西对于"自然"与"正义"的态度，他提出"伦理之自然化"和"道义之事功化"两个命题，作为他毕生思想的总结。"伦理之自然化"，意即以自然生命激活古典伦理，让人文摹仿天道进而化成世界。"道义之事功化"，意即经世致用，淑世易俗，拒绝空谈道义，而是要"以道义为宗旨，去求到功利上的实现，以名誉生命为资材，去博得国家人民的福利"。"伦理之自然化"与"道义之事功化"一体两面，一重常道而一讲权变，颇合古典的内圣外王学说。在"伦理之自然化"纲目下，周作人表面上好像是贬斥中国古人不求自然之理，实则微言大义，锋芒指向"五四"之后文学的俗人乱道、大众崛起，而希望以自然之力点醒儒家境界，将伦理纲常转化为日用伦常，以古典人文主义养育健朗的生命姿态。儒家的伦理，近乎宗教但毕竟不是宗教，不比西洋宗教坏，却如一片混沌的思想迷雾笼罩世间。"子不语怪力乱神"（《论语·述而》），"子罕言利，与命与仁"（《论语·子罕》），孔子似乎想规范人间世界的所作所为，言谈天理人情物象的方式种种，不一而足。周作人在"五四"时代中流击水，可是历史的诡异在于之后他落水为孽，从此走向深渊。当然，大患之身，心静若水，他将孔子"罕言"、"不语"的神道设教转化为生机盎然的人文，经过千劫万难而韵味流转，诗兴悠悠：

> 这人类的生存的道德之基本在中国即谓之仁，己之外有人，己亦在人中，儒与墨的思想差不多就包含在这里，平易健全，为其最大特色，虽云人类所独有，而实未尝与生物的意志断离，却正是其崇高的生长，有如荷花从莲根出，透过水面的一线，开出美丽的花，古人称其出淤泥而不染，殆是最好的赞语也。

第一章　现代景观下的古典精神——"学衡派"与人文主义文论制序

  人类的生存的道德既然本是生物本能的崇高化或美化，我们当然不能再退缩回去，复归于禽道，但是同样的我们也须留意，不可太爬高走远，以至与自然违反。古人虽然直觉的建立了这些健全的生存的道德，但因当时社会与时代的限制，后人的误解与利用种种原因，无意或有意的发生变化，与现代多有龃龉的地方，这样便会对于社会不但无益且将有害。比较笼统的说一句，大概其缘因出于与自然多有违反之故。人类摈绝强食弱肉，雌雄杂居之类的禽道，固是绝好的事，但以前凭了君父之名也做出好些坏事，如宗教战争，思想文字狱，人身卖买，宰白鸭与卖淫等，也都是生物界所未有的，可以说是落到禽道以下去了。我们没有力量来改正道德，可是不可没有正当的认识与判断，我们应当根据了生物学人类学与文化史的知识，对于这类事情随时加以检讨，务要使得我们道德的理论与实际都保持水平线上的位置，既不可不及，也不可过而反于自然，以致再落到淤泥下去。[①]

伦理与道德，在周作人的语境中没有区分，系指本能的崇高化和美化，而不是对本能的剪灭和压制。因此，道德或者伦理作为人文之菁华，乃是健朗、平易的生命姿态，从来应该合乎自然，而非逆反人性。伦理之自然化，首先是尊重人性，其次才是知解世界，其境界超越于禽道兽道之外，养育绚美生命之花。

由"伦理之自然化"反观周作人的文学批评，我们就不难理解，他早年关于"情诗"的警策之论——两性之爱，不仅是性欲的升华，而且可以说是一种宗教感情。他写道：

  恋爱因此可以说是宇宙的意义，个体与种族的完成与继续。我们不信有人格的神，但因了恋爱而能了解"求神者"的心情，领会"入神"与"忘我"的幸福的境地：我不愿意把《雅歌》一类的诗加以精神的解释，但也承认恋爱的神秘主义的存在，对于波斯"毛衣

[①] 周作人：《梦想之一》，见《苦口甘口》，17—18页，北京，北京十月文艺出版社，2011。

派"诗人表示尊重。我相信这二者很有关系，实在恋爱可以说是一种宗教感情。①

说到《旧约全书》中的《雅歌》，周作人还将之同《诗经》进行比较，撰写《圣书与中国文学》一文，将近代人文主义的渊源追溯到希伯来精神深处，追溯到基督教精神的核心。周作人把《雅歌》与《诗经》中的"淫奔之诗"相提并论，并把南唐李煜、北宋欧阳修的艳曲统统归于"猥亵的歌谣"。现在看来，应该从"伦理之自然化"这个视角来反思这一非常"不道德"的断语。他认定，中国文学必须继承中外文学传统中"纯文学"的遗产，而这种纯文学的典范是感伤、艳情与猥亵的歌谣及其中蕴含的普遍人性。要知道，作为中国现代自由知识分子的先行者之一，周作人主张"诗言志"，而反对诗言"大志"，也就是反对"文以载道"，从而公开顽固地阻挠道德、宗教、民族国家等更加崇高的内容进入诗歌的殿堂之路。② 20世纪60年代，生活在异域、信仰基督教的林语堂也与周作人心有灵犀，一样把《雅歌》与《诗经》"国风"部分相比类，认为二者可堪赞美的品格是"自然"。将伦理自然化，周作人终于为中国文学现代化设定了传统的底线，而几乎走上了一条由梁漱溟开启的"以道德代宗教"的道路。故此，我们不避不伦不类之嫌，将周作人与学衡派、新儒家论列一处，旨在强化中国文学与诗学现代性的人文主义指向，及其古典传统对于现代性的养育作用和支撑力度。以"言志"反抗"载道"，以"自然化之道"活跃古典人文主义的生命力，周作人的文学实验与理论建构凸显了中国文化精神在现代的命运。重访晚明耿介文人，他呼吁独抒性灵；重构儒家人文，他提倡伦理自然化，解放自然生命力。所以，周作人力纠国粹派之偏颇，向往一种有生命的国民文学；同时，超越"文学革命"的局限，他又力求建构一种中西涵濡、古今互通的新文学制序。

---

① 周作人：《情诗》，见杨扬编：《周作人批评文集》，95页，珠海，珠海出版社，1998。

② 周作人：《圣书与中国文学》，见杨扬编：《周作人批评文集》，250—259页，珠海，珠海出版社，1998。

4. 礼乐精神——朱光潜文论的人文底蕴

朱光潜(1897—1986)与宗白华、邓以蛰并称中国现代美学的奠基人与开拓者。但朱光潜以青年国民素养教育、诗学体系建构、审美心理描述与分析、移译欧洲学术经典而知名于世，修辞立论平实典雅，好尚六朝文章，传递桐城韵味。《谈美》、《论修养》、《谈文学》，皆娓娓道来，若春雨入夜，润物无声，启迪青年养育健康的趣味，教化国民心灵臻于至美之境。《变态心理学》、《悲剧心理学》、《文艺心理学》并称"三大灵魂学说"，可见朱氏以学理洞察人心、援西方学理改造传统文化的宏大志业。《柏拉图文艺对话集》、黑格尔《美学》、克罗齐《美学原理》、维科《新科学》，均为译中精品，不独有功于绍介域外学术，更有愿于复兴中西古典人文精神。

在学术史上，人们习惯于将朱光潜和宗白华相提并论，同以"美学老人"相称，以"美学的双峰"表达对他们的赞誉，推重他们在中国现代美学史上的地位。然而，在相当长一段时间内，人们囿于古/今、中/西、科学/直觉、思想/诗歌的二元论思考模式，而对朱、宗二老做出了一今一古、一西一中、一科学一直觉、一学者一诗人的定位，却没有看到二老都沐浴在"五四"新时代雨露中，都以自己的方式参与了世运维新与文学革命，都学兼中外更重文化涵濡，都返本溯源以古鉴今，将自己的学术探索与中国文化复兴的事业统一起来。

一般读者从《文艺心理学》、《谈美》等书反复论述"形相直觉"这一事实出发，便断定朱光潜是克罗齐及其先师黑格尔的唯心主义哲学的信徒。直到1982年《悲剧心理学》中文译本问世，朱光潜才坦诚告白："我实在是尼采式的唯心主义的信徒"，"在我心灵里植根的倒不是克罗齐的《美学原理》中的直觉说，而是尼采的《悲剧的诞生》中的酒神精神和日神精神"。[①] 克罗齐的"直觉说"说清楚明白，在朱光潜的言述中相对集中，而尼采两境相入的悲剧论说迷离恍惚，朱氏对之的解说不仅零散，而且多有隐微。然而，朱光潜对于尼采学说两境相入的论说意味深长，堪称理解其独创诗学体系及其人文意蕴的入口。

[①] 朱光潜:《〈悲剧心理学〉中译本自序》，见《悲剧心理学》，4页，北京，中华书局，2012。

按照尼采的看法，希腊悲剧的日神原则，体现出儒雅清明的个体化原则，超然冷峻，一切看上去都单纯、透明而且美丽。反之，以合唱队为媒介的酒神精神则不一样，以酗酒迷醉毁灭了个体化的原则，狂情涌流，一切都显得深邃、混沌而且崇高。以看戏设喻，日神精神是超然戏外，冷眼旁观，而酒神是入戏太深，偕剧同流。不过尼采觉察到，日神精神的过分张扬导致了理性文化的宰制，"神话"(Mythos)在理性文化的宰制下转换为"逻各斯"(logos)，这个不可逆转的行程导致了音乐精神的湮灭。酒神之迹熄而乐亡，乐亡而后哲学作，而悲剧从此陨落。尼采认为，这一伟大的衰落也必须对欧洲文化的现代绝境负责。不过，尼采又以为，欧洲文艺的复兴自当为酒神的复活，音乐精神的再生。酒神魔力一旦触及现代萎靡不振的文化荒漠，就顿生一阵狂飙，扫荡一切衰亡、腐朽、凋零的东西，而我们追寻的目光就在悲剧金光闪闪的沉沦处瞥见了生机盎然、含情脉脉的悲剧精神："悲剧端坐在这洋溢的生命、痛苦和快乐中，在这庄严的欢欣中，谛听一支遥远的忧郁的歌，它歌唱着万有之母，她们的名字是幻觉、意志、痛苦。"①在悲剧两境中，尼采特重酒神之境，强调沉醉入戏，与戏景合一而偕永恒同在，体验幻觉、意志与痛苦。而朱光潜又是如何理解悲剧两境的呢？

朱光潜以尼采悲剧论的"信徒"自许，却以古典人文的理性为视角颠覆了尼采所设定的酒神之境高于日神之境的等级关系。乾坤一舞台，人生一出戏。朱光潜却以为这格言实在不当："世界尽管是舞台，舞台却不能是世界"；"悲剧中有人生，人生中不必有悲剧"。据此道理，朱光潜劝勉世人，不可入戏太深，而要保持审美的距离，对人间充满深情，而对悲剧冷眼观照：

悲剧把生的苦恼和死的幻灭通过放大镜射到某种距离以外去看。苦闷的呼号变成庄严灿烂的意象，霎时间使人脱开现实的重压而游魂于幻象，这就是尼采所说的"从形相得解脱"(Redemp-

---

① [德]尼采：《悲剧的诞生》，周国平译，89页，北京，生活·读书·新知三联书店，1986。

tion through Appearance)。①

这段话写于1934年5月,当时朱光潜刚刚学成回国,随即援引并改造尼采学理以劝勉国人,指点一条应对苦难现实而建立艺术化人生的道路。这种源自尼采而又将之"易容"的美学观贯穿了朱光潜的文艺观与诗学体系。《诗论》的重点篇章《论诗的境界》中,朱光潜将诗境分为两半:"情趣"与"意象",一者如自我容貌,一者为对镜自照,二者之间不但异质而且有难以跨越的鸿沟。如何跨越鸿沟从情趣到意象再到达主客合一、物我无碍呢?朱光潜将这一跨越之精神动作称为"困难的征服史"。论述这一跨越、这场征服,他自然优先以尼采为典范:

> 尼采的《悲剧的诞生》可以说是这种困难的征服史。宇宙与人类生命,像叔本华所分析的,含有意志(will)与意象(idea)两个要素。有意志即有需求,有情感,需求与情感即为一切苦恼悲哀之源。人永远不能由自我与其所带意志中拔出,所以生命永远是一种苦痛。生命苦痛的救星即为意象。意象是意志的外射或对象化(objectification),有意象则人取得超然地位,凭高俯视意志的挣扎,恍然彻悟这幅光怪陆离的形象大可以娱目赏心。尼采依据叔本华的这种悲观哲学,发挥"由形象得解脱"(redemption through appearance)之说,他用两个希腊神名来象征意志与意象的冲突。意志为酒神狄俄霓索斯(Dionysus),赋有时时刻刻都在蠢蠢欲动的活力与狂热,同时又感到变化(becoming)无常的痛苦,于是沉一切痛苦于酣醉,酣醉于醇酒妇人,酣醉于狂歌曼舞。苦痛是狄俄霓索斯的基本精神,歌舞是狄俄霓索斯精神所表现的艺术。意象如日神阿波罗(Apollo),凭高普照,世界一切事物借他的光辉而显现形象,他怡然泰然地像做甜蜜梦似的在那里静观自得,一切"变化"在取得形象中就注定了"真如"(being)。静穆是阿波罗的基本精神,造型的图画与雕刻是阿波罗精神所表现的艺术。这两

---

① 朱光潜:《悲剧论——悲剧与实际人生的距离》,见《欣慨室西方文艺论集,欣慨室美学散论》,49页,北京,中华书局,2012。

种精神是绝对相反相冲突的，而希腊人的智慧却成就了打破这种冲突的奇迹。他们转移阿波罗的明镜来照临狄俄霓索斯的痛苦挣扎，于是意志外射于意象，痛苦赋形为庄严优美，结果乃有希腊悲剧的诞生。悲剧是希腊人"由形象得解脱"的一条路径。人生世相充满着缺陷、灾祸、罪孽；从道德观点看，它是恶的；从艺术观点看，它可以是美的，悲剧是希腊人从艺术观点在缺陷、灾祸、罪孽中所看到的美的形象。①

凭高普照、美梦恬然、静观自得的日神战胜了酣醉沉沦、苦痛至深、狂歌曼舞的酒神，而不是相反——音乐精神在"幻觉、痛苦、意志"中再生。尼采的征服史，乃是以酒神超越日神而复活悲剧、激荡意志为终局，而朱光潜的征服史则是日神消融酒神而进入高贵的单纯与静穆的伟大。日神为梦境，酒神为醉境，尼采让两境相入却以醉境为主、梦境为奴，朱光潜让两境相入则以梦境为君、醉境为臣。朱光潜站在古典的立场上，对尼采对于欧洲传统的颠倒再行颠倒。这种将尼采悲剧观古典化的思路，表明了朱光潜崇尚秩序、提倡节制、向往宁静的心灵取向。不可入戏太深，意志必须赋形为象，情感势必节制成序，这便是朱光潜诗学体系的古典人文主义命脉。贯穿着这条命脉，朱光潜意欲羁勒浪漫主义，将文学的纪律上升到以格律为支柱的诗学体系，并从礼乐精神中探取格律诗学的哲理依据，赋予其整个诗学论说以深邃的人文底蕴。

浪漫主义文学，朱光潜视之为情趣的文学，但主张有情趣的诗人要能入能出，能醉更能醒，体物入微且能超然世外。他特别欣赏华兹华斯诗论的隽语："诗起于经过在沉静中回味来的情绪。"感受情趣而能在沉静中回味，这是诗人的特殊本领。在浪漫的"情绪"与"沉静"中间，他推重"沉静"，羁勒放纵的情感，而达于以理节情的中道境界。话虽如此，学者朱光潜亦非草木，对人世饱含深情，当然也对诗中所镌刻的古典今情多有会心。齐邦媛在《巨流河》中向我们展现了一个情之所钟入戏颇深的学者诗人。因战乱而随武汉大学迁至四川乐山，朱光潜

---

① 朱光潜：《诗论》，58—59页，北京，中华书局，2012。

第一章 现代景观下的古典精神——"学衡派"与人文主义文论制序

与学生一起赏析英国浪漫主义诗词。一日讲到华兹华斯的《玛格丽特的悲苦》("The Infliction of Margaret"),诗中写到一对母子分别七载,音讯全无。思亲念子痛切至极的母亲每天在夜幕之下,隔着沼泽呼唤爱子:"Where art you, my beloved son…"悲莫悲兮生别离,但愿人生长聚少离分。朱光潜满堂吟咏,悲情自生,当他读到"the fowls of heaven have wings,…Chains ties us down by land and sea"("天上的鸟儿有翅膀……锁紧我们的是大地与海洋"),点拨学生联想南朝诗人谢朓的名句"风云有鸟路,江汉限无梁"。继续吟诵,念到"If any chance to heave a sigh, They pity me , and not my grief"(若有人为我叹息,他们怜悯的是我,不是我的悲苦),那位谆谆告诫世人不可入戏太深的美学家竟然语带呜咽,泪流满面,但他突然把书本合上,快步走出教室,留下满室的愕然。一代名师至情的眼泪,那是诗的情趣,那是酒神的痛苦宣泄。快步走出教室的美学家,那是诗的肃穆,以及理性节制之后高贵的矜持。[①] 齐邦媛追忆的这则逸事,向我们展示了朱光潜不为人知的一面,但那份激荡的诗情不是流逝的水,而是激荡的风,不息地传送着古典人文主义的动人韵味。于诗,朱光潜能入能出,能醉能醒,感发兴情而止于高贵矜持。所以,他常将尼采"由形象得解脱"的希腊悲剧观作为视角,观照六朝文学的词采与意蕴之间的张力:"辞藻富丽是他们拿来掩饰或回避内心苦痛的,他们愈掩饰,他们的苦痛更显得深沉。"他还特别嘉赏况周颐《蕙风词话》中对纳兰容若的评语[②]:"寒酸语不可作,即愁苦之音,亦以华贵出之。"愁苦之音是情,是醉,是悲苦,由于理智的介入与统制,必示人以华贵之意象,灿烂明媚,儒雅高洁。

从表面上看,朱光潜撰写《诗论》的动机好像只是借西学为中国新诗立法。但在其意识深层,《诗论》之归趣却在于以诗为媒完善"由形象得解脱"的古典心灵境界。论说中,他好像是援西入中,远祧亚里士多德。但其论旨所趋,乃在于以中融西,透视中国审美心灵,将人生的

---

① 齐邦媛:《巨流河》,113页,北京,生活·读书·新知三联书店,2012。
② 朱光潜:《王静安的〈浣溪沙〉》,见《欣慨室中国文学论集》,41—42页,北京,中华书局,2012。

艺术化提升到体系层面。"诗学的忽略总是一种不幸","在目前中国,研究诗学似尤刻不容缓",因为诗学事关中国新文学运动的前途,更牵连中国文化传统的现代命运。朱光潜曾经自称生活在一个未能免俗的时代,而以传扬人文、淑世易俗为己任。因此,从全球化文化现代性语境来看,朱光潜作《诗论》乃是一场与乱世俗道抗争而重构人文原型的努力。与不讲格律、不尊规范的新诗运动及其异国浪漫主义诗学相抗衡,朱光潜的《诗学》显然代表了一种重整纲纪与再造诗律的古典主义诉求。再造诗律为表,而重整纲纪为里,一表一里,《诗论》披露了朱光潜的古道热肠。

《诗论》论列诗之源流、隐喻修辞、境界构成、诗文相别、音律格调等题目,但他在十三章的篇幅中用了六章探讨诗的节奏,以及中国诗的格律化。论说重点一望便知,形式化的意愿与制序化的要求同闻一多的"格律论"一样醒人耳目。朱光潜论诗,紧扣中国古典文化"诗与乐的共同命脉"——节奏,而直探中国文化精神。诗与乐的节奏是主观的节奏,是心物交感的结果,而节奏与情绪的关系堪称关键。"乐者音之所由生也,其本在人心之感于物也。"(《礼记·乐记》)朱光潜援引叔本华哲学和实验心理学,试图将古代典籍中的玄妙论说现代化,资以证明声音的节奏、文气的起伏、诗兴的涨落、意义的隐显都符合自然,体合宇宙的盈虚消息。而这一切都并非朱光潜兴致所在,他的问题在于:中国诗为何走上了"律"的路?他的回答分两个层次,一是汉赋影响了诗,二是齐梁以后声律研究之盛行。他知道,一切文学史都是依据论者的问题意识和理论架构而建构出来的。如周作人建构出载道/言志此消彼长的文学史以对抗"五四"新文化运动的主流文史话语,朱光潜的文学史建构之旨趣别无二致,他依据律诗生成之路而论衡中国文学史,断言中国诗有两大关键转变。一是乐府五言的兴盛,从《古诗十九首》到陶渊明。二是律诗的兴起,从谢灵运、"永明诗人"到明清两朝。中国诗的第二个关键转变时期——律诗之兴,构成了朱光潜诗学的重点。律诗形成之初,乃是丢弃汉魏诗的浑厚古拙而趋向精妍新巧,"意义的排偶"与"声音的对仗"最能见出新时代人文的秩序,以及心灵的雅洁。于是,朱光潜诗学提出了一条中国诗史的断制:律诗的兴起,是由自然艺术转变到人为艺术，由不假雕琢到有意刻画。而六朝时代为"民间诗"到"文人诗"的过渡时期。由浑厚淳朴到精妍新巧，由自然而人文，都是进化的自然趋势，人力无法促进，亦无法阻止。

朱光潜当然知道，律诗的莫焉下流也是人为桎梏，扼杀创造，窒息生机。但他更知道，新诗运动倡导诗体解放，不遵轨范，浪漫滥情放纵无度，同样也流弊深远。诗界维新与诗体解放以来，格律的存亡成为争论的焦点。传统派捍卫格律，视格律为诗的命脉。新诗派力辟格律，视格律为诗的桎梏。二派各执一端而言疾论急，朱光潜认为二派都认识不到"诗的本性"与"格律的本性"。诗的本性在言志抒情，而格律就是章句长短和声调平仄开阖的定型。"诗的本性在表现情感，诗常用有定型的格律，这就足以证明定型的格律最适宜于表现情感。"[①]格律内在于诗的本质，不仅可征之于历史起源，即诗的格律出于约定俗成，而且，格律作为诗的命脉，同样也可征之于哲理的根源，即格律适合于表现情感的自然要求，它是人为的纪律，又是自然的适应。对于诗的格律的历史起源，《诗论》论证全面丰富。而诗的格律之哲理依据，就必须到礼乐精神中去寻取了。从礼乐精神中寻取诗律的哲理依据，《诗论》便展露出渊源深厚的古典人文主义底蕴。

以"礼乐"为原型，为始基，为根本隐喻，古代儒家建构了一套伦理学，一套教育学，一套政治学，一套宇宙哲学，甚至是一套近乎宗教的道德哲学。1948年，朱光潜撰写《乐的精神与礼的精神》，从"礼乐"这一原型、始基、根本隐喻来重述儒家思想系统。在朱光潜的论说言路中，"礼乐"是一种人生境界，一种政治诉求，一种审美的世界主义视角。礼乐精神论，典出《礼记·乐记》："大乐与天地同和，大礼与天地同节"，"乐者，天地之和也，礼者，天地之序也"。"和"与"序"，被朱光潜称为两个伟大的观念，定位了古典人文主义伦理的基础，又同亚里士多德的"幸福"观遥遥契合。乐和同，礼辨序，礼乐相和乃至世道有常而人心有序。"乐"主内而礼持"外"，内外相应而又相反相成：

第一，乐是情感的流露，意志的表现，用处在发扬宣泄，使

---

① 朱光潜：《诗的格律》，见《诗论》（附录），383页，北京，中华书局，2012。

人尽量地任生气洋溢；礼是行为仪表的纪律，制度为人文的条理，用处在调整节制，使人于发扬生气中不至于泛滥横流。乐使人活跃，礼使人敛肃；乐使人任其自然，礼使人控制自然；乐是浪漫的精神，礼是古典的精神。……其次乐是在冲突中求和谐，礼是在混乱中求秩序；论功用，乐易起同情共鸣，礼易显出等差分际；乐使异者趋于同，礼使同者现其异；乐者综合，礼者分析；乐之用在"化"，礼之用在"别"。……第三，乐的精神是和，乐，仁，爱，是自然，或是修养成自然；礼的精神是序，节，文，制，是人为，是修养所下的功夫。乐本乎情，而礼则求情当于理。①

这三层论述，彰显了中国古典人文主义的精粹：率性任情而又以理节情，情满天下而爱有差等。就其张扬情感而观之，"五四"时代自由之思想与独立之精神尽涵其间。就其强调纪律、条理而观之，对物质扩张、情感放纵的物质自然主义、感情自然主义的阻击可谓不遗余力。就其所表述的和、乐、仁、爱以及自然而观之，儒家文化复兴同欧西文艺复兴亦可相提并论。而就其彰显分际差等而观之，则可见中国古典儒家绝非博爱的人道主义，而同强调规训与选择的古希腊和基督教人文主义息息相通。儒家思想原型在于"礼"也在"乐"，而"礼""乐"通达于"仁"。在儒家思想母体上生长出来的诗学，凸显温柔敦厚、生生条理、忧乐圆融的境界，莫不是朱光潜念兹在兹的日神之梦笼罩酒神之醉的"由形象得解脱"的至境？在朱光潜对儒家思想系统的重述，以及对礼乐精神的思考中，"诗学"展露出古典人文主义的底蕴。以礼乐精神为视角，就不难理解古典中国艺术传情叙事、写意状物的最高境界了：笔闪剑气，墨出箫声，剑胆琴心，柔弱刚强。那些诗中情境，像流动的音符，有笙笛的悠扬但不柔弱，有鼓乐的喧嚣但不狂野，潇洒从容却略带感伤，感伤中默然生出一种自信。没有了宿命的恐惧或悲剧性的崇高，也不是谦卑忍让或无所皈依的彷徨，妩媚生动却不失

---

① 朱光潜：《乐的精神与礼的精神》，见《欣慨室逻辑哲学散论》，173—174 页，北京，中华书局，2012。

端庄雅洁,没有禁欲的官能压抑,也没有目无纲纪的张狂[1]——这就是古典人文流兴的诗境,妙就妙在礼乐相和,生生条理,气韵生动,自有一种音乐化节奏化的生命力贯注其间。与朱光潜完善诗学体系、探寻诗学原型的同时,另一位美学家兼诗人宗白华也从艺术学及形而上学探索中得出了同样的结论。按照宗白华的诗化言说,节奏化音乐化的生命意识与时空观念,自下而上地贯穿于中国社会,从日用器皿到政治制度及于形而上学,都是如此,灵肉不二,气韵生动,生生条理。二十年后,新儒家徐复观等人发表宣言,正告世人,儒家人文主义不是国粹,不是遗物,不是僵化的伦纪纲常,而是一种绵延无尽的生命,一种流兴不息的神韵。而这生命与神韵,恰恰就是中国现代文论体系的人文底色。

结语:古典的生命,人文的蕴藉

在论述古希腊文化精神的倾向时,瑞士史学家布克哈特出语不凡:"世界历史中最伟大的命运就是衰落。"[2]依其所论,遍考世界文化历史,人们切实地感觉到,正是希腊人承受了最大的痛苦,感受到最深的忧伤。当我们回眸20世纪初在革古、复古和变古思潮纵横交错中凸显的古典人文主义诗学时,一种衰落即伟大的玄思,以及一种痛苦与忧伤徘徊灵府,令人难以释怀。"学衡派"、"国粹派"、"东方文化派"、"新儒家"以及一些像梁实秋、朱光潜之类的自由知识分子,虽学出异门、学理各别,但在一定程度上都将世运维新描述为一场毁纲裂常以至文衰道弊的刨局,他们有意或无意地沉湎于用神话编织起来的过去之网中,满怀乡愁地寻访典章制度、人物事迹、玄文奇字,背负着时代精神与民族意识的"十字架",反思现代性而发明传统。"伟大的衰落"激起复兴的悲愿,"文艺复兴"就是新文化运动的别名,更是一种瞩

---

[1] 参见高尔泰:《寻找家园》,240—241页,北京,北京十月文艺出版社,2011。
[2] [瑞士]布克哈特:《希腊人和希腊文明》,王大庆译,57页,上海,上海人民出版社,2008。

望未来的视角,以及赋予文学以制序的依据。正如周作人所说:"中国文艺复兴是整个的,就是在学术文艺各方面都有发展,成为一个分工合作,殊途同归的大运动……文人固然不能去奔走呼号,求各方的兴起援助,亦不可孤独自馁,但须得有此觉悟,我辈之力尽如此,成果可喜,败亦无悔,唯总不可以为文艺复兴只是几篇诗文的事,旦夕可成名耳。"[①]文艺复兴乃是古今整体的共鸣,中西义理的契合,发明传统而非创造神话,参与历史创造而非指点江山,拯救世界。

"五四"之前,"国粹派"于寂寞中抬头复兴,于世变中掉背孤行,然而其观念却导致了"革命的道德"崛起,同社会群众运动相连,襄助无政府主义,宣告了一批醉心于文化的知识分子登上历史舞台。他们不再是封建孑遗和士大夫后裔,而是现代文士,有担待有使命更有保国护种的热情。当"学衡派"秉持人文主义断制诠衡古今中外,以文化为思想图腾,我们又发现,"文化"概念并非一片净土而是一方战场,没有田园牧歌的流韵,只有杀伐冲撞的嘶鸣。因为文化,乃是民族认同的媒介,更是维系共同体的纽带。中国现代"文化"概念的崛起,标志着在西方帝国主义文化的重压下,华夏中心观念的倾斜,而王纲解纽的时代已经到来。"学衡派"以及新儒家,用华美之笔描写颓势之景,同《老残游记》描绘的帝国末日山水画异曲同工。然而,文化复兴绝非古典,而即便古典也不等于对抗欧化而昌明"国粹",谨守圣贤遗训,不破传统轨范。古典之所以是古典,乃是因为它铭刻着神圣而可供人安身立命。因此,"古典"不古,功在当今。以"学衡派"为中心的反思现代性文化论说及其诗学建构,力求在地缘政治上远缘杂交,在方法上强调文化涵濡,在立场上选择以自体民族文化为本位融化他者,其旨趣与境界在于置身全球世界而兴立和发扬自体文化的精神。

变古图新,却凸显了现代诗学的古典品格。现代诗学的古典品格,体现在诸种诗学论说的外在状貌和内在意蕴上。就其外在状貌而言,在白话被确立了官方地位之后,"学衡派"那些恪守古典轨范的学人,仍然坚持用古文写作,创作古体诗词,用旧风格含新意境,引新材料

[①] 周作人:《文艺复兴之梦》,见《苦口甘口》,23—24,北京,北京十月文艺出版社,2011。

入旧格律。就其内在意蕴而言,"学衡派"及其流裔,新儒家三代学人,以及一些自由知识分子,认为人文主义乃是以儒道两家为代表的中国古代思想之精粹,及其流传不断的血脉。阿诺德所向往的世间至善至美,白璧德所推崇的规训选择与中道合道,终于在古老的东方世界安家落户,希腊人的世界观同儒家的礼乐精神遥遥神契,而广大而至精微的和谐之道对西方近代进取的虚无主义又构成一种强有力的挑战。换言之,古典人文主义构成了中国自反现代思潮及其诗学建构的底蕴。

自反现代思潮是一个历史的范畴,但扎根于当代语境。"迎中国的文艺复兴"(李长之一部重要著作的标题),一迎就是百年,时至今日,文艺复兴的迫切性因整个世界的局势和文化的危机而更加显著。如何焕发古典的生命力,如何深描现代诗学的人文意蕴,依然是不可回避,更不可忽略的难题。以"学衡派"为中心的文化论说与诗学建构在一个世纪之前就在相当程度上扭转了中国文化现代行程的方向,以自反思想规划了另一种现代反应模型。但他们也留下了供我们进一步自反的议题。譬如,"学衡派"兴起于帝制崩坍、清政府失势的政治情境中,而借鉴西方反现代思想家阿诺德和白璧德之学说来表达文艺复兴的宏愿。与他们的论辩对手"西化派"一样,"学衡派"不仅低估甚至忽略了异质文化之间的张力,而且还从"西化派"的另一侧面强化了文化与国家主义之间的关联。文化与国家的关联,诗学制序与政制体系之间的同构关系,体现在梁实秋的"文学纪律"中,映射在闻一多的"格律诗学"中,彰显在新儒家的"道德代宗教"中,以及微妙地蕴含在朱光潜的"礼乐精神论"中。一种古典的诗学制序,一个文化的规训帝国,令人想到边沁的"圆形监狱",令人想到古典时代"大监禁",令人想到中世纪放逐疯子的"愚人之舟"。直到周作人规避主导现代性话语而用散文来象征个体情志,诗学与政制之间的铁一般关联才有所松动,文学叙事作为民族国家寓言的史诗诉求才有所收敛。一脉反载道、倡言志的文学实践与诗学言说,在 20 世纪上半叶如空谷足音,而昙花一现,到 20 世纪下半叶又如流逝的古河再现于苍茫天地之间。

第二章　激进启蒙意识的文论制序
——瞿秋白文论及其时代精神

引言：历史的反讽，还是历史的误会？

历史总是充满了反讽意味，一个脆弱的二元人格，却偶然地成为伟大历史巨变之"东方稚儿"的代言人。来自旧时代和破落家族的羸弱文人，却阴差阳错地成为新时代和激进政党的领袖。这个人物就是瞿秋白（1899—1935）。这个充满悖论的生命形象，命定般地陷入"历史的纠葛"中，"历史的误会"与这个形象如影随形。

瞿秋白的学术与政治生涯起步于"五四"运动之后。1920年秋冬之交，他以北京《晨报》和上海《时事新报》特约记者的身份，启程去俄罗斯。这度俄罗斯之行，被他本人形容为"疯子"在"影子"的引领下从"黑甜乡"至"饿乡"的精神朝圣。黑甜乡，食甘衣美，但乌黑深沉；饿乡，饥寒交迫，但红艳光明。① 当时，整个世界思潮涌动，而急风暴雨的"五四"运动却停滞不前，甚至略显衰相。个体忧煎病迫，国家前景凄迷，为了彻底解决"中国问题"，引导中国走向未来，瞿秋白此番北行求道，对于现代中国便有了特殊的意义。在考察苏维埃文化期间，瞿秋白结合"理智的研究"与"性灵的营养"，② 体验神秘的俄罗斯，深研科学社会主义，将历史唯物主义文化观带回了中国。

历史唯物主义，为烛照世界现代思潮、审视中国传统文化、反思

---

① 瞿秋白：《饿乡纪程》，见《瞿秋白作品精编》，233页，桂林，漓江出版社，2004。
② 瞿秋白：《饿乡纪程》，见《瞿秋白作品精编》，303页，桂林，漓江出版社，2004。

第二章 激进启蒙意识的文论制序——瞿秋白文论及其时代精神

"五四"新传统,以及推进现代中国政治文化决断,提供了一个穿透迷惘和启示未来的有力视角。在现代中国已成主流的"西化派",唯西方之马首是瞻,将西方主义等同于世界主义,用科学崇拜挤压人文精神,并且站在自由主义的立场上自诩为"中国文艺复兴"的正宗。而同"五四"新文化运动花开并蒂的"东方文化派",对宗法社会和儒家经典依依不舍,痴迷于纲纪伦常与孝悌礼教,并且站在文化保守主义的立场上自命为中国文化的血脉传人。瞿秋白力求以历史唯物主义文化观超越"西化派"和"东方文化派"之间的对立,将建立在进化论基础上的启蒙观念转换为政治革命意识,提出了一个"艺术文明"概念。在他看来,艺术文明扫荡了封建主义的"神秘灵氛",又祛除了资本主义的"科学魔咒",而成为自由世界、正义世界以及真美世界合一的极境。超越进化论,走向历史唯物主义,瞿秋白便将启蒙意识激进化为政治革命意识。他的文学理论成为激进启蒙意识的诗学符码,运用这种理论而展开的批评实践,反映了"五四"之后的世界文化精神,更描绘出了"文学革命"向"革命文学"转换的轨迹。

一、二元人格与历史悲情

"伟大的马克思主义者,卓越的无产阶级革命家和理论家、宣传家,我国无产阶级革命文学事业的奠基者"[①],这是历史对瞿秋白的权威定位。因此,他的文学与文化遗产"贯穿着一种革命民主主义思想和共产主义的启蒙精神,贯穿着对于社会的一种现实主义的、彻底的态度"[②]。瞿秋白划时代的地位与开创性的业绩,构成了现代中国新思想和新文化传统形成与演化的枢纽环节。然而,为了准确把握他的划时代开创性,还必须从他独特的生命节奏与个性神韵开始。这种生命节奏和个性神韵铺开了瞿秋白主体性建构的底色及其理论诉求的原始

---

① 《瞿秋白选集》,"出版说明",北京,人民出版社,1985。
② 《瞿秋白选集》,"编辑委员会撰写的'序'"(出自冯雪峰之手笔),北京,人民文学出版社,1953。

逻辑。

出身于一个传统的"士"的家庭，瞿秋白来到世间首先感受到了其家庭与时代的"共孽"。他的诞生正逢旧世纪之末，家道衰落与近代的巨变共命，其少年的生命节奏与近代思想转型时代的宇宙思潮涌动同构，"五四"时代国人的一梦惊魂更是让他难以释怀。他的母亲为穷厄所驱，过早撒手人寰，留给他的永恒遗产只是她温润的爱心。他的父亲在巨变带来的劫毁中历经沧桑，而总是不合时宜，奔走在苍茫的大地上，饱受骨肉分离之苦。20世纪的中国，已是动荡不安，而国人慵懒恋梦，朦胧莫辨前程。瞿秋白初识人事之时，"中国社会已经大大的震颤动摇之后，那疾然翻覆变更的倾向，已是猛不可挡，非常之明显了"[①]。我们不难理解，瞿秋白的诞生、成长、指点江山、叱咤风云，以至往后身陷囹室、血荐轩辕，其整个生命节奏一直笼罩着一份浓郁的悲情。

"士的阶层"因巨变如烟而散，家族因穷困而凋零，这是瞿秋白遭遇的第一次创伤——诞生创伤。个中哀情，源自同命运的遭遇。家庭的命运分摊了近代历史的宿命，"大家族制最近的状态，先则震颤动摇，后则渐就模糊渐灭"。此后，"人人过着一种枯寂无生意的生活"，家庭维系的松弛，个个戴着"孔教的假面具"，面面相觑而人人自危，表面上孝悌伦常仁义道德，背地里嫉恨怨诽诅咒毒害。"心灵虽有和谐的弦，却弹不出和谐的调。"[②]也许，正是这种对中国传统家族制度败落的躬身体证，让瞿秋白往后的思想探索以陶融中西、构建"艺术文明"为基本取向，以"交融洽作、集体而又完整的社会与世界"为理想境界。中国思想的转型时代，宇宙思潮涌动，世间群流并进。"五四"运动风潮劲猛，对旧制度旧思想和旧学术进行了一场乾坤颠转。毁纲裂常，离经叛道，乃是一个时代的精神主因，以及个体主体性迸发的动因。这是瞿秋白遭遇的第二次创伤——成长创伤。这份悲情源自同尚力逐强的西方文化的遭遇。北上"饿乡"，汽笛呜咽，瞿秋白更是感到吹断了自己与中国社会的万种"尘缘"，从而整个身心都被抛入风潮炽

---

① 瞿秋白：《饿乡纪程》，见《瞿秋白作品精编》，245页，桂林，漓江出版社，2004。
② 瞿秋白：《饿乡纪程》，见《瞿秋白作品精编》，239页，桂林，漓江出版社，2004。

盛的世界无产阶级革命氛围中。此乃瞿秋白遭遇的第三次创伤——青春、转折和创造的创伤。满腔超越启蒙而跃向革命的激情，源自同俄罗斯文化与历史唯物主义的遭遇。第三次创伤性遭遇，不仅给瞿秋白的个体生命铭刻上了精神的标记，更为瞿秋白所代表的现代中国文化先驱群体赋予了彻底改造中国、改造世界的神圣使命。瞿秋白因激情而战栗，因战栗而忧患，因忧患而担待，所以他豪气纵横，用史诗的笔触描述了同世界无产阶级革命思潮的遭遇。修辞华美，希望丰盈，更有一种乌托邦式的期待，引人入胜地贯注在字里行间：

> 东方稚儿熏陶于几千年的古文化中，在此宇宙思潮流转交汇的时期，既不能超过万象入于"出世间"，就不期而然卷入漩涡，他于是来到迅流瀑激的两文化交战区域，带着热烈的希望，脆薄的魄力，受一切种种新影新响。赤色新国的都城，远射万丈光焰，遥传千年沉响，固然已是宇宙的伟观，总量的反映。然而东方古国的稚儿到此俄罗斯文化及西欧文化结晶的焦点，又处于第三文化的地位，又不由他不发第二次的反映，第二次的回声。况且还有他个人人生经过作最后的底稿。——此镜此钟之于此境此界，自然断续相衔有相当的回响。历史的经过，虽分秒的迁移，也于世界文化上有相当的地位，所以东方稚儿记此赤都中心影心响的史诗，也就是他心弦上乐谱的记录。①

恰达耶夫在他的《箴言集》中写道："俄罗斯既不属于欧洲，也不属于亚洲，这是一个特殊的世界……人类除了被称之为西方与东方的两个方向外，还有第三个方向。"②李大钊尝言，为救世界危机，渡人类历史危崖，非有第三新文化不可。而俄罗斯文明诚足以担当"媒介中西"之大任。然而在瞿秋白看来，苏维埃的俄罗斯不只是东方文化和欧洲文化交战的疆土，而且更是"世界革命的中心点"和"东西文化的接触地"。真正的东方之子置身其间，顿悟俄罗斯文化即担负救赎使命开启

---

① 瞿秋白：《赤都心史》，见《瞿秋白作品精编》，308页，桂林，漓江出版社，2004。
② ［俄］恰达耶夫：《箴言集》，刘文飞译，155页，昆明，云南人民出版社，1999。

历史新章的"第三种文化"。这敲响了他心灵的"圣钟",在他心灵之镜上留下了"心影心响",支配着现代中国一代开拓者对于未来文化与生命境界的构想。

三度创伤铸造二元人格,二元人格酝酿一腔悲情。与近代国运尤其是"五四"人物的生命同型同构,瞿秋白自是一个在时间中、在巨变中"临水鉴影,忧郁成疾"的羸弱生命形象。"五四"时代乃是现代中国过渡时代的峰极,峰极之上的人物必定双栖,人格必定二元,而思想必定"两歧"。浪漫主义与理性主义共存,怀疑精神与宗教情怀纠结,个人主义和群体精神互渗互激而难解难分。① 双栖人物,二元人格,两歧思想,显示出精神的脆弱,然而受伤者却偏偏都是他们。对于这种二元人格及其脆弱天性,瞿秋白有强烈的自我意识,且有铭心刻骨的忧伤。他意识到,秋白之"我",不完全是中国文化的产物,而且吐纳英华,将时代的万千变化融入其中。秋白之"我",起码是传统"士的阶层"、现代文明的恶化以及俄罗斯红色激情等多种文化元素陶融共渗的奇妙晶体。最令其伤感的是,长恨此生非己所属,他身不由己地徘徊在两种文化、两个阵容之间,成为行走在无间道上的零余者,成为"欧华文化冲突"的牺牲品。他写道:"我生来就是一浪漫派,时时想超越范围,突进猛出,有一番惊愕歌泣之奇迹……然而我自幼倾向于现实派的内力,亦坚固得很,'总应当'脚踏实地,好好的去实练明察。"② 这是"五四"时代普遍共有的双栖两歧,无穷纠结,无解之谜。

然而,瞿秋白之双栖、两歧却有着很不一样的内涵,纠结更为复杂,冲突也更为惨烈。秋白的纠结反射着"五四"思想世界的纠结,因为"五四的思想世界由很多变动中的心灵社群所构成……五四必须通过它的多重面向性和多重方向性来获得理解"③。欧化的思想,复兴国故的梦想,厌世的人生观,菩萨行的人生观,空泛的民主主义,无政府

---

① 参见张灏:《重访五四——论"五四"思想的两歧性》,见许纪霖编:《二十世纪中国思想史论》(上),3—30页,上海,东方出版中心,2000。
② 瞿秋白:《赤都心史》,见《瞿秋白作品精编》,374页,桂林,漓江出版社,2004。
③ 参见余英时:《现代危机与思想人物》,98—99页,北京,生活·读书·新知三联书店,2012。

第二章 激进启蒙意识的文论制序——瞿秋白文论及其时代精神

主义,堕落的文学思潮以及绮语淫话的烂小说,如此等等,都在一时兴起,"萦绕着新时代的中国社会思想"。这些"心灵群体"在畸变的中国社会疾速流布,如影像如流瀑,对秋白形成了强大的语境压力。在这样的语境压力下,秋白开始整饬思想方法,"真诚的去'人我见'以至于'法我见'",寻寻觅觅之际,心灵秩序凄凄惨惨地形成。① 而心灵秩序丝毫不意味着心的安宁,二元对立,冲突且辩证,就是主体建构的内在规律。一方面,从俄罗斯传统中托尔斯泰式无政府主义转向了马克思主义之后,瞿秋白接受了无产阶级的宇宙观和人生观。另一方面,与此敌对的是,潜伏的绅士意识,中国式的士大夫意识,以及新生蜕变的小资产阶级或市侩意识。② 这种复杂的纠结,惨烈的冲突,让瞿秋白力竭神枯,心身憔悴,提笔为文,屡受焦虑煎迫。不错,他是一个"新人",但他被过去的幽灵击倒,自暴自弃,以"废物"、"多余之人"自况。"新人越是闯入革命危机中,时代越是处于危机中,它就越是'颠倒混乱',人们因此也就越是需要召唤前辈、借用前辈。"③迷恋于幽灵及其轮回显灵的哲人德里达,自白地道出了身处巨变之世的"新人"的命运。人格破裂,源自多重创伤遭遇,主体因此不复完整,自我永绝于和谐。秋白之"我",是"分裂的自我",主体也是"分裂的主体"(split subject)。对于理解瞿秋白的生命形象,拉康从精神分析角度对于分裂主体及其人格表征的描述极富启发意义:"在一己之躯变异的形象上,主体所觉察者,无非是零零总总类像之范型,将临水鉴影忧郁成疾的形象投射到这些形式之上,而赋予客体世界一息敌对的色彩;这个顾影自怜的形象,犹如对镜自照,快乐漫溢,但一旦遭遇同侪而产生冲突,其隐秘至极的侵凌意识就找到了一个出口。"④像"五四"一

---

① 秋白对"五四"思想世界之心灵群体及其多面性、多向性的叙说,参见《饿乡纪程》第4—5部分,见《瞿秋白作品精编》,245—255页,桂林,漓江出版社,2004。
② 瞿秋白:《多余的话》,见《瞿秋白作品精编》,83—84页,桂林,漓江出版社,2004。
③ [法]德里达:《马克思的幽灵》,何一译,155页,北京,中国人民大学出版社,2001。
④ Jacques Lacan, "The Agency of the Letter in the Unconscious, or, Reason since Freud", in *Écrits: A Selection*, Trans. Alan Sheridan, New York: Norton, 1977, p. 307.

代文化精英一样，瞿秋白也拥有这么一个分裂的自我及羸弱的二元人格。合而且反，若即若离，既疏离在世界之外又置身于宇宙之间，欢欣与伤感是他的两个自我，而霸气侵凌与临水独鉴是他的两种生命姿态。他在两个自我之间徘徊，两种生命节奏游弋往返。从《饿乡纪程》、《赤都心史》到《多余的话》，思想、修辞、文字以至文体，都表征出欢欣与伤感的交替互渗，史诗与抒情的盈虚消息，以及个体与整体的互相征服。然而，"知我者谓我心忧，不知我者谓我何求。悠悠苍天，此何人哉？"瞿秋白直追《诗经》"黍离"之叹息，泣血而歌，孤愤挥洒，传世之作却尽是失败之书。

"影子"引着"疯子"，万里奇游而至矩尺牢狱，豪情万丈终达幽魂渺渺。一个鲁迅－尼采式的经典隐喻，书写在《饿乡纪程》中，如影似幻笼罩着瞿秋白的文墨春秋与政治生涯。"影子"引领"疯子"，去国离乡去寻觅真知，这是一个畸形的生命，一个不祥的意象，乃是败落的古典秩序中生成的现代性的怪诞面相，个体人格以及历史现实的苍茫投影。新生的现代性怪兽，生于中国与世界遭遇的一场创伤，它所唤起的情愫贯穿于启蒙到革命、抒情到史诗、悲剧到滑稽、滑稽到闹剧的演变轨迹。可是，戏至终局，"舞台上空空洞洞的"，精力消磨殆尽，"剩下的只一个躯壳"。没有华丽的转身，只有悲壮的告别。为了准确把握由"悲"而"喜"，由"喜"而"闹"的现代中国宏大叙事情节，回放启蒙激进化的世界思潮在现代中国演出的戏剧，及其诗学符码化的建构，我们还是必须回到"五四"之后的文化情境——"青春"、"转折"、"创造"的历史情境，呈现出启蒙与革命这两副现代中国面孔，及其冲突与融合的辩证法。

二、启蒙与革命的辩证

辛亥革命三年过后(1914年)，新文化运动的主将之一胡适作五言乐府诗一首，赞颂西潮激荡下的东方启蒙。"东方绝对姿，百年久浓睡。一朝西风起，穿帷侵玉碧。碧海扬洪波，红楼醒佳丽。"他窃窃寻思：与其以百年睡狮喻吾国，不若以睡美人比祖邦。祖邦如绝代佳丽，因触怒神巫，被幽囚于孤塔之内，带刺蔷薇锁护之下，无人敢僭越入内，从此沉睡百年。"有武士犯刺蔷薇而入，得睡美人，一吻而醒……"在这个比喻中，西方就是敢于犯命僭越的武士，而中国就是沉睡百年的美人，武士一吻，美人从梦中醒来，这就是西方新潮激荡下的东方启蒙。"碧海扬洪波，红楼醒佳丽"，以浪漫笔法描摹创伤遭遇，新文化运动的主将已经将"启蒙"当作一种情感结构，一种期待视野，一种新生愿景，以及一种历史宿命。现代中国，如同睡美人悄然醒来，然后便进入青春、转折和创造的时代。

"青春"、"转折"、"创造"，是恩斯特·布洛赫（Ernst Bloch, 1885—1977)"希望哲学"的三项原则。希望之为希望，正因为它是某种恍兮惚兮的期待情绪，正因为它是某种尚未被意识到的东西，正因为它指向新东西，以及显示一切新鲜的力量。布洛赫写道：

> 新东西本身必然拥有一切新鲜的力量，并朝着预先推定的方向不断移动。尚未意识到的东西的最佳场所，乃是青春、正处在转折中的时代以及创造性的劳作。一个珍藏某物的年轻人已经知道渐渐领悟的期待的东西即"明日之声"到底意味着什么。
>
> 如果青春、转折时期和创造性幸运地与那些作为幸福之开端的天赋重叠在一起，那么它就锦上添花，好事成三。在《普罗米修斯》颂诗这一作为巨著《浮士德》的伟大艺术意向中，以及在《浮士德》的初稿中，歌德已经形象地刻画了[希望的]三个特征。但是，在随之而来的《威廉·麦斯特的学习时代》里，一切深信不疑的陈述同样详尽地呈现了这些特征："愿望是对我们的各种内在能力的预先感知，愿望预先告知：我们究竟能做些什么。"①

因而，所谓启蒙，无非就是：渐渐领悟期待之物，倾听"明日之声"，预先感知自我之内的天赋能力，以及了解自己"究竟能做些什

---

① Ernst Bloch, *The Principle of Hope*, trans. Neville Plaice et al., Oxford: Basic Blackwell, 1986, pp. 114、121—122.

么"。"启蒙就是人类脱离自我招致的不成熟[状态]"①,"[启蒙]就是从迷信中解放出来……从一般陈见中解放出来"②。这种出自康德手笔的经典定义,非常简略而极端抽象地升华了启蒙中涌动的期待情感结构。将青春、过渡时代以及创造热情简化为运用自己理智的勇气,那是18世纪启蒙的典型范式。歌德所建构的三个文学形象中,普罗米修斯源自古希腊神话,浮士德源自中世纪传奇,而威廉·麦斯特才是18世纪启蒙之子。其实,只要人类有青春、转折时代以及创造激情,启蒙就常常伴在生命两侧,为人生保驾护航。真正意义上的启蒙,不单指欧洲文艺复兴、宗教改革和18世纪启蒙运动,而且可以追溯到公元前8世纪至前2世纪,即作为此前文明汇聚之所和后续文明回望之巅的"轴心时代"。公元前5世纪古希腊的青春、转折时代和创造精神表现为智者派思想运动。其间荷马史诗中呈现的人神共栖的世界,奥尔菲神秘宗教体验,经过前苏格拉底自然哲人的宇宙意识,以及悲剧诗人歌吟中秘索斯与逻各斯交织的网络,终于在苏格拉底—柏拉图一脉哲学中完成了从"命运"到"境界"的飞跃。③ 从此,求知问道,便是生命朝向道德境界的提升,因而生命成为一种尚德的朝圣。希伯来文化中的青春、转折时代与创造精神可能要溯至公元前13世纪到前8世纪的先知运动。在这场运动中,犹太民族之神超越部落宗教而演变为上帝,外在的宗教仪轨内化为内在德性,神圣的经义超越了外在的律法而化作慈爱与正义,如同用无形的笔和无色的墨,将道德旨意温柔地刻画在人的心中。基督宗教渊源于此,更进一步将天国之旅认定为生命的尚德之途。④ 中国"轴心时代"的理论突破可溯至殷周之际到春秋中叶。中华民族上古的青春、转折时代和创造力表现为从"究命"到"问

---

① [德]康德:《对这个问题的一个回答:什么是启蒙》,见[美]詹姆斯·施密特编:《启蒙运动与现代性:18世纪与20世纪的对话》,徐向东等译,61页,上海,上海人民出版社,2005。
② 康德:《判断力批判》,邓晓芒译,136—137页,北京,人民出版社,2002。
③ 参见黄克剑:《心蕴——一种对西方哲学的读解》,10—15,203—209页,北京,中国青年出版社,1999。
④ 张灏:《幽暗意识与民主传统》,11页,北京,新星出版社,2006。

道"的飞跃。① 孔子以降，有所谓"道冠百王，师表万世"的至尊，究其理据在于他"知命制作，翻定六经"，确立"成德之教"和"为己之学"，而将对"命"的究问导向了对境界的默示。"生"为根柢，"道"作纲维，"教"是门径，这是"轴心时代"古代中国文化的巨大成就，而孔子的"道"贯穿于"生"，脱胎于"命"，最后根植于"仁"，因而一扫"圣与天通，人与鬼谋"的神怪气息，推展出"士不可不弘毅，任重而道远"的人文气象。

启蒙不只是18世纪的一个名号，不只是特定历史时段的一种思想形象，更是整个人类为自我断言而斗争的一种心灵状态。依布洛赫之见，歌德所重塑的普罗米修斯和浮士德形象，就是青春、转折时代以及创造力的永恒隐喻，以及人类自我断言、持久奋进的基本象征。这两个隐喻、两个象征，同"火热"与"光亮"永久结缘，难解难分，以至于一谈到启蒙，人们就必然想到温暖和光明、春天与太阳。普罗米修斯敢于蔑视宙斯的权威，用大阿魏秆盗取神圣的火种，以此襄助人类，从此人类获得了烧烤、锻造、稼穑等诸种生存技艺，并在隐喻的意义上养育了自我导引而不托神助的自决能力。神之震怒与责罚自天而降，普罗米修斯锁链加身，被缚于荒凉的岩石上，身心饱受摧残，却给人间留下了盲目的希望。普罗米修斯象征的太古启蒙，不是思想而是行动，不是针对凤毛麟角的神族，而是泽被天下的众生，因而是一场蔑视神权、夺取生命力量的革命。浮士德传奇流行于中世纪晚期，但在上古希腊"轴心时代"的圣贤遗训中已留踪迹。柏拉图《理想国》第七卷书开篇，那些锁链套着脖子和手脚的洞穴囚徒，就是被困书斋而黯然神伤的浮士德的先祖。囚徒是未受教育、心灵混沌的人类，唯有被牵引着走出幽暗的洞穴进入朗照的阳光，才能感受和察知宇宙的万千有形之物。在《浮士德》第一场，歌德把浮士德博士放置在"夜"的背景下，逼仄的哥特式书斋里，烛光幽暗，气氛诡异：炼金的器皿、厚实的古书和死人的枯骨环其左右。浮士德求知的悲剧，令人暗自伤神，自我谴责："上天把人放在生动的自然里，你却背弃自然，周围是烟尘和霉

---

① 黄克剑：《〈论语〉解读》，4—8页，北京，中国人民大学出版社，2008。

气,甘于人骸与兽骨做伴。"复活节的钟声召唤浮士德从幽暗诡异的书斋逃向苏醒的自然,呼吸和感受阳光、春天和生命。柏拉图的洞穴囚徒,歌德的浮士德,就是表现启蒙的思想意象。从幽暗走向光明,从阴冷走向温暖,便是从蒙昧走向开明,象征着人从沉思的生活转向行动的生活。不是太初有"道",而是太初有"为",不论是柏拉图的"洞穴隐喻",还是歌德的浮士德传奇,都表明启蒙是一种自决行动,一场生存革命,一番生命与命运的抗争。法国18世纪启蒙的后果是大革命,这不是偶然的故事,而是历史的宿命。此外,从词源学上说,"启蒙"(Aufklärung,enlightenment)还意味着"光照"(luminosus,illumination),因而启蒙思想吸收并利用了思想史上的宗教神秘主义,尤其是灵知主义的要素。哲学在18世纪凯旋,人们却复活了湮没已久的灵知主义和犹太神秘主义,虽然与启蒙哲学的灿烂阳光形成了巨大的反差,但那些神秘智能的伟大复兴也是启蒙的后果之一。①

　　18世纪执行了近代三个世纪的遗嘱,在文艺复兴、宗教改革和笛卡尔哲学变革三大枢纽之上,把启蒙和革命直接关联起来。在其《哲学原理》卷首,启蒙思想家达朗贝尔(Jean le Rond d'Alembert,1717—1783)把18世纪中叶激荡人心的事件描述为一场"革命"。这场革命波及欧洲生活的方方面面,尤其是观念的巨变对思想、风俗、制度、业绩以及娱乐活动都产生了空前的震撼。这场革命的目标、性质和范围自然是达朗贝尔这样的局中人无法把握的,然而,那种青春、转折时代和创造力的涌动形成了一个以"理性"为引力中心的期待情绪。"它[理性]不是一座精神宝库,把真理像银币一样窖藏起来,而是一种引导我们去发现真理、建立真理和确定真理的独创性的理智力量。"上古流泽、中古承继而建立的神学绝对主义的宇宙秩序,在18世纪化作废墟,因而"理性不能在一堆支离破碎的废墟前停步,它不得不从中建立起一座新的大厦,一个新的整体"②。因此,启蒙宣告了神学绝对主义的没落,而理性登堂入室,重新占据了绝对者的位置,以人类的"自我

---

　　① J. A. von Starck, *Der Triumph der Philosophie in Achzehnten Jahrhundert*, Germantown, 1803, Z. 269.
　　② 卡西尔:《启蒙哲学》,顾伟铭译,11页,济南,山东人民出版社,1996。

断言"赋予了从中古晚期向现代演进的合法性。"现代之正当性,这一概念并非来自理性的成就,而是来自理性的必然。"理性的自我断言,意味着人类的自决,意味着反抗一切神学的超验性,意味着坚守自我的内在维度。故而,不妨说启蒙的青春、转折时代以及创造力,正在于人类在现代直接地变成了普罗米修斯和浮士德,敌视一切神权,奋力追逐无限,以至于蹈光蹑影,驰情入幻,走上一条激进虚无主义的不归路。在考察现代性与世俗化的关系以及追溯现代正当性的中古渊源之后,布鲁门贝格带着几分无奈地断言:现代之所以具有正当性,是因为它担负着收拾奥古斯丁以来宇宙秩序残局的使命。究其渊源,奥古斯丁综合异教与基督教而建立的复杂隐喻体系,并没有真正克服分裂神性、宗旨二元的灵知主义。相反,"那种并没有被超越克服而只是变色改调的灵知主义,却返回隐匿的上帝及其不可把握的绝对最高权力形态中。故此,理性的自我断言就不得不同这个绝对的最高权力相周旋"[1]。布鲁门贝格最后还有几分夸张地断言:"现代乃是对于灵知主义的第二度超越。"[2]中世纪晚期、文艺复兴、宗教改革以至启蒙时代,是理性自我断言置换神学绝对主义的冒险之旅,其契机仍然在于中古宇宙秩序的坍塌。启蒙的历史定位,必须在古代与中世纪的危机的对勘当中确立。"中古体系已经独立,而终结于这么一个客观化阶段,从人性中孤立出来而进一步僵硬化了。这里所说的'自我断言'(Selbstbehauptung)则成为一种反向运动,不仅复活了失落的动机,而且还重新聚焦于人类的自我本位之上。"[3]笼罩古今的秩序危机,势必将现代塑造为一场为实现"自我断言"而斗争的漫长征战。中世纪晚期的唯名论革命,哥白尼的宇宙论革命,启蒙思想与政治革命,近代物理学的革命,达尔文的进化论革命,马克思及其后学的社会革命,以至于弗洛伊德的精神分析革命,都被纳入现代人类"自我断言"的范

---

[1] Hans Blumenberg, *Die Legitimatat der Neuzeit*, Frankfurt am Maine: Suhrkamp, 1979, Z. 149.

[2] Hans Blumenberg, *Die Legitimatat der Neuzeit*, Frankfurt am Maine: Suhrkamp, 1979, Z. 138.

[3] Hans Blumenberg, *Die Legitimatat der Neuzeit*, Frankfurt am Maine: Suhrkamp, 1979, Z. 201.

畴当中。

　　现代中国的启蒙及其所激活的青春、转折时代与创造欲望，同西方现代求取合法性的历史遵循着类似的轨迹。首先，在人类学的普适性意义上，"启蒙"是内在而至超越的精神进向，本来无待外力驱动。"启蒙"一语，词源可溯至汉代："每辄挫衄，足以祛蔽启蒙矣。"（应劭：《风俗论·皇霸·六国》）此处"启蒙"，当指开导蒙昧，使人明白事理，同康德的"启蒙"界说颇多暗合。这层意思在清代经学家手中发扬光大，并衍生出探人情物理而安身立之意："嗟乎！物理幽玄，人知浅少，安得一切智人出兴于世，作大归依，为我启蒙发覆耶？"（刘献廷：《广阳杂记》卷二）清人治学，尤为重视经世致用，境界却在微言大义，呼吁"智人出兴于世"，成为近代开启民智的先声，更是强国、强种、强心的期待情绪之率性挥洒。假经学倡言变法，据公羊而演绎维新，托狂言而发动启蒙，自是晚清一代的风气与信仰。然而，绝对专制垄断言路，"豺踞而鸮视，蔓引而蝇孳"，万马齐喑，万籁无言。鸦片战争前夕，龚自珍独曳故衣，足踏残履，厕身于田夫、野老、驺卒之列，痛切感受到"未雨之鸟戚于飘摇，痹痨之疾殆于痈疽，将萎之华惨于槁木"（《乙丙之际箸议第九》）。变革的期待情绪涌动在龚自珍狂狷而且孤僻的心灵之中："佛言劫火遇皆销，何物千年怒若潮？"（《又忏心一首》）洞观人世间种种不平情状，鉴察清朝盛世之表下不治的衰象，龚自珍屹然述"启蒙"之旨，慨然生"变革"之意，愤然起"革命"之心。首先，他坚信"众人自造，非圣人所造……众之宰非道非极，自命曰我"（《壬癸之际胎观第一》），但因何缘故人性之才曲曲弯弯？"一人为刚，万夫为柔"，就是托词君权神授而演绎的绝对专制。绝对专制之下，虽有"才士与才民出"，但"百不才督之缚之，以至于戮之"，"戮之非刀，非锯，非水火"，"文亦戮之，名亦戮之，声音笑貌亦戮之"。如何在人世间唤起"忧心"、"愤心"、"思虑心"、"作为心"、"廉耻心"和"无渣滓心"（《乙丙之际箸议第九》）？"弊何以救？废何以修？穷何以革？"（《古史钩沉论四》）龚自珍先是以矫诡狂言自述其觉世之念："欹斜谑浪震四座，即此难免群公瞋。"（《十月廿夜大风不寐起而书怀》）继而寄托启蒙，以期"使人各得其情，各遂其欲"，也就是说让人自我授权和自我决断。

其次，他深知"一祖之法无不蔽"，"无八百年不夷之天下"，因而"与其赠来者以劲改革，孰若自改革？"(《乙丙之际箸议第七》)龚自珍置身巨变前夕，深感世变日亟，外患日殷，而学术上的汉宋义理之争，文章上的阳刚阴柔之辩，远不如开启民智、救亡图存来得急迫，而要开启民智、救亡图存，又断不可以不变法，而要彻底变法，仅仅依靠公羊学派托古改制却是远远不够的。① "天地不可留，故动，化故从心。"(《管子·侈靡》)化故从新，就是变化新生，变化新生自然仰赖乾坤颠倒的革命。"少年《尊隐》有高文"，龚自珍在其《尊隐》中以诡异的神话抒发革命的期待情绪。当时很少有人像他那样，以深邃的洞察力穿透清王朝的衰象，预先察知即将到来的秩序危机，敏感捕捉到来自荒野的一股不可抗拒的力量。② "山中之民，有大音声起，天地为之钟鼓，神人为之波涛。"(《尊隐》)由启蒙而变革，由变革而革命，龚自珍以史诗一般的笔触先行描画了现代中国的历史行程。

日之将夕，悲风骤至，中国艰难地出离古典，而蹒跚地前往现代。在这一进程中，中国同世界有一场创伤遭遇，从此陷于空前的秩序危机。"历史的秩序来自秩序的历史。每个社会都承载着在自身的具体境况下创建某种秩序的责任，基于神或人的目的，将赋予该社会生存的事实以某种意义……历史进程仍然可被理解为一场为实现真正秩序的斗争。"③在一切秩序之上，特定文化共同体历史地建构出超验的象征秩序，赋予人修身齐家和治国安邦以稳靠依据。像其他高等类型的文化一样，中国漫长的古典历史也建立了一个超验的象征秩序，天人相类、五德始终、君权神授、上下尊卑构成它的基本要素，人称"东方象征主义"。④ 它的作用乃是保持意义世界的内聚力，维持生存秩序，具

---

① 牟润孙:《龚定庵与陈兰甫——晚清思想转变之关键》，载《新亚生活》，1962年4月27日。

② 王元化:《龚自珍思想笔谈》，见《文学沉思录》，215—216页，上海，上海文艺出版社，1983。

③ [美]沃格林:《以色列与启示》，霍伟岸，叶颖译，19页，南京，凤凰出版传媒集团，2009。

④ 张灏:《危机中的中国知识分子：寻求秩序与意义》，高力克，王跃译，8—9页，北京，新星出版社，2006。

体表现为让中国人得以形成某种思想框架和观念体系,以便将自我、社会和宇宙视为一个意义丰盈的整体。然而,19世纪末同世界的创伤遭遇,外力的震荡由地缘之侧而渗透到文化中心,使得古典中国的象征秩序风雨飘摇。西方天文学和基督教信仰尤其颠覆中国祖先之道,古典象征体系中的宇宙秩序与价值秩序不复"天经地义"。若视古典中国象征秩序为正统,那么西方的学问与信仰自然就是异教。为异教所劫持,启蒙就是一场秩序危机和意义迷失,其中个体洗心革面,群体毁纲裂常。在秩序危机与意义迷失的时代,在过渡时代的渺茫境界中,谭嗣同、严复和梁启超将重建秩序的希望寄托在淬砺心力、振作种族和开启民智上,以期用"自由"观念来重振式微的象征秩序。谭嗣同用"心力"来诠释传统的"仁学",将"仁"理解为一种纯然内在的精神信念。但"罗网重重,与虚空而无极","仁"的心力被窒息而腐败,因限制而衰竭。唤醒或者激活心力,从而完美实现内在价值,就必须"冲决罗网"。利禄、俗学、全球群学、君主权力、伦理纲常、天道或者佛法,无非罗网(《仁学》)。冲决一切罗网之后,天空地白,心力如花绽放,那便是自由的境界。在古典中国象征秩序之内,神授的君权从来畏惧自由,视"自由"、"自主"为犯上作乱之举和肆心佚宕之念。率先环视海国而图强民的启蒙先驱严复,竟以"群己权界论"来移译西人"自由"学说,但他审视古典象征秩序之后言之凿凿:"夫自由一言,真中国历古圣贤之所深畏,而从未尝立以为教者也。"(《论世变之亟》)彷徨、踟蹰以致挣扎于败落的象征秩序之内,严复最终还是把自由提升为一种个体境界,一种情感结构以及一种政治理念。"自由者,各尽其天赋之能事,而自承之功过者也。"(《群己权界论》)严复将自由定位在个体与群体之间,在权利与义务之间,其致思的境界在于培壅"民德",开启"民智"。故而,有人不无理由地指出,严复思想中的自由提案,预示着现代中国在寻求富强的同时亦展露了"普罗米修斯—浮士德精神"。[1]

严复的自由提案,实乃19世纪中国的遗愿,支配着20世纪现代中国的想象世界,以及象征秩序的建构。在梁启超手上,自由即为"精

---

[1] Benjamin Schwartz, *In Search for Wealth and Power*: *Yan Fu and the West*, Cambridge, Mass.: Harvard University Press, 1964, pp. 237-239.

第二章 激进启蒙意识的文论制序——瞿秋白文论及其时代精神

神之生命"和"天下之公理",是他念兹在兹的"新民"之鹄的。厕身过渡时代而瞩望"世界之中国"前景的梁启超深信不疑:救国之要在新民,而新民之意在"淬砺其所本有"和"采所其所本无"。环视宇宙,俯读仰思,梁启超觉知"进取冒险"乃欧洲民族优强而华夏民族亏缺的精神素质之一。说到进取冒险之精神、气魄、观念、趋向,梁启超充满激情地写道:"其精神有江河血海不到不止之形,其气魄有破釜沉舟一瞑不视之概,其徇其主义也,有天上地下唯我独尊之观,其向其前途,有鞠躬尽瘁死而后已之志,其成也,涸脑精以买历史之光荣,其败也,迸鲜血以赎国民之沉孽。"(《新民说》)返本求源,梁启超将进取冒险精神溯至孟子之"浩然之气",并呼唤希望、热忱、智慧与胆识,以救民族于"危乎微哉"几近灭种之情境。体现于梁氏身上的启蒙意识源远流长,根底深厚,而其对革命的期待情绪壮怀激烈,如火如荼。进取冒险且挥洒浩然之气,叛逆权威之志确立而追逐无限之情涌动,普罗米修斯与浮士德形象隐约可辨,由启蒙而至革命的时代精神于焉朗然。鲁迅的启蒙激情与革命期待众所周知,然他以进化论为理据,分辨两个世纪时代精神的差异,从而让启蒙与革命的辩证富于历史感和生命力。

> 欧洲19世纪之文明,其度越前古,凌驾亚东,诚不俟明察而见矣。然既以改革而胎,反抗为本,而偏于一极,故理势所必然。洎夫末流,弊乃自显。于是新宗崛起,特反其初,复以热烈之情,勇猛之行,起大波而加之荡涤。自至今日,亦复浩然。……意者文化常进于幽深,人心不安于固定,二十世纪之文明,必当沉邃庄严,至与19世纪之文明异趣。……二十世纪之新精神,殆将立狂风怒浪间,恃意力以辟生路者也。中国在今,内密既发,四邻竞集而迫拶,情状自不能无所变迁。(《文化偏至论》)

文化进于幽深,内密既发,此所谓启蒙意识及其现实后果。而狂风怒浪,自辟生路,人心不安于固定,情状自不能无所变迁,乃所谓革命期待情绪及其历史必然。反抗、动作、启蒙、革命,经过晚明到清季的累积,至于过渡时代,箫声已变剑气,歌吟已成史诗:"无不刚

健不挠,抱诚守真;不取媚于群,以随顺旧俗;发为雄声,以起其国人之新生,而大其国于天下。"(《摩罗诗力说》)

梁启超用佛家"生"、"住"、"异"、"灭"四言来摹状时代思潮的散播流转。旧学熟极而腐,如血液凝固而淤,于是反动之势形成,建设之念腾升。启蒙而至革命,中国的过渡时代铺陈出20世纪的开局,却同世界新纪元的序章若合符节。用阿兰·巴迪欧的话来形容,那是"一个奇迹般的创造的年代,那是一个可以同佛罗伦萨的文艺复兴和伯利克里时期的雅典相媲美的全面性创造的时代,那是一个令人振奋和与传统决裂的神奇的年代"。① 启蒙文化渐入幽深,呻吟转成豪言,箫声如泣继而剑气如虹。这便是现代中国的青春、转折时代和创造性生成的文化情境,然而其中蕴含着一种残暴的真实,一种匿名的罪恶,一种激进的虚无。启蒙的激进化以政治为归宿,政治养育了一族新人类,新人类却可能反过来将政治变为悲剧。"扫除数千年种种之专制政体,脱去数千年种种之奴隶性质,诛绝五百万有奇披毛戴角之满洲种,洗尽二百六十年残惨虐酷之大耻辱,使中国大陆成干净土。"在20世纪初,邹容写下了《革命军》(1903年),阐发卢梭的微言大义,以拿破仑、华盛顿为政治表率,倡言革命,相与同胞共勉,但政治变为悲剧的契机蕴含在虚无主义修辞内里。唯有神才能反抗神,过渡时代的现代中国,将启蒙而革命的期待情绪和历史趋向凝练为普罗米修斯—浮士德精神,以这两个来自异域的神话传奇人物为中心建构了"青春、转折时代和创造"的象征体系。

早在晚明之际,神话人物普罗米修斯和传奇人物浮士德就假道欧洲传教士的证道言辞进入中国文化语境,而在19世纪末20世纪初,

---

① 巴迪欧:《世纪》,蓝江译,7页,南京,南京大学出版社,2011。巴迪欧列举了重大思想事件,证明20世纪开局的奇迹及其创造景观:法国象征主义马拉美出版诗作《骰子一掷绝对不破坏偶然》,爱因斯坦、彭加勒提出狭义相对论和光的量子理论,弗洛伊德出版《释梦》,音乐家勋伯格建立无调性音乐,列宁创作《怎么办?》提出现代政治理论,普鲁斯特发表《追忆逝水年华》,乔伊斯出版《尤利西斯》,弗雷格、罗素、希尔伯特、青年维特根斯坦推进数学逻辑以及创造语言哲学,毕加索、布拉克触发绘画革命,胡塞尔创现象学,黎曼、康托尔推进数学革命,葡萄牙诗人佩索阿为诗歌制订了赫拉克利斯式使命,刚刚问世不久的电影也人才辈出,各领风骚。

第二章 激进启蒙意识的文论制序——瞿秋白文论及其时代精神

普罗米修斯、浮士德以及狄奥尼索斯,成为负载启蒙意识、革命精神、民主、自由以及科学的符码。以这些符码为中心,中国启蒙思想家、革命思想家以及浪漫主义者们,建构了一套迥异于古典东方象征秩序的现代象征秩序。鲁迅把英国诗人雪莱笔下的普罗米修斯阐释为"人类之精神,以爱与正义自由故,不恤艰苦,力抗压制主者俶毕多,窃火贻人,受絷于山顶,猛鹫日啄其肉,而终不降"(《摩罗诗力说》)。"沉钟社"向往革命的文学青年杨晦托埃斯库罗斯的悲剧自言己志,赞美普罗米修斯"蔑视艰难困苦,推崇内在的人格力量"。在翻译《被绑缚的普罗米修斯》诗剧之时,他凸显了人的意志与自然的必然之间抗争而生的悲情,演绎浪漫温情同冷酷命运之间的辩证:剧中情志主要为悲愤,骨子里有坚强的意志,放射的是智慧的灵光,悲情生于自然律的冷酷,衬托悲情的是海洋女儿们深沉的温存,返照悲愤的是疯狂和哀婉,展示冷酷的是威力和暴力。[1] 文化与苦难血脉关联,普罗米修斯在20世纪初的青春中国,那是悲壮而又缠绵。普罗米修斯,这个将酒神狄奥尼索斯撕得粉碎的泰坦新神,为启蒙之举和反抗之念而终身受难,但他也"心怀未来世界宗教的情感反对宙斯"。[2] 狄奥尼索斯,为荷尔德林重新祭来补偿基督教之苍白的青春神,酣醉狂舞,放荡不羁,堪称浪漫的激情与爱欲的象征。狄奥尼索斯为普罗米修斯撕碎,莫不是一场悲壮的青春祭,毁灭的仪式预示着一个世纪的残酷暴力?另一个思想形象映现出西方近代精神与中国古典文化的互动,以及新世纪精神的生成,那就是浮士德。浮士德,是为近代欧洲文艺复兴以来三百年历史的升华。前有文化保守主义者辜鸿铭,用"天行健君子以自强不息"来类比浮士德精神,用孔门儒学思想来烛照浮士德身上的人文主义和博爱意识。后有中国共产党早期理论家张闻天,用"活动主义"来概括浮士德精神,赞美浮士德渴求新知、企慕无限、向往永恒的生命动姿,意在震醒保守、苟安、麻木的中国灵魂,从消极无为到主动作为,

---

[1] 张治:《中西因缘:近现代文学视野中的西方"经典"》,120页,上海,上海社会科学院出版社,2012。

[2] 尼采:《尼采遗稿选》,虞龙发译,5页,上海,上海世纪出版集团,2011。

走向进步,趋向圆满。①

"世界无穷愿无穷,海天寥廓立多时。"梁启超写于1901年的《志未酬》将普罗米修斯—浮士德所象征的"无限感"淋漓尽致地歌咏出来。此后,乱云飞渡,群流并涌,百舸争流,中国现代思想进入了一个将启蒙意识激进化、乌托邦思想盛行的时代。将启蒙、革命、乌托邦的论述理论化,便有了现代中国主导性的象征体系,及其主导意识的文学诉求。瞿秋白的理论建构,便是这个象征体系建构中不可忽略的一个重大创获。

三、"欧亚华俄,情天如一"——文化设计方案

启蒙乃是革命的动员,而革命是启蒙的归宿。启蒙与革命的辩证,在政治文化决断上超越纠结,实现一统。在启蒙朝向革命的历程中,瞿秋白的理论探索推进了启蒙意识的激进化,而其文化理论建构凸显了现代中国的政治维度。这套理论的主旨与修辞对于"五四"之后的中国革命和文化建设都影响甚巨,堪称现代中国左翼锋芒的最初亮色。然而,将他的文化理论还原到历史语境中,我们发现"左倾"并非瞿秋白的初衷。相反,他的政治文化论说有意融和维新、变革、启蒙等历史主题,将之导入世界革命的宏大叙事中,并以唯物史观为参照,补正西化派的偏执,克服东方文化派的怀旧,从而超越中西古今二元四极,迎向在宇宙思潮中渐渐生成的"艺术文明"。"欧亚华俄","情天如一",一个革命乌托邦栖息在孤臣孽子的羸弱心灵之中。而这颗羸弱且迷乱的心,却以文化审美化和政治艺术化为志业,其境界所系,正是作为"整体艺术作品"的无产阶级国家。

现代中国的青春、转折时代与创造精神,激发了瞿秋白一辈人美妙的遐思。维新而至反抗,启蒙而至革命,这些令一个时代风云际会的命题,在人心中荡漾起不由自主的激情,驱遣着灵魂漫游于肉体居

---

① 杨武能:《三叶集:德语文学·文学翻译·比较文学》,486—488页,成都,四川出版集团巴蜀书社,2005。

第二章 激进启蒙意识的文论制序——瞿秋白文论及其时代精神

所之外,从而拥抱整个世界。20 世纪堪称激情引领、上下求索、企慕无限的时代。在这种世纪激情的驱动下,瞿秋白放任思绪恣意漫游,背后是"久远久远的过去话",面前是"遥遥遥远的将来之声"①,而深入到人类智慧所能企及的最远处——作为世界革命缩影的俄罗斯。"饿乡"之旅,不仅苦其心志,劳其筋骨,饿其体肤,以斯多葛式的禁欲苦行陶冶其革命理想,而且让他切实地感受当时世界,进而反思历史,以他者为镜,反观自体文化数千年史籍中的重重噩梦。赤都的红色光照之下,梦影凋零,醒时愈近,梦象愈真,而自觉梦境愈噩。宇宙万象,错构梦影,秋白顿悟举世同梦同醒,意识到资本主义与俄罗斯的命运,西方与中国近代的命运,二者之间有同态对应的关系:

> 资本主义的魔梦,惊动了俄罗斯的神经,想求一终南捷径,早求清醒,可惜只能缩短分秒,不容你躐级陟登。西欧派斯拉夫派当日热烈的辩论,现在不解决自解决了。中国文运的趋向,更简直,更加速,又快到这一旧步。同梦同梦!东方文化和西方文化的交流,在俄在华原是一样,少不得必要打过这几个同样的盘旋。②

赤光一现,隐约熹微,但秋白总算能勉强辨得出茫茫无涯的前程。借着这道微弱的光亮,他走过迷乱——"罗针指定,总有一日环形宇宙心海而返,返于真实的'故乡'"③;走过羸弱——"饿乡之'饿',锤炼我这绕指的柔钢"④;走过虚涵无限的浪漫——"当寻求流动的浪漫,现实的现实","我要'心'!我要感觉!我要哭,要恸哭,一畅……亦就是一次痛痛快快的亲切感受我的现实生活"⑤;走过"乱流入湍"、"群流并进"的新文化启蒙时期,取得可以拯救世界于水深火热的"真经"——"惟实的,历史的唯物论有现实的宇宙","无产阶级为自己利

---

① 瞿秋白:《赤都心史》,见《瞿秋白作品精编》,376 页,桂林,漓江出版社,2004。
② 瞿秋白:《饿乡纪程》,见《瞿秋白作品精编》,305 页,桂林,漓江出版社,2004。
③ 瞿秋白:《饿乡纪程》,见《瞿秋白作品精编》,305 页,桂林,漓江出版社,2004。
④ 瞿秋白:《饿乡纪程》,见《瞿秋白作品精编》,305 页,桂林,漓江出版社,2004。
⑤ 瞿秋白:《赤都心史》,见《瞿秋白作品精编》,375 页,桂林,漓江出版社,2004。

益，亦即为人类文化担负历史的使命"①。总之，为青春、转折时代和创造力所劫持，瞿秋白饱含着对真实的激情，又渴望超越世纪初的重重梦影。然而，走向"真实"乃是一场"远征"（anabanein），暴力原则一以贯之地隐伏其间。随后，两个阶级，两条道路，两条路线的辩证及其生死冲突就发生在这场远征中，这套意识形态体系负载着现代中国"无法前行的真理"。②

启蒙是内在的革命，而革命是实现了的启蒙。"五四"运动十年过后，"尚未意识之物"变成了清楚明白的意识，朦胧的期待情绪转化为果敢的政治决断，启蒙主体从疏离状态中逃逸出来，从呐喊到行动，从沉思到叛逆。启动于晚清的启蒙，几场博弈和几个回合之后，似已抵达鼎盛。旧势力宣告无力征战，新思想开启远征。然而，群流中隐伏的差异迅速播散，矛盾日渐尖锐，冲突愈演愈烈。秋白意识到，历史上学术思想的渊源，地理上文化交流的法则，在多种思潮的博弈中表现出来。"民主社会主义"与无政府主义之间的媾和，妥协革命与激进变革之间的碰撞，欧美文化与东方文化之间的竞争，启蒙的反思的现代性与浪漫的反抗的现代性之间的冲突，让新文化运动的趋向不像当初那么简单，而新文化内部也在剧烈地分化。秋白及其同侪，遂漂流震荡在狂涛骇浪中。在此情境中，文化建设的任务提上了议事日程，从毁裂纲常到重整秩序，便是启蒙到革命的进程中不可回避的使命。

在群流博弈中，在满天飞舞的新思中，有三种思潮渐渐明朗起来，显示出相对强劲的优势，展开了对中国 20 世纪心灵支配权的争夺战。三种思潮借着"科学方法派"、"东方文化派"和"唯物史观派"为媒介广为传播，互相矛盾，互相冲突，互相反抗，综合进展，而显示出历史

---

① 瞿秋白：《赤都心史》，见《瞿秋白作品精编》，392 页，桂林，漓江出版社，2004。
② 参见[法]阿兰·巴迪欧：《世纪》，蓝江译，99—100 页，南京，南京大学出版社，2011。

第二章 激进启蒙意识的文论制序——瞿秋白文论及其时代精神

的进化和思想的蜕变。① "科学方法派"锋芒犀利,"东方文化派"根深力厚,而"唯物史观派"气势恢宏。经纬合成,三家演绎,为中国文化建设提供了历史的坐标,展开了中国20世纪思想史的内在生命节奏,塑造了中国现代性的基本形象。鉴于由近世科学的发达与资本主义的发展而推进的全球化趋势,"科学方法派"主张唯西方马首是瞻,将实验方法应用到文学革命、古史论辩、国故整理以及文化政治决断上,特别是渴望以明朗的科学一扫蒙昧的直觉,清楚明白地解决人生问题。鉴于欧洲20世纪头20年科学的"破产"和欧洲的凄迷败落,"东方文化派"主张回味本土文化的余韵,温习古圣先贤的遗训,忧患于东方象征秩序的凋零,而渴望在道德上复归古代,特别希望用孔门儒学为本位的文化象征体系来匡范迷乱的现代人心,担负起拯救全人类的使命。"东方文化派"阵容壮观,有一代政论巨子梁启超、章行严,有重整道统开新儒学的梁漱溟、张君劢,有学兼中外造诣精深的杜亚泉、陈嘉异。超越进化论历史观并关注世界革命,"唯物史观派"从俄罗斯马克思主义者那里学得审视、评鉴和批判中西文化的理论视野,呼唤在中西之外寻求第三种文明来拯救世界文化于险境危崖。"唯物史观派"的代表人物为陈独秀、李大钊、郭沫若以及早期共产党人。瞿秋白在这个阵容中堪为中流砥柱,是他对历史唯物主义展开了系统的阐释,并据以反对"科学方法派"的偏枯和"东方文化派"的执念,为批判地审视世界革命和文化历史提供了第三种视野,为超越中西古今之争构想"艺术文明"搭建了理论平台。

思分三界,彼此扞格,而互相推助,俨然是拉康"心境"三分说在

---

① "科学方法派"、"东方文化派"和"唯物史观派"三派并立之提法,初见早期共产党人邓中夏:《中国现在的思想界》,载《中国青年》第6期,1923年11月24日。稍后有武启元,用"直觉主义的阶段"、"实验主义的阶段"(相当于科学主义阶段)、"唯物辩证论的阶段"和"东方文化的阶段"来概括民国以来中国学术思想的"蜕变":"直觉主义代表了封建残余的'回光返照';实验主义代表了资本主义的抬头;辩证法的唯物论是站在社会主义的立场以反对资本主义的理论;而东方文化论是站在理想主义的立场来反对资本主义的理论。这四种思想潮的发生,很明显地是建筑在走向资本主义途中的经济结构的。"(《中国新文化运动概观》,23页,上海,现代书局,1933)梁漱溟将20世纪世界文化划分为三大派系——英美文化派系、苏俄文化派系和中国固有文化派系,参见《政治的根本在文化》,载上海《大公报》,1947年1月12日。

20世纪初现代中国的历史具象化——想象界、象征界和实在界。想象界(the imaginary order)是意象、镜像和幻象构成的领域，它们被用来吸引注意力和自我认同。象征界(the symbolic order)是由语言、符号结构和通信系统构成的领域，他们代表权力和法律。实在界(the real order)是不可言喻的坚硬存在，是创伤性的抵制符号化的真理。[1] 民国以降的中国三大思潮，各自都站在"实在界"的立场上，以真理的代言人自居。"科学方法派"视"唯物史观派"为幻象的奴仆，认为他们沉湎于想象界，终陷于自由的深渊，又视"东方文化派"附魅幽灵，认为他们受象征界的威压，发出诅咒现代文明的有毒妖言，唯有科学方法派自己才代表实在界——在充分理智的烛照下，用精密的方法探索自然的奥秘，不断寻求真理，解放人的心灵。"东方文化派"则认为"科学方法派"受西方幻象的蛊惑，迷恋于想象界而不能自拔，数典忘祖而血脉枯干，又视"唯物史观派"为象征界父权之名的牺牲，服膺强权和暴力，导致流血与恐惧，唯有自己才代表实在界——对固有文化价值怀藏尊重之心，对生命的善美饱含敬畏之意，对整个人类的迷惘与堕落涌动着满腔悲天悯人之情。"唯物史观派"认为"东方文化派"临水自鉴，顾影自怜，感染幻象的瘟疫，而成为想象界的"囚徒"，又视"科学方法派"为实验、仪轨、符号、公式的物质崇拜者，被拘禁在象征界而永远缺少行动的能力，唯有自己代表实在界——科学地观察自然、宇宙、社会与精神，不仅正确地解释世界，而且要彻底地改造世界。

批判"东方文化派"的保守，超越"科学方法派"的拘束，秋白将自己的文化建设构想置于历史唯物主义的基础上。在《饿乡纪程》中，历史唯物主义尚是一种朦胧的期待情绪。从哈尔滨至西伯利亚，旷古的蛮荒加剧了秋白的怅惘：在非现代的经济生活中，"怎样实现科学社会主义的理想"？而从上海到长春，资本主义的入侵已经是无孔不入，半殖民地的种种况貌，敦促秋白思虑更深层次的社会变革问题：如何依照社会主义的原则来整顿殖民政策之下的经济？显然，社会改造的使命无法托付给意欲改良的科学主义(在秋白的语境中乃是"实验主义")，

---

[1] Jacques Lacan, "Subversion of the Subject and Dialectic of Desire", in *Écrits: A Selection*, Trans. Alan Sheridan, New York: Norton, 1977, pp. 313-314.

第二章 激进启蒙意识的文论制序——瞿秋白文论及其时代精神

更不能托付给目光向后的东方文化主义。秋白深信"俄共产党"必定有"确切实际生活的方法",但他更相信"抽象的'真''美''善'的社会理想,决不能像飞将军似的从天而降"。他这样写道:

> 由主观立论,一切真理——从物质的经济生活到心灵的精神生活——都密切依傍于"实际",由客观立论,更确定我的"世间唯物主义"。劳工神圣,理想的天国,不在于智识阶级的笔下,而在于劳工阶级实际生活上的精进。心灵的安慰,物质与精神的调和,——宇宙动率的相映相激——全赖于人类的"实际内力"。"实际内力"能应付经济生活的"要求"及"必需",方真是个人,民族,人类进化的动机。
>
> 我"回向"实际生活……①

从物质到心灵,人类全体的生活依傍实际。神圣或天国,不在传统士大夫或现代智识阶级的笔下,而在当代无产阶级或劳工的手上——在他们的劳动、奋斗、反抗以及改造世界的革命实践中。主观与客观之合一,物质与精神之协调,人类生命与宇宙运动之契合,个人、民族和人类历史的进步,最终在于"实际内力"的累积与爆发。这就是"世间唯物主义",这就是实践唯物主义,这就是历史唯物主义文化观的最初表达。历史唯物主义是一种理论,更是一道文化的律令。它指令人类"回向"和"依傍"实际生活,抛开幻想,准备斗争。换言之,就是从沉思的生活走向行动的生活,从启蒙转向革命,从想象界中解放出来,免于幻象的瘟疫,且同象征界奋力抗争,而免于强权的奴役。

"世间唯物主义"关注"实际生活"。在秋白这里,这种"实际生活"包括由内而外、由中国而至世界的三个层次。第一个层次是指中国的"实际生活"。中国是世界的一部分,而非封闭自守的世外桃源,世界巨潮激荡而古典秩序破裂,但十年前的革命建立的只是一个"民国",资产阶级的"民权"只是一张空头支票,人道主义蜕变为"流氓尼德"。

---

① 瞿秋白:《饿乡纪程》,见《瞿秋白作品精编》,264—265页,桂林,漓江出版社,2004。

第二个层次是指秋白在俄罗斯所感受到的异域现实。"俄罗斯文化的伟大、丰富，国民性的醇厚，孕育破天荒的天才，诞生裂地轴的奇变"①，其价值正在于天翻地覆的革命，正在于乾坤颠转的震撼。第三层次是指风起云涌的世界无产阶级革命。赤都红色的怒潮如火如荼，"神明的太阳，有赤色的晓霞为之先声，不久不久，光现宇宙，漫满于万壑"②。秋白坚信："只有世界革命，东方民族方能免殖民地之苦，方能正当的为大多数劳动平民应用科学，以破宗法社会、封建制度的遗迹，方能得真正文化的发展。"③秋白的"真正文化"，所指为何物呢？无疑，他心仪的真正文化，便是建立在历史发展基础上并代表世界文化发展方向的"新文化"。

此等文化观的基础是历史唯物主义。"社会之文化是社会精灵的结晶，社会之进化是社会心理的波动。"④这种描述依然模糊，但文化与社会、社会进化与社会心理之间的关系已经厘清，历史唯物主义的思路已经明朗。推进这一思想趋势，瞿秋白就构想出了历史唯物主义的文化观：

> 人类的文化艺术，是他几千百年社会心灵精彩的凝结累积，有实际内力作他的基础。好一似奇花异卉受甘露仙滋的培植营养：土壤的膏腴，干枝的壮健，共同拥现此一朵蓓蕾。根下的泥滋，亦是秽浊，却是他的实际内力的来源；等到显现出鲜丽清新的花朵，人却易忘掉他根下的污泥。——社会心灵的精彩，也就包含在这粗象的经济生活。根本方就干枯，——资产阶级经济地位动摇，花色还勉留几朝的光艳。新芽刚才突发，——无产阶级经济权力取得，春意还隐于万重的凝雾。⑤

---

① 瞿秋白：《饿乡纪程》，见《瞿秋白作品精编》，303页，桂林，漓江出版社，2004。
② 瞿秋白：《赤都心史》，见《瞿秋白作品精编》，380—381页，桂林，漓江出版社，2004。
③ 瞿秋白：《东方文化与世界革命》，见《瞿秋白选集》，20—21页，北京，人民出版社，1985。
④ 瞿秋白：《饿乡纪程》，见《瞿秋白作品精编》，303页，桂林，漓江出版社，2004。
⑤ 瞿秋白：《赤都心史》，见《瞿秋白作品精编》，310页，桂林，漓江出版社，2004。

第二章　激进启蒙意识的文论制序——瞿秋白文论及其时代精神

秋白才情涌流，历史唯物主义在他笔下被表达得充满诗情画意。当他剔除修辞之绚烂，历史唯物主义文化观就刊落声华，变得朴素如常，明白如话："文明是人类劳动的创造。原始时代的人初向自然进攻，便制成极粗的工具，如石斧以至于弓箭，那时便是技术的开始，亦是文明的开始"；"人类有工具而营共同生活，是文明的开始；因文明而阶级分化，于是共同生活不得和谐，亦就是文明的末日"；"可见文明仅仅是人对于自然的威权，运用这威权的人不同，文明的内容亦随之而变易"。① 应该特别留意的是，在秋白的表述中，"技术"构成了文化观的核心。他一言以蔽之，断言文化就是征服自然，从必然王国飞跃到自由王国："文化只是征服天行；若是充分征服自然界，就是充分的增加人类驾驭自然界的能力。此种文化愈高，则社会力愈大，方能自强，方能真正得自由发展。"② 在此，"社会内力"、驾驭必然的力量，统统由历史唯物主义的核心概念——"生产力"——取而代之。社会变迁，文明变异，文化发展，历史演进，被高度抽象为一套符号体系：

> 所谓"文化"是人类之一切"所作"。一、生产力之状态，二、根据于此状态而成就的经济关系，三、就此经济关系而形成的社会政治组织，四、依此经济及社会组织而定的社会心理，反映此种社会心理的各种思想系统，凡此都是人类在一定的实践、一定的空间中之"所作"……③

不难看出，秋白的文化观脱胎于恩格斯的辩证历史观，但他特别凸显了生产力的核心地位、技术的中介作用和阶级分化的维度。在此等一元论文化观的烛照下，秋白断言"东西文化的差异，启示不过是时间上的……各国各民族的文化于同一时代乃先后错落的现象"。"西方

---

① 瞿秋白：《现代文明的问题于社会主义》，见《瞿秋白选集》，93—94页，北京，人民出版社，1985。
② 瞿秋白：《东方文化与世界革命》，见《瞿秋白选集》，17页，北京，人民出版社，1985。
③ 瞿秋白：《东方文化与世界革命》，见《瞿秋白选集》，15—16、123页，北京，人民出版社，1985。

文化，现已经资本主义而至帝国主义，而东方文化还停滞在宗法社会及封建制度之间……"这一说辞引进了时间维度和世界空间视野，而秋白本人早就表白的文化立场，便是对这一断言的详注：他期盼自己成为人类新文化的胚胎和基础，"联合历史上相对峙的而现今时代之初又相补助的两种文化"；调和东西文化，是秋白文化思想的终极取向。在他看来，世纪初所遭遇两种文化都是过去时代的代表，"都有危害的病状，一病资产阶级的市侩主义，一病'东方式的'死寂"①。

说东方文化有死寂之虞，其理据在于：这种文化建基于"宗法社会自然经济"之上，以"畸形的封建制度"为政治形式，且为帝国主义蚕食鲸吞，沦落到"殖民地式的国际地位"。更有甚者，伦理纲常、阴阳五行，对宇宙的默观，对自然的非理性知觉，同样也都是宗法社会和封建制度的表征，不仅毫无神圣之处，倒像是人间地狱。回应"东方文化派"对本土文化价值的夸张式赞美，秋白对东方人"习静"、"养心"、"绝欲"、"诚意"报以辛辣的嘲讽。"请问：在如此恬静的农村生活里，威严的君主的统治下，求不到什么'物'，所以只好养'心'，不会满欲，所以只好绝欲，是不是东方文化的优点？"②

说西方文化有市侩之气，其证据在于当代的事实及资产阶级的意识形态。第一，从当代事实看，"世界资产阶级，既以科学的发明，作为少数人享福之用，他眼看着用了这许多精力，杀人放火的机械制造得如此之精明，始终还是镇不住'乱'，保不住自己的统治地位"，"科学无能论"于焉生成。资产阶级掌握权力后转向独裁，成为阻挡文化进步的巨魔，同时也成为苟延残喘的废物。③第二，作为资产阶级的意识形态之主要代表，"实验主义"将其学说建立在多元论宇宙观上，排斥理论关怀，拒绝客观真理。按照实验主义，一切"真实"只为我们思想的方便而设，一切"正义"亦都是为我们行为的方便而设，故而有益

---

① 瞿秋白：《赤都心史》，见《瞿秋白作品精编》，370页，桂林，漓江出版社，2004。
② 瞿秋白：《东方文化与世界革命》，见《瞿秋白选集》，16页，北京，人民出版社，1985。
③ 瞿秋白：《东方文化与世界革命》，见《瞿秋白选集》，19—20页，北京，人民出版社，1985。

第二章 激进启蒙意识的文论制序——瞿秋白文论及其时代精神

有用就是真理。这是一种"近视的浅见的妥协主义"①，与其说是革命的哲学，不如说是软弱的社会意识或失败的哲学。

建立在宗法社会与封建政制基础上的"东方文化"崩坏分裂，而建立在资本经济、技术文明和殖民暴力基础上的"西方文化"走向独裁，成为阻碍人类进步的巨魔。两种代表过去的腐朽文化，一在殖民地之上（东方），一在强国中（西方），都在苟延残喘，都已魂游墟墓。资本主义的全球扩张，帝国主义的武力征服，把东西文化熔铸为一，而世界无产阶级崛起，联合殖民地受压迫的各民族，反抗、革命，从而进入世界革命的史诗时代。在这宏大的叙事中，文化本无东西之别，唯有时间之分。无产阶级革命与东方民族革命使命合一，那就是"颠覆宗法社会、封建制度、世界的资本主义，以完成世界革命的伟业"。② 这就是秋白所讴歌的"团圆梦影"，"欧亚华俄——情天如一"，"万族共婵娟，婵娟年千亿"。③

论及现代文明及其难题种种，瞿秋白草描了一幅乌托邦主义的文化愿景。由物质文明而至技术文明，由技术文明至艺术文明，就是人类文化的演进之道。文化演进的中介是技术，文化演进的胜境是艺术。秋白断言："技术有神秘性便是封建时代的文明，技术有科学性便是资产阶级的文明，技术更进而有艺术性便是无产阶级的文明。"④在此，秋白既同托尔斯泰及其中国知音——"东方文化派"的反技术文化立场相对立，又与王尔德浅薄幼稚的技术乐观主义拉开了相当的距离。如果说，托尔斯泰式的技术悲观主义乃是依据衰败的资本主义文明攻击社会主义，那么同样，王尔德式的技术乐观主义乃是依据上升的资本主义文明想象社会主义。然而，依据资本主义，便决定了悲观与乐观

---

① 瞿秋白：《实验主义与革命哲学》，见《瞿秋白选集》，150、151 页，北京，人民出版社，1985。
② 瞿秋白：《东方文化与世界革命》，见《瞿秋白选集》，21 页，北京，人民出版社，1985。
③ 瞿秋白：《"东方月"（中秋作）》，《赤都心史》，见《瞿秋白作品精编》，346 页，桂林，漓江出版社，2004。
④ 瞿秋白：《现代文明的问题与社会主义》，见《瞿秋白选集》，97 页，北京，人民出版社，1985。

都无法切近未来文化的本质。唯有科学的社会主义,将彻底的科学方法应用于社会现象,才能把握精神文明,把握真正文化演进的正确方向。按照秋白的看法,"将彻底的因果律应用于社会现象",便将封建主义技术文明的神秘性一扫而空,同时抑制资本主义技术文明的狭隘科学意识,以便为社会主义技术文明的艺术性之登堂入室铺就道路,"进于艺术的人生,集合的谐和的发展"。① 当然,艺术文明不是一个乌托邦式的想象,不是那种秋天的枝头静静地等待摇落的果实。人类必须经过"热烈的斗争和光明的劳动"才能臻于这种境界:"人类什么时候能从必然世界跃入自由世界——那时科学的技术文明便能进入艺术的技术文明。那不但是自由的世界,而且还是正义的世界;不但是正义的世界,而且还是真美的世界。"②

这套以技术为中介、以革命为动力、以艺术文明为至境的文化建构方案,显然具有浓烈的浪漫色彩和乌托邦主义取向。浪漫色彩源自秋白的个人才情,而乌托邦主义根植于时代情志,而整体的文化构想被置于历史唯物主义的基础上。秋白个人才情生而浪漫,其"情性的动"决定了其对"无限量"的追寻。普罗米修斯—浮士德精神以他的生命为媒介道成肉身,西方近代精神得以具象,而现代中国的世界主义诉求得以朗现。现代中国的思想兴起与转型时代的诸种危机,传统中国与近代欧西思想的遭遇,普罗米修斯—浮士德精神构成了启蒙而至革命的激进化历史面相。遭遇乌托邦,启蒙与革命便幽光四射,风情万种——世界主义的文化愿景早就在现代中国智识分子的心灵之中。转换儒家"物吾同胞"、"天下一家"的宇宙象征主义,康有为构想出"山河大地,皆吾遍现,翠竹黄花,皆我英华"(《中庸注》)的世界文化乌托邦。随之王国维遐想"世界学问",力辟"中学西学偏重之患",力举"学无新旧"、"学无中西"、"学无有用无用",力荐中学西学"盛则俱盛,衰则俱衰,风气既开,互相推助"的文化发展路向(《国学丛刊序》)。在

---

① 瞿秋白:《现代文明的问题与社会主义》,见《瞿秋白选集》,107页,北京,人民出版社,1985。

② 瞿秋白:《现代文明的问题与社会主义》,见《瞿秋白选集》,109页,北京,人民出版社,1985。

第二章　激进启蒙意识的文论制序——瞿秋白文论及其时代精神

"五四"时代中西文化大论战中,争辩双方都力举"调和",以延续文化的血脉而抗拒世界的劫毁。早期马克思主义者李大钊力拒"伪调和",申论"调和"之目的"在存我而不在媚人,亦在容人而不在毁我",瞩望东西文化互融而不互毁,动静文明共存而不相害的至境(《辟伪调和》)。东西方文化两存,新旧相与嬗变,而群体进化;东西方分别自毁,新旧相与腐化,而群体衰亡。李大钊的救世思想与文化乌托邦,虽已具有历史唯物主义色彩,但根基却仍然在进化论世界观中。

从渐变的进化到历史的飞跃,从呼吁改良到动员革命,秋白的文化理论与未来谋划是一种激进的启蒙意识,既超越了进化论,又超越了浪漫主义。一方面,秋白的文化构想已经逾越了进化论的世界观及其单线直线的历史观。他舍弃西方当下的经验基础而从世界革命视野中推演文化的未来,超越"物竞天择适者生存"的自然法则,而将"实际内力"(生产力)设定为驱动历史进入未来的动力。① 另一方面,秋白的文化构想经过了世界革命的洗礼,而又傍依于现实生活。中国的过渡时代,是青春、转折和创造的时代。青春多梦,且多绮梦怪梦,甚至启蒙也以梦想的形式进行,以传播幻象的瘟疫而展开。绮梦怪梦,幻象瘟疫,皆为尚未上升到明晰意识的预先推定。要化解尚未意识之物造成的巨大心理压抑,要实现"被隐蔽的青春、转折期和文化的新的意识形态",就必须以一种被称之为"历史唯物主义"的知识概念,来拯救文化乌托邦主义中隐含的辩证的合理内核。秋白从俄罗斯带回的历史唯物主义,为现代中国民众提供了一种观察现实和瞩望未来的视野,让他们穿透科学至上的资产阶级文明的神话,让他们破除直觉优先的传统东方文明的迷思。"历史唯物主义是国民经济学语言的救赎史。"② 也许,唯其如此,现代中国以及世界无产阶级才能从顾影自怜的想象界脱身而出,同时又获得反抗父权之名的象征秩序的力量。虽然也是一种预先推定的概念,秋白的"艺术文明"却同抽象的乌托邦式的梦想

---

① 关于"历史唯物主义"与"进化论"各自文化构想之区别,参见黄克剑:《东方文化——两难中的抉择》,261页,南昌,江西人民出版社,1992。
② [德]洛维特:《世界历史与救赎历史:历史哲学的神学前提》,李秋零等译,55页,北京,生活·读书·新知三联书店,2002。

格格不入,也与抽象的乌托邦式的社会主义(空想社会主义)之不成熟状态分道扬镳。饿乡之千年极寒,赤都之红色光焰,一扫浪漫主义的幽怀遗梦、传统主义的神秘直觉,秋白祈求历史唯物主义推进梦想,通过"具体的乌托邦"使梦境的熊熊火焰变得无比炽热。① 浪漫的抒情和革命的叙事,蕴含在瞿秋白的文化理念及其建设方案中。这就有必要回顾一下现代中国的浪漫思潮和文学叙事。

四、浪漫的抒情美学与革命的叙事织体

在具体探索瞿秋白启蒙诗学的激进符码化之前,有必要为此重构一种语境关联。众所周知,"五四"之后,现代中国的文学实践与理论思考向左翼的转折,已经开启了启蒙意识的符码化。陈独秀、李大钊、茅盾投身革命,而将抒情言志的文学先锋化了。早期共产党人将"文学革命"推演为"革命文学",而将"革命文学"与中国文化复兴的伟大事业统一起来。张闻天、恽代英、邓中夏等人以不同方式阐述了文学的本质功能。缘情述事,兴观群怨,只要进入诗学的论域,文学就无一例外地被视为唤起反抗精神、激荡革命情绪与磨砺创造意志的工具。早期共产党人示范于前,而"五四"后启蒙作家立言于后,一场"文学革命"到"革命文学"的急转,总算是在一团绝望的死水中激起了波澜,田园诗般的飞花流梦终于转化为史诗般刀光剑影。浪漫的抒情美学便编织进了革命的叙事织体,用普实克的话说,作为世界性现代主义文学运动的一部分,中国现代文学行进在"抒情"向"史诗"的转换,以及"史诗"融化抒情传统的世运推移中。将浪漫的抒情美学与革命的叙事织体融为一体的范例,就体现在郁达夫、茅盾、蒋光慈的文学探索及其理论沉思中。

(一) 从忧郁的"畸零人"到民众之友——郁达夫创作和理论反思

郁达夫(1896—1945)堪称"五四"一代浪漫主义作家的代表。1921

---

① 关于具体乌托邦与梦想的浪漫主义之区别,Ernst Bloch, *The Principle of Hope*, trans. Neville Plaice et al., Oxford: Basic Blackwell, 1986, pp. 132-137.

第二章 激进启蒙意识的文论制序——瞿秋白文论及其时代精神

年,他欣然命笔,为郭沫若翻译的德国诗人兼小说家施笃姆《茵梦湖》作序,赞赏此作的内热、沉郁、抒情的诗兴,以及单纯、清新、简约的文体。将施笃姆与陀思妥耶夫斯基比较,他说前者如春秋佳日、薄暮残阳,而后者像严冬风雪、盛夏雷雨。最为让他倾心者,乃是德国诗人笔下的田园情怀,尔后郁达夫自然而然地将这种情怀凝练为乡土风味加平民情感的革命文学境界。郁达夫自小就是一个孤寂的漂泊者,尤其自喻为无所归属的"畸零人"。1913年至1922年与其家兄一起东游日本,身处异国他乡而深感忧郁伤痛。自我认同遇到麻烦,而青春性欲如期勃发,再加上传统文人的情迷家国的文化无意识,让他情思陷于迷惘,诗兴流于抒情,不仅不能自拔,而且陶醉于自伤自怜。"忧郁症",一个病理学语汇,被他挪用于描述自己的悲苦心境。在日本写作的小说中,郁达夫以异国为背景呈现了一个"畸零人"的忧郁青春,读来让人感觉到地变天荒,风尘疲惫。他将现代人国破家亡的体验,写入古典抒情美典中,同时预示着一场革命文学的史诗风暴。"我的这抒情时代",一语道出了现代体验与古典抒情传统的血脉关联,然而平添了一道忧伤至深、伤感至极的心影。1931年,郁达夫撰文,忏心告白:

> 我的这抒情时代,是在那荒淫残暴、军阀专政的岛国里过的。眼看到故国的陆沉,向受到异乡的屈辱,与夫所感所思,所经历的一切,剔括起来没有一点不是失望,没有一处不是忧伤……①

看得出来,这种失望与忧伤绝非郁达夫一己所属,而是备受凌辱而无力挣扎的民族灵魂在一个敏感个体身上的写照。虽为自传抒情,郁达夫的日本小说却已经蕴含着史诗的品格,而一种呼唤反抗、激发斗志的革命文学倾向业已蕴含在字里行间。就郁达夫而论,我们不妨同意普实克的说法,将"主观主义"与"个人主义"视为中国现代文学的

---

① 郁达夫:《忏余独白》,见《郁达夫小说全编》,832页,杭州,浙江文艺出版社,1991。

"生庚标记"①，但必须马上补充指出，这种主观主义已经是历史的主体情绪的升华，这种个人主义已经是民族的主体意志的呈现。不然我们就无法理解，郁达夫何以要在小说《蜃楼》中浓情重彩地凸显颓废的主人公同中国的历史和现实不妥协的立场。

> 自己的一生，实在是一出毫无意义的悲剧，而这悲剧的酿成，实在也只可以说是时代造出来的恶戏。自己终究是一个畸形时代的畸形儿，再加上恶劣环境的腐蚀，那些更加是不可收拾了……你先要发见你自己，自己发见了以后，就应该忠实地守住这自我，彻底地主张下去，扩充下去。环境若要来阻扰你，你就应该直冲上前，同他拼一个你死我活……可是到了这中国的社会里，你这唯一的自我发见者，就不得不到处碰壁了。你若真有勇气，真有比拿破仑更坚韧的毅力，那么英雄或者真能造成时势也说不定，可是对受过三千年传统礼教的系缚，遵守着尧舜禹汤文武周公孔子一脉相传的狡诈的中庸哲学的中国人，怕要十个或二十个的拿破仑打在一起才可以说话。②

反抗，就是为自我而战。为自我而战，就必须有同历史和现实决裂的勇气与毅力。而这样的勇气与毅力，非诉诸革命文学不可，所以必须效法拿破仑，以"马背上的世界精神"征服悲剧的命运，成为造就时势的英雄。从早期日本背景小说到20世纪30年代以后的革命文学，郁达夫一以贯之，将浪漫的抒情美学与革命的叙事织体勾连为一片，个人的悲情苦感交织着家国情怀，抒情中自见史诗，而史诗中涵括抒情。由自伤而达革命，由小我而至大我，由抒情而至史诗，这么一条主题、情思以及文体演化的轨线贯穿着郁达夫的文学与人生，因而隐含在其文学作品中的诗学自然也是中国文化现代性的同构对应物。郁达夫的自伤以至颓废，自始至终是箭在弦上而不得不发，表明了作家

---

① ［捷克］普实克：《中国现代文学中的主观主义和个人主义》，见《抒情与史诗》，1—26页，上海，上海三联书店，2010。
② 郁达夫：《蜃楼》，见《郁达夫小说全编》，594—595页，杭州，浙江文艺出版社，1991。

第二章 激进启蒙意识的文论制序——瞿秋白文论及其时代精神

与帝国主义殖民强权,以及同中国传统腐朽思想势不两立的抗争意志。故而将他的浪漫情怀解读为反抗斗志就没有什么不妥。

正是"五四"浪漫群体中一拨作家向左转向,"文学革命"到"革命文学"的跳跃方才得以完成。独抒性灵而崇尚浪漫的"创造社"作家为反抗倾向和革命斗志提供了表演的舞台,郁达夫较早地接触到了"无产阶级精神"和"阶级斗争"等理念。当"创造社"与时俱进地转变为革命文学的阵地,"太阳社"崛起,以更为激进的姿态支持革命时,"五四"一代浪漫作家就再也不能满足于"从幽暗的楼头,醉眼陶然地眺望窗外的人生"。为"人生的文学",一变而为"为人民的文学","为革命的文学"。在同梁实秋辩论文学"有无阶级性"时,郁达夫锋芒直指普遍人性论及古典主义诗学教条,借着议论卢梭的是是非非,而"同说革命文学的人一样,不迟不早,恰巧逢了好机会,说出了革命文学"。"创造社"作家借着革命话题,攻击他的人格与作品,他的答辩是:"诚诚实实地"、"不虚不伪地"走着自己的路。① 此后我们看到,他走的路乃是真正革命的路,是普罗米修斯的路,直到"被钉死"在异国他乡苏门答腊。正如冯乃超所说,革命乃是普罗米修斯的志业,无产阶级斗士的志业,即从不合理的制度中解放人类,从奴隶的桎梏中解放劳动,从金钱的束缚中解放艺术。②

在革命文学风生水起之际,郁达夫身体力行,创办《大众文艺》杂志,为革命文学请命,为人民大众立言。此时,他的理论导向乃是"农民文艺",其题材标准乃是"为大众而说的关于大众的事情",其主体原则乃是"由大众中出身的作家自己来写"。③ 同瞿秋白的"文艺大众化"主张交相辉映,郁达夫呼吁洗刷新文艺的奇耻大辱,再现农民的生活,表达农民的感情,抒发农民的苦楚。一个出身知识分子家庭的作家,却能为农民立命,郁达夫已经自觉地参与到启蒙意识激进符码化的进程中。他将自己看作现代社会中一个受虐待的农民,感同身受地体验

---

① 郁达夫:《翻译说明就算答辩》,载《北新半月刊》,1928年第2卷第2期。
② 冯乃超:《冷静的头脑——评驳梁实秋的〈文学与革命〉》,载《创造月刊》,1928年第2卷第1期。
③ 许道明:《中国现代文学批评史新编》,81—82页,上海,复旦大学出版社,2002。

他们的生活，研究民间疾苦，从而掀动现代作家笔底的波澜。超越抒情自我而融入史诗大我，将浪漫主义融入现实主义中，郁达夫以革命作为诗人志业的完成。早在1926年，他在为郭沫若的诗集《瓶》撰写评论时，便表达了他独树一帜的革命文学观：

> 诗人的社会化也不要紧，不一定诗里有手枪炸弹，连写几百个革命革命的字样，才能配得上称真正的革命诗。把你真正的情感，无掩饰地吐露出来，把你的同大山似的热情喷发出来，使读你的诗的人，也一样的可以和你悲啼喜笑，才是诗人的天职。①

言外之意，独抒性灵，将情感表现到极致，是浪漫的诗，也是革命的诗。郁达夫所强调的"情感"，已经不是一己之小我的情感，而是"代表全世界的大多数民众的大我"。百川归海，有容乃大，一个时代或一个阶级的汇聚情感，自然就是史诗的情感，是"欧亚华俄，情天合一"的史诗境界。

（二）文学为人生，史诗创正典——茅盾的文学观及其史诗意识

茅盾（1896—1981），"五四"时期以"沈雁冰"闻名于世。1927年，他用笔名"茅盾"发表作品《幻灭》，此后文坛即无"沈雁冰"，却有"茅盾"留名文学史。沈雁冰介入文坛之初，先是热情拥抱新文潮，尤其对"新浪漫主义"（Neo-romanticism）情有独钟。在他眼里，唯有新浪漫主义文学能引领他们一代人获得"真确人生观"，唯有新浪漫主义文学才代表未来文学的新方向，而自然主义却不在话下。② 过渡时代的风云际会，让沈雁冰急流勇退，从新浪漫主义文学退回到自然主义。这种退回不是兴致使然，而是理据所至。因为在他看来，写实文学与西洋近代精神乃是一体两面的事情，而近代精神的内涵乃是科学。科学求真，文艺写实，然而殊途同归，都必须建立在客观的基础上，一个客观地观察，一个客观地描写。"近代精神"，用当今时髦的概念表述，就是"现代性"。可见，沈雁冰从新浪漫主义文学退向自然主义，乃是

---

① 郁达夫：《郭沫若〈瓶〉附记》，载《创造月刊》，1926年第1卷第2期。
② 《茅盾全集》18卷，44页，北京，人民文学出版社，1989。

第二章　激进启蒙意识的文论制序——瞿秋白文论及其时代精神

为寻求中国文学现代性的一种理性抉择。客观求真,不仅是科学的至上律令,也是文学的至上律令。遵从这种至上律令,沈雁冰自20世纪20年代起就确立了文学为人生的完整诗学主张。秉持客观观察、写实求真的诗学原则,评骘"五四"后良莠杂陈的文坛,谴责"鸳鸯蝴蝶派"的消费文学观念,同时向蔚然成风的唯美主义文学发难,同时还指责中国传统文学缺乏对真实的探求。他反复强调,文学乃为"秦镜"、"禹鼎",客观映照社会人生。尤其当作家、诗人生逢乱世,则更必须发出"怨以怒"的声音,将乱世疾苦化作笔底波澜。显然,史诗而非抒情,乃是青年茅盾所向往的诗学境界。故而,他将"忠实描写人生"视为文学的价值、生命的所在,即便是抒情言志,亦必啼笑皆真,不为无病之吟。忠实描写人生,又不只是机械地再现环境,而必须蕴含价值,指点人生。在青年茅盾的"为人生"文学观中,"人生"、"社会"、"客观"、"真实"还是一些朦胧而且抽象的概念。茅盾虽然较早受到马克思主义历史观的浸润,主导其思想的依然是进化论,"生产关系"、"经济基础"、"阶级生活"等概念还没有进入他的理论视野。同时,虽然反复强调文学为人生,但他在相当程度上还坚持文学的独立性,预设了一个诗学自律的文学乌托邦。

然而,一切抽象的概念与空灵的思想,在残酷的政治与惨淡的环境面前,都显得是那么苍白、贫瘠、有气无力。1925年,上海纺织工人和雇主之间的冲突终于引发了一场暴力惨案,大规模的游行、抗议遭到帝国主义血腥镇压,史称"五卅惨案"。诗学的期盼顿时化作情绪的沮丧,本来就不稳定的革命文学阵容迅速分化,一股血色苍凉的低迷情绪在文学领域蔓延。同时,国民党挥师北伐,国共两党携手合作,"五四"一代作家之翘楚,纷纷被时代潮流席卷,投身于革命狂潮的旋涡。茅盾就是其中之一。"五卅惨案"发生的第二天,茅盾撰写《论无产阶级艺术》[①],表明了其文学立场和政治姿态的转变,赋予了"文学为人生"命题以政治蕴含和阶级意识。将无产阶级作家高尔基与人道主义作家罗曼·罗兰的艺术观两相比较,茅盾觉得"民众艺术"这个词过分

[①] 茅盾:《论无产阶级艺术》,见《茅盾文艺杂论集》,上海文艺出版社,1981。

温和,不如"无产阶级艺术"那样头角峥嵘、须眉毕露。这篇文章属于时评政论,但较早地阐明了无产阶级艺术的阶级性、政治性,甚至还有党派性。在茅盾看来,"无产阶级艺术",乃是人类历史上全新的艺术,它将摆脱客观的描写,而自觉地为无产阶级服役,传扬集体主义精神,并塑造与之相适应的艺术形式。如果说,主观主义和个人主义构成了中国现代文学的诗学底色,那么,当茅盾告别抽象的"人的文学"及其抒情言志的个人主义时,这种主观主义已经是历史主体的意识,这种个人主义已经融入代表全人类利益的无产阶级这个"大我"中。茅盾这篇时评政论之所以重要,是因为它预示着一套现代性文学正典即将诞生,一种现代诗学的制序即将被铸造出来。

1927年,新民主主义革命如火如荼,随后转入低谷,"革命文学"一度幻灭、动摇,尔后如浴火凤凰一般振翅腾飞,开始再度追求。茅盾于1927年至1928年创作了题名为《蚀》的三个中篇小说,喻指共产党领导下的第一次大革命的三个阶段:"(1)革命前夕的亢昂兴奋和革命既到面前时的幻灭;(2)革命斗争剧烈的动摇;(3)幻灭动摇后不甘寂寞尚思作最后之追求。"① 天道循环,人世无常,多愁善感的男女青年失落了玫瑰梦,尤其在低迷中看不到未来,便困惑于爱情与革命之间,摇曳在爱欲与政治之间。一套三联剧,无限忧郁情怀与生存吊诡的写照,却招来了左右两翼批评家的责难,他们就如何完成从"描写人生"到"再现革命"的转变展开了一场论战。经过双方往复盘诘,"文学革命"转向"革命文学"的大势便得以彰显,超越抒情而升扬史诗的进程便得到加速,而一种现代性文学正典也正在酝酿。1928年,茅盾挥笔写下《从牯岭到东京》一文,对来自左右两翼的批评做出回应。② 他自辩道,他既非虚无主义,亦非投机取巧,更非颓废无为,而是渴望从春风得意和丧魂落魄的爱情男女身上透视革命的复杂性与严酷性。从描写人生到再现革命,文学势必具备三个要素:第一,坚守美学原则,

---

① 茅盾:《从牯岭到东京》,见伏志英编:《茅盾评传》,342页,上海,现代书局,1931。

② 茅盾:《从牯岭到东京》,见伏志英编:《茅盾评传》,357—367页,上海,现代书局,1931。

第二章　激进启蒙意识的文论制序——瞿秋白文论及其时代精神

避免浅薄宣传；第二，以小资产阶级为主要受众，启蒙他们舍弃旧习，确立信仰；第三，革命文学必须避免公式主义、新写实主义、标语口号，这些都是一些具有宣传色彩的政治修辞。茅盾此论一出，更是招来了更为猛烈的批评，"病态"、"暧昧"、"叛徒"等负面语词纷纷横加于其人其作。更为激进的批评家断言，无产阶级文学就应该是宣传的喇叭，即应用文字的武器，组织大众的意识与生活，推进时代潮流，因而必须以"无产阶级写实主义"为现代文学之正典。他们还具体地为这一正典规定了四项原则：第一，建立在无产阶级立场上的客观观点；第二，导向社会观察的科学方法；第三，以战斗的无产阶级的立场代表明确的阶级利益；第四，作家必须寻求最为适合表现无产阶级解放的主题。[①] 立场、方法、利益、主题，四个方面互相支撑，滴水不漏，秩序森严，构成了中国现代文学史诗境界。而这种史诗境界，便凝练在瞿秋白的普罗文艺及其现实主义正典中。茅盾虽然在一场论争中成为被讨伐的对象，但他对现实主义文学正典的确立功不可没。

　　1933年，堪称现实主义正典之代表作品的《子夜》问世，将抒情向史诗的转折推至高潮。在子夜的黑暗中瞩望革命的曙光，在花柳繁华的乐园看到断垣残墙的废墟，茅盾将史诗与神话浑然融为一体，将一群实业家的沉浮与一个民族的命运联系在一起，以史诗的视角展现了中国20世纪初社会经济文化转型的壮丽画卷。史诗未竟，革命进程有了无限的可能，中国社会转型通过叙述形式而表现出开放的特征。《子夜》无疑是史诗之作，然而驱动史诗生成的，却是一种抒情的动力。"情之所钟，正在我辈"，30年代的茅盾与魏晋南北朝人文性灵相通。当现实还朦胧地滞于生命体验中而没有成为历史之前，茅盾就充满激情地将它铭刻为史诗。这究竟是一种什么力量驱动着作家的春秋之笔？一如闻一多读郭沫若的《女神》，我们读《子夜》，也觉得情感内聚而沉郁至极，如果没有宣泄与净化，就会置人于疯狂迷乱的境地。因而，不妨说，化抒情入史诗，融小我入大我，却不会像雪落黄河悄无声息，而是海底涌荡，静水流深。抒情化入史诗，史诗则情调丰盈，小我融

[①] 钱杏邨：《从东京回到武汉》，见伏志英编：《茅盾评传》，286页，上海，现代书局，1931。

入大我，大我则灵肉合一。

文学与现实人生，可谓不离不弃，但若即若离，而现实生活总是艺术的参照系。因而，茅盾现实主义正典的基本原则就同自然主义背道而驰，他不是将文学作为生活的简单复写，而是在作品中"凝视现实、分析现实、揭破现实"。带着批评审视的眼光，远观其势而近观其质，茅盾的现实主义可谓深得批判现实主义的其中三昧。为了表述这一新生艺术形式及其正典法则，茅盾设置了一个方程式：

> 新而活的意象＋自己的批评（即个人的选择）＋社会的选择＝艺术。①

新而活的意象，就是"艺术之为艺术"的生命。自己的批评，则是作者个性以及主观性（选择）的体现，这条原则决裂了传统的"载道"与"小技"文学观。社会的选择，则是时代意识与阶级意识的体现，具体说来，就是世界革命时代无产阶级意识的体现。正如茅盾在《无产阶级艺术》中所写，中国作家应该以高尔基为楷模，"第一个把无产阶级所受的痛苦真切地写出来，第一个把无产阶级灵魂的伟大无伪饰无夸张地表现出来，第一个把无产阶级所负的巨大使命明白地指出来给全世界看"。这就是茅盾心目中的无产阶级批判现实主义，就是中国现代文学的史诗正典。这套现代性史诗正典却总是处在生成演化中，始终是一种未完成的状态。1958年，年逾花甲的茅盾艰难地反思这套史诗正典，欲言又止地将自己反思的结论写入《夜读偶记》中。此时的茅盾，已经将无产阶级的现实主义称为"社会主义现实主义"，认为它同自然主义、写实主义、新写实主义迥然有别，以"辩证唯物主义"和"历史唯物主义"为哲学基础，而具有"鲜明的阶级性"，并将此作为一项坚定的"政治原则"。然而，他使用了当时流行的词汇，论述"社会主义现实主义创作方法体验着理想与现实的结合，也体验着革命浪漫主义和现实主义的结合"。② 听起来这套现代性史诗正典几乎经天纬地，理融古

---

① 《茅盾全集》，第18卷，505页，北京，人民文学出版社，1989。
② 茅盾：《夜读偶记》，109页，天津，百花文艺出版社，1958。

今，涵纳中外。但我们现在读来，这篇作于病中而数易其稿的文章，曲折地表达了他的一种情结，那就是将浪漫的抒情美学融入革命的叙事织体中，让历史为之赋情，而将诗心升华到史境。

将这种文学观伸延至文学批评实践，茅盾铸造了一种社会历史批评范式。这种批评范式的基础，是客观写实、再现革命和为人生服务的文学观。而这种批评实践聚焦于作品，致力于发掘作家主体意识，以阶级分析为主要方法，以还原历史语境展示文化含义为目标。茅盾的文学批评对象，包括鲁迅、卢隐、冰心、王鲁彦等作家，以及"新月派"诗人，其主要思路可以概括为通过对作品进行阶级分析，探寻客观的时代精神和作家的主体意识。他一贯善于发掘作家的认知能力和作品的时代意识，比如他认为鲁迅的《风波》"把农民生活的全体做创作背景，把他们的思想强烈地表现出来"。[1] 值得指出的是，在茅盾看来，发掘时代精神和作家主体意识绝非这种社会历史批评的目标。这种批评的真正目标，乃是揭示一部作品如何"藏着整个中国"。《王鲁彦论》中，他将现代中国社会比喻为一个历史博物馆，往昔几十年、几百年甚至几千年人类的思想方式和生活方式都共时地展示于其中，无论是旧中国还是新中国，男女老少无不依附这种复杂文化体系的某一维度。王鲁彦所呈现小资产阶级的社会文化意义正在于，这些形象映照出"工业文明打破了乡村经济时应有的人们的心理状况"。[2] 在茅盾看来，批评家的任务，正在于透过意象去烛照历史地形成的审美观念，尤其是揭示隐藏在这些意象背后的文化含义。茅盾的社会历史批评实践就是现实主义诗学原则的实际运用，延续了"五四"批判精神传统，在新生的无产阶级文学观念与古典载道传统之间架设了一道桥梁，酝酿且催化了无产阶级现实主义的史诗正典，推进和加速了抒情向史诗的转换，敞开并指向了抒情与史诗互相涵濡的可能性。

(三)革命与浪漫——蒋光慈文学实践与革命叙事

蒋光慈(1900—1931)在抒情向史诗的转折中迈出了重要的一步，

---

[1] 茅盾：《评四五六月的创作》，载《小说月报》第12卷第8号。
[2] 茅盾：《王鲁彦论》，见叶子铭编选：《茅盾论创作》，上海，上海文艺出版社，1980。

同时为史诗与抒情的融汇提供了多种契机。革命与文学、爱欲与政治，互为体用、彼此涵濡的关系，几乎可以说完美地体现在蒋光慈流星一般的诗性生命中。蒋光慈出身于一个小买卖人的家庭，参加过"五四"学生运动，1920年加入中国共产主义青年团员，1921年加入中国共产党，之后被派往苏俄东方共产主义劳动大学，研究马克思列宁主义，学习革命的战略与策略。在俄罗斯结识了日后中国共产党的领袖、后期"太阳社"的领导人瞿秋白。"饿乡"艰辛，但事业诱人，蒋光慈骨子里的浪漫情结同革命激情一拍即合，随即上升为革命文学理想主义。[①]瞿秋白写了《饿乡纪程》与《赤都心史》，蒋光慈出版了诗集《新梦》，他们将自己所体验到的异国风情、时代感受、革命激情诉诸文字。蒋光慈的诗歌充满了浪漫的革命性灵，诗中塑造了一个情迷家国、呼唤母亲、而且自鉴影像的人物，并且流露出对英国浪漫主义诗人拜伦和俄国象征主义诗人布洛克的景仰之情。归国后他在大学教授俄语和社会理论，而后厌倦教坛而投笔从戎，投奔冯玉祥将军麾下，担任苏联军事顾问的翻译。1930年，中国共产党的地下机关报《红旗日报》宣布把蒋光慈开除出党，理由是蒋"惧怕牺牲，躲避艰苦工作"。[②] 1931年，蒋光慈病逝，年仅31岁。从此"整整十年的城市浪漫剧"黯然落幕。[③] 22年后，中华人民共和国才正式追认这位党的事业的先行者，他的遗骸被迁往上海虹桥公墓安葬，陈毅市长亲笔题写碑铭"作家蒋光慈之墓"。

抒情进入史诗，构成了蒋光慈诗艺的亮色。情与史彼此涵濡而隐显交融，一部有情的史诗如壁立万仞，一曲涵史的"情诗"流兴不息。

---

① 关于蒋光慈的生平，参见黄药眠：《蒋光慈小传》，见《蒋光慈诗文选集》，北京，人民文学出版社，1955。关于蒋光慈与文学浪漫主义的关系，李欧梵有独到的论述，他解释了蒋身上的小资产阶级与无产阶级史诗英雄两个角色之间的张力。李欧梵写道："究竟是诗人作为政治工作者，还是政治积极分子作为诗人，这个两难局面从他[蒋光慈]由苏联回国便不断困扰他，而这个困境早在苏联土地上时便播下了种子。……蒋光慈的小资产阶级个人主义的根，是他和郭沫若，以及20年代初许多其他萌芽'诗人'所共同拥有的——一种英雄式的和情感上的渴望。显然，蒋光慈没有觉察到他这两个角色之间潜在的冲突与混淆。"（李欧梵：《中国现代作家的浪漫一代》，210页，北京，新星出版社，2005。）

② 参见李欧梵：《中国现代作家的浪漫一代》，223页，北京，新星出版社，2005。

③ 李欧梵：《中国现代作家的浪漫一代》，227页，北京，新星出版社，2005。

"俄罗斯"是时代精神的基本象征,诗人仿佛立于朝霞的云端而放眼寰宇,看到"人类正初穿着鲜艳的红色衣襟"①。用诗艺呈现十月革命及人间惊天变局,蒋光慈将政治信念浪漫化了,同时也将抒情政治化了。隆隆的炮声,燃烧的柱梁,奔腾的洪流,以及狂热的人群,在蒋光慈的笔下都成为表现浪漫诗情的意象,构成了革命史诗的依托。1924年1月23日,列宁逝世,巨星陨落,霜冷长河,五洲同悲。蒋光慈在悼诗中赞美列宁"空前伟大的个性",无产阶级领袖被比拟为史诗人物,而其遗产堪与日月同明。② 一如瞿秋白以"东方文化的稚儿"之代言人自居,呼吁中国人顺应世界无产阶级革命的大潮,蒋光慈也自我造像,宣布自己就是开拓者——皮昂涅儿(Pioneer),就是"一个东方的抒情诗人"。③ 然而,蒋将这种普罗米修斯式的史诗英雄同拜伦式的抒情主体熔铸为一体,而丝毫觉察不到无产阶级革命主体与小资产阶级抒情主体之间的歧异和冲突。他相当自信地将抒情与史诗、爱欲与政治拉在一起,为中国现代文学提供了一副所谓"革命罗曼蒂克"的配方。英国诗人拜伦便成为可以效仿的典范,成为"革命罗曼蒂克"的化身。"词客飘零君与我,可能异域为招魂?"苏曼殊如是歌吟。蒋光慈应声回答:我为拜伦招魂。拜伦不仅是多愁善感的诗人,而且是孤危羁旅的游子,更是抑恶制暴的斗士。"自由的歌者","强暴的劲敌",于是蒋光慈认同拜伦而纵身于全世界无产阶级革命的潮流。将屈辱悲情、男女慕悦上升为斗士悲剧、革命史诗,浪漫诗歌就变成了革命文学,爱情同革命水乳交融,爱的欲望就成为革命的欲望,革命的欲望就成为崇高的牺牲精神。在"革命加恋爱"的文学配方中,"小我"融入"大我"中,个体与永恒同在、生命与宇宙同流的浪漫激情,就转换为个体与群体同在、生命与时代同流的革命豪情。

1926年,蒋光慈创作《少年漂泊者》,以郁达夫式的自伤文体跻身

---

① 蒋光慈:《莫斯科吟》,见《蒋光慈诗文选集》,17页,北京,人民文学出版社,1955。
② 蒋光慈:《哭列宁》,见《蒋光慈诗文选集》,24页,北京,人民文学出版社,1955。
③ 蒋光慈:《十月革命的婴儿》,见《蒋光慈诗文选集》,28页,北京,人民文学出版社,1955。

文坛。他摹仿西洋"流浪汉小说",讲述了一个少年漂泊者历尽磨难而投身革命熔炉的故事。小说的结局,是少年战死沙场。漂泊、苦难、青春、死亡,都是中西文学的传统母题,蒋光慈的独异之处,在于将这些令人伤感的母题纳入"中国革命"叙事框架中,个体悲情因此而汇入了史诗意境。1927年,蒋光慈创作小说《野祭》,在传统两女一男的三角情爱模式下涵濡了革命元素。"革命加恋爱",作为一种小说体裁而流传文史,但书中青年男女的经历却告诉我们,不是"革命加恋爱",而是"革命即恋爱"。其结局往往是,恋爱终归无望,唯一出路是投身革命。经过感情的炼狱,男女主人公最后幡然醒悟:献身革命,就是献身自己挚爱的恋侣。虽然后世论者讥评蒋光慈的浅显无根,但他的文学配方对20年代末的中国现代文学不啻是灵丹妙药。1930年,蒋光慈的名字就已经是"革命加恋爱"的代名词。当年,他创作了《冲破云围的月亮》,风行一时。书中讲述了一个女人和两个男人之间的情事,女主人公先是投身革命,后是信仰破灭,自暴自弃,一步一步地迈向了绝望的深渊。破毁世界,消灭人类,乃是一个革命者蜕变成妓女之后的疯狂宣言,她在行动上还真的以用肉体征服男人为乐事,从而凸显了另类的身体政治与女人的性别意识。

"革命加恋爱"乃是现代中国风云际会时一种权宜的文体,曲折地表现出抒情与史诗互为体用的趋势。"恋爱"终归为"革命"所扬弃,爱欲的"奥夫赫变",注定将小写的情感大写为民族意识与家国情怀。瞿秋白批判华汉的《地泉》,谴责作家自欺欺人,以浪漫迷情蒙蔽残酷现实。茅盾在批评蒋光慈时概括了"革命加恋爱"的公式:从"革命"与"浪漫"的冲突始,经过妥协而彼此"互惠",最后在"革命至上"中永结同心。华汉在反思当年的作品时,也坦然承认革命浪漫主义的局限在于,不能深刻地反映社会生活中唯物而辩证的发展过程,只是主观地把现实的残酷斗争理想化、神秘化、高尚化、罗曼蒂克化。然而,就蒋光慈本人而论,他的革命的罗曼蒂克其源有自,那就是俄罗斯象征主义者布洛克的诗歌与诗学。

蒋光慈说,布洛克是世纪历史转变中"最后的,最伟大的,悲剧的表现者"。于是,蒋就在布洛克的诗歌和戏剧中汲取了爱与革命的双重启示:"既承认幻想之不坚固,遂不得不参加所谓人间世的运动,在这种冲突的过程中,布洛克心灵上的确萃聚了近百年来的悲剧。"①布洛克启示蒋光慈,将革命的青年男女的爱欲上升到自我牺牲,以此而泯灭"小我",伸张"大我"。然而,"大我"也是一种偏至之谈,同"万物皆备于我"的极端主观主义暗通款曲,而且是为一切浪漫主义所慕悦的悲剧的绝对境界。"革命与浪漫蒂克——布洛克",可谓蒋光慈的文学宣言,其中他把浪漫的绝对主体性发挥到了近乎德国唯心主义的荒诞程度:

> 革命就是艺术,真正的诗人不能不感觉得自己与革命具有共同点。诗人——罗曼蒂克要比其他人能领略革命些!
> 罗曼蒂克的心灵常常要超出地上生活的范围以外,要求与全宇宙合而为一。……他在革命中看见了电光雪浪,他爱革命永远地送来意外的,新的事物;他爱革命的钟声永远为着伟大的东西震响。
> ……
> 惟真正的罗曼蒂克才能捉得住革命的心灵,才能在革命中寻出美妙的诗意,才能在革命中看出有希望的将来。②

读着这些文字,我们总能感觉到其中有一种天启宗教一般的气息扑面而来,总能感觉到革命与爱欲交相引发,总能感觉到将浪漫抒情上升到了革命史诗,总能感觉到抒情与史诗互为体用,隐显交融。从中国古典诗学传统来看,诗的兴观群怨,已经预设了情与史的内隐关联。从西方现代诗学精神来看,文学乃是以语言为艺术形式塑造典型形象与典型环境,因此文学无法摆脱时代的纠缠,作家总是必须行走在诗与史之间,艰难地在意识形态的亢奋迷狂与浪漫主义的悲情苦感之间保持微妙的平衡。已故海外学者夏济安先生说,"才疏学浅之辈,

---

① 蒋光慈:《十月革命与俄罗斯文学》,见贾植芳、陈思和主编:《中外文学关系史资料汇编(1898—1937)》,下册,831页,桂林,广西师范大学出版社,2004。
② 蒋光慈:《十月革命与俄罗斯文学》,见贾植芳、陈思和主编:《中外文学关系史资料汇编(1898—1937)》,下册,832、834页,桂林,广西师范大学出版社,2004。

除了 20 世纪之外，根本不可能在中国历史任一朝代跻身于文坛。"①酷评之锋，直指蒋光慈，然而一切假设都无济于事，蒋光慈确实已经跻身于 20 世纪中国文坛，而他所贡献的文学配方还被毛泽东纳入了其浪漫主义与现实主义相结合的诗学制序中。时势不仅造英雄，而且也造诗人，蒋光慈就是被 20 世纪时势造就出来的英雄与诗人。而这样的英雄与诗人，恰恰就是瞿秋白诗学制序中被凸显、被伸张到极端的"文学主体"，为革命为无产阶级抒情言志的文学主体。

五、言"革命"之志，载"革命"之道——文学的主体

我们现在从 20 世纪 20 年代后期到 30 年代初期的文学与政治复杂语境中抽身退出，回到瞿秋白的文化设计与诗学建构。启蒙而革命的现代中国情境，以及历史唯物主义的文化观，支配着瞿秋白对于文学本质的思考。"诗以言志"，"文以载道"，总归是不易之古训，不刊之鸿教。然而，在一个启蒙激进化而革命势不可当的时代，所言之"志"，所载之"道"，既非个体的幽微情志，亦非群体的人伦道统，而是"海内异动"、"争存争亡过渡时代"的要义——革命思想。从戊戌改良开始，直至民国北伐，"革命"氛围笼罩着过渡时代的中国，"革命"的言述成为宇宙的强音。诗界、论界、美术界、小说界，可谓风云涌动，大小"革命"此消彼长。"五四"时代的"文学革命"，更是一次纲领明朗、使命高远、步伐有序以及行则见功的历史飞跃，使中国加速出离古典，而急速被推向世界革命前沿。在秋白认真考虑文学本质的时候，"民族革命"已经同"世界革命"汇流，"文学革命"已经转型为"革命文学"。文学不再是"革命"的主体，而"革命"反成为"文学"的使命。文学要从封建文人、资产阶级市侩手里拯救出来，托付给无产阶级和神圣劳工，让他们撰写出宏大的史诗。在此，"革命文学"名正言顺，备受赞赏，"文学工具论"也就成为经典论述，构成现代中国文学新传统的一项最

---

① 王德威：《现代中国小说十讲》，81—82 页，上海，复旦大学出版社，2003。

第二章 激进启蒙意识的文论制序——瞿秋白文论及其时代精神

为基本的理论诉求。

"文学革命"转换为"革命文学",既可看作启蒙而革命的激进化,又可视为"文学革命"的衰退。关于这道历史的转换,诗人兼学者林庚有比较深刻的洞察和反省。首先,他将"文学革命"的衰退描述为时代演化的必然,当初的那份文学的荣耀将渐渐被人遗忘在"革命的文学"里。其次,他将"文学革命"到"革命文学"视为一场地域性的变迁,即文学的重镇从北京迁移到了上海。上海,当时乃是反对帝国主义侵略的前沿,现代国际大都市,在此更容易激起对帝国主义的敌对情绪,对被压迫者的悲悯情怀,故而成为共产主义革命的更适合的社会土壤。最后,最为重要的是,他准确精当地概括了"文学革命"和"革命文学"的内涵:"当初文学革命的意思,是要使文学本身从替古圣贤人说话的载道主义下解放出来,使文学能够自由独立起来,所以那可以说是一个解放运动。革命文学则是要使文学变为一种工具,要在一定政策下写作,文学的创作是集团的而没有个人的,故而也不承认创作的自由。"① 换言之,文学所载之道,所言之志,都今非昔比,教化之道必然转变为革命之道,古圣先贤之志必须为劳工大众之志取代,所以文学的自律又转化为文学的他律,文学主体从个体转向集体,抒情转向史诗。所以,革命文学的兴起之处,便是文学革命衰退之时,革命文学反映了革命运动,而革命运动却终于失败。林庚事后所描述的这种文学情境,恰恰就是当事人鲁迅的直接感受:"革命文学家风起云涌的所在,其实是并没有革命的……"② 这就是历史的诡异之处,令人彷徨、不满、焦虑甚至迷狂倒错。秋白也是这段历史的见证人之一,所以他有林庚一样的忧思,有鲁迅同等的焦虑。但他更为痛切地意识到,现代中国仍然"危苦窘迫","饥寒战疫",在资产阶级文学的"夜之余",无产阶级文化的"晨之初",满目皆是"春阑的残花","冬尽的新芽","凝雾外的春意","南风中的残艳"。新旧两脉潮流平行缓进,历史显得更加诡异,而情境倍加凶险,秋白搏击于新流,憧憬灿烂庄严的文

---

① 林庚:《新文学略说》(潘建国整理),载《中国现代文学研究》,2011年第1期。
② 鲁迅:《革命文学》,见《鲁迅全集》第三卷,544页,北京,人民文学出版社,1981。

化的将来。① 将来文化的代表者，非革命的主体莫属。秋白的思之所及，乃是以历史为根基、以工具为取向、以无产阶级为化身、以革命为内涵的文学主体性。

考镜源流，秋白对文学主体的思考，是从俄罗斯文学的激荡中获得灵感的。1920 年 7 月，北京《新中国》杂志社出版《俄罗斯名家短篇小说集》第一辑，收编了沈颖翻译的普希金托名弁尔金创作的《驿站监察史》，秋白欣然命笔，为之作序。小说情节简单，算不上鸿篇巨制，然而在秋白看来，此作异趣感人，"意境"与"形式"相融互洽，字里行间渗透着"对贫苦不幸者的怜悯之情，深入心曲"。借俄罗斯文学之镜而反观中国情境，推及中国究竟需要什么样的文学。屠格涅夫描写乡间教育的简陋，果戈理描写官僚酷吏的卑鄙龌龊，而普希金"于俄国的天性，俄国的精神，俄国的文字，俄国的特质，表显得如此'清醇'，如此'美妙'，真像山光水色，反映于明镜中"。② 秋白引果戈理美评普希金的文字，向中国未来的民族文学家发出了启示般的邀请。他断言，中国需要的文学，应该"受得着新文学的影响"，"受得着新文学的感动"，因而既不是单纯的写实主义，也不是新理想主义。秋白直追《诗经》与杜甫，在世界文学视野和世界革命语境下，重铸"诗可以群"的"诗史"观，关注民族文学又留意时代精神。他心目中的"诗史"，便是既表现国民性又反映社会变动的文学形式，既有民族文化命运蕴含其中，又有历史意识萦回推荡于内。③ "俄罗斯革命不但开创世界政治史

---

① 瞿秋白:《赤都心史》，见《瞿秋白作品精编》，309—311 页，桂林，漓江出版社，2004。

② 瞿秋白:《关于俄罗斯和苏联文学的片断》，见《俄国文学史及其他》，73 页，上海，复旦大学出版社，2004。

③ 瞿秋白:《关于俄罗斯和苏联文学的片断》，见《俄国文学史及其他》，74 页，上海，复旦大学出版社，2004。"果戈里的推崇普希金，固然是杜少陵之于王、杨、卢、骆，极其佩服，而流于过分的夸奖，可是应当注意他所说的'民族的文学'，国民性的表显，所以我更希望研究文学的人，对于中国的国民性，格外注意。"再有第 75 页："俄国因为政治上，经济上的变动影响于社会人生，思想就随之而变，萦回推荡，一直到现在，而有他特殊的文学。就是欧洲文学从来古典主义，浪漫主义，写实主义，象征主义之间的变化，又何尝不是如此，所以我们看俄国的文学，只不过如吴季礼的观诗，可以知道他国内社会变革的所由来，断不敢说，模仿着去制造新文学就可以达到我们改革的社会目的。"

第二章 激进启蒙意识的文论制序——瞿秋白文论及其时代精神

的新时代,而且辟出人类文化的新道路。"①掀天动地的"世变",旧社会崩裂的声浪,新社会诞生的喜悦,于中国不啻是空谷足音,令人怦然心动。秋白因此而坚信,"文学只是社会的反映,文学家只是社会的喉舌"。

> 只有因社会的变动,而后影响于思想,因思想的变化,而后影响于文学。没有因文学的变更而后影响于思想,因思想的变化,而后影响于社会的。因为社会的不安,人生的痛苦而有悲观的文学,譬如人因为伤感而哭泣,文学家的笔就是人类的情感所寄之处。②

社会变动而至思想变动,再至文学变动,三者互相影响而彼此激荡,变革意识发展为革命观念,文学与政治势必难解难分地纠结在一起。在此,我们看到,秋白接过了王国维"一代有一代之文学"的命题,以历史唯物主义扬弃了线性进化观,而形成了一种影响深远的文学历史观。③

在为郑振铎所译的《灰色马》撰写的序言中,秋白再次重申俄罗斯文学是"伟大的俄罗斯精神","诚挚的俄罗斯心灵"结晶而成,是"俄国社会之急遽的瀑流里飞溅出来的浪花,所映射返照出来的异彩"。经过民族心灵、社会巨变和文学家对此二者的把握,"艺术的真实"就成为瞿秋白文学观念的核心概念。这个"艺术的真实",是秋白念兹在兹的

---

① 瞿秋白:《关于俄罗斯和苏联文学的片断》,见《俄国文学史及其他》,80页,上海,复旦大学出版社,2004。
② 瞿秋白:《关于俄罗斯和苏联文学的片断》,见《俄国文学史及其他》,70页,上海,复旦大学出版社,2004。
③ 王国维作为中国现代文学革命的先驱之一,主张"以自然之眼观物","以自然之舌言情",情系人间,叙写世界,以"描写人生"作为文学的目的,以"无我之境"为尚,实在是胆识过人,且启示久远。"一代有一代之文学",这一命题凸显了主宰近代历史的"变革"意识,以及文化在时间和历史中萦回推荡,前后引发,彼此交替。"江山代有人才出",历史变革意识乃是现代文学革命的动机。参见伍启元:"最先去提倡革新的,是王国维氏,梁启超氏,谭嗣同氏等。王氏可以说是最先彻底明白文学价值之一人;他在'文以载道'的风气甚盛的时候,竟能够以'描写人生'做文学的目的,竟能够说'一代有一代之文学',不能不算是胆识过人。"(《中国新文化运动概观》,现代书局1933年印行,黄山书社2008年重印,27页)

概念之一,它建立在历史唯物主义的基础上,构成了文学的主体和实体。

> 文学是民族精神及其社会生活之映现;而那所谓"艺术的真实"正是俄国文学的特长,正足以尽此文学所当负的重任。文学家的心灵,若是能融洽于社会生活或其所处环境,若真能陶铸锻炼此生活里的"美"而真实的诚意的无所偏袒的尽量描画出来——他必能代表"时代精神",客观的就已经尽他警省促进社会的责任,因为他既能如此忠实,必定已经沉浸于当代的"社会情绪"……社会情绪随那社会动象的变迁而流转……社会情绪的表现就是文学……①

社会情绪随社会变革而变动、起伏,因而有"时代精神"赋予文学家以责任,文学家不可以孤高遗世,躲进小楼,而必须主动参与,积极干预,淑世易俗。"艺术的真实"不仅在于客观的描述,更在于主动介入社会,积极担当使命。"艺术的真实"概念源自俄罗斯文化传统,直接生成在20世纪初的世界政治史的剧变中。"艺术的真实"是一种对于"真实"的激情之投射。正如巴迪欧所论,20世纪绝不是幻想和乌托邦意义上的"空想"世纪。共产主义在世界革命运动中由空想变成了科学,所以20世纪的主要特征,就是对于真实的激情,对于"需要立刻能够实现"的真实之激情。这种激情拒绝空头支票,而要求将一切现实化,要求行动而非冥思,要求实际而非幻想,要求脚踏实地而非海市蜃楼。"时代精神"所陶冶的"艺术真实",让人们把自己的世纪体验为"经过几千年失败的尝试之后终于获得胜利的世纪"。② 革命就是对这个世纪的正名,差异在革命中演化为矛盾,矛盾在革命中酝酿出冲突,冲突延续着拒绝廉价和解的对抗。两种主体、两种思考、两种思维模式在全球范围内展开了你死我活的斗争,此乃革命的要义之所在。不

---

① 瞿秋白:《郑译〈灰色马〉序》,见《俄国文学史及其他》,169—170页,上海,复旦大学出版社,2004。

② [法]巴迪欧:《世纪》,蓝江译,67页,南京,南京大学出版社,2011。

是革命就是反动，不是保守就是激进，不是资产阶级就是无产阶级，中间道路是没有的，第三种人没有立锥之地，第三种文学子虚乌有。秋白强调"艺术的真实"，但他的内在逻辑却把"艺术的真实"导向了"政治的真实"。文学与时代合一，最终只不过是文学与政治合一，与无产阶级的使命合一，文学成为政治的工具，成为无产阶级革命的工具。

不仅如此，他还在俄罗斯赤色作家身上发现了无产阶级文化运动的创始者，在劳工诗人嘉里宁和柏塞勒夸笔下倾听到了文化春天的第一声燕啼。嘉里宁出身于无产阶级，他的作品主要表现现代新兴阶级的精神和创造，但他同千百万劳工伙伴一起作为"没有心灵的机器之奴隶"，忍受着"无兴味无创造的生活"。像寥若晨星的先知一般，他倾向于积极反抗，渴望炸碎资产阶级世界的牢笼。新兴阶级的自我创造，亦是为自己争取自主权和统治权的一场恶战。他探求新的真理，新的原则，新的经济组织，新的科学、哲学、文学、艺术以及道德。由嘉里宁等无产者创造的艺术，便是革命时代的呐喊，无情毁坏的寓言，以及"否定精神"和"颠覆肃清强暴的威力"的象征。一扫浪漫主义的忧郁伤感，一扫写实主义的机械映现，"艺术的真实"便被符码化，成为革命诗学的经典内涵。革命诗学在俄罗斯赤色光照之下渐渐成型，这种诗学的使命与无产阶级的"伟大的历史使命"若合符节："以艰苦困苦汗血的代价，经过无限牺牲的斗争而开始人类发展的新阶段"，"脱离资本之压迫而得自由，正是为着今天的机器之奴隶能够在历史的明天，以集合的意志和集合的思想，征服自然而支配'物质'"。[①] 如果说，诗学的本源含义是"创造"，那么，以无产阶级为主体的革命及其开创历史纪元的斗争，就是最为典范的"诗学"，最为纯粹的"诗学"。艰苦、困苦、汗血、无限的牺牲，便是这史诗的伟力，便是这悲剧的情愫，便是这情感的崇高。蕴含着集体的意志，蕴含着集体的思想，而非个体的幽微情思，所以这种诗学的范本是史诗而非抒情。征服自然而支配物质，脱离资本的压迫而解放机器的奴隶，所以这种悲剧的情愫不在风花雪月的阴柔，而在惊涛裂岸的阳刚。

[①] 瞿秋白：《关于俄罗斯和苏联文学的片断》，见《俄国文学史及其他》，83页，上海，复旦大学出版社，2004。

由是观之，诗仍然必须言志，文仍然必须载道：所言之志必为民众之志，所载之道实为革命之道。革命的主体，即文学的主体，亦即政治的主体。用郭沫若的话说，"文学是永远革命的，真正的文学只有革命文学的一种"。① 文学所载之"道"乃是"天赋人权"、"自由竞争"，以至"全世界无产者联合起来"，"个体之全面自由发展"，而非"纲常伦教"、"忠孝节义"、"习静养心"，以及"绝欲诚意"。在瞿秋白的文学与政治、史诗与革命熔铸为一的论述语境中，无产阶级而非传统士大夫或资产阶级，才是文学与政治的行为负载者，因而无产阶级才是史诗的英雄，革命的主角。秋白呼吁，在"五四"之后"要来一个无产阶级领导之下的文艺复兴运动，无产阶级领导之下的文化革命和文学革命，无产阶级的'五四'"。② 文化革命与文学革命的主体已经获得了深厚的历史内涵。在为《鲁迅杂感集》撰写的"序言"当中，秋白历史地审视辛亥革命之后从文学革命到革命文学的演进，提炼出了历史主体生成的逻辑——两次痛苦的历史裂变，以及资产阶级主体的衰落和无产阶级主体的上升。第一次裂变发生在新文化运动的开始，传统主体——士大夫知识阶层分裂为"国故派"和"欧化派"，其文化上的后果乃是"科学"和"民主"扫荡了象征封建主体的种种国故，"宗法社会的旧道德，忠孝节义和腐烂发臭的古文化"，其政治上的后果乃是资产阶级民权运动，其历史标志是资产阶级跃升为历史主体。第二次裂变酝酿于"五四"到"五卅"前后，新生的历史主体——新文化阵容内部分裂，依附于封建残余的资产阶级日渐衰微，以工农大众为代表的无产阶级渐渐上升到历史主体的地位，新文化运动的激进左翼别无选择，毅然从"文学革命"的康庄大道走上了"革命文学"的"独木桥"。"独木桥"是一个源自鲁迅杂文的隐喻，意指主体的风险，斗争的严酷，情境的诡异，问题的尖锐。斗争"已经不是父与子的问题，也不仅是暴露指挥刀后的屠伯们的问题"，而是"革命队伍的战略的争论"，以及更为重要的，"谁能

---

① 郭沫若：《革命与文学》，见《郭沫若学术文化随笔》，37页，北京，中国青年出版社，1996。
② 瞿秋白：《大众文艺的问题》，见《瞿秋白选集》，490页，北京，人民出版社，1985。

第二章 激进启蒙意识的文论制序——瞿秋白文论及其时代精神

领导革命"的问题。① 对于这个事关现代中国生死的问题,秋白的判断毫不含糊,而他的回答亦斩钉截铁:"要无产阶级来领导肃清封建意识的文化斗争,彻底执行这个民权主义的任务。""无产阶级的革命的意识"这个核心概念因此而顺理成章,水到渠成地形成。历史的主体、文化革命的主体,以及文学革命的主体也归属分明,尘埃落定。

秋白并未使用"历史主体"概念,但他确实触及了无产阶级的历史主体地位。"历史主体",是匈牙利马克思主义理论家卢卡奇(Georg Lukacs)的原创概念之一,极富争议性而又相当重要。在《历史与阶级意识》中,卢卡奇引用马克思"无产阶级宣告现存世界秩序的解体"的论断,给予无产阶级一个特殊的历史定位:以生活经验为基础,无产阶级有能力自视为"同一的历史的主体-客体",自视为"行动的主体",自视为史诗一般气贯长虹的"创世记的我们"(the 'we' of genesis)②。无产阶级的自我认识符合对整体的认识,无产阶级同时是自己认识的主体,又是认识的客体。

> 无产阶级充分成长,但其人性以及人性的外观已经完全变得抽象;在无产阶级的生活条件中,一切现代社会的生活条件已经臻于非人性的顶点;在无产阶级身上,整个人类自我丧失,同时又明确地在理论上意识到这种丧失,绝对无法抗拒的悲惨境遇的宰制(而这又是必然性的实际表现),令他忍无可忍,他再也无法漠视和无法抗拒,而只有奋起反抗——故而,无产阶级不仅可能而且必须解放他自己。③

作为"认识的主体","行动的主体","创世的主体",以及"解放的主体","无产阶级"在卢卡奇笔下成为历史的"创造者",道德的"立法者",人道的"负载者",拯救的"执行者",因而在认识、审美、伦理以

---

① 瞿秋白:《〈鲁迅杂感选集〉序言》,见《瞿秋白选集》,532、536、542—543页,北京,人民出版社,1985。

② Georg Lukacs, *History and Class Consciousness: Studies in Marxist Dialectics*, trans. Rodney Livingstone, Cambridge, Mass.: The MIT Press, p. 149.

③ Georg Lukacs, *History and Class Consciousness: Studies in Marxist Dialectics*, trans. Rodney Livingstone, Cambridge, Mass.: The MIT Press, p. 20.

及宗教等多个层面上获得了极为丰富的内涵。从卢卡奇提供的理论视角反观秋白的革命文学纲领，我们不无惊讶地发现，他已经将无产阶级视为"革命文学"和"文化革命"的主体。而这一文学主体性，与社会发展的规律相一致，因而具有历史唯物主义的基础，具有认知辩证法的深度，具有人道主义的内涵，具有审美的创造力，甚至具有宗教救世主义的情怀。

正是从文学的历史主体角度展开理论建构，瞿秋白完成了对旧写实主义和新浪漫主义的双重超越。

首先，瞿秋白认为，旧现实主义是非辩证的、非动力的，无法担负无产阶级文学的使命。20 世纪 30 年代初期，经过亢奋而至幻灭的茅盾创作出了《三人行》，以侠义主义、虚无主义和市侩主义三种类型人物来描绘现代中国革命的主体图谱。通过刻画中世纪最后的贵族、近代没落的资产阶级以及软弱不堪的农民市侩，小说叙述了中国近代秩序的崩溃，社会形态的急剧转型，以及革命主体的形成。然而，在秋白看来，这种写实主义创作方法仍然未脱机械主义的窠臼，没有辩证地、动态地描写三类人物的生长和转变。[①] 辩证的灵魂在于"转变"，没有"转变"，就没有事件，没有事件也就没有真正的现实性。由于违反辩证法，《三人行》便成为"非现实主义"。"三人行"而不见"我师"，于是茅盾延续着幻灭、动摇与追求，无人为他指点迷津。秋白暗示，只有无产阶级担负起革命的领导权，将民权革命导向世界无产阶级革命，才能真正一扫侠义主义，暴露虚无主义，击败市侩主义。

其次，瞿秋白又认为，新浪漫主义或"革命的罗曼蒂克"将现实神秘化，而窒息了新兴文学的生机。中国新兴文学处于瓶颈情境时，华汉创作了小说《地泉》三部曲，以浪漫的手法再现新的理想和"改变世界"的宏愿。依据法狄耶夫的普罗文学理论，秋白痛责"革命的罗曼蒂克"自欺欺人，用神秘遮蔽现实，用梦幻代替革命，而未能"最彻底、最坚决、最无情地揭穿现实的种种假面具"，未能看到社会发展的过程，以及决定这种发展的动力。最肤浅最浮面的描写，暴露出"革命的

---

① 瞿秋白：《谈谈〈三人行〉》，见《俄国文学史及其他》，158—164 页，上海，复旦大学出版社，2004。

第二章 激进启蒙意识的文论制序——瞿秋白文论及其时代精神

罗曼蒂克"不仅不能改变世界,而且不能解释世界。《地泉》的浪漫主义,甚至都没有达到庸俗现实主义水平。秋白之所以如此酷评"革命的罗曼蒂克",是因为他们没有写出现实的辩证的转换,而昧于神秘氛围、高尚理想、虚情假意。在这里,只有面具化、类型化、理想化的人物,而没有真实的生命。《地泉》之所以失败,是因为它"不能够深刻地写出这些人物的真正转变过程"。要扬弃新浪漫主义,推进新型文学,唯有"走上唯物辩证法的现实主义"一途,舍此即无法认识客观现实,反映历史进程,正确解释世界,或者最终改造世界。①

责难旧现实主义,酷评新浪漫主义,瞿秋白的思想都集中在"转变"这个诗学概念上。就文学文本言之,"转变"类似于亚里士多德诗学的"情节急转"概念,即所叙述的人物境遇的转变。典范的悲剧性之"转变",乃是并非作歹为恶而是偶然犯错的人物由顺境转入逆境。② 在亚里士多德看来,悲剧诗中情节的转折,便是按照可然性或必然性而发生之事,因而带有普遍性,与人类的普遍天性相关,而与个体性情鲜有瓜葛。换言之,"转变"必须符合客观的辩证趋向,顺应历史的必然进程。秋白高度重视"转变"概念,而凸显了历史的必然和现实的辩证,以及文学对二者的创造性再现。在他看来,旧现实主义和新浪漫主义都难免失败,其问题就在于一个机械地反映,一个虚假地想象,其中都没有过程、没有动态、没有事件,总之是没有转变。因而,它们都沦落到寂然不动的境地,而成为"不革命主义"的标本,变成新兴文学发展的障碍。

在瞿秋白看来,唯有无产阶级作为文学的真正主体,才能开启新兴文学的宏大史诗。也就是说,只有无产阶级的行动至上,才能在文学上真正再现中国社会各阶层多向度的、复杂的转变。1923年,他就寄语《新青年》,将现代中国的文学景观一分为三:资产阶级颓废的"诗思",劳动阶级的"心声",以及外国文学的"侧影",三者同时并存,互为因果。他热切地希望,"尤其要搜集革命的文学作品,与中国麻木不

---

① 瞿秋白:《革命的浪漫蒂克》,见《俄国文学史及其他》,165—168页,上海,复旦大学出版社,2004。

② 亚里士多德:《诗学》,罗念生译,39页,北京,人民文学出版社,1988。

仁的社会以悲壮庄严的兴感"。"兴感"一词，尤其可圈可点，因为兴感的诗学不仅是中国古代源远流长的传统，而且在现代中国已经同象征诗学、体验诗学、启蒙诗学以及革命诗学汇通，而生发流延，由隐至显，构成现代中国诗学新传统的核心成分。①"兴感"，即化合"兴"与"感"，兴中有感，感中有兴。"兴"、"观"、"群"、"怨"，本为孔门儒家诗学的整体原则，"惟兴乃观，惟观乃群，惟群乃怨，元亨利贞，哀乐循环"。② 四者，自是不离不弃，离弃互伤则不成体统。而一旦历史进入天崩地裂的危急时刻，"兴"即离却"群""观"，而独与"怨"合，有道是："孤臣孽子，贞士高女，发其菀结，音贯金石，愤薏感慨，无非中和。敝曰：怨乃以兴，犹夫冬之春，贞之元也。"③秋白厕身变革时代，亲历世界变局，而期许"悲壮庄严的兴感"，同由怨而兴的历史趋势若合符节。因而，他动情地呼吁，中国幼稚的无产阶级，应继续"五四"新文化运动及其思想革命的事业，完成"创世主体"终达"共产大同"的历史使命：

> 行彻底的坚决斗争，以颠覆一切旧思想，引导实际运动，帮助实际运动，以解放中国，解放全人类，消灭一切精神上物质上的奴隶制度，达最终的目的：共产大同。④

可谓心怀史诗，由怨而兴，因而振臂一呼，山河色变。"悲壮庄严的兴感"，在于坚决的斗争，现实的运动，彻底的革命，最后的解放。由这么一些激进修辞编织出来的革命诗学，其核心驻留着普罗米修斯的叛逆身影。革命的诗学，乃是激进启蒙意识的符码化，在瞿秋白手上已经化为经典的象征秩序。在秋白这里，与其说浪漫主义被废黜，不如说浪漫主义被扬弃而融入了革命诗学中。我们看到，普罗米修斯式的浪漫主义压倒了维特式的浪漫主义，呼啸沧桑的英雄放逐了多愁

---

① 王一川：《文学理论》（修订版），71页，北京，北京大学出版社，2011。
② 《天界觉浪盛禅师全录》卷十九。
③ 方以智：《通雅·诗说》。
④ 瞿秋白：《〈新青年〉之新宣言》，见《瞿秋白选集》，7页，北京，人民出版社，1985。

第二章 激进启蒙意识的文论制序——瞿秋白文论及其时代精神

善感的恋爱少年,史诗的强音盖过了抒情的呢喃。① 反叛神权,批判天国,颠覆一切现存秩序,乃是普罗米修斯在现代的象征意义。在青年马克思手上,普罗米修斯宣告了对天上人间之一切的不信任,将自我意识升华为革命精神,对至高的神以及众神实行了终极的判决。普罗米修斯锁链加身,但灵魂绝对自由,他的灵魂反抗宇宙秩序,憎恨大大小小诸神,动员泰坦新神犯上作乱,表达权力分割的诉求。这一切都表明,希腊悲剧中那个被宙斯主宰的宇宙秩序必须被颠覆,那种盲目的希望必须化作现实的愿景,诸神必须被废黜,普罗米修斯必须脱去锁链。马克思把普罗米修斯看作哲学日历上第一位圣人,第一位殉道者,普罗米修斯的基本关怀乃是摧毁一切现存的秩序。沃格林就此认为,马克思是一位思辨的灵知主义者,其根本意愿是摧毁一切实在,同时又是一位灵知的行动主义者,其根本事业是领导全世界无产阶级挣脱锁链,获得整个世界。② 因此,无产阶级的关怀就是灵知的关怀,而无产阶级的事业乃是灵知的事业。整个现代历史,乃是灵知主义复活和反叛的历史。灵知主义,以及克服灵知主义的抗争,赋予了现代以合法性,展现出现实苦难与整体偿还的历史节奏。"灵知主义已经在现代群众运动中产生了丰富的、多种形式的象征。"③

灵知主义(Gnosticism)把内在的灵魂与神秘知识视为终极救赎的根源,绝对的保证。这种以基本神话和艺术神话的传承而建构出来的复杂象征体系,起源于公元前 7 世纪文化的普遍交流和帝国的动荡时代,萌生于那个时代混乱的思想、焦虑的精神和不安的生命体验中,而在美索不达米亚、叙利亚、埃及、地中海、中东广为传播。在教父时代,灵知主义神话与基督教信仰体系相冲突,奥古斯丁思考"世间恶",以自由意志为核心建立起庞大的精神象征秩序,而对灵知主义展开了一场残酷的征讨和有限的收编。奥古斯丁对灵知主义的征服,终

---

① 李欧梵:《中国现代作家的浪漫一代》,282—283 页,北京,新星出版社,2005。
② [美]沃格林:《没有约束的现代性》,张新樟、刘景联译,36—38 页,上海,华东师范大学出版社,2007。
③ [美]沃格林:《没有约束的现代性》,张新樟、刘景联译,71 页,上海,华东师范大学出版社,2007。

未修成正果。文艺复兴的到来，现代科学的兴盛，政治革命的起伏，群众运动的涌动，直至以"极端年代"为名号的 20 世纪无产阶级革命，莫不是灵知主义复活的见证和反叛的表现。以灵知主义的盈虚消息来解释现代历史的潮涨潮落，确实是偏颇之论，但"灵知主义"、普罗米修斯神话、无产阶级革命论说三者之间的精神同构却是无法否认的。在马克思《资本论》的修辞织体上，普罗米修斯神话再度象征着文化与苦难的辩证法则，历史与悲剧的二律背反。普罗米修斯是无产阶级的原型，惩罚他的不是至高无上的宙斯，而是唯利是图的资产阶级，他的囚禁之地不是荒凉的岩石山，而是资本主义生产关系，行刑者不是威力神和暴力神，而是资本积累和剩余价值。"正是这种无情的绝对规律迫使压迫者和被压迫者同时服从于单一的历史行动，但这无疑是历史理性诡计所产生的结果，它作为手段驱使他们通往命运必然汇合之地。"[1]在历史的必然链条下，一切自由都是形式的自由，而非现实的自由。秋白深知这种悲苦的境况以及个体与历史的不对称关系，常言"历史的工具"运用"必然的公律"，由个性而阶级而人类，由无意识而有意识，成为群众的实际运动[2]，而群众运动的斗争也成为历史的工具，群众的牺牲也是历史进步的必要代价。

　　如何决裂形式的自由而获得现实的自由呢？列宁的典范对秋白及其同侪影响深巨。列宁之于马克思，恰如保罗之于耶稣，前者将后者所开创的历史工具化了，前者将后者的思想体系肉身化了。正是因为有了前者，批判的武器变成了武器的批判，理论的革命转换为实践的革命，反叛的灵知真正成为灵知的反叛，形式的自由演进为现实的自由。[3] 中国现代左翼作家将列宁与普罗米修斯合为一体，视这个融合的形象为无产阶级革命的基本象征。"他灼灼的光波势欲荡尽天魔，他滚滚的热流势欲破决冰垛，无衣无业的贫困的兄弟们，受了他天上盗

---

[1] Hans Blumenberg, *Arbeit am Mythos*, Suhrkamp Verlag, Frankfurt am Main, 1979, Z. 642.

[2] 瞿秋白：《自由世界与必然世界》，载《瞿秋白选集》，128 页，北京，人民出版社，1985。

[3] Slavoj Žižek, *On Belief*, London: Routledge, 2001, pp. 113-126.

来的炎炎圣火。"①主张革命与文学合一的郭沫若,在列宁逝世之际写下了如此颂诗。"但是列宁你啊!你是一个空前伟大的个性;你送给人类不可忘的礼物,你所遗留的将与日月以同明。"②坚称"革命是最伟大的罗曼蒂克"的蒋光慈,也在列宁逝世之际写下了同样的赞词。对列宁而言,革命是奇迹也是恩典,传播福音又开启新生。在为列宁逝世所撰写的悼词中,秋白直截了当地呼列宁为"工具"——20世纪世界无产阶级的"工具",全世界受压迫的平民的"工具",历史的"工具",革命斗争的"工具"。他还充满敬意地称列宁为"象征"——革命观念、革命行动及革命组织的"象征"。③ 在秋白及其同辈那里,被歌颂的是列宁,被礼赞的是普罗米修斯,被呼吁的是贫苦兄弟,被动员的是无产阶级世界革命,被建构的终归是以革命为主题词、以神话为依托物、以灵知主义乌托邦为基本象征的诗学。随后,秋白引用列宁关于"自由的文艺"的言论展开了他对中国普罗大众文艺的探讨:"这将要是自由的文艺,因为这种文艺并不是给吃饱了的姑娘小姐去服务的,并不是给胖得烦闷苦恼的几万高等人去服务的,而是给几百万几千万劳动者去服务的,这些劳动者才是国家的精华,力量和将来呢。"④因此,他这种诗学的真谛终归是现实自由,其主体坐落在革命的无产阶级的血肉躯体上。

六、"现代中国文"——普罗大众的文论制序

中国现代启蒙与世界无产阶级革命,一经一纬,构成了瞿秋白诗学言说的基本坐标。启蒙到革命的激进化,成就了无产阶级这一历史主体,为秋白的诗学言说提供了理论轴心。"普罗(无产阶级)大众文

---

① 郭沫若:《太阳没了》,载《创造周刊》,1924年1月13日。
② 蒋光慈:《哭列宁》,见《蒋光慈诗文选集》,24页,北京,人民文学出版社,1955。
③ 瞿秋白:《历史的工具——列宁》,见《瞿秋白选集》,137—139页,北京,人民出版社,1985。
④ 转引自《瞿秋白选集》,456页,北京,人民出版社,1985。

艺"自然就是文学革命演变为革命文学的结果,展开了现代中国"文艺复兴"的诗学纲维。从 20 世纪 20 年代末到 30 年代初,"普罗大众文艺"问题构成了秋白诗学沉思的中心。他从历史实体、文学主体、文学语体、文学文体、批评论体等维度上展开探索,而编织出激进启蒙意识的诗学符码。这套论述将启蒙导向革命,将文学与阶级斗争及党性政治高度统一起来,堪称现代性诗学论说的典范。至关重要的一点,乃是这套论述力图回答中国文学"如何现代"的现实问题。依此逻辑,中国文学要真正成为"现代",则必须由无产阶级接管并领导资产阶级民权革命,推进文学革命谋划为革命文学的行动,实施文艺复兴工程,创造普罗大众文艺形式,建构"现代中国文"的制序。这套现代性诗学言说所回答的问题包括:缘何而写?由何人来写?为何人而写?用什么话来写?为何而写?用何种文体来写?有何发展前途?

从历史实体出发,秋白认为,中国普罗大众文艺问题不是理论的空谈,而是实践的急务。普罗大众文艺的缘起,无疑是中国的现实。秋白借镜苏俄文艺反观中国现实,为俄罗斯有普罗大众文艺的胚胎而欣喜,而为中国却连这样的胚胎都没有而焦虑。但他实事求是地肯定,中国有普罗文艺的"母亲"——这显然是指古代的平民文学,乡土的民间文艺,以及晚清而至"五四"的白话诗文。"母亲"应当怀胎,但普罗文艺却断无胎息,原因何在?秋白悲怨地写道,这位母亲还是"摩登姑娘",学得了巴黎的时髦与颓废,追求虚荣与声望,充满了嫉妒和贪欲,奢华淫滥却无生育能力。[1] 真正的普罗文艺不在贵族聚会的"沙龙",而在劳工聚居的"贫民窟"。早在 1923 年,秋白就把当时中国的文艺界形容为"空阔冷寂的荒漠","许多奋发热烈的群众,正等着普通的文字工具和情感的导师,然而文学家却只……(爱的诗意)"[2]。他呼吁文学家告别"云上的日子",脚踏实地,不要为黄金"制礼作乐",而要迎向日出,倾听劳工诗人的声音。在秋白看来,在革命激流涌进的

---

[1] 瞿秋白:《普罗大众文艺的现实问题》,见《瞿秋白选集》,457 页,北京,人民出版社,1985。

[2] 瞿秋白:《荒漠里——一九二三年中国文学》,见《俄国文学史及其他》,153—157 页,上海,复旦大学出版社,2004。

时代,无产阶级劳工是真正的思者,地道的诗人。在这一点上,秋白同法国马克思主义哲学家朗西埃(Jacques Rancière)堪为同道,思之所及,不谋而合。通过研究19世纪30年代工人的诗歌、书信、杂志、招贴,朗西埃惊奇地发现,"诸神下厨房,工人为吾师,真理寓于淳朴之人的灵魂"。"工人们的行动比他言语更有教养,他们的严于律己比愠怒爆发更有革命性,他们的微笑比要求更有叛逆性,他们的节庆狂欢比聚众造反更有颠覆性,易言之,他们越是沉默寡言,我们反而觉得他们更是言辞犀利,日复一日的生活之表几乎波澜不惊,但他们的颠覆却更加彻底。"①可是,在现代中国,普罗大众文艺之母难以受孕结胎,即使受孕结胎还是难以开怀分娩,即使开怀分娩,新生儿更是难以健康生长。问题在于现代中国现实更加复杂,而语境更加迷乱,秩序崩溃规模空前,而历史主体分裂流变不仅空前,恐亦绝后。秋白用"神奇古怪"来摹状中国当时的文艺。封建余孽幽灵不散,去而欲返,劳工民众过着中世纪的文化生活,而士大夫的残余与绅士资产阶级以文学艺术为工具,对无产阶级实施"奴隶教育"。封建余孽笼罩,绅士残渣泛起,现代中国没有革命的文艺,只有封建的妖孽。封建意识的统治,等级秩序的威权,礼教张牙舞爪,迷信欺骗恐吓,武侠剑仙之梦散播,东方文化主义的低俗宣传,如此等等,皆为巨大的阻力和顽固的逆流,窒息无产阶级的革命的意识,并扼杀和围剿普罗大众的文艺。

从文学主体定位,秋白诉诸"文学大众化"为现代中国文学指点迷津,力求回答"为何人"和"由何人"来写作的问题。封建的等级对立决定了文学的等级对立,现代中国文艺生活一分为二:"第一个等级是五四式的白话文学和古诗文词——学士大夫和欧化青年的文艺生活。第二个等级是章回体的白话文学——市侩小百姓的文艺生活。"②二者之

---

① Jacques Rancière, *Proletarian Nights: The Workers' Dream in Nineteenth-Century France*, trans. John Drury, with an introduction by Donald Reid, London, New York: Verso, 2012, pp. 14-15.
② 瞿秋白:《普罗大众文艺的现实问题》,见《瞿秋白选集》,458页,北京,人民出版社,1985。

间犹如隔着万里长城,气象森严,氛围肃杀,不相混杂,也不可通约。可是,能识文断字或读得懂"五四"白话诗文的民众为数不多,这个小团体混杂在四万万的人口中,委实难掀波澜。在这么一种极不平衡的文化生态下,秋白痛切断言,中国仍属中古之末,启蒙之前:"不能够不说中国还在吉珂德[堂吉诃德]的时代","中国的西万谛斯[塞万提斯]还没有进娘胎"。[1] 要颠覆这么一种非对称的文学秩序,就必须创造无产阶级的大众文艺。要创造无产阶级的大众文艺,就必须真正将文艺生活奉还给民众。要真正把文艺生活奉还给民众,就不能高高在上地对民众实施教化,而是必须躬身下行任由民众风化。要把新式白话诗文变为民众诗文,就要求"革命的作家向群众学习"。不独文艺创造必须如此,文艺复兴也当循此道,唯此一途,别无良策。启蒙而至革命,注定了走向大众乃是文学艺术的责任。欧洲浪漫主义文学运动从法国大革命中获取动力,而走向民间和大众,从而深化启蒙意识,提升革命后果,这不是偶然的。法国大革命加速了近代三大现代精神的生成与传播,而这些现代精神几乎融入了人类的血脉,而成为本能的冲动。"平庸流俗的主题生成于民主精神中成为时尚,自我反思以至于治学为己,成为强大的冲动,最后是追究学理成为自然习性",历史学家近来如此概括法国革命对于近代欧洲文学制序的颠覆与建构作用。[2] 中国的情形亦复如此,秋白的诗学言说就渗透着大众意识,自我反思意识以及制序化的理论诉求。跨越万里长城,到群众里面去,利用群众的新言语,创造群众的新文艺,武装无产阶级和劳工群众,是为普罗大众文艺的使命。

　　普罗即无产阶级,是世界革命的主导,亦是现代中国文学的主体。此点清楚明白,毫无歧义。可是,"大众"一语的内涵飘忽,外延难以界定,但为了完整地把握"普罗大众文艺"建制,势必勾勒"大众"的概略与范围。返求渊源,现代中国文学的"大众"诉求,根源在于古典儒

---

　　[1] 瞿秋白:《吉诃德的时代》,见《瞿秋白作品精编》,122—123页,桂林,漓江出版社,2004。

　　[2] David Simpson,"French Revolution",in Marshall Brown (ed.),*Literary Criticism*,Vol. V,Romanticism,Cambridge:Cambridge University Press,2000,p. 59.

第二章 激进启蒙意识的文论制序——瞿秋白文论及其时代精神

家人本精义。《孟子·万章(上)》有言:"昔者尧荐舜于天,而天受之,暴之于民,而民受之……天与之,人与之。"初用"民"字,后用"人"字,合用"人""民"而指称天下大众,便是现代文学的大众诉求的远古根源。① 现代意义上的"大众"概念由域外舶来,其源直追 18 世纪末 19 世纪初的浪漫主义文化运动。民族国家形式的草创,政治意识形态的成型,正是扎根于这个阶段的"时代精神",原始、野性、生命有机体被奉为人类文化的原型,乡土民歌、异域情调、俚俗方言以及形形色色的通俗文艺竟成时尚。庙堂文化风末气衰,而草根文化枝繁叶茂,"人民"或"民众"上升到了浪漫时代诗人与哲人的兴趣中心。"人民"的发现,"大众文化"的发明,乃是一场文化原始主义运动的组成部分,由此而后形成了一脉新文学传统。鸢飞鱼跃,水流花开,神话瑰丽,民歌多情,方言韵雅,艳歌迷人……在浪漫主义时代,古代的、遥远的和流行的东西并存而不相悖,相益而不相害。尤其是那些来自深街里巷的谣曲,还有来自山乡土著的民歌,无不简单、朴实、古旧而且动人。然而,浪漫主义所发现的大众文化即刻为欧洲古典高雅文化所涵化,纳入学校和大学的课程,而进入了正宗传承系统。一旦被经典化,往后要再来定义"大众文化"就难上加难了。正因此,学者们知其不可为而为,用消极的方式来定义"大众文化"。所谓"大众文化",乃是"剩余的大众文化",即大传统之外的小传统,正统之外的异端,中心之外的边缘。总之,非学者、非文人和非精英们所创造的文化秩序。② 以此文化概念为视角来臆测秋白的"大众",它当指现代中国文化谱图之上的小传统、异端和边缘,即减去传统士大夫阶层、绅士资产阶级、小资产阶级浪漫主义者、党官政要之后的人民群体。易言之,秋白心目中的"大众",应该是无产阶级和劳动民众,包括手工工人、城市贫民和农民群众。革命作家的使命,当然就是走进这样的大众群体,团结和组织这样的人民大众,在无产阶级的领导下完成民权革命,推进社会主义革命。无须多言,普罗大众文艺不是抒浪漫幽情,吟诵

---

① 陈大齐:《孟子待解录》,赵林校注,226 页,上海,华东师范大学出版社,2012。
② [英]彼得·伯克:《欧洲近代早期的大众文化》,杨豫等译,29—30 页,上海,上海人民出版社,2005。

风花雪月，而是谱写革命史诗，再现刀光剑影。建构普罗大众文艺，将颠覆传统文学秩序中正统与异端、中心与边缘的关系，而开辟现代中国文学的新天地，重构文学制序，演化出一脉文学新传统。

从文学语体的自觉，秋白呼吁"俗话文学革命"，承继"白话革命"的志业，建构"现代中国文"。江山代有人才出，一代有一代的文学，一代文学有一代文学的语言。"用什么话来写？"这个问题并非细枝末节，而是直系根底。语言文字与国族灵魂互为表里，一体两面。幽怀寄系于无产阶级革命，秋白对"用什么话来写"的问题念兹在兹。所以他认为，无产阶级必须领导以劳动群众为主体的文学革命，创造"新的丰富的现代中国文"，建立"'现代中国文'的艺术程度很高的而又是大众能够运用的文艺"。语言居文学革命之首，又堪称社会变革之兆。启蒙而至革命，文学革命而至革命文学，白话文学运动而至俗话文学运动，中国文艺复兴的目标乃是"创造出新的中国的现代言语"。①

语言问题为何居于文学革命之首，且堪称社会变革之兆？作为人类于匮乏中艰难求生的工具，茫昧中自我定位的向导，以及流离中奋力建构家园的材料，语言文字同朝政国事的治乱兴衰，以及个体修身的盈虚消息之间本来就有一种剪不断理还乱的同构关系。"言辞之变，文化之变，精神之变，三变本为一变"（Wortwandel ist Kulturwandel und Seelenwandel）。德国古典学家里奥·斯皮策（Leo Spizer）一语道破天机。岁有春夏秋冬，情有哀乐轮转，人有因缘离合，政有治乱交替，言何以堪？文何以往？正变兴衰是其不改的轨范，难避的宿命。从源流而察之，周秦古奥，汉唐庄严，宋元昳丽，明清艳俗，风物尽随世变改，而言辞必与古人争。但若问其究竟，言辞嬗变，演示出文学制序的历史。"制序"，是从刘勰《文心雕龙·宗经》"象天地，敬鬼神，参

---

① 瞿秋白：《大众文艺问题》，见《瞿秋白选集》，北京，人民出版社，1985。"这是要无产阶级的先进分子领导着一般劳动民众去创造新的丰富的现代中国文"。又第497—498页："消灭那种新文言的非大众化的文艺，而建立'现代中国文'的艺术程度很高的而又是大众能够运用的文艺"（494页）。又参见瞿秋白：《论翻译——给鲁迅的信》，见《俄国文学史及其他》，上海，复旦大学出版社，2004。"翻译还有一个很重要的作用：就是帮助我们创造出新的中国的现代言语……宗法封建的中世纪的余孽，还紧紧的束缚着中国人的活的言语，（不但是工农群众！）这种情形之下，创造新的言语是非常重大的任务"（190页）。

第二章 激进启蒙意识的文论制序——瞿秋白文论及其时代精神

物序,制人纪"文句,拈出二字套改而成,意指文学轨范、文类等级、言辞风貌等复合而成的体制与秩序。德国哲学人类学家盖伦(Arnold Gehlen)用拉丁语"institutio"来指代由话语、习俗、制度、轨范、仪式、秩序等构成的文化象征建制,其内涵同刘勰"制序"近之,故大胆比附,权为译语。依盖伦所论,"制序"不是人类想象的产物,而是历史选择的成果,并可溯源至人类生理的遗传天性。初民的"诗性智慧",洪荒的"神话故事",远古的"英雄史诗",乡野的俚俗歌谣,节庆时分的狂欢仪式,乃至当今人类习焉不察的感物程序、思维方式、学科区隔、文类区分,无不在"制序"的网布之下和主宰之中。"制序"自有一套不易的律则。因而,文学语言、文学样式的正变兴衰,亦有律则可循。历经世界劫毁,饱受风潮荡涤,而今存留下来的"制序"乃是进化巨流中被优选出来的佼佼者。物竞天择,适者生存,恰如其分地描述了生物世界的进化状态,但援此以摹状人类社会的历史进程,则为郢书燕说,谬以千里。进化论不能描述人类社会的发展,但可能描述人类外在技术(物质工具符号)和内在技术(语言、修辞、理论等象征系统)的演化。"社会达尔文主义"虽已成谬说,然"词语达尔文主义"却犹存其真。"词语达尔文主义",将人类的语言文字的演化描述为"词竞天择,菁者生存"。在进化的巨流中经过残酷的选择而幸存下来的语言文字,是为"恒久之至道,不刊之鸿教",堪称神圣。"制序"也因此成为布鲁门贝格神话诗学的核心概念之一,它将语言文字演化而臻于精致的象征体系定义为"幻影肉体"(Phantomleib)。它源自进化机制的有机系,又同进化机制相抗衡,规避进化过程的偶然压力,最后发展进入文化领域,形成制序领域,并在绵延不朽的神话研究中得以保存流传,泽被万世而永不枯竭。①

回到秋白,自然应该追问:当他意欲振臂召唤大众推进俗话文学运动,确立"现代中国文"的制序之时,有多少文学"制序"共存博弈,竞逐文统,主宰文道?"当代之文,理融欧亚,词驳今古,几如五光十

---

① Hans Blumenberg, *Arbeit am Mythos*, Suhrkamp Verlag, Frankfurt am Main, 1979, Z. 182.

色，不可方物……"①钱基博如是描述维新而"五四"乃至无产阶级革命时代的文学风貌。物色驳杂，群流并涌，但不妨衡之以古今、中西。古文派阵容中，"或远祧中古以上，或近祢近古而还"。前者以章太炎、刘师培为典范，言尚古奥，词仿骈俪，更有云水高僧苏曼殊辈以五言古体拟仿拜伦之豪放、雪莱之凄艳，颇有"窈窕深谷，时见美人"之妙。后者以"桐城三祖"和"湘乡流裔"为楷模，辞好雅洁，气盛言宜，其间且有林纾笔述欧美小说，运笔如风落霓转，叙事抒情，自成意境，异趣横生。今文派为"新文学"阵容，康、梁师徒以"新民体"肇始文学革命，开创启蒙大业。严复、章士钊创"逻辑古文体"，前者以周秦语文移译西方学理，后者"达于西洋之逻辑，抒以中国之古文"。胡适、陈独秀、周氏兄弟则擎起文学革命的义旗，张开"白话文学"的强弓，射杀宗法礼教、封建余孽，发为雄声，破恶声论。古文两脉，今文三流，浮沉于维新、启蒙、革命的宏大叙事中，便是"现代中国文"的先驱，且汇成中国新文学的源流。然而，守成不如纳新，古风败于新潮，白话文学运动领一路风骚，从文学革命演绎出革命文学。以白话文学为中心，看似可能确立现代中国文学的"制序"，形成中国文学的新传统。鲁迅的批判现实，徐志摩的虚灵幻想，郁达夫的青春颓废，郭沫若的革命抗争，其间有一条清晰的文学演化轨迹：小我转向大我，文人转向大众，闲暇阶层转向劳工阶级，象牙之塔转向十字街头，东方文化转向世界革命。"于是所谓新文艺之新而又新者，盖莫如第四阶级之文艺，谥之曰普罗文学，其精神则愤怒抗进，其文章则震动咆哮，以唯物主义树骨干，以阶级斗争奠基石，急言疾论，即此可征新文艺之极左倾向。"②"愤怒抗进"，"急言疾论"，即无产阶级左翼文学的锋芒，此乃启蒙思想的激进化。秋白厕身其间，在理论上伸张此等激进思想，意欲在于推进白话革命，进于俗话革命，以属于普罗大众的语言建立"现代中国文"的制序。

---

① 钱基博：《现代中国文学史》，傅道彬点校，294页，北京，中国人民大学出版社，2009。

② 钱基博：《现代中国文学史》，傅道彬点校，446页，北京，中国人民大学出版社，2009。

第二章 激进启蒙意识的文论制序——瞿秋白文论及其时代精神

为确立"现代中国文"的制序，秋白使用"思维减法"来求取古典和现代传统的剩余物。在古典流传和现代生成的语言文字系统中，有四种制序、四种典律彼此共存，相互消长：古文的文言、"新民体"的文言、"五四"白话文、旧小说式的白话。① 秋白站在普罗大众的立场上，代新生阶级决断、选择和立言。

对古文的文言，他极尽责难之词，视之为封建余孽，贬之为"周朝话"。依他所见，"五四"前士大夫使用的文言，压根就不像"话"，而只是"周朝话"的记录，其记录的工具是象形文字，简约而且模糊。古风已成云烟，历史荒渺无迹，"周朝人"一去不返，"周朝话"无缘再生，即便是"魏晋文章"和"汉唐气象"，也只不过是现代人一厢情愿的心灵祈向而已。依此，秋白将古文文言比附于鞑靼民族的野蛮语言，不经罗马化则绝无生路，只能是死的语言。

对梁启超式的文言和"五四"白话，他亦无信任之意，认为它们食洋不化，画虎类犬，半文不白，半死不活。制造新的字眼，创造新的文法，"五四"白话文最终蜕变为"新式文言"，而绝缘于口头俗语。秋白称之为"非驴非马的骡子话"，出言苛刻，意在谴责它们难为大众接纳。古文文言和新式古文，自然都不属普罗大众。文学革命之后，封建等级秩序依然：一边是传统士大夫、新式绅士、罗曼蒂克的小资产阶级，另一边是手工工人、城市贫民、农民群众，无形的城墙阻隔其间，两边没有共同语言，根本无法交流，遑论"现代中国文"的制序。在谈到文学翻译时，秋白难掩对古文文言和新式文言的怨怼：严复宣称译事"信""达""雅"，文必"夏""商""周"，活脱脱一个古代文人；桐城派尊崇文章义法，满纸忠孝节义，看似雅洁超迈，实是墓志铭文；林纾以桐城文章述欧西情史，偏要扭扭捏捏，死死抓住文言的残余，乃是对"革命的罪恶"。只有否定绝无肯定，秋白言锋冷峻，怨怼之言却也饱含哀婉之意："严复，林琴南，梁启超等等的文章，的确有陈列在历史博物馆的价值。这是一种标本，可以使后来的人看一看，中国的中世纪的末代士大夫是多么可怜，他们是怎样被新的社会力量强迫

---

① 瞿秋白：《大众文艺的问题》，见《瞿秋白选集》，492页，北京，人民出版社，1985。

着一步一步的抛弃自己的阵地，渐渐地离开中世纪文言的正统，可是，又死死的抓住了文言的残余，企图造成一种新式的文言统治。"同情之心却总是为怨怼之火化为灰烬，秋白要承继"五四"志业，"完完全全肃清这个中世纪的茅坑"①。毁裂古旧文学制序之意已决，一种文化虚无主义的阴翳笼罩心中。

对于"章回体白话"、"欧化文艺"以及"语体文"，秋白没有全盘拒斥，但有相当保留。首先，章回体白话的典范，如《水浒传》、《红楼梦》之类，亦同样是明清话的省略记录，仍然是以文言为主的语言，而非生动活跃的通俗口语。其次，真正"欧化文艺"的目标，是要创造广大群众的新的文字和语言，创造广大群众的新的文艺形式，非此就可能迷失在资产阶级意识形态的迷宫中。所以，欧化文艺必须在群众中求新思变，推进文学革命，使用真正的中国白话文。最后，白话文学运动中生成的新式"语体文"，亦必须将新的表现方法据为己有，铭记为白纸黑字，从事此等创作的人，务必竭尽全力，让新的字眼和新的句法得到真实的生命，"要叫这些新的表现法能够容纳到活的语言里去"②。否则，白话文就不是现代的，也不是中国的，更不是普罗大众的，不仅不能健康发展，而且会倒退为非驴非马的骡子话，半文不白的新文言。

在博弈竞争的文学制序中，减去古文文言、新民体语言、"五四"白话、章回体白话、欧化文艺以及新语体文之外，还剩下什么呢？还剩下真正的白话。真正的白话，就是真正通顺的"现代中国文"。"现代中国文"乃是普罗大众听得懂、说得出、读得出和写得出的语言文字。花有叶衬，果在枝头，真正的白话是彻底的俗话。彻底的俗话即活的言语，是平民的心曲，诗性的智慧，史诗的泉源。哲学先知维柯在前，文学史家奥尔巴赫在后，都将上古希腊的荷马与中古末叶的但丁相提并论，不能不说意味深长。二位诗人生逢之世，乃其国族祖先出离洪

---

① 瞿秋白：《再论翻译》，见《俄国文学史及其他》，206页，上海，复旦大学出版社，2004。
② 瞿秋白：《再论翻译》，见《俄国文学史及其他》，202页，上海，复旦大学出版社，2004。

第二章 激进启蒙意识的文论制序——瞿秋白文论及其时代精神

荒之时,他们吟诗成章,返照初民之茹毛饮血。巨笔如椽,旨达春秋,二位诗人再现人间真迹。二者视通万里思接千载,皆有神思之力,生气盎然,古朴天真,而全无化性起伪、好尚凝思、心机盘算或虚情假意的迹象。这两位诗人的智慧,与玄奥的智慧毫不相关,而同俗人生活之道血脉关联,故而"渠等所藏之智,实乃原始野性之智,英武之气蒸腾,而神话之韵流溢"。[①] 荷马用俗语创作英雄史诗,但丁用俗语叙说天人神鬼九界的故事,堪为世界文学真正的亮丽风景。蔡元培将文学革命比之于文艺复兴,言白话文运动为鬼话到人话之变,极其赞颂但丁、路德、塞万提斯以俗语为媒介开创的现代文学制序。[②] 这显然不是虚张声势,亦非空穴来风,而是托志白话文运动,开启文学革命大业,创建中国现代文的制序。

当白话文运动再造新式文言且为新式绅士所垄断,秋白用"俗话文学革命运动"一语来命名"革命文学"。革命文学取法真正的俗语,意欲深入劳动群众的身心,组织无产阶级反对封建余孽和资产阶级的斗争。不用"周朝话",不用"明朝话",不用"非驴非马的骡子话",不用食洋不化的旧时欧化体,更不用半文半白不死不活的新文言,革命文学要用彻底的俗话来写。如果说,从传统古文到"五四"白话的转变,是鬼话到人话、死人之话到活人之话的转变,那么,从白话到俗话的转变,则是活死人之话到活人之话的转变,白话文学到彻底的俗话文学的转变。彻底的俗话,是指"现在人的土话","现代人的普通话",普罗大众能够听说读写的语言。无产阶级,乃是秋白念兹在兹的文学主体。彻底的俗话,因而也就是无产阶级所属的语言。"无产阶级,在'五方

[①] Erich Auerbach, *Dante: Poet of the Secular World*, trans. Ralph Manheim, New York: New York Review Books, 2001, p. 111.

[②] 蔡元培:《中国新文学大系·总序》,见刘运峰编:《中国新文学大系导言集》,天津,天津人民出版社,2009。"欧洲中古时代,以一种变相的拉丁文为通行文字,复兴以后,虽以研求罗马时代的拉丁文与希腊文,为复古文学的工具,而另一方面,却把各民族的方言利用为新文学的工具。在意大利有但丁、亚利奥斯多、朴伽丘、马基亚弗利等,在英国有绰塞、威克利夫等,在日耳曼,有路德等,在西班牙,有塞万蒂等,在法兰西,有拉勃雷等,都是用素来不认为有文学价值的方言译述《圣经》,或撰写诗文,遂产生各国语的新文学。我们的复兴,以白话文为文学革命的条件,正与但丁等同一见解。"(6页)

杂处'的大城市和工厂里，正在天天创造普通话，这必然是各地方土话的互相让步，所谓'官话'的软化。"①俗人乱道，杂语喧哗，经过彼此让步，异趣沟通，一种出自方言俚语的俗话将由无产阶级提升为"中国现代文"。"无产阶级自己的话，将要领导和接受一般智识分子现在口头上的俗话——从最普通的日常谈话到政治演讲——使它形成现代的中国普通话。"②在此，俗话不只是一种可以视听说的新生语言文字，更是一种看不见摸不着的阶级情感结构，而且还是一种观照古今语言之变、审视现代进程的视角，一种指引社会革命的政治纲领和政教论说。通过俗话文学，无产阶级首先自我断言，自我定位，接着又动员和组织广大劳动群众展开革命斗争，从而实现对一切旧秩序的彻底决裂。

　　语体已定，文体自觉势在必行。"文体"，即文学的体裁类型，亦称"文类"。文体自觉，势必会追问："写什么东西？"文体或文类，乃是创作主体开拓的符号空间，借此以安置生存境界，延伸生命意志，构筑精神家园。文体非他，是为求取制序的意志（the will to order），而这种意志同人类精神的秩序历史地关联。③ 文体的滋生，有赖特有群体于特定历史的独特符号实践，如史诗之于古希腊，诗史之于希伯来，抒情之于文艺复兴意大利，小说之于近代欧洲，以及诗骚之于上古中国。作为文类体系，文体就是制序意志历史化的成果。由此，文类乃是咏物、言情、述理、道事的典范符号架构。典范符号架构，是一切原创诗学言说的基础，如诗三百之于言志诗学，骈俪艳辞之于缘情诗学，悲剧之于摹仿诗学，物语之于物哀、幽玄、风雅诗学，如此等等。"一代之兴，必有一代之绝艺"，历史的视角无分古今中外。自维新时代以来，古典文类体系须废黜的被废黜，要更新的被更新，域外舶来的文类嫁接于本土素材而生成新式体裁。然而，新生文类不今不古，

---

　　① 瞿秋白：《普罗大众文艺的现实问题》，见《瞿秋白选集》，464 页，北京，人民出版社，1985。
　　② 瞿秋白：《普罗大众文艺的现实问题》，见《瞿秋白选集》，464 页，北京，人民出版社，1985。
　　③ Claudio Guillen, "Poetics as System", in *Comparative Literature*, Vol. 22, No. 3 (Summer, 1970), pp. 193-222.

第二章　激进启蒙意识的文论制序——瞿秋白文论及其时代精神

不夷不惠,间于土洋之间,或新瓶旧酒,或皇帝新装,还称不上典范文类。自"五四"以来,文学革命短暂过渡,革命文学愈演愈烈,启蒙与复兴互相推动,俗间俚语和激进政治论述彼此杂糅,文体难以定于一尊。而罢黜百体,独尊一类,重构"中国现代文"的制序却事关革命的领导权,这种冲动甚至决定着现代中国的命运。世界无产阶级的崛起,中国革命与世界革命的汇流,20世纪的中国劳工阶层将使用什么样的文类来表达其激情和梦想?普罗大众究竟要写什么东西?什么文类方能担负起革命斗争与文艺复兴的使命?如上文所言,新式文类要成为文类经典还须时日,文类经典还只是潜藏在五方杂处的俗人乱道、众声喧哗中。易言之,新生文类还是"潜文类"。"潜文类"的弱势在于品质模糊、格调低俗、元素驳杂,但其强势在于元气淋漓、生机勃发、受众广大。秋白依次否定了古文体、欧化体以及新式语体,但对于新式文体却所说不多,言不逮意:

> 普罗大众文艺所要写的东西,应当是旧式体裁的故事小说、歌曲小调、歌剧和对话剧等,因为识字人数的极端稀少,还应当运用连环图画的形式;还应当竭力使一切作品能够成为口头朗诵,宣讲,讲稿的底稿。我们要的是体裁朴素的东西——和口头文学离得很近的作品。①

文中的"应当",流露出指点江山的霸气,为生民立命的衷情,但同时也暴露出几分唯我独尊的虚妄,还有几分苍白无力的虚弱。他所推重的文体,不妨一言以蔽之,曰"普罗大众体"——用无产阶级的方言土话写出来的、为大众视听所能接受的文类。这种文类当然不是自天而降的,而是改造旧式体裁或推陈出新的形式。秋白甚至一厢情愿地设想,这类体裁包括俗话短篇小说、新式俗话诗歌、新式通俗歌剧、群众自演的戏剧。这么一些新式体裁,在多大程度上能成为现代中国文的制序中的文类典范?在何等意义上能延伸中国新生阶层的生命意

---

① 瞿秋白:《普罗大众文艺的现实问题》,见《瞿秋白选集》,476页,北京,人民出版社,1985。

志和创造梦想？最后能否代表中国文学新制序的未来？时过境迁，今人不难明鉴。然而，秋白的这些论说在 20 世纪 30 年代之后确实被经典化，他所推重的文体也在相当程度上被尊为无产阶级文学的典律。从世界范围的无产阶级革命文学的理论诉求来看，秋白早于瓦尔特·本雅明提出了"艺术政治化"命题。20 世纪 30 年代，国际共产主义运动与法西斯运动遭遇，无产阶级成为双方争夺和较量的焦点。法西斯主义力求将政治生活审美化，其结果是引发了一场惨绝人寰的战争。"崇尚艺术，摧毁世界"，法西斯主义将"为艺术而艺术"推向峰极，从而有了"为战争而战争"。为了避免人类将自己的毁灭作为审美体验来经历，就必须与政治审美化针锋相对，将"艺术政治化"。① 因为秋白看得清楚，无产阶级革命乃是大众的盛典，对旧秩序的破坏史无前例，斗争之残酷、处境之艰险，实出一般人的想象。因而，普罗大众文艺必须在情绪和思想上抢占先机，联络革命队伍，武装人民群众，从而将文学艺术作为政治斗争的工具。鉴于工具价值，出于实用目的，秋白对新式文体提出了一些偏激的特殊要求。比如，为鼓动而创作艺术化的标语，为组织斗争而创作历史小说，为理解人生而创作劳工私人生活的故事，恋爱小说，等等。唯其如此，普罗作家才能以无产阶级的观点去反映现实的人生、社会关系、社会斗争，将文学与政治及党性高度统一起来，推进以俗话为本位的文学革命。

从维新到启蒙，从启蒙到革命，文学革命到革命文学的演进，要求自我反思。文学运动的自我反思，自然就会在主体、语体、文体构成的文学制序上添加"论体"这一环节。"论体"，即表达自我反思和展开文本批评的文体。在批评实践中，秋白选择了一种介入古典诗话和时政杂论之间的评论文体。古典诗话可供独抒性灵，自由灵活，诗意盎然。时政杂论则可供评议时势，匕首投枪，言锋犀利。秋白心仪鲁迅"杂感体"，实即借乃师之名，自道一己之好：

……杂感，这种文体就证明了自己的战斗的意义。鲁迅的杂

---

① ［德］本雅明：《可技术复制时代的艺术作品》，见《经验与贫乏》，292 页，天津，百花文艺出版社，1999。

第二章　激进启蒙意识的文论制序——瞿秋白文论及其时代精神

感其实是一种"社会论文"——战斗的"阜利通"(Feuilleton)。谁要是想一想这将近二十年的情形,他就可以懂得这种文体发生的原因。急遽的剧烈的社会斗争,使作家不能够从容的把他的思想和情感融铸到创作里去,表现在具体的形象和典型里;同时,残酷的强暴的压力,又不容许作家的言论采取通常的形式。作家的幽默才能,就帮助他用艺术形式来表现他的政治立场,他的深刻的对于社会的观察,他的热烈的对于民众斗争的同情。不但这样,这里反映着"五四"以来中国的思想斗争的历史。杂感这种文体,将要因为鲁迅而变成文艺性论文的代名词。自然,这不能够替代创作,然而他的特点是更直接的更迅速的反映社会上的日常事变。[1]

满怀改造世界的热情,对抗残酷的强暴,同时又运用文学的形式,展开对社会的反映和对自我的反思,这一切构成了"杂感体"的特色。秋白使用这种战斗的文艺论文而对鲁迅展开评论,不仅对现代中国文学的论体有开创之功,而且代表着当时文艺批评的最高水准。秋白经营的文学"论体",像鲁迅本人的文字一样,出自逆子贰臣的手笔,散发着狼子的野气,传递着摩罗诗力。同时,这种论体将传记反思与社会批评结合起来,而上升到思想史的高度,因而具有强烈的现代自反性。记述鲁迅行传,秋白演绎了"狼之子"的故事:吃狼奶长大,又回到狼的怀抱。再现了鲁迅的心史:从进化论到阶级论,从绅士阶级的逆子贰臣到无产阶级和劳动群众的真正友人以至战士。反思了从辛亥到"五四"、从"五四"到"五卅"的中国历史剧变,描述了文学革命向革命文学的演进,以及中国革命与世界革命的合流。

至此,中国现代文学的主体、语体和论体基本确立,而文学的制序也得以初步范定。无产阶级决裂旧秩序,扫荡封建余孽,取代资产阶级而成为文学的主体。推进白话运动,以俗话运动延续文学革命的志业,展开第二次革命,无产阶级将以方言俚俗为基础铸造大众文学语言,探索新式文体,历史地建构文类制序,从而将艺术政治化。中

---

[1] 瞿秋白:《〈鲁迅杂感选集〉序言》,见《瞿秋白选集》,525页,北京,人民出版社,1985。

国现代批评选择"杂感体",将古典诗话与时政论文结合起来,将传记反思与社会批评统一起来,使艺术批评同艺术创作一起担负起战斗、动员、组织无产阶级革命的使命。综观这套启蒙激进化的诗学符码,我们不难发现,它尝试着回答了谁为中国文艺复兴的"阶级主体",以及传统中国文学如何真正"现代"的问题。

七、史诗正典——"普罗现实主义"

现实主义,脱胎于清代艺坛异端支脉,汇合舶来写实文学,最终让普罗大众革命精神有所附丽,而成为现代中国文学制序的正典。现实主义主张真实,追求真诚,吻合中国古典春秋笔法,且遥契西方古典史诗精神。通过秋白的理论建构,那种从维新、启蒙以至革命一路演进而来的"现实主义"被正典化了。是他,更名"写实主义"为"现实主义",从"新写实主义"转出"普罗现实主义",对"清醒现实主义"推崇备至,扬弃机械反映教条,解构自然摹仿学说。故而,秋白可谓现代文艺思潮史上里程碑式的人物。对现实主义进行正名、责实,进而析理、立法,秋白痛责"浪漫蒂克"弊病,鼓动文坛"普罗现实主义"言辞,刻意建构唯普罗现实主义独尊的史诗正典。①

近求谱系,现实主义为欧洲19世纪文学主潮。追述元祖,则可知这一为文之道源自古希腊史诗,哲人柏拉图和亚里士多德就已述说过"摹仿说"(Mimesis)这一经典学说。柏拉图言诗文摹拟理念,蓝本非俗目所能见,而至道非俗语所能言。亚里士多德一反师说,以悲剧为个案,构建一套诗学论说,主张诗文摹拟行动,演绎情节,激发悲悯与

---

① 瞿秋白:《普罗大众文艺的现实问题》,见《瞿秋白选集》,北京,人民出版社,1985。"无产阶级不需要矫揉造作的麻醉的浪漫蒂克来鼓舞,他要切实地了解现实,而在行动斗争中去团结自己,武装自己。他有现实的将来的等他领导最热烈最英勇的情绪,去为着光明而斗争。因此,普罗大众文艺,必须用普罗的现实主义方法来写。这需要开始一个运动,一个为着普罗现实主义而斗争的运动。"(第477页)字里行间,充满了对现实的激情,对行动的渴望,对革命的召唤,对运动的呼唤,故而不妨说秋白的"现实主义"乃是无产阶级的史诗正典。

第二章　激进启蒙意识的文论制序——瞿秋白文论及其时代精神

恐惧之情,陶冶情操,风化世道。自亚里士多德以降,"摹仿说"雄霸文史,以致后学无论如何左奔右突,都难脱窠臼:撰文作诗,春秋笔法,无非是变着样法"再现现实于诗文"(representation of reality in literature)。① 荷马与旧约先贤开启端倪,两千年欧洲诗人作家竞其流绪,"再现现实于诗文"自是不坠的文统,即便是离经叛道的"现代主义"诗人、作家(乔伊斯、普鲁斯特、弗吉尼亚·沃尔芙),也尽在这神圣光芒的烛照中。现实主义源流不断,文统不坠,理则不易。然而,一旦道贯古今,经纬天地,这种称谓就可能预留虚位,任人将一己所好投射于其上,神而化之。职是之故,文学理论家韦勒克抱怨说:"现实主义作为一个时期的概念即作为一个规定性概念,是一种不可能由任何一部作品完全实现的一个理想类型。"② 问其究竟,现实主义要求在题材上无所不包,在方法上力求客观再现,在范畴上尝试用"典型"将主客观协调起来。对于现代中国而言,教化、载道、维新、革命,现实主义文学无所不能,负载超量,不堪重负。

以"写实"的面目,现实主义在明清之际托基督教传播而进入中国,正逢古典中国诗艺文统衰微之时。在中国文人士大夫眼里,西洋画工"细求酷似,赋色真与天生无异",但画韵全无,虽工亦匠,不若中国画"全体以气韵成"(松年《颐园论画》)。但绳墨难羁世变,家法不拒益师。对于"工于肖物"而"气韵全无的"西洋写实诗学,中国人文士大夫先是拒之千里,后是揽纳入怀,涵而化之。政界维新与文学革命之际,亦为行动渴念和现实激情涌动之时,"写实"庶几成为中国诗文画戏变革的前途。1917年,康有为撰《万木草堂论画》,将中国近世画艺之衰归罪于元代四大家。同年,陈独秀回应"美术革命"呼召,严厉谴责元明清三世画家"专重写意,不尚肖物",而强势断言艺术界的维新必采"西洋画写实精神"。从维新至"五四",文学以描写人生为职,而美术以写实为上,诗界革命、文学革命、美术革命互相推动,彼此策应,

---

① [德]奥尔巴赫:《摹仿论——西方文学中所描绘的现实》,吴麟绶等译,第1章,第20章,天津,百花文艺出版社,2002。
② [美]韦勒克:《文学研究中的现实主义概念》,见《批评的概念》,张金言译,243—244页,杭州,中国美术学院出版社,1999。

预示着现实主义的涌入、崛起,融入中国现代文学制序,而最终被册封为史诗正典。

直到秋白译述马克思、恩格斯现实主义文学经典理论之前,现实主义一直以"写实主义"为名流布中国文坛。"现实主义(realism),中国向来一般的译作'写实主义'。"一条注释,展示了秋白正名责实之举,破旧立新之意。从此,现实主义在中国普遍流布,其理论渐渐展开,不断丰富,并在现代中国文学制序中占据了主导地位。作为"现实主义"的胚芽,"写实主义"同科学主义论说、人文学科体系甚至革命意识形态相关联,而成为一个复杂的思想符号,糅进了资产阶级和无产阶级的观念。考其来源,"写实主义"源出三门:一是西方自然主义创作方法,二是东瀛无产阶级文学理论,三是苏联拉普文学宣言。20世纪20年代末和30年代初,中国文坛对"写实主义"津津乐道,各方势力和众数团体都争相论说,积极传扬。

首先说西方自然主义。1904年1月2日,佚名人士于《大陆》杂志刊布一文,题为"文学勇将阿密昭拉"[①],叙说左拉生平与文学成就,称其为"奇伟魁杰之士","翻文海之波澜"。文中盛赞左拉"实写人民之生涯,描社会之状态,以贡于人间,可谓实行素志矣"。文尽之际,该文大胆以左拉之小说比附《水浒传》、《儒林外史》,言其脍炙人口,"写世态惟妙惟肖"。于此,借自然主义诠释写实主义,凸显"实写"、"素志"、"惟妙惟肖",无名人士基本上切中要害,不乖事理,而尤其特别赞赏左拉的社会批判意识:"一望而知其人冲突于文学世界,嫌忌愤恚之激浪中者。"1920年1月10日,胡愈之在《东方杂志》第17卷第1号发表《近世文学上的写实主义》[②],称写实主义为欧洲近代文学川流中的"摆渡船",将这一思潮置于浪漫主义和新浪漫主义之间。文章作者没有对"自然主义"和"写实主义"进行考辨分析,而是将写实主义与浪漫主义对举论说:一新一旧,一理一情,一实一虚,一真一美,一客

---

① 佚名:《文学勇将阿密昭拉》,见贾植芳、陈思和主编:《中外文学关系史资料汇编(1898—1937)》(上),269—273页,桂林,广西师范大学出版社,2004。
② 胡愈之:《近世文学上的写实主义》,见贾植芳、陈思和主编:《中外文学关系史资料汇编(1898—1937)》(上),277—286页,桂林,广西师范大学出版社,2004。

观—主观；一为人生而艺术，一为艺术而艺术；一不脱日用伦常之事，一多写惊心骇目之情。概而言之，写实主义作"为文之道"，有三个突出特色：科学化、长于丑恶描写、注重人生问题。这位颇有宏大视野兼具诗文历史素养的愈之先生最后断言：文学象征主义、神秘主义同中国文艺相距甚远，唯有写实文学可以"救正从前形式主义，空想文学，'非人'的文学的弊病"。中国写实主义一开始就以自然主义为楷模，同科学主义论说纠结甚深，而且还表现出独步文坛、统摄文情的霸气。"惟写实文学……"不幸一语成谶。接下来的历史表明，文学现代性的种种潜能被写实主义（现实主义）统统压抑下去了。而同自然主义相依为命的"写实主义"，旋即被"创造社"和"太阳社"理论家们视为过时之物，而秋白在其译述马恩经典之作时也不遗余力地解构"自然主义"的科学性与合法性。

其次说日本的"新写实主义"。1927年至1929年，日本无产阶级文学运动理论家藏原惟人接二连三地撰文，为"新写实主义"循名责实。依其所见，写实之"新"，无非是以"新"观点、"新"眼光、"新"方法来认知和再现世界。"新"观点，是指"明确的阶级意识"；"新"眼光，是指"无产者的前卫眼光"；"新"方法，是指唯物而又辩证的方法。一望便知，藏原惟人的"新写实主义"，就是日本社会革命及其文学思想的符码化，其核心在于文学与政治的一体化，无产阶级文学和唯物辩证法的统一体。"创造社"理论家成仿吾辨析"新写实主义"同庸俗的机械的写实主义之间的差异，"文学研究会"作家沈雁冰首次用"新写实主义"称呼苏联卫国战争时期的小说作品。[①] "太阳社"翻译家林伯修译述

[①] 成仿吾：《写实主义与庸俗主义》，见贾植芳、陈思和主编：《中外文学关系史资料汇编（1898—1937）》（上），300页，桂林，广西师范大学出版社，2004。"文学由浪漫的变为写实的，是我们由梦的王国醒来，复归到了自己。我们已与现实面对面。我们要注视着它而窥破它的真象。我们要把它赤裸裸地表现出来。然而我们于观察时，要用我们的全部的机能来观察，要捉住内部的生命，而不为外部的色彩所迷；我们于表现时，要显出全部的生命，要使一部分的描写暗示全体，或关连于全体而存在。……庸俗之流，不见此，观察不出乎外在的色彩，表现不出乎部分的残骸。他们作的只是一些原色写真与一些留声机片。所谓庸俗主义虽亦以写实自夸，然而他的'实'仅是皮毛上的'实'，一眼看完，便毫无可观的了。"又沈雁冰将苏联卫国战争中的电报体小说称之为"新写实主义"，参见林伟民：《中国左翼文学思潮》，185页，上海，华东师范大学出版社，2005。

藏原氏，理论家钱杏邨借鉴藏原氏学理，尝试制定"新写实主义"诗学纲领。这一纲领的要点包括：反对主观性，以无产者的立场而观察现实；克服布尔乔亚气，以自然科学的方法来描写现实，用社会观点来观察个人，解释人生问题；用明确的阶级观点和前卫的立场描摹人生；对一切有关无产阶级的题材兼收并蓄，力求包罗万象。[①] 然而，悖论蕴含在这些抽象的论点中，这种诗学话语充满了张力：既要"离开一切主观构造"，科学地观察现实，又要带着明确的阶级意识，以前卫的眼光来描摹现实，这如何可能？果不其然，"太阳社"理论家对茅盾《蚀》三部曲展开了激进的批评，将茅盾主张的客观观察与真实描摹称为文化"虚无主义"的等价物。他们嫌弃茅盾，理由就在于其写实主义缺乏明确的阶级意识，没有前卫的眼光，而用超然无为的视角来描写革命，满纸病态人物，时时无病呻吟。[②] 一言以蔽之，茅盾的写实主义，仍然算不得"新写实主义"。

最后说苏联"拉普文学"。苏联文学产生于世界政治革命的新时代，"欧洲中世纪末的教会文化，受18世纪启蒙派的颠覆，随后又有浪漫派诗人的狂飙，已经完全摧败无余，让出位置给所谓'近代'——资产阶级文化"。在其登峰造极之时，又必然让位给真正的平民——无产阶级。[③] 拉普文学将"人"、"时代"和"现实主义"融入一个完整的体系，为世界文学开启了新的篇章。然而，"现实主义"一语驳杂凌乱，在其左侧受到"现代主义"的攻击，而其右侧遭到"自然主义"的排挤，但它自身又缺乏明确的纲领。现实主义何以成为诗学的正典，匡正涌动的群流，指引文学发展的道路，主导中国现代文学的新传统？20世纪20

---

① 艾晓明：《中国左翼文学思潮探源》，104—118页，北京，北京大学出版社，2007；林伟民：《中国左翼文学思潮》，184—186页，上海，华东师范大学出版社，2005；许道明：《中国现代文学批评史新编》，113—120页，上海，复旦大学出版社，2002。

② 钱杏邨批评说，茅盾《蚀》三部曲，乃是在"充满悲观的基调"之心境下写出来的，"在全书里到处表现了病态，病态的人物，病态的思想，病态的行动，一切都是病态的，一切都是不健全。"（钱杏邨：《从东京回到武汉》，见付志英编：《茅盾评传》，258页，上海，现代书局，1931）

③ 瞿秋白：《关于俄罗斯和苏联文学的片断》，见《俄国文学史及其他》，80—81页，上海，复旦大学出版社，2004。

第二章 激进启蒙意识的文论制序——瞿秋白文论及其时代精神

年代,苏俄文学理论的核心任务之一,就是清理门户,厘清现实主义。30年代初期,中国发生了"五四"之后第二次"文艺论战"。论战的中心议题,是文学与政治的关系。无产阶级左翼理论家力举文艺涉世,文艺服务于政治,甚至充当阶级斗争的工具,成为革命宣传的喉舌。"第三种人"则反对政治干涉,维护文艺的审美自律,确保客观的观察和真实的描摹。由此可见,苏俄文学经验及其理论反思,同中国文学发展的具体情境一拍即合,催化了瞿秋白"现实主义"诗学体系的生成。理论的当务之急,就是为现实主义正名求实,将写实主义导入现代文学制序,以普罗大众文艺为基础,建构史诗正典与律则。

秋白将"写实主义"更名为"现实主义",暗含着解构"自然主义"的机锋,同时也向"第三种人"的文艺独立论射出了响箭。以左拉在俄罗斯的接受为个案,秋白断言:以自然主义为超然科学,实质上是一种"误解"。理由在于,左拉的科学主义,同非道德主义、非政治主义有着隐秘的关联,阻碍着"社会小说"向"社会主义小说"的转变。[①]而在中国,左拉也经过了同样的扭曲,人们借口"科学"、"客观"、"真实"来否定革命的必要,来讥笑改革主义激进角色。秋白的思考极为透辟:所谓"非政治的绝对客观的描写",所谓"不必努力去求得阶级意识",所谓纯粹的摄影机一般的描写,皆是自欺欺人,终归要投靠资产阶级,在客观上成为反动的帮凶。更何况,机械式的照相主义,一不能观察社会的真实现象,二不能把握历史的发展趋势,三不能避免成为反动阶级政治的帮凶。故而,自然主义或旧写实主义受制于旧阶级意识形态,而不具备前卫的穿透现实的眼光。[②]相反,秋白对托尔斯泰、陀思妥耶夫斯基的小说推崇备至、溢美不已,赞赏他们"深刻邃远","好像灵犀彻照","洞见现代社会的底蕴"。"他们的伟大,正在于艺术的真实,反映当代俄国社会之'沉痛的心灵'。"[③]与托、陀二翁比照,左

[①] 瞿秋白:《关于左拉》,见《瞿秋白文集》文学编第4卷,201—202页,北京,人民文学出版社,1986。

[②] 瞿秋白:《关于左拉》,见《瞿秋白文集》文学编第4卷,213—214页,北京,人民文学出版社,1986。

[③] 瞿秋白:《俄国文学史》,《俄国文学史及其他》,46—47页,上海,复旦大学出版社,2004。

拉的自然写实就仅得"偶然印象",而绝缘于历史必然,并且"残缺"、"停滞"、"脱离全体","丧失了现实中的变动性",故而不能不"违反真实"。悲哉左拉,不及巴尔扎克在资产阶级现实主义范围内表现"真实的人生",不若高尔基故意"借着文学作品作宣传的工具",而呈现"真正的'真实的人生'"。①

在20世纪30年代的文艺论战中,秋白运用"辩证唯物论",论说文学政治化,剑指"第三种人"虚伪的客观主义,及其表面上"与价值无涉"的艺术至上论。"第三种人"的代表人物苏汶、胡秋原认为,只要有客观的态度,就能自然而然地描写封建残余和资产阶级的崩溃,导向社会主义。同时,他们还一口咬定,文学与政治势不两立,政治干涉势必削弱文学的真实,淹没文学的审美自律。秋白称"纯粹客观论"为"虚伪的客观主义","资产阶级的虚伪的旁观主义",认为这一主张否定了艺术的主体性及其影响生活的能动作用。"一切阶级的文艺却不但反映着生活,并且还在影响着生活……在相当程度之内促进或阻碍阶级斗争的发展,稍微变动这种斗争的形势,加强或削弱某一阶级的力量。"②这个全称判断,完全没有为"为艺术而艺术"的超然立场留下立锥之地,随后他全速地在理论上推进文学政治化。"文艺——广泛的说起来——都是煽动和宣传,有意的无意的都是宣传。文艺也永远是政治的'留声机'。"③这又是一个全称判断,将"文学政治化"视为现实主义的核心内涵,进而将现实主义奉为中国文学发展的一道律令。在《非政治主义》④一文中,秋白开篇就断定:"每一个文学家其实都是政治家。"文章结尾,他又宣告:崇拜艺术至上、提倡超然立场的"第三种人"寿终正寝:"那种替'艺术的价值'辩护的态度,恰好被反动阶级所利用。"这篇文章的主体部分,集中论说这么一个论点:"艺术都是意识

---

① 瞿秋白:《拉法格和他的文学批评》,见《瞿秋白文集》文学编第4卷,136页,北京,人民文学出版社,1986。
② 瞿秋白:《文艺的自由和文艺家的不自由》,见《瞿秋白选集》,503页,北京,人民出版社,1985。
③ 瞿秋白:《文艺的自由和文艺家的不自由》,见《瞿秋白选集》,512—513页,北京,人民出版社,1985。
④ 《瞿秋白选集》,520—523页,北京,人民出版社,1985

第二章 激进启蒙意识的文论制序——瞿秋白文论及其时代精神

形态的得力的武器"。不是自然主义的科学观察,不是机械主义的描摹,而是要"公开号召斗争",撕开一切虚假的面具,怀着前卫无产者的理想和目标,用强大的艺术力量去反映现实,进而改造现实——这就是现实主义的第一要义。

为新生无产阶级立言,动态地反映历史必然与社会整体,就必须将诗学建立在唯物辩证法的基础上。这种诗学唯物又辩证,终于使现实主义与写实主义分道扬镳,获得了史诗品格与历史气象。现实主义之为现实主义,本质就在于深刻地再现人物的革命转变,历史的辩证转型。现实主义之为史诗,也恰恰在于它克服了所谓"客观的观察"和"机械的描摹",超越偶然的印象,描绘宏大的图景,展示历史的必然。一方面,现实主义抛弃了病态、软弱、自欺欺人的浪漫蒂克,建立无产阶级主体性,而成为"清醒的现实主义":不惧怕,不退缩,迎着现实而上,穿越几百年来"空前伟大的"迷梦,一扫积习难返的"瞒"和"骗",真切地反映"现实的人生、社会关系、社会斗争"。另一方面,现实主义克服了机械、照相式、无主体立场的自然写实主义,在唯物辩证的世界观的烛照下,走上了"唯物辩证法的现实主义"道路:经过具体的形象(个别的人物、个别的事变、个别的社会关系),描写阶级的对立和斗争,表现历史的规律与必然。清醒、辩证以及唯物,是秋白的现实主义诗学体系的三项核心含义。而如何能真正清醒、辩证而又唯物地认识世界,表现历史的必然呢?秋白提出,必须克服"浮萍式男女青年的气派",去观察,去体验。然后,秋白一口气列举出普罗现实主义的种种敌手:情感主义、个人主义、团圆主义、脸谱主义。情感主义与个人主义,就是自欺欺人的浪漫蒂克。而团圆主义和脸谱主义,则把一切现实生活里的现象都公式化了,同样也是自欺欺人。普罗现实主义就不然,

> 他不需要虚伪,不需要任何理想化,不需要任何的自欺欺人的幻想。"现实"用历史的必然性替无产阶级开辟最终胜利的道路。①

---

① 瞿秋白:《普罗大众文艺的现实问题》,见《瞿秋白选集》,476页,北京,人民出版社,1985。

驱散自欺欺人的幻象，赋予现实主义以清醒的意识。以历史必然开启无产阶级的使命，则赋予现实主义以唯物辩证的品格。超越个人主义，抛开情感主义，又赋予现实主义以史诗的风致。史诗，是共同体的呼吁而非个体的呢喃，是对历史整体的宏大图景的描绘，而非对个别偶然、一鳞半爪的细琐印象的再现。卢卡奇说过："史诗中的英雄绝不是一个人，这一点自古以来就被作为史诗的本质规定，以至于史诗的对象并不是个人的命运，而是共同体的命运。"①诚哉斯言！此话出自卢卡奇转向马克思主义的关节点上所发表的议论，秋白的论说与之如出一辙："中国社会的发展过程和发展动力，显然不是英雄的个性，而是广大的群众，不是简单的'深入'、'转换'和'复兴'，而是一个簇新的社会制度从崩溃的旧社会中生长出来，它的斗争，它的胜利……"②为克服个人主义，就势必代之以无产阶级的集体主义，真切地理解群众的转变，群众的行动，群众的伟大作用，肃清"变相仙剑和变相武侠"的流毒余孽。也许，正是因为心怀这种史诗意识，秋白在为汉译俄国小说《灰色马》作序时，对佐治式的个人英雄主义和暗杀式的政治恐怖主义有相当分量的批评。在他看来，在佐治身上，只见个人的英雄式的奋斗，却不见群众的踪影，虽认为农民必须革命，却孤高地远离他们。独孤九剑式的侠客，无论如何都不能成为史诗中的"英雄"。③英雄史观，势必让位给人民史观。因为，人民——世界革命时代的无产阶级，是历史的创造者，自然也就是史诗的主角。

捷克汉学家普实克颇具创意地指出，从晚清以来，中国文学的发展表现出一种由"抒情"转向"史诗"的轨迹。在这项论断中，"抒情"和"史诗"都不单指文学类别，而可能指代超越文学的情感结构、历史视角和政治诉求。易言之，抒情抒发主观的个人的声音，而史诗则是呈现群体的历史的图景。当然，也不能否定，在史诗的时代抒情的声音

---

① ［匈］卢卡奇：《小说理论》，燕宏远等译，59页，北京，商务印书馆，2012。
② 瞿秋白：《革命的浪漫谛克》，见《俄国文学史及其他》，166页，上海，复旦大学出版社，2004。
③ 瞿秋白：《郑译灰色马序》，见《俄国文学史及其他》，175页，上海，复旦大学出版社，2004。

亦在坚执地绵延。普实克看到,晚清以降的现代中国,一种与欧洲文学体系相一致的新的文学格局取代了旧的封建文学等级制度,"在旧文学中占据主导地位的抒情性……现在被史诗性所取代"。① 带着这种文学史观回来品味秋白反对个人主义和情感主义的激进革命诗学,我们发现"普罗现实主义"就被提升到了史诗正典的地位,而注定主宰中国现代文学的制序。一点也不奇怪,秋白和普实克,不约而同地读出了茅盾作品的"史诗性"。秋白说,《子夜》是中国文学革命后第一部写实主义的长篇小说,它大规模地描写中国的都市生活,让我们看见了社会的辩证发展。② 普实克也断言,《子夜》描写了来自不同社会集团的各色人等,全方位展示了当代中国所有最重要的社会进程,画面波澜壮阔,而艺术精湛成功。③ 总之,在秋白的理论与批评脉络中,普罗现实主义即清醒的、唯物的、辩证的文学,从而被建构成为现代中国文学制序的史诗正典。

结语:激进启蒙意识的文化符码

维新而至启蒙,启蒙而至革命,由"文学革命"演化出"革命文学",现代中国诗学是激进启蒙意识的符码化。这套符码被经典化而成为现代中国诗学的制序。它超越了临水鉴影忧郁成疾的想象界,而对坚实稳固而又冷漠无情的实在界充满了激情,而现代中国文学的象征秩序于焉呈现。

第一,这套诗学符码贯注着革命精神。启蒙意识激进化为时代精神,时代精神符码化为诗学象征,瞿秋白的文学论述构成了"革命传统"(revolutionary tradition)生成和演化中的一个关键环节。在评论鲁

---

① [捷克]普实克:《抒情与史诗》,李欧梵编,郭建玲译,39页,上海,上海三联书店,2010。
② 瞿秋白:《读子夜》,见《瞿秋白文集》文学编第2卷,88—92页,北京,人民文学出版社,1986。
③ [捷克]普实克:《抒情与史诗》,李欧梵编,郭建玲译,136页,上海,上海三联书店,2010。

迅杂感时,秋白凝练出"革命传统"概念。"历年的战斗和剧烈的转变给他许多经验和感觉,经过精练和融化之后,流露在他的笔端。"①经过阶级史诗意识和无产阶级集体主义的铸造,这一"革命传统"笼罩着现代中国 30 年代之后的文学制序。毋庸置疑,"革命"或者"革命主义"称得上中国现代性的一副颜面,而赋予了现代中国文学以宏大的叙述框架和壮美的史诗气势。② 对于中国人来说,现代性在变化强度和烈度上都远远超过了中国历史上的任何一次文化转型,而把 20 世纪变成了"极端"又"革命"的年代。在秋白的文学论述中,这种极端又革命的时代精神体现在无产阶级的历史主体性上,而晚清而至"五四"的"普罗米修斯—浮士德精神"充实和激活了中国无产阶级的灵魂。

第二,这套诗学符码延续着中国儒家传统的血脉。"天地革而四时成,汤武革命,顺乎天而应乎人。"(《易经》)贞下起元,王朝更替,是天道之必然,人道之应然。在改朝换代、世代轮转的过程中,传统的士大夫(现代意义上的知识分子)总是肩担道义,躬身践行,成为革命的擎旗者或马前卒。考其谱系,士大夫阶层在东汉时代就已成气候:"知识分子以理想世界来衡量现实世界,遂产生有淑世以救世及逃世以全节的矛盾。以个人言之,对于意念与理想,愈忠实愈认真,其以理想责备现实愈甚,则其对社会疏离的程度也愈深。反之,对于社会现实及正统观念愈深,则淑世之志愈切,于是投身政治直接参与。"③同现代中国革命的政治纲领相附丽,秋白的文学论说充满了对旧社会和新社会现实的责备,并将淑世情怀转化为政治激情。"投身政治,直接参与",便是 20 世纪已经普世化的"对实在的激情"。秋白的诗学,仍然是载道的诗学,言志的诗学——载"革命"之道,言"民众"之志,因此延续着中国儒家传统的血脉。此外,这套诗学言说建立在其个体主体性之上,而其个体又是分裂的主体,因而这套诗学言说充满了张力,

---

① 瞿秋白:《〈鲁迅杂感选集〉序言》,见《瞿秋白选集》,547 页,北京,人民出版社,1985。
② 王一川:《中国现代学引论:现代文学的文化维度》,101—102 页,北京,北京大学出版社,2009。
③ 许倬云:《中国文化与世界文化》,172—173 页,贵阳,贵州人民出版社,1991。

甚至还在言辞层面上露出了裂隙。一方面,他呼吁以无产阶级为历史的主体,以劳动群众为文学的集体,发为史诗的雄声;另一方面,他也主张以自由为个性的鹄的,以浪漫为无限量的追求,而吟咏抒情的隽语。小我的抒情最后淹没在大我的史诗中,然而在史诗的洪涛中亦有抒情的呢喃不绝地流荡,流兴不息,余韵悠长。

第三,这套诗学符码充满了世界主义的气息。维新时代以来,"走向世界",甚至戴着镣铐也要走向世界,成为现代中国历史的强大欲望与隐秘意志。所以,"世界主义",支配着几代现代中国知识分子的文化想象,甚至还成为青春、转折和创造时代的基本精神元素。建构在启蒙意识和革命精神的基础上,世界主义成为一项政治的根本诉求,一个诗学的基本象征,一种全球时代的情感结构。东西汇流,地球合一,欧亚华俄,四海共情,不仅是西化派和东方文化派的文化理想,也正是瞿秋白文化构想与文学论述的至境。不过,秋白的诗学言说与政治纲领建立在历史唯物主义的基础上,反映了中国革命和无产阶级革命的遭际,描绘出了东方文化与世界历史融合的现实图景。"无'我'无社会,无动的我更无社会。无民族性无世界,无动的民族性,更无世界。无社会与世界,无交融洽作的,集体而又完整的社会与世界,更无所谓'我',无所谓民族,无所谓文化。"[①]个体、民族、世界,三者在"动变"的历史中融合为一,构造出个体的心绪,社会的秩序,文化的制序。

主流的革命意识,绵延的儒家传统,正在生成的世界主义,在秋白的诗学言说中融合生成为一个宏大的叙述架构,一个乌托邦式的象征制序。我们不妨大胆地断言,这套诗学言说,乃是激进启蒙意识的符码化,从而表述了一种以艺术政治化为取向的审美世界主义,为现代中国文学制序的正典化提供了一种强大的主导的范型。

---

① 瞿秋白:《赤都心史》,见《瞿秋白作品精编》,370页,桂林,漓江出版社,2004。

第三章 文化精神的符号编码
——中国现代象征文论制序

引言：从文学到文化

20世纪三四十年代，"象征主义"（symbolism）思潮流布甚广，诗文小说戏剧中的"象征"实验蔚然成风，"象征诗学"的建构也硕果犹存，有经典学说传世。虽说"象征主义"自域外舶来，但"象征主义"文艺实践及其诗学反思却凭靠着中国古典传统，只不过"五四"发动的新文学进程显西而隐中，外来"象征主义"竟成文化主因（dominant culture），而自体传统中的"象征"诗艺却屈为文化残余（residual culture）。二者或者显性互动，或者隐性契合，都推动着中国现代文学文化传统的形成（emergent culture）。外来"象征主义"，自体的"象征"诗艺，互相推动，短长互补，而共同塑造了中国文学与文化的现代品格，共同驱动了中国现代文论的建构。其塑造效果直接体现于中国现代诗文的辞章、格律，以及义理、境界之内，而其驱动建构力量直接体现于中国现代文论的立场、架构，以及体系、范式中。

作为异质文化的文学载体，"象征主义"继浪漫主义、现实主义、自然主义之后对中国产生了不可忽略的影响。把这一过程称为影响，实因约定俗成之故，或权宜方便之策。以戏剧设喻，象征主义与象征诗学，乃是中国文学现代进程戏景的主体部分，"五四"文学改良只是"序曲"，而随"文学革命"而涌动的浪漫主义、现实主义，只不过是"入场歌"而已。

首先，在文学史层面上，"象征主义与中国现代文学"命题已经超越了狭义的文学关系史描述，其论旨在于揭示20世纪30年代开始直至80年代的中国现代文学有一脉连绵不断的象征主义传统及其诗学反思。① 象征主义的渗透，远远不止于诗文、小说、戏剧等文类，甚至还渗透到绘画、雕刻、建筑等艺术中。就其渗透之广，浸润之深，说象征主义赋予了中国现代文学新传统以整体性与导向性，亦非言过其实。象征主义与中国古典象征诗艺互相涵濡，不仅开拓了文学创新的空间，而且铸造了诗艺表现的手段，甚至在一定程度上还纠正了"五四"新文化运动的肤浅单薄与诡言谬说，赋予了现代文学及诗艺以繁富与深度。

其次，在理论反思层面上，"象征主义与中国现代文论"命题已经表明了一种在历史汇流中展开文化编码的学术意识，力求在中国文艺复兴语境和文学革命的波折中来把握象征主义批评实践、理论建构的整体性。就其同新文化运动进程的关系而言，象征主义诗学及其批评的崛起与流布，显然是对"五四"激进主义的纠偏，对文化守成主义的补正。② 它既拒绝"任他役我"的卑微姿态，又避免"以我抑他"的夜郎自大心理。它一方面摆脱了启蒙革命的狂热，另一方面又净化了伤今吊古的悲情。就其同中国现代文学种种思潮的关系而言，象征主义节制了浪漫主义的激情，赋予了现实主义以形而上的意蕴，提升了自然主义的审美情趣，让文学实验接通古典文化血脉，使诗学建构与中国文艺复兴的大业统一起来。

最后，在文化现代性层面上，我们还应该推进"象征主义与中国现代文学"，以及"象征主义与中国现代文论"两个论题，进一步反思文化精神的诗学编码。文化，乃是共同体的"生活方式"，或者说共同体运用符号进行创造的生命活动及其物质精神产品。"文化精神"，相当于阿诺德所谓"世间所思所言的至善至美"。具体到文化共同体意义上，

---

① 吴晓东：《象征主义与中国现代诗学》，1—7页，合肥，安徽教育出版社，2000；谭桂林，《本土语境与西方资源》，84—105页，北京，人民文学出版社，2008。

② 陈太胜：《象征主义与中国现代诗学》，1—9页，北京，北京大学出版社，2005；殷国明：《20世纪中西文艺理论交流史论》，361—399页，上海，华东师范大学出版社，1999。

"文化精神"乃是指凝聚在民族共同体生活方式及其物质精神产品中的独特生命个性。民族共同体的生活方式及其独特生命个性，深刻地铭刻在伦理与审美意识中，构成一种文化的内隐维度。即便是在全球经济政治的同质化趋向中，民族共同体的伦理与审美意识依然构成文化的异质性。民族共同体的生活方式与独特生命个性，展开在文化的道德维度、人格维度、诗学维度、历史维度以及词语维度上。① 因此，"象征"就不只是一种文学手法、诗艺技巧、艺术思潮，而是文化精神的编码方式、再现媒介、诗学制序以及瞩望未来的视角。

在本部分的论述中，"象征主义"、"象征诗艺"、"象征批评"等，都是一些基本视角，我们据以观照 20 世纪 30 年代以后文学现代性的进展、诗学现代性的展开以及文化叙述的制序化。我们将首先略述欧洲"象征主义"的历史脉络及其文化渊源，接着叙说象征诗艺的中国古典渊源，及其同舶来的象征主义的遭遇，然后选取几个典型的个案，展示文化象征编码的伦理之维、人格之维、诗性之维、神话之维、历史之维以及词语之维。

一、"象征"与"象征主义"的脉络

"象征"(symbol)，源出希腊文"συμβολον"，最初指"一块书板的两个半块，相关人各执一半，作为好客的信物"。后来成为神秘社团秘密相认的标记，或在宗教仪式上传递神秘信息的证物。

---

① 将"文化精神"论列几个维度，笔者深受宗白华、方东美以及卡西尔的启发。在《中国艺术意境之诞生》(增订稿)中，宗白华将"境界"分为六种："功利境界主于利，伦理境界主于爱，政治境界主于权，学术境界主于真，宗教境界主于神……艺术境界主于美"(见《宗白华全集》第 2 卷，357—358 页，合肥，安徽教育出版社，1994)。在题为《中国哲学对未来世界的影响》演讲中，方东美图解"人与世界在理想文化中的蓝图"："生命"之统贯体现于生命的大化流行，这个过程乃是一层一层地向上提升，"由物质世界—生命境界—心灵境界—艺术境界—道德境界—宗教境界"(参见方东美：《生生之德》，19 页，北京，中华书局，2012)。在其象征形式理论的建构中，卡西尔用"象征"连接文化的各个扇面形成人类符号世界的整体，以"象征"为桥梁将科学、哲学、宗教、艺术和历史境界统一到文化理念境界(参见卡西尔：《人论》，甘阳译，一章，上海，上海译文出版社，1985)。

第三章　文化精神的符号编码——中国现代象征文论制序

据伽达默尔考证,"象征"就是古代初民的通行证,它是人们借以辨认故旧归来的密件。第一次在比喻意义上使用"象征"概念的,乃是古希腊哲学家克里西普(Chrysippus,公元前280—前207),随后演变出"以形式负载思想"、"以有形物件传递无形观念"的含义。在形式与思想之间建立约定俗成的关联上,"象征"与"寓言"(allegory)最初并无区分。关于"象征"的种种思考,蕴含在毕达哥拉斯数学形式主义中,蕴含在苏格拉底和柏拉图的"理念作为原型"的哲思中,蕴含在新柏拉图主义的宇宙象征图像学说中,而经过基督教神秘主义的改造,象征进入了宗教领域,而湮灭在中世纪寓意解经传统中,象征遂为寓言所取代。这种"寓言"压制"象征"的情形,一直延续到启蒙时代才有所改观。启蒙时代崇尚清楚明白的观念,讲究在形式与意蕴之间、叙事与寓意之间建立一种简单并且透明的联系。18世纪末浪漫主义兴起,责难启蒙清浅随俗,相信水至清则无鱼,意义在境界的幽深处,所以理论家们纷纷重构形式与思想、叙事与寓意之间的复杂关系。"象征",因其形式与思想之间不确定的联系,而被置于"寓言"之上。因为,在"寓言"中,形式与意蕴的关联是约定俗成、清楚透明的;而在"象征"中,形式与意蕴的关联是神秘莫测、因事因地因人而异的。

在基督教神秘主义传统中,尤其是在"否定神学"(negative theology)中,"象征"成为见证超感性、超语言的神性灵知的中介,而浪漫主义复兴了"象征"的超验含义,而将之发展为一项独特的解释学原则:象征导向了对神性事物的灵知,通往了一个不能为感性所把握的意蕴层面,而事关人类的终极关怀和最后拯救。伽达默尔断言,如果不能理解灵知功能,如果不考虑形而上的超验背景,现代象征概念就根本无从理解,因为"象征决不是一种任意地选取或构造的符号,而是以可见事物和不可见事物之间的某种形而上学关系为前提"。[①] 因此,现代意义上的"象征"是一种叩探幽深心灵境界的解释学原则,一种叙事传情的诗性创造原则,甚至是一种文化精神的编码策略。

"象征主义"有广义狭义之分。在最为狭窄的意义上,它是1886年

[①] [德]伽达默尔:《真理与方法》,洪汉鼎译,94页,上海,上海译文出版社,1999。

法国作家莫雷亚斯(Jean Moréas)创造出来的一个概念,专指一场对抗浪漫主义的诗歌运动,及其所体现出来的诗性创造原则。在稍微宽泛一点的意义上,它是指19世纪末诞生于欧洲并以法国为代表的后浪漫主义文学运动,及其所体现和传播的审美趣味与艺术风格。在广义上,它是指兴起于上古的一系列异质的历史书写、神话制作、教义总汇、推理思辨所构成的复杂符号体系(symbolism),诸如希伯来《旧约》,灵知主义神话教义,希腊多神教审美主义,东方王权中心论宇宙观,等等。不妨说,广义"象征主义"系指生成于茫昧远古而流布于历史传统并不断地被发明出来的文化元素,或者说文化精神的编码策略及其品貌各异的精神产品。①

在中外诗学中,"象征主义"一语的使用常有泛滥无边之势,以至于成为一个"无底的深渊",钟情者将自己所爱尽情投射其中,而贬抑者则将无数罪名横加其上。洛夫乔伊谴责"浪漫主义"一词大而化之,实则虚空无物,"象征主义"的情形亦无二致。即便如象征主义的护法瓦雷里,亦称莫雷亚斯所说的象征主义潮流只是一个"神话"而已。莫雷亚斯本人在制定了这场文学运动的纲领之后,似乎有意反出家门,立即宣称象征主义只是转瞬即逝的过渡现象,其归趣在于复兴古典主义。重读1886年宣言,我们也能感觉到一阵复古之风迎面扑来。② 先是谴责浪漫主义莫焉下流,助长颓废风气,尽失优雅神韵,诗性英雄主义荡然无存,莫雷亚斯然后祖述柏拉图来压制说教之诗、宣泄之诗、虚情假意之诗以及客观描写之诗,锋芒不仅直指浪漫主义,甚至连新古典主义、现实主义也尽在他的贬低、酷评之列。描述象征主义的综合气象,标举原始而复杂的风格,赞赏纯净而神圣的语言,呼吁古老的节奏与神奇的秩序,莫雷亚斯的《一份文学宣言》更为引人注目的举

---

① [美]沃格林:《以色列与启示》,霍伟岸、叶颖译,38—49页,南京,凤凰出版传媒集团、译林出版社,2009。沃格林将远古各民族的象征体系之创造描述为秩序的符号化,这一过程有三项特征:一是参与经验所占据的主导地位;二是对存在共同体中各个参与者的持续与流失的高度关注;三是创造各种符号尝试使本质上不可知的存在秩序变得可知,而这些符号借助其同真正已知或假设已知的事物之类比来解释未知世界。

② [法]莫雷亚斯:《一份文学宣言》,目前为止笔者看到的最好译文,出自董强先生的手笔,参见董强:《梁宗岱:穿越象征主义》,34—37页,北京,北京出版社,2005。

措,则在于溯源更为遥远的古典,重访柏拉图、莎士比亚、但丁、神秘传统以及歌德,从欧洲文化的经典体系中寻找"象征主义"作为一种诗学制序的正当性。

作为文学运动的象征主义出现于19世纪末的法国,但作为一种诗学精神却蕴含在18世纪末19世纪初的德国早期浪漫主义及其流裔英国浪漫诗学中。韦勒克指出,诗体风格的"象征与神话",是浪漫主义统一性三要素之一。而且他还论证说:"浪漫主义把自然当作一种语言或是一首和声协奏曲的看法,恐怕找不到比这更确切的说法了。整个宇宙被认为是一个由各种符号、契合、象征组成的体系,整个体系同时又是有生命的并且是按照节奏颤动。诗人的任务不仅是译解这套符号,而且要与之共同颤动,感觉并再现其节奏。"①这种看法如果不是置身于象征主义的潮流中将浪漫古事今情化,那就是以经典的浪漫主义诗学为断制论衡同时代的文学潮流了。波德莱尔的"契合"堪称象征主义诗学的经典概念,瓦雷里、兰波所推重的"韵律与节奏"又是象征主义的形式圭臬,而这一切皆可溯源至浪漫主义。当代学者哈尔密(Nicholas Halmi)撰著《浪漫主义象征谱系》,将独一无二的象征概念的诞生追溯到1770—1830年的欧洲大陆和英国。在这段历史中,古典与浪漫互动,诗学观念盈虚消息,但德国的歌德及其同侪与英国浪漫诗人柯勒律治先后确立了现代意义上的"象征"概念。哈尔密指出,研究"象征"绝非研究"诗歌意象"。尽管柯勒律治《古舟子咏》里的信天翁和诺瓦利斯《奥夫特丁根》中的"蓝花"也可以被称为浪漫的象征,但真正意义上的象征,"乃是一种理论建构,旨在奠定对客体的知觉,而非描述知觉的客体"。因而,歌德对象征的界定堪称规范:特殊代表普遍,"普遍不是梦境,不是阴影,而是不可言喻之物生气勃勃而且目击道存的启示[lebending — augenbliche Offenbarung des Unerforschlichen]"。因而,"观念于形象中,永恒地而且无限地活动,不可接近,即便表现于一切语言中,它也仍然是不可表现的[selbst in allen

---

① [美]韦勒克:《批评的概念》,165—166页,杭州,中国美术学院出版社,1999。

Sprachen ausgesprochen, doch unauspprechlich blieb]". ① 依据歌德的逻辑，象征蕴含着一个悖论：一方面，象征必须成为偶然与绝对、有限与无限、感性与超感性、暂存与永恒、个别与普遍之间的接触点；另一方面，象征又必须返身直指，以便形象与意蕴互蕴互涵于内，水乳交融而不可分离。质言之，象征既蕴含无限的意义，又无法还原为任何一种特殊的意义。由此可见，歌德的"象征"就不是一种修辞手法，不是一种艺术风格，而是一种情志结构，一种创建思想形象的诗学轨则，一种在有限/无限、普遍/特殊、偶然/绝对、暂存/永恒之间建立互蕴互涵关系的编码策略。

将象征主义精神追溯到歌德时代，似乎还远远不够。在其《美学史》中，鲍桑葵认为，毕达哥拉斯哲学就是"象征主义"，因为它解释了宇宙之数的神秘意义，并揭示宇宙和谐的音乐效果，而使人免于将普通的感性实在看作终极的起源和目标。这一象征主义精神进入柏拉图的哲学体系中，便构成了西方形而上学、诗学、政治学说以及神学的根基。柏拉图依据原型与摹仿、理念世界与感性世界的二元结构，建构系统化的象征主义，强调用感性形式表现无形无迹的终极实在，将整个知觉所把握的宇宙视为理念原型的象征，太阳及其光照乃是绝对至善的象征，蒂迈欧宇宙等级图式亦为中世纪基督教神学象征主义的滥觞。② 如此看来，德国浪漫主义象征谱系自然应该视为对希腊象征主义的正宗传承，以及欧洲文化传统向着根基象征的回归。在这层意义上，我们发现洛夫乔伊所言极是：一种在命名上无可争辩地属于德国的浪漫主义，正是"基督教思想模式和情感模式的再发现和复兴，是一种神秘超俗的宗教典型，以及作为人类经验之独特现实……的内在道德冲突感的再发现和复兴"。③

不难理解，内在于并通过德国浪漫主义而复活的象征精神展示在

---

① Goethe, Maximen und Reflexionen (1827), nos. 314 and 1113, GA ix 523, 639. See, Nicholas Halmi, *The Genealogy of the Romantic Symbol*, Oxford: Oxford University Press, 2007, pp. 1-2.

② [英]鲍桑葵：《美学史》，张今译，62—64页，北京，商务印书馆，1985。

③ [美]洛夫乔伊：《观念史论文集》，吴相译，240—241页，南京，江苏教育出版社，2005。

政治、神学、诗学、词语以及神话维度上：歌德的麦斯特展示了政治与艺术教育之维，荷尔德林的《面包与酒》强化了希腊审美之维与基督教宗教之维的冲突，小施莱格尔笔下的女性艺术家卢琴德体现了审美之维与神圣之维的悖谬，诺瓦利斯的《夜颂》以女性为媒介重构了基督圣爱之维，其诗化教养小说《奥夫特丁根》则在神话之维上彰显了诗性之维与革命之维的异质化生。从历史角度看，诞生于1800年前后的德国浪漫主义"新神话"（New mythology）纲领断章便是象征精神的公开展示。谢林《先验唯心论体系》的结论将艺术神化，小施莱格尔的《谈诗》赋予"新神话"一种包容一切艺术作品、负载诗的古老而永恒的泉源、揭示世间所有诗之起因的使命。他们分享的共同前提，是《德意志观念论体系源始纲领》中所描摹的中介宗教："新神话"既是诗之诗，又是作为总体艺术的国家，因而是理性的神话和感性的宗教。佚名传世的《德意志观念论体系源始纲领》断章的最后一个短语，将浪漫主义的象征提升至人神对接而绝地天通的境界："一种崇高的精神自天而降。"建构[Stiften]神话体系（mythology），必将成为人性最伟大的杰作，正如道成肉身必须是昭明天理。[①] 1800年，谢林的形而上学思考更加玄远，他做出了这样一种天启神谕一般的断语：一套新神话出现的可能性问题，唯有从未来世运中，以及在将来历史进程之内，才有望得到解决。

然而，德国早期浪漫主义同观念论纠结极深，再造神话与重构象征之举，可谓困难重重。而正如布鲁门伯格指出，再造神话、重构象征之所以困难重重，是因为德意志观念论自身就建立在一则神话之上。不是任何神话，而是一个特定的神话，一个力求穷尽神话的需要，而且执着地清除主体的世界体验中的一切怀疑和一切忧虑，从而完成启蒙大业的神话。"一个关于心灵的故事却不得不讲述，一个只能从观念的实在历史中朦胧一瞥的故事，而它恰恰就是现代自我意识中偶然性迷惑的努力之构成部分。"在这个故事中，认知的主体自以为对认知的

---

① 佚名：《德意志观念论体系源始纲领》，林振华译，见王柯平主编：《中国现代诗学与美学的开端》，131—133页（依据现在的论述语境，表述略有调整），上海，上海锦绣文章出版社，2010。

对象负有责任，且据有权威。布鲁门伯格还说："这是一个不可验证的故事，一段没有见证的历史，却拥有唯有哲人方可指点的无比高贵的品格：不可证伪性。"① 而这种高深莫测不可证伪的故事（神话），就是德国浪漫主义象征编码策略所望臻至的至上境界。

因此，德国浪漫主义所建构的经典文类不是"诗"，而是蕴含着"诗"的小说。在《谈诗》中，小施勒格尔一则题为"论小说的信"的断章写道："一部小说，就是一本浪漫的书。"随后他特别强调，戏剧供人看而小说供人读，但小说要成为浪漫的书，还必须"通过整个结构，通过理念的纽带，通过一个精神的终点，与一个更高的统一体相连"。② 一言以蔽之，小说是神性式微、宇宙秩序颠倒之后上帝遗落在世俗世界的史诗，小说与史诗体裁的联系更为密切。小施勒格尔希望打破惯常的体裁分类，超越传统的体裁规范，还原小说体裁以原本的品格，使这个体裁重新焕发活力。本雅明独具慧眼，敏锐地看到"小说"乃是最适合于浪漫主义反思及其文学绝对性的体裁。在凡俗的形式瓦解后，"超验的诗"便是小施勒格尔所谓的象征形式。第一，这种象征形式具有神话内容，同感性的宗教、理性的神话纠结在一起，互相塑造。第二，诗借助于象征形式在主体的反思过程中上达绝对之物。而最高级的反思媒介与象征形式便是小说，它无拘无束，不经正道，且独抒性灵。③ 在论述歌德的《迈斯特的学习时代》时，小施勒格尔指出，小说的凝练形式和反思媒介，为观察那种自我沉湎的精神提供了最佳途径，所以小说乃是最富有精神性的诗性形式。小说集浪漫诗之大成，因此成为浪漫诗文的负载者，文学绝对性的基本象征物。

在历史的象征谱系图中，与注重内省、关注精神以及指向宗教的

---

① Hans Blumenberg, *Arbeit am Mythos*, Frankfurt am Main: Suhrkamp, 1984, 618-609、297-298.

② [德]F. 施勒格尔：《浪漫派风格》，李伯杰译，206 页，北京，华夏出版社，2005。

③ 当然，小施勒格尔的"小说"概念有非常广博的含义，同今日文学理论所使用的"小说"相去甚远。这种宽泛地使用"小说"概念，类似于陈寅恪先生在论述《长恨歌》和《再生缘》时对于概念的选择。在陈寅恪看来，元稹、白居易、陈端生铺叙红妆情史，乃是"小说"写作，其中渗透着"自由之思想"与"独立之精神"。故而，"小说"体裁让人不拘一格，独抒性灵。这是一个相当富有浪漫韵味的概念。

第三章 文化精神的符号编码——中国现代象征文论制序

德国浪漫主义不一样,法国文学象征主义一开始就聚焦于诗风、诗律和语句、辞章。也许,新古典主义的浸润无孔不入,法国象征主义对形式、秩序、格律尤为关注,他们所建构的经典文类是抒情诗而不是诗化小说。与瞩望形而上之道,以诗思接近超验世界的德国象征主义诗学路数不同,法国象征主义诗学尤其注重语言形式。在某种意义上说,法国象征主义对语言形式的优先关注,预示着20世纪诗学的语言学转向。从波德莱尔到马拉美、兰波和瓦雷里,以及维尔伦,至于象征主义的后学布朗肖(Maurice Blanchot),诗人的实验、评论家的论说以及理论家的反思,大体上集中于语言形式、暗示手法、音乐性以及最高灵境这样四个诗学要素上。语言形式是诗之所以为诗的基本要素,暗示则为手段,涉及比喻、隐喻等修辞手法,音乐性被视为诗的指归,且为一切艺术所向往,最后则致力臻于最高灵境。贯穿着象征主义诗学诸要素的,则是秩序——以诗的形式启示的天理、人情、物象,由词语所建构的"象征丛林",通过音乐所表征的宇宙秩序,借助普遍应和所达到的幽眇灵境。

波德莱尔(Charles Baudelaire)被称为象征主义的"鼻祖",其传世诗篇《通感》(又译"契合"、"应和"、"对应")则被公认为是"象征主义的宪章"。[①] 诗中将自然比作神庙,充满了神秘天籁的回音与神圣的交流,构成一座幽眇深邃的象征丛林,芳香、色彩、音响、意象互相感应,彼此共鸣。然而,被本雅明视为高度发达资本主义世界抒情诗人的典范,波德莱尔同时也是现代性的建构者。他将现代性定义为偶然、瞬息和过渡,从而终结了古典的永恒整体,开启了现代的碎片篇章。现代性即碎片性,而诗人的使命是在碎片世界收集古老文化的残像,在往昔帝国的废墟上建构辩证的意象。所以,诗人面对丑恶、肮脏而毫无畏惧,自觉担负起于丑恶中升华美、于黑暗中遭遇光明的使命。以"象征丛林"为喻,波德莱尔的忧郁诗章挑战古典式的宁静,描述现代性的震惊体验。《致一位交臂而过的妇女》就将这种"震惊"的一瞬记录下来,留给了永恒,从色情迷离的性欲中升华出爱欲,升华出同诺

---

① [法]波德莱尔:《感应》,见《恶之花/巴黎的忧郁》,钱春绮译,21—22页,北京,人民文学出版社,1991。

瓦利斯一脉相承的"神圣的渴慕"[selige Sehnsucht]。①

　　与波德莱尔一样，象征主义诗人都借助诗及其音乐感，让灵魂窥见坟墓后面的天国，以美的秩序来象征一种狂怒的忧郁，一种属灵的吁求，一种在不完美中迁徙流浪的天命。马拉美（Stephen Mallarmé）的诗学脱胎于波德莱尔，《骰子一掷不会破坏偶然》可谓登峰造极的断简残章，在断简残章中又坚执地诱惑人们对于完美秩序的渴望。于是，他的诗就是"魔幻般地建造出来的那座理想的、唯一可以居住的宫殿"，一如波德莱尔建造象征丛林，他用词语搭起通天路，引人进入不可触摸的天堂。②之所以说诗如魔幻，是因为在马拉美看来，诗艺的本质在于完全超越感官世界，回避自然事物，而进入"纯诗"境界。他的名言是：诗人口中一朵花，就是"在所有花朵中找不到的花"。③那是一种音韵流荡、仙乐飘扬、柔情似水的本质之物，那是经过诗人的词语锤炼而提纯的诗意菁华。马拉美本人曾经为"诗歌的危机"所困扰，创作的低谷亦曾使他痛苦不堪。然而，他坚信写作乃是唯一的行为，而"某种像文学的东西确实存在着"，于是他在四面楚歌之时又绝处逢生：必须将诗歌还原为纯粹的存在。"让词这东西本身此刻存在"，"这就是在场"，"整个奥秘在此"。马拉美据此开创了诗的"词语拜物教"，其含义在于："语言在作品中在场……语言就是整体——而不是其他什么，它随时会从整体化为微不足道。"④在《骰子一掷不会破坏偶然》中，马拉美写道："……或者事件导致了每一个无效的结果。"作诗就像一场与虚无较量的赌博，不过马拉美让词语来到现场的行动却伴随着一项严酷的条件，即一切行动都必须简化为"虚无——纯粹的内在性"。⑤

---

　　①［德］本雅明：《发达资本主义时代的抒情诗人》，张旭东、魏文生译，163页，北京，生活·读书·新知三联书店，1989。
　　②［美］韦勒克：《现代文学批评史》（1750—1950）第5卷，4页，北京，中国人民大学出版社，1991。
　　③［法］马拉美：《诗的危机》，见《马拉美诗全集》，葛雷、梁栋译，281页，杭州，浙江文艺出版社，1989。
　　④［法］布朗肖：《文学空间》，顾嘉琛译，25页，北京，商务印书馆，2003。
　　⑤［法］巴丢：《存在与事件》，见陈永国主编：《激进哲学》，45—46页，北京，北京大学出版社，2010。

瓦雷里(Paul Valéry)将波德莱尔、马拉美开创的诗学观念提升到一种以"纯诗"为至境、以音乐为范本、以"抽象思维"为动因的象征主义诗学体系。所谓"纯诗",是指诗作为精神产品的纯洁性。瓦雷里说,只要是精神产品,"无论是诗还是其他,只与产生它自己的那种东西有关,与其他绝对无关"①。可见,"纯诗"概念是诗学自律性的激进理论表述,同纯粹主义绘画、纯粹主义音乐一样,彰显了诗性存在的神圣性。超绝尘寰而遗世独立,那就是诗与俗世绝缘的绝对状态,是艺术创造的至境。而这种至境以音乐为模范,以超然于任何意义之外的声音为符号,传递朦胧飘逸的情感,渗入灵魂最幽深的隐秘。在体验了瓦格纳的音乐之后,波德莱尔兴奋莫名,自称在音乐中找到了真正的"通感"、"契合"、"应和"。他欣然命笔,给瓦格纳写信,自称在后者的音乐中"感到了一种比我们的生命更博大、更宏伟、更庄严的生命"②。马拉美从美学角度将诗所激荡的神圣状态比作"弦乐",说它近乎思想,使文字失色,让意象俯首,而且更为奇妙的是:"它先后有序地构成一种节次分明的谐和……它就是掠过森林,洋洋洒洒,化入清流的天籁……可以把它称之为幽灵,是一个瞬息间带着闪电之回响自然化为音乐的同一性的幽灵。"③瓦雷里在论说"纯诗"理念之时,特别强调"音乐拥有一个绝对自我的领域",所以他想象诗歌也应该仿效"乐音的世界",而与杂音的世界、世俗的世界迥然有别。④ 同浪漫的情感恣肆与颓废诗风针锋相对,象征主义诗学高调重申诗学自律,而反对俗人乱道。因此,象征主义诗人一反情感表现、想象活动、突发灵感,而强调"抽象思维"是作诗的动力。"诗人于是致力于和献身于在语言中定义和创立一种语言;这份工作是长期、艰巨和棘手的,它要求思想具有全面的素质",否则不可能在话语与精神、有形与无形、此岸与彼岸之间建立神圣的关联。⑤

---

① [法]瓦雷里:《文艺杂谈》,段映红译,316页,天津,百花文艺出版社,2002。
② 董强:《梁宗岱:穿越象征主义》,103页,北京,北京出版社,2005。
③ [法]马拉美:《牧歌》,见《马拉美诗全集》,葛雷、梁栋译,263页,杭州,浙江文艺出版社,1989。
④ [法]瓦雷里:《文艺杂谈》,段映红译,331页,天津,百花文艺出版社,2002。
⑤ [法]瓦雷里:《文艺杂谈》,段映红译,182页,天津,百花文艺出版社,2002。

除了德法象征主义传统之外，英美浪漫主义及其后裔也伸延着象征主义诗学的境域。雪莱、济慈以及以华兹华斯、柯勒律治为首的"湖畔派诗人"，分别彰显了象征的情感之维、想象之维、神话之维、古典审美之维、自然景观之维。特别值得提出的是，T. S. 艾略特不仅提出了回避情感而寻求"客观对应物"的诗观，而且重建古典主义轨范，创作宏大诗篇与神秘戏剧，呈现出传统与现代之间那种秩序井然但张力弥满的神圣关联。象征的历史之维、宗教之维，因 T. S. 艾略特而得以充分彰显。而英美"意象派"的创作及其诗观受到了中国传统美学的浸润，反过来又对中国诗实验与诗学建构提供了催化剂。"意象派"力举免除思维、语言、主观情绪对诗境的干扰，提倡一种物我通明、目击道存的无我之境，因而显示了中国古典诗学在现代世界的生命力，凸显了超越而又内在的形而上之维。

综上所述，"象征"是一种渊源久远的编码方式和解释原则，深深植根于希伯来、希腊、基督教文化的复杂脉络中，而"象征主义"可溯源至希腊古典时代，与神话审美主义、灵知教义神话以及基督教象征体系构成一个庞大而复杂的精神织体。中世纪基督教传统中，"象征"与"寓言"二分，而寓意解经法突出"寓言"而贬抑"象征"。直到启蒙时代之后，隐匿既久的"象征"又从渊深的"寓言"传统中挣扎着复活，突出形式载体与内在意蕴之间不确定的关联，从而解放了语言符号指向无限的生命力，以及呈示幽微心境和玄远意境的表现力。18 世纪末到 19 世纪初的德国浪漫主义突出了象征的精神性及其超越意味，19 世纪末的法国象征主义诗学则在强调象征的精神性之同时，特别突出了语词自在性、诗学独立性以及诗境音乐性，20 世纪的英美象征主义与"意象派"诗学则突出了历史维度，以及表现了中国古典诗学的现代生命力。20 世纪 30 年代之后，中国古典象征诗艺在现代文化语境下同上述三脉象征主义互相遭遇、互相契合以及互相涵濡，而开启了文化诗学的象征建构的方向，与古典复兴诗学、启蒙革命诗学一起共同塑造了中国现代文化新传统以及诗学制序的基本品格。

二、"象征"诗艺及其同象征主义的契合与互动

在此,我们用"象征"诗艺来指称中国古典诗学传统中同象征主义诗学有所契合的部分观念。在思考中国诗学(文学理论)的系统性时,刘若愚用"形而上理论"(metaphysical theory)来描述其整体取向。"形而上理论",是指以文学为宇宙原理的显示这种概念为基础的各种理论,其渊源是《易经》宇宙观,其基础是儒道两家关于人与自然的思想,而在刘勰的《文心雕龙·原道篇》中得到了系统的表述。在这一思想框架下,刘若愚进一步断言:"只有象征主义受到神秘主义的影响,提供了与中国形上理论之间(一些)有趣的对照和类似点。"[①]刘若愚的学生余宝琳(Pauline R. Yu)发挥了这一学说,将象征主义与中国形而上诗学之间的"有趣的对照和类似点"具体化为四个方面:"诗歌的间接的表现方式和联想;对超越逻辑的直观性的偏好;非个人化;以及自我和世界的彻底统一,这种统一能把感性和景象融合在一起,也能使主客观的区别消失。"[②]作为海外汉学研究者,刘、余对中国古典"象征"诗艺的建构凸显了西方思想传统为系统的主导方式,在相当程度上抽离了中国古典诗学的历史脉络,割断了"象征"与其他古典诗学范畴之间的血脉关联。

在汉语词汇史上,"象"、"征"二字连用是比较晚近的事情。"象",初见于"圣人立象以尽意"(《周易·系辞上》),"圣人有以见天下之赜,而拟诸其形容,象其物宜,是故谓之象"。"象"是《周易》的基本要素,是由"阳爻"和"阴爻"构成的不同图形。卜筮活动就是由"象"而知凶吉安危,所以"象"就被赋予了隐微的意义和启示的功能。筮辞一般分为两个部分,前一部分呈征兆,后一部分定凶吉。例如,"鸿渐于陆,其

[①] 刘若愚:《中国文学理论》,杜国清译,80页,南京,凤凰出版传媒集团、江苏教育出版社,2006。

[②] Pauline R. Yu, "Chinese and Symbolist Poetic Theories", in *Comparative Literature*, Vol. 30 (1978): pp. 291-312.

羽可用为仪。吉"(《渐·上九》)。"鸿渐于陆",是"象"及其呈示的吉兆,"其羽可用为仪",则是依据吉兆所推定的结果。在"象"与凶吉意义之间有一种隐而不显的关联,《易经》体现的这种关联就是后代象征诗艺的滥觞。

"征",初见于《左传·昭公十七年》:"申须曰:彗,所以当除旧布新也。天事恒象,今除于火,火出必布焉。诸侯其有火灾乎?梓慎曰:往年吾见之,是其征也。"杜预注曰:"征,始有形象而微也"。(《十三经注疏》下册,第 2084 页)这起码能说明,"象征"之"征"常常是政体兴亡的表征,而在汉代又被纳入谶纬神学体系,与"象"具有同等的地位,建立在《易》、《书》、《春秋》之上,而成为一个神秘概念。

《汉书·艺文志》第一次明确地将"象"与"征"联系在一起:"杂占者,纪百事之象,候善恶之征。"象为物象,而征是征兆,以物象为征兆则可"见天下之赜",窥见天理、人情与物象的隐奥。"象征"在此已不局限于"辞章"而涵括了"义理",作为"诗的胚胎"而又不仅是"诗艺",而是一种"诗性的智慧",并同依类象形、形声相益的汉语文字系统紧密相依,成为东方象征体系的形式原型。王弼《周易略例·明象》将"象征"从卜筮活动中抽离出来,赋予其意象建构的功能:"触类可为其象,合意可为其征。"因而不妨说,"象征"诗艺脱胎于问讯未来、测定行为后果的卜筮活动,而后被上升到了准宗教的地位。东方象征体系中的诗艺及其审美意识获得了形而上的品格。诗人及其作品所要完成的使命,就不仅是创造并拯救自己,而且要创造和拯救整个世界。所以,考察中国古典"象征"诗艺就不能拘泥于狭义上的"象征",而要在同"比兴"、"譬喻"、"意象"等范畴的血脉关联中把握其丰富深厚的意蕴。

首先,渊源于《诗经》的"比兴"传统塑造了古典"象征"诗艺的整体审美特征。"事类相似"谓之"比","兴物而作"谓之"兴",古典诗艺独标"比"、"兴",凸显普遍应和、万类契合、异趣沟通以及意义兴现的象征关系。所以,《文心雕龙·比兴篇》有言:"兴之托喻,婉而成章,称名也小,取类也大。"比兴并举,但比显而兴隐,言近而意远,境生于象外,中国古典"象征"诗艺大体上包容了西方修辞学的"隐喻"与"明喻"、"象征"与"寓言"范畴,而具有了广泛得多的适应范围,甚至涵盖了各类文体，贯穿经史子集，体现于诗笔、史才与议论中。

其次，盛行于汉代经学的"天人感应"与"人副天数"观念展开了古典"象征"诗艺的超验文化向度。董仲舒将先秦儒家"诗性智慧"系统化，进而提出了"美事召美类，恶事召恶类，类自相应而起"（《春秋繁露·同类相动》）的普遍应和观念，将天理、人情、物象视为一个互相感应彼此引发的象征宇宙。淮南王刘安及其门客延续董仲舒的思路，在"天人感应"的象征宇宙中特别彰显出"知不能论"而且"辩不能解"的神秘维度，称之为"玄妙深微"的物类相应体系（《淮南子·览冥训》）。为了把握这个象征宇宙的个中奥妙，《淮南子·要略》提出了与"象征"等同的"譬喻"原则："略杂人间之事，总同乎神明之德，假象取耦，以相譬喻……所以曲说巧论，应感而不匮者也。"同"象征"一样，"譬喻"既是用于编码的建构原则，又是用于解码的阐释策略。它喻意象形，穿通窘滞，决渎壅塞，最后指向意义之"无极"，即指向超验的文化之维。

最后，魏晋南北朝时期儒、道、释三教涵濡而提炼出"言象意论"，演化出古典"象征"诗艺的境界构造机制和意义生产法则。《周易》首倡"立象尽意"，《庄子》反对"贵言传书"而主张"得意忘言"，王弼将儒道教义玄学化而提出"得象忘言"、"得意忘象"，佛学禅宗推崇不立文字独贵心传，中国古典"诗艺"在"言"、"象"、"意"三者之间设置了由低而高拾级上升的关系，而把意义生产视为一个驱除物象痕迹而渐次进入幽深玄远精神境界的过程。而境界依然是知不能论、辩不能解的心灵臻美之域，古典诗学称之为"象外之象"、"景外之景"、"韵外之致"。

综合上述三端，我们可以说中国古典"象征"理论远远超出了西方象征主义的种种论域，又包容了西方象征主义的各个层面，它不止于"诗艺"而又是根本的"诗艺"。"比兴"塑造了诗艺的整体审美特征，"同类相应"展开了诗艺的超验文化向度，"言象意论"演化出"诗艺"的境界生成机制与意义生产原则。杜甫诗《寄彭州高三十五使君适、虢州岑二十七长史》中有名句："意惬关飞动，篇终接混茫。"在宗白华读来，那便是有尽的艺术形象映射在无尽和永恒的光辉中，"言在耳目之内，情寄八荒之表"。以"比兴"为棱镜，宗白华收纳了歌德的"象征"概念，论说"一切生灭相，都是'永恒'的和'无尽'的象征"①。在钱锺书读来，杜甫诗的意境同西方"象征派"以后的诗学追求若合符节，"诗每能有尽而无穷，其结句如一窗洞启，能纳万象"，"而情韵仍如卷帘通顾"。②也许，正是因为中国古典象征诗艺文缘深厚，历时久远，且富有涵濡的潜能，中国古典"象征"诗艺在现代世界同欧洲象征主义的遭遇看似偶然，实即必然。因为，隐性的遥契在先，而显性的互动在所难免。而现代中国的"文学改良"、"诗体解放"又为古典"象征"诗艺与西方象征主义的涵濡互动、远缘杂交敞开了空间，同时为现代象征诗学建构累积起了"问题意识"。

拘泥于形迹，人们一般以为"象征主义"属于现代派，而中国象征主义诗歌和诗学兴起于 20 世纪 30 年代之后。然而，史料显示，中国新文学起步之初，就已经同"象征派"结缘。1915 年，胡适所提出的"文学改良论"八大主张，可能直接脱胎于"意象派"诗人的"六大信条"，《尝试集》中的诗作既传承"托物起兴"的"象征"诗艺，又染色状物传情的意象诗风。③ 同年，陈独秀撰文《现代欧洲文艺史谭》，描绘古典主义、浪漫主义（他称之为"理想主义"）、写实主义、自然主义的进化轨迹，将比利时象征主义剧作家梅特林克划入"自然主义"作家行列。④虽然有张冠李戴之嫌，但这毕竟是新文化运动的领袖人物第一次论述象征主义诗人。1918 年，周作人译述俄罗斯象征派作家索洛古勃（Sologub）的小说《童子 Lin 之奇迹》，称其为"死之赞美者"，论其诗文"情动于中"而"隐晦辞意"。⑤ 1924 年，坚决抗拒新文学运动纲领的"学衡派"代表人物胡先骕毫不含糊地将"象征主义"同浪漫派及其流裔唯美主义、怀疑主义、写实主义、讽刺主义一并收拾，说象征主义"迷离惝

---

① 宗白华：《略论文艺与象征》，见《宗白华全集》，第 2 卷，408 页，合肥，安徽教育出版社，1994。
② 钱锺书：《谈艺录》，498—499 页，北京，商务印书馆，2011。
③ 殷国明：《20 世纪中西文艺理论交流史论》，393—396 页，上海，华东师范大学出版社，1999。
④ 陈独秀：《现代欧洲文艺史谭》，见《陈独秀著作选》，156 页，上海，上海人民出版社，1993。
⑤ 张大明：《中国象征主义百年史》，21 页，郑州，河南大学出版社，2007。

恍","筹张为幻","不可方物",背离文学标准,数典忘祖,不由正道。①

虽然中国现代文学左右两翼都接触到欧洲现代象征主义,但他们都是以熟知的文学现象来比类这一新文学现象,从而在相当程度上都迷失甚至扭曲了这一诗学的特征。从1918年到1920年,学者陶履恭、赵若英、雁冰以及谢六逸不约而同地将"symbolism"译作"表象主义"。而田汉、郭沫若等则将象征主义理解为"新浪漫主义",从中去体验灵与肉之间的激战,诚与伪之间的角力,观念与实在之间的冲突。1919年,罗家伦第一次将"symbolism"译作"象征主义",他所选择的诗歌文本是沈尹默的《月夜》,认为此乃白话文作好诗的典范,同时回击新文化运动的反对者胡先骕对新诗的酷评。② 象征主义本来含义模糊,学理飘忽,流派又不稳定,所以其舶来之初,中国人对它论析甚微,而且谬误百出。但有一个例外,那就是为复兴衰落的"小学"而畅言"革命道德"的"国粹派"灵魂人物之一章太炎,他取法德国神话学派,在中国古典学背景下对象征主义进行了学理上的辨析。

1902年,章太炎著《文学说例》③,集古典学基础之训诂、辞章与义理为一体,援引德国神话心理学家马克斯·缪勒(Marx Müller, 1823—1900)的语言起源学说,对"象征主义"(symbolism,他称之为"表象主义")展开论析,在此基础上建构其"文"的观念。章氏的意图在于,牢牢扎根于"小学"基础上,推寻故言,责名求实,探究语言的本质,以获取真理为鹄的。然而,在类比的意义上,章氏断言,正如生活难免罹病,精神亦未免与病俱存,而语言的病质在于表象主义。马克斯·缪勒认为,神话乃是"言语之疾病肿物"(disease of language)。同样,言语从来就未能与外物完全吻合,因此人们就不得不依赖转义修辞和比喻手法。"如言'雨降',言'风吹',皆略以人格之迹象表象风

---

① 胡先骕:《文学之标准》,见张大为、胡德熙、胡德焜编:《胡先骕文存》(上卷),254页,南昌,江西高校出版社,1995。
② 关于20世纪20年代"象征主义"舶来中国的情况,参见张大明:《中国象征主义百年史》,20—27页,郑州,河南大学出版社,2007。
③ 章炳麟(太炎):《文学说例》,见舒芜等编著:《近代文论选》(下),403—419页,北京,人民文学出版社,1999。

雨，且因此进而为抽象思想之言语，则此特征愈益显著。"所以，"人间思想，必不能腾跃于表象主义之外"。"象征"，便成为传情述事、状物言志所无法拒绝的工具，甚至还可以说它直接构成了言语和思想的本质。不过，章太炎话锋一转，揭露"表象主义"（"象征主义"）的消极作用。俗事繁兴，文字孳乳，渐渐偏离"表象"（"象征"）之意，表象主义日益浸淫，导致了"以代表为工"，"以质言为拙"，"以病质为美"。朴质的"小学"因象征主义蔓延而衰微，而文辞至上恰恰表明言语病入膏肓，思想苍白无力。"文益离质，则表象益多，而病亦益盛……"章氏充分表露出尚质而不尚辞、贵朴而不贵华的审美倾向性。太炎论学，颇轻文采而专尚思想，对象征主义做出了否定的评判。但钱穆认为，章氏的意图在于"欲使雅言故训，复用于常文"①，在复古旗帜下隐藏着变古的锋芒。

　　章太炎对"表象主义"（"象征主义"）的否定基于语言与真理的关系、文学的质与辞、朴与华的关系。而另一类对于"表象主义"（"象征主义"）的否定则基于对文学进化轨则的自觉。1920年，留学日本的谢六逸依据西蒙斯（A. Simons）和厨川辰夫的论文和著作编译成文，以《文学上的表象主义是什么》为题发表于《小说月报》。该文从渊源、艺术特点和历史地位第一次全面阐述了"表象主义"（"象征主义"）。② 首先从渊源看，"表象"（"象征"）其来有自，乃是隐喻（metaphor）修辞的变体，自古至今源远流长，而非隔夜生成的新异之物。在比较宽泛的语境中，谢六逸将隐喻、比喻、寓言都视为表象（象征），将表象（象征）分为"本来表象"、"比喻与寓言"、"高级表象"和"情调表象"四类。其次从艺术风格看，"表象主义"（"象征主义"）以暗示（suggestion）为根本，表象（象征）诗风"多系晦涩难懂"，特重"情调"，而情调"茫漠"而"不可捉摸"。翻译并引证魏尔伦的《月下吟》和《秋歌》，引证马拉美"诗必谜语"之论，谢六逸强调象征诗学的自由性与音乐感，象征主义不重形式，

---

① 钱穆：《余杭章氏学别记》，见《章太炎生平与学术》，25页，北京，生活·读书·新知三联书店，1988。

② 谢六逸：《文学上的表象主义是什么》，见贾植芳、陈思和主编：《中外文学关系史资料汇编(1898—1937)》(上册)，356—364页，桂林，广西师范大学出版社，2004。

破除格律，专写人生种相与生命几微，主张诗乐合一，以及色相音一致。最后从诗文进化轨则看，古典主义而浪漫主义，写实主义而自然主义，自然主义而象征主义，西洋诗文是进化而非退化，轨则必须遵循，逾越任何一个阶段都无法开拓"诗美的新领土"。囿于诗文进化的机械轨则，谢六逸最后对象征主义在现代中国的命运做出了否定的预言："没有受过科学的洗礼便要倾向神秘，没有经过写实就要到表象，简直是幻象罢了。"

象征主义舶来之初，在中国惨遭错误编排，以及粗暴否定。不过田汉堪称例外，对源出异域的象征主义一见倾心。戏剧家田汉、美学家宗白华、诗人郭沫若互相通信，畅论宇宙、人生、情感、婚姻，三人通信于1920年结集出版，名为《三叶集》。[①] 留学日本的田汉在观看了梅特林克的《青鸟》之后，亢奋万分，自觉长了见识、添了情绪、发了异想，并立愿成为戏剧家、批评家，还要为国民翻译梅特林克的戏剧。在田汉眼里，梅特林克的戏剧将不可思议的人生真相看作"运命之两种相，一为死，一为恋"，而两种力的错综纠纷便演成了人生舞台上光怪陆离的喜剧、悲剧与悲喜剧。[②] 同年，田汉致书黄日葵，将象征主义置于"新罗曼主义"之下，引用西蒙斯"灵的方面，大告饥荒"的警世名句，阐发"新罗曼主义"的精神："想要从眼睛看得到的物的世界，去窥破眼睛看不到的灵的世界，由感觉所能接触的世界，去探知超感觉的世界。"质言之，象征主义的崛起，诗人意欲"由肉的世界窥破灵的世界"，就是"灵的觉醒"的标志。[③] 1921年，身在东京的田汉撰述长文《恶魔诗人波陀雷尔（波德莱尔）的百年祭》[④]，从神魔二元论、波德莱

[①] 郭沫若、宗白华、田汉：《三叶集》，见《宗白华全集》，第1卷，211—299页，合肥，安徽教育出版社，1994。

[②] 郭沫若、宗白华、田汉：《三叶集》，见《宗白华全集》，第1卷，254、259页，合肥，安徽教育出版社，1994。

[③] 田汉：《新罗曼主义及其他——复黄日葵兄一封长信》，原载1920年6月15日《少年中国》第1卷第12期，参见张大明：《中国象征主义百年史》，29—30页，郑州，河南大学出版社，2007。

[④] 田汉：《恶魔诗人波陀雷尔（波德莱尔）的百年祭》，见贾植芳、陈思和主编：《中外文学关系史资料汇编（1898—1937）》（上册），378—398页，桂林，广西师范大学出版社，2004。

尔生平与诗风以及意义、艺术宗教等五个方面论说象征主义精神和诗学。引用日本学者树浦一《生命之文学》，田汉称波德莱尔为"艺术至上主义的代表"，是超越"小乘"的艺术"大乘"，而其《恶之花》的诗学精神，乃是"借恶魔之剑斩了人类浮浅的心魂，更斩了基督和他的神，又把美与魂的园中人类悲哀之泪水一般挥洒"。田汉全文翻译了波德莱尔的《通感》，称之为"象征诗的椎轮"，且为现代主义以及颓废主义文学之滥觞。蚌病成珠，美寓于丑，以波德莱尔为代表的象征诗艺之真谛在于，艺术是"病的美丽的产物"，是"死亡的欢欣与舞蹈"，"异端者的祈祷"，"地狱的唐长"。所以，波德莱尔主义的本质在于人生根本矛盾引起的"悲恸"，而"他的悲恸不是普通许多罗曼主义者那样空想的情绪的悲恸，而是由神经之烦闷来的人生之根本来的极深远极深远的悲恸"。最后，田汉将波德莱尔的艺术类比于"大乘佛教"，在"恶魔派"与"人道派"的争执中将艺术家的生命升华到"人天相接"处，造就"极紧极张空灵的世界"，"古今东西有生命的艺术品莫不是这个世界的产物"。与同侪论旨别无二致，田汉也在诗文进化的规则上来定位象征主义的艺术宗教，并赋予了波德莱尔的诗学以清淤破执、疏通更代的革命意义：

> 近世文学拟古之极改变为罗曼，罗曼之极改变为写实，写实之极改变为象征，象征之极改变为达达同时人道主义之极致，即恒接近恶魔，恶魔主义之极致，恒即接近人道，譬如活水滔滔无时或息，如必执一端以定一尊，则又像流水久积含污纳秽，清新活泼的生命，便一点也没有了孔子之道和基督教当其初创之时何尝不清新活泼，然一支配中国垂两千多年，一支配西洋垂一千多年，于是也等于积污之水，有疏通更代之必要。
>
> 我们能悟到这活水源头，然后能矗立天地，独往独来，时时敬神不为神所支配，时时礼魔而不为魔所诱惑，譬诸饮酒醉时则为恶魔之跳舞，醒则学耶稣之祈祷，然后美之乐园之谐调，乃引人心之旋而共鸣。这一种紧张的极致，空灵的极致，马上就是"美的极致"（the ideal perfection of beauty）。此即法即魔非法非魔的"美的极致"之女神，将为吾人开到天穹去的门，将美化这个丑恶

第三章 文化精神的符号编码——中国现代象征文论制序 | 265

的世界。①

　　田汉对波德莱尔以及象征主义诗学精神的论说一时激起强烈反响。彰显神魔二元及其诗境张力，强化诗境的空灵，标举美的极致，田汉对波德莱尔全盘接受，对象征主义诗学照单全收。他的这篇论文之所以重要，是因为他凸显了象征主义诗学的属灵性及其宗教祈向，指点了由肉而灵、从俗到圣的生命上行之路。"美化这个丑恶的世界"，将淑世易俗的社会责任意识寓于唯美主义诗学中，20世纪20年代田汉对于中国现代审美主义传统的形成确有开创之功。也许，正是在田汉的影响下，宗白华才立愿要迎着黑暗走去，通过遭遇世间的丑恶而探索以审美方式淑世易俗的可能性。同时，诗学以及美学中"灵"的境界，在宗白华的文化象征建构中被升华到形而上的高度。

　　象征主义的兴起，无形的推手当是时代精神。而中国古典"象征"诗艺与欧西象征主义的互动，背后的动力也当是时代精神。1922年，"五四"新诗运动的主要参与者刘延陵撰写《法国诗之象征主义与自由诗》②，从诗学内涵与艺术载体两方面论说象征主义之"共同精神"。从法兰西近代诗史角度看，刘延陵断言，"诗的精神方面是象征主义（symbolism），在形式方面是自由诗（Vers libre）"。刘氏的独到之处，在于将中国新文艺视为整个近代世界文化的构成部分，并指出"文艺界的自由精神是一种普遍的时代精神（zeitgeist）"，"近代与现代的精神是自由精神"。略述法国近代诗史，刘氏将象征主义运动置于代际世运中，称波德莱尔为"曾祖"，称魏尔伦为"祖父"，称马拉美为"父亲"，"情调的浑漠"与"音乐的崇尚"表征着象征诗风，打破格律而独抒性灵体现出自由精神。与田汉不谋而合，刘延陵也特别嘉奖象征主义诗人抒写情调、建构灵境、表现灵性。诗学内蕴与艺术负载一体两面，因而"象征主义的命意与艺术的精神形式"都是自由的不同表现形式。基于这一观念，为"五四"时代精神呐喊助威又为诗体解放鸣锣开道的刘

---

　　① 田汉：《恶魔诗人波陀雷尔（波德莱尔）的百年祭》，见贾植芳、陈思和主编：《中外文学关系史资料汇编（1898—1937）》（上册），397页，桂林，广西师范大学出版社，2004。
　　② 刘延陵：《法国诗之象征主义与自由诗》，见贾植芳、陈思和主编：《中外文学关系史资料汇编（1898—1937）》（上册），399—408页，桂林，广西师范大学出版社，2004。

延陵，向现代中国呼吁一种诗学多元主义："已成的主义有限，将来的主义无穷，ism 的信条划一，ego 的兴趣纷歧……至于文艺家，则更当依自己的理智和情调的指导，不必怕主义的怒容，不必顾批评者的恶声，要怎样做就怎样做，虽'一乡非之而力行不惑'……'一国非之而力行不惑'，'举天下非之而力行不惑'也！"虽隔着近乎百年的时代间距，我们今天依然能清晰地听出"五四"诗人对自由精神的赞颂。倾听这样的呐喊，我们还会情不自禁地想起晚明变古诗学中不拘一格、独抒性灵的主张，感受到乱云飞渡新潮涌流的"五四"时代精神。

至于实践中的"象征"诗艺，以及舶来的象征主义对于现代中国新诗文的浸润熏染，确实可以追溯到新文化运动的起步之处。依据朱自清的分辨，"五四"之后诗体解放，诗坛上自由诗、格律诗和象征派三分天下。象征派势力强大，而且为道不孤，其诗魂艺魄渗透之深、诗风诗格流布之广，在 20 世纪 20 年代至 40 年代几乎无与比肩者。1924 年岁末，梁宗岱出版诗集《晚祷》，此乃中国第一部具有象征意味的诗集，其中收录 1921 年至 1924 年写作的 19 首隽永的小诗，作品中反射出世运之变与情调之哀，渗透着对宇宙、社会、人生的思考，营造出晶莹剔透而惆怅若梦的诗境。李金发（1900—1976）堪称用汉语写象征诗而成就卓然的诗人典范。他在法国学习雕塑，深受波德莱尔、魏尔伦诗观的启发和象征诗风的影响，而尤其喜欢抒发忧郁情调，创造怪诞意象，营造颓废意境，使用扭曲的语言，传递通过遭遇丑恶而获取的美的灵知。李金发自撰挽词，以"爱秋梦与美女之诗人"自命，因而在史诗之外独标抒情，在国族与人民的宏大叙事之外沉入怪异而凄美的诗乐境界。1925 年，李金发出版诗集《微雨》，此乃中国象征主义的第一部标志性诗作。传世名作《弃妇》情调凄凉，美艳直至惨处，传统的弃妇已不再低眉涕泪，而一任黑色长发飘飞，如狂风呼啸，"将隐忧堆积在动作上"，一个世界末日的怪异女子形象给人以深深的震撼。李金发与"创造社"早期成员王独清、穆木天、冯乃超一起活跃于 20 年代中国诗坛，刮起了一阵强劲的象征诗风。他们不独从事象征诗艺实践，而且表述了明确的诗学主张。穆木天致信郭沫若,名曰《谭诗》[①],堪称象征诗学经典篇章之一。文中特别强调诗的统一性、音乐性与纯粹性,特别彰显"统一性的诗,是一个统一性的心情的反映,是内生活的象征",特别要求诗歌"有统一性有持续性的时空间的律动",特别提倡养育纯粹诗性的思维方式,"以诗去思想"。王独清也致书穆木天、郑伯奇,名曰《再谭诗》[②],文中坦然承认他自己爱上了象征表现法,并主张将"情"、"音"、"色"、"力"四者融为一体,用中国文字创造出音韵洋溢的"纯诗"作品。

20世纪30年代之后,中国新诗实验进入反思、总结的阶段,古典"象征"诗艺与象征主义的涵濡互动进入了凝练、提升的阶段,中国现代的文化象征诗学建构进入了综合、创化的时期。如果说,20年代古典"象征"诗艺与象征主义的遭遇显耀了西方而隐匿了中国,那么,30年代之后两脉传统的涵濡互动趋向于中西对等,古典"象征"诗艺从西方象征主义的压力下顽强地抬起头来,由隐渐显。如果说,20年代中国诗歌实践是以西方象征主义为蓝本进行文本摹制,用汉语文字写作象征之诗,而在理论表述上亦是尊奉西方象征诗学的威权,进行理论话语复制,用汉语的结构与逻辑表述象征诗学,那么,30年代之后中国现代诗歌实验则开启了另一轮探索,古典诗歌元素流兴不息,源源不断地进入现代主义诗章中,而在理论建构方面迈出了更大的步幅,理论家尝试以中国古典"象征"诗艺主动化合、积极融汇西方象征主义及其更为广阔的文化象征传统,展开文化象征诗学建构。这场反思、化合、融汇以至文化象征的诗学建构的标志性成果,体现在梁宗岱的抒情主义"纯诗"理论上,体现在李长之的人格主义象征理论上,体现在宗白华的文化精神基本象征物及其道德维度的探索中,体现在冯至的浪漫象征诗学及其文体建构上,体现在闻一多的神话象征诗学建构上,体现在钱锺书的词章象征诗学建构上,体现在陈寅恪的历史隐喻

---

① 穆木天:《谭诗——寄沫若的一封信》,原载1926年3月16日《创造月刊》创刊号,参见张大明:《中国象征主义百年史》,100—101页,郑州,河南大学出版社,2007。
② 王独清:《再谭诗——寄给木天伯奇》,原载1926年3月16日《创造月刊》创刊号,参见张大明:《中国象征主义百年史》,101—104页,郑州,河南大学出版社,2007。

诗学建构及其解释方法上。

三、象征的诗性之维——梁宗岱的诗艺与比较诗学

梁宗岱(1903—1983)早年作诗,中年叩问为诗之道,而晚年退出文学江湖,绝迹诗坛学界,隐居广西百色,炼制中草药,悬壶济世,尝试与西方医学抗衡。自古才人多传奇,浪子情怀总是诗。在梁宗岱的诗歌实验、诗学义理以及传奇晚年之间,似乎存在着一种难为外人所说明道白的隐秘逻辑。"昭君不惯胡沙远,但暗忆江南江北。想佩环月夜归来,化作此花幽独。"这是姜白石的《疏影》,特别为梁宗岱所喜爱。然而,这"幽独之花",这"月夜归来"的梦象,又何尝不是诗人梁宗岱心仪的象征意境,何尝不是诗学家梁宗岱守护的纯诗的自律王国,何尝不是隐士梁宗岱寂寞而又幽深的心灵剪影!1921年,沐浴在"五四"晨光中,梁宗岱开始新诗创作。1924年,他的诗集《晚祷》问世,从此中国现代诗坛刮起了象征诗风,蕴藉玄远,逸气蒸腾,神韵流荡。

1924年至1931年,梁宗岱赴法国巴黎大学留学,攻读哲学与文学,同时用法语写诗,将陶渊明的诗文译介到欧洲,作品刊于《欧洲》、《欧洲评论》。在此期间,亲炙法国作家罗曼·罗兰和诗人瓦雷里,梁宗岱自己说前者影响了他的道德与精神,后者影响了他的思想与艺术的深度。至于瓦雷里及其所代表的象征诗学,与其说影响了梁宗岱,还不如说契合了梁宗岱的诗心及其所承载的中国"象征"诗艺传统。但从梁宗岱的诗学建构及其理论建树看,歌德对他的影响更为有力,或者说他和歌德之间灵犀相通,契合至深。他的诗学著作就取名为《诗与真》、《诗与真二集》,典出歌德传世的传纪作品。歌德称其自传为"诗与真",但不妨读作"诗或真",喻指当人在暗忆人生世相之时,"诗"就是"真","幻象"就是"现实"。梁宗岱还进一步发挥说,"诗与真"乃是他自己毕生追求的对象的两面:"真是诗底惟一深固的始基,诗是真底最高与最终的实现。"在歌德那里,"诗与真"彼此对等而可以互换。可是,在梁宗岱这里,"诗与真"一高一低,秩序井然。

"诗"乃是真的最高最终的实现,这一命题显然打上了法国象征主义的烙印。在法国象征主义与中国古典"象征"诗艺的双重约束下,梁宗岱将"真"的最高最终的实现称为"纯诗",称为"象征",称为"灵境"。此乃梁氏诗学的目标。在《诗与真》的"序"中,他诗情画意地描摹了这一目标:

> 这目标也许将永远缥缈如远峰,不可即如天边灵幻的云。不过单是追求底自身已经具有无上的真谛与无穷的诗趣,而作者也在这里找着无限的欣悦了,正如一首歌底美妙在于音韵底抑扬舒卷底程序,而不在于曲终响歇之后。①

"无上的真谛"是意蕴,"无穷的诗趣"是纯诗。这意蕴,这纯诗,缥缈而又灵幻,这是象征的灵境。追求"诗与真",追求"真"的最高最终的实现,乃是一个无限奋力、上下求索的动态过程,其欣悦在过程中,其美妙在过程中。而这个过程充满了流连忘返,一咏三叹,妙就妙在音韵抑扬舒卷之间。短短几行文字,梁宗岱就道出了他的象征诗学的要旨:纯诗、象征、灵境、节奏(音韵)。以象征为编码方式,以有节奏的汉语言建构纯诗,以纯诗为津梁通达灵境,从而把握最高最深的"真",这就是梁宗岱诗学体系的基本内涵。这一体系充分彰显了象征的诗性之维。以象征诗性维度为平台,梁宗岱论衡中西诗学,乃是中国比较诗学的最初探索者和开拓者之一。

(1)纯诗

初看起来,"纯诗"乃是梁宗岱呼应法国象征主义诗人马拉美、瓦雷里的诗学而提出的诗观。梁氏论诗,首重意蕴与形式、幻象与现实之合一及其审美自律境界。但"纯诗"概念既是对域外象征主义诗学的主动吸纳与化合,同时也是对中国古典"象征"诗艺的传承与创生,不折不扣是涵濡中西、学采古今的产物。

善于用隐喻言说的诗人梁宗岱,曾经以乐队设喻,描述中国现代文化新传统在涵濡中形成的过程。乐队尚未出场,乐师各试其器,试

---

① 梁宗岱:《诗与真·诗与真二集》,5—6页,北京,外国文学出版社,1984。

箫、试弦、试笛，弦乐不自矜，鼓乐不自弃，而听众也虔诚肃穆预备其心，台上台下各尽其能，方能演奏绝妙音乐。何况现代中国，东西古今本为一家，理当在冲突中寻求和合。用梁氏的话说，"要把二者尽量吸取，贯通，融化而开出一个新局面"①。涵濡即远缘交合，彼此涵化，互相濡染，从而振荡诗风，迎来诗歌的璀璨时代。而仅靠中体西用，或一味摹仿西洋，决然不能成全如此现代大业。"纯诗"概念的出场，便是"五四"之后中国新诗反复试验的提升，也是诗学的竭力反思的成果。

"五四"文学改良，诗体解放首当其冲。作诗如作文，我手写我口，散文的思想穿上韵文的衣装。于是，诗的审美自律性遭到了严重的损害，而严谨的形式轨范亦受到了空前的僭越。诗家提倡"纯诗"，正是对诗体解放的散文化趋势甚至无序化运动的反拨。较早受法国象征主义熏染的"创造社"诗人穆木天、王独清率先从异域移来"纯诗"概念。取法瓦雷里"音乐"与"代数"为诗之二极的思想，穆木天呼吁"纯粹诗歌"，渴望栖居于"诗的世界"，强烈要求诗文分立，表现纯诗的灵感。以诗为思，遵循诗性逻辑，乃是穆木天为医治新诗运动中种种病象开具的良方。将生命以至潜意识节奏化，建构统一持续的律动时空，又是他为中国现代诗设立的理想意境。从拉马丁、魏尔伦、兰波、拉法格四位法国诗人的诗趣中获得启示，王独清推进穆木天的思路，进一步揭橥"纯诗"的"色"、"音"、"情"、"力"四元要素，要求在诗歌中实现"色彩的听觉"（Chromatic audition）和"声音的图画"（Klang malerai），于静中求动，于朦胧中得澄明。而且，他明确地将音乐视为"诗的主要条件"，一切艺术趋向于音乐，音乐自然就代表象征主义"最高的心向"。②

继穆木天、王独清之后，梁宗岱对"纯诗"观念进行了系统的论说，在中国"古典"诗艺与法国象征主义的互相涵濡中，以"纯诗"为关键术

---

① 梁宗岱：《诗与真·诗与真二集》，44 页，北京，外国文学出版社，1984。
② 穆木天：《谭诗——寄沫若的一封信》，以及王独清：《再谭诗——寄给木天伯奇》，原载 1926 年 3 月 16 日《创造月刊》创刊号，参见张大明：《中国象征主义百年史》，100—104 页，郑州，河南大学出版社，2007。

语，提炼出象征诗学的拱顶概念。"纯诗"概念作为诗观，其涵盖面却远不止于诗，而成为一项超越修辞效果而渗透到所有诗文形式中的形而上原则：

> 所谓纯诗，便是摒除一切客观的写景，叙事，说理以至感伤的情绪，而纯粹凭借那构成它底形体的元素——音乐和色彩——而产生的一种符咒似的暗示力，以唤起我们感官和想象底感应，而超度我们底灵魂到神游物表的光明极乐的境域。像音乐一样，它自己成为一个绝对独立，绝对自由，比现世更纯粹，更不朽的宇宙；它本身底音韵和色彩底密切混合便是它底固有的存在理由。①

这个关于"纯诗"的定义，包含着四个要点：一是形体元素，即音乐与色彩的纯粹性；二是形式的神秘暗示力；三是诗境（神游物表、光明极乐）的纯净性；四是诗的绝对独立、绝对自由，比现世更纯粹，更不朽，其绝对的存在理由在于自律的形式中。四个要点互相联系，彼此支持，从而构成一个系统的理论表述，整体上彰显了象征诗的音乐性。同时，我们亦不难看出，这段论述的"纯诗"元素各有出处："感官与想象的感应"来自波德莱尔，音乐性与暗示力来自马拉美，绝对自律性来自瓦雷里。所以，梁宗岱最后交代："这纯诗运动，其实就是象征主义底后身，滥觞于波特莱尔（波德莱尔），奠基于马拉美，到梵乐希（瓦雷里）而造极。"这样的说法当然合乎事实，但从梁宗岱的论述言路看，对于其塑造"纯诗"概念出力最大者，当属瓦雷里。

梁宗岱称瓦雷里为象征派的"嫡裔"，将他与达·芬奇、济慈、马拉美相提并论，赞赏有加。《保罗梵乐希先生》一文便是他为象征主义及其"纯诗"写下的赞词，其中有一段话特别值得注意：

> 可是，与其说梵乐希以极端的忍耐去期待概念化成影像，毋宁说他底心眼里没有无色无声的思想，正如达文希（达芬奇）底心眼里没有无肉体的灵魂一样。譬如食果，干脆的栗子值得一嚼；

---

① 梁宗岱：《诗与真·诗与真二集》，95页，北京，外国文学出版社，1984。

而无上的珍品,却入口化作一阵甘香与清凉的哀梨。所以我们无论读他底诗甚或散文,总不能不感到那云石一般的温柔,花梦一般的香暖,月露一般的清凉的肉感——我并不说欲感,希腊底雕刻,达文希底《曼娜利莎图》(Mona Lisa),济慈的歌曲,都告诉我们世间有比妇人底躯体更肉感的东西——而深沉的意义,便随这声,色,歌,舞而俱来。这意义是不能离开掉那芳馥的外形的。因为它并不是牵强附会在外形底上面,像寓言式的文学一样;它完全濡浸和溶解在形体里面,如太阳底光和热之不能分离的。它并不是间接叩我们底理解之门,而是直接地,虽然不一定清晰地,诉诸我们底感觉和想象之堂奥。在这一点上,梵乐希底诗,我们可以说,已达到音乐,那最纯粹,也许是最高的艺术底境界了。①

紧接着梁宗岱概括象征主义诗风的音乐化倾向:"把文字来创造音乐,就是说,把诗提高到音乐底纯粹的境界,正是一般象征诗人在殊途中共同的倾向。"换言之,"纯诗"之"纯",关键在于影像与意念、载体与精神、想象与感受、灵魂与肉体之融合无间,浑然一体,而诗人用文字作曲,就是将诗境臻于乐境。质言之,"纯诗"境界,就是数学般虚灵和音乐般缥缈的境界。虽取法域外象征主义,但"纯诗"境界在中国古典"象征"诗艺传统中亦有迹可寻。起码说来,梁宗岱文章的字里行间,多次暗示了中国古典诗艺传统同欧西象征主义在诗之至境上有汇通的可能。

为了寻觅中国古典传统诗学"象征"遗踪,梁宗岱将马拉美与姜夔(白石道人,1154—1221)并置对观,论说"纯诗"至境。姜白石为南宋词人翘楚兼音乐家、书法家,世称"人品秀拔,体态清莹,气貌弱不胜衣,望之若神仙中人"。其作词之艺,上承苏轼、辛弃疾之"清空骚雅",开南宋江湖一派词风。然而,王国维在《人间词话》中断言"北宋风流,渡江遂绝",言白石"格韵高绝,然雾里看花,终隔一层"(第39则),赞赏词人格调而贬抑其词作意境,痛责白石"有格而无情"(第43则)。王国维竟然一言以蔽之曰:"古今词人格调之高,无如白石,惜

---

① 梁宗岱:《诗与真·诗与真二集》,19—20页,北京,外国文学出版社,1984。

不于意境上用力，故常无言外之味，弦外之响。"（第 42 则）①可见偏视之甚、评骘之酷，遮蔽了家传象征诗法，以至不解"纯诗"。现代诗人余光中诗曰："从姜白石的词里，有韵地，你走来。"则可见唯美之韵，流兴之悠，隔世依然馨人肺腑，传统诗艺依然生机盎然。梁宗岱以象征诗学为断制，揭示近人论词的偏见及其渊源，视姜白石"雾里看花"词风为马拉美"诗性暗示"的等价物。梁宗岱为偏见之下、酷评之中的南宋词人喊冤，大叫不平，以期拯救备受讥评打压的"纯诗"：

> 近人论词，每多扬北宋而抑南宋。掇拾一二肤浅美国人牙慧的稗贩博士固不必说，即高明如王静安先生，亦一再以白石词"如雾里看花"为憾。推其原因，不外囿于我国从前"诗言志"说，或欧洲近代随着浪漫派文学盛行的"感伤主义"等成见，而不能体会诗底绝对独立的世界——"纯诗"（poésie pure）底存在。②

梁宗岱却避开"诗言志"诗艺家法和"感伤主义"的域外诗风，到中国古典"象征"诗艺中去找寻"纯诗"的蛛丝马迹。他坚信，姜白石的词作可算我国旧体诗词中最有代表性的"纯诗"。"试问还有比《暗香》、《疏影》，'燕雁无心'，'五湖旧约'等更能引我们进入一个冰清玉洁的世界，更能度给我们一种无名的美的颤栗的么？"于是，他说：

> 马拉美酷似我国底姜白石。他们底诗学，同时趋难避易（姜白石曾说，"难处见作者"，马拉美也有"不难的就等于零"一语），他们底诗艺，同是注重格调和音乐；他们底诗境，同是空明澄澈，令人有高处不胜寒之感；尤奇的，连他们癖爱的字眼如"清"、"苦"、"寒"、"冷"等也相同。③

诗学、诗艺、诗境隐性遥契，姜白石与马拉美之纯诗追求还体现于字句辞章中。字词传递诗人最隐秘的心声，再现他们最幽深的情志，

---

① 王国维：《人间词话》，见周锡山编校：《王国维文学美学论著集》，359—360 页，太原，北岳文艺出版社，1987。
② 梁宗岱：《诗与真·诗与真二集》，94 页，北京，外国文学出版社，1984。
③ 梁宗岱：《诗与真·诗与真二集》，92—93 页，北京，外国文学出版社，1984。

表征他们最怅惘的灵魂。譬如,姜白石词中名句:"数峰清苦,商略黄昏雨","二十四桥仍在,波心荡,冷月无声","千树压倒西湖寒碧","嫣然摇动,冷香飞上诗句"……在梁宗岱看来,这都是"诗底最高境","诗底绝对独立的世界","绝妙好诗",具体地道出了白石道人纤尘不染、神游物表的胸襟。

不止于问讯白石道人,梁宗岱还回访庄子、屈原、陶渊明、王维,去寻觅中国古典象征诗艺传统中的"纯诗"。借《九歌》发幽思的屈原,用寓言化身自我的庄子,将生命节奏化的哲学诗人陶潜,以及援禅境入诗画艺境的王维,都被梁宗岱纳入象征诗学体系中,与波德莱尔、马拉美、瓦雷里等欧西象征派诗人一起,予以论衡,而旨在汇通中西两脉诗学传统,综合创建象征诗学。但梁宗岱的象征诗学建构,尤为注重诗艺的绝对自律,彰显象征的诗性之维。特重诗的形式自律,却不放弃形而上的诗性智慧,所以梁宗岱特别推重陶渊明,称之为成功的"哲学诗人",将他同瓦雷里相提并论。因为,他们都把握住了生命的脉搏和艺术的节奏,他们的诗作都直接作用于我们的整体,泯灭了灵与肉之间的差异,在有限与无限之间架通了桥梁,引领我们去参悟宇宙人生的奥义。总之,象征诗学推重诗性智慧,将"无情的哲学化作缱绻的诗魂",而这就是象征的本质了。

(2) 象征

1934年初,梁宗岱在北京大学国文学会发表题为"象征主义"的讲演,这是李金发、穆木天、王独清、戴望舒等人发表象征诗学断章之后,一篇系统论述象征主义诗学的重要文献,构成了梁宗岱论诗著作《诗与真》的重头篇章。讲演聚焦象征主义,旁征博引,学采欧亚远东,尤其开宗明义,意欲"从一般文艺品提取一个超空间时间的象征底定义或原理"。象征之道超越时空,而不局限于一个文学流派,一段文学历史,几个出色诗人,几首诗歌作品,而是一种审美的诗学视角,一种诗学的编码方式,一种政治自我认同的镜像,甚至是一种涵濡中外诗艺而铸造的中国现代文论精神。

梁氏论述象征主义,开篇援引歌德《神秘的和歌》("Chorus Mysticus"),将其首句"Alles Vergänglich/ Ist nur ein Gleichnis"翻译为"一

切消逝的，不过是象征"。将"Gleichnis"译作"象征"并不适切，因为此语在德文中是"比喻"。强有力的期待视野扭曲词义，梁宗岱带着中国诗学的潜在无意识置象征于比喻之上。选择几首西方诗人的作品，以供三隅之反，如此有意误译，显然暴露出论者振叶寻根、返本开新，以象征为中心重构诗学历史的意向。整首《和歌》神秘幽深，境界玄远，在梁宗岱眼里几乎就是歌德身后半个世纪崛起的瑰丽绚烂、昙花一现的象征主义运动的"题词"。所以，梁氏立愿摆脱狭义"象征主义"的局限，而直探象征主义的内脉，创构象征诗学。梁氏的理论策略受制于双重约束、服务于双重目的：一方面，在中国深厚的传统中寻找古典资源，以救助风末气衰的象征主义文学运动；另一方面，借助于西方象征主义激活中国古典诗学，振作茫然无策的中国新诗运动。

通读《象征主义》，一个令人诧异的现象反映出论者思路的诡异。出乎读者意料之外，对那些为史家所称道的象征主义诗人，梁宗岱却轻轻放过，不予深究，而对歌德、波德莱尔、但丁这几位超越史家分类标准的诗人则反复考究，给予了浓墨重彩的渲染：歌德被当作象征主义的至圣先师，波德莱尔用"契合"奠定了象征之道，而但丁的贝亚特丽斯则引领诗人驰情入幻，从碧霄到碧霄，从光华到光华，一层一层地攀升，直至宇宙的中心。"象征"不独超越了流派和时代，而且超越了中西地缘文化之别，《诗经》的比兴，《楚辞》的抒情，刘勰的《文心雕龙》，严羽的《沧浪诗话》，林和靖、谢灵运、李贺、陶渊明的诗篇，以及日本俳句诗人松尾芭蕉，都被梁宗岱纳入象征诗学的论域中，从各个侧面支撑起这一带有普适性的诗学体系。

欲立先破，不破不立。梁宗岱先引朱光潜《谈美》一书中所给出的象征定义，带有论辩意味地重新定义象征。依照朱光潜，拟人与托物都是象征：

> 所谓象征，就是以甲为乙的符号。甲可以做乙的符号，大半起于类似联想。象征最大的用处，就是把具体的事物来替代抽象的概念……艺术最怕抽象和空泛，象征就是免除抽象和空泛的不二法门。象征的定义可说是："寓理于象。"梅圣俞《续金针诗格》里有一段话很可以发挥这个定义："诗有内外意，内意欲尽其理，外

意欲尽其象。内外意含蓄，方入诗格。"①

象征乃是互相指代的符号运用，而朱光潜将之归结为心理学的"类似联想"，这显然不合梁宗岱的意思。如果说，朱光潜是以现代心理学、符号学为架构组合中西"象征"资源，而表现出强烈的科学意向，那么，梁宗岱则是以象征主义和形而上学为命脉涵濡中西诗学传统，而具有浓烈的直觉诉求。所以，在梁宗岱看来，朱光潜的象征概念错在将诗学的象征同修辞的"比"混为一谈。"比"的基础是想象，于异中见同，方法是拟人与托物，将人变物，又将物变人。"比"分显隐，有如西方修辞学的明喻（simile）和隐喻（metaphor）。"皑如山上雪，皎若云间月"是显比、明喻，"蒹葭苍苍"、"东风蔷薇"是隐比、暗喻。② 无论是显比明喻还是隐比暗喻，"比"都只是修辞学的局部实体，而非作品的整体。修辞之比，拟人抑或托物，均为营造意象、创造境界、臻于象征的手段，而拟人托物之作并不都是象征。同时，梁宗岱又从两个方面将"象征"和"寓言"区分开来：第一，寓言"只是把抽象的意义附加在形体上面，意自意，象自象，感人的力量往往肤浅而有限"，第二，在寓言之作里面，"每首诗或每个人物只包含一个意义，并且只间接地诉诸我们的理解力"。③

象征不同于"比"，亦不同于"寓言"，而是作用于作品整体并呈现宇宙整体契合的艺术精神。梁宗岱在这个关键点上重构了《文心雕龙》的比兴论说。"故比者，附也；兴者，起也。附理者切类以指事，起情者依微以拟议。……观夫兴之托谕，婉而成章，称名也小，取类也大……且何谓为比？盖写物以附意，飏言以切事者也。"梁氏特别拈出"起情者依微以拟议"一语，赋予了古典象征诗艺以兴情功能，彰显了

---

① 朱光潜：《谈美·文艺心理学》，65—66页，北京，中华书局，2012。
② 梁宗岱：《诗与真·诗与真二集》，64—65页，北京，外国文学出版社，1984。
③ 梁宗岱：《诗与真·诗与真二集》，65页，北京，外国文学出版社，1984。

第三章 文化精神的符号编码——中国现代象征文论制序

象征主义的幽微深度。① "依微拟议",就是象征的真谛,是指在本为楚越、互不相属的两物之间建立幽微的联系,发现人的生命节奏与宇宙节奏之间幽深的契合。因而,"一片自然风景就是一个心灵的境界","昔我往矣,杨柳依依……莫知我哀,我心伤悲",物境与心境,景物与情思,互相仿佛,彼此毕肖,水乳交融。于是,梁宗岱自然地过渡到了对情景关系的讨论。常言道,象征乃是情景交融,即景生情,因情生景。然而,情景配合亦有程度分量之别:一为"景中有情,情中有景",一为"景即是情,情即是景"。暗引王国维"有我"和"无我"两境之别,梁宗岱说前者为"以我观物",物我之间依然各存面目,称后者为"物我或相看既久,或猝然相遇,心凝形释,物我两忘,不知何者为我,何者为物"。但他马上补充指出,只有后者,即心凝形释、物我两忘才是"象征的最高境界"。② 随即引用严沧浪汉魏、两晋诗风流别论,赞赏陶渊明与南山之间那种"依微拟议"而非理智所能通达的象征关系:一片化机,天真自具,既无名象,不落言筌,令人不觉悠然神往,反复吟咏,而意味无穷,意义常新。梁宗岱就此总结象征的两个特征:

(一)是融洽或无间;(二)是含蓄或无限。所谓融洽是指一首诗的情与景,意与象的惝恍迷离,融成一片;含蓄是指它暗示给我们的意义和兴味的丰富和隽永。英国十九世纪的批评家卡莱尔(Carlyle)说得好:

"一个真正的象征永远具有无限的赋形和启示,无论这赋形和启示的清晰和直接的程度如何;这无限是被用去和有限混在一起,清清楚楚地显现出来,不但遥遥可望,并且要在那儿可即的。"

---

① 参见王德威:《"有情"的历史——抒情传统与中国文学现代性》,见《抒情传统与中国现代性》,38页,北京,生活·读书·新知三联书店,2010。王德威将梁宗岱同朱光潜、宗白华、沈从文等论列一脉,认为他们的诗学建构彰显了"史诗时代"所淹没的"抒情声音",从而将铁律般无情的历史再度变成了牧歌悠扬的图景。而且,在现代境遇之内,人类可以通过抒情、比兴、节奏、音乐、灵境这些文化精神的基本象征物,去寻求文化认同,回望那个礼乐三千、鸢飞鱼跃的诗教天堂。

② 梁宗岱:《诗与真·诗与真二集》,67页,北京,外国文学出版社,1984。

换句话说，所谓象征是借着有形寓无形，借着有限表无限，借着刹那抓住永恒，使我们只在梦中或出神的瞬间瞥见的遥遥的宇宙变成近在咫尺的现实世界，正如一个蓓蕾蕴蓄着炫熳芳菲的春信，一张落叶预奏那弥天漫地的秋声一样。所以，它所赋形的，蕴藏的，不是兴味索然的抽象观念，而是丰富，复杂，深邃，真实的灵境。①

有限与无限，有形与无形，刹那与永恒，二者之间幽眇难测，唯有借着象征架设无形津梁。梁宗岱这番思考，与40年代宗白华的中国文化精神的审美建构遵循着同样的逻辑，都强调中国古典诗艺总是在有限中见到无限，又于无限中回归有限。不过，梁宗岱凸显的是象征的纯净诗性维度和赋形抒情之旨，而宗白华彰显了象征的文化精神及其普遍道德维度。象征始于有限而指向无限，其最高最终境界却在于"丰富，复杂，深邃，真实的灵境"。沿着象征之道进入诗学的灵境，乃梁氏诗学思考的必然进向。

(3) 灵境

宗岱论诗，尤其推重属灵性质，一以贯之地将诗风艺韵看作心灵与整个宇宙的隐微联系的表现。借着象征使心灵契合世界，寓于无限于有限之中，小我与大我浑然无间，便是梁宗岱心目中的"灵境"。在《诗与真》以及《诗与真二集》中，"灵象"、"灵幻"、"灵境"成为关键概念，整个象征诗学体系以此为轴心运转、展开以及升华。在宗岱的象征文学论述系统中，"灵境"蕴含"三义"：

第一，"灵境"即是心境。《诗与真》序言就将"诗与真"双重追求的目标形容为"不可即如天边灵幻的云"。灵幻的云，就是诗人的心灵所追慕的高远境界。《保罗梵乐希先生》开篇，象征派诗人之翘楚就被称为"古代先知"，说他置身于"灵魂的深渊"做无底的探求，人生悲喜虽在他"灵台"上演奏，宇宙万象虽在他的"心镜"里轮流映照，但诗人最终的实现、最高的欣悦、最深的领悟，则是穿越浩渺烟波，克服恐惧

---

① 梁宗岱：《诗与真·诗与真二集》，69—70页，北京，外国文学出版社，1984。

彷徨，忽然发现佳木葱茏、奇兽繁衍的"灵屿"时恬静的微笑。① 梁宗岱谈及瓦雷里的名作，说《年轻的命运女神》是"心灵的幽寂"惨淡经营而织就的"虹色的幻网"，说《幻美》二十首是诗人哲人不同"灵境的写真"，说《水仙辞》是"心灵解放后对于自我的默契与端详"，说《棕榈篇》乃是"心灵于创造完成后恬静的微笑"。② 在这些论断和评点中，宗岱特别标举"灵境"的"心灵"之"灵"。心之"灵"，就是情感恣肆的浪漫主义退潮之后，象征主义所执着地呈现的哲学诗性、人生诗意以及宇宙诗韵。象征派诗人即"哲学诗人"，他们以诗思挑战哲思，用文字作曲而臻于乐境，将虚灵的概念化作活跃的影像。宗岱称道瓦雷里等哲学诗人，说他们作诗一如达·芬奇作画，以极端的忍耐守候思想观念炼成浓丽的色彩和活跃的影像，对微妙而悠忽的刹那心摹手绘，追光摄影，造就"灵幻的刹那顷"，"无情的哲学化作缱绻的诗魂"。③

第二，"灵境"即心灵与宇宙契合的境界。在《象征主义》这篇讲词中，宗岱重点论说"象征之道"就是"普遍契合"，而"普遍契合"乃是"复杂，深邃，真实的灵境"。④ 引用卡莱尔"无限的赋形和启示"的象征之法，引用歌德"在我里面摹拟，塑造观察与印象，用鲜活的图像活现出来"的"作诗之道"，梁宗岱特别强调心灵与宇宙、有限与无限、刹那与永恒通过象征而契合。正如蓓蕾报春，枯叶预秋，伟大的诗作有如歌德《浮士德》之类，就不只是伟大人性的象征，而更是伟大灵魂的种种纠纷的象征，是众多心灵间无数的涟漪和回声的写照。因而，沿着伟大诗作指示的"象征之道"，我们便进入了一个"不曾相识的簇新的世界"。⑤ 而这个不曾相识的簇新的世界，可谓"灵境"，可谓"灵想之所独辟，总非人间所有，其意象在六合之外，荣落在四时之外"（恽南田《题洁庵图》）。⑥

---

① 梁宗岱：《诗与真·诗与真二集》，7页，北京，外国文学出版社，1984。
② 梁宗岱：《诗与真·诗与真二集》，14—16页，北京，外国文学出版社，1984。
③ 梁宗岱：《诗与真·诗与真二集》，18页，北京，外国文学出版社，1984。
④ 梁宗岱：《诗与真·诗与真二集》，70页，北京，外国文学出版社，1984。
⑤ 梁宗岱：《诗与真·诗与真二集》，70页，北京，外国文学出版社，1984。
⑥ 宗白华：《中国艺术意境之诞生》（增订稿），见《宗白华全集》第2卷，合肥，安徽教育出版社，1994357页。

宗岱取证于欧亚远东，从但丁、歌德、波德莱尔到屈原、陶渊明以及松尾芭蕉，拓展象征诗学论域，赋予"象征之道"以超越的形而上意义。秉持象征之道为断制，论及屈原之《山鬼》，宗岱欣赏诗人与鬼神同游的"灵幻缥缈"，"扑朔迷离"。翻译波德莱尔的《契合》，并据此阐发象征义理，彰显象征主义乐化辞章，宗岱一言以蔽之，"象征之道"就是"契合"："灵魂的眼前展开一片浩荡无边的景色——一片非人间的，却比我们所习见的都鲜明的景色，并且启示我们一个玄学上的深沉的基本真理……'生存不过是一片大和谐'。"①因而，大千世界是宇宙的"大灵的化身"，心灵与自然的脉搏息息相通，生命的节奏、智慧的节奏以及艺术的节奏声声应和，融汇无间地交织出"灵境"、"仙境"、"灵象"、"灵幻"。普遍契合，即幽深而又鲜活，真实而又空灵的"灵境"。这一观念直接源自波德莱尔，同时获得了中国古典哲学"天人相调"观念以及古典诗艺"物我两忘"意境的支撑：

> 正如颜色，芳香和声音的呼应或契合是由于我们的官能达到极端的敏锐与紧张时合奏着同一的情调，这颜色，芳香和声音的密切契合将带我们从那近于醉与梦的神游物表的境界而达到一个更大的光明——一个欢乐与智慧做成的光明，在那里我们不独与万化冥合，并且体会或意识到我们与万化冥合。……"歌唱心灵与官能的热狂"的两重感应，即是：形骸俱释的陶醉和一念常惺的澈悟。②

"颜色，芳香和声音的密切契合"，是象征主义的福音与教义。"万化冥合"，是中国古典哲学及其诗学派生观念的流兴与余韵。中西传统涵濡互动，象征诗学建构展开。"形神俱释的陶醉"是酒神之境，而"一念常惺的澈悟"是日神之境，两境相入而情理交融无间。梁宗岱以歌德的《流浪者之夜歌》和松尾芭蕉的隽永俳句为象征灵境的典范，显然暴露了他的古典倾向性，表现出把象征诗艺提升为普遍诗学原则的理论

---

① 梁宗岱：《诗与真·诗与真二集》，73页，北京，外国文学出版社，1984。
② 梁宗岱：《诗与真·诗与真二集》，77页，北京，外国文学出版社，1984。

诉求。

第三，灵境即乐境。象征派诗艺首倡以文字作诗，推乐境为至境。宗岱的象征诗学建构，力求矫正诗体解放的无政府倾向，主张"彻底认识中国文字与白话的音乐性"，讲究以音乐为诗的生命。瓦雷里的诗，不是以抽象的观念，而是以观念的节奏激荡我们的官能，不是以物质外表与粗糙形象，而是以"甘，芳，歌，舞"愉悦我们的心灵。瓦雷里的诗，"由音响，由回声，由诗韵的浮沉……由音乐与色彩的波澜吹送我们如一苇白帆在青山绿水中徐徐地前进，引导我们深入宇宙的隐秘，使我们感到我与宇宙间的脉搏之跳动——一种严静，深密，停匀的跳动"。情绪的脉搏，生命的脉搏，智慧的节奏，以及艺术的节奏，无不普遍契合，隐秘而且深邃。因此，乐境意味着情绪、生命、智慧、艺术息息相通，生生条理，一种普遍同情的韵律，超越灵与肉、梦与醒、生与死、过去与未来，流荡在冥合的万化之间。

所以，进入灵境，就是进入乐境。诗人以及读者"最隐秘和最深沉的灵境都是与时节，景色和气候很密切地互相缠结的"，阳光、飞花、空气、流水、飘雪，无论是重大的物件还是幽微的现象，都提示我们只是"大自然的交响乐里的一个音波"。[①] 生存是一个大和谐，"小我"与"大我"不可离弃于须臾，离则"小我"无存在理由，合则兼有宇宙间磅礴星辰的奇妙乐章。宗岱用诗人之笔浓墨重彩地展示宇宙和谐与诗性契合的灵境：

> 当我们放弃了理性与意志的权威，把我们完全委托给事物的本性，让我们的想象灌入物体，让宇宙大气透过我们心灵，因而构成一个深切的同情交流，物我之间同跳着一个脉搏，同击着一个节奏的时候，站在我们面前的已经不是一粒细沙，一朵野花或一片碎瓦，而是一颗自由活泼的灵魂与我们的灵魂偶然的相遇：两个相同的命运，在那一刹那间，互相点头，默契和微笑。当浮士德在森林与幽岩深处，轮流玩赏着自然与灵府的无尽玄机与奇景，从那盈盈欲溢出的感激杯里，找不出更深沉更雄辩的声音去

---

① 梁宗岱：《诗与真·诗与真二集》，78页，北京，外国文学出版社，1984。

致谢那崇高的大灵：

Du fuhrst die Reihe der Lebendigen
Vor mir vorbei, und lehrst mich meine Bruder
Im stillen Busch, in Luft und Wasser kennen

你把众生的行列带过我面前，
教我一一地认识我的兄弟们，
在空中，水中和幽静的丛林间。

于是，日常的物价表——大小，贵贱，美丑，生死——勾消了。毫末与丘山，星辰与露水，沙砾与黄金，庄周与蝴蝶，贵妇与暗娼……在诗人思想的光里合体了，或携手了。因为那里惟一的度量是同情，惟一的权衡是爱；同情的钥匙所到，地狱与天堂齐开它们最隐秘的幽宫；熊熊的爱火里，芦苇与松柏同化作一阵璀璨与清纯的烈焰。①

演讲结束处，宗岱从歌德、但丁回到了波德莱尔，从普遍契合的宇宙和谐中又窥见了一份绝对的悲剧。象征的乐境，让灵魂不复安详宁静，而是以洪亮栖惶的声音辐射出强烈、阴森、庄严、凄美或澄净的光芒，在灵魂里散播一阵"新的颤栗"。象征的灵境，不再是偶然之境，不再是刹那之境，而是"整个破裂的受苦的灵魂带着他的对于永恒的迫切呼唤，并且凭借着这呼唤的结晶而飞升到那万籁皆天乐、呼吸皆清和的创造的宇宙"。②

表面看来，梁宗岱的象征诗学源自西方诗学，"心境"源自瓦雷里的心灵现象学，"契合"源自波德莱尔的宇宙总体象征论，"乐境"源自象征主义诗人尤其是马拉美的诗兴乐化论。然而，梁宗岱用中国古典诗学的"灵境"范畴涵化了象征主义，又用象征主义给一个在现代语境

---

① 梁宗岱：《诗与真·诗与真二集》，81—82页，北京，外国文学出版社，1984。
② 梁宗岱：《诗与真·诗与真二集》，83页，北京，外国文学出版社，1984。

中近乎枯萎的古典范畴注入了生命力,古典诗学得以出死入生。"灵境"一语,最早见于南朝简文帝《神山寺碑》序文:"虽铁界铜围,如影如幻,补石擎金,随生焰灭。独有鹫岳灵境,净土不烧,螺髻金质,声闻难睹。"这里的"灵境"有浓烈的宗教气息,后来多用于描述佛教寺庙所在的名山圣境。白居易《沃洲山禅院记》有"兹山浸荒,灵境寂寥"这样的句子,形容佛家圣地的超凡脱俗。苏轼《次韵孙职方苍梧山》联句"或云灵境归贤者,又恐神工亦偶然",极言庄严妙土,贤哲独居,得天独厚。当宗教背景淡化,世俗意味上升,"灵境"又多用于描写风景名胜,南朝诗人江淹《杂体诗·效谢灵运之〈游山〉》有句:"灵境信淹留,赏心非徒设。"柳宗元《界围岩水帘》写道:"灵境不可状,鬼工谅难求。"现代诗人郭沫若在《星空·孤竹君之二子》中在象征的意义上使用灵境:"寥寂庄严的灵境,这般地雄厚,坦荡,清明!"哲学家方东美、冯友兰,美学家宗白华都特别注重宇宙人情物象的属灵性,特别瞩目于神游物表超然世外的哲学与诗学境界。在文化类型学的视野下,方东美认为,中国人的空间不同于欧洲近代人的物理空间,而是"渊然而深,幽然而远,一虚无缥缈之景象……宛如心源……灵境显现"。① 方氏强调的是中国人的空间意识和宇宙境界的属灵性。在宇宙人生六重境界区分中,宗白华论说艺术境界乃是:"艺术家以心灵映射万象,代山川而立言,他所表现的是主观的生命情调与客观的自然景象交融互渗,成就一个鸢飞鱼跃,活泼玲珑,渊然而深的灵境;这灵境就是构成艺术之为艺术的'意境'。"②方东美用"灵境"描摹中国人的宇宙意识,宗白华用"灵境"描摹呈现在艺术意境中的宇宙时空合一体,尤其彰显了气韵生动、生生条理、音声成韵的节奏化空间感性形式,视之为中国文化精神的基本象征物。在方东美和宗白华之间,梁宗岱可谓独树一帜,他不是用"灵境"描摹宇宙意识,没有用"灵境"来指代艺术境界,而仅仅是用"灵境"来表示象征诗学的理想境界。他写道:"最幽深最缥

---

① 方东美著,黄克剑等编:《方东美集》,368页,北京,群言出版社,1993。
② 宗白华:《中国艺术意境之诞生》(增订稿),见《宗白华全集》第2卷,358页,合肥,安徽教育出版社,1994。

缈的灵境要借最鲜明最具体的意象表现出来。"①所以他不像方东美那么大而化之，也不像宗白华那么圆而神之，而是作为诗人让诗境自而律之。方东美的背后，是怀特海的生命哲学与斯宾格勒的文化类型学，以及儒道释三教汇流的哲学传统。宗白华的背后，是歌德的古典象征诗学体系和卡西尔的文化人类学及其象征形式的哲学，以及源自《易经》的中国古代宇宙观念。而在这里，在梁宗岱背后，是但丁、歌德、波德莱尔和象征主义诗学，以及由比兴诗学、楚骚抒情传统汇流而成的中国古典"象征"诗艺。方东美对宗白华的影响相当明显，梁宗岱对宗白华的启示也有脉络可循。方东美及其新儒家学者、梁宗岱及其象征诗人、宗白华及其诗界艺界友人，在 20 世纪三四十年代，互相激励，彼此启发，共同缔造了文化象征诗学，实现了中国现代新传统下诗学建构的重大创获。

第四，节奏，如上所述，乐境是"象征的灵境"题中应有之义，而诗的"节奏"亦是梁宗岱对于诗的形式的基本要求之一。众所周知，诗体解放以韵文散文化、引口语入诗为趋向，20 世纪 20 年代后期格律诗派的崛起，以及随后效法西方而展开的诗体实验，又把新诗运动导向了从散文化到韵律化的回归之路。梁宗岱的象征诗学对于节奏化、音乐化的思考，显然也发生在这个纠偏新诗运动的无政府状态而建构诗学制序的语境之中。

宗岱论诗，注重"灵境"，更注重形式，他的"商籁体"实验文本就被王力先生采用，作为新诗格律学的标本之一。形式是艺术的生命，节奏、格律是诗艺的生命，这乃是他的基本信念。赋形诗思，使情成体，便是诗人的任务，尤其是歌德、卡莱尔为诗人颁布的律令。象征主义诗学革命的后果之一，用宗岱论述瓦雷里的话说，就是"创造那讴歌灵魂的异象的圣曲，那歌咏灵魂的探险的史诗"。② 象征主义教会了宗岱用文字创作音乐，超越抒情诗人而仰慕哲学诗人，不仅捉住情绪的节奏，而且捉住智慧的节奏。象征主义让他明白："艺术的生命是节

---

① 梁宗岱：《诗与真·诗与真二集》，91 页，北京，外国文学出版社，1984。
② 梁宗岱：《诗与真·诗与真二集》，8 页，北京，外国文学出版社，1984。

奏，正如脉搏是宇宙的生命一样。"那么，诗人以怎样的灵心快手，把握宇宙的脉搏，参悟万物的玄机，窥透人类灵魂的隐秘，创作出天衣无缝灵肉一致的完美诗章？这就是留学归来的梁宗岱在1931年致徐志摩的信中所提出的根本问题，也是新诗运动遭遇到的困厄所在。

梁宗岱的回答斩钉截铁：解决这个问题的根本前提，是"彻底认识中国文字和白话的音乐性"。① 虽然主张诗歌表现自我，但他坚持诗的表现必须以节奏为生命，而这节奏乃是广义的格律形式，包括声音的节奏、情绪的节奏、结构的节奏、智慧的节奏，等等。呼应"格律派"理论家闻一多的音、形、义三美学说，梁宗岱对音节、诗行、音韵、布局提出了遵循超越形式而又超越约束的辩证要求，而主张在形式与意蕴之间、节奏与情感之间达成"富有暗示性的音义凑泊"。如此强调格律、节奏、形式，是不是对新诗运动的反动，打破镣铐又自制镣铐呢？梁宗岱持论，如同格律派的闻一多：行文必须有规律，必须讲究文法，作诗也就必须戴着镣铐跳舞。"镣铐也是一桩好事……尤其是你情愿带上，只要你能在镣铐内自由活动。"戴上镣铐以至超越镣铐，诗人的成长犹如侠士：从小戴上铁锁，由轻而重，积年累月之后卸去铁锁，便身轻如燕，来去自由。作诗的镣铐，不仅包括中国古典诗学规范、平仄、押韵、对仗，还有诗律的严谨，音节的缠绵，风致的婀娜，节奏的跌宕。梁宗岱还主张采用西洋诗律以补正中国单音字的不足，用波德莱尔"契合"蕴含的官能交错，以及诗形建筑美，来凸显诗的节奏感，发挥中国文字的音乐性。

对节奏、韵律以及诗歌音乐性的思考，贯穿于中国新诗运动的始终，而节奏论成为美学与诗学思考的聚焦之一。20世纪上半叶，作为新诗运动的延伸，浪漫主义、唯美主义、象征主义都曾经于中国诗坛风行一时，那些身受西方艺术思潮浸润的诗人们，也几乎不约而同地注目于"节奏"，用它来显示诗歌艺术的审美特质。杨匡汉、刘福春编的《中国现代诗论》就汇聚了这方面的大量证据。"波动"、"律动"、"音乐性"、"节奏"、"交响乐"等词语频繁地出现在他们的笔端，甚至还被

---

① 梁宗岱：《诗与真·诗与真二集》，37页，北京，外国文学出版社，1984。

提升到了"生命本体"和"艺术本体"的高度。闻一多在《诗的格律》中，将"形式"归结为"格律"，把"格律"定义为"节奏"。在穆木天的《谭诗》中，他说诗的世界就是"波动"和"律动"的世界。他说的"波动"是世界和心灵的"波动"，即"万有的声，万有的动，一切动的持续的波的交响乐"，以及"在人们神经上振动的可见而不可见、可感而不可感的旋律的波"。他所说的"律动"，是指诗句的变化与诗句所表现的思想意蕴的一致："用有限的律动的字句启示出无限的世界，就是诗的本质。"徐志摩从形式出发将"内在的音节"（internal rhythm）看作诗的生命，戴望舒从意蕴出发把诗的音乐性看作"情绪的抑扬顿挫"。无论怎么说，"节奏"都被看作诗的本质特征。[①] 但真正把"节奏"纳入现代诗学体系、予以科学解释、上升到美学论说的，还是美学家朱光潜。20世纪30年代，朱光潜应胡适的邀请主讲"诗学"，他运用"移花接木"的手法，在现代生理学、心理学、美学的视野中反观中国"诗乐舞"同源的传统，全面地论说了"节奏"的起源、诗学功能和美学意义。他的节奏论诗学之基本要点是：第一，"节奏"是自然、社会和艺术中的一个"基本原则"。自然之昼夜往来、寒暑更替、风波起伏、新陈代谢、雌雄匹配，历史的兴亡隆替、人生的离合悲欢、情绪的喜怒哀乐，造型艺术中的浓淡、疏密、明暗的对比与协调，诗、乐、舞时间艺术中的高低、长短、徐疾之配置与呼应，都显示出一种节奏现象。尤其重要的是，朱光潜断言"节奏是一切艺术的灵魂"。第二，"节奏"的诗学功能是唤起情绪和塑造语言的音乐形象。"节奏"不仅是自然现象，亦是"心灵"的需要。心灵活动的律动与自然世界的节奏可以互相影响，互相感通，诗和音乐对心灵的感动性的根据就在于这种影响与感通。诗的语言节奏、音乐的节奏可以浸润人的全部身心，唤起相应的情绪。朱光潜特别强调，诗歌语言的节奏、散文语言的节奏也同样以音乐性为指归。换言之，节奏具有塑造语言之声音形象的审美功能。他对现代诗歌和散文寄予了殷殷厚望，希望新文学运动变革扬弃传统的僵化形式规范，开拓"更生动"、"更有味"的美学景观。第三，节奏是审美的形式化中

[①] 杨匡汉、刘福春（编）：《中国现代诗论》上编，广州，花城出版社，121、97—99、133、106页，1985。

介。他说:"声音、姿态、意义三者互相应和,互相阐明,三者都离不开节奏,这就成为他们的共同命脉。"①所以,节奏,作为一种形式要素,成为主体与客体、心灵内部、艺术门类之间互相融通的中介。

在这个较大的语境下,梁宗岱的象征诗学建构显示出不容忽略的意义:他从新诗的再度韵文化为出发点,涵濡象征主义诗学节奏观与中国古典诗律,构想了以"节奏"为灵魂,以"契合"为表征,以"灵境"为至境的象征诗学理论。这一构想内合古典诗艺传统,外融欧西诗学精粹,下达诗歌创作的符号实践,上趋人类心灵的形而上境界。

(5) 比较诗学的初探

梁宗岱将象征诗学的逻辑贯穿到对世界文学的思考中,延伸到中西经典体系的建构中,开启了比较诗学的初航。在多脉传统交汇,中西观念涵濡,以及古今语境融构的背景下,比较诗学可谓应运而生。在宗岱的文学论述中,比较意识相当自觉,自圆其说地在姜白石与马拉美、陶渊明与瓦雷里、李白与歌德、屈原与但丁之间展开了平行比较,揭示出不同传统脉络中诗学现象之间的隐性相契。姜白石与马拉美之间的平行对比,建立在趋难避易的诗学、格调音乐的诗艺、空澈明净的诗境以及清苦寒冷的词章之上。② 这一对观互照凸显了"纯诗"纵贯古今的普适效力。梁宗岱将歌德的诗、希腊古诗、李白的诗放在抒情诗的文类平台上予以比较,指出他们即兴言志、自然兴感而至节奏分明、音韵铿锵,以及蕴藏着深情与幽思。③ 梁宗岱将《陶潜诗选》翻译为法文,瓦雷里欣然命笔,慷慨作序,文中强调音乐乃是诗的绝对条件,激赏陶渊明以及中国田园诗人比喻的生动、描摹的准确以及形式的精巧。在论述象征主义的讲演中,梁宗岱用象征诗学论衡陶渊明诗境中诗人与景物之间的微妙契合,称之为襟怀与自然融合无间,含蓄无垠。④ 然而,他的讨论中最具有启示意义的,乃是屈原与但丁

---

① 朱光潜:《诗论》,见《朱光潜全集》第3卷,121、124页,合肥,安徽教育出版社,1993。
② 梁宗岱:《诗与真·诗与真二集》,92—93页,北京,外国文学出版社,1984。
③ 梁宗岱:《诗与真·诗与真二集》,109—113页,北京,外国文学出版社,1984。
④ 梁宗岱:《诗与真·诗与真二集》,186—187页,北京,外国文学出版社,1984。

的比较。

1941年，第一届中国"诗人节"在重庆举行，宗岱撰写长文《屈原》。他舍弃考证考据、辞章、义理之类的"外线"研究法，而采取直叩艺术作品之门而观照诗人心灵现象的"内线"之路。这是他运用象征诗学重构经典，以及通过比较研究而寻觅中国诗学精神的一次努力，在比较诗学层面上还体现出一种民族文化认同的强烈诉求。

首先，他注意到相隔数个世纪并且远隔重洋的两位诗人外表上的类似：生于多难之秋，为国家鞠躬尽瘁，但忠而被谤，信而见疑，以至于发愤抒情，在诗中挥洒忠贞、义愤、侘傺、怅惘。他们都自铸伟辞，绵延成源源不断的诗史，给民族提供"精神养料"。

其次，他描绘出两位诗人之间"深沉的平行线"，从而确立了比较诗学平行比较的范式：①屈原的《离骚》和但丁的《神曲》以理想的追求为题旨，以女性为象征；②两部杰作都是自传体或寓言式的自传，屈原重抒情，但丁重叙事；③两位诗人的思想乃是各自传统的结晶，都是同时代学术思想的总和，但丁将中世纪神学、哲学、骑士之爱、宗教传说熔为一炉，屈原将同时代儒道阴阳的人生观和宇宙意识呈现于诗；④两位诗人的艺术贡献的类似之处在于，但丁给予人类灵魂最深最高的热情，屈原把灵魂的境域提得最高，掘得最深；⑤历史流布的遭遇类似在于，两部经典都被后代古典学家肢解，做出穿凿附会的解释，而这种"外线"研究与诗学本身毫不相干。①

然而，宗岱指出，两位诗人最根本的共同点在于"象征主义"，在于以象征的灵境呈现灵魂深处的冲突和矛盾，以及由此引起的绝对悲剧。"贯彻着《离骚》全诗的，像贯彻着全部《神曲》的一样，是一种象征主义。"宗岱指出，占据象征主义之中心地位的乃是一种将抽象理想与亲近现实融为一体的拟人法。它将感觉、想象、观照融为一体，将过去、现在、未来打通一片，造就一个完整的系统，一个和谐的整体，"汇合为一朵清明热烈的意识火焰"。因此，两部杰作再度印证了"生存是一大和谐"，传达出一种整体生命节奏，表达出一种整体的宇宙感

---

① 梁宗岱：《屈原》，见李振声编：《梁宗岱批评文集》，166—167页，珠海，珠海出版社，1998。

受，表现出一种整体的活跃情感。套用宗岱诗学的概念，两部杰作中那些超绝、旷邈、悠远的景象，与整个诗境的氛围吻合无间，将浩渺的意境与诡异的灵象延伸拓展至于无穷，让诗人的灵魂与永恒同流，合为一体。一句话，通过象征而契合无限，进入"灵境"。①

再次，宗岱辨析了《离骚》与《神曲》之间的差异。第一，同为精神现象的象征，同为清明热烈意识的火焰，但丁的清明多于热烈，屈原的热烈多于清明，二者之差异乃是光与热的差异：一个是"长明灯"，光被四宇；一个是"大烘炉"，烈焰万丈。第二，同为诗体，但在文类学上《神曲》不同于《离骚》，一为客观的个人记实诗（personal epic），一为主观的宇宙抒情诗（cosmic lyric）。但丁站在自己的环境和中世纪氛围中，默察、倾听、审判四周人情物象，自己见证着光怪陆离、惊心动魄的奇观，叙述苦难的躯体、忏悔的灵魂、光明的朝圣。而屈原将宇宙人情物象全部摄入诗的大熔炉，美人、芳草、云电、风雷、历史、神话、巫风、传奇，皆化作熊熊烈焰，溶入屈原歌唱的灵魂。第三，两部经典的诗韵律有别：《神曲》是三行一顿的连锁体，明确、凝练、坚定，诗的整体结构庄严、高耸，宛如哥特式教堂；《离骚》则四句一转，盘旋回荡，波属云委，像一条巨蛇，又像大鹏，羽翼若垂天之云，抟扶摇而上，挥斥八极，与鸿鹄共翱翔。②

最后，宗岱认为，屈原的《九歌》之于《离骚》，正如但丁的《新生》之于《神曲》。《九歌》为屈原的青春之作，预示着《离骚》的丰盈开放，正如《新生》是但丁的少作，乃是《神曲》的雏形。宗岱以"纯诗"作为尺度来衡量《九歌》的经典价值。《九歌》不只是一根草、一股清新，而是"一座幽林，或骤然降临在这幽林的春天——一座热带幽林的春天，蓬勃，葱茏，明媚"。诗人灵魂的温情与惆怅，低回和幽思，从诗句里流溢而出，沁人肺腑。《九歌》流动着"一个朦胧的青春的梦，一个对于真挚，光明，芳菲，或忠实的憧憬"，没有思想，没有经验，只有最贞洁

---

① 梁宗岱：《屈原》，见李振声编：《梁宗岱批评文集》，188—189页，珠海，珠海出版社，1998。

② 梁宗岱：《屈原》，见李振声编：《梁宗岱批评文集》，189—190页，珠海，珠海出版社，1998。

的性灵,只有挚爱,怅惘,太息和激昂,轻烟似的青春的悲哀。《九歌》是"诗人为自己创造的诗体,一种温婉,俊逸,秀劲的诗体,又适足以把灵魂里这些最微妙最深秘的震荡恰如其分地度给我们"。更有《九歌》呼告的神灵,那么灵幻缥缈,又那么栩栩如生,几乎可以看见他们在我们中间飘然茌止。总之,从纯诗的观点看,《九歌》的造诣不仅超前绝后,而且超过了屈原自己的《离骚》。后世诗人,仰慕而不得其全:宋玉得其绵邈却没有那么幽深,曹子建得其绮丽却没有那么峻洁,温飞卿、李商隐得其芳馥却没有那么飘举,姜白石得其纯粹却没有那么浑厚……即便诗国唐朝,柳宗元、李贺、杜甫也难以仿其眇眇明眸、潋滟微波、缤纷落叶融成一片的摇曳夷犹的韵致。在"纯诗"视野的观照下,《九歌》之情感蕴藉高洁,表现婉约美妙,造诣纯洁无瑕。[①] 当然,这是一种误读,但又是在特定理论视野下的合法误读。如此合法的误读,其功在于建构了文学经典,从"内线"接近诗性本体,而有烦琐考据之学所无法取得的创获。

综观梁宗岱的象征诗学建构,一种二重约束下的双向进展理路得以充分彰显。二重约束,是指中国古典诗学传统的约束,以及西方象征主义的约束。双向进展,是指在以西方象征主义激活中国古典"象征"诗艺的同时,又以中国古典"象征"诗艺主动融汇西方诗学要素。以今观古,以西释中,在现代中国竟成主流诗学建构方式,遗憾的是导致了西显而中隐,在相当程度上弱化了自体古典诗学的独特品格。[②]梁宗岱的诗学建构,虽也援西入中,以西释中,但更为注重以古鉴今,以中化西。他用"灵境"一语涵盖中西象征诗学,将欧洲宽泛意义上的象征主义收纳于体系之内,就是其以古鉴今、以中化西的诗学建构抱负的表现。将象征诗学建构的逻辑予以延伸,梁宗岱展开了更大语境的比较诗学探索。作为中国比较诗学的初航,梁氏的比较研究表现了一种经典重构的诉求,一种甄别文类范式的用心,以及一种探索民族

[①] 梁宗岱:《屈原》,见李振声编《梁宗岱批评文集》,172—173 页,珠海,珠海出版社,1998。

[②] 参见王一川:《中国现代学引论:现代文学的文化维度》,219 页,北京,北京大学出版社,2009。

诗学精神的宏愿。移植西方象征主义于中国，为衰落的西方文学运动重振源头，这是世界的中国化。延续中国"象征"诗艺传统，融汇西方象征诗学要素，让古典流兴不息，余韵绵延不朽，这是中国的世界化。不论是世界的中国化，还是中国的世界化，梁氏的诗学心灵依然被钉在时代意识与民族精神经纬交织的十字架上。① 不过，令人欣慰的是，在将屈原与但丁对观互照之时，梁氏不仅建构出了可堪同欧洲经典比肩而立的中国经典，而且彰显了同西方"个人记实诗"交相辉映的"个人抒情诗"，凸显了象征的"纯诗"自律维度，甚至还重构了古典中国抒情诗学精神。与宗白华、朱光潜、沈从文、陈世骧、高友工一起，梁宗岱参与了现代"抒情中国"版图的描绘②，他的象征诗学同时也一种民族文化认同。

四、象征的人格之维——李长之文论及其批评

李长之(1910—1978)是在现代规范教育体制下展开其诗学体系创造和批评实践的，他对于"西方文论中国化"所做出的独特贡献，在于以现代文论体系摹写了古典人文理想，尤其是凸显了语言形式与人格建构的关系。在广义的象征诗学论域中，李长之凸显了文论的人格维度，并选择传记文体作为呈现人格、情感、伦理和诗学形式之间关系的典范文类。

(一)古典人文理想的构成要素

蕴含在李长之文论中的古典人文理想，有四种互相异质但彼此涵濡的精神要素。

第一，对西方古典人文世界的重构式想象。在温克尔曼(Johann Joachim Winckelmann，1717—1768)的感召下，李长之展开了对德国

---

① 黄克剑：《比较文化之哲学断思》，见《黄克剑自选集》，287页，桂林，广西师范大学出版社，1998。
② 关于"抒情中国"，参见孙康宜、宇文所安主编：《剑桥中国文学史(下卷 1375—1949)》，566—576页，北京，生活·读书·新知三联书店，2013。

古典精神的重构式想象。在温克尔曼那里,文化复兴的含义是宗教意义上的人性重生,而这重生的人性体现在希腊艺术的境界中,就是"高贵的单纯和静穆的伟大"[eld Einfalt und stille Grösse]。希腊艺术的境界象征着"完整的人"、"圆满的人格"和"有生气的活人"。歌德说:"在所有民族中,希腊人做起生活的梦最美。"而那些历久弥新的古典异教世界的神话形象,在温克尔曼、歌德、李长之等古典主义者心中投射了一道道透明而又温馨的灵魂之光。温克尔曼的想象,便是歌德文学实践的鹄的,而歌德塑造的生命形象,恰恰就是李长之心仪的境界。古典人文理想烛照下的生命形象,生生不息却又如歌如咏,单纯静谧却气象磅礴,既没有禁欲的感官压抑,又没有目无神祇的张狂。

第二,对中国古典人文余韵的回味。李长之在回味中国古典精神之余韵的时候,已经相当自觉地以古希腊与德国古典精神为镜子来鉴照民族文化精神了。他将"六艺"合而为一,呈现出一种完整的生命形象,象征中国的古典人文理想:"既和谐,又进取;既重群体,又不抹杀个性;既范围于理智,又不忽视情感;既有律则,却又不致使这些律则僵化,成为人生的桎梏。"①显然,李长之是以德国思辨哲学和生命哲学为框架来阐发中国古典精神的。在他看来,以中国古典精神为蓝本设计的生命形象,一定能够将人性的"二极性"统一起来:朴素蕴含感伤,古典里流淌着浪漫,在圆满中潜藏着深刻的不圆满,生命依恋着形式,形式仰赖于生命。

第三,个体人格的外化。在对古希腊和德国古典人文理想的想象,以及对中国古典人文余韵的回味中,李长之都自觉地将他自己的个体人格外化于感性形象。他赞美天才,赞赏叛逆,挑战清浅与平庸,以真善美的名义同愚妄宣战。这一切无不表露出他自己拒绝奴性,特立独行,崇尚自由的人格情怀。李长之翻译德国诗人荷尔德林的《大橡颂歌》,更是将自己对自由人格的向往升华到神性的高度。和伟大的橡树在一起"狂欣"(gern),荷尔德林将自己的个体人格神化了。荷尔德林的"狂欣"(gern)契合于李长之狂放的人格。"独超群类",是孤独天才

---

① 李长之:《司马迁之人格与风格》,48 页,北京,生活·读书·新知三联书店,1984。

的境遇;"冲天贯天壤",是本源生命的强度;"桎梏万般消","自各为帝王",则是自由境界的极致。

第四,现代中国文化精神的投射。现代中国文化精神孕育在"五四"启蒙运动中,并且为随后日益高涨的民族意识所强化。"现代中国文化精神",是指蕴含在中国人的现代体验中的生活方式和独特品格。源自西方现代精神的理性主义和浪漫主义构成了现代中国文化精神的"两歧"维度,理性主义强调理性重要,而浪漫主义主张情感至上。借用德国思想家斯宾格勒对西方现代精神的描绘,我们不妨说,中国现代浪漫主义的基本象征是希腊的普罗米修斯与欧洲的浮士德的复合体。普罗米修斯象征着人的创造力量与反抗精神,而浮士德象征着生命与精神的无限悲情。①"五四"之后,浪漫主义一度成为中国现代文学的主流,但因为现代中国独特的境遇和幽深的传统之故,浪漫主义在中国呈现为"抒情主义"这一独特品格。②"诗意启蒙",乃是中国现代文学难以割舍的牵挂,不可拒绝的担当。所谓"启蒙",是以先知觉后知,引领人从自我招致的被监护状态中解放出来,而自由地运用自己的理性。所谓"诗意启蒙",是以诗歌、艺术、文学等审美的方式去推进启蒙的进程、实现启蒙的意图。

(二)李长之文论的核心概念

概观李长之的文论体系,我们发现,"体验"、"语言直观性"、"感情的型(态)"和"个体人格"形成了它的基本理论架构。

1."内在的体验力"

所谓"体验",是指以感性直觉的方式深刻而独特地把握对宇宙人生现象的意义。深受德国古典文化浸润,李长之直接在狄尔泰(Wilhelm Dilthey)思想的启发下,建立了他的体验概念,并以此作为其诗

---

① 张灏:《重访五四——论"五四"思想的两歧性》,见许纪霖编:《二十世纪中国思想史论》,4—6页,上海,东方出版社,2000。

② 1927年,郑伯奇用"抒情主义"来概括郁达夫小说集《寒灰集》的审美特质:"19世纪浪漫主义的底流,依然是抒情主义,不过因为他们有卢梭的思想,中世纪文化的憧憬,资本主义初期的气氛,因而形成了浪漫主义而已。在现代的中国,我们既没有和他同样的思想和社会的背景,而我们另外有我们独有的境遇,和现代的思潮,所以便成了我们现代自己的抒情主义。"(《郑伯奇文集》,96页,西安,陕西人民出版社,1986)

学的根基。

> 一切艺术的本质，都在把艺术家的一种内在体验，变而为观众或听众的体验。①

> 内在的体验力，乃是一切艺术制作的母怀。一切艺术的效应，无非在使我们可以高兴地享受这内在的力量和那活泼性。一切艺术如此，文艺尤其如此。所谓享受美，无非是欣赏那内在的活泼性，以及世界的生命充盈和精力弥漫性而已。②

在这两段简短论说中，"内在"一词就出现了四次。这种对于"内在性"的极端重视，源自德国浪漫主义的影响。深深浸淫于基督教观念的德国浪漫主义返身自视，而向内在维度的纵深处奋力发掘。这里的"内在性"主要是指想象、情调、情感以及人格等精神力量。

除了德国浪漫主义之外，中国古典的"兴辞"理论也参与了李长之"内在体验力"概念的塑造。就文学创作方面说，在《文心雕龙·物色》中，刘勰提出"情以辞迁，辞以情发"，这说的是体验中情感与言辞的相互激荡。就文学审美特质方面，在《原诗》中，叶燮提出"诗之至处，妙在含蓄无垠，思致微渺，其寄托在可言不可言之间，其指归在可解不可解之会"，这说的是诗歌超越言语与逻辑，唯有靠体验方可把握其微妙之处。就诗学话语方面，《孟子·万章上》主张"诗者不以文害辞，不以辞害志，以意逆志，是为得之"，这说的是批评不能滞于表面的知性分析，而要用生命深处的体验力去把握诗歌的广大与精微。中国古典"兴辞"理论参与到李长之的体系建构中，因此，不妨将这一诗学体系看作是"兴辞"理论的现代传承形式之一。③

2."语言的直观性"

如何把"内在的体验力"转化为艺术作品，从而传递给公众呢？这就涉及李长之的诗学语言观了。在德国学者迈耶（Mayer）的启发下，李长之从"内在生命"、"情调"和"直观"三位一体的高度去把握诗学语

---

① 郜元宝、李书编：《李长之批评文集》，352页，珠海，珠海出版社，1998。
② 郜元宝、李书编：《李长之批评文集》，358页，珠海，珠海出版社，1998。
③ 王一川主编：《新编美学教程》，58—59页，上海，复旦大学出版社，2007。

言问题：

> 诗人之唤起人的情调与感情，决非凭由他所描写的直观的形象，更非凭由他所叙述的内容；却只有凭由情调才能唤起情调。……但这唤起人的情调的凭借是在那里呢？原来就是语言之直接的力量，就是语言之把内在的生命带到活泼生动的表现，因而把我们的心灵置入震撼的状态的力量。所谓文艺的表现之直观者，也便无非是归宿到这内在生命而已。①

诗的直观在于以情调唤起情调，因而归宿于内在生命，这种强大的情感功能恰恰就是通过语言来实现的。语言还通过比拟、隐喻和夸饰等手法，呈现直接的情感内容，呈现间接的记忆形象与幻想形象。一言以蔽之，"语言者，乃天生只许可诗人把他充分而丰满的体验之物置之于轮廓并阴影中的"。②

语言不仅表现"情调"与"内在生命"，实现个体的直观，而且还必须表现文化精神。德国人文主义语言学家洪堡（Welhelm von Humboldt，又译"宏保耳特"）指出，每一种语言都包含着一种独特的世界观（Weltansicht），民族的语言便是民族精神的外在表现。③ 受这种观点的激励，李长之也断定"语言就是一种世界观的化身，就是一种精神的结构"④。鉴于语言所表现的"时代生命"与"集体情调"，他在具体的批评实践中还特别关注文学文本同民族文化精神的隐秘关联。

3．"感情的型"

"我明目张胆的主张感情的批评主义。"⑤从这么一种纲领性主张，我们不难看到，感情构成了李长之文论体系的核心，以及批评实践的根本据点。应该说，以感情为诗学的核心和批评的据点，如此立场是中国古典"兴辞诗学"，西方古典人文主义传统，以及现代中国主流浪

---

① 郜元宝、李书编：《李长之批评文集》，362页，珠海，珠海出版社，1998。
② 郜元宝、李书编：《李长之批评文集》，371页，珠海，珠海出版社，1998。
③ ［德］洪堡：《论人类语言结构的差异及其对人类精神发展的影响》，伍铁平、姚小平译，见胡明扬主编：《西方语言学名著选读》，北京，中国人民大学出版社，1989。
④ 郜元宝、李书编：《李长之批评文集》，344页，珠海，珠海出版社，1998。
⑤ 郜元宝、李书编：《李长之批评文集》，391页，珠海，珠海出版社，1998。

漫思潮涵濡的产物。

从中国古典"兴辞诗学"看来，所谓情感，乃是心灵、自然与社会生活彼此激荡而产生的互相感动的生命之流。在《诗品·序》里面，钟嵘对感情与诗的关系展开了一系列形象的表述：

> 若乃春风春鸟，秋月秋蝉，夏云暑雨，冬月祈寒，斯四候之感诸诗者也。嘉会寄诗以亲，离群托诗以怨；至于楚臣去境，汉妾辞宫；或骨横朔野，魂逐飞蓬；或负戈外戍，杀气雄边；塞客衣单，孀闺泪尽；或士有解佩出朝，一去忘返；女有扬娥入宠，再盼倾国。凡斯种种，感荡心灵，非陈诗何以展其义？非长歌何以骋其情？故曰："《诗》，可以群，可以怨。"使穷贱易安，幽居靡闷，莫尚于诗矣。

我们不妨将这看作中国古典"兴辞诗学"的经典表述。其中，"四候之感"，是指自然与诗人的互感；"嘉会"、"离群"之感，是指社会生活与诗人的交感；"使穷贱易安，幽居靡闷"之感，则是指诗对人类生活形式的深刻塑造作用。中国古典兴辞诗学传统是以一脉正在衰微的流兴余韵进入李长之的文论话语中的。

西方古典人文主义将情感理解为一种共同人性，将情感的形式理解为感性冲动与理性冲动之间的和解，并将情感形式上升为一种"圆满与不圆满"、"奋斗与满足"之间暂时和谐的境界。在西方人文主义理想的烛照下，李长之在批评实践中致力于做"内在的探索"，以期揭示"一种可沟通于各方面的根本的情感"。[①] 李长之说，通过层层剥离而彻底还原的情感，是一种"没有对象的情感"，是一种超越了时代限制的情感。他把这种代表共同人性的情感称为"情感的型"，还在终极意义上将它分为两种元类型——"失望"和"憧憬"。[②]

在中国古典兴辞诗学、西方古典人文理想，以及中国现代浪漫思潮三方的汇流中，李长之铸造了"感情的型"这一诗学内核与批评据点。

---

① 郜元宝、李书编：《李长之批评文集》，391页，珠海，珠海出版社，1998。
② 郜元宝、李书编：《李长之批评文集》，392页，珠海，珠海出版社，1998。

我们当然可以将"感情的型"理解为个体情感与人格的类型。但是，文化是个体人格的无限放大，所以也不妨将感情理解为时代精神的标记，以及文化精神的个体表征。"感情的型"，永远蕴含于生命的体验中，而外化在活的形象上。因此，它不是历史积淀的理性结构，而是生命表现的感性动力。它的特点是刚健而有韵律，寓"高贵单纯"于"雄肆流动"。简单地说，"感情的型"，是"雅"与"奇"的合一。不是将二者简单相加，而是寓"雅"于"奇"，"奇"中含"雅"。作为古典兴辞诗学的现代传人之一，李长之同时又用诗学形式摹写了西方古典人文理想。

4. 个体人格

人格，构成了李长之文论体系与批评实践的境界。个体人格，显然是内在体验力的凝聚，同时又通过作家运用语言而变得直观，表现为一定的感情形式，并同文化精神和时代语境紧密相连。在李长之那里，所谓"知人论世"，无非就是了解作家个体的人格之真相，认识一种时代精神，以及通过作家和时代而进入文化精神的幽深境界。

首先，李长之的个体人格，是在西方古典人文理想烛照下型构的生命形象。西方古典人文理想体现在温克尔曼的"完人"人格上，那就是从"人间的"、"感性的"生命形象超拔而出，成为富有理智并浸润于理想中的"完人"。这一理想体现在歌德的人生与艺术上，"是生命之流和生命之形式的合一，是无限和有限的综合"。

其次，李长之的个体人格，是在现代文化语境下流溢的中国古典生命意象的余蕴。按照李长之，孔子素位而行，从心所欲而不逾矩。孟子"知言"，而"养浩然之气"。李白以有限生命去追求无限存在，油然而生一种"我本不弃世，世人自弃我"的悲剧情感。所有这一切，在李长之看来，同德国古典人文精神及其诗学表现若合符节，而把挣扎在"无限的自我与有限世界"之间的绝对悲剧审美化了。

最后，李长之的个体人格，还是中国现代正在生成的审美文化精神的投射。作为一场启蒙的文化运动，"五四"代表了一种"立意在反抗"的时代精神，其中蕴含着一种崇尚力量的人格精神。

总之，李长之的个体人格，是一种生命形象的设计。这种人格沐浴着西方古典人文理想的光辉，又流溢出中国古典文化的悠长余韵，同时还是中国现代审美文化精神的一抹朝阳。这种人格精神依托于传统，扎根于时代，凝聚了他个人在历史进程中所体验到的痛苦，表现了普遍的反抗精神。

（三）文学批评的基本方法

李长之的诗学体系是对古典人文理想的摹写，而他的批评实践亦扎根在"精神史"研究中。"精神史"（Geistesgeschichte）研究渊源于德国浪漫主义，经过狄尔泰而发展成一种独特的诗学解释学法则，在美国发展为洛夫乔伊（Lovejoy）的"观念史"（history of ideas）研究。在德语中，"精神"（Geist）涵盖情感、欲望、意志、观念、思想以及意识形态等，具有相当宽泛的意义。"精神史"研究有两个基本假定。第一，每个时代都有其时代精神（Zeitgeist）。考尔夫指出，精神史研究之目的在于，"从一个时代不同的客观现状中重建贯穿在宗教到衣装服饰中的时代精神，在客观事实后面寻找整体的东西，并用这种时代精神去解释所有的事实"①。第二，人类文化现象之间彼此联系，具有一种整体的脉络。狄尔泰指出，要接近历史中所表现的"人类主体的内在世界"，就必须进入文化现象之间"历史性的关联"（Zusammenhung）。②

在德国精神历史研究传统的影响下，李长之确立了他的精神史批评方法，其目标在于跨越时代透视文本，通过同情地体验作家的时代，借助语言的直观，重构感情的形态，把握个体人格，从而直探幽深的文化精神。为实现这一目标，李长之明确地提出了如下几种操作程序。第一种程序叫作"析骨析肉"。批评必须好坏分明，分清好中之坏，也分清坏中之好。他引用宋代批评家严羽的话来说明批评的真精神："吾论诗若哪吒太子，析骨还父，析肉还母。"依据这种批评的精神，他提倡批评家"理智上的硬性"，批评必须分析得"鲜血淋漓"。第二种程序叫"跳入作者的世界"。跳入作者世界的前提，是尽数涤除批评家本人以及一般人的偏见与偏好，"用作者的眼看，用作者的耳听，和作者的

---

① ［美］韦勒克、沃伦：《文学理论》，刘象愚等译，134页，南京，江苏教育出版社，2005。

② 狄尔泰：《历史中的意义》，艾彦、逸飞译，21页，北京，中国城市出版社，2002。

悲欢同其悲欢"①。经过一番浓烈的情绪渲染和极端的思想撞击，批评家终于在作者的世界里获得了理性的自由。第三种程序叫"剥离"。这种批评家运作这一程序，颇类似于现象学的还原。其目的在于，一层一层地剥离作品外在的物质、历史、媒介等障碍，而直达内在的精神生命。作品的内在精神生命，即李长之所说的"感情的型"。按照李长之的说法，要抵达"感情的型"，批评家必须对作品进行层层剥离。②

综上所述，李长之的诗学体系是对古典人文理想的摹写，以古典为主导，但渗透着浪漫精神。这套诗学体系的基本是以西方为主干，如内在体验力、语言直观性、感情形式以及个体人格等基本概念、论述文章的逻辑要素与理性追求，都取法于西方哲学与诗学。同时，在具体的文论话语实践中，李长之的诗学又处处流露出中国古典兴辞诗学和文化精神的悠长余韵，比如，孔子的"雅"，屈原的"奇"，孟子的浩然正"气"，司马迁的"天人之际"，李白的"寂寞的哀叹"，甚至还有鲁迅的"寂寞与空虚"，这些描述性或者定型性概念，无不是中国古典兴辞诗学和文化精神在现代文化语境下的流溢，不仅神韵远逸，而且还在不断地裂变，生成诗学新质。西方骨架而中国神韵，西显而中隐，这是李长之文论与批评的基本品貌。这种品貌表明，一方面西方现代精神在其扩张过程中表现出将一切异质的文化精神都纳入全球化均质系统中的霸气；另一方面中国古典文化精神及兴辞诗学传统必然带着浓烈而原始的地方性知识展开抵制。哪里有霸气纵横，哪里就有反抗涌动，哪里有全球化，哪里就有地方性知识的复兴。李长之对于"五四"后以"清浅的理智主义"为特征的时代精神所展开的强有力反拨，以及对于中国文化复兴的炽热渴望，都表明中国文化精神及其所养育的独特诗学传统在现代性建构中发挥了微妙而关键的作用。尽管在李长之的诗学体系中，是西显而中隐，但他在具体的批评实践中却屡屡表现了"以中化西"的文化无意识。比如，他希望通过铸造孔子与屈原合一的"完人"，设计一种古典与浪漫统一的生命形象，而化解西方现代性所引起的万般苦恼，协调生命与形式的矛盾，填平无限的欲望与有

---

① 郜元宝、李书编：《李长之批评文集》，382页，珠海，珠海出版社，1998。
② 郜元宝、李书编：《李长之批评文集》，391—392页，珠海，珠海出版社，1998。

限的宇宙之间的悲剧性深渊。

在古典人文理想的烛照下,李长之以体验为基础,以语言为媒介,以情感为中心,以人格为最后的皈依,而创制出了独特的诗学体系。这一体系的血脉可以追溯到"轴心时代"的周秦与古希腊,其个体人格的价值论意义在于构想出了一种生命的境界。同时,这一体系的近缘关联着周作人、"学衡派"、"战国策派"的人文主义构想与批评实践。与其他人文主义批评学说的差别在于,李长之将人文主义、道德意识和伦理情怀个体化与感性化了,将这些抽象的概念和意识形式凝聚在一个个血肉丰满的个体人格中。远溯轴心时代,而近缘旁及时贤,所以李长之的诗学体系显得格外恢宏,格外精致,水深土厚,枝繁叶茂。他的诗学体系具有浓郁的古典诗教韵味,但他用来实现诗教意图的,不是寓言,不是布道,更不是劝勉,而是感性化的个体人格,及其血肉丰满的生命形象。用生命形象来完成人格养育,此谓"诗教",也就是审美主义的诗意启蒙。一言以蔽之,就是以"象征"的方式来养育完人和健康的精神生命。在俄罗斯象征主义者梅列日科夫斯基眼里,但丁"必然就是伟大的象征主义者"①。因为,但丁的诗是象征性的语言,描摹着追寻神圣的人灵魂的挣扎,将"象征性寓言撒到最深处去捕捉人的灵魂"②。李长之的传记批评也可作如是观。

一句话,李长之以诗学摹写了古典人文理想,而以象征的方法实施伦理教化,目标在于养育自由的个体人格。

五、象征的同情之维——宗白华诗学及其文化精神的审美建构

宗白华(1897—1986),与朱光潜、邓以蛰、方东美等并称,是中

---

① [俄]梅列日科夫斯基:《但丁传》,刁绍华译,234页,沈阳,辽宁教育出版社,2000。

② [俄]梅列日科夫斯基:《但丁传》,刁绍华译,236页,沈阳,辽宁教育出版社,2000。

国现代美学的开拓者与建构者。宗早年参加"五四"运动,加入"少年中国学会",与田汉、郭沫若交往甚密,三人鸿雁抒怀,畅谈人生,宣泄苦闷,表达诗学理想,探索社会变革中难题种种,设计新文化建设方案。《三叶集》为他们的传世之作,文字清新畅达,意旨幽微隽永,思想犀利逼人,情感纤维柔媚,字里行间渗透着一种源自西方浪漫主义且延续中国古典抒情精神的"灵知"。宗白华自己写诗,有《流云》传世,与冰心女士的《春水》、《繁星》共铸诗坛理智冷峻诗风,其意境鸢飞鱼跃,意象活泼玲珑,意蕴深邃玄远,音韵婉约悠长,被朱自清先生称为"新诗的殿军"。白云流空,幽情润心,宗白华的诗乃是其终身笃情的音乐化节奏化意境的生动体现。

1920年至1925年,怀着彻底研究欧洲文化的愿心,宗白华游学德国,但烽烟暂熄满目废墟的欧洲以及战败的德国给他的印象,乃是西方没落,拯救之星在远东冉冉升起,世界文化从西方的动流趋向于东方的静流。漫步柏林街道,徘徊莱茵河岸,瞻仰法兰克福歌德故居,宗白华于萧条败落中体验历史沧桑,在故垒寒流之上追忆往昔辉煌,在诗圣光辉的沐浴下预备其心,等待浪漫灵知及其诗学乌托邦的降临。尽管过着刻板的生活,宗白华却在活跃地思考,并且把思考的重心同中国正在发生的变革以及已经启动的文化复兴紧密关联起来。他提出,文化建设应该融合中西,博采古今,菁华总汇,成就一种辉煌灿烂的文化。与他的名字联系在一起的"菁华总汇"学说,在今天看来就是文化涵濡、学采中西的文化建设纲领,以及诗学建构方法。

在"菁华总汇"这一方法论的引领下,宗白华主动摄取了德国古典主义美学理想,浪漫主义诗学精神,历史哲学的文化象征论,以及当时堪称欧西"显学"的符号形式主义哲学。第一,在德国古典主义美学理想中,宗白华择取了温克尔曼"高贵的单纯,静穆的伟大",并将这一理想表达为"生命表现于形式中",而形式有"数量的比例,色彩的和谐,音乐的节奏,使平凡的现实超入美境界"。这种表述深契象征诗学,并且远溯古希腊艺术理想,将象征诗学同传统的血脉渊源直接相连。以这一象征诗学为镜鉴照歌德,宗白华在诗圣的人生及其象征体系中读出了希腊、中世纪、文艺复兴三个时代的文化精神,将歌德的人格视为一个辩证的意象,一方面自强不息向着无限的空间奋力追求,另一方面又宁静致远乐天知命而深契中国古典智慧。

第二,宗白华将歌德这个辩证的生命形象视为近代人生根本难题的象征:动力的生命如何能安放在圆满的形式中?无限的追寻而驰情入幻的灵魂何以得到安慰?于是,宗白华在歌德的人生和艺术中汲取了浪漫主义精神:"生命的情绪完全是沉浸于理性精神之下的永恒活跃的生命本体……歌德的特征是谐和的形式,是创造形式的意志。歌德生活中一切矛盾之最后的矛盾,就是他对流动不居的生命与圆满谐和的形式有同样强烈的情感。"①秉持古典鉴照浪漫,却把古典浪漫化了,将浪漫化的古典视野应用于魏晋风度研究,宗白华重构了中国抒情诗学精神。"晋人虽超,未能忘情,所谓情之所钟,正在我辈……深于情者,不仅对宇宙人生体会到至深的无名的哀感,扩而充之,可以成为耶稣、释迦的悲天悯人;就是快乐的体验也是深入肺腑,惊心动魄;浅俗薄情的人,不仅不能深哀,且不知所谓真乐。"②在宗白华眼里,浪漫之情未必都是自我放纵的一己之私情、温情与滥情,而是浸润着真血性真道德的伦理情怀和宗教意识。宗白华的诗学体系格外推重同情共感,主张情系天下,忧生忧世,因而诗学的伦理之维得到了空前的彰显。

第三,在战后欧洲悲凉萧瑟的氛围中,宗白华受到了斯宾格勒"西方没落论"的影响,尤其运用了以文化象征论为诗学建构的方法。斯宾格勒指出:"每一种独立的文化都有它的基本象征物,具体地表象它的基本精神。"③"基本象征物"取之于空间,具象于艺术,如埃及是"路"、希腊是雕像、近代欧洲是典型地表现在伦勃朗的风景画中的"无尽的空间"。宗白华相信,以基本象征物为媒介,可以把握一个民族心灵里深刻的生命节奏,也就是把握一种文化的灵魂。"基本象征物"(prime

---

① 宗白华:《歌德之人生启示》,见《宗白华全集》第 2 卷,7 页,合肥,安徽教育出版社,1994。
② 宗白华:《论〈世说新语〉和晋人的美》,见《宗白华全集》第 2 卷,273 页,合肥,安徽教育出版社,1994。
③ 《宗白华全集》第 2 卷,420 页,合肥,安徽教育出版社,1994。

symbol），是确实地负载着文化意义又切实可以感觉的基本印记，它"是确定意义的直指本心的、不可分割的、尤其是一瞬即逝的印象"①。基本象征作为共同体生命活动的踪迹，散播在国家形式、宗教神话、世俗礼仪、伦理规范、绘画音乐诗歌和科学思维方式中，为共同体的全体属员提供"感受的母体"（sensitive matrix）。"基本象征"无论如何都是抗拒表现的，用语言符号表现的精神实体只能是"次生象征"（sequential symbols）。但无论如何，都只能通过那些踪迹和印记来追寻文化的灵魂。在埃及有金字塔下面的黑暗通道，在希腊有无限安详和特别亲近的人体塑像，在西方近代有无限扩张的空间，它们分别暗示了埃及人恐惧死亡的灵魂、希腊人渴望感性生活的灵魂和西方近代浮士德式的灵魂。那么，又是什么象征物暗示了中国人的什么样的灵魂？

第四，宗白华从中国诗画中提取了"节奏化的时空感性形式"作为中国文化精神的基本象征。从康德哲学到符号形式的哲学，从生命哲学到文化象征论，从歌德、席勒到罗丹、西梅尔，宗白华将它们一揽子纳入文化象征的论域中，用源自《易经》宇宙观的"生生条理"、"无往不复"的节奏论涵而化之，建构出以音乐和节奏贯通天人的诗学体系，凸显象征的伦理之维。宗白华的诗学建构服从于美学建构，而其美学建构又隶属于视野博大的文化比较研究。在这一点上，宗白华与方东美互相影响，彼此推动，在世界视野中观照中国，又以中国古典论衡世界，而建构出涵濡中西、博采古今的文化象征体系。方东美的哲学慧命探索所建构的象征体系，是以道德为主导的审美象征体系；而宗白华的文化精神象征物的探索所建构的象征体系，则是以审美为主导的伦理象征体系。从浪漫化的古典视野观照中西文化精神，宗白华揭示了西方与中国文化的精神结构：西方文化为抽象心智的系统结构，而中国文化更倾向于生命与宇宙同流而个体与永恒同在。中国文化的基本观念框架是"数"与"象"对位互动，"数"是指"理"（天理人情的逻各斯）的型构原理，而"象"乃是世界的隐喻化呈现。一言以蔽之，西方文化观念之流变凝为结构化的"数理体系"，而中国文化观念之流变则呈

---

① ［德］斯宾格勒：《西方的没落》，陈晓林译，115 页，黑龙江教育出版社，1988。译文根据 Charles Francis Atkinson 译文有所修改。

现为生命化的"象征体系"。象征体系是开放的无限的,充满了生生不息的能量,又呈现出和谐合拍的节奏,阴阳开阖,圆融而神化,气韵生动,不可方物。气韵,即节奏化的生命,生命化的节奏,与六朝人物的生命意象及其韵律化美文遥相呼应,与近代欧洲浮士德驰情入幻而趋向顽空的精神相对峙,与希腊数学化几何式形而上体系相映成趣,而成为中国文化精神之美学维度的亮丽再现。中国文化观念的象征体系,及其基本隐喻形式,在"节奏"、"音乐"中得到了最高的表现。音乐的节奏与律动乃是心灵与自然、生命与时序、人情与天道在时空中最和谐的对话形式。所以,宗白华说:"用心灵的俯仰的眼睛来看空间万象,我们的诗和画中所表现的空间意识……是'俯仰自得'的节奏化音乐化了的中国人的宇宙感","我们的宇宙是时间率领空间,因而成就了节奏化、音乐化了的'时空合一体'"。① 将中西形而上捉至一处,交叉拷问,宗白华断定:"序秩理数把握现象界,中和之音直探其意味情趣与价值!"②前者指西方形上学观念体系,后者指中国形上学生命乐化境界。宗白华对观中西,比照观念与生命的象征体系之后,得出结论说:"孔子形上学为'意义哲学',音乐性的哲学。"③

第五,坚定执着地探索中国艺术意境的特殊结构,宗白华将音乐、节奏等象征物视为中国文化精神之幽情壮采的隐喻呈现。在建构艺术意境的象征结构过程中,宗白华偶然接受了德国的哲学家卡西尔(Ernst Cassirer,1874—1945)"符号形式的哲学"的启发,将宇宙人生境界分为六个领域,而专论艺术境界之美,将艺术意境把握为一个以音乐为本体的象征。卡西尔对宗白华的影响非常曲折,而学理贯彻于其诗学体系又相当深透。故而,宜于设立专节,初探符号形式哲学与宗白华乐化象征境界的建构。然后,紧扣宗白华的"同情"概念与审美精神,来研究他的象征美学制序及其道德诗学。

---

① 宗白华:《中国诗画中所表现的空间意识》,见宗白华:《形上学——中西哲学之比较》,《宗白华全集》第 2 卷,426、440 页,合肥,安徽教育出版社,1994。
② 宗白华:《形上学——中西哲学之比较》,见《宗白华全集》第 1 卷,644 页,合肥,安徽教育出版社,1994。
③ 宗白华:《形上学——中西哲学之比较》,见《宗白华全集》第 1 卷,601 页,合肥,安徽教育出版社,1994。

(一) 符号形式与乐化象征

1944年，宗白华《中国艺术意境之诞生》增订稿发表，这是中国现代文论发展史上的重大事件。杜维明将宗白华的意境说与朱光潜的《文艺心理学》相提并论，认为他们体现了中国现代思想有目共睹的成就。宗白华在文章中提出，艺术境界居于学术境界和宗教境界之间。

> 以宇宙人生的具体为对象，赏玩它的色相、秩序、节奏、和谐，借以窥见自我的最深心灵的反映；化实景而为虚境，创形象以为象征，使人类最高的心灵具体化、肉身化，这就是"艺术境界"。艺术境界主于美。……艺术家以心灵映射万象，代山川而立言，他所表现的是主观的生命情调与客观的自然景象交融互渗，成就一个鸢飞鱼跃，活泼玲珑，渊然而深的灵境；这灵境就是构成艺术之为艺术的"意境"。①

在这段文字中，除了"鸢飞鱼跃"、"代山川立言"、"灵境"这些字眼暗示着某些中国古典诗学的残像余韵之外，整个逻辑脉络和概念选择都表现出了西方诗学权威在中国现代文论中不可摇夺的地位。故而，将宗白华的诗学归于古典，而将朱光潜的诗学归于现代，可能是陷入了某种思想的迷误。那么，在宗白华所表述的"境界"诗学中，究竟是西方哪一脉现代思潮占据了权威地位呢？

上引文字中，"化实景而为虚境，创形象以为象征"这个工整的对句吐露了重要信息。首先，何为"实景"？何为"虚境"？我们一定会情不自禁地想到中国古代诗论和画论中的"虚实相生"理论。不错，源自《考工记》的虚与实的关系，确乎是中国诗论和画论的核心范畴，并且同孔孟老庄的世界观紧密相关。将虚实引入诗学和画学，中国古代诗家与画家侧重虚实平衡，虚实相生是其艺术鹄的。"实景清而空景现"，"真境逼而神境生"，"虚实相生，无画处皆成妙境"（笪重光《画筌》）。然而，宗白华论说的重点却不是虚实平衡，虚实相生，而是"化实景为

---

① 宗白华：《中国艺术意境之诞生》(增订稿)，见《宗白华全集》第2卷，358页，合肥，安徽教育出版社，1994。

虚境"。他断言:"化景物为情思……就有无穷的意味,幽远的境界。"而这种境界绝非"虚实相生"所能概括的:"艺术通过逼真的形象表现出内在精神,即用可以描写的东西表达出不可以描写的东西。"① 显然,宗白华的"化实景为虚境"另有所本,而"实景"与"虚境"也别有意涵。

要准确把握"实景"与"虚境"的涵义,则必须深究对句的另一半:"创形象以为象征。"在汉语词汇史上,"象"、"征"二字连用是非常晚近的事情。"象",初见于"圣人立象以尽意"(《周易·系辞上》),"圣人有以见天下之赜,而拟诸其形容,象其物宜,是故谓之象"。"征",初见于《左传·昭公十七年》:"申须曰:慧,所以当除旧布新也。天事恒象,今除于火,火出必布焉。诸侯其有火灾乎?梓慎曰:往年吾见之,是其征也。"杜预注曰:"征,始有形象而微也。"(《十三经注疏》下册,第2084页)这起码能说明,"象征"之"征"常常是政体兴亡的表征,而在汉代又被纳入谶纬神学体系,与"象"具有同等的地位,建立在《易》、《书》、《春秋》之上,而成为一个神秘概念。20世纪初,欧洲象征主义被引入中国,起初 symbolism 被译为"表象主义"。1919年,罗家伦在《新潮》上发表《驳胡先骕君的〈中国文学改良论〉》,文章中称诗人沈尹默的《月夜》是"象征主义"的代表。这是"象征主义"第一次出现在汉语中,也应该是"象"、"征"连用成词的较早例证。② 宗白华所用的"象征"同中国古代"象"、"征"在含义上相去甚远,而属于现代象征主义以及象征理论的脉络。

1920年到1925年,宗白华游学德国。是时,战后欧洲满目疮痍,惊魂望绝,无限凄迷。宗白华首先受到了斯宾格勒"西方没落论"及其象征文化历史观的影响。历史学家斯宾格勒在防空洞的烛光下完成了巨著《西方的没落》,书中提出,一切文化都有其基本象征,一切基本象征都直指民族最幽深的不可见的灵魂。"每一个灵魂,为了实现自己,都不断地从事创造性的活动,早在童稚时期,就展开其深度的象

---

① 宗白华:《中国美学史中重要问题的初步探索》,见《宗白华全集》第3卷,456页,合肥,安徽教育出版社,1994。

② 张大明:《中国象征主义百年史》,723页,郑州,河南大学出版社,2000。

第三章　文化精神的符号编码——中国现代象征文论制序

征，就好像初生的蝴蝶展开它的翅膀一样。"① 在《中国诗画中所表现的空间意识》一文的开篇，宗白华就化用了斯宾格勒的"象征"概念，阐明每一种独立的文化都有它的"基本象征物"，具体地表现它的"基本精神"。基本象征物，就是形象、实景、可见者，以及可以描写的东西，像埃及的"路"，希腊的立体雕刻，近代欧洲的无限空间，以及中国诗画中空灵而又实在的节奏。基本精神，作为一种独立文化的灵魂，就是意蕴、虚境、不可见者以及不可以描写的东西，如埃及的死亡意识，希腊的命运观念，近代的自我意识，以及中国古代的天人合一宇宙观。宗白华在20世纪三四十年代所做的工作，就是追寻华夏民族的基本象征物，建构文化精神的审美维度。他的美学方法就是文化象征论，他的结论是："一个充满音乐情趣的宇宙（时空合一体）是中国画家、诗人的艺术境界"②，"在中国文化里，从最低层的物质器皿，穿过礼乐生活，直达天地境界，是一片混然无间，灵肉不二的大和谐，大节奏"。③ 就此，我们不妨说，宗白华所说的"实景"，乃是指宇宙时空合一体、物质器皿、礼乐生活等；而他所说的"虚境"，乃是指艺术境界以及节奏化音乐化的文化精神。化实景为虚境，就是创形象为象征，直达"一片混然无间，灵肉不二的大和谐，大节奏"。这么一种观点本乎斯宾格勒的文化象征论，而同中国古代诗学的"情景合一"、"虚实相

---

① ［德］斯宾格勒：《西方的没落》，转引自刘小枫主编：《德语诗学文选》（下卷），249页，上海，华东师范大学出版社，2006。1931年，与宗白华共事于南京中央大学的哲人方东美，撰写了《生命情调与美感》，文中就已引述斯宾格勒的"基本象征"概念，阐发"每种民族各有其文化，每种文化各有其形态"："吾人苟欲密察一种民族文化之内容，往往因中外异地，古今异时，不能尽窥其间所蕴蓄之生命活动及其意向。无已，则唯有考核其文化符号之性质而征知其意义焉。空间文化之基本符号（即基本象征——引者注）也，吾人苟于一民族之空间观念彻底了悟，则其文化之意义可思过半矣。'此种基本符号，贯注于各个人、各社会、各时代而为之矩矱，一切生命表现之风格，悉于是取决焉。政治之体制，宗教之仪文，道德之理想，艺术（包括图画、音乐、诗歌而言）之格调，推而至于各种科学之规范，无一不附丽于此。'"见《方东美集》，213—214页，石家庄，河北教育出版社，1996。另按：宗白华学术思想的发展，在相当程度上得益于同方东美的交游，二人互相激励，彼此启发。

② 宗白华：《中国诗画中所表现的空间意识》，《宗白华全集》第2卷，430页，合肥，安徽教育出版社，1994。

③ 宗白华：《艺术与中国社会》，见《宗白华全集》第2卷，412—413页，合肥，安徽教育出版社，1994。

生"拉开了意味深长的距离。

在宗白华的文化象征论诗学建构中，还有一层隐秘的思想资源迄今尚未发掘。"创形象为象征"之"象征"，依然是寻索这层思想资源的密码。宗白华引用庄子《天地》"象罔"寻得"玄珠"的寓言，申论"非无非有，不皦不昧，这正是艺术形相的象征作用"。"'象'是境相，'罔'是虚幻，艺术家创造虚幻的境相以象征宇宙人生的真际。"当人们确信无疑他的象征概念本乎庄子时，他接着引用了歌德的三句名言，其中最重要的一句是"一切消逝者，只是一象征"（Alles Vergängliche/Ist nur ein Gleichnis）。歌德诗中没有"象征"（symbol），而只有"比喻"（Gleichnis）。是怎样一种先入之见的强大影响，让一个诗人美学家将"象征"与"比喻"混为一谈？事实上，宗白华并非这种有意的误读、误译的始作俑者。1934年初，诗人梁宗岱在北京大学国文学会发表演讲，也把歌德的这句诗翻译为"一切消逝的/不过是象征"[①]。这场讲演的主题就是"象征主义"，梁宗岱是在法国象征主义的先入之见之强大影响下，对古典作家的诗作进行了象征主义的"易容"。故而，不乏理由推断，宗白华也是在一种象征论的先入之见之强大影响下认同了前人的误译，或者做出了同样的误译。

为了探明宗白华误读、误译的先入之见，同情地寻索其象征诗学建构的致思构架，我们应该回溯1920年到1925年宗白华游学欧洲时期。从19世纪末到20世纪初，德国哲学中占主导地位的是新康德主义思潮，其中有朗格（A. Lange）重建唯物主义历史，克拉格斯（L. Klages）发掘非理性而高擎"反逻各斯中心主义"的义旗，狄尔泰（W. Dilthey）铸造体验哲学和生命化的阐释学，纳托普（P. Nortop）阐发柏拉图理念论重构形而上学本体论。在生命哲学、人类学和现象学的汇流中，新康德主义哲学运动中有一个马堡学派脱颖而出。柯亨（H. Cohen）致力于研究"纯粹认识的逻辑"，纳托普致力于为"精密科学"奠定逻辑基础，同时努力把康德哲学、先验方法论、形而上学本体论理解为"文化哲学"。马堡学派主将之一恩斯特·卡西尔反出师门，反对

---

① 梁宗岱：《诗与真·诗与真二集》，62页，北京，外国文学出版社，1984。

用清晰的数学公式和严酷的逻辑来处理文化世界,而渴望将"人文科学的逻辑"从自然科学的"铁桶江山"中解放出来。将新康德主义的认识论拓展为文化哲学,卡西尔就把康德的理性批判转换为文化批判。1910年,卡西尔出版《实体概念和功能概念》,历数数学思维和科学方法对于人文研究的局限,提出了拓展认识论的计划。1923年,卡西尔巨著《象征形式哲学》第一卷问世,提出"象征人"(Homo Symbolicus)概念,力求用象征形式来把握人类精神生活的整体。卡西尔声称,象征形式虽有别于理性形式,但作为人类精神的产物二者之间难分轩轾。每一种象征形式都是人类迈向对象化世界的道路,都是人性与人类精神世界自我展示的方式。卡西尔的象征形式概念提示人们:文化世界不是一个物理的宇宙,而是一个象征的宇宙;人类世界不是一个独立的存在或者自行其道的实在,而是一个由语言符号、政治建制、宗教仪轨、道德规范、艺术作品等象征形式展开并互相缠结的巨大扇面。其中,艺术的象征形式自成境界,而诗学境界在形式上自律,"艺术必须始终是凡夫俗子望而生畏的一种神秘","每一件艺术作品都有一个直观的结构"。[①] 通过艺术,一种"纯形象的深层"得以展现,正如通过科学,一种"概念的深层"得以把握。1925年,卡西尔继而推出《象征形式哲学》第二卷"神话思维",对神话思维形式、神话意识的时空结构、神话的生命形式和神话意识的辩证法展开了系统的探索,将神话视为人类文化的原始象征形式。

卡西尔建构象征形式哲学的时间与宗白华游学德国的时间完全同步。对康德思想早有浓厚兴趣,并对新康德主义者朗格早有所闻,宗白华不可能对卡西尔一无所知。从他在国外发挥的通信中,宗白华提到过斯宾格勒,但没有提到卡西尔。他回国后任教于中央大学哲学系,在其《美学》、《艺术学》讲稿中,提到过许多新康德主义者的名字,使用过"象征"与"表现"范畴,并明确地提出"艺术须有象征"、"象征的内容愈复杂愈好"。宗白华的《美学》、《艺术学》讲稿残篇表明,他在20世纪40年代之前的学术思路主要还是马克斯·德索的经验论美学,注

[①] [德]卡西尔:《人论》,甘阳译,211、213页,上海,上海译文出版社,1985。

重具体考察而非形而上建构。然而，20世纪30年代中国诗学正在酝酿着一场文化象征论的转折。1932年至1933年，《现代》杂志创刊，戴望舒、王独清、曹葆华纷纷出版诗集，象征主义融入现代派诗歌，一种象征主义文学新传统正在形成。1935年至1936年，梁宗岱的《象征主义》、穆木天的《什么是象征主义》、孙作云的《论"现代派"诗》、冯至的《里尔克——为十周年祭日作》，这些理论文章都直取象征主义的内蕴，并试图用中国古典诗学传统将欧洲象征主义据为己有，融入自体文化，稳固新生文学传统。① 这些思潮是否为宗白华纳入诗学建构的视野？限于见闻，暂时无法定断，但要说宗白华对这一切充耳不闻，也未必符合事实。因为他不仅自己写诗，而且一贯关心中国现代诗歌的变革及其命运。我们起码也应该说，宗白华的象征论诗学的建构，就是在中国文学象征主义新传统所提供的复杂语境中展开的。只不过宗白华的诗学建构所吸纳的思想资源是在象征主义诗歌运动之外，不是歌德、瓦雷里、马拉美、波德莱尔、里尔克，而是卡西尔的象征形式给予其"境界"诗学以灵感。

卡西尔进入宗白华的学术视野，宗白华走近卡西尔，可能是以一位学者为中介的。这位学者是就是新儒学的传人之一方东美。宗白华母亲出自安徽桐城方家，方东美算来应该是宗白华的远房亲戚。他们一同供职于中央大学哲学系，思维方式和写作风格都有几分同声相应同气相求的味道。因战乱中央大学流亡重庆，二位学者同住嘉陵江上，交游甚密，思想交流也十分频繁。1931年，方东美在《中央大学文艺丛刊》上发表《生命情调与美感》一文，文中就引用了卡西尔的《实体概念和功能概念》，象征形式概念亦然成型。1936年，中国哲学学会南京分会成立，方东美在会上宣读论文《生命悲剧之二重奏》，文中用"驰情入幻"来描述近代浮士德精神及其所代表的进取虚无主义。虽未指名道姓，文章通篇都能感觉到卡西尔的在场。而更加耐人寻味的是，在《中国诗歌中所表现的空间意识》一文中，宗白华直接搬用了"驰情入幻"四个字来描述近代欧洲文化的空间意识。1937年，方东美在宗白

---

① 张大明：《中国象征主义百年史》，第4、5章，174—213页，郑州，河南大学出版社，2007。

华主编的重庆版《时事新报·学灯》上发表《哲学三慧》，运用斯宾格勒的文化类型学说辨析希腊智慧、欧洲智慧和中国智慧，运用卡西尔的象征符号学说分析不同民族不同文化的时间和空间意识以及艺术境界。宗白华用司空图《诗品》中"天风海浪，海山苍苍，真力弥满，万象在旁"来赞美方东美文章的气势与激情，并在多篇文章中化用了希腊、近代欧洲、中国古代这种文化三类型构架。更重要的是，宗白华"境界"诗学的主要架构也直接移自方东美，而间接源自卡西尔。

《中国艺术意境之诞生》初稿发表于1943年《时与潮文艺》创刊号，增订稿发表于1944年《哲学评论》第8卷第5期。两个稿本之最大差异在于，增订稿中卡西尔影响的痕迹更为明显。第一，"增订稿"强调，研究境界诗学乃是"自我认识"以及"民族文化的自省"。这一观点直接源自卡西尔。1944年，卡西尔凝缩《象征形式哲学》之精华，用英文撰写《人论》。该书开篇就论述人类自我认识的危机，主张绕开独断论，从创造符号制作象征出发把握人性与人类世界。宗白华强调指出，在"历史转折点"上检讨旧文化，研究艺术"意境的特构"，"以窥探中国心灵的幽情壮采"，就是自我认识以及民族文化的自省。

第二，"增订稿"将人类境界分为六种：功利境界、伦理境界、政治境界、学术境界、宗教境界和艺术境界。这一理论区分的构架也是对卡西尔文化哲学构架的化用。在其象征形式理论的建构中，卡西尔用"象征"连接文化的各个扇面形成人类符号世界的整体，以"象征"为桥梁将科学、哲学、宗教、艺术和历史境界统一到文化理念境界。在同一时期写作的《论文艺的空灵与充实》、《略论文艺与象征》等论文中，宗白华反复描述这六种境界，从理论上呈现人类种种境界之间的象征性关联，并特别强调艺术同其左右两邻——科学和伦理——之间的关系。

第三，在"增订稿"以及同期的许多论文中，宗白华特别强调艺术自成境界。他认为，艺术家经过"写实"、"传神"到"妙悟"，经过境界的创造和提升，"透过鸿蒙之理，堪留百代之奇"。艺术境界之表现于作品，就是要"透过秩序的网幕，使鸿蒙之理闪闪发光"。"这秩序的网幕是由各个艺术家的意匠组织线、点、光、色、形体、声音或文字成为有机谐和的艺术形式,以表出意境。"①在《论文艺的空灵与充实》里,宗白华强调,人类生命境界的广大,包括经济、政治、宗教、哲学、科学,而一切都反映在文艺里面,"然而文艺不只是一面镜子,映照着世界,且是一个独立自足的形象创造","它凭着韵律、节奏、形式的和谐、彩色的配合,成立一个自己的有情有象的小宇宙","这个宇宙是圆满的、自足的,而内部的一切都是必然的,因此是美的"。②"有情有象","自足圆满","美丽和谐",这些说法都好像直接就是对卡西尔"象征形式"、"符号宇宙"的改写。卡西尔说,人类的想象力具有虚构、拟人化和激发美感纯形式的力量,而艺术给我们一种新型的真实——非经验事物的真实,而是纯形式的真实。③

宗白华"境界"诗学和卡西尔的"象征形式哲学"之间更深刻的同构性还在于,二者都奋力守护艺术境界的"形而上学地位"。宗白华认为,艺术境界是艺术家的独特创制,直接地启示"宇宙真体的内部和谐节奏","音乐的节奏是它们的本体"。"生生的节奏"是中国艺术境界的最后源泉。卡西尔也断定,艺术形式不是空洞的形式,而是在人类经验的构造和组织中担负着塑造人类生命形式的使命。艺术境界表明,生命本身的最高活力得到了实现,宇宙人生的最深真实得到了启示。④有迹象表明,宗白华不只是被动地吸收卡西尔的思想,而是已经主动融合和化合卡西尔的思想资源,展开更为宏大的哲学体系建构。落笔于20世纪40年代中后期的《形上学——中西哲学之比较》的著作残篇,就表明了宗白华开创了"以中化西"、"自构体系"的工程。"示物法象,惟新其制",八个汉字融汇和化合了卡西尔思想的精粹:人之为人,独特之处在于创造地使用象征形式,生生不息地通往文化世界。"象者,有层次,有等级,完型的,有机的能尽意的创构","象=是自足的、完型的、无待的、超关系的","象征,代表着一个完备的全体!"宗白

---

① 宗白华:《中国艺术意境之诞生》,见《宗白华全集》第2卷,366页,合肥,安徽教育出版社,1994。
② 宗白华:《论文艺的空灵与充实》,见《宗白华全集》第2卷,344—345页,合肥,安徽教育出版社,1994。
③ 卡西尔:《人论》,甘阳译,209页,上海,上海译文出版社,1985。
④ 卡西尔:《人论》,甘阳译,212—213页,上海,上海译文出版社,1985。

华在旁注中暗示,"象征"(symbol),就是"立象以尽意","图式"(scheme)就是"抱一为天下式"。① "象征"是卡西尔独创的哲学概念,而图式是康德哲学的核心范畴。前者属于生命的体系,而后者属于数理的体系。前者是中国古典哲学的独特贡献,也是艺术境界的根基;后者是源自希腊的西方哲学传统,也是科学研究的前提。宗白华对"象"与"数"(采用了两汉易学的核心范畴)展开了卡西尔式的比较:

> 数=是依一秩序而确定的,在一序列中占有一地点,而受其决定。故"象"能为万物生成中永恒之超绝"范型",而"数"表示万化流转中之永恒秩序。易,日月也,象如日月,使万物睹,亚里斯多德之"形式"。"象"为建树标准(范型)之力量(天则),为万物创造之原型(道),亦如指示人们认识它之原理及动力。故"象"如日,创化万物,明朗万物。

> 象与理数,皆为先验的,象为情绪中之先验的。理数为纯理中的。"象"有仰观天象,反身而诚以得之生命范型。如音乐家静聆其胸中之乐奏。

> 静之范型是象,动之范型是道。

> 构形以明理,循理以构形。②

尽管是著作残篇,只言片语,然而聚集在一起,这些言辞或者命题表明宗白华像卡西尔一样,力图赋予"象征"之"象"的创造性作用和本体论地位。无独有偶,卡西尔也对科学、道德和艺术进行了同样的区分:"科学在思想中给予我们以秩序,道德在行动中给予我们以秩序,艺术则在对可见、可触、可听的外观之把握中给予我们以秩序。"

---

① 宗白华:《形上学——中西哲学之比较》,见《宗白华全集》第1卷,622页,合肥,安徽教育出版社,1994。
② 宗白华:《形上学——中西哲学之比较》,见《宗白华全集》第1卷,627—628页,合肥,安徽教育出版社,1994。

在艺术领域,我们突然发现了存在、自然、事物经验的形式,这些形式不是静止的而是运动的秩序,"这种秩序向我们展示了自然的新地平线"。这就是"示物法象,惟新其制"。卡西尔进一步认为,科学与艺术的区别在于:

> 有一种概念的深层,同样也有一种纯形象的深层。前者靠科学来发现,后者则在艺术中展现。前者帮助我们理解事物的理由,后者则帮助我们洞见事物的形式。在科学中,我们力图把各种现象追溯到它们的终极因,追溯到它们的一般规律和原理。在艺术中,我们专注于现象的直接外观,并且最充分地欣赏着这种外观的全部丰富性和多样性。①

用宗白华的话说,科学("数")表示万物流转中之永恒秩序,艺术("象")为万物创造之原型(道),创化万物,明朗万物。难道这种思想上的同构性仅仅是巧合吗?

还有更深层的同构关系。在《形上学——中西哲学之比较》中,还存留了一份《形而上提纲》。在这份提纲中,宗白华将中西形而上学分为两大体系,"唯理的体系与生命的体系"。从时间空间概念出发,宗白华又将中西形而上学分为"象征哲学和数理哲学",探讨象征哲学与时间、数理哲学与空间,提出"纯时之流"、"时之节奏化"、"时之空间化"。沧海遗珠,天不假人,宗白华庞大的形而上学体系定格于此等断简残章,然其中的一些重要论点已经展开在20世纪40年代那些论文中。这一形而上学体系的整体构架,不是出自康德,也不是出自黑格尔,而是出自卡西尔《象征形式哲学》之第二卷"神话思维"。在这卷书中,卡西尔集中研究了神话意识中的时空世界之基本结构和构型,特别探索了空间、时间、"神话的数"和"圣数体系",特别是将神话视为生命形式的建构和主体性的发明。由此看出,宗白华已经自觉地运用卡西尔的象征形式哲学探索中西形而上学的历史分野,展开中国形而上学的体系创构了。这一体系始于"示物法象",直逼天地境界,而达

---

① 卡西尔:《人论》,甘阳译,215页,上海,上海译文出版社,1985。

于"正位凝命"的宇宙的生命法则。

于是,宗白华的"境界"诗学是庞大的比较形而上学体系的构成部分。取法卡西尔,这种形而上学在物理世界和人文世界之间做出区分,将人文世界看作一个创造象征形式、建构符号宇宙的文化世界。宗白华在创构"境界"诗学时,特别突出地强调,艺术境界不是一片机械冷漠的物理顽空,而是一个"灵想之独辟,总非人间所有"、"意象在六合之表,荣落在四时之外"的境界。总之,艺术境界是一个"灵的空间",一个"灵境"。艺术境界以乐境为指归,而以舞境为极致。"舞"是"最高度的韵律、节奏、秩序、理性,同时又是最高度的生命、旋律、力、热情,它不仅是一切艺术表现的究竟状态,且是宇宙创化过程的象征"。[①] 舞境是日神与酒神两境相入的成就,是秩序的网幕之下永恒流动的生命本体之呈现。能梦能醒,空灵而又充实,既有屈原的缠绵悱恻,又有庄子的超旷空灵,总之,艺术境界中有动静两元。这是卡西尔的"神话辩证法"被化入了"境界"诗学。卡西尔说,虽然高级宗教力求揭示低级的恶魔世界是一种绝对的虚无,然而神话幻想的偶像依然保持了下来,即便它们已经丧失了实际的生命,即使这些偶像已经成为纯粹的梦想和幻影。[②] 在艺术境界中,"生命情绪完全是沉浸于理性精神之下层的永恒活跃的生命本体",而艺术以象征形式保留了神话的元素,让它不因为理性的凯旋而化为云烟。然而,这是矛盾的矛盾,神话的辩证法转变为艺术境界的辩证法,即艺术家都像歌德那样,"对流动不居的生命与圆满谐和的形式有同样强烈的情感"[③]。生命反对逻各斯,神话解构理性,动力逾越秩序,舞境超越乐境——总之,我们在宗白华的"境界"诗学中看到,中国古典诗学中的境界行进在转换中。

(二)诗性的灵知

同情之于宗白华,是人类的一种"高尚纯洁之审美精神",他淑世

---

① 宗白华:《中国艺术意境之诞生(增订稿)》,见《宗白华全集》第2卷,366页,合肥,安徽教育出版社,1994。
② [德]卡西尔:《神话思维》,黄龙宝等译,269页,北京,中国社会科学出版社,1992。
③ 宗白华:《介绍两本关于中国画学的书并论中国的绘画》,见《宗白华全集》第2卷,47页,合肥,安徽教育出版社,1994。

的心灵就沐浴在这种精神的温馨而脆弱的光照中。在现代社会的生命体验的触动下，这种审美精神呈现为诗篇，并铭刻在他所建构的文化象征深处。在他青年时代的诗篇中，宗白华书写了一种现代人的渴望：通过诗性的灵知，穿越黑暗，获得普遍审美沟通。不用说，这是一种以同情来实现人类自我救赎的渴望。

在《〈流云〉序》中，宗白华写道：

> 当月下的水莲还在轻睡的时候，东方的晨星已渐渐的醒了。我梦魂里的心灵，披了件词藻的衣裳，踏着音乐的脚步，向我告辞去了。我低声说道："不嫌早么？人们还在睡着呢！"他说："黑夜的影将去了，人心里的黑夜也将去了！我愿乘着晨光，呼集清醒的灵魂，起来颂扬初生的太阳。"①

"水莲"对"晨星"，"黑夜的影"对"清醒的灵魂"，暗示着《流云》诗篇的深层隐喻结构——黑暗对光明。在《流云》中，"黑夜"，以及同黑夜相关的"星河"、"冷月"、"幽梦"等意象出现了九十多次，而与之对应的"光明"，以及同光明相关的"春花"、"晨光""歌声"仅仅出现了十多次。由此可见，光明和黑暗的战争中，黑暗占据了绝对的优势，心灵只能沉沦在迷离的梦魂中。一种沉郁、悲寂、冷酷和广袤无垠的感觉，统治着宗白华的诗心和艺境。

宗白华把握住了中国古典体验美学的灵魂，并融合德国浪漫诗人的灵知，而发挥出一种现代的审美灵知。灵知是在前基督教世界诞生又转化为基督教精神的一种古老的传统。这一传统总是把思想的起点放置在黑夜、虚无、混沌和罪恶的探索上，认定一切文化和思想的神圣都以黑暗为背景显示出来。关于这一古老的哲学传统，巴塔耶（George Bataille）指出，

> 在基督教纪元前后，无论在形而上学上导致了多大程度的发展，灵知主义（Gnosticism）事实上就以一种差不多是残忍的方式，

---

① 宗白华：《〈流云〉序》，见《宗白华全集》第1卷，410页，合肥，安徽教育出版社，1994。

将一种最不纯洁的动荡因素导入了希腊—罗马意识形态中,同时从别的地方,从埃及传统、从波斯二元论和东方犹太异教那里借取了最不符合现存精神秩序的要素;它补充了自己独特的梦想,漫不经意地表达了一些可怕的迷恋;在宗教实践中,它也并没有完全叛逆希腊或伽勒底—雅利安神秘魔法和占星术所具有的最卑微和最淫荡的形式;同时,它还利用了或者更确切地说是调和了新生的基督教神学和晚期希腊的形而上学。①

按照这一传统,人类,像宇宙一样,诞生于黑暗,也注定要返回到黑暗中。灵知主义对世间恶有其独特的理解,在他们看来,虚无构成创造的基础,恶比上帝更为根本,世界与恶完全同一。与内在黑暗遭遇,是亲近神圣的唯一道路,这一脉思想传统源远流长,从圣保罗开始,到奥古斯丁、路德到康德、谢林、黑格尔,在德国浪漫主义诗人那里与民族精神合一,在流行于19世纪末到20世纪初整个西方世界的生命哲学、存在主义思潮以及表现主义、象征主义文学中空前地爆发出来,并一直延续到了后现代文化语境中。

在宗白华身上,我们切实地感受到了灵知精神在现代中国的复活。而且通过浪漫诗人、文人和学人,如郭沫若、田汉、郁达夫,甚至还有早期的鲁迅,灵知主义对中国20世纪产生了深刻的影响,与古典体验美学相融合,构成了中国现代文化精神的一项基本要素。不过必须指出,宗白华的灵知精神,是一种落于审美,偏重诗学的浪漫主义灵知。灵知主义,已经成为人类必须继承的共同遗产,其生命力不可低估。

(三)幽暗的意识

我们不妨认为,宗白华呼唤"同情"精神,渴望审美沟通,就是对中国文化现代性的一种敏锐的反应。中国现代知识分子遭逢着巨大的现代性事件的冲击,内心充满了焦灼、彷徨、惆怅、失落,向后只看

---

① Bataille, Visions of *Excess: Selected Writings*, 1927–1939. Trans. Allan Stoekl with Carl R. Lovitt and Donald M. Leslie Jr. Minneapolis: University of Minnesota Press, 1985, pp. 45-48.

到诗书礼乐、典章制度衰败的废墟,向前看不到"玫瑰色的远景",只有一种当下的"黑暗"浸润着他们空虚的心界。从他的学术志业开始,就有一种深沉的"幽暗意识"赋予了宗白华的个人体验以深沉的色调。

第一,受德国哲学家叔本华的影响,他把世界体验为"举世皆敌、困厄危险百出不穷"的苦难世界。宗白华说叔本华"畅阐世界罪恶,人生苦恼,以天才之笔,写地狱景象"①。所以,他盛赞那些悲悯人生、奋起救世的贤哲,尤其是捐躯十字架以解救苦难人世的耶稣。就是在论述叔本华的学说时,宗白华提出了"同情之感为道德的根源","悲悯一切众生为道德的极则"②。

第二,反思中国几千年历史,他认定"黑暗"是人类罪恶本性的结晶。在设计创造、奋斗的人生和文化纲领时,宗白华对中国传统社会做了这样的描述:"人类生活上的罪恶黑暗,是人类兽性方面的总汇结晶,中国生活历时已久,其中黑暗势力格外深浓雄厚,有如年代久的大家庭,其中黑幕重重……"只有"打破一切黑暗势力的压迫,我们才能有一种天真坦白新鲜无垢的生活"③。

第三,在他的诗歌创作中,他以"理性的光"烛照黑暗并升华了黑暗。《流云小诗》中,出现得最频繁、塑造得最丰满的意象是"黑夜"。冷月、星河、清光、幽梦……所极力烘托出来的是"黑夜"。"黑夜",一个森罗的世界,笼罩着"脆弱的孤心",蕴藏着"无限的命运"和"无限的悲哀"!在宗白华的诗中,"黑夜"是一个负载着救世信息的精神意象。它泯灭了世界上万物的差异,就像夜观黑牛,黑牛与整个世界同黑。它内化了生命的冲动,把涌动不息的生命暗流化为和谐的节奏,如婴儿之心一样安详。它让尘世的眼睛看不到遍及世界的邪恶,却发挥了梦想的能量,让脆弱的孤心穿透了秩序的层层网幕,洞见了生命的真理。所以,它还是悱恻隐忍的心灵的象征。

---

① 宗白华:《说人生观》,见《宗白华全集》第1卷,21页,合肥,安徽教育出版社,1994。

② 宗白华:《萧彭浩哲学大意》,见《宗白华全集》第1卷,8—9页,合肥,安徽教育出版社,1994。

③ 宗白华:《中国青年的奋斗生活与创造生活》,见《宗白华全集》第1卷,96—97页,合肥,安徽教育出版社,1994。

第四，关注世界现代性的困境，他期望以古典的乐境救赎灾难的时代。宗白华渴望像斯宾格勒一样拥有一双窥透黑暗的夜枭之眼，探索黑暗的深沉，超越黑夜悲观的笼罩。"我们的世界是已经老了！在这世界中任重道远的人类已经是风霜满面，尘垢满身。他们疲乏的眼睛所见的一切，只是罪恶，机诈，苦痛，空虚。"①

所以，对人生原始罪恶的哲学沉思、对中国文化的历史透视、对生命意识的诗性表现，以及对现代性的深切忧虑，都贯穿在宗白华的个人体验中。这些沉思、透视、表现与忧虑，都弥漫着一种给人印象极深又让人十分惶惑的黑暗意识，它构成了宗白华个人体验的特征。宗白华美学的同情精神，就深深地扎根在这种个人体验中，酝酿出诗化的思、诗化的文，表现出一个时代的生命感。我们现在要问，这构成宗白华个人体验特征的黑暗意识究竟是什么呢？

宗白华迷恋黑暗、一心想穿透黑暗、极端渴望超越黑暗，这表现了他的个人体验中相当浓烈的"幽暗意识"。历史学家指出："所谓幽暗意识是发自对人性中或宇宙中与始具来的种种黑暗势力的正视和醒悟：因为这些黑暗势力根深蒂固，这个世界才有缺陷，才不能圆满，而人的生命才有种种的丑恶，种种的遗憾。"②这意味着，要返回内心去寻找道德的根源，最后就不得不直面一个黑暗的深渊。人性在根源处涌动的是恶欲，而不是善性。基督教"原罪"观念对人性的负面性、堕落的可能性做出了一种积极的判断，并假设了人类之所以需要拯救，就在于他可能沉沦。面对内在性黑暗的深渊、为历史的圆满留下了期待的空间，这就显示了"幽暗意识"是一种积极的精神力量。宗白华个人体验的"黑暗"色调在这样的视角下就显示出了不可忽略的现代性意义，正是这种深沉的人性透视、深情的救赎期待，赋予了他的美学以持久的影响力量。

（四）审美化象征的道德之维

"同情论"作为浪漫主义美学的传统，有一种基本精神贯穿其中。

---

① 宗白华：《歌德的〈少年维特之烦恼〉》，见《宗白华全集》第2卷，26页，合肥。安徽教育出版社，1994。

② 张灏：《幽暗意识与民主传统》，4页，台北，联经出版事业公司，1989。

这一基本精神就是自我与宇宙生命的合一，融小我于宇宙创化的大我中。在浪漫时代，人的灵魂成为漂泊异邦的"陌生人"，为了给这陌生人找到家园，诗人们心中涌动着一股强烈的渴望。被海德格尔称为"诗人之诗人"的荷尔德林通过他的戏剧英雄之口说出了浪漫时代的普遍渴望："独自进入存在，就是生活忘我地转向自然万物中。"①为什么要忘我地沉浸于"自然"？因为，在这些浪漫诗人眼里，"自然"就是生命、就是精神，尤其是他们的"优美灵魂"（die schöne Seele），甚至是他们心中"圣美"的化身。荷尔德林写道："我们称大地是天空的繁花中的一朵，而称天空为生命的无限的花园……无论是从心中迸发出愤怒的火焰还是温润的清泉，同样神圣，无论用露珠或是风云滋养自身，总是幸福……"②在浪漫时代，人们还有一种坚执的信念，那就是宇宙中的万物都贯注着一种生命的力量，或者说是作为一种不可思议的"活力"而存在的"宇宙的灵魂"，于是自然事物被 J.G. 赫尔德（Johann Gottfried Herder, 1744—1803）描述为穿越万物的同情之流："看那整个自然界，注视那创造物的巨大相似性，任何创造物都能够感觉到它自己以及它的同类，生命与生命交相辉映。"③最后，在浪漫时代，人们还发现，在人类精神与宇宙自然之间存在着一种神秘的亲和力。A.W. 施莱格尔（August Wilhelm Schelgel, 1772—1829）把这一发现称作是"亚当的第一次觉醒"："当[诗人]把最遥远的物体、最伟大的和最渺小的事物以及星星与花朵拿来比较时，他的全部隐喻的意义就在于被创造的事物之间据其共同的起源得以维持的互相吸引。"④忘我地沉入自然的渴望、对宇宙生命的信念、精神与自然之亲和力的发现，三者支

---

① [加拿大]泰勒：《自我的根源：现代认同的形成》，韩震等译，570 页，注释 4，南京，译林出版社，2001。
② [德]荷尔德林：《许佩里翁或希腊的流亡者》，见戴晖编译：《荷尔德林文集》，51 页，北京，商务印书馆，1999。
③ Johann Gottfried Herder, "*vom Erkennen und Emfinden der menschlichen Seele*", in Herders Sametliche Werke, Belin: 1877—1913, viiiI, pp. 200. 转引自泰勒：《自我的根源：现代认同的形成》，韩震等译，569 页，南京，译林出版社，2001。
④ August Wilhelm Schelgel, "A course of Lectures on Dramatic Art and Literature", in Sametliche Werke, VI, 397. 转引本雅明：《德国悲剧的起源》，陈永国译，60 页，北京，文化艺术出版社，2001。

第三章 文化精神的符号编码——中国现代象征文论制序

撑起"同情论"美学的精神。毋庸置疑,这一渊源甚久、意义颇深的美学精神,就是宗白华"古典的浪漫的美梦"的内涵,它伴随着宗白华的美学生涯。宗白华以寥寥数语简洁地道出了"同情"精神的真正意义:"谓人所以感天然界之美者,因人生命情绪,可以感入也","在彼欣赏自然,将小己亦纳入自然中,而与之同化"①。生命感入自然,自我融进宇宙,这就是宗白华所设计的审美方式,也是他推重的审美精神。

如此理解的"同情"就不仅是把情感向对象的简单投射或者单向移入了。真正意义上的"同情",是一种生命状态,即"以一整个心灵体验这整个世界"的生命状态②。通过阐释歌德的人生与艺术,宗白华集中地表达了作为审美方式和审美精神的"同情"。他用了许多具有浓郁中国文化色彩的语言来描述"同情"的生命境界:"凝神冥想,探入灵魂的幽邃,或纵身大化中";"根本打破心与境的对待","心情完全融合无间,极尽浑然不隔之能事"③……所论主旨,都是强调参与宇宙创化的生命巨流,以整个心灵体验整个世界。在这里,我们看到,宗白华的"同情论"与"移情论"相距较远,而与尼采的"醉境说"、狄尔泰的"体验说"相当接近。以立普斯(Lipps,1851—1914)为代表的"移情论"美学之要义在于:"一方面,在我们自己的心灵里,在我们内心的自我活动中,有一种如像骄傲、忧郁或者期望之类的感情;另一方面,把这种感情外射到一种表现了我们精神生活的对象中去。"④心灵主动投射,对象被动接收,由内向外,由己及物,这显然还是单向的流动,而不是整体的生命对流。而且,心与境、自我与他者之间仍然存在着紧张的对抗关系,而没有将小己纳入宇宙、融入浑然一体的境界。尼采的"醉境"是指这么一种生命状态,即巨大的酒神的冲动吞噬了世界安宁

---

① 宗白华:《美学讲稿》,见《宗白华全集》第1卷,454页,合肥,安徽教育出版社,1994。
② 宗白华:《歌德之人生启示》,见《宗白华全集》第2卷,18页,合肥,安徽教育出版社,1994。
③ 宗白华:《歌德之人生启示》,见《宗白华全集》第2卷,1、16、17页,合肥,安徽教育出版社,1994。
④ 李斯托威尔:《近代美学述评》,蒋孔阳译,54—55页,上海,上海译文出版社,1980。

的日神境界，摧毁了个体性原则，在"原始的太一的胸怀中"获得了审美的极乐。宗白华不仅同意"酒神精神"就是艺术的真精神，而且本着这样的生命精神来解读歌德："歌德的生活仍是以动为主体，个体生命的动热烈地要求着与自然造物主的动相接触，相融合。"①最后，宗白华非常欣赏狄尔泰的一句名言："生命才能了解生命，精神才能了解精神"，因为这句名言道出了同情的本质②。只有进入另一个生命中，移情于另一个精神之内，才能在活生生的"体验"中获取艺术的意蕴或者历史的灵魂。所以，"同情"不仅是审美的方式，而且是主宰精神生活的一道律令。

审美同情的本质特征在于以整个心灵去体验整个世界。中国艺术所呈现出的就是这种深邃、广博而又高远的审美同情。中国人的审美首先是求返于自己内心的节奏，其次是抚爱万物，与万物同其节奏，最后是发挥普遍的仁爱，把无情的宇宙涵养为有情的宇宙，把无生命的顽空点化为节奏化音乐化的空间。第一，求返于内心的节奏。中国人在非常古远的时代就发现在自然与人之间存在着根源的同一性，在生命与精神之间存在着同样的节奏和条理。中国艺术是心灵化的艺术，中国人的审美是对贯穿在宇宙与人生的生命节奏的观照。所以，审美的前提是沉入内心，在寂静中捕获至动而和谐的生命，也就是以心灵的节奏感通宇宙生命的节奏。"造化"与"心源"的切合，就是中国审美意识的基本状态。第二，抚爱万物，与万物同其节奏。中国人抚爱万物的情怀表现在对宇宙生命的整体、流动、俯仰和往返的观照姿态中。所谓整体的观照，用宗白华的话说，就是"用心灵的眼，笼罩全景……全部景界组织成一幅气韵生动、有节奏有和谐的艺术画面"③。流动的观照，最根本的意味是参与到生命创化过程中，整个地投入到活生生的现时中；具体表现在视觉上，就是视点随着时间做有节奏的移动，

---

① 宗白华：《歌德之人生启示》，见《宗白华全集》第 2 卷，20 页，合肥，安徽教育出版社，1994。

② 参见宗白华：《〈屈原之死〉编辑后语》，见《宗白华全集》第 2 卷，291 页，合肥，安徽教育出版社，1994。

③ 宗白华：《中国诗画中所表现的空间意识》，见《宗白华全集》第 2 卷，421 页，合肥，安徽教育出版社，1994。

景象也随着时间的推移而处在有节奏的和谐运动中。俯仰的观照，就是《周易·系辞》中所说的"仰则观象于天，俯则观法于地，观鸟兽之文与地之宜，近取诸身，远取诸物"。具体表现在视觉中就是视界的范围也在有节奏的流动中不断地扩展，流连于一丘一壑，体会着阴阳开阖，在处处抚摩、时时关切中获得心灵的自由。往返的观照，用刘勰《文心雕龙·物色》中的话说，就是"目既往还，心亦吐纳……情往似赠，兴来如答"。具体表现为视觉，则表明心灵经历着回旋往复的行程：一方面，视点在流动中漂移而趋向于无限遥远，另一方面眼光又有所节制地收敛于有限的空间。通过整体的观照、流动的观照、俯仰的观照、往返的观照，中国人把握到了"创化万物的永恒运行着的道"，也就是契合着生命的节奏。以此等关爱的心和流连的眼，一幅人与世界相互融通的景象就呈现出来了：一方面无限的宇宙空间扶持和亲近着人，另一方面是深情的心抚爱和涵养着无限的空间。第三，如此就发挥出普遍的仁爱。求返内心、抚爱万物，最终成就了一个普遍感通的宇宙，心的节奏应和着宇宙的节奏，自我的生命融入了宇宙的创化中。而贯穿于个人人格、社会制度、日常器物的，就是一个隐秘浑然的"大生命的节奏与和谐"。艺术形式之生命节奏（气韵）、艺术意境之生命本体（音乐的节奏和舞蹈的旋动）、审美姿态的俯仰往还（节奏化音乐化的空间感）、个体人格的深情韵致（"音乐的灵魂"），都根源于这一普遍的仁爱。

这普遍的仁爱，经过宗白华的一番审美重构，终于着落于他的古典浪漫美梦，神话一般映衬着魔欲大张和道德衰微的现代图景。它显得格外富有魅力，也让人格外觉得不真实。不过，通过对它的着迷沉思，生命才可以眺望一幅健康圆融、和谐共节的远景。

如前所述，宗白华的审美同情学说是对现代性生存处境的反应。现代性生存处境的根本特征是什么呢？"我们在这个框架中的存在的极端偶然性，剥夺了这个框架作为理解我们自身的一个可能参照系的一切人情味。"[1]有情的人置身于无情的宇宙中，不仅感到孤独无告，无

---

[1] [德]约纳斯：《灵知主义，存在主义，虚无主义》，见刘小枫选编，张新樟等译：《灵知主义与现代性》，38页，上海，华东师范大学出版社，2005。

家可归，而且感到整个宇宙失去了目的性，呈现为一个广袤浩渺的时空，释放出冷酷的能量。宗白华感到，有必要唤醒一种生生而有条理的音乐精神，唤醒一种失落在现代世界的恶魔人欲洪流中的节奏感。他以为，只有这样，才能使人参赞天地之化育，演奏壮丽的生命交响乐。"现在宇宙被宣称为是伟大的'诸神与人的城邦'，作为一个宇宙的公民……他被要求以宇宙的目标为自己的目标，也就是要把他自己与那目标直接地合一，穿过一切中介，把他自己内在的自我，他的逻各斯，与整体的逻各斯联系起来。"[①]这应该是一种生命与宇宙合一，个体与万物同流的境界。也就是说，这是一种审美化的世界主义（Aesthetic cosmopolitanism）——一种以灵知穿越黑暗，在混乱中求取秩序，在罪孽中祈求美善境界的精神姿态。

同时，这种审美的世界主义还蕴蓄着一种"微弱的救世精神"（weak messianic power）。"微弱的救世精神"，是本雅明用来描述现实的人与历史之关系的重要哲学概念。本雅明认为，文化的起源无一例外地具有一种"非恐惧而不可沉思"的力量，这是一种野蛮的力量，它不仅是文明的历史也同时是野蛮的记录，它还污染了文明代代相传的方式。无论我们是如何对暴力表示愤慨、悲哀和谴责，我们每一个人都不能不是野蛮、残酷、苦难的共同策划者！这一判断所隐含的逻辑是：拯救的力量永远在我们内心。本雅明说，在过去的世代与现实的我们之间有一种神秘的契约，有一种微弱的救世力量伴随着我们[②]。显而易见，这一微弱的救世精神就是宗白华所钟情的浪漫主义诗魂，尤其是德国浪漫主义的诗魂。

宗白华建构的道德诗学中，最让人难忘的，是由普遍的同情产生的宇宙人生的音乐境界，而音乐最能显示出审美乌托邦的特征。宗白华想象的那种与宇宙生命的秘密韵律相契合的境界，无疑就是把乌托邦推向极限的一种生命情绪状态，这非常极端，非常绝对，几乎无以

---

① ［德］约纳斯：《灵知主义，存在主义，虚无主义》，见刘小枫选编，张新樟等译：《灵知主义与现代性》，545—546 页，上海，华东师范大学出版社，200。

② Walter Benjamin, *Illunination*, edited and with an introduction by Hannah Arendt, translated by Mary John, New York: Schocken Books, 1983, p.254.

复加地极端和绝对。与宇宙生命的秘密韵律契合，这又一次让我们想起尼采，尼采悲剧哲学就是对纯粹的审美作了一次冲击极限的探索，他的酒神，就是与宇宙生命同流、肯定生命的痛苦、摧毁个体原则的存在状态的象征。这一悲剧哲学，实质是从艺术的观点辩护生命的乌托邦，而这却成为现代审美主义的滥觞。

六、象征的浪漫之维——冯至诗艺及其文体建构

冯至(1905—1993)16岁作诗，少年成名，跻身中国诗坛，被鲁迅称为"中国最杰出的抒情诗人"。这虽有点言过其实，但隐含于新文化运动主将言辞之下的那份拳拳之心、殷殷之望却路人皆知。冯至20世纪20年代就读于北大，但同"五四"时代其他作家诗人不一样的地方，在于他不是英美文学芳泽滋润下的淡淡花草，而是德语浪漫诗风浸润下的萧萧玉树。沿着浪漫诗风吹拂的道路，冯至高张哲学诗帆，开启象征诗学初航。航程开启之时，奥地利象征主义诗人里尔克与他不期而遇，生死纠结的哲思与浪漫象征的灵知就相伴他直至生命的终点。带着象征诗学的眼光，凝视德国浪漫诗人诺瓦利斯的浪漫化象征世界，冯至运用"类比"范畴建构了象征诗学。以浪漫之灵点染象征丛林，象征主义便独享心灵的唯美。20世纪40年代，战争，败落的时代及其人类普遍的生存境遇，让冯至诗兴二度神秘地爆发。深情凝视"灵魂山川"，洗耳静听心灵的韵律，冷眼观照远古忧患之人的生命节奏和精神流亡之路，冯至一口气写下了商籁诗二十七首，《山水》散文诗十五篇，诗化教养小说《伍子胥》一部。践行象征主义诗学，冯至在诗体、文体、叙体等文体上的探索对中国现代文学新传统的形成可谓居功甚伟。仅就其象征诗学建构而言，其浪漫与象征的互照互释，尤其彰显了象征诗学的浪漫维度。

(一)饰哲理以诗情——象征诗艺初航

1925年，他与杨晦、陈翔鹤、陈炜谟一起创办"沉钟社"，奉行"为艺术而艺术"的唯美诗学主张。"沉钟"一名，得自德国象征主义作

家豪普特曼的剧作《沉钟》，不过冯至及其同侪却比戏里的铸钟人亨利更加坚执地抗拒日常生活和政治风潮的影响，捍卫诗学的自律性——将铸就的大钟沉入湖底，直到有朝一日它在幽深的水中再次鸣响。鲁迅向来惜言如金，几乎不赞赏别人，可是对"沉钟社"却刮目相看，对冯至及其同侪的诗学视野、艺术风格、西方渊源和历史局限性做出了深邃而准确的论断：

> 1924年中发祥于上海的浅草社，其实也是"为艺术而艺术"的作家团体，但他们的季刊，每一期都在表示着努力：向外，摄取异域的营养，向内，在挖掘自己的魂灵，要发见心里的眼睛和喉舌，来凝视这世界，将真和美歌唱给寂寞的人们……《浅草》季刊改为篇叶较少的《沉钟》周刊了，但锐气并不稍衰，第一期的眉端就印着吉辛（G. Gissing）的坚决的句子——
>
> 　　而且我要你们一齐都证实——
> 　　　　我要工作啊，一直到我死之一日。
>
> 但那时觉醒起来的智识青年的心情，是大抵烈烈，然而悲凉的。即使寻到一点光明，"径一周三"，却分明的看见了周围的无涯际的黑暗。摄取来的异域的因营又是世纪末的果汁：王尔德（Osacar Wilde），尼采（Fr. Nietzsche），波特莱尔（Ch. Baudelaire），安特莱夫（L. Andreev）们所安排的。"沉自己的船"还要在绝处求生，此外的许多作品，就往往"春非我春"，"秋非我秋"，玄发朱颜，却唱着饱经忧患的不欲明言的断肠之曲。虽是冯至的饰以诗情，莎子的托辞小草，还是不能掩饰的。凡这些，似乎多出于蜀中的作者，蜀中的受难之早，也即此可以想见了。

鲁迅意犹未尽，引用陈炜谟小说集《炉边》中的话语："有许多命运的猛兽正在那边张牙舞爪等着我们……人虽不必去崇拜太阳，但何至于怯懦得连黑夜也要躲避呢？"冯至及其同时代人作诗为文，也许完全是为了完成自我，慰藉灵魂，为茫然不可知的未来留下一些可以眷念

第三章 文化精神的符号编码——中国现代象征文论制序

与回忆的踪迹。不过,鲁迅笔锋一转,随后指出时代大限使然,"沉钟社"诗人作家无可奈何,行之不远,注定会是明日黄花,昨日春潮:

> 自然,这仍是无可奈何的自慰的伤心之言,但在事实上,沉钟社却确是中国的最坚韧,最诚实,挣扎得最久的团体。它好像真要如吉辛的话,工作到死掉之一日;如"沉钟"的铸造者,死也得在水底用自己的脚敲出洪大的钟声。然而他们并不能做到,他们是活着的,时移世易,百事俱非;他们是要歌唱的,而听者却有的睡眠,有的搞死,有的流散,眼前只剩下一片茫茫白地,于是也只好在风尘澒洞中,悲哀孤寂地放下了他们的箜篌了。①

深谙象征主义个中三昧的鲁迅,不仅是冯至及其同侪的知音,而且更是他们的导师,又可谓旁观者清。一方面,鲁迅辨析他们热烈而又悲凉的情感,凸显他们掘发灵魂、摄取"世纪末果汁"的内外两个向度,赞美他们为艺术自律鞠躬尽瘁死而后已的诗学精神。另一方面,鲁迅更觉察到,他们远离民众,游离于国族史诗的宏大叙事之外,将抒情的"小我"与史诗的"大我"隔离开来,就注定他们无奈于时移世易,百事俱非,无奈于听者的睡眠、搞死与流散,注定了他们将要面对茫茫大地而徒作悲叹。不用说,这样的命运即是象征诗人共同的命运,这一点无分中外古今。象征诗人坚执守护自律的诗神寺庙,用心灵之眼凝视外部世界,用气韵生动的诗文再现心灵律动,将真和美歌唱给寂寞的人们,但观音自善,罂粟自恶,言者谆谆而听者邈邈。纯情、纯诗、纯爱,总是无人喝彩,诗人寂寞地放下箜篌。

"沉钟社"奉行"为艺术而艺术"的诗学精神,其诗歌实验以浪漫主义为情思,而以象征主义为诗魂。在这种氛围中,冯至开启了象征诗学的初航。第一,冯至坚持与主流思潮隔绝,写作非政治的诗篇。面对滚滚红尘、浑浑俗世,他用新诗体表现对现实的觉醒,挥洒对生命的哲思,忧郁委婉,音韵清新,境界隽永。冯至早期的两部诗集《昨日

---

① 鲁迅:《中国新文学大系·小说二集·序》,见《鲁迅全集》第6卷,242—244页,北京,人民文学出版社,1981。

之歌》与《北游及其他》，同名噪一时的郭沫若《女神》，可谓风格异类而相映成趣。郭沫若摹仿德国狂飙突进诗风，而冯至摹仿德国早期浪漫主义诗风。郭沫若的诗，情感汪洋恣肆，意象繁复缭乱，意境狂放如醉；冯至的诗，则处处表现出理性节制，含蓄不露锋芒，诗思冷静明澈，而意境倾向于"沉思的抒情哲理化"。冷静、沉思而非热狂、纵情，冯至少小出道，即享有"诗国哲人"的美誉，难怪鲁迅对他呵护有加，关怀备至。因为，正是冯至的诗作，体现了鲁迅的诗学理想："感情正烈的时候，不宜做诗，否则锋铓太露，能将'诗美'杀掉。"①

第二，冯至的创作，与欧洲现代派文学运动达成了共契。在"五四"之后的诗人阵容中，冯至属于较早踏入象征诗国的诗人，而同"自由派"、"格律派"均分秋色。踏入象征诗国，即表明他同现代派心有灵犀。鲁迅说冯至及其同侪向外摄取了"世纪末的果汁"，也就暗示了这种同现代派的共契。冯至的名篇《蛇》就是"世纪末果汁"喂养出来的象征诗的珍品。从英国画家比亚兹莱（Aubrey Vincent Beardsley, 1872—1898）的一幅画作获得灵感，他诗兴涌动，写出了自己的寂寞乡愁和凄美梦境："我的寂寞是一条蛇，/静静地没有言语……它想那茂密的草原——/你头上的、浓郁的乌丝……它月影一般轻轻地/从你那儿轻轻走过；/它把你的梦境衔了来/像一只绯红的花朵。"②冯至自己解释说，18世纪欧洲的"维特热"，19世纪的"世纪末"情绪，虽然相隔一个世纪，但性质很不相同，但比亚兹莱的画和歌德的《少年维特之烦恼》在中国20世纪20年代风行一时，好像有一种血缘关系。这种血缘关系是一种超越时代和地域的隐性遥契，在此不妨理解为一种同现代派的共契。③ 当然，表现在冯至早期诗作中，这种现代共识更多地体现为一种象征主义的倾向，那就是情理交融而至冷至热，将心灵的律动诉之于诗歌的音韵。

---

① 鲁迅：《〈两地书〉三二》，见《鲁迅全集》第11卷，97页，北京，人民文学出版社，1981。
② 冯至：《蛇》，见《冯至全集》，第1卷，77页，石家庄，河北教育出版社，2001。
③ 冯至：《在联邦德国国际交流中心"文学艺术奖"颁发仪式上的答词》，见《冯至全集》第5卷，198页，石家庄，河北教育出版社，2001。

第三，冯至同德国浪漫派精神相通。荷尔德林、诺瓦利斯、莱瑙、海涅这样的诗人令他难以释怀，富于浪漫色彩的森林、骑士、城堡让他梦系魂牵，而晚唐诗风、北宋词风同德国浪漫诗风涵濡他的诗心艺才，让他模拟异国诗词的主题、情调、语言结构以及格律节奏，创作抒情诗与叙事诗，缘情述事。

1927年，冯至在《沉钟》上发表论文，论说柏林浪漫主义代表人物霍夫曼（Ernst Theodor Amadeus Hoffmann，1776—1822），赞赏他在丑恶的现实后寻求美丽，在阴暗的人生中寻求美的灵魂，梦想光明的精神王国，浪漫的光华。接受勃兰兑斯对霍夫曼"离魂重影"（Doppelgängerei）的评价，冯至从这位浪漫作家身上发掘出"自我分裂"、"人生冲突"、"人性二元"。冯至认为，分裂、冲突、二元，及其所引起的焦虑与渴望，体现了自我意识的觉醒，这些情绪让灵魂燃烧起来，驱动感官超越感性世界进入彼岸的奇境。冯至最后得出结论说：在霍夫曼所生活的时代，对于丑恶与悲哀，人们避犹不及，但霍夫曼却反其道而行之，欲举一人之力去征服人生，走进人性的深处。"他在浪漫派的作家中是唯一的爱着生活的人，他不曾去追逐'蓝花'（Eine Blaue Blume），也不曾去听取森林的寂寞（Waldeinsamkeit）；在他的窗外是市场的喧哗——他在真实的后面发现了伟大的神奇的阴影。"①蓝花是浪漫主义的精神图腾，森林的寂寞是浪漫主义的心灵投影，这种论述已经预示着冯至以象征主义诠释浪漫诗学的思路了。尤其值得强调的是，他笔下的浪漫派作家霍夫曼却颇有几分象征派作家波德莱尔的气质，在他们的人生与诗艺中，冯至发现了一种唯美的灵知：在丑恶中寻求美丽，在阴暗生活中寻求美的灵魂，在污秽不堪的俗世瞩望光明浪漫的诗国，在紊乱迷茫的世界上营造和谐中道的精神秩序。而这，确实是浪漫精神，却又不只是浪漫精神，而是寄托于象征主义诗情雅韵中的灵知精神。

《昨日之歌》中包含一组叙事诗，取材于本国的民间故事与古代传说，但他以西方叙事谣曲的形式与风格去再现古代意蕴。古事蕴今情，

---

① 冯至：《谈E. T. A. 霍夫曼》，见《冯至全集》第7卷，268、277、280页，石家庄，河北教育出版社，2001。

而用异域诗体写照民族精神。这种诗学实验同样发生在浪漫象征化、象征浪漫化的涵濡汇通中。新诗风气得以振荡，而象征建构从此开端，象征诗学的浪漫之维得以展现。

第四，在冯至诗歌生涯的开端，他便与奥地利诗人里尔克（Rainer Maria Rilke，1875—1926）不期而遇。正是这位用德语和法语写作的诗人，将德国浪漫诗风导入象征轨道，以商籁体传达邈远幽深的神秘主义，同时复兴了欧洲古老的哀歌，延续着荷尔德林、诺瓦利斯的新神话象征体系建构的大业。1926年，冯至读到里尔克的《旗手里尔克的爱与死之歌》，心灵为之一震："在我那时是一个意外的、奇异的得获。色彩的绚丽，音调的和谐，从头至尾被一种忧郁而神秘的情调支配着，像一阵深山中的骤雨，又像一片秋夜里的铁马风声。"①色彩、音调和幽郁而神秘的情调，便是象征主义诗风的独特韵致。将这种象征主义的韵致注入浪漫主义诗人诺瓦利斯的诗作与诗学中，冯至在理论上完成了浪漫主义诗学的象征重构。在里尔克《奥尔菲斯十四行诗》的激发下，置身于战时20世纪40年代的冯至突然兴感，带着这种象征主义的韵致为中国商籁体诗体奠基，而在中国现代诗史上犹存硕果，诗情雅韵泽被后世，流兴不息。同样是怀着这种象征主义的韵致，冯至用象征的书写方式重构两千年前的中国传说，写出忧患中人伍子胥的复仇与流亡，及其心灵的抗争与慰藉的史诗。由此可知，冯至的诗歌实验、诗学建构、诗体创化，以及文体探索，举凡他的一切创作行为，都无不笼罩在象征主义的韵致中。

（二）浪漫文学的象征建构——冯至论诺瓦利斯

1930年至1935年，冯至负笈西方，留学德国。在此期间，他心中的诗神似乎沉默了。不过，在诗兴冷寂的时刻，他距离歌德和里尔克更近了。而正是里尔克净化了他瀑布一般的浪漫激情。因为里尔克认为，诗不只是激情，而是"经验"，而要抒写经验则必须静观默察，学会观看——观看城市，观看人情物象，观看植物动物，感受小鸟飞翔，体会花朵在早晨开放的姿态，同时还要"回忆许多爱情的夜晚"。

---

① 冯至：《里尔克——为十周年祭日作》，见《冯至全集》第4卷，83页，石家庄，河北教育出版社，2001。

冯至先生逝世后 20 年，他的长女冯姚平女士在 2013 年初夏的一次纪念研讨会上，这样描述里尔克对冯至的深刻影响：

> 父亲初到德国，里尔克的作品使他欣喜若狂，认为终于找到自己寻求已久的理想的诗，理想的散文，也看到理想的人生。他马上认真地翻译里尔克《给一个青年诗人的十封信》，译完一封，寄出一封，要杨晦在国内发表，介绍给国内的青年。他觉得这些言论对他，是对症下药"击中了我的要害，我比较清醒地认识到我的缺陷，我虚心向他学习"。他认真研读里尔克著作，选定《马尔特·劳利得·布里格随笔》作自己博士论文的题目，论文提纲都写好了，却因为导师阿莱文教授是犹太人被撤职而作罢。但纵观他的一生，里尔克对他在做人和作文两方面的影响是深远的，我们不难看出，他的风格变了。他观察、体验，懂得了寂寞同忍耐，严肃认真地承担自己的责任，他从婉约的抒情变为富于哲理的沉思。①

阴差阳错，因为欧洲反犹政治倾向殃及学界，冯至不得不割舍己爱，放弃博士论文选题。但带着里尔克的精神走进了诺瓦利斯的世界，对浪漫诗学进行了一度象征主义的重构。浪漫诗风艺韵因象征主义而由朦胧变得清晰，而象征主义的灵知灵见亦因浪漫诗学而显得亲切与丰盈。

诺瓦利斯（Novalis, Friedrich von Hardenberg, 1772—1801）是德国早期浪漫主义的代表，在其诗作中美化夜晚与死亡，把梦当作现实，把生活当作梦境。其诗体教化小说《奥夫特丁根》将"世界浪漫化"的纲领具体化，而在一个颠倒紊乱、功业居首的时代用词语建构出一个牧歌式的天堂，预示已经烟消云散的黄金时代将在欧洲再度复兴。诺瓦利斯将"自然"看作心灵的"另一体"，把茫昧的神话时代写进清浅的当代世界，而把当代现实升华到绚丽纯净的童话中。诺瓦利斯笔下的少

---

① 冯姚平：《纪念冯至先生逝世二十周年——在歌德学会年会上的发言》，见《中国歌德学会通讯》，2013 年第 1 期。

年梦见一朵蓝花，而这朵蓝花便是早期浪漫主义的图腾。蓝花芳香沁人，纯洁高雅，柔情若梦，便是浪漫主义慕悦及其绝对悲情的象征。少年穿越沧桑，追寻梦中蓝花，因为它是真、爱、美、信以及诗的象征。在诺瓦利斯及其追梦少年的眼里，苍天厚土，草木虫鱼，日月山川，以及风俗人情，一切都是象征符号。整个宇宙就是神秘幽深、高飘玄远的灵知的象征。①

冯至的博士论文《自然与精神的类比——诺瓦利斯的文体原则》，紧扣"类比"修辞，聚焦文体原则，探索"主体与客体、内在世界与外在世界、精神与自然在诺瓦利斯作品中是如何渗透和交流的，以及他的诗歌风格是如何由此产生的"。②首先应当注意，冯至的论题是"类比"，是"文体原则"，早期浪漫主义的感性神话、浪漫宗教以及民族主义意识被严重淡化了。而这一论述理路恰恰体现了里尔克象征主义对他的影响。里尔克象征主义诗学的论旨，恰恰在于解放语言符号的能指潜能，让诗人回避情感，而创作一些非个人的超然的诗篇。里尔克强调，象征主义倾向表现出"纯粹修辞手段"的诗体特征，"诗中的象征物之特殊结构无须任何外在话语即可被当作一种修辞手段"。因而，象征主义舍弃浪漫主义的繁复与艰深，而尤为喜爱简洁与澄明。里尔克的那些貌似简单实则幽深的诗篇，真正代表了象征主义的成就，所以里尔克、特拉克尔和保罗·策兰一起，振荡了20世纪上半叶的世界诗风。③冯至对诺瓦利斯诗学的象征主义重构，也尤其关注童话原则、语言形式和思维方式在类比修辞、文体原则中的体现。

第一，童话原则，即通过将世界诗化而建立童话世界。诺瓦利斯谴责歌德失落童心，撰写出《麦斯特》那样的理智作品，而在诗的活体上生长出"毒瘤"。诺瓦利斯深信，小说应该逐渐过渡到童话。因而不足为怪，《奥夫特丁根》的高潮便是克林索尔童话，完全超越了世俗红

---

① 冯至：《德国文学简史》，见《冯至全集》第7卷，334页，石家庄，河北教育出版社，2001。
② 冯至：《自然与精神的类比——诺瓦利斯的文体原则》，见《冯至全集》第7卷，5页，石家庄，河北教育出版社，2001。
③ Paul de Man, *Allegory of Reading*, New Haven and London: Yale University Press, 1979, pp. 48-49.

尘而进入冰清玉洁的象征世界。就童话的诗学与文体价值而言，冯至看得非常清楚："梦和童话是联想和使人所崇拜的偶然的产物。它们构成一个完整的存在，在这里想象可以任意驰骋，使一切都生动活跃起来。童话既是真实世界的镜子，又是它的原朴状态。"①童话乃是浪漫主义最为适宜的散文形式，它让一切充满生命，使整个自然以神奇的方式与整体的精神世界融合起来。

第二，语言形式，即比喻修辞。首先，冯至看出，浪漫主义的比喻不是语言的美化与装饰，也不是巴洛克式的作为修辞工具而徒有其表的比喻，而是更类似于中世纪神秘主义者，将"比喻"看作"自然与精神结婚而生育的女儿"。其次，冯至认同诺瓦利斯的泛化语言观，认为不仅人在言说，宇宙也在言说，语言是一次诗意的发现，语言符号先验地产生于人的天性。最后，冯至追溯比喻的渊源，从意大利思想家维柯到德国狂飙突进诗人赫尔德，德国哲学家哈曼，浪漫主义的精神领袖施莱格尔兄弟，论述比喻、象形文字与浪漫主义的语言之间的血肉关联。语言事实上是精神的召唤与精神的显现，一个由符号和声音构成的象征世界，而语言的力量就深深潜伏在比喻形式中②。

第三，思维方式，即类比思维。追根溯源，冯至将类比思维追溯到亚里士多德，其公式是 A 和 B 的关系正如 C 和 D 的关系。类比是神秘思想家的工具，他们借此实现内心与外在的互相融通，将外在的东西内在化，使缥缈的精神具象化。类比也是科学家把握世界奥秘的工具，他们借此把自然世界视为一个巨大的生命有机体，同一、近亲而且彼此相依。诺瓦利斯更是发挥类比思维，将人与人之间的关系推展到整个宇宙："我的爱人是宇宙的缩写，宇宙是我的爱人的延伸。"浪漫派诗人因此而成为不折不扣的象征派诗人，因为他们相信"人是宇宙的类比性之源"。③

---

① 冯至：《自然与精神的类比——诺瓦利斯的文体原则》，见《冯至全集》第 7 卷，21 页，石家庄，河北教育出版社，2001。
② 冯至：《自然与精神的类比——诺瓦利斯的文体原则》，见《冯至全集》第 7 卷，26 页，石家庄，河北教育出版社，2001。
③ 冯至：《自然与精神的类比——诺瓦利斯的文体原则》，见《冯至全集》第 7 卷，30 页，石家庄，河北教育出版社，2001。

冯至最后得出结论说："自然的生命化、语言的比喻以及类比性的形成和滋养了诺瓦利斯的独特风格，而以上三个方面又深植于魔幻唯心主义，魔幻唯心主义则产生于神秘主义的思维形式。"①在论文的主体部分，冯至将"世界是精神的一种包罗万象的比喻，是精神的一种象征的形象"这一原理贯穿于分析诺瓦利斯风格的始终，从光、颜色、火、水、海、河、泉、天空、星星、太阳、月亮、空气、风、云、夜、朦胧、植物、动物、矿物、物理、化学等方面，重构出诺瓦利斯的象征体系，从而创建出一个万象互相关联、万物同时存在的有情宇宙。尤其意味深长的是，冯至将浪漫诗人诺瓦利斯称为"游戏诗人"，将浪漫世界营造为"游戏式的严肃"，从而看透了宇宙象征体系中那些幽暗玄远的意义。②而这种对浪漫诗学的象征主义重构，同波德莱尔的普遍契合论、马拉美的情感炼金术、兰波的语词炼金术、瓦雷里的"纯诗"境界遥相呼应，同艾略特规避情感寻求"客观对应物"的诗学主张亦不乏对话的可能性。

（三）文体建构——象征诗学建构的完成

20世纪40年代的战火与硝烟中，缪斯女神再度光顾冯至，诗人触物兴感，联类无穷，诗情一发而精彩迭出。以诗体探索与文体建构为媒介，冯至完成了象征诗学的建构，为中国文学新传统添加了悠扬的韵味与迷人的风景。

1941年早春或冬天，冯至漫步昆明乡间小道，诗神遽然降临，从此世间便有了冯氏商籁体，诗史上便有了不朽的《十四行诗集》。朱自清说这部诗集"建立了中国十四行诗的基础"，陈思和说这部诗集乃是中国现代诗"探索世界性因素的典范之作"。③诞生于抗战伟大的史诗时代，《十四行诗集》可谓中国诗人面对普遍的世界难题以及人类生存的共同困境而同世界进行对话交流的结晶。而里尔克可谓冯至对话的

---

① 冯至：《自然与精神的类比——诺瓦利斯的文体原则》，见《冯至全集》第7卷，30页，石家庄，河北教育出版社，2001。

② 冯至：《自然与精神的类比——诺瓦利斯的文体原则》，见《冯至全集》第7卷，138—139页，石家庄，河北教育出版社，2001。

③ 朱自清：《诗的形式》，见《文艺常谈》，238页，北京，中华书局，2012；参见陈思和：《中国文学中的世界性因素》，156页，上海，复旦大学出版社，2011。

首选伙伴，因为冯至认定，里尔克是一个能够驱散寂寞荒凉、滋润人类于世衰道微的伟大的优美的灵魂，甚至同现代中国的命运隐秘共契。冯至于昆明乡间清贫节俭的环境下作《十四行诗集》，恰如里尔克客居亚得里亚海滨13世纪的古堡创作《奥尔菲斯十四行诗》。在象征主义诗人灵知之光的烛照下，冯至将浪漫悲情化入严密的意大利商籁体格律中。深邃意蕴与亮丽格律结合无间，但依然延续着深情冷眼、以理节情的象征诗风，对生命过程、灵魂蜕变、宇宙演化、历史兴衰进行默观，展开深邃反思。《十四行诗集》交织着对生死的沉思，暗示人情与天道相对而显得脆弱无常，唯有通过诗的创构，生命才显得璀璨无比，亮丽无比，珍贵无比。诗集中第十三首诗献给了歌德，不过诗人一如既往地以象征主义灵知之眼去观照古典主义诗人，平凡市民与一代雄主相对茫然，平静的岁月与历史的沧桑映照无碍，沉重的病与新的健康互相转化，绝望的爱与新的营养彼此依存。诗人用飞蛾投火喻说生死悖论，最后将万物的意义归结为"死与变"。诗集的压轴之章，乃是象征诗学的诗性表达：

> 从一片泛滥无形的水里，
> 取水人取来椭圆的一瓶，
> 这点水就得到一个定形；
> 看，在秋风里飘扬的风旗，
> ……①

秋风里飘扬的风旗，泛滥无形的水注入椭圆的瓶中。旗之于风，瓶之于水，恰恰就是媒介之于信息，诗体之于诗情，有限之于无限，有形有迹之物之于无形无迹而且不可把握的事件。而这正是浪漫主义诗人的类比思维，以及象征主义诗人的普遍契合。诗人的使命，就在于忍耐、劳作、艰辛，将风与旗、水与瓶融合无间，将无形的鸿蒙转化为有形的雁迹。

---

① 冯至：《十四行诗集》，见《冯至全集》第2卷，242页，石家庄，河北教育出版社，2001。

1942年到1943年,冯至重拾16年前初识里尔克时的心愿,将两千年前忧患中人的传奇转换到当代现实中,塑造出褪去神秘外衣的现代"奥德赛"。《伍子胥》便是真正意义上的"诗化教养小说",诗人用象征主义观照灵魂的方法,呈现主人公流亡、复仇的灵魂之旅,而不是描写事件,或者执着于戏剧情节。叙述的节奏随着心灵的律动而展开,最后与自然合一,融入乐境,蜕变更是升华。因而,作为诗化教养小说,《伍子胥》传承的不是浪漫主义的诗风,而是象征主义的灵韵,与其说摹仿了诺瓦利斯的《奥夫特丁根》,不如说神似里尔克的《旗手里尔克的爱与死之歌》。《伍子胥》与里尔克诗学精神的融通之处,还在于"颠覆神话诗"。"支配里尔克的是神话意识中的'自我忘却',里尔克借助他高度风格化的艺术,成功地在现在没有神话的时代,将人类心灵的经验世界提升到神话——诗的层次。"[①]伽达默尔如此概括里尔克《奥尔菲十四行诗》的"颠覆神话"程序。冯至褪去了伍子胥意象的浪漫衣裳,让他"成为一个在现实中真实地被磨炼着的人",通过赋予神话人物以当代形式,"反映现代人的、尤其是近年来中国人的痛苦"。[②] 在此,冯至建构的诗化教养小说,本质上是自我生命塑造的叙事,迎接神圣灵知的象征书写。昭关夜色,江上黄昏,丽水阳光,渔歌悠扬,浣女风姿,一切风俗人情景物情思无不是个体灵魂与宇宙精神合一的象征,象征符号在流动,而汇入邈远的乐境。"江上"一节,彰显了象征主义诗学的音乐境界。船夫唱道:"日月昭昭乎侵已弛,与子期乎芦之漪。"伍子胥不理解渔夫的歌词到底含有什么深意,而只是逡巡在芦苇旁。而此时此刻,

> 西沉的太阳把芦花染成金色,半圆的月亮也显露在天空,映入江心,是江里边永久捉不到的一块宝石。子胥正在迷惑不解身在何境时,渔夫的歌声又起了:
> 日已夕兮予心忧悲,

[①] [德]伽达默尔:《神话诗的颠覆》,见严平编选:《伽达默尔集》,569页,上海,上海远东出版社,1997。

[②] 冯至:《〈伍子胥〉后记》,见《冯至全集》第3卷,427、428页,石家庄,河北教育出版社,2001。

月已驰兮何不渡为？①

在渔夫神秘歌声的召唤下，伍子胥上了船，一路观照清云淡水，而把思绪放逐到了远方，将孤独融入乐境，以至于生命与宇宙同流，个体与永恒同在。

如果说，《十四行诗集》是运用西方象征诗学原理进行诗歌实验的典范之作，是对西方诗歌格律的成功移植，那么，《伍子胥》则是将神话当代化展开叙事探索的开创之作，是用中国诗学精神对西方象征主义的成功涵化。无论是移植还是涵化，冯至的诗体探索与文体建构都是在全球化问题意识的引领下，在文学变革的语境下完成的，因而他的象征诗学建构一样传承着中国古典诗学的流兴余韵，同时负载着世界文化要素，具有相当的普世意味。不过，随着时间的推移，冯至对象征主义渐生厌倦，一种超越象征的愿望自然而然地萌生。在一组诗学断章中，他指责中国新诗不仅不成熟，而且还陷入摹仿西方诗风的莫焉下流，成为"mannerism"（仿制主义）的牺牲："追溯病源，一部分由于摹仿西洋象征派的诗的毛病，一部分由于依恋词里边狭窄的境界。"②时移俗易，大化流演，往后冯至就再也没有走出象征主义的"mannerism"，拿不出《十四行诗集》和《伍子胥》那般的力作，而作为诗学建构的《论歌德》只以未竟之章示人，以残缺之篇传世。也就是说，他的诗歌实验与诗学建构在1948年前就止步了。

七、象征的神话之维——闻一多的古典文论探微

闻一多（1899—1946）诗笔俊逸，诗艺精湛，诗论深微，诗史气魄，在20世纪中国可谓独步诗坛，享誉学界。郭沫若诗笔冠众，徐志摩、李金发、戴望舒诗艺超群，王国维、朱光潜、宗白华诗学自成气格，陆侃如、冯沅君、郑振铎等人诗史气势夺人，但若论将胆才学识融为

---

① 冯至：《伍子胥》，见《冯至全集》第3卷，405页，石家庄，河北教育出版社，2001。
② 冯至：《关于诗》，见《冯至全集》第5卷，295页，石家庄，河北教育出版社，2001。

一体，以及将诗魂贯注于人生，闻一多可谓冠绝群伦，无人能出其右。

　　1937年，"七七"卢沟桥事变将古老中华民族推向了生死存亡的边缘，乱世之极，举国震惊。一介书生闻一多却出入故纸，搜检甲骨钟鼎，遍赏奇文轶字，心境平静若水。南渡长沙，暂居南岳，在逼窄的寓所点燃一盏灯，在微弱的灯光下俯读仰思，漫游《诗》、《骚》、《庄》、《易》，心解古典而自成一家之言。从此，他一头扎进了古典学研究中，运用乾嘉学派古典学的训诂考据方法，融汇西方文化人类学和古典语言学新知，以诗性灌注史才，以史才与议论驾驭诗笔，而独能将古代经典生命化，建构了一套以象征为主干以神话为旁枝的古典诗学论说。郭沫若称赞闻一多这套古典学论说，谓其"眼光的犀利，考察的赅博，立说的新颖而翔实，不仅是前无古人，恐怕还要后无来者的"①。综观闻一多的古典论说，不妨将之称为以诗性智慧为底色，以原始生命为原动力，以宇宙意识的诗性呈现为至境的"神话诗学"。

　　（一）"神话诗学"及其方法

　　1928年，闻一多任国立武汉大学文学院院长兼国文系主任，致力于中国古典文学研究。他的研究覆盖上古而至唐代，由《诗经》、《离骚》、《庄子》、《易经》到乐府、宫体和唐诗，以文学为中心，以考据训诂为基本方法，融汇文化人类学、精神分析学等西方新学，形成了一套有机的完整的诗学论说体系。1948年，这批研究成果结集为《神话与诗》，由上海开明书店出版。将这套论说体系称为"神话诗学"，虽有望文生义之嫌，但也不乏理据可依。

　　要说神话诗学，必须先界定神话。中国只有"仙"而没有"神"，仙话流传而神话阙如。神话（myth）是个外来词，源自希腊语，以及拉丁语mythos，最初的含义是故事、寓言与戏剧。公元前5世纪左右，古代雅典启蒙时代到来，"μυθos"和"λογos"被对立起来，被赋予了"不可能真正存在或真正发生的事情"的含义。亚里士多德的《诗学》大体沿用了这层意思，mythos主要被用来指悲剧的情节，他认为诗的艺术包括

---

① 转引自夏中义：《九谒先哲书》，230页，上海，上海文化出版社，2000。

诗"要成为美的应如何组织情节（μυθοι）"。① 15世纪到17世纪，"神话"的衍生词语 mythology、mythological、mythologize、mythologist、mythologizing 等普遍存在，并被用于"寓言式叙述"、"寓言故事注疏"等古典学符号实践。② 18世纪启蒙理性主义者将"神话"当作怪力乱神、荒诞不经的东西扫入偏见体系的冷宫，但他们不知不觉地剑走偏锋，将理性、"逻各斯"变成了神话，从而给浪漫主义强烈的刺激，驱使他们返本归源、寻觅人类历史的神圣根据。

但超越字面上肤浅之见，而返求于远古时代文化的人性依据，则可知"神话"乃是初民感受和把握世界的基本心灵姿态。布鲁门伯格就假设，在茫然无征的远古，人类必须面对绝对实在至高无上的威权，运用修辞的天赋和诗性的创造力反复地讲述一些故事，在讲述和倾听的过程中，用可见形象模拟无形超自然神力，从而化陌生为亲近，消解恐惧而制造快乐。③ 因此，创造神话乃是人类心灵的天赋能力，而一切经济活动、政治活动、伦理实践、哲学沉思、艺术创造最初都无不建基于神话之上。意大利哲人维柯一言以蔽之，语言文字的起源都遵循一项原则，那就是"原始的诸异教民族……都是些用诗性文字（poetic characters）来说话的诗人"。④ 可见，诗性不唯是原始人性，还是修身立教、经邦济世以及上达天道神意的创造的根基所在。一切古代历史都是诗，一切诗都是古代历史。"史"因"诗"而有情有韵，"诗"因"史"而意蕴深沉。"诗""史"融通，神话与逻各斯之间的纠结便不再是你死我活，而是彼此襄助、互相彰显。

闻一多的"歌""诗"关系考论，显示出其古典诗学论说同"神话诗

---

① [古希腊]亚里士多德：《诗学》，1447a，S. H. Butcher 英译为"to inquire into the structure of the plot as requisite to a good poem"。这里的 plot 就是希腊文 μυθοι 的转译，中文译本参见罗念生译本（见《罗念生全集》，第1卷，上海，上海人民出版社，2004）、朱光潜译本（《亚理斯多德〈诗学〉/贺拉斯〈诗艺〉》，人民文学出版社，1962）、陈中梅译本（亚里士多德《诗学》，北京，商务印书馆，1976）。
② [英]雷蒙·威廉斯：《关键词：文化与社会的词汇》，313—315页，刘建基译，北京，生活·读书·新知三联书店，2005。
③ 参见[德]布鲁门伯格：《神话研究》（上），胡继华译，37页，上海，世纪出版集团，上海人民出版社，2012。
④ [意]维柯：《新科学》，朱光潜译，28页，北京，人民文学出版社，1986。

学"的隐性契合。稽古证今，他翻检《书》、《诗》、《春秋》、《乐府》，首先断定，"歌"源于表达象声词、感叹词，同人类的情绪直接关联。这种情形就像德国浪漫主义的先驱者赫尔德(Johann Gottfried von Herder，1744—1803)所描述的"自然音的使命是表达激情"；或如爱默生(Ralph Waldo Emerson，1803—1882)所总结的"一切精神的事实全由自然的象征来表现的那种幼稚期"。① 汉儒训"诗"为"志"，而"志"的含义有三："记忆"、"记录"、"怀抱"，这三层含义再现了诗的发展途径上三个主要阶段。第一阶段，"诗"被《楚语》解释为"诵志"，这就说明在久远的古代，古诗就是古歌，帮助初民记忆，"藏志于心"。第二阶段，古时一切文字记载无不曰"志"，于是散文在韵文之外开始蔓生。"歌"、"诗"分离，一为抒情而一为纪实。纪实之为"诗"，说明诗史本为一体。于是便有《春秋》代《诗》而兴，所以章学诚不无道理地断言"六经皆史"，《诗》当然就也是"史"了。第三阶段，孟子说"《诗》亡然后春秋作"，意指韵文渗透于散文，纪实与抒情携手，而"歌"、"诗"合流，其结果乃是三百篇的诞生。闻一多说："歌诗的平等合作，'情''事'的平均发展，是诗第三阶段的进展，也正是《三百篇》的特质。……'诗言志'的定义，无论以志为意或为情，这种观念只有歌与诗合流才能产生。"②追溯远古茫然无稽的渊源，闻一多提出"诗"、"史"本源合一，从而逼近了畛域未分的神话领域，展开了神话诗学的象征建构。

所谓"神话诗学"，也就是如闻一多所为，返求于文化远古，探索神话在文学的史前阶段的诗性智慧及其生命原动力。这种思路力求返回"神幻时期"，追溯其英雄与图腾，及其反复出现于诗文中并占据主导地位的意象原型，或初民的远古梦境。源自19世纪的职业民俗学与古典语文学在神话诗学研究中携起手来，不仅将古代仪轨典章与神话故事视为永久的艺术模式，而且将它们视为人类思维和诗歌形象性赖以展示的源初场所。俄国学者梅列金斯基杜撰"神话诗学"一词，命名那种对古老神话中"自然的美学本源"的体察，以及对流兴不息的神话

---

① [德]赫尔德：《论语言的起源》，姚小平译，10页，北京，商务印书馆，1999；[美]爱默生：《自然论》，胡仲持译，29页，北京，商务印书馆，2000。
② 闻一多：《歌与诗》，见《神话与诗》，167页，武汉，武汉大学出版社，2009。

故事中"象征体系"的发掘。与实证主义将神话作为旷古时代蒙昧遗物的观念针锋相对，神话诗学认为神话并非幼稚的前科学手段，而是一个以象征体系把握宇宙人生以及社会的"原始混融体"。举其大要，"神话诗学"运用文化人类学方法，并辅之以古典语文学方法，集中论证如下几条原理：

> 其一，原始社会的神话同法术和仪礼紧密相关，是为赖以维系自然秩序和社会秩序及实施社会整饬的手段；其二，神话思维具有一定的逻辑特性和心理特殊性；其三，神话创作是最古老的形态，是一种"象征的语言"；借助于其用语，人们对世界、社会以及自身加以模拟、分类和阐释；其四，神话思维的特征，不仅在远古，而且在其他历史时期的人类幻想的产物中可寻得某些类似者；神话作为囊括一切或凌驾一切的思维方法，为古老文化所特有，而作为某种"级类"或"片断"，则可见诸形形色色的文化，特别是文学艺术。①

整饬功能、神话思维、象征语言以及超越历史地域，神话诗学所揭示的这四项主要特征，都体现在闻一多的《神话与诗》中。考伏羲、龙凤、端午、神仙，释《诗》、辨《骚》、解《庄》、论《易》，闻一多都力求返回"图腾"、"沓布"，体察原欲律动，回放原始歌舞，展示哲学诗性，构建象征图景。总之，闻一多以考据训诂朴学功夫为体，而择西方文化人类学和古典语文学为用，从声音到文字，从辞章到义理，从义理到境界，一层一层，或递级上升，或洞照入微，直探远古初民的心灵，建构神话象征体系。

闻一多神话诗学的基本方法，乃是朴学兼采西学，以朴学训诂考据，以西学阐发义理，而以古典人文精神统率其间。所谓朴学，系指清代学者对古代经典所持的那种缜密朴实的研究方法，论学基于识文断字，说理则必有据可依，定论力避单文孤证。在其神话诗学的研究中，闻一多奉行这种实事求是的朴学精神。为了证实一种假说，他翻

---

① [俄]梅列金斯基：《神话的诗学》，魏庆征译，163页，北京，商务印书馆，2009。

遍群书;而为了读通一部古籍,他征用众法。闻一多治古学,是标举纲领,抄录语句,比较钩沉,互观互照,以考辨为基础,以义理为创获,以境界为鹄的,具体而深微,驳杂而有序。而所谓西学,则系指西方文化人类学、精神分析学、神话理论、宗教理论等。19世纪上半叶,文化人类学在欧美兴起,为了解人类文化的原始创造活动提供了一些理论视角。精神分析的理论与实践深入人类心灵的幽微,探索生命与文化创造活动的隐秘动因。神话诗学建立在人类文化学、精神分析学基础、符号学基础上,而又辅之以古典语文学的神话理论、图腾理论、口传文化理论以及宗教起源理论,从不同角度解释了人类文化的原始创造,为理解人类的思想、情感和行为建立了理论模型,尤其为把握人类各民族生活方式之独特品格及其精神的基本象征物提供了概念工具。闻一多神话诗学以朴学融汇新知,而从"古史辨派"的治学方法中获取了科学精神,并以古典人文主义贯注于研究的始终,凸显人与宇宙、人与人以及人与自身的关系,彰显神话诗学及其象征体系的生命韵味和宇宙境界。闻一多的神话诗学,以朴学为体,故立说有根;以西学为用,故析理透辟;以古典人文主义贯注其间,故造境深邃玄远。朴学、西学、人文三璧相合,乃是王国维所践行而为陈寅恪所演绎的"三重证据法":一曰"取地下之实物与纸上之遗文互相释证",二曰"取异族之故书与吾国之旧籍互相补正",三曰"取外来之观念,与固有之材料互相参证"。"释"、"补"、"参",寻觅三重证据,却绝非繁文缛节,思古幽情,而是志在直取"超越时间地域之理性"。[1] 所以,闻一多体察蛮荒之境,心喻先民之志,其神话诗学乃是古典人文主义的灿烂剪影,光照万世,其古学又恰恰证明古典不古,韵味悠然。

(二)诗性智慧与象征体系

闻一多治古学、解古经,却独能将渺茫远古生命化,显发了蕴含于神话中的"诗性智慧"(poetic wisdom)。依托诗性智慧,他拈出远古图腾宗教仪轨,建立了中国文化的原始象征体系(primary symbolism)。意大利哲人维柯与法国哲人笛卡尔双峰并立,代表着17世纪欧

---

[1] 陈寅恪:《王静安先生遗书序》,见《陈寅恪集·金明馆丛稿二编》,247—248页,北京,生活·读书·新知三联书店,2001。

洲哲学的最高成就：一个注重微妙的精神，一个注重几何的精神，一个将远古诗性当作人类创造历史的标志，一个则将清晰明白的观念视为哲学追求的目标。维柯说："诗性的智慧，这种异教世界的最初智慧"，乃是那些"浑身是强旺的感觉力和生动的想象力"。而各异教民族的远祖乃是那些"发展中的人类的儿童"，他们以己度物，外投念想，使情成体，开启了人类自己创造自己历史的伟业。他们运用"诗性的逻辑"去把握自己与世界的关系，因而发展出替换、转喻、隐喻、反讽等比喻的逻辑，构成诗性的玄学体系。"一切比喻……其实都是一切原始的诗性民族所必用的表现方式。"①

维柯的这一结论，仿佛是为闻一多的神话诗学所设立的理论前提。闻一多的《伏羲考》便由浅入深、由狭及广，将伏羲与女娲神话读作"兄妹配偶兼洪水遗民型的人类推源故事"。从人首蛇身发展出龙图腾，闻一多重构了一个动态生成的象征体系：人首蛇身、二蛇缠结、螣蛇游弋、雌雄交合、二龙御风腾飞，远古华夏大地上主导图腾就此生成，成为中华文化的基本象征之一。诗性的畸形怪物和动物的奇异变形，是中国文化基本象征物生成的始基。闻一多写道：

> 在传说里，五灵中凤麟虎龟等四灵，差不多从不听见成双的出现过，惟独龙则不然。除非承认这里有某种悠久的神话背景，这些现象恐怕是难以解释的，与这种情形相似的，是古器物上的那些双龙（或蛇）相交型的平面花纹，或立体的附加部分，如提梁、耳环、纽、足等。这些或为写实式的图像，或为"便化"的几何式图案，其渊源于某种神话的"母题"，也是相当明显的。……见于文字记载和造型艺术的二龙，在应用的实际意义上，诚然多半已与原始的二龙神话失去联系，但其应用范围之普遍与夫时间之长久，则适足以反映那些神话在我们文化中所占势力之雄厚。这神话不但是褎之二龙以及散见于古籍中的交龙、螣蛇、两头蛇等传说的共同来源，同时它也是那人首蛇身之二皇——伏羲、女

---

① ［意］维柯：《新科学》，朱光潜译，161—162、183页，北京，人民文学出版社，1986。

娲和他们的化身——延维或委蛇的来源。神话本身又是怎样来的呢？我们确信，它是荒古时代图腾主义（totemism）的遗迹。①

荒古时代已经云烟消散，但图腾遗迹却绵延千年而灵韵不绝。闻一多考定："龙族的诸夏文化才是我们真正的本位文化，所以数千年来我们自称为'华夏'，历代帝王都说是龙的化身，而以龙为其符应，他们的旗章、宫室、舆服、器用，一切都刻着龙文。总之，龙是我们立国的象征。"从荒古图腾寻觅中国文化精神的基本象征，闻一多的这条思路富有强大的穿透力，而其结论影响深远。美学家李泽厚在20世纪80年代撰写《美的历程》概览中国审美意识的历史时，便以闻一多的神话诗学为起点。李泽厚用问句抒情，满腔赞美之情溢于言表："这个可能产生在远古渔猎时期却居然延续保存到文明年代，具有如此强大的生命力量，长久吸引我们去崇拜、去幻想的神怪形象和神奇传说，始终是那样变化莫测，气象万千，它不正好可以作为我们远古祖先的艺术代表？"②

"鲧死化龙"，"天命玄鸟"，龙飞凤舞，上古华夏象征体系充满张力，遒劲而有韵，柔媚而坚韧。龙为夏族的图腾，而凤乃殷人的神物。龙凤呈祥，从来都是中国民族文化肇端以及理想生活状态的象征。龙与凤，历来即帝王及其内室的代称，图腾主义隐含的政治意识因之得以显明。不独如此，龙与凤还是两种哲学境界、智慧畛域的象征，《庄子》与《论语》中，老子称"龙"，而孔子为"凤"，楚狂接舆还放肆地讽刺孔子说："凤兮凤兮！何如汝德之衰也！来世不可待？往世不可追也。"在政治意识、智慧境界的象征之外，闻一多特别指出龙凤图腾的文化地志学寓意："呼孔子为凤，无异称他为殷人；龙是夏人的，也是楚人的象征，说老子是龙，等于说他是楚人，或夏人的本家。"③可见，闻一多以文化人类学为视角参证古籍的义理蕴含，从而超越文字主义（literalism）的考古癖，发掘出鸢飞鱼跃的诗性智慧。那些凸显远古初

---

① 闻一多：《伏羲考》，见《神话与诗》，19页，武汉，武汉大学出版社，2009。
② 李泽厚：《美的历程》，15页，合肥，安徽文艺出版社，1994。
③ 闻一多：《龙凤》，见《神话与诗》，65页，武汉，武汉大学出版社，2009。

民群体特征的模式化母题，以及反复重现于历史流变中的思想、情感、行为方式，都体现了诗性智慧，而作为"蛮荒遗迹"的图腾、沓布、巫术、隐语，无不蕴含着文化精神的基本象征。

从文化人类学视野解读《诗》、《骚》、《庄》、《易》，闻一多重点揭示了蕴含在这些典籍中的诗性智慧，从神话的角度对传统诗学范畴进行了富有启发意义的重构。依据文化人类学假设，三百篇以鸟起兴，就被疑为源于图腾，歌谣中自称鸟者，在歌者心里，最初本祇自视为鸟，而非假鸟以为喻。闻一多解释说："假鸟为喻，但为一种修词术；自视为鸟，则图腾意识之残余。历时愈久，图腾意识愈淡，而修词意味愈浓，乃以各种鸟类不同的属性分别代表人类的各种属性。"①《诗》以鸠鸟为女性的象征，即为图腾意识遗存的例证，后人将"关关雎鸠，在河之洲"，同汉魏乐府"翩翩堂前燕"、"孔雀东南飞"等，说成"比兴"，在闻一多看来，那就"未窥其本源"了。那么，究竟如何理解"比兴"？当今学者可能以"隐喻"同"比兴"相类，乐此不疲。然而，闻一多将"隐"、"喻"二分，"隐"训"藏"，而"喻"训"晓"，隐者即"借另一事物来把本来说得明白的话说得不明白点"，而喻者则"借另一事物把本来说不明白的说得明白点"。隐与喻对立，但效果相同。闻一多将文化人类学假设贯彻到底，用图腾主义来解释"隐语、比兴"的起源：

> 隐在《六经》中，相当于《易》的"象"和《诗》的"兴"（喻不用讲，是诗的"比"），预言必须有神秘性（天机不可泄露），所以占卜家的语言就少不了象。《诗》——作为社会诗、政治诗的雅，和作为风情诗的风，在各种性质的沓布（taboo）的监视下，必须带着伪装，秘密活动，所以诗人的语言中，尤其不能没有兴。象与兴实际都是隐，有话不能明说的隐，所以《易》有《诗》的效果，《诗》亦兼《易》的功能，而二者在形式上往往不能分别。……《易》中的象与《诗》中的兴……本是一回事，所以后世批评家也称《诗》中的兴味"兴象"。西洋人所谓意象，象征，都是同类的东西，而用中国术

---

① 闻一多：《诗经通义·周南》，见《古典新义》，94页，北京，商务印书馆，2011。

语说来，实在都是隐。①

解读"隐语"，也就是通过默念音韵，说文解字，赏析辞章，阐发义理，趋近境界的过程。这个过程像创造神话一样，也是在解读神话，流传神话，在解读与流传中汲取诗性智慧，理解禁忌与作诗、迫害与为文、文化与苦难之间的悖论性关联。将兴象、意象、象征等修辞一律看作"隐"，把欣赏、论析、批评活动一律视为"叩显开隐"、烛照幽微的精神活动，闻一多的神话诗学像冯至的象征诗学建构一样，具有伽达默尔所说的"颠覆神话"倾向。神话诗学建构象征体系，是为了解构象征体系，破解隐语之谜，从而祛除语言魔力，回归神话创造的源头，窥见活跃的生命原动力。

(三) 原始生命力

闻一多论诗、谈文、说艺，有一个理论基点，那就是他早年陈述的生命意识。"生命"总是其诗心艺魄的底气。他深信，人类进化乃是由物质而精神，由量而质。生命之量有限，而生命之质无穷。人生在世不过数十载时光，然而将生命诗化和艺术化，生命之质就"可以无限度地往高深醇美的境域发展"。引用英国诗人兼批评家马修·阿诺德《纳尔培小会堂》("Rugby Chapel")，而追忆孔子"兴于诗"的遗训，闻一多称诗境为不容荆棘败类玷污的"灵境"，比之于天使"神圣的精诚，晶光四射"。② 不容置疑，灵境的诞生，乃是因着生命的艺术化。"生命"是至情至性，诗人表现生命首先就必须沉入天道、人情、物象的隐秘中心。"艺术化"是指诗人使情成体，表意为象，驰骋灵动的想象，而编织出炽热的幻象之网。"幻象"即诗性智慧的结晶，以及象征体系的生命。闻一多又称"幻象"为纯粹的形式，所以他论诗"首重情感，次则幻象"，"幻象真挚，则无景不肖，无情不达"。③ 闻一多怀着"生命艺术化"这一基本信念而出古入今，涵濡中外，把中国诗史看作自成一

---

① 闻一多：《说鱼》，见《神话与诗》，104—105 页，武汉，武汉大学出版社，2009。
② 闻一多：《节译阿诺底〈纳尔培小会堂〉》，见《闻一多全集》第 2 卷，329 页，武汉，湖北人民出版社，1993。
③ 闻一多：《评本学年〈周刊〉里的新诗》，见《闻一多全集》第 2 卷，40 页，武汉，湖北人民出版社，1993。

脉传统的活体,元气淋漓而且韵致悠远。《诗》之原欲流溢,《骚》之缠绵悱恻,《庄》之超旷空灵,《易》之幽深玄幻,《乐府》之古朴苍凉,唐诗之琼绝天人,一部中国诗史在闻一多手上便成为一套阴阳开阖气象万千的动态象征体系,诗性融贯其间,史境绵延无尽,意蕴深邃辽远。而构成这一动态象征体系之动力者,则是原始生命力。

原始生命力构成了闻一多"神话诗学"的底气。解读《诗经》,闻一多剖析"饥"、"食"、"鱼"、"苤苢"、"摽梅"等隐语,呈现出远古初民"绝对的生活欲"。绝对生活欲,即精神分析学所念兹在兹的"原始生命力",支配人类情感、思想与行为的原始生命力。《诗经的性欲观》立论的锋芒,直指孔子"乐而不淫"这"不刊之鸿教",论说《诗经》表现性欲的五种方式:明言性交,隐喻性交,暗示性交,联想性交,象征性交。闻一多认为,《郑风·野有蔓草》便是肆无忌惮地明言性交,简直就是好色且淫,写尽云雨之欢:

> 野有蔓草,零露漙兮。
> 有美一人,清扬婉兮。
> 邂逅相遇,适我愿兮。
> 野有蔓草,零露瀼瀼。
> 有美一人,婉如清扬。
> 邂逅相遇,与子偕臧。

你可以想象到深夜,露珠渐渐缀满了草地,草是初春的嫩芽,摸上去,满是清新的凉意。有的找到了一个僻静的岩下,有的选上了一个幽暗的树阴。一对对的都坐下了,躺下了,嗓哝的笑声变成了低微的絮语,絮语又渐渐消灭在寂默里,仿佛雪花消灭在海上。他们的灵魂也消灭了,这个灵魂消灭在那个灵魂里。[①]

闻一多将诗中"邂逅相遇"中的"邂逅"训为"男女觏精"之"觏",而

---

① 闻一多:《诗经的性欲观》,见《闻一多全集》第3卷,172页,武汉,湖北人民出版社,1993。

非后世所谓的相遇。"觏"即交媾，而非相遇。于是，《野有蔓草》便呈现了一种色情迷离、性欲弥荡的场景，两个热烈的灵魂在这个场景中合二为一了。引《尔雅》、《说文》、《春秋元命苞》、《逸周书》、京房《易传》、《淮南子》等典籍，闻一多将《诗经》中的"虹"解读为性交的象征。《墉风·蝃蝀》曰："蝃蝀在东，莫之敢指……朝隮于西，崇朝其雨。"闻一多则琢磨诗人讲到"蝃蝀"、"朝隮"之时，就已经赋予这些词汇以性交的意义了。所以，宋玉的《高唐赋序》"旦为朝云，暮行为雨"之谓，就表明楚辞和《诗经》一脉相承，以云雨比喻男女交欢，让人类最为原始的生命力得到了表现。

古今学者治《诗》，无不津津乐道于"赋比兴"，而往往纠结于考释训诂，对其义理各执其词，而于"赋比兴"与文化起源以及人类原始生命力的关系，则多有茫昧，论说无多。闻一多认定，《诗》多以鸟起兴，则见蛮荒图腾主义的遗迹，"关关雎鸠"之鸟，显然为女性之象征。不独以鸟起兴的诗篇如此，以昆虫走兽、花草植物起兴者亦然。他对"鱼"之隐语的剖析及其相关"饥"、"食"语义的辩证，则深刻地触及了人类的原始生命力及其基本象征物。在他看来，饥饿、饮食非关口腹，而是性饥渴、性交活动的"廋语"，《国风》中凡言鱼，亦是两性互称对方的"廋语"，而无一实指鱼者。援引晋宋乐府，及至近世贵州、云南民歌，再参证古代埃及、西亚、闪族、希腊上古历史，闻一多论证"野蛮民族往往以鱼为性的象征"，以鱼喻偶，钓鱼比喻求偶，乃是古代图腾的遗迹。[①]

读《周南·芣苢》，闻一多将远古先民情欲勃发的原始生命力描写得淋漓尽致。课名责实，又顾名思义，闻一多认为"芣苢"是一种植物，也是一种品性，而且还是一个寓言。他特别强调，《芣苢》若非寓言，则尽是呓语。从识文断字开始，"芣苢"乃是双关隐语，蕴含"胚胎"之义。"先从生物学的观点看，芣苢既是生命的仁子，那么采芣苢的习俗，便是本能的演出，而《芣苢》这首诗便是那种本能的呐喊了。"采采芣苢，乃是神秘、无名而又迫切、杳渺的律令，让那些远古的女祖先

---

① 闻一多：《诗经通义·周南·汝坟》，见《古典新义》，113—115页，北京，商务印书馆，2011。

为了秋实而毁弃春华。生殖崇拜及其原始图腾遍及世界各地，所以结子的欲望在原始女性是如此强烈，以至超出现代人的想象。闻一多建议读者和着古音句读的节奏，反复吟诵《芣苢》诗篇，闭目默想那个遥远的火热的夏天：芣苢结子，满山遍野都是采芣苢的妇女，歌声缠绵悱恻，幽情飘荡，天地之间情欲腾升。

> 这边人群中有一个新嫁的少妇，正捻着那希望的玑珠出神，羞涩忽然潮上她的靥辅，一个巧笑，急忙地把它揣在怀里了，然后她的手指只是机械似的替她摘，替她往怀里装，她的喉咙只随着大家的歌声唧着歌声——一片不知名的欣慰，没遮拦的狂欢。不过，那边的山坳里，你瞧，还有一个佝偻的背影。她许是一个中年的硗确的女性。她在寻求一粒真实的新生的种子，一个祯祥，她在给她的命运寻求救星，因为她急于要取代母的资格以稳固她的妻的地位。在那每一掇一捋之间，她用尽了全副的腕力与精诚，她的歌声也便在那"掇"、"捋"两字上，用力响彻着两个顿挫，仿佛这样便可以帮她摘来一颗真正灵验的种子。但是疑虑马上又警告她那就是枉然的。她不是又记起以往连年失望的经验了吗？悲哀和恐怖又回来了——失望的悲哀和失依的恐怖。动作，声音，一齐凝住了。泪珠在她眼里。
>
> 采采芣苢，薄言采之。采采芣苢，薄言有之！
>
> 她听见山前那群少妇的歌声，像那会在梦中听到的天乐一般，美丽而辽远。①

远古初民的性渴望，特别是女性的生殖欲望，正是一曲美丽而辽远的歌。这歌声，便是原始生命力的升华，便是绝对生活欲的写照，便是诗性智慧的源头，便是象征体系生成演变的原动力。闻一多神话

---

① 闻一多：《匡斋尺牍》，见《神话与诗》，286—287页，武汉，武汉大学出版社，2009。

诗学的独到之处,便在于直探这一文化的幽微本源。

在闻一多看来,如果说《诗》是原始生命力的质朴流露,那么《骚》便是原始生命力的劲歌狂舞了。《诗》、《骚》并举,同为中国诗史的源头。闻一多将楚辞《九歌》的经典形式追溯到《皋陶谟》的"元首歌",《国风》的"麟之趾"。而《九歌》是为神话九歌,外形几乎完全放弃了经典九歌的格律形式,本着原始九歌的情欲冲动,经过文化的提纯与凝练,而升华为飘飘欲仙的诗情。这就是楚辞的《九歌》。《九歌》诞生于巫风炽烈的语义环境中,其原始生命力的强度远甚于《诗经》,而古代图腾主义的遗迹也远比《诗经》中的神话更为显著。史家习惯"史"、"巫"两分,言《诗》近乎"史",而《骚》近乎"巫"。楚国僻在荆蛮,与中原异俗殊风。而"巫风"及其幻象体系,恰恰就是《九歌》所呈现的楚文化亮色。巫觋以鬼神使者的名义掌管文化,文化便染上了神话与图腾色彩。纷红骇绿的神话传说,交织着来自史前深渊的各种原始意象,加上潇湘水域遥岑远波引起的凄迷邈远的遐想,和烟雨空濛的幽谷峻岭所引起的敬畏与惶惑,便构成了一种斑斓万翠、明灭闪烁的流动象征体系。神话绚美,民歌多情,迎神送神歌舞曼妙,宗教仪式有声有色,民间风俗水深土厚,诗心艺魄更是杳渺玄远、贯通天人。闻一多从《九歌》中分辨出"赵代秦楚之讴",依据地缘重构《九歌》象征体系,指出"地域愈南,歌辞的气息愈灵活,愈放肆,愈顽艳",直至最南的《湘君》、《湘夫人》,原始生命力一发而不可收,用猥亵淫词演成诗章而不堪卒读,有如"捐余袂兮江中,遗余褋兮醴浦"。[1]《九歌》娱神,甚至是"人神婚恋"之歌,然而它幽深玄秘,更富有诱惑力与麻醉性,其场景却是一种审美的、诗意的、原初的歌舞剧,一种发育虽不完备却可以同古希腊狄奥尼索斯鼓荡的"悲剧"相媲美的原始诗兴。[2]

依据原始生命力及其所决定的诗学逻辑,可谓楚骚之怨情不让希腊之悲剧,东皇太一不逊于狄奥尼索斯。闻一多撰《九歌古歌舞剧悬解》,以诗情画意之笔,重构楚地歌舞之原初场景:《迎神曲》芳菲满堂,五音繁会;《东君》驾龙乘雷,云旗委蛇;《云中君》华彩若英,日

---

[1] 闻一多:《什么是九歌?》,见《神话与诗》,234页,武汉,武汉大学出版社,2009。
[2] 闻一多:《什么是九歌?》,见《神话与诗》,235页,武汉,武汉大学出版社,2009。

月齐光;《湘君》扬灵未极,婵娟太息;《大司命》云衣披挂,玉佩陆离;《少司命》荷衣蕙带,满堂佳丽;《河伯》游女横波,心思浩荡;《山鬼》杳渺日晦,兰生幽谷;《国殇》旌旗蔽日,天威灵怒;《送神》传芭代舞,香烟缭绕……①人神飨宴,天地谐和,百物峥嵘,歌舞出神,闻一多称之为"一场原始的罗曼司"。楚骚歌舞场景的再现,将远古初民的原始生命力表演得元气淋漓,不可方物。闻一多还从理论上阐发了原始歌舞的四项功用:"(一)以综合的形态动员生命,(二)以律动性的本质表现生命,(三)以实用性的意义强调生命,(四)以社会性的功能保障生命。"②"生命",总是"生命",构成了闻一多神话诗学和古典新解的中心,自然而然地构成诗艺永恒的表现对象。以生命的表现为诗学的纲维,闻一多把中国诗史诠释为一脉生生不息而又情韵蒸腾的动态象征体系,最终指向了一种琼绝的宇宙境界。

(四)"琼绝的宇宙意识"

唐人张若虚《春江花月夜》,可谓"孤篇压全唐",令一切赞叹变成饶舌,让一切批评成为亵渎。将其全部历史境界与诗学论说凝为一种境界,闻一多终于找到了《春江花月夜》,从中读出了一种"琼绝的宇宙意识",以此作为他神话诗学的皈依。

从历史境界的角度,闻一多认为《春江花月夜》是宫体诗蜕变之后的重生。宫体诗堕落到了尽头,转机也就到来了。在令人窒息的阴霾中,四面是细弱的虫吟,虚空而又疲惫,忽然狂风乍起,电闪雷鸣,卢照邻《长安古意》放开了粗犷而圆润的歌喉:"龙衔宝盖承朝日,凤吐流苏带晚霞。"诗歌的节奏龙虎腾跃,诗中人物如梦初醒,而这一切都不是美丽的热闹,而是"颠狂中有战栗,堕落中有灵性"。③ 以一纸讨伐武则天的檄文震慑朝野,以"一抔之土未干,六尺之孤何托"击中女皇帝的灵魂,骆宾王将满腔斗志和一怀悲情抒写在"梅花如雪柳如丝,年来年去不自持"之类的诗句中,一气呵成而缠绵悱恻,旋律往复杂沓而情绪欣欣向荣。刘希夷哀艳至极,但他的诗句脱去了烦躁与紧张,

---

① 闻一多:《神话与诗》,252—273页,武汉,武汉大学出版社,2009。
② 闻一多:《说舞》,见《神话与诗》,170页,武汉,武汉大学出版社,2009。
③ 闻一多:《宫体诗的自赎》,见《唐诗杂论》,13页,北京,中华书局,2012。

只剩下一派晶莹的宁静。"此时此刻,恋人变成诗人,憬悟到万象的和谐,与那一水一石一草一木的神秘的不可抗拒的美……"①当他吟诵"伤心树""断肠花",他就已经从美的短促性中认识了形而上的永恒——一个缥缈而又实在,令人惊喜而又令人震怖的存在!"年年岁岁花相似,岁岁年年人不同"(《代白头翁》),便是张若虚"人生代代无穷已,江月年年只相似"胎息之所在。如果说,卢照邻、骆宾王是狂风暴雨终摧折的白日,而刘希夷是宁静如梦的黄昏,那么,张若虚便是风雨黄昏之后更为澄澈的月夜。②

从诗论的角度,闻一多尤为推重《春江花月夜》的宇宙境界。"江畔何人初见月?江月何年初照人?人生代代无穷已,江月年年只相似。不知江月待何人,但见长江送流水!更琼绝的宇宙意识!一个更深沉、更寥廓、更宁静的境界!在神奇的永恒面前,作者只有错愕,没有憧憬,没有悲伤。"③同卢照邻、寒山子的"太冷酷""太傲慢"相比较,同刘希夷的"太萎靡""太怯懦"相比较,张若虚可谓不卑不亢,充融和易,纯正无邪,在"有限"与"无限"、"有情"与"无情"之间,诗人与"永恒"猝然相遇,而且一见钟情。面对无限宇宙,诗人将情感赋予时间,而使时间情感化、使永恒生命化了。诗人面对茫茫宇宙而产生困惑,以一个更神秘的微笑应答,而开启了新一轮神秘幽深而又亲切如梦的晤谈。"不知乘月几人归,落月摇情满江树!"其中"有的是强烈的宇宙意识,被宇宙意识升华过的纯洁的爱情,又由爱情辐射出来的同情心,这是诗中的诗,顶峰上的顶峰。"④

"只有错愕,没有憧憬,没有悲伤。"为什么如此?因为,琼绝的宇宙境界融化了一切憧憬,一切悲伤。当"小我"融入"大我","个体"便与"永恒"忘情地游戏,而"生命"也就融入了"宇宙"。李泽厚特别赞赏闻一多诗学的这一"琼绝宇宙意识",但认为"这首诗其实是有憧憬和悲伤的","是一种少年时代的憧憬和悲伤,一种'独上高楼,望断天涯

---

① 闻一多:《宫体诗的自赎》,见《唐诗杂论》,17页,北京,中华书局,2012。
② 闻一多:《宫体诗的自赎》,见《唐诗杂论》,18页,北京,中华书局,2012。
③ 闻一多:《宫体诗的自赎》,见《唐诗杂论》,18页,北京,中华书局,2012。
④ 闻一多:《宫体诗的自赎》,见《唐诗杂论》,19页,北京,中华书局,2012。

路'的憧憬和悲伤"。① 但我们必须指出,这种憧憬和悲伤源自一种生命的原始动力,臻于心灵的澄澈境界,而最后融汇入"琼绝的宇宙意识"中。所以,"小我"的憧憬与悲伤,同"大我"的无垠与永恒相比,简直就微不足道,尽管这个"琼绝的宇宙"也是神话诗学思辨的产物。

木秀于林,风必摧之。1946年7月15日,云南春城,特务将子弹射入现代民主斗士闻一多先生羸弱的躯体,将他灵府中这个"琼绝的宇宙境界"定格为永恒。先生走了,走得壮烈而且潇洒,世间再无闻一多,那行神如风行气如虹的诗史,随着壮怀激烈地老天荒的史诗而云烟散去,无迹可寻。在扼腕叹息之余,后辈如笔者之流,尚存一念遐思:翻检玄文奇字,出入诗骚庄易,闻一多是20世纪中国唯一可以同王国维一较高下的古典学者;涌动灵思妙想,弄潮风口浪尖,闻一多又是20世纪中国唯一可能与郭沫若相争长短的现代诗人;争说茫昧蛮荒,旨在托古言志,闻一多还可能延续康有为的乌托邦世界主义志业。然而,杀身成仁,闻一多可谓求仁得仁。斗士决战总在沙场,正如伟大的浪漫诗人拜伦,诗人之最美诗篇、斗士之最高功业,也许正在那死之庄严与绚烂。

八、象征的历史之维
——陈寅恪"史""诗"关系论以及其复杂的隐喻体系

陈寅恪(1890—1969)作为历史学家称名于世。他博学而深思,创获极丰。陈氏论史特具诗心,谈诗兼证史乘,所以我们应该说:陈寅恪的史学建构与诗学制序的创构是统一的,他在文化象征体系之内探索而凸显了历史维度。陈氏终身挚友、"学衡派"领袖之一吴宓赋诗赞曰:"文化神州何所系?观堂而后信公贤。"虽有夸耀之词,激赏之意,但知心者莫若挚友,吴宓揭示了陈寅恪与王国维之间在学缘上的血脉关联。这种关联体现在三个方面:文化孑遗心境、中国文化本位立场、

---

① 李泽厚:《美的历程》,127页,合肥,安徽文艺出版社,1994。

学术精神与方法。

　　文化孑遗心境，是一种在时移俗易纲常沦落的世运中深负遗民的苦痛，追怀安身立命之文化精神的心境。1927年，王国维自沉昆明湖，陈寅恪忧心忡忡，几乎可谓刺血写字，撰著《王观堂先生挽词并序》。学问如日中天的王国维，何以一死了之？陈寅恪在挽词中答曰："文化神州丧一身。"他在挽词"序言"中写道："凡一种文化衰落之时，为此文化所化之人，必感苦痛，其表现此文化之程量愈宏，则其所受之苦痛亦愈甚；迨既达极深之度，殆非出于自杀无以求一己之心安而义尽也。"文化衰落的苦痛，幽灵一般地折磨了陈寅恪的一生，渗透于其历史论著的字里行间。恰逢中国出古入今的创局，王、陈二家历史观中蕴含的文化孑遗心境，便被放大为一种文化悲剧意识，超越个体的忧生之想，上升到了群体的忧世之念。陈寅恪又写道："近数十年来，自道光之争，迄乎今日，社会经济之制度，以外族之侵迫，致剧极之变迁，纲纪之说，无所凭依，不待外来之学说之摧击，而已销沉沦丧于不知觉之间；虽有人焉，强聒而力持，亦终归于不可救疗之局。盖今日之赤县神州值数千年未有之巨劫奇变，劫尽变穷，则此文化精神所凝聚之人，安得不与之共命而尽⋯⋯"①"巨劫奇变"四字，蕴含着文化孑遗的全部惊恐与感伤，而与沦丧的文化精神共命而终，又体现了创局之下的幽幽苦魂。

　　中国文化本位立场，是指以中国民族自由与独立为念，以复兴中国文化精神为使命的立场。究其原委，可追至1919年冬天陈寅恪与吴宓之间的一席对谈。席间，陈寅恪痛斥物质主义，对普世流行几成霸道的实用主义深表隐忧，断言"救国经世，尤必以精神之学问（谓形而上之学）为根基"。这种形而上的精神学问，乃是"天理人事，精深博奥者，亘万古，横九亥，而不变"。② 在陈寅恪心中，这种精神学问乃是中国文化的精义之所在。在《王观堂先生挽词并序》中，他具体地论说这种"精神之学问"的含义："吾中国文化之定义，具于白虎通三纲六纪

---

① 陈寅恪：《王观堂先生挽词并序》，见《陈寅恪集·诗集》，12—13页，北京，生活·读书·新知三联书店，2009。

② 参见吴学昭：《吴宓与陈寅恪》，9—10页，北京，清华大学出版社，1992。

第三章 文化精神的符号编码——中国现代象征文论制序

之说,其意义为抽象理想最高之境,犹希腊柏拉图所谓 Eidos 者。"①中国文化本位由此得以彰显,陈氏毕生就秉持这样的断制,实践"中体西用资循诱",将学问定位在"不今不古"、"湘乡南皮"之间,并自作戏言,谑称"童牛角马","今古合流"。时至 1961 年秋,陈、吴二老风烛残年,白首相聚,吴宓竟然发现陈寅恪"思想及主张毫未改变,仍遵守昔年中国文化本位论"。②

学术精神和方法,是指由王国维所开创、为陈寅恪所表述的中国现代的学术精神和方法。在王国维的纪念碑上,陈寅恪运如椽巨笔,写下了"独立之精神,自由之思想"。这是由一个文化守成主义者来表述的"五四"精神,更是中国现代学术自觉的宣言。在他看来,唯有独立与自由,志士读书治学,才能"脱心志于俗谛之桎梏,真理因得以发扬"。"不自由,毋宁死"(Give me liberty or give me death),是 18 世纪美国革命志士亨利(Patrick Henry,1736—1799)的格言,早在清代末期已融入汉语,陈寅恪认定这就是"古今仁圣所同殉之精义",而自然将之作为自己毕生的座右铭。③ 铭文刻在石碑上,但"独立之精神"与"自由之思想"流动在陈寅恪的血脉中。以生命践行碑铭,是陈寅恪一生一世不坠的愿心。1964 年,陈寅恪将生平所著诗文郑重交给其最信任的弟子蒋天枢,一口气写下一序三诗,暗自神伤而颇有大伤心人托孤之悲。风烛残年而瞽目膑足,反思一生所思所言,他"默念平生固未尝侮食自矜,曲学阿世"。④ 在"王铭"与"蒋序"之间,横亘着 37 年的时光废墟,一种学术精神依然烁然铮亮,在儒者之风骨、学人之气节同独立之精神、自由之思想之间实现了涵濡互照,而"古典"与"今情"自然就成功对接了。与这种学术精神配称的,恰恰就是王国维出入

---

① 陈寅恪:《王观堂先生挽词并序》,见《陈寅恪集·诗集》,12 页,北京,生活·读书·新知三联书店,2009。
② 参见蒋天枢:《陈寅恪先生编年事辑》,146—158 页,上海,上海古籍出版社,1981。
③ 陈寅恪:《清华大学王观堂先生纪念碑铭》,《陈寅恪集·金明馆丛稿二编》,246 页,北京,生活·读书·新知三联书店,2009。
④ 陈寅恪:《赠蒋秉南序》,见《陈寅恪集·寒柳堂集》,182 页,北京,生活·读书·新知三联书店,2009。

古今、泳涵诗史以及手触"五千卷牙签"的学术方法。在《王静安先生遗书序》中，陈寅恪详品先贤遗墨，归纳出后世尊称"三重证据法"的古典学研究方法：一是"取地下之实物与纸上之遗文互相释证"；二是"取异族之故书与吾国之旧籍互相补正"；三是"取外来之观念，与固有之材料互相参证"。释、补、参，三重证据的寻觅，志在直取"超越时间地域之理性"①。这同样也是"表哲人之奇节，诉真宰之茫茫"，史学家的学理探索与中国民族的独立自由难解难分地融为一体。

怀着传承文化的心愿，选取中国文化本位立场，践行现代学术精神，运用现代学术方法，陈寅恪建构了"不今不古"、"不夷不惠"的历史叙述体系。从"殊族之文，塞外之史"，一变而为"中古民族文化史"，再变而为颂红妆托喻、借晚明道情的"心史"。"衰残敢议千秋事，剩咏崔徽画里真。"（《前题余秋室绘河东君访半野堂小影诗意有未尽更赋二律》）陈寅恪出入"诗""史"，以诗证史，以史释诗，诗史互证，而建构了一套复杂的隐喻系统，凸显了文化象征的历史维度。套用海顿·怀特（Hayden White）的话说，陈氏的复杂象征体系可谓一种"新历史主义"（New historicism），一种"历史的诗学"（historical poetics），一种在隐喻与反讽之间的历史想象，一种历史的文本化。

（一）"心史"——心弦三重奏

陈寅恪晚年，瞽盲而膑足，集史家之祖与兵家之师的人生困境于一身，在心志上且自感戕残，染上了古史巨子司马迁的悲情。衰残犹议兴亡，写史更兼言志，陈寅恪志在"守先哲之遗范，托末契于后生"。然而，陈寅恪毕竟寝馈史籍，饱读诗书，对于自己为之而生为之而死的"先哲之遗范"于现实世界的境遇，他自然心知肚明："如方丈蓬莱，渺不可即，徒寄之梦寐，存乎遐想而已。"②然而，箭在弦上不得不发，如鲠在喉不吐不快，疾苦积之既久，身心伤已至深，他便将一枕幽梦与万种遐思投射至"红妆"、"情史"，以游戏之笔写兴亡遗恨，寓家国

---

① 陈寅恪：《王静安先生遗书序》，见《陈寅恪集·金明馆丛稿二编》，247—248 页，北京，生活·读书·新知三联书店，2001。

② 陈寅恪：《赠蒋秉南序》，见《陈寅恪集·寒柳堂集》，182 页，北京，生活·读书·新知三联书店，2009。

情怀于才人命运。

"癸巳秋夜,听度清乾隆时钱塘才女陈端生所著《再生缘》……。"余英时推测,这个癸巳秋夜,即 1953 年一个秋夜。① 意味深长的是,润墨作文之时,陈寅恪眼疾已经恶化,绝世才华终如一场秋雨,同才女陈端生命运一般无二,兰心蕙质终归一枕清霜。更令人匪夷所思的是,早在 16 年前,陈寅恪漂泊西南、暂住蒙自时,"端生"二字就秘密地潜入他的诗句当中:"南渡自应思往事,北归端恐待来生。"(《蒙自南湖作》)莫非是"禅机呓语",陈端生与陈寅恪注定互为镜像?绝世才华而憔悴忧伤,是这两个隔朝知己的共同命运?身名隐没的陈端生须借陈寅恪的"史才、诗笔、议论"而传扬后世,而感时伤怀的陈寅恪则须借陈端生的离鸾别凤、烟梧生涯而得以喻说?"论诗我亦弹词体,怅望千秋泪湿巾。"陈寅恪谵言自嘲,称自己的著作为"颓龄戏笔"、"沦落文章",然其旨趣在于,借考证《再生缘》作者的身世而"寓自伤之意",托陈端生的离鸾别凤而道说家国迷情。看看陈寅恪夫子自道,三重"心史"便朗然可辨:"承平豢养,无所用心,忖文章之得失,兴窈窕之哀思,聊作无益之事,以遣有涯之生云尔。"②假借"窈窕之哀思",既写端生的心史,亦抒寅恪的心史,更写就道亡学废地变天荒的群体心史,三重心史层层推进而彼此照映,缠绵悱恻,联类无穷。诗因史而得以无穷蕴藉,史因诗而得以韵味蒸腾。

如果仅仅是托古伤今,借才女身世喻说自家伤悲,那么,陈寅恪同白居易、元稹等古代骚人墨客就没有什么两样了。《论再生缘》可不是这么简单。伤今吊古,托人喻己,只不过是陈寅恪历史隐喻诗学建构的手段。正如海顿·怀特指出,"鉴于语言提供了多种多样建构对象并将对象定型成某种想象或概念的方式,史学家便可以在诸种比喻形态中进行选择,用他们将一系列事件情节化以显示不同的意义。"③陈

---

① 余英时:《陈寅恪〈论再生缘〉书后》,见《现代危机与思想人物》,347—348 页,北京,生活·读书·新知三联书店,2012。
② 陈寅恪:《论再生缘》,见《陈寅恪集·寒柳堂集》,1 页,北京,生活·读书·新知三联书店,2009。
③ [美]怀特:《元史学:十九世纪欧洲的历史想象》,陈新译,4 页,南京,译林出版社,2004。

寅恪笔下的"红妆"、"才人"及其蹉跎人生，自然就因为他的隐喻性选择而获得了超越地域与时代的超验意义。红妆才人，是陈氏历史隐喻诗学及其复杂隐喻体系中的建构元素，他们喻指家国兴亡的哀痛，以及道亡学废的悲情。故而，"心史"不只是古今双簧，而是才人、史家以及国族命运同构对应的心弦三重奏。

就其表层而言之，陈寅恪所为乃是朴实之学，考据爬梳，重构红妆才人的身世、交游，知人、论世，叙说传主的悲欢离合。陈端生之妹陈长生寄外诗云："纵教裘敝黄金尽，敢道君来不下机。"陈寅恪随即自抒襟怀，哀婉言辞直教人不堪卒读：

　　自命不作苏秦之妇。观其如织素图感伤惓恋，不忘端生如此，可谓非议势利居心，言行相符者矣。呜呼！常人在忧患颠沛之中，往往四海无依，六亲不认，而绘影阁主人于茫茫天壤间，得此一妹，亦可稍慰欤？①

吊古乃自伤，更有惊惧源自地变天荒的世运，故而小女子之身世堪为抒情主体之对应物，凄美而又晶莹。

就其次一层而言，陈寅恪抒情叙事，而非"发思古之幽情"，倒是借"古典"道说"今情"，尤其寓其自伤之意，自怜之心。《元白诗笺证稿》中有一段警策而沉痛的话语，道出了时移俗易之际、纲常毁裂之时文化托孤者的悲怆心境：

　　纵览史乘，凡士大夫阶级之转移升降，往往与道德标准及社会风气之变迁有关。当其新旧蜕变之间际，常呈一纷纭综错之情态，即新道德标准与旧道德标准，新社会风气与旧社会风气并存杂用，各是其是，而互非其非也。斯诚一事实之无可如何者。虽然，值此道德标准社会风气纷乱变易之时，此转移升降之士大夫阶级之人，有贤不肖拙巧之分别，而贤者拙者感受痛苦，终于消灭而后已。其不肖巧者则多享受欢乐，往往富贵显荣，身泰名遂。

---

① 陈寅恪：《论再生缘》，见《陈寅恪集·寒柳堂集》，40页，北京，生活·读书·新知三联书店，2001。

其何故也？由于善利用或不善利用此两种以上不同之标准及习俗，以应付此环境而已。①

人们常常说，"社会达尔文主义"有郢书燕说之谬。然而，世俗世界总归还是"适者生存"。贤而拙者陷入痛苦而无力自救，而只好随潮流卷舒而自生自灭；不肖且巧者则如鱼得水，从善如流，富贵显荣，身泰名遂。陈寅恪自觉地把自己定位在贤而拙者之列，拙于应付环境。他真的很恐惧，自己注定像陈端生那般，"憔悴忧伤而死，身名湮没，百年后其事迹几不可考见"。自伤至此，自怜至此，难怪他在王国维挽诗里表达忧患之情："神州祸乱何时歇？今日吾曹皆苟活。"陈端生、王国维、柳如是，以及他，陈寅恪，都是不善从流、不适转移升降的贤士拙者，除了忧生忧世、吊古伤今之外，便一无所有，百无一用。

就其最幽深处而言之，陈寅恪既非吊一才女之孤，又非伤一己之苦，而是于"地变天荒"、"巨劫奇变"的世运中将家国情怀投射于历史意象中。《论再生缘》所辑之诗，上起1931年，下至1953年。这的确是陈寅恪个人悲苦遭遇渐入深渊而家国巨劫奇变至于顶极的时段。就其个体遭遇而言，他流离西南，两目致废，万里寻医，多门乞食，而终于"身虽同于赵庄负鼓之盲翁，事则等于广州弹弦之瞽女"。他自知来日无多，却不坠匹夫之愿，身残而论兴废，情怀系于国家。就整个中国而言，陈寅恪所严守的"夷夏之大防"颓然坍塌，国朝之内不独衡政论学必准西方，而且从"九一八"卢沟桥之"变"到"地变天荒"之"变"，恰恰就是一场铭心刻骨的悲剧进程。"岂意滔天沉赤县，竟符掘地出苍鹅。"（《余季豫先生挽词二首》）这两句用典复杂晦涩难解的诗句，其实就是一个复杂的历史隐喻织体，前一句隐喻元代以来摩尼教征服了中国，后者则隐喻中古时代"五胡乱华"。② 整体上看，陈寅恪用这些历史隐喻向那些秘传的读者传递了一种惊天变局，以及纲常毁裂的悲哀。

不难看出，心弦三重奏由显入隐，由明而幽，史鉴叠着情韵，情

---

① 陈寅恪：《元白诗笺证稿》，85页，北京，生活·读书·新知三联书店，2001。
② 参见余英时：《试述陈寅恪的史学三变》，见《现代危机与思想人物》，479页，北京，生活·读书·新知三联书店，2012。

韵更达史诗,正如陈寅恪自己所言"家国兴亡哀痛之情感,于一篇之中,能融化贯彻无所阻滞者,又系乎思想之自由灵活"。①"思想之自由灵活",又点醒读者回望铭刻在王国维纪念碑上的人文精神。毋庸置疑,"独立之精神,自由之思想",乃是笼罩古典与今情、个体与国族的生命纲维,乃是"心史"三重奏的主调,以及历史隐喻诗学的旨趣和归趣之所在。

(二)"诗""史"互证——历史的文本化

"以诗证史",是陈寅恪在《元白诗笺证稿》(1951)中建立的一条阐释法则。这一阐释法则是化诗情入史境,让"诗笔"服务于"史才"与"议论"。作为历史诗学的一种范式,"以诗证史"推重考据训诂,讲究知人论世,而且"过求甚解"。过分的训诂、考据,导致了古典学的末焉下流,无情无趣。但化诗情入史境,其危险在于以史实削弱诗才,连陈寅恪自己也承认:"若有以说诗专主考据,以致佳诗尽成死句见责者,所不敢辞罪也。"②

但是,"以诗证史"毕竟是陈氏的象征历史诗学的一方面,而另一方面是《论再生缘》、《柳如是别传》所开启的"以史证诗"。一向以文化托孤人自命,且深信语言为文化精神的载体、文体为家国情怀的媒介的陈寅恪,在晚年完成了从"以诗证史"到"以史证诗"的诗学转型。追寻其转折的轨迹,在时间上则可溯至1933年。陈寅恪发表《读〈连昌宫词〉质疑》,文中提出"略仿金仁山、阎百诗诂经之方法,以校释唐人之诗"。③ 陈氏治中古之学,本来就是"诗""史"并举,古典今情纵横编织,考据义理交相引发。在这篇献疑之作中,陈寅恪直追元代名儒金仁山(金履祥,1232—1303)和清代经师阎百诗(阎若璩,1638—1704),而"以经证诗"的诗学方法得以证明。如果说,章学诚的"六经皆史"成

---

① 陈寅恪:《论再生缘》,见《陈寅恪集·寒柳堂集》,72页,北京,生活·读书·新知三联书店,2001。
② 陈寅恪:《韦庄秦妇吟校笺》,见《陈寅恪集·寒柳堂集》,134页,北京,生活·读书·新知三联书店,2001。
③ 陈寅恪:《读〈连昌宫词〉质疑》,载《清华学报》,1933年6月,补卷第82期。转引自陈建华:《从"以诗证史"到"以史证诗"——读陈寅恪〈柳如是别传〉札记》,载《复旦学报》,2005年第6期。

第三章 文化精神的符号编码——中国现代象征文论制序

立,那么就不妨说,"以经证诗"与"以史证诗"是一种阐释学原则的两种表述。1954 年至 1964 年,身残目瞽、风烛残年的陈寅恪像曹雪芹一样,用十年时间,写成鸿篇巨制《柳如是别传》,执行"以史证诗"的阐释方法,将历史"兴亡遗恨"文本化,将"心史"升华为心灵史诗。

以史证诗,是将史实融入诗境,以诗情浸润史乘,将历史世界与现实关怀合二为一。陈寅恪目睹时移俗易,顿觉地变天荒。"不为无益之事,何以遣有涯之生?"孑然自伤,心象浮现,明清痛史笼罩兴亡遗恨,置身在销魂的世局,陈寅恪发愤抒情,遣志为书,将三百年前的"痛史"投射到当世。那是一场"赤县沉沦"、"地出苍鹅"的精神世界坍塌的悲剧,抒写这场悲剧便是一次将逝者之殇与生者之痛融贯为心灵史诗的征战。"明清痛史新兼旧",《柳如是别传》堪称"史才"、"诗笔"与"议论"三位一体的鸿篇巨制。心思幽深而行文诡异,陈寅恪别出心裁,终于完成了历史隐喻体系的建构,开创了一种"诗""史"互证、隐显交融的诗学范式。然而,历史隐喻诗学是如何可能?这种诗学范式究竟具有哪些要素?

简而言之,历史隐喻诗学建构有"史才"、"诗笔"与"议论"三个方面。在《元白诗笺证稿》中,陈寅恪引用宋代赵彦卫《云麓漫钞》中论及唐代科举风气的言论:"唐之举人,先借当时显人以姓名达之主司,然后以所业投献。逾数日又投,谓之温卷,如幽怪录传奇等皆是也。盖此等文备众体,可以见史才、诗笔、议论。至进士则多以诗为贽。"[①]"文备众体","史才"、"诗笔"与"议论"三位一体,是科举取人的准则,显然与诗没有太多的关联。但韩愈以文为诗,元稹、白居易演绎《长恨歌》,元和诗体的兴盛,在陈氏看来均是一种流行文体兴起的征兆。他出人意料地称这种众体皆备,诗、史、论合一的文体为"小说",而"小说"在他的论述中就被设定为历史隐喻诗学的典范文本。依陈氏所见,"史才"指"小说"中叙事散文,"诗笔"指"小说"中诗的笔法或韵文,"议论"即作诗的收结,作诗的缘起,蕴含微言大义,而多少有些迷离恍惚。"文备众体",语义明确,毋庸赘议,然而"史才"、"诗笔"与"议

[①] 陈寅恪:《元白诗笺证稿》,2 页,北京,生活·读书·新知三联书店,2001。

论"论者纷纭，歧义蔓生，而宋人语焉不详，陈寅恪又浅尝辄止。但我们惊奇地发现，将三者顺序略作微调，此三者同海顿·怀特的"历史诗学"三项含义具有对应性："诗笔"对应于"情节化的解释"，"史才"相当于"论证化的解释"，而"议论"可拟类"意识形态化的解释"。① 更具体地说，"诗笔"、"史才"与"议论"，是陈氏将历史文本化的三大工具，由此历史便成"心象"的流演，而"心史"便成为心灵的史诗。

先说"诗笔"。陈寅恪所谓"诗笔"体现为隐语的使用、生命的感动、历史的想象、了解的同情。第一，隐语的使用，构成了陈氏历史隐喻诗学最令人迷惑的方面。《元白诗笺证稿》、《论再生缘》、《柳如是别传》，以及陈寅恪的多数历史著作，都是列奥·施特劳斯（Leo Strauss）所说的"隐微书写"（Esoteric Writing），同某种政治钳制的生存处境联系在一起。"隐微书写"将微言隐含于大义之下，为的是不让真理伤害无辜的俗众。如同古希腊圣哲苏格拉底的言辞，就是将金玉藏于败絮中，美丽无比的神像被供奉在风雨飘摇的破庙里面。② "隐微书写"是陈寅恪的看家功夫，他撰文立论偏爱用隐语。所谓"隐语"，用闻一多的话说，乃是把本来可以说明白的话故意说得晦涩。陈寅恪的隐语由复杂的典故织体构成，读者必须"探河穷源"、"剥蕉见心"，方能做出层次不紊、脉络贯注的解释。在《〈论再生缘〉校补记后序》中，陈寅恪写下了谜样的隐语："所南心史，固非吴井之藏。孙盛阳秋，同是辽东之本。"③"所南心史"，乃是宋亡元兴之时，宋代遗民郑思肖（1241—1318）创作的一部悲情心史，诗文相杂，表达兴亡遗恨和忧生忧世之情。落墨成书之际，所南藏之于苏州承天寺古井，直至崇祯十一年（1638年）重见天日。陈寅恪援用这个典故，不啻是夫子自道，说他自己笺证钱柳姻缘诗，意在发皇心曲，犹如郑所南撰写《心史》，"虑身名没而心不见于后世，取名诗文，名曰心史"。"孙盛阳秋"，是东晋良史

---

① ［美］怀特：《元史学：十九世纪欧洲的历史想象》，陈新译，9—37页，南京，译林出版社，2004。
② ［美］施特劳斯：《迫害与写作艺术》，刘锋译，30页，北京，华夏出版社，2012。
③ 陈寅恪：《论再生缘》，见《陈寅恪集·寒柳堂集》，107页，北京，生活·读书·新知三联书店，2001。

孙盛(约302—约374)的史书《晋阳秋》，相传其书"词直理正"，史鉴实录而触怒了权倾一世的大司马桓温。眼看即遭灭门之灾，家人儿孙跪拜哀求删改文字，孙盛大怒，拒绝遵命。其儿孙改定《晋阳秋》两本传世，孝武帝博求异闻，于辽东得之，对观考校，两书多有不同。陈寅恪援用这个典故，不啻是以良史自期自诩，立意"为学不作阿世之语"，尊崇气节，坚守撰文初旨，拒绝遵命笔削《论再生缘》。①

第二，生命的感动，赋予了陈寅恪历史隐喻诗学以生生不息的动感活力。致书友人，陈氏称《柳如是别传》乃为"用新方法，新材料，为一游戏实验"。②"游戏"一语最可圈点，因为游戏是生命的至境，审美的至境，当然也是陈氏历史隐喻诗学的至境。虽为历史学家的著作，但《柳如是别传》诗笔撩人，诗情流兴不息。虽写明清兴亡，《柳如是别传》却非堂皇正史，而是以"路史"、"野史"记录兴亡之际的悲欢离合，叙述才子佳人交游的"传奇"。西方人有句谚语说"自传即他传"，在此《别传》即自传，呈现了一个充满着生命情感的完整故事。佳人才子，离合悲欢，演绎出地变天荒、兴亡遗恨的悲剧。而这就是"以史证诗"所激活的历史的动感活力。柳如是《金明池·咏寒柳》词曰："春日酿成秋日雨，念畴昔风流，暗伤如许。"陈寅恪从中读出了个体生命、家国、种族的悲剧，及其历史必然性。他特别拈出"酿成"二字，予以独到发挥：

> "酿成"者，事理必致之意。实悲剧中主人翁结局之原则。古代希腊亚里士多德论悲剧，近年海宁王国维论《红楼梦》，皆略同此旨。然自河东君本身言之，一为前不知古人，一为后不见来者，竟相符会。可谓奇矣！至若瀛海之远，乡里之近，地域同异，又可不论矣。③

---

① 余英时：《陈寅恪的学术精神和晚年心境》，见《现代危机与思想人物》，393—394页，北京，生活·读书·新知三联书店，2012。
② 陆键东：《陈寅恪的最后20年》，213页，北京，生活·读书·新知三联书店，1995。
③ 陈寅恪：《柳如是别传》(上)，347页，北京，生活·读书·新知三联书店，2001。

一词而悟微旨，个体喻指千秋。由"酿成"而推知"事理必致"的悲剧，并参证古希腊哲学家亚里士多德的诗学义理，同时释证王国维对《红楼梦》的评论，陈寅恪铺展了历史隐喻诗学的生命纲维，从而将兴亡事迹与感世悲情文本化，引领我们一起去经历"地变天荒"的创局。"文章我自甘沦落，不觅封侯但觅诗"，"诗"落末句，力拔千钧，且"诗"居极位，无出其右。这到底意味着什么呢？用海顿·怀特和瑞士历史学家布克哈特的话说，任何文明中最有价值的文献，最清晰地揭示某一文明真正内在本质的文献，非诗莫属。① 用古希腊哲人亚里士多德的话说，诗歌高于历史，因为前者揭示普遍性，而后者仅表现特例而已。而陈寅恪笔下的钱柳因缘所隐喻的全部明清"痛史"，由芸芸众生共同"酿成"，一如"春日酿成秋日雨"，因而这种事理必致的悲剧便超越了瀛海之远、乡里之近，具有了不受时空局限的普遍性。

第三，凭借历史的想象，陈寅恪重构了明清兴亡的故事。研究中古胡汉关系，重申"夷夏之大防"，考证帝王宫闱秘史，以及抒写兴亡遗恨，陈寅恪凭借的不是"乾嘉考据之旧规"，而是19世纪"欧洲的历史想象"。更准确地说，以朴学实证融汇了历史迷思，陈寅恪终得以畅游于诗兴流荡的史境，呈现血泪交流的前朝今日的"兴亡遗恨"。1909年至1925年，陈氏留学欧美，对以浪漫主义为心灵底蕴、以人文主义为心灵皇极的欧洲19世纪史学熟谙于心。在朴学实证之外，陈氏对于历史迷思情有独钟，"历史想象力"构成了其治古新方法的核心要素。德国人文主义者洪堡说："如果我们情绪中有某种瞬间感应的机能，此即为想象——天马行空，毫无拘束。"② 陈寅恪自少就喜欢"神游冥想"，尤其对"支那民族素乏幽眇之思"心有戚戚。在他撰写《论再生缘》和《柳如是别传》之时，他目瞽身残，处境悲苦，但强大的历史想象力一发而不可收。诠释一个词语，便会书写一部幽情文化史。考述一人，就会构思一部心灵悲剧史诗。"他人有心，予忖度之"，他甚至还不惜冒险

---

① [美]怀特：《元史学：十九世纪欧洲的历史想象》，陈新译，356页，南京，译林出版社，2004。
② 转引自陈建华：《从"以诗证史"到"以史证诗"——读陈寅恪〈柳如是别传〉札记》，载《复旦学报》，2005年第6期。

于古籍经传之外，自造神话，杜撰典故，然后自作自用，培育出诗兴流逸而情韵蒸腾的"掌故之花"，投射心史于前代，抒写悲情于当世。《柳如是别传》起始于"灰劫昆明红豆在"，《论再生缘》收结于"北归端恐待来生"，像神龙凌空，首尾难见，却绵延无绝，诗史兼容，进入化境。"以史证诗"境界若此，自是冠盖当世，独步古今。"红豆"是否史实？"北归"是否可考？也许一点都不重要，关键在于："红豆生南国……此物最相思。"只要能激发相思与想象，建构今世迷思，而将个体悲欢作为历史兴亡的隐喻，对于陈寅恪的"诗笔"就足够了，欲复何求？

第四，"了解之同情"，让陈寅恪与"诗""史"中的人物心有灵犀。《论再生缘》、《柳如是别传》，甚至还有《元白诗笺证稿》，都表现出历史学家对历史人物的无限同情。"了解之同情"，是陈寅恪自己确立的写史原则，当然也是其述情轨范。"同情"，是德国浪漫主义解释学的一项基本原则，其要义在于以生命去体验生命，以情感去感悟情感。因为情感的投入，在活的史家与死的史实之间便没有藩篱，一切历史境界都是"有我之境"，因而史即诗。"同情之了解"，出自陈寅恪《冯友兰中国哲学史上册审查报告》，其含义是："……神游冥想，与立说之古人，处于同一境界，而对于其持论所以不得不如是之苦心孤诣，表一种之同情。"①《论再生缘》，陈氏尤其同情弹词才女陈端生的"自由灵活的思想"，以及"家国兴亡哀痛之情感，于一篇中，能融化贯彻"。撰述《柳如是别传》，陈氏披寻钱柳因缘诗于残缺毁禁中，力求窥见其孤怀遗恨，同情心使得他凄然泪下，不能自已："夫三户亡秦之志，九章哀郢之辞，即发自当日之士大夫，犹应珍惜引申，以表彰我民族独立之精神，自由之思想。何况出于婉娈倚门之少女，绸缪鼓瑟之小妇，而又为当时迂腐者所深诋，后世轻薄者所厚诬之人哉！"②

整体看来，陈寅恪以隐语、感性、想象以及同情为要素铸造了写实"诗笔"，将历史情节化，将情节个性化，将历史、情节和个性文本

---

① 陈寅恪：《冯友兰中国哲学史上册审查报告》，见《陈寅恪集·金明馆丛稿二编》，279页，北京，生活·读书·新知三联书店，2001。
② 陈寅恪：《柳如是别传》（上），4页，北京，生活·读书·新知三联书店，2001。

化了。按照海顿·怀特的说法，如果以某种方式来形成故事的事件系列，将之逐渐展现为某一特定类型的故事，那就是历史诗学的"情节化解释"。情节化解释可能体现为不同的诗学类型，或为悲剧，或为喜剧，或为浪漫，或为讽刺。① 我们看到，陈寅恪以生命的感动和了解的同情认同历史人物，而致力于将历史诗化，这说明他的诗笔是浪漫的。同时，他又通过史中人的生命节奏而呈现事理必致的悲剧，将兴亡事迹融入感伤悲情中，又说明他的"诗笔"乃是悲剧的。浪漫的悲剧的诗笔，将历史呈现为元气淋漓、生命跃动的史诗——"心灵的史诗"。

次说"史才"。陈寅恪的"史才"，即集胆识于一身，驾驭史鉴实录，而通古今之变的气魄。用海顿·怀特的话说，所谓"史才"，无非就是用形式的外在推理对史鉴实录予以重构，而进行解释的才略。历史学家陈寅恪事实上是通过隐喻表达而制定其历史话语的主旨。而对历史话语的主旨进行隐喻重构时，他的解释又只不过是对烘托这些主旨的素材进行一种诗性的投射而已。② 历史话语构成史境，而史境并非只是这种话语所再现的一系列事件的机械镜像，而是渗透了历史学家的主观意志和历史主体的深邃幽情。作为通古今之变的意义场，陈氏的历史话语是一套相当复杂的隐喻所构成的象征体系。这一体系指向了两个方向：首先它指向这一体系试图加以呈现的系列事件，其次它指向一种文体故事形式。系列事件在一种文体形式中被呈现为结构与过程上秩序井然的形式连贯性。余英时先生独具慧眼，将陈寅恪作于民国二十七年（1938年）年至共和国癸巳年（1953年）的七首律诗并置在一起，让我们见证其以诗史互证、隐显交融的"史才"。③ 从日暮人间、尘昏赤县，到山河破碎、华胥如梦，直至地变天荒、千秋怅望，这一系列动态的象征符号，一方面指向了史家话语意欲再现的事件，即抗日战争爆发，华夷大防崩塌，更兼史家颠沛流离、身残目瞽；另一方

---

① ［美］怀特：《元史学：十九世纪欧洲的历史想象》，陈新译，9—13页，南京，译林出版社，2004。

② ［美］怀特：《元史学：十九世纪欧洲的历史想象》，陈新译，14—15页，南京，译林出版社，2004。

③ 余英时：《陈寅恪〈论再生缘〉书后》，见《现代危机与思想人物》，358—360页，北京，生活·读书·新知三联书店，2012。

面又指向了以《论再生缘》、《柳如是别传》为典型的奇幻文体。第一首律诗《蒙自南湖作》的尾联曰："黄河难塞黄金尽，日暮人间几万程。"最后一首律诗即秋夜听弹词感赋之二的尾联曰："论诗我亦弹词体，怅望千秋泪湿巾。"七首七律也构成了一部充满生命与情感的完美"心史"，也是"家国兴亡哀痛之情感，于一篇中，能融化贯彻"的佳构。像孔尚任的《桃花扇》，斜阳影里说英雄，忧生忧世的绵绵愁思交织着千古兴亡的唏嘘喟叹，恰恰就是一部心灵的宏大史诗。"离合之情，兴亡之感，融洽一处，细细归结，最散最整，最幻最实，最迂曲，最直接"，分而吟之即为诗，合而观之即为史，古典今情水乳交融，诗情史鉴交相引发，词意缠绵悱恻而意境超旷空灵。《诗》的古朴，《骚》的热狂，《庄》的灵动，《史》的幽愤，尽在一系列栩栩如生而低沉婉转的"心象"所构成的完整故事中。生命有节奏而情感被羁勒，这就是海顿·怀特所谓形式化"有机情境论"的解释模式。凭借这种"史才"，陈寅恪远祧史家之祖司马迁，"居今之世，志古之道，所以自镜也，未必尽同"（《史记·高祖功臣侯者年表序》）。凭借这种"史才"，陈寅恪志在"考古以证今"，"在史中求史识"，而直探中国文化的本源，凸显中国现代精神。

　　这就是史家陈寅恪的"议论"之功。史家的"议论"，是指"对于历史知识的本质问题，以及可能从为了理解现在而研究往事中得出的种种蕴含，史学家假设了某种特殊的立场"。鉴于一种历史记述的意识形态维度反映着史家假设中所内隐的伦理维度，海顿·怀特称"议论"为意识形态蕴含式的解释模式。① 简言之，"议论"是"史才"的最高展现形式，即从史鉴实录中创造"活的意义"。用陈寅恪自己的话说，史家的"议论"，是"表圣哲之奇节，诉真宰之茫茫"。用陈鸿《长恨歌传文略》中的话说，史家的"议论"，就是"不但感其事，亦欲惩尤物，窒乱阶，垂于将来也"。用韩愈《原道篇》中的话说，史家的"议论"，在于扫除章句烦琐，直指人伦，"古之所谓正心而诚意者，将以有为也"。不仅如此，在《大乘义章书后》中，陈寅恪将大乘佛学经典同奥古斯丁、帕斯

---

① ［美］怀特：《元史学：十九世纪欧洲的历史想象》，陈新译，28—29页，南京，译林出版社，2004。

卡尔的学说展开对比阐释，阐发欧亚经典中蕴含的"钦圣之情"与"欣戚之感"。① 由此可见，陈氏历史隐喻体系，弥漫着一股近乎宗教情怀的幽微精神。因而，史家的"议论"，也就是由史鉴转至诗境，由诗境臻于哲思，渐次上行，渐入幽深，由显至隐，叩显开隐，于境界之迷离恍惚中获取意义。陈寅恪治史之道，乃是循次披寻，探河溯源，剥蕉见心，瞩望中国文化之本，显露中国现代精神。一方面，举其史家胆才学识，陈氏的"议论"直取中国文化的定义，即"具于白虎通三纲六纪之说，其意义为抽象理想最高之境，犹希腊柏拉图所谓 Eidos"。他还断言，近代中国遭遇巨劫奇变，而为中国文化精神所凝聚之人，不得不与这种文化共命而终。另一方面，怀藏史家的时代意识，陈氏的"议论"直逼中国现代精神。《论再生缘》和《柳如是别传》则是借古道今，以今观古，在明清两代才人的优美灵魂深处，发掘"独立之精神"和"自由之思想"。陈氏赞赏文起八代之衰的韩愈，张皇幽眇，寻坠绪之茫然，力辟佛骨，严守华夷之大防，陈言务去，张扬儒道的本源。② 同时，陈氏又赞赏陈端生、柳如是等窈窕淑女，不畏世讥，特立独行，具有独立之精神，自由之思想。比较端生、楚生姐妹的自述文，陈氏以"灵活自由之思想"为标准予以论衡，高下优劣马上得出评判。"撰述长篇之排律骈体，内容繁复，如弹词之体者，苟无灵活自由之思想，以运用贯通于其间，则千言万语，尽成堆砌之死句，即有真实情感，亦堕世俗之见矣。……故无自由之思想，则无优美之文学……"③诚哉斯言。史家的"议论"将兴亡遗恨的心史与情史，直接同中国文化精神的传承，以及现代精神的践行联系起来，而将心史、情史提升为整个民族精神的史诗，幽情更兼壮采，邈远但却亲切，空灵而且真实。史家"议论"若此，历史隐喻诗学设定的境界也得以呈现。就其直探中国文化之本而言，陈寅恪的史境是文化保守主义，而就其为现代精神张目

---

① 陈寅恪：《大乘义章书后》，见《陈寅恪集·金明馆丛稿二编》，181页，北京，生活·读书·新知三联书店，2001。

② 陈寅恪：《论韩愈》，见《陈寅恪集·金明馆丛稿初编》，319—332页，北京，生活·读书·新知三联书店，2001。

③ 陈寅恪：《论再生缘》，见《陈寅恪集·寒柳堂集》，73页，北京，生活·读书·新知三联书店，2001。

而言，这种史境显然深得自由主义的真谛。

(三)"古典今情"，"同异俱冥"——陈寅恪的文体建构

陈寅恪治古论学，特别注重文体，拒绝浮夸之词，立意揭示平实道理。《元白诗笺证稿》疏解唐人诗篇，力举"歌""传"互证，提倡"知人论世"，更是着重探索"当时文体之关系"。文体，是史家通古今之变、究天人之际的媒介，以及"史才"、"诗笔"与"议论"的载体。史家暮年之作《论再生缘》与《柳如是别传》就是这种文体意识的绚丽表现。尤其是以文坛情史蕴含家国兴亡的《柳如是别传》，文体之"奇"令人叹为观止，甚至由"奇"至"幻"，追求一种让史家与传主、史鉴与神思、今情与古事凑泊无间的境界。由史而诗，由诗而奇，由奇而幻，历史学家陈寅恪同文学理论家托多罗夫（Tzvetan Todorov，1939—2017）无私交而有神游，后者论诗说文，提出"奇幻文体"(fantastics)学说，同《柳如是别传》可谓暗通款曲，隐性契合。

《柳如是别传》之"奇"，表现在四个方面：一是"他传"即"自传"，"自传"即"史鉴"，传主、史家和国族心弦三重奏，以家国兴亡蕴含吊古之心与自伤之意，这是史境之奇；二是寓"兴亡痛史"于"游戏实验"和"沦落文章"，如同浪漫诗人诺瓦利斯以童话为游戏诗笔，抒写一己之梦寐和欧洲之盛世遐想，这是诗笔之奇；三是朴实考释与神游冥想相互显发，水乳交融，深情兼有冷眼，至冷且自至热，超以象外而得其寰中，这是"史才"之奇；四是不今不古，古今合流，视境融合，同异俱冥，造就一种文章之绝旨，造就一道幻觉景观，这是史家诗心之奇。史境、诗笔、史才、诗心，四道奇境合而为一，便有史家之绝唱，无韵之离骚，便有陈寅恪历史隐喻诗学传流后世。历史隐喻诗学具有浓郁的象征韵味，表现在文体上，则是"一种诗意的没有节奏和韵律的音乐散文奇迹"。[①] 陈寅恪毕竟还是文人，其治古之学及其史乘篇章也是文人心态的流露，所以同明清"文人小说"具有血脉关联，《论再生缘》和《柳如是别传》尤其传承着"奇书文体"的灵韵。通过研究明清四大文学杰作，以及中国现代叙事文体的起源，美国汉学家浦安迪（An-

---

① [法]托多罗夫：《巴赫金、对话理论及其他》，蒋子华，张萍译，61页，天津，百花文艺出版社，2001。

drew H. Plaks，1945—　）对"奇书文体"做出了明确的界定："所谓'奇书'，按照字面意思解释，原来只是'奇妙之著作'的意思，它既可以指小说的内容之'奇异'，也可以指小说的文笔之'奇绝'。"①按照这两层界定，陈寅恪晚年的两部"奇书"，"奇"处恰在内容的"奇异"与文笔的"奇绝"。同明清两代文人血脉相连，陈寅恪的奇书也无一例外地指涉特殊的文化背景，蕴含现代文人的艺术境界和孤心雅意。

将历史学家晚年的奇书当作"文人小说"来读，开其风气者是史学家余英时先生。《柳如是别传》聚焦文人才女因缘诗篇，将兴亡遗恨演绎得感情饱满、气韵生动，将史境化为诗境，唯一的凭借，就在于诗性智慧和历史想象。"由于他的想象入情入理，和一切有关史料又配合得丝丝入扣，所以虽不能证实，读来却使人有如亲见其事。"②所以，余先生理据十足地将《柳如是别传》同文人小说相提并论。虽学界普遍感到突兀，但视史为诗，诗史互证，隐显交融，是史家陈寅恪的初衷。他所谓的"捐弃故技，用新方法，新材料，为一游戏实验（明清间诗词，及方志笔记等）"，显然就是指用小说家的想象于历史的重构，赋予其重构的兴亡遗恨以催人泪下的力量。

不独如此，"小说"本来就是陈寅恪治史道志所偏爱的文体。第一，考镜源流，小说是唐代兴起的"新文体"。在《元白诗笺证稿》中，陈寅恪断定，"唐代贞元元和间的小说，乃一种新文体，不独流行当时，复更辗转为后来所则效，本与唐代古文同一原起及体制也"。兴盛于贞元、元和之际的"小说"，同古文运动一起担负着创革文体、务去陈言、直探儒道宗旨的使命。"夫当时叙写人生之文衰弊至极，欲事改进，一应革去不适描写人生之已腐化之骈文，二当改用便于创造之非公式化之古文……而小说则可为驳杂无事之说，既能以俳谐出之，又可资雅俗共赏……"③不独古文改革的文体为小说，"元和体"诗歌及其歌传，

---

① 浦安迪：《"文人小说"与"奇书文体"》，见《浦安迪自选集》，刘倩等译，119页，北京，生活·读书·新知三联书店，2011。
② 余英时：《试述陈寅恪的史学三变》，见《现代危机与思想人物》，489页，北京，生活·读书·新知三联书店，2012。
③ 陈寅恪：《元白诗笺证稿》，3—4页，北京，生活·读书·新知三联书店，2001。

因其"兼备众体",也一并被陈寅恪视为"小说"。

第二,确立范型,韩愈以文为诗,是"小说"的佳构。陈寅恪论列韩愈之于文史的六项功绩,其第二项乃是"直指人伦,扫除章句之烦琐",第五项乃是"改进文体,广收宣传之效用",尤其特别强调:韩愈之文,"用先秦、两汉之文体,改作唐代当时民间流行之小说,欲借之一扫腐化僵化不适用于人生之骈体文,作此尝试而能成功者,故名虽复古,实则通今"。后学常常非难韩愈以文为诗,陈寅恪一反成见,认为韩愈文体改革解决了佛经移译与中国语言之间的区隔这一难题,平衡了异域经典与自体语言之间的张力。佛经大抵兼备"长行"(散文)与"偈颂"(诗歌)两种文体,"长行"以诗为文,而"偈颂"以文为诗。自东汉至韩愈,以文为诗的困境从未得到解决。韩愈虽没有参与佛教经偈的翻译,但天才独运,"以文为诗……既有诗之优美,复具文之流畅,韵散同体,诗文合一,不仅空前,恐亦绝后"。① 韵散同体,诗文合一,就是史才、诗笔、议论三位一体、文备众体的另一说法。践行这一文体理想,陈寅恪不仅"以诗证史",以杜甫解读庾信,更是导史鉴入诗境,将考据训诂之古学用于阐发明清才人"看花送春之作"、"艳曲芳心之诗",叩显开隐,烛照幽微。将三百年前家国兴亡的噩梦书写成"奇幻之书",陈寅恪自嘲"意浅语拙,自知必为才女之鬼所鄙笑",也像韩愈以文为诗,不仅空前,恐亦绝后。

第三,笺释钱柳因缘诗篇,直追明清放浪才人,集奇幻之大成。1964年,鸿篇巨制《柳如是别传》告竣,陈寅恪两度命笔,写出两首《稿竟说偈》,自道"述事言情,悯生悲死","童牛角马,刻意伤春"。② 两偈文气不一,意蕴有别,然最后两句竟照直抄录:"痛哭古人,留赠来者。"偏好古典而思路诡异的陈寅恪,在此诱惑读者去追究这两句"说偈"典出何处。余英时先生独具慧眼,在陈氏1939年《刘叔雅庄子补正序》中发掘出一段自白:

---

① 陈寅恪:《论韩愈》,《陈寅恪集·金明馆丛稿初编》,331页,北京,生活·读书·新知三联书店,2001。
② 陈寅恪:《柳如是别传》(下),1250页,北京,生活·读书·新知三联书店,2001;又见《陈寅恪集·诗集》,153—154页,北京,生活·读书·新知三联书店,2001。

寅恪平生不读先秦之书。……尝亦能读金圣叹之书矣。其注《水浒传》，凡所删易，辄曰："古本作某，今依古本改正。"夫彼之所谓古本者，非神州历世共传之古本，而苏州金人瑞胸中独具之古本也。由是言之，今日治先秦子史之学，与先生所为大异者，乃明清放浪之才人，而谈商周邃古之朴学。其所著书，几何不为金圣叹胸中独具之古本，转欲以之留赠后人，焉得不为古人痛哭耶？①

明清放浪才子自我作古，恣肆删改《水浒传》。诡异史家有如陈寅恪者，亦仿效浪子才人，创造掌故，自作自用，托古言志，独抒性灵，以颓翁之笔，戏说明清红妆，寄托家国兴亡之恨，表达地变天荒之悲。故而，《论再生缘》与《柳如是别传》，假朴学之功，作奇幻之文，动员诗性智慧，焕发历史想象，以"胸中独具"的心史，"痛哭古人，留赠来者"。于是，陈寅恪诗史互证、隐显交融而建构的历史隐喻诗学得以完成，召唤读者穿越复杂隐喻体系的密林，而悉心倾听才人、史家以及国族心弦三重奏。白居易说琵琶女的演奏"间关莺语花底滑，幽咽泉流水下滩"，陈氏晚岁诗文可谓"间关莺语"和"幽咽泉流"的合一，既有"如花美眷，似水流年"的美艳，又有"地变天荒"、"红颜薄命"的凄凉。史家兼诗人，毕竟是文人，既描摹三百年前兴亡事迹的壮丽画卷，又抒写今生今世家国情怀的幽眇心思，为史家垂范且为诗人助兴。含弘光大至此，曲折幽深至此，高蹈远举至此，陈氏晚年将史家的胆才识力与诗人的神游冥思天衣无缝地编织在一起，造就一部天地间不出世的奇幻之文，令一切考据、辞章、义理之学无用武之地，令举世史才、诗笔、议论之道无鳞爪之功。一切阐释之努力，面对此等奇幻之文，无不如飘扬飞洒的雪花，难以覆盖厚重深沉的晚钟。回眸1941年，陈寅恪早就做出了这样的表白：

古今读哀江南赋者众矣，莫不为其所惑，而所感之情，则有

---

① 陈寅恪：《刘叔雅庄子补正序》，见《陈寅恪集·金明馆丛稿二编》，258页，北京，生活·读书·新知三联书店，2001。亦见余英时：《现代危机与思想人物》，491页，北京，生活·读书·新知三联书店，2012。

深浅之异焉。其所感较深者,其所通解亦必较多。兰成作赋,用古典以述今事。古典今情,虽不同物,若于异中求同,同中见异,融贯异同,混合古今,别造一同异俱冥,今古合流之幻觉,斯是文章之绝旨,而作者之能事也。①

毫无疑问,这是陈寅恪托古自期,描摹诗文至境。《论再生缘》、《柳如是别传》,以及陈氏晚岁写作的诗篇,皆曲折幽深,用典繁复,隐喻密集,而读者"莫不为其所惑",所感之情亦有深浅之异。其垂范史家与诗人者,莫过于这"以古典述今事"而造就的"融贯异同"、"古今合流"的奇幻之境。"庾信平生最萧瑟,暮年诗赋动关山。"《哀江南赋》的作者庾信(513—581)已经在6世纪为20世纪60年代的陈寅恪"预留"史家兼诗人的位置。"不无危苦之辞,惟以悲哀为主",《哀江南赋》萧瑟而雄浑的辞句,已然道尽了陈寅恪晚岁诗文悲情而刚正的底色。难怪陈寅恪认定,六朝长篇骈俪文章,"庾信《哀江南赋》为第一"。究其理据,则在于骈俪文章要臻于至境,"端系乎其人之思想灵活,不为对偶韵律所束缚","六朝及天水一代思想最为自由,故文章亦臻于上乘,其骈俪之文遂亦无敌于数千年之间矣"。同时,陈氏又断言,"若就赵宋四六之文言之,当以汪彦章代皇太后告天下手书为第一"。这段古事,是指昔日女贞入汴,尽掠宋室君主后妃宗室北去,而汪彦章代废后拟告天下手书。书中写道:"虽举族有北辕之衅,而敷天同左袒之心。"陈氏评此二句,说它"足以尽情达旨"。书中又写道:"汉家之厄十世,宣光武中兴。献公之子九人,惟重耳之尚在。"陈氏复议此四句,赞美其"古典今事比拟适切"。代废后立言而昭告天下,本已非法,但为了建立大统,维系人心,抵御外侮,舍弃前朝废后又无可借以发言。情事如此,措辞极难,而汪彦章竟然能做到"尽情达旨","古典今事比拟适切",确实可钦可敬,垂范文史。然而,视庾信的赋作为"骈俪之翘楚",视汪彦章之代拟手书为"宋四六体中之冠",陈寅恪也是想借此传递历史学家的微言大义:

---

① 陈寅恪:《读哀江南赋》,见《陈寅恪集·金明馆丛稿初编》,234页,北京,生活·读书·新知三联书店,2001。

庚汪两文之词藻固甚优美，其不可及之处，实在家国兴亡哀痛之情感，于一篇中，能融化贯彻，而其所以能运用此情感，融化贯彻无所阻滞者，又系乎思想之自由灵活。①

陈寅恪的微言大义蕴含两层意思，即"家国兴亡哀痛之情感"，以及"思想之自由灵活"。尤其是后者，是陈氏论诗说文所尊奉的一贯标准："无自由之思想，则无优美之文学。"秉持这一断制，陈寅恪论衡古今诗文，顺之则誉，逆之则毁。尤为令人诧异者，乃是陈寅恪竟然发现，家国兴亡哀痛之情感，以及思想之自由灵活，唯独寓于明清才女之幽微优美的心灵之中。这是隐喻，也是反讽，陈寅恪的挚友吴宓一语道破天机：历史学家研究红妆的身世与诗文，"借以察出当时政治（夷夏）道德（气节）之真实情况"。②

陈寅恪是沐浴在启蒙时代理性之光照下成长起来的历史学家，他将古典今情融为一体而建构的诗史互显的境界，则是在隐喻与反讽之间对历史展开想象的产物。③ 这是一个复杂的历史隐喻体系，投射着陈氏的魏晋风骨和"五四"情怀。魏晋风骨，就是对气节的尊崇，对文化的迷思，对道德境界的殷殷瞩望。"五四"情怀，就是对独立之精神、自由之思想的阐扬与践行。1927年王国维愤懑自沉，在陈寅恪刚刚铺开的生命图景上浓重地投上了一道凄然暗影，导致了这位历史学家毕生悲风满眼，自伤自怜。文章憎命达，悲苦养诗人。然而，虽痛感世衰道微，人亡国瘁，陈寅恪却冀望于"人事终变，天道好还"，但此情只可追忆，而此志不堪济世，其情可悲而其志可悯。"留命任教加白眼，著书唯剩颂红妆。"时移俗易，乃至地变天荒，陈寅恪家国兴亡的情史，终归只是他一个人自伤自怜的情史。在无物之阵内，人命如草，

---

① 陈寅恪：《论再生缘》，见《陈寅恪集·寒柳堂集》，72—73页，北京，生活·读书·新知三联书店，2001。

② 转引自余英时：《现代危机与思想人物》，412页，北京，生活·读书·新知三联书店，2012。

③ ［美］怀特：《元史学：十九世纪欧洲的历史想象》，陈新译，106—107页，南京，译林出版社，2004。"理性主义的主要传统在领悟和理解历史过程方面，其特征是转喻式和反讽式的"，"浪漫主义史学思想可以看作是一种尝试，它重新思考隐喻模式中的历史知识问题"，"唯心主义……代表的则是以隐喻模式来思考历史知识和历史过程的一种尝试"。

他假借明清才人的呢喃私语而悲叹天道之峻、人道之孤，则注定是死水微澜，雨落江河。奇幻之文，终归是独孤的心史。悲剧之情，终归是盲目的希望。

九、象征的辞章之维——钱锺书文论与跨文化汇通

钱锺书(1910—1998)幼承家学，天生才情，少小习颂中外语文经典，以偏科的成绩考入清华大学。1935年至1939年留学英国和法国，归来后被破格聘用，在多所大学任教。钱氏集小说家、诗人、注疏家，以及著述家于一身。① 《围城》让锺书以小说家名世，他戏仿西方"流浪汉小说"、"教养小说(传奇)"、"社会讽刺小说"，并传承中国古典"笔记体"与市井传奇，繁采中外典故，叙说男女情事，描写尴尬婚姻，剖析幽暗人性。而书中那一套驳杂的文本织体与繁复的隐喻体系尤其值得再三玩味。作为诗人，锺书则有《槐聚诗存》传世，虽自道"且多俳谐嘲戏之篇，几于谑虐"，但长存"凿空索隐，发为弘文"的愿望。② 作为注疏家，锺书有《宋诗选注》留赠来者，注疏文字的字里行间处处隐含着"通古"、"变古"辩证思绪。③

作为著述家的钱锺书，以《谈艺录》、《管锥编》两部皇皇巨著传世。破体越位，同异俱冥，中外涵濡，不辨今古，出入经史子集，往返异域文辞，超凌文史哲艺，作为著述家的钱锺书则是一位不折不扣的通识家。锺书君自谓"《谈艺录》一卷，虽赏析之作，而实忧患之书"。"侍亲率眷，兵罅偷生"，"忧天将压，避地无之"，足见其写作环境极其恶劣，内忧更兼外患，家国情怀无以排遣，唯有"以匡鼎之说诗解颐，为

---

① 杨绛：《记钱锺书与〈围城〉》，见《钱锺书集·围城/人兽鬼》，391—417页，北京，生活·读书·新知三联书店，2012。
② 钱锺书：《〈槐聚诗存〉序》，见《钱锺书集·槐聚诗存》，1页，北京，生活·读书·新知三联书店，2012。
③ 钱锺书：《〈宋诗选注〉序》，见《钱锺书集·宋诗选注》，1—25页，北京，生活·读书·新知三联书店，2012

赵岐之乱思係志"。①《管锥篇》将"考据"、"辞章"、"义理"、"经济"熔为一炉，让中外经典互相参证，彼此释证，交替补正，范围上起先秦，下至中唐，理融欧美远东，辞采不可方物。论衡夷夏古今，指令文本交相显发，兼顾考据、义理，而锺书君独以辞章为运思行文的辐辏中轴，特重文学艺术的自律品格，于隐奥的典故与繁复的隐喻所建构的象征丛林里，凸显出象征诗学的辞章之维。在诗学的至境处，他将辞章生命化，于是我们得到了一个思诗交融而没有体系间架的象征诗学体系。读钱锺书的作品，读者犹如诺瓦利斯诗化教养小说《奥夫特丁根》中的亨利希，月夜寻访神山隐士，进入幽暗的洞穴，走过荒寂的废墟，惊魂不定地翻阅隐士的日记、诗文、图画，以及那些年代茫昧的玄文奇字，最后竟然从一个诗人的传奇故事中认出了自己，漫不经心地读到了自己的命运。一曲古歌悠然回荡在这幽深微明的洞穴，由表及里地浸润读者身心，在这玄文奇字孳乳蔓延的象征密林里，我们只能从远方找回自己，从遥远的未来和古老的记忆领悟自己的命运。②顺着锺书语词的魔杖，饮下其辞章的迷药，读者将同他一起学采中外，感受他的忧生忧世，接纳他的刚正痴气。然而，当下最令人感兴趣的，是钱氏跨文化博大视野之下和驳杂隐喻体系之中的象征诗学，及其所凸显的辞章之维。

(一)"管窥锥指"，"梦想之书"——象征诗学

法国象征主义诗人马拉美断定，世界的存在，乃是为了一部圣书的诞生。马拉美毕生与天使角力，实施情感炼金术，运演词语魔法，志在写出那一部纯而又纯的圣书。圣书，纯诗，境界空灵，音韵悠扬，超绝尘寰，在象征诗学论域中，自始至终，唯此为大。不过，马拉美失败了，他只留下了诗剧《依吉杜尔》，只留下了诗篇《骰子一掷绝不破坏偶然……》。马拉美的失败，是象征主义及其诗学衰微的征兆，甚至令解构论者德里达难以释怀，用万能的"延异"(différance)简而括之。关于马拉美以及象征诗人的失败，德里达辩解说：圣书"无法实现，并

---

① 钱锺书：《谈艺录》，3页，北京，商务印书馆，2011。
② [德]诺瓦利斯：《奥夫特丁根》(第5章)，见《大革命与诗化小说：诺瓦利斯选集》卷二，林克等译，84—96页，北京，华夏出版社，2008。

不等于说马拉美没能成功完成一本自我等同的书,只是马拉美不想这么做"。① 圣书被永远地"延异"在"诗人之心"至"诗人之笔"的路途上,世人等待圣书一如"等待戈多"。

　　留学英法而饱读诗书的钱锺书,或许受到了象征主义诗人的启示,尤其是马拉美败绩的刺激,欲重拾青春坠愿,梦想写一部"讲哲学家的文学史"。悠悠生死别经年,人们不禁追问,这"梦想之书"的许诺兑现了没有?是不是也被永恒地"延异"在由心而笔的路上?也许,像马拉美遗世以断简残篇、一鳞片爪,锺书也只让这部"梦想之书"以《围城》、《谈艺录》、《管锥编》之类的著述形式流传于世。《围城》的繁复隐喻及其讽世锋芒,《谈艺录》的词章之流及其忧心之象,《管锥编》的典故之城及其曲笔之幽,在总体上构成了涵濡夷夏、变古通今的跨文化象征诗学。

　　我们说这套比喻、辞章、意象、典故、曲笔构成了一种象征诗学,锺书若九天有知,一定会笑骂后生我辈做"鸟语啁啾"。因为先生曾有言在先:深文周纳的思想体系,经不起时间的推排销蚀,体系大厦坍塌,只有个别真知灼见则可资利用。"眼里只有长篇大论,瞧不起片言只语,甚至陶醉于数量,重视废话一顿,轻视微言一克,那是浅薄庸俗的看法——假使不是懒惰粗浮的借口。"②持论如此坚执,足见锺书抵制体系、推崇断章的诉求相当自觉。究其原委,我们不难理解,在他的学术人生起步之时,"现代性"、"全球化"、"文化危机"、"思想绝境"、"学术乱象",可谓风头正炽,令人茫然失措。尼采之后的西方文史哲艺可谓群龙无首,尼采的法国后裔布朗肖(Maurice Blachot)将"灾异书写"抬高到"元书写"(meta-writing)的位置。"灾异"(disaster),是指星体脱轨、星球离散的天文异象,有如汉代纬书所描写的天威作怒,人间罹灾的乱世。"列维纳斯引用布朗肖的话说,'我们预感到,灾异就是思想'。灾异是一种星体离散(dis-aster)的天文学现象,法国思想

----

① [法]德里达:《力量与意谓》,见《书写与差异》,张宁译,42页,北京,生活·读书·新知三联书店,2001。
② 钱锺书:《读〈拉奥孔〉》,见《钱锺书集·七缀集》,34页,北京,生活·读书·新知三联书店,2012。

家们用它来喻说一种普遍裂变的生命体验，喻说一种泛悲剧精神。泛悲剧精神在德里达的作品中占有了一个特殊地位，并化作满腔哲学悲情(pathos)，喷薄出离散的文字，铭刻着深厚的人文忧患，以及他的浪子情怀。"① 所以，我们就不难理解，钱锺书何以非得强调自己的"赏析之作"实为"忧患之书"。"赏奇乐志，两美能并……国破堪依，家亡靡托。"② 莫非家国情怀舍赏析诗文则无以寄托？莫非浪子之心、人文之韵舍比喻之妙、辞章之美则遁迹无形？英国社会学家吉登斯(Anthony Giddens)平实地指出，群龙无首，灾异频仍，乃是现代性进程中自然而然的"脱域"(disembedding)现象。所谓"脱域"，"是社会关系从彼此互动的地域性关联中，从通过对不确定的时间的无限穿越而被重构的关联中'脱离出来'"。③ 这么一个诡异的词语，描摹地域界限的模糊，表示生存根基的漂移，揭示知识生产的机制，再现意义创造的状貌，表现天下裂变、未来阙如、绝无出路的忧患心态。

置身乱世之中，锺书不堪其忧，而悠游象征之林，锺书又不改其乐。面对宏大叙事坍塌之后的废墟，执着于鸡零狗碎的"大义"，他从叙说男女情缘开始，游过诗兴流韵的艺潭，管窥锥指而企慕于思诗显发、夷夏涵濡、变古通今的学问境界。当然，这种境界在比喻、意象、象征、曲笔杂然共存的词章织体的幽深处，所以学问的至境在于象征之境。"东海西海，心理攸同，南学北学，道术未裂。"④ 正言若反，"心理攸同"可能只是悬于梦想的圣书中的太虚幻境，"道术未裂"实则为一种破界求通、夷夏互用的理想预设。锺书以辞章为中心的象征诗学建构，及其宏大视野与幽深微言，为他博得了"文化昆仑"的美誉，后人不堪忍受其"影响的焦虑"。"但开风气不为师"，他本人却屡屡向世人表白，说自己"志气不大"：如果说人生是一部大书，他的那些文字就是写在人生边上，即便写在边上，也还是留下了好多空白。他还

---

① 胡继华：《后现代语境中伦理文化转向——论列维纳斯、德里达和南希》，236页，北京，京华出版社，2005。
② 钱锺书：《谈艺录》，5页，北京，商务印书馆，2011。
③ [英]吉登斯：《现代性的后果》，田禾译，18页，南京，译林出版社，2000。
④ 钱锺书：《谈艺录》，3页，北京，商务印书馆，2011。

第三章 文化精神的符号编码——中国现代象征文论制序

引用古希腊诗人悲情诗句，说一生一世只不过是居家、出门、回家。人类的一切情感、理智、意志、行动，无非都是灵魂的乡愁。① 正是这份沉重而空灵的乡愁，将钱锺书的象征诗学升华到诗思互映的幽眇境界。韩愈的张皇幽眇，就是钱锺书所偏爱的一则掌故。如何张皇幽眇？这就涉及钱锺书以词章为中心的象征诗学建构方略了。

锺书建构象征诗学的方略，首推破体求通，变古为用，涵濡夷夏，远近因缘。其一贯的做法，是打通三科六艺，出入经史子集，融汇文史艺哲，聚焦于一个字，一句诗，一则掌故或箴言，从而写出一部微型文化史，掘发辞章肌理的隐微，张皇文化精神的幽眇。用《谈艺录》中的话说，那就是"颇采'二西'之书，以供三隅之反"，"盖取资异国，岂徒色乐器用；流布四方，可征气泽芳嗅"。② 而将其著作题名为《管锥编》则表明，钱氏深谙无限寓于有限、借小罅可以窥天地的不易道理。"管锥"语出庄子《秋水篇》："子乃规规然而求之以察，索之以辨，是直用管窥天，用锥指地，不亦小乎？"庄子原为讥讽之语，谴责管锥天地之辈不能达于无南无北、无西无东的"玄冥"之境。锺书反其意而用之，以管锥托喻表明自己借有限而入无限、由有形达无形、最后"体用"并举直指玄机的问道进阶。这当然也是其象征诗学建构的进阶。"管锥"一词，复见于《韩诗外传》："譬如以管窥天，以锥刺地，所窥者大，所见者小，所刺者巨，所中者少。"其中的意蕴，似乎更契合钱氏的想法。他不是一直主张摒弃宏大体系而独尊小技微言，极言散珠线串而合璧中西吗？当下学界最为推重的"小题大做"、"大题小做"，竟胎息于这一"管窥锥指"的象征诗学建构法则，不能不说钱氏求学问道之方具有"不变应万变"的指导意义。

锺书所建构的象征诗学的状貌，是百虑一致，殊途同归，全部宗旨在于一个"通"字。破体求"通"，变古"通"今，夷夏互"通"，学科"通"识，钱氏学问颇备博雅之范。破体求通，是不拘一人一说，摒弃门户之见，从善如流，古今夷夏莫不尽采入囊。变古通今，是探幽索

---

① 钱锺书：《谈中国诗》，见《钱锺书集·写在人生边上/人生边上的边上/石语》，167页，北京，生活·读书·新知三联书店，2012。
② 钱锺书：《谈艺录》，3页，北京，商务印书馆，2011。

赜，活古入今，赏析古雅，绵延文化精神的悠扬余韵。夷夏互通，是中古释教入华之时即已开启而近世海通以降极速加剧的全球化运动。无论怎样守护夷夏的森严防线，夷夏互通都是一种无法逆转的经济政治文化趋势，何况观乎人文以化成天下的学问？学科通识，是钱氏一贯的学术抱负，一种自由境界，一种生命寄托。少小饱读经史子集，而经欧洲博雅教育之风浸润濡染，钱氏毕生论学虽庞杂繁复，飘逸善变，唯有学科通识一端从来未变。王国维论"诗"，对"不隔"之境推崇备至，而对"隔"之辞章义理多有责难之词，钱锺书则将"能达、不隔"之"通"视为包括诗学在内的人文科学全体的特征。先生晚年在日本讲学，以"诗可以怨"为题论说古今夷夏抒情诗学传统，线串散珠，剖情析理，现身说法："我们讲西洋，讲近代，也不知不觉中会远及中国，上溯古代。"他尤其强调"人文科学的各个对象彼此牵连，交互映发，不但跨越国界，衔接时代，而且贯穿着不同的学科"[1]。因此，人称钱氏为"现代通儒"，可谓实至名归。"通"不仅是学问博大的标志，而且更是境界自由的象征。人类生命在当代世界所遭遇到严峻的挑战，而启蒙之后的学科区隔，及其专门知识的系统化，仿佛赋予了宇宙整体的破裂和有机生命的碎片以正当性理由。生命不复圆满，思想一片废墟，历史似是断垣残壁，书写恰是星体灾异。在这种普世的现代性困境下，钱锺书的"通学"不啻是一种对圆满生命整全宇宙之慕悦的象征，一种对丰富人生自由境界之瞩望的隐喻。

而且，钱锺书论诗讲究"通感"，亦可资证明，"通学"是"通感"的升华，更是人文化成境界在诗学层面上的再现。读诗赏文，感觉总动员，想象共博弈，春意可闹，乐境可视，诗韵可嗅，秀色可餐，生命整体通而为一，一如道家和释家常常讲到且为西方神秘主义所推重的诡异体验。[2] 而欧洲19世纪于浪漫文学之后兴起的象征主义则为"通感"提供了深奥的理论根据，且由法国"恶魔诗人"波德莱尔表述为"契

---

[1] 钱锺书：《诗可以怨》，见《钱锺书集·七缀集》，129 页，北京，生活·读书·新知三联书店，2012。

[2] 钱锺书：《通感》，见《钱锺书集·七缀集》，72—73 页，北京，生活·读书·新知三联书店，2012。

合",意指诗文中人们所体验到的个体与永恒同在,生命与宇宙同流的境界。钱氏从《列子》中拈出"神游"一语,遍考经史子集,几乎呈现了中国古代"通感"文化史。随后他又不失时机地指出,这一通感传统与西方神秘宗教以及象征主义多有共契,并用"契合"一词来翻译西文"correspontia"。"神变妙易,六根融一",是他从西洋诗文中所提取的象征诗学的精义。① 由此可见,诗学的"通感"境界,是为人文学的"博雅"境界的微观缩影。进而言之,发源于其"梦想之书",而复以管窥锥指之法展开的"博雅通识"的学问,是象征诗学建构的一项成果,一种境界,一种观照古今中西的跨文化视角。

(二)"笔补造化天无功"——辞章维度

钱锺书论文、谈诗、说艺、征史,一个最为显著的特点,是将"自由的思想"诉诸"优美的辞章"。论"文"的本义,他依据《易·系辞》"物相杂,故曰文",尤其突出两物相对,刚柔相形,强弱相成,是"文"的应有之义,且援引古希腊人谈艺"一贯寓于万殊"的理解,以及英国浪漫诗人柯勒律治"多多而益一"的准则,凸显辞章的生命肌理与语义张力。② 论及诗乐的原始合一状态,他又依据《毛诗正义·关雎》序传"声成文,谓之音"以及"成文者,宫商上下相应",进一步强调,通于眼耳,比于声色,五官感觉通融,是"文"的知觉功用,同时将古"文"比类于西洋古心理学的"形式",论说辞章浸润于时间而延展于空间,如乐调音节具有远近表里之妙。③ 纵论"诗""史"关联,他拒绝"以诗证史",反对将活诗抠成死句,而主张"史蕴诗心、文心",尤为凸显辞章的独立价值,甚至推而广之,断言一切史乘莫非诗心之显发:

> 先民草昧,词章未有专门。于是声歌雅颂,施之于祭祀、军旅、昏媾、宴会,以收兴观群怨之效。记事传人,特其一端,且成文每在抒情言志之后……。赋事之诗,与记事之文,每混而难分……诗史兼诗与史,融而未划可也……史必征事,诗可凿空。

---

① 钱锺书:《管锥编》二册,743—744页,北京,生活·读书·新知三联书店,2012。
② 参见钱锺书:《管锥编》一册,北京,生活·读书·新知三联书店,2012。
③ 钱锺书:《管锥编》一册,85—88、103—104页,北京,生活·读书·新知三联书店,2012。

古代史与诗混,良因先民史识犹浅,不知存疑传信,显真存幻。号曰实录,事多虚构;想当然耳,莫须有也。述古而强以就今,传人而借以寓己。史云乎哉?直诗(poiesis)而已。①

汉儒王充《论衡》于《书虚》之外,复撰《语增》、《儒增》、《艺增》,三度谴责为文之"增"。"增"者,踵事增华,添枝加叶,以及修辞夸饰。王充谴责为文之"增",实为强调,记事、载道、言志,一律唯本色是务,须尽废修辞夸饰之文。作文而不许为"增",则见中国古典传统中,辞章之学即非主流,也非正宗,反而被视为雕虫小技,未许登堂入室。锺书一反古道,颠覆"古诗即史"的陈言旧说,确立"古史即诗"的新异文观。隐含在这些命题之后,足见"辞章"优先这一前提。

钱锺书论诗文而重辞章,当然其来有自。首先,辞章是锺书君自幼而承的钱氏家法。其父钱基博(1887—1957)通览古今,撰述《中国文学史》、《现代中国文学史》等重要著作。隐含于这两部文史大著之后的一个基本前提,乃是"辞章"优先。其《中国文学史》即开宗明义地提出,"文者,盖复杂而有组织,美丽而适娱悦者也"。② 复杂,是指言之有物。组织,是指言之有序。美丽,是为文之止境。复杂、组织、美丽,是属文者三大特征,而这三大特征概指辞章。传承钱氏辞章家法,钱锺书自然自觉于诗文形式独立的审美价值。在钱锺书手上,辞章优先的家法,得到了俄国形式主义文学理论和英美新批评派实践的支持。俄国形式主义什克洛夫斯基(Victor Shlovskij)论文的宗旨,不在虚灵缥缈的主题,而在心摹手追的技巧。俄国形式主义论诗说文,以"文学性"为研究对象。所谓"文学性"(literariness),与娱乐性、教化性、"政治性"、"党性"对立,是指诗文的形式、结构以及独立自存的生命与价值。俄国形式主义侧重语言形式及其独立于经济政治的历史演变,英美新批评则注重词法、句法、义法以及张力、歧义、反讽、悖论等修辞手法,二者一致之处在于,强调"文学性"乃是文学传统的公约数,在形式自律及其来龙去脉中合情合理地寻找和描述"文学性"。关注诗

---

① 钱锺书:《谈艺录》,103—104页,北京,商务印书馆,2011。
② 钱基博:《中国文学史》上册,3页,上海,上海古籍出版社,2011。

文形式结构及其独立的审美价值,是 19 世纪浪漫主义之后直到 20 世纪 60 年代欧美俄文学理论转向的大势所趋,文学史学者称之为"语言学转向"。"语言学转向"(Linguistic Turn),是指 19 世纪末至 20 世纪上半叶西方人文学科领域发生的语言取代理性而占据中心的转变过程。随着语言取代理性,主体渐渐淡出,对文学的词语、形式、结构的考虑在诗学中逐渐获得了优先地位,甚至取代了对情感、思想和意义的考虑。① 这种转向在 20 世纪 70 年代臻于高潮,理论家甚至缔造出"文学性的语言学",为诗文鉴赏与文学批评提供可以操作的概念框架,而渴望发展出一系列不定量的潜在的创造性语境。解构论者保罗·德曼声称,"文学性"被定义为语言修辞或比喻的维度,故而可以在一切以文本方式阅读的语言事件中揭示出来。"文学性",是语言学转向大趋势中诗家与论者心中的图腾。② 学术普世裂变,唯有适者生存,钱锺书的象征诗学建构便能借他山之石,发掘自体文化诗学的灵根,将词章从考据、义理、经济的沉重压抑下解放出来,赋予辞章以不同于载道言志、经邦济世的独立审美价值。

"辞章"独立的审美价值,构成了钱锺书象征诗学的基础。那么,何谓"辞章"?辞章,即"诗文"的总称。锺书遨游四部,贯通经史子集,涵濡夷夏文脉,但其聚焦之点,在于诗文的音节、字词、句法、语义及其精微的内在结构。钱锺书给词章所下的定义是:"词章为语言文字之结体赋形,诗歌与语文尤粘合无间。"③重视结体赋形,以诗文之粘合无间为文学佳构,这是一种典型的形式主义的阅读策略。这种策略便将钱锺书造就为论析辞章、解构经典和重建诗学重心的论家。众所周知,辞章之学,自古迄今都被视为不由正道的莫焉下流,属文重辞者历来就不为正宗所悦纳。宋学尊义理,辞章乃为细枝末节。理学家程颐(1033—1107)言古之学者为一,而今之学者为三,异端而无一统,"文章之学","训诂之学","儒者之学",三类学品高低分明,文章(词

---

① 王一川主编:《西方文论教程》,98 页,北京,北京大学出版社,2009。
② Haun Saussy (ed.), *Comparative Literature in an Age of Globalization*, Baltimore: The Johns Hopkins University Press, 2006, pp. 16-17.
③ 钱锺书:《谈艺录》,127 页,北京,商务印书馆,2011。

章)离"道"最远①。"心学"在歧视词章方面同"理学"相比有过之而无不及。清代中期,朴学兴盛,词章之学不复受压于理学与心学,却转而受到考据训诂之学的抑制。戴震(1724—1777)沿用理学家学问三分法则,说学问或"事于义理",或"事于制数",或"事于文章",等而末之者乃"事于文章"。② 桐城派振兴古文,自是义理、考据、词章三端并举,润笔作文讲究陈言务去,气盛言宜,且词尚雅洁,但"文以载道"的律令依旧,词章仍无独立地位。桐城派诗文理想的支持者和光大者湘乡儒将曾国藩(1811—1872),分学问为"义理"、"考据"、"词章"、"经济"四科,而四科均归孔门:义理为"德行之科",考据为"文学之科",词章为"言语之科",经济为"政事之科"。"辞章者,在孔门为言语之科,从古艺文及今世制义诗赋皆是也。"③曾国藩学问分科之说,同样隐含着义理优先而词章末流的前提。这种视"词章"为雕虫小技薄而不为的合法偏见,直到维新时代依然没有多大改变,梁启超就近乎粗暴地断言"词章不能谓之学也",尤其痛斥"骈俪之章,歌曲之作",且猛攻"误人家国之言":"听其言论,则日日痛哭,读其词章,则字字孤愤;叩其所以图存之道,则貽然无所为,对曰天心而已,国运而已,无可为而已,委心袖手,以待覆亡。"④也许,对六朝骈俪文情有独钟的刘师培(1884—1919)看得不错,鄙视词章视之为小道,以及人为考据有碍词章,此两种想法都必须为文章的衰微负责:"是文章之衰,不仅衰于科学之业也,且由于实学之昌明。"⑤"词章"备受贬抑,诗文的独立审美价值被遮蔽,无论是载道之文,还是言志之诗,还是"究天人之际,通古今之变"的史,"词章"只是细枝末节,甚至可以弃而不论。文学自律性的确立,或许首先必须肯定词章独立的审美价值,从而凸

---

① 《二程遗书》18卷,235页,上海,上海古籍出版社,2000。
② 戴震:《与方希原书》,见《戴震集》,189页,上海,上海古籍出版社,1980。
③ 曾国藩:《劝学篇示直隶士子》,见邓云生编校:《曾国藩全集》(诗文),442页,长沙:岳麓书社,1994。
④ 梁启超:《变法通议论》,见《梁启超文集》,23页,呼和浩特,内蒙古人民出版社,1999。
⑤ 刘师培:《近世文学之变迁》,见舒芜等编选:《中国近代文论选》下册,580页,北京,人民文学出版社,1999。

第三章 文化精神的符号编码——中国现代象征文论制序

显诗学的词章之维。而钱锺书聚焦词章，辨别字句歧义，透析诗文结构，直指同哲学义理迥然相异的诗学微言，在中国20世纪文学批评及诗学建构中可谓居功甚伟，影响甚巨。搜寻其《管锥编》、《谈艺录》以及"写在人生边上"的文字，其词章学之要端，在于"取象设喻"，"反象为征"，"比喻两柄"，"曲喻夸饰"，"诗臻乐境"。

一曰：穷理析义，均借象喻。科学、哲学、诗学、史学均需穷理析义，但钱锺书尤重诗学借"象喻"以穷理析义的独特性与自律性。首先，他发现"语出双关，文蕴两意，乃诙谐之惯事，故词章之优为"。① 所以要在张力充盈语义飘忽的词章中寻取意义，就必须凭借象征——将《易》象和《诗》喻合二为一，钱氏称之为"象喻"。"象喻"乃为中国哲学与诗学的大道，贯通《易》、《庄》、《诗》、《骚》，以及中国化的佛教"禅宗"的浩繁典籍，将中国语言文字承载的独特思维形式笼罩在诗性智慧的幽光魅影中。以象喻思，借象造境，境生象外，构成了儒、道、骚、禅运思和兴诗的共通特质。对于这一点，钱锺书窥以精准，言之甚恰："理赜义玄，说理陈义者取譬于近，以为研几探微之津逮。"② 但他深知，凡物有度，万事勿过。以象喻思，切不可以喧宾夺主，移的就矢。《易》之有"象"，乃为取譬明理，《诗》之比兴，乃为触物生情，托物言志。很显然，取譬明理，但"象"本身不是"理"。"比兴"触物生情，托物言志，但"物"本身也不是"情"、"志"。但钱锺书念兹在兹的"词章之拟象比喻"，则有另外一重诱人的光景，有另外一层不可僭夺的自律价值："诗也者，有象之言，依象以成言；舍象忘言，是无诗矣，变象易言，是别为一诗甚且非诗矣。故《易》之拟象不即，指示意义之符（sign）也；《诗》之比喻不离，体示意义之迹（icon）也。不即者可以取代，不离者勿容更张。"③ 由此，哲学象征同诗学象征似乎判然有别。然而，如何理解善用寓言的庄子，以及善用比喻的柏格森呢？钱锺书自有说辞：古今哲人有鉴于词之足以害意，故"以言破言"，用文字消除"文字之执"。拟象比喻，令其相互抵消，此以庄子为典范。文

---

① 钱锺书：《管锥编》一册，7页，北京，生活·读书·新知三联书店，2012。
② 钱锺书：《管锥编》一册，20页，北京，生活·读书·新知三联书店，2012。
③ 钱锺书：《管锥编》一册，7页，北京，生活·读书·新知三联书店，2012。

章一事，数喻为难，独庄子百变不穷，其深微之旨何在？依据钱氏所见，庄子可不是为拟象而拟象，为比喻而比喻，而是"说理明道而一意数喻者，所以防读者之囿于一喻而生执着也"。同样的道理推及西洋诗哲柏格森，其论说生命之书，也隐契庄子，"喻众象殊（beaucoup d'images diverses），而妙悟胜义不至为一喻一象之专攘而僭夺（on empechera l'une quelconque d'entre elles d'usurper la place de l'intuition）"。① 最后，他再度对比哲学象喻和诗学象喻之间的差异，而强调诗学象喻的自律价值：

> 是故《易》之象，义理寄宿之蘧庐也，乐饵以止过客之旅亭也；《诗》之喻，文情归宿之菀裘也，哭斯歌斯、聚骨肉之家室也。倘视《易》之象如《诗》之喻，未尝不可撷我春华，拾其芳草。……哲人得意而欲忘之言，得言而欲忘之象，适供词人之寻章摘句、含英咀华，正若此矣。苟反其道，以《诗》之喻视同《易》之象，等不离于不即，于是"诗无达诂"之论，作"求女思贤"之笺；忘言觅词外之意，超象揣形上之旨；丧所怀来，而无所得而反。以深文周内为深识底蕴，索隐付会，穿凿罗织；匡鼎之说诗，几乎同管辂之射覆，绛帐之授经，甚且成乌台之堪案。自汉以还，有以此专门名家者。洵可免于固哉高叟之讥矣！②

人们一般认为，"汉学"重考证，而宋学尊"义理"，钱氏可谓兼扫汉宋，在考据义理之外独重词章。所以，一反汉儒经师之寓意解《诗》传统，拒斥"忘言觅词外之意，超象揣形上之旨"，他主张《诗》的象喻具有超越义理的独立价值。《易》之象与《诗》之喻，判然不同，意味着哲学与诗虽互映交显，但形同陌路，诗学的象喻比兴具有不可僭夺的自律价值。而钱锺书的象征建构便以诗学的自律价值为基本前提，优先关注词章及蕴含其中的张力结构与辩证肌理。这就涉及钱氏诗学建构的"反象以征"策略了。

---

① 钱锺书：《管锥编》一册，22—23 页，北京，生活·读书·新知三联书店，2012。
② 钱锺书：《管锥编》一册，23—24 页，北京，生活·读书·新知三联书店，2012。

第三章　文化精神的符号编码——中国现代象征文论制序

二曰：词蕴歧义，"反象为征"。《易》具三名，将"易简"、"变易"与"不易"蕴含其中。《诗》兼三义，将"志者"、"持者"与"承者"凝为一字。言辞歧义，甚至一个字词将完全相反的意义包含在内，这种语义歧异性与悖论其源有自，大略可以追溯到远古初民诗性智慧的模糊性，及其象喻思维的不确定性。"象曰：革，水火相息。"《注》："变之所生，生于不合者也。息者，生变之谓也。"《正义》："燥湿殊性，不可共处。若其共处，必相侵尅。既相侵尅，其变乃生。"一个"革"字，将水火、燥湿两义蕴含其中，一个"息"字，则兼有"侵尅"与"生变"、"生"与"消"两义。分而训之，仅仅知道"生息"、"止息"两义歧出。合而训之，《易》之此语则兼有"生息"、"灭熄"两种完全对立的意义。远古贤哲浸润于诗兴未熄的天地乐章中，顿悟"自然崇尚对立，物性相反相成"。《易》为卜筮之册，更是忧患之书，其作者所思所记，同古希腊哭泣贤人与晦涩哲人赫拉克利特所思所记，几乎同出一辙。赫拉克利特常言，凡事相反相成，参差音调合成最美的音乐，万物相生相克，对立统一犹如"弓"与"琴"。① "初九：鞏用黄牛之革。象曰：鞏用黄牛，不可以有为也。"《注》："鞏者，固也；黄牛，中也；牛之革，坚韧不可变也。"《正义》："'革'之为义，变改之名……皮虽从革之物，然牛皮坚韧难变。"以坚韧有如牛皮之物来为命名变动，可谓相反相成，反象为征，而直指窈渺：

　　盖以牛革象事物之牢固不易变更，以见积重难返，习俗难移，革故鼎新，其事殊艰也。夫以"难变"之物，为"变改之名"，象之与义，大似鑿枘。此固屡见不鲜者，姑命之曰"反象以征"(reverse symbolism)。词令每正言若反，欲盖弥彰，如旧谚埋银地下而插标其上曰"此地无银"，或西谚讽考究字源："草木丛生，谓之'风光'，以其密不通光漏风也(Lucus a non lucendo)。"拟事寓义，翩其反而，亦若是班，须拟揣而不宜顺求，"革"取象于牛皮是矣。②

---

① [古希腊]赫拉克利特：[相反者相成]，《西方哲学原著选读》上卷，23—24页，北京，商务印书馆，1981。
② 钱锺书：《管锥编》一册，52页，北京，生活·读书·新知三联书店，2012。

圆梦者解梦，多善用"反象为征"，把梦境中"棺材"解释为现实中"官才"，把梦境中粪土解释为现实中金银，把女人梦中龙蛇缠身解释为早孕贵子。民间风俗也多用"反象以征"，如"嫁女之家三夜不熄烛，思相离也"，居室灯烛粲然，却表示居人心境黯然若丧。中西诗人和作家善好"反象以征"，如索之以酸辣泡菜，而馈之以甘露芳饴。钱锺书谓之曰："受者与赠物之性原相即或相引而督其离，或受者与赠物之性原相离或相却而督其即，皆鉴戒也，殊途同归于反象以征者也。"最后，宗教家抑或哲人常以虚室或白纸为象，反征大体、太极的本质真实。唯道集虚，虚室生白，或以空白圆圈比拟大道之圆满境界，这里的虚、空、白都不宜顺求其义，其真意必须逆揣而得之。故而可见，"反象为征"是一种驾驭词章而昭显隐微意义的编码方式，不仅是诗家文士的笔下功夫，而且也是宗师哲人的明道策略。

三曰：一剑双刃，"比喻两柄"。比喻修辞手法，像一把双刃剑。对所拟之物所含之情，乃为毁誉交加，褒贬合一，有扬有抑。《易·归妹》："初九：归妹以娣，跛能履。九二：眇能视。"《易·履》："六三：眇能视，跛能履。象曰：眇能视，不足以明也；跛能履，不足以与行也。"这两卦拟象完全相同，但旨归正好相反。《归妹》对于跛、眇，尚有赞美之意，而有遗憾；《履》对于跛、眇，则具贬抑之心，而毫无怜惜之念。《归妹》的比喻，是先抑而后扬，《履》的比喻，是先扬而后抑。木槿朝花夕落，苏彦赋诗曰："余既翫其葩，而叹其荣不终日。"诗人爱其朝花而终恨其夕落。东方朔书曰："木槿夕死朝荣，士亦不长贫也。"白居易诗曰："松树千年终是朽，槿花一日亦为荣。"此二者纵知槿花夕落而仍然羡其朝花。推而广之，词章之为物，没有永久的褒贬之义，比喻并非常毁恒誉，而是抑扬并举，关键看诗人文士拟象取义的方略。"同此事物，援为比喻，或以褒，或以贬，或示喜，或示恶，词气迥异；修辞之学，亟宜拈示。斯多葛派哲人尝曰：'万物各有两柄'（Everything has two handles），人手当择所执。"采用慎到、韩非的"两柄"说法，钱锺书合成"比喻之两柄"概念。镜花水月，是书中常见之比喻，但比喻两柄，诗人用之，既可叹其玄妙，又可斥其虚妄。以花称友，喻者可赞其友人如花盛放，活力无限，亦可责其友人因时兴衰，不带长情。同样,以秤比友,喻者既可褒奖其友人心公义正,亦可讽谏其友人视物之轻重为低昂。西人喜用"钟表停止,时间静止"来比喻女人,或是叹其容貌之美,或是斥其容貌之陋。

比喻不独两柄,而且多边。一事物非止于一种性能,也不局限于一种功效,因而设喻取譬之人则须小心甄别,"着眼因殊,指(denotatum)同而旨(significatum)则异,故一事物之象可以孑立应多,守常处变"。与此同时,"一物之体,可面面观,立喻者各取所需,每举一而不及余,读者倘见喻起意,横出旁申……"故而"万物毕同毕异","引喻不必尽取"。钱锺书引美国分析哲学家戴维森(Donald Davidson,1917—2003)的名言总结"比喻多边":"明比皆真,暗喻多妄","无一物不与他物大体或末节有相似处,可以显拟,而每一物独特无二,迥异他物,无堪齐等,不可隐同"。①

四曰:才情恣肆,曲喻夸饰。论说比喻,且出神入化地予以应用,构成了钱锺书诗学及其作诗为文的一道绚丽亮色,而其涵濡中国古典诗艺的"比兴"、"神思"与西方"巴洛克"、"玄学诗"、"浪漫诗",以及形式主义为求陌生化效果而造出的"曲喻"夸饰修辞格,堪称其诗学绚丽亮色中最为绚丽的亮色。"曲喻",乃是英文"conceit"一词的汉译,意为"幻想"、"奇想",尤指诗文中过分的夸饰与奇幻的比喻。诗人以另类方式叙事言情,赋物言志,假名善喻,而每每至于奇情幻想,时时超乎尘寰俗习。"青州从事斩关来","酒"既为从事,故可"斩关"。"管城子无食肉相,孔方兄有绝交书","笔"既有"封邑",故能"失身食肉"。"王侯须若缘坡竹,哦诗清风起空谷","须"既比竹,故堪起风。"白蚁战酣千里血",蚁既善战,故应飞血。② 宋人黄山谷作诗,可谓夸饰至奇,以现存典故、比喻为用而更生新意,人称"以物为人一体最可法",诗为新巧而不害其理。"以雪山比象,不妨生长尾牙;满月同面,尽可装成眉目。"诗人如此巧譬善喻,甚至每复以文滑稽,在钱锺书看来,那简直就是远古初民诗性思辨奇能的遗迹,因为"初民思辨之常经",乃是以偏概全,举一反三,后世称之为"提喻"(synecdoche)、

---

① 钱锺书:《管锥编》一册,64—70页,北京,生活·读书·新知三联书店,2012。
② 钱锺书:《谈艺录》,34—35页,北京,商务印书馆,2011。

"博喻"(catachresis)。故而德国浪漫诗人诺瓦利斯常道"比喻之事甚怪"(Seltsame Ausführung eines Gleichnisses),"苟喻爱情滋味于甜,则凡属糖之质性相率而附丽焉"(Die Liebe ist süss, also kommt ihr alles zu was dem Zucker zukommt)。① 诗人每设一个比喻,皆可旁逸斜出,孳乳繁衍,如同树木开枝散叶,花繁果实,如同家族子孙满堂,香火兴旺。诗人慧黠,常以假充真,恒以偏概全,每每反常言之道而行,而同归于出奇见巧。而诗人的奇思妙想,及其以文滑稽的比喻,就是钱锺书所称道的"曲喻":

> 英国玄学诗派(metaphysical poet)之曲喻(conceit),多属此体。吾国昌黎门下颇喜为之。如昌黎《三星行》之"箕独有神灵,无时停簸扬";东野《长安羁旅行》之"三旬九过饮,每食惟旧贫";浪仙《客喜》之"鬓边虽有丝,不堪织寒衣";玉川《月蚀》之"吾恐天如人,好色即丧明"。而要以玉溪为最擅此,着墨无多,神韵特远。如《天涯》曰:"莺啼如有泪,为湿最高花",认真"啼"字,双关出"泪湿"也;《病中游曲江》曰:"相如未是真消渴,犹放沱江过锦城",坐实"渴"字,双关出"沱江水渴"也。《春光》曰:"几时心绪浑无事,得及游丝百日长",执着"绪"字,双关出"百尺长"丝也。②

这一段论说,将中晚唐诗人同英国"玄学诗派"予以对观互照,平行比较,以"曲喻"修辞格通而论之。不过,在中晚唐诗家里,钱锺书特为推重李商隐,不仅认为玉溪最擅"曲喻","着墨无多,神韵特远",而且认为此君的名篇《锦瑟》同英国诗人柯勒律治的《忽必烈汗》皆为"以诗论诗"的典范:"《锦瑟》一篇借比兴之绝妙好词,究风骚之甚深密旨,而一唱三叹,遗音远籁,亦吾国此体绝群超伦者也。"③那么,"玄学诗派"与中晚唐诗人究竟相通于何处,相争于哪端?"玄学诗派"兴起于17世纪,其诗境玄远,意旨遥深,后人常叹其词章与意蕴脱节,感性

---

① 钱锺书:《谈艺录》,35—36 页,北京,商务印书馆,2011。
② 钱锺书:《谈艺录》,36 页,北京,商务印书馆,2011。
③ 钱锺书:《谈艺录》,124 页,北京,商务印书馆,2011。

与理性分离,然其诗风乃是"巴洛克"(Baroque)精神的彰显。艺术史家沃尔夫林(Heinrich Wölfflin,1864—1945)首次将"巴洛克"范畴应用于艺术历史,归纳出这种诗风的四个特征:同古典的"线描"相对立的"图绘",同古典的"封闭"相对立的"开放",同古典的"均称"相对立的"奇拙",以及同古典的"清晰"相对立的"歧义"。就诗学论之,对偶、省略、倒装、悖论,以及奇论和夸张,都是巴洛克诗人喜好的词章格调。从文体学论之,表现量的推动力的对句、浮夸、神话、夸张,以及表现质的推动力的文字游戏、分解、对偶、抽象以及警句,都构成了巴洛克诗风的基本品格。英国玄学诗派尤其喜爱"奇特的比喻",据此同伊丽莎白时代诗人文士以及新古典主义者截然区分开来。[①] 20世纪上半叶风靡英美的"新批评"及其主要理论家,如兰瑟姆(John Crowe Ransom,1888—1974)、退特(Allen Tate,1899—1979)以及布鲁克斯(Cleanth Brooks,1909—1994)等人,常以玄学诗人的作品为范本,赏玩其词章,透析其肌理,展示其修辞,掘发其歧义,演示新批评细读文本叩显开隐的批评策略。按照这些"新批评"论家的睿智灼见,玄学诗派之作同其意象一样广博无垠,其比喻曲折幽深,修辞孳乳繁衍,意象彼此烛照,比喻互相显发,极尽夸饰之能事而用扩大的意象以承受概念结构及其思想的重量。受新批评浸润濡染,钱锺书特重词章,尤对玄学诗人的"曲喻"推崇备至。他的一贯看法是,诗章断乎不若史乘,史必征实,而诗可凿空,故而诗人超群绝伦之处,就在于善譬巧喻,铺张扬厉,词诡调激,色浓藻密。一言以蔽之,"曲喻"属于驰情入幻、浪迹虚无的杰出诗人。

　　钱锺书把唐代"诗鬼"李贺称为"曲喻"诗魁。《谈艺录》论列六章,重点讨论李贺诗风、诗境、炼字、遣词、曲喻、心境关系等,尤为突出其诗中的"曲喻"。钱锺书强调指出,"长吉赋物,使之坚,使之锐","其比喻之法,尚有曲折",以至于后人常病其"好奇无理","不可解会"。[②] 效杜牧之言辞,说李贺诗境乃是"风樯阵马"以至于"牛鬼蛇

---

　　① [美]韦勒克:《文学研究中的巴洛克概念》,见《批评的概念》,93—95页,杭州,中国美术学院出版社,1999。
　　② 钱锺书:《谈艺录》,133页,北京,商务印书馆,2011。

神",实不为过。在"补订"的断章中,钱锺书将李贺、李商隐、柯勒律治、司空图、禅宗诗人以及西方神秘主义者捉至一处,且用"镜镜相照"、"影影相传"来涵盖中西诗境,实际上就是将李贺的诗抬升到"诗之诗"的高度。以欧美象征主义诗人戈蒂埃(P. J. T. Gautier,1811—1872)、赫贝尔(F. Hebbel,1813—1863)、爱伦·坡(Edgar Allen Poe,1809—1849)和波德莱尔(C. Baudelaire,1821—1867)为参照,钱锺书用"镂金刻玉"、"宝石金镂"来摹状李贺作诗的炼字之法。李贺炼字之功,"皆变轻清者为凝重,使流易者具锋芒",如"以剑比月",恰似孟东野"以月比剑",曲喻至此而令人顿觉月光剑影、芒寒锋锐。李贺偏好"凝"字,一如司空图多喜"韵"字,诗中"骨"、"死"、"寒"、"冷"多不胜举,且其作用与"凝"字相通。"若咏鬼诸什,幻情奇彩,前无古人,自楚辞《山鬼》《招魂》以下,至乾嘉胜流题罗两峰《鬼趣图》之作,或极诡诞,或讬嘲讽,而若求昌吉之意境阴凄,悚人毛骨者,无闻焉尔。"①李贺作诗,好用"啼"、"泣"等字,无论是铭刻墓志还是吊古伤今,无论是流连光景还是托物起兴,"啼"、"泣"用于诗章,则不仅让人觉得万汇通感,鸟亦惊心,花自溅泪,而且更让人觉得写景幽凄,绘声奇切,宛若画工之笔。推其渊源,"啼"、"泣"的审美含义当在中国古典思想的天人相调、物我一体的境界中。诗人体合万物,哲人冥思宇宙,仁者乐山智者乐水,生面别开,推性灵及于无生命无知觉的山水。因而,诗人哲人眼里,万水千山总是情,乐山乐水,"物中见我,内既通连","情景相发","情微景妙"。在"鬼才"魔力之蛊惑下,经过天才绝笔的点化,经过诗人的夸饰曲喻,将宇宙万汇化作象征幽林。"'笔补造化天无功'一语,此不特长吉精神心眼之所在,而于道术之大原、艺事之极本,亦一言道著矣。"②拈取李贺《高轩过》篇中诗一句,钱锺书总结了对诗魔鬼才李长吉诗艺的探讨,而将诗人提升到了与造物主同等的地位,将诗文象征的幽林同物质宇宙的奥秘等价奇观,从而赋予了词章以自律的审美价值。

五曰:境生象外,诗臻乐境。宋人论诗,常以禅宗为范,主张舍

---

① 钱锺书:《谈艺录》,130 页,北京,商务印书馆,2011。
② 钱锺书:《谈艺录》,153 页,北京,商务印书馆,2011。

第三章 文化精神的符号编码——中国现代象征文论制序

筏登岸，扫灭文辞，得意忘言。西方神秘主义论诗，总取"否定之路"，力举超越形相，臻于"博学的无知"。钱锺书论诗，则力辨诗与哲，认为二者宗旨各异，诗艺见于词章，而哲思摈弃文字。因而，与宋人视"诗"如"禅"迥然异趣，钱锺书为词章的独立审美价值力争强辩。《毛诗正义》称"诗是乐之心，乐为诗之声，故诗乐同其功"。诗乐不仅同功，而且共源，可见古今中外诗人常言一切艺术以音乐为旨归，而独诗人借着言辞通达乐境。《关雎·序》谓"情发于声，声成文，谓之音"，足见诗人作诗，是抒情入声，以声成文，而词章是见形而闻声的乐章。诗乐同功，声音成文，以文作乐，同希腊古人谈艺和德国浪漫文士论诗遥遥契合。希腊人首推"乐境"，以为"乐"最能"传真象实"，直指心源，袒露心蕴。德国浪漫主义者则称声音之于人类，比言语之于人类远为亲切："人心深处，情思如潜波滂沛，变动不居。以语言举数之、名目之、抒写之，不过寄寓于外物异体；音乐则动中流外，自取乎己，不乞于诸邻者也。"①浪漫主义诗论到哲人叔本华手上臻于极境，他认为音乐抒写心志，透表入里而直达幽微，遗其文辞皮毛而获取意蕴本源。然而，钱锺书却认为，浪漫主义诗人和哲人，过度张皇幽眇，而不免诗思不辨，未知"情发于声"和"情见于词"不可以等同，而茫昧于词章在诗学中的自律价值。诗臻乐境，唯在诗人不懈地以文辞作乐，渐行趋附于乐境，而最终却不可能等同于乐境。于是，欧洲象征诗学于钱锺书谈诗说艺更为契合。诚然，象征主义偏重灵境、仰慕乐境，但其诗学从来就不舍弃语言、词章、形式、文本及其肌理。诗中灵境、乐境，寄寓于词章、文本中，不像神秘主义者和禅宗，一味否定语言文字，而浸润于茫昧缥缈的云雾。舍理路言筌，诗的灵境、乐境则无所寄托。所以，钱锺书提出"诗借语言文字，安身立命"的命题。"成文须如是，为言须如彼，方有文外远神、言表悠韵，斯神斯韵，端赖其文其言。"以这么一种词章优先的论述脉络，钱锺书将象征主义诗学涵而化之。论及瓦雷里，则言"玩味一诗言外之致，非流连吟赏此诗之言不可"，并意犹未尽，在"补订"断章中进一步断定"读诗时神往心驰于

---

① 钱锺书：《管锥编》一册，109 页，北京，生活·读书·新知三联书店，2012。

文外言表，则必恬吟密咏乎诗之文字语言"。①

象征诗学寄重词章，素有文字炼金之术，以灵境乐境为旨归。那么，何谓诗的灵境、乐境？法国诗论家、神甫白瑞蒙（Henri Brémond，1865—1933）的象征诗学言说，拓展了钱锺书"诗臻乐境"的论域，让他在跨文化视野下将柏拉图哲思、新柏拉图主义、神秘主义、禅宗、宋人诗学、象征诗论熔为一炉。白瑞蒙夙以精研神秘主义文献教义见称于西方诗坛学界，其论诗讲义《诗醇》（La poesie pure，今译《纯诗》），发挥瓦雷里、马拉美、魏尔伦、韩波论诗的精义，极言"文外有独绝之旨，诗中蕴难传之妙，由声音以求空际之韵，甘回之味"。② 钱锺书自述，读白氏神甫的论著，"耳目为之更新"，领悟到"神祕诗祕，其揆一也"，"艺之极致，必归道原，上诉真宰，而与造物者游，声诗也而通于宗教矣"。而这种诗学极境，在于灵动缥缈的乐境。白氏此论，近缘于德国早期浪漫主义诗人，比如瓦肯罗德（W. H. Wackenroder，1773—1798）即称"音乐为百凡艺术之精神命脉，宣达性情，功迈文字"，诺瓦利斯又道"诗之高境亦如音乐，浑含大意，婉转而不直接"，蒂克（Ludwig Tieck，1773—1853）说诗则"倡声调即可写心言志"，"诗何必言之有物"。③ 象征主义"诗醇"学说，近缘虽在德国浪漫主义，而其远缘则在早期基督教神秘主义者、新柏拉图主义者普罗提诺（Plotinus，204/5—270）。"其言汪洋芒忽，弃智而与神遇，抱一而与天游，彼土之庄子也。"④钱锺书如是说，断言象征主义诗家虽未指名道姓，而其学理无疑仍然是新柏拉图主义的支脉流裔。而普罗提诺的学理，则是柏拉图学说在基督教语境下的复兴与变型。普罗提诺将宇宙分为多层，围绕着神圣的"太一"光源分布展开，最靠近"太一"的是"心灵"，而最远离"太一"的是包括邪恶的肉体在内的物质世界。物质世界是为"太一"缘光的微弱呈现，是"理念"留在宇宙中的依稀踪迹。鲍桑葵断言，自普罗提诺以降，构成"艺术摹仿说"的形而上

---

① 钱锺书：《谈艺录》，235 页，北京，商务印书馆，2011。
② 钱锺书：《谈艺录》，652 页，北京，商务印书馆，2011。
③ 钱锺书：《谈艺录》，658—659 页，北京，商务印书馆，2011。
④ 钱锺书：《谈艺录》，660 页，北京，商务印书馆，2011。

学框架就破碎了,从此艺术就是象征,而非摹仿。① 由象征主义往历史深处回溯,钱锺书先与德国浪漫主义诗哲不期而遇,再与普罗提诺灵犀相通,终归同柏拉图心心相印。但这些契合也许都不重要,关键在于他的象征诗学所念兹在兹的"诗臻乐境",并在象征主义诗论与中国古典诗学之间建立了一种跨文化的隐性契合关系。象征派论诗,常谓诗之灵境可以使人"斋心洁己"(purification),乐境可以使人"释躁平矜"(catharsis)。在钱锺书看来,这种诗论尤其与我国诗教"持人性情"而使"思之无邪"相通,而其特别向往的"诗乐相合"、"诗臻乐境",则俨然与严沧浪的妙悟诗学、神韵诗学冥契巧合。② 然而,必须特别留意的是,钱锺书一贯主张诗思两别,诗禅二途,而反对过度张皇幽眇,反对舍弃语言文字而妄求诗乐合一的境界。因为,一旦离开了词章,诗境就仅有虚灵而无实在,过分超越而内在阙如,唯见神秘而难觅亲切。

诗人执握"词章"在手,曲喻夸饰,而笔补造化,建构象征幽林,而趋于诗乐合一的极境。因而,诗的世界就不是摹仿的世界,而是象征的世界。唐代诗人李长吉笔补造化而巧夺天工,不独是他一诗人之精神,不独是由技而艺、自艺进道的诗学精神,而且是琼绝天地、会通人神的文化精神。这种诗学精神和文化精神蕴含于诗文中,假托于语言文字,结体于词章,而不辨今古无分中外。"夫天理流行,天工造化,无所谓道术学艺也。学与术者,人事之法天,人定之胜天,人心之通天也。"③"法天"、"胜天"和"通天",三境逐次上行,由低及高,直指虚灵而真实的灵境,趋于意蕴不离词章的诗境,逼近声文蕴藉情思的乐境。从此,艺术就不只是"师法造化,摹仿自然",而且是"润饰自然,功夺造化"。哲人普罗提诺到浪漫诗人,及于唯美主义与象征主义,在"润饰自然"上做足了功夫,简择取舍,驱遣陶熔,以至于圆融妙澈,竟夺天工。虽说太阳底下无新事,但古今诗人好奇骛新,即便文辞最易袭故蹈常,俗套刻板,尽落绳墨,但诗人手眼须使熟悉者陌

---

① [英]鲍桑葵:《美学史》,张今译,152页,北京,商务印书馆,1985。
② 钱锺书:《谈艺录》,663页,北京,商务印书馆,2011。
③ 钱锺书:《谈艺录》,153页,北京,商务印书馆,2011。

生,让文明开化者返璞于野。"使熟者生",就是以故为新;而"使文者野"即"驱使野言,俾入文语,纳俗于雅"。① 这两条途径乃是钱锺书对形式主义者"陌生化"教义的中国化阐释。这种阐释坐实了象征诗学对于词章自律审美价值的坚定信念。

(三)"人化文评"——词章生命化

钱锺书谈诗说文,建构典故复杂、讽喻丛生的象征诗学体系,而自始至终以词章为主心骨,而不像陈寅恪那样曲笔隐微,以历史隐射政治。将词章诗学应用于批评实践,并从中国古典批评理论及其文体中获取灵感,钱氏提出了"人化文评"的主张,凸显批评主体的生命与词章生命之间的节奏契合,同情共感。批评主体与词章之间的同情共感,当是象征主义普遍"契合"命题的应有之义,当然也是钱氏本人"法天"而至"胜天"最后臻于"通天"的境界。换言之,人化文评,最为基本的含义,就是将词章生命化。生命化的词章,将象征体系展开为动态的象征系列。

在涵濡华夷、视通今古的跨文化"通学"视野下,钱氏尝试描述中国古典诗文批评的基本特征。在他看来,古典诗文批评的特征飘散于经史子集四库著作中,而为古今文人习焉不察地予以运用,但这些堪称"文化无意识"的诗文批评构成了在西洋诗学中难觅其匹的异质性。更兼中国语言文字所固有的特点,这种古典诗文批评虽每每诉诸批评家微茫恍惚的心灵妙悟,然而却具有相当程度的普遍性与世界性。钱氏将中国古典诗文批评的特征概括为"人化文评",或"文章通盘的人化或生命化(animism)":

> [中国文评的]这个特点就是:把文章通盘的人化或生命化(animism)。《易·系辞》云:"近取诸身……以通神明之德,以类万物之情",可以移作解释;我们把文章看成是我们自己同类的活人。《文心雕龙·风骨篇》云:"词之待骨,如体之树骸,情之含风,犹形之包气……瘠义肥词";又《附会篇》云:"以情志为神明,事义为骨髓,辞采为肌肤,宫商为声气……义脉不流,偏枯文

---

① 钱锺书:《谈艺录》,139页,北京,商务印书馆,2011。

第三章 文化精神的符号编码——中国现代象征文论制序

体";《颜氏家训·文章篇》云:"文章当以理致为心肾,气调为筋骨,事义为皮肤";宋濂《文原·下篇》云:"四瑕贼文之形,八冥伤文之膏髓,九蠹死文之心";魏文帝《典论》云:"孔融体气高妙";钟嵘《诗品》云:"陈思骨气奇高,体被文质"——这种例子哪里举得尽呢?我们自己喜欢乱谈诗文的人,做到批评,还会用什么"气"、"骨"、"力"、"魄"、"神"、"脉"、"髓"、"文心"、"句眼"等名词。翁方纲精思卓识,正式拈出"肌理",为我们的文评,更添上一个新颖的生命化名词。古人只知道文章有皮肤,翁方纲偏体验出皮肤上还有文章。现代英国女诗人薛德惠女士(Edith Sitwell)明白诗文在色泽音节而外,还有它的触觉方面,唤作"texture",自负为空前的大发现。从我们看来"texture"在意义上、字面上都相当于翁方纲所谓"肌理"。从配得上"肌理"的texture的发展,我们可以推向出人化文评应用到西洋诗文也有正确性。因为我们把文章人化了,所以文章欠佳,就仿佛人身害病,一部分传统的诙谐,全从这个双关意义上发出。譬如沈起凤《红心词客传奇》四种之一《才人福》写张梦晋、李灵芸挂牌专医诗病,因苏州诗伯诗翁作品不通,开方劝服大黄;又如《聊斋志异·司文郎》一则记盲僧以鼻评文:"刺于鼻,棘于腹,膀胱所不容,直自下部出",此类笑话可以旁证人化文评在中国的流行。[①]

分析这段重要文字,略见"词章生命化"的诗文批评观具有如下几层主要含义:

第一,性灵推及诗文。"Animism",原意为万物有灵论,意指远古先民开启诗性智慧,以己度物,将生命性灵投射于宇宙之间,认为万物无不禀赋生命性灵。将生命性灵推及诗文,中国古典诗人论家遂将词章生命化和性灵化了。圣人养气,而文以气为主,气为性灵之物,虽在父兄而不能移于子弟。风末气衰之时,则文息节绝,自是不易常理。不过,钱氏对中西诗文批评中的"气"做出了分辨:中国诗文批评

[①] 钱锺书:《中国固有的文学批评的一个特点》,见《钱锺书集·写在人生边上/人生边上的边上/石语》,119页,北京,生活·读书·新知三联书店,2012。

所重之"气"乃是流动于人身之内的气息、节奏,而西方诗文批评所谓之"气"则是指笼罩着事物的外在气压、气流。对观中西诗学,则显见"气"的差异:中国诗学重内省,而西方诗学重外察。

第二,诗文自成活体。中国古人论文谈诗,或庄或谐,无不喜用人身脏器形容诗文,这就不只是把诗文作为一种有生有死有健康也有病态的活体,而且将之视为可以同情、可以对话、可以交流的对象。"人化文评"之所以无可厚非,不分中西诗文而具有批评的合法性,是因为它将移情从鉴赏的心理活动上升到审美境界。诗文批评全盘人化,词章全盘生命化,诗人和评论家则让人类性渗透了世界,让人心穿透了物性,让人情涵化了万物。鸢飞鱼跃,花欢鸟唱,星月歌吟,山水即画,人与万物互相感通而丝毫"不隔",这就是诗兴溢美而人文流韵的审美至境。

第三,词章亦有肌理。从诗文有性灵且为活体的角度看,词章就不是一堆死句枯文,而是"骨气奇高"、"义脉流畅"的生理结构的对应物。古人以死活之法论衡诗文,参活句而厌弃死句,其理想境界,自然就是风清骨峻、丽词雅意的词章织体。在此,钱氏尤其重视翁方纲的"肌理"说,因为这一类比,道出了文章不独有肌肤,而且肌肤上亦有纹理,不独文章为织体,而且织体之内更有纹路。翁方纲论诗,要在于诗之先为诗立法,于诗中为诗变法,旨在正本探源,而后穷形尽变:"法之立也,有立乎其先立乎其中者,此法之正本探源也。有立乎其肌理界缝者,此法之穷形尽变也。"(《论诗法》)一如诗法有正本探源之法,亦有穷形尽变之法,故论"肌理"亦有"义理之理"与"文理条理之理"二义。用"义理之理"纠偏"神韵"之虚无缥缈,同时又用"文理条理之理"补正"格调"的因循守旧,翁方纲正本探源而有穷形尽变,提出"肌理"为诗法的圭臬。① 钱氏对"肌理"说推崇备至,称此乃词章的彻底生命化,为诗学批评添加了一个新颖的生命化语汇。

第四,文章肌理,中外皆然。拈出翁方纲的"肌理"诗法,钱氏为中国古典诗论与西方文论之间展开对话搭建了一个概念平台,尤其是

---

① 郭绍虞:《中国文学批评史》(下册),651 页,北京,商务印书馆,2010。

为中国诗学与英美新批评之间的会通出示了一条可能的道路。从亚里士多德论诗,到浪漫主义诗文有机论,直至英美新批评抽绎词章,"肌理"(texture)总是诗文批评实践优先关注的对象。新批评理论家兰色姆试图穿越心理学、历史学以及逻辑学批评,将重心置放在诗文的结构肌理上,展开"本体批评"。在兰色姆看来,"结构—肌理"是诗不同于科学、道德话语的根本标志,而诗的音韵又是诗歌语音维度上进行肌理提升的最后一道程序。"提升肌理就是要使肌理更加不着痕迹,更加圆熟,就是要打磨掉它部分的个性棱角,也就是说,使它与主旨结构更加珠联璧合。"①将诗学批评聚焦于词章肌理,这一点具有无分古今中外的普世性,而在具体的批评实践中,这种辐辏于词章维度的诗学捍卫了"文学之为文学"的自律品格。

赋予词章以性灵、生命、肌理,从而将文评人化,钱氏就将"通学"坐实在诗学根基上,将诗学之根基奠立在词章的生命中。一如黑格尔所殷殷期待的古典型艺术,钱氏的诗学理想也是表里心物的和谐,一种精神的具体化,或具体化的精神。自然中的躯体与艺术中的雕刻,就是这种"表里神体的调融"的范本。人化文评,或以人体之美来象征诗学境界,就构成了中国古典诗学的"一元性"。"人文之元,肇始太极","太极"并非虚灵之思,而是生命之象,其中诗兴流溢而灵性蒸腾,生生而有条理,蛮荒之力被音乐化和节奏化了。诚如章学诚所赞:"古人所言,皆兼本末,包内外,犹合道德文章而一之,未尝就文词中言其有才有学有识犹有文之德也。"(《文史通义·文德篇》)自象征诗学将词章生命化而观之,"文以载道","诗以言志",一律皆可视为"文以象德",其中这个"象"确非可有可无之物,而是诗文生命之根,诗学独有之维。舍颜色线段即无绘画,舍音调节奏即无音乐,舍词章肌理即无诗文。媒介即讯息,词章即诗文及其意义。

将"人化文评"直接应用于中国诗,钱锺书对中国诗学抒情性做出了独到的解释。中国诗人要让读者从"易尽之窗"望见"无垠",所以常道"言有尽而意无穷",常欲"状难写之景,如在目前,含不尽之意,见

---

① [美]兰色姆:《新批评》,王腊宝等译,224页,南京,江苏教育出版社,2006。

于言外"。中国诗人尝试用精致的形式来"逗出"不可明言的境界，颇合象征主义诗人的"暗示"诗法。钱锺书称"暗示"为"怀孕的沉默"，即以明明白白的言辞来象征模模糊糊的意蕴，用听得见的乐音来启示听不见的旋律。一言一语，一情一境，莫不因为这种"怀孕的沉默"而回肠荡气，蕴藉无穷。引用德国诗人霍夫曼斯塔尔的名句"背景烘托大艺术，跟烛影暗摇的神秘"，来描述中国诗言辞中下落不明而吞言理的境界。① "怀孕的沉默"，是人化的诗论。"烛影暗摇"，则是性灵化的诗论。钱锺书的《诗可以怨》，将人化文评和性灵诗论发挥得淋漓尽致。《文心雕龙·才略篇》云："敬通雅好辞说，而坎壈盛世；《显志》、《自序》亦蚌病成珠矣。"肉体痛苦，精神罪孽，均可名之以"病"，自屈原、司马迁到刘勰、苏轼，取譬于病，极言发愤抒情，怨艾成诗，诗以遣怀。博学的钱锺书学兼中外，一口气列举了格里巴尔泽、福楼拜、海涅、豪斯曼的"牡蛎"、"松杉之脂"的隐喻，将诗与痛苦之间的血脉关联及抒情诗学推至普世境界。② 在这个过程中，词章得以生命化，诗文的性灵得到了空前的伸张。通观钱氏著述，这种词章生命化的批评贯穿在字里行间，而将古今诗文描绘为"变易之象"，而其象征体系就作为动态象征而得以展开。《易·渐》云："鸿渐于干"，"鸿渐于盘"，"鸿渐于陆"，"鸿渐于木"，"鸿渐于林"。诗文沿革展示动态象征，亦同此理，历史的诗学亦如"鸿冥遁迹，能偕隐以灌园，迨其鸿渐升阶，尚履约而秉抒"(《袁可立晋兵部右侍郎诰》)。将"人化文评"推及诗的历史，便有了钱锺书以词章风格为主体的诗文史观。

(四)"诗分唐宋"，"文体递变"——文学进化观

诗文演化，文体嬗变，构成钱锺书象征"诗学体系"断章的一道亮色景色。将以"词章"为中心的断思敏想凝练为一种以文体、格调、形式为主体的历史观，钱氏重新阐释了"诗分唐宋"、"诗乐离合"、"文体递变"等命题，并博采形式主义、新批评等西方理论中蕴含的"文体"观

---

① 钱锺书：《谈中国诗》，见《钱锺书集·写在人生边上/人生边上的边上/石语》，163、165页，北京，生活·读书·新知三联书店，2012。

② 钱锺书：《诗可以怨》，见《钱锺书集·七缀集》，118—119页，北京，生活·读书·新知三联书店，2012。

念，熔铸出他独特的诗文进化学说。

"诗分唐宋"，唐分"初盛中晚"，是谈诗说艺者常常使用的范畴。历史学家还喜欢用"始音"、"正音"、"衰音"、"遗响"等音乐化隐喻来形容诗文的正变兴衰。钱氏《谈艺录》开篇，就力避歧义，辨正"诗分唐宋"的精义："就诗论诗，正当本体裁以化时期，不必与朝政国事之治乱兴衰相吻合。"①唐诗宋词，作为诗文历史的标志，不仅指示朝代之别，而且彰显"体格性分之殊"。唐诗多以风神情韵擅长，而宋诗多以筋骨思理见胜。同理，唐分初盛中晚，亦非王朝世代的初盛中晚，而是指诗风格调的正变兴衰。文学史所记载的，不是时移俗易，政事的兴衰浮沉，而是文体递变，文章的流别变衍。在《中国文学小史序论》中，钱锺书具体论说了这一以词章、体制、格调为主体的诗文史观。他首先强调，"吾国文学，横则严分体制，综则细别种类"，体制与种类一经一纬，编织出中国文学上下五千年的历史演变脉络。他明言论说："所谓初盛中晚，乃诗中之初盛中晚，与政事上之初盛中晚，各不相关。""曰唐曰宋，岂仅指时代（chronological epithet）而已哉，亦所以论其格调（critical epithet）耳！"②论诗文沿革，不依时代身世，而准体制格调，尤其衡以词章肌理，此乃钱锺书历史观的核心要素。在他看来，考镜诗文源流，"当因文以知世，不宜因世以求文"。若一味论世以求知人，由知人而解诗，那就是"强别因果"，落入机械决定论的窠臼中，蔽于"世"而不知"文"。钱氏当然知道，诗文流变，动力多元，而"因世求文"的历史研究法，囿于单一线性的因果思维，将复杂的诗文历史织体简单化了。论说诗文史观，钱锺书演示了复杂性思维方式："不如以文学之风格、思想之型式，与夫政治制度、社会状态，皆视为某种时代精神之表现，平行四出，异辙同源，彼此之间，初无先因后果之连谊，而相为映射阐发，正可由以窥见此种时代精神之特征。"③

---

① 钱锺书：《谈艺录》，6 页，北京，商务印书馆，2011。
② 钱锺书：《中国文学小史序论》，见《钱锺书集·写在人生边上/人生边上的边上/石语》，97 页，北京，生活·读书·新知三联书店，2012。
③ 钱锺书：《中国文学小史序论》，见《钱锺书集·写在人生边上/人生边上的边上/石语》，97—98 页，北京，生活·读书·新知三联书店，2012。

在诗文演变的复杂历史织体中，钱氏首重体裁格调。援引德国诗人、戏剧家席勒（Friedrich Schiller，1759—1805）《论素朴的诗与伤感的诗》（*Über Naive und Sentimentlische Dichtung*，1794—1795）所设之论，钱氏强调"古今之别，非谓时代，乃言体制"，恰似"古之诗真朴出自然，今之诗刻露见心思，一称其德，一称其巧"。① 所以，诗分唐宋，一如席勒诗辨古今，唐宋非历史但为诗制，古今非时代而为格调。人各禀性，自有千秋，然而发为诗声，高明者近唐，沉潜者近宋，真朴者尚古，伤感者恋今。唐宋古今，在诗文分辨和历史描摹中，是不拘于实证历史的隐喻范畴。唐宋之后，元明清才人辈出，自不在唐宋诗风格调之外。而唐宋之前，秦汉魏晋六朝，虽浑然未分，却不妨以唐风宋格予以分辨。同理，历史上古风时代，不辨华夷，古朴中亦不乏奇巧伤感之作；近代欧西及其濡染的中国现代，奇巧浪漫中亦含自然古朴之风。性情原无古今，格调不必强别唐宋，但格调之别，正本性情，性情虽主故常，却与时推移而生变运。

诗乐本为一体，在古远时代二者水乳交融，而流变中二者各自分途。焦循（1763—1820）《雕菰集》卷十四《与欧阳制美论诗书》云："不能已于言，而言之又不能尽，非弦诵不能通志达情。可见者不能弦诵者，即非诗。周秦汉魏以来，至于少陵香山，体格虽殊，不乖此旨。晚唐以后，始尽其词而情不足，于是诗文相乱，而诗之本失矣。然而性情不能已者，不可遏抑而不宣，乃分而为词，谓之诗余。诗亡于宋而遁于词，词亡于元而遁于曲。譬如淮水之宅既夺于河，而淮水汇为诸湖也。"焦氏此论，有三层含义蕴含其中：第一，诗的标准，在于"弦诵"。弦诵，即和着音乐吟诵，喻指诗与音乐本为一体。第二，史的区隔，导致诗乐分途，"诗文相乱"，诗失其本。第三，诗文演变，前赴后继，此衰彼兴，一代有一代的绝艺。从明代直到王国维，历史上的论家对这种文学进化观仿佛已经达成共识，甚至于奉为圭臬，钱锺书却感到匪夷所思。在他看来，诗乐本为一体，但历史演变而令其各自分途，绝非唯有弦诵才能成诗。"文字弦歌，各擅其绝。艺之才识，集有偏

---

① 钱锺书：《谈艺录》，8页，北京，商务印书馆，2011。

至；心之思力，亦难广施。强欲合并，未能兼美，或且两伤，不克各尽其性，每至互掩所长。即使折衷共济，乃是别具新格，并非包综前美。"① 言下之意，即谓诗乐分途未必导致诗失其本。相反，诗是义理与声歌融洽，诗之声自有节奏，却不必合乎音乐，况且一切诗境都必将臻于乐境。在《谈艺录》的倒数第二篇，钱氏浓情重墨渲染诗臻乐境，援引浪漫主义、象征主义诗人以及神秘主义者的言论种种，力举"诗尚音节，声文相生"，而不必"舍意成文，因声立义"②，是故可以立此存照，纠偏诗乐离弃而诗亡的偏宕之见。

时移俗易，诗文递变在所难免。依历史学家的论说，《诗》风、《骚》怨、汉文、唐诗、宋词、元曲，此兴而彼息，后世淘前朝。然而，钱锺书对于"一代之兴，必有一代之绝艺，足称于后世"的线性进化论及时代精神主导说不以为然。他力辟此等断烂俗论，力证诗文的递变具有独立于社会文化历史的轨则，而这种堪称诗文审美自律性的轨则不在时代精神，不在文人诗人的行传，不在读者的期待视野，而在于词章断而又连的流传状貌。具体说来，诗文的递变，恰在文体的递变。文体的递变，无待史家从作诗之"背境"推求，只需观照词章织体及其上下古今之文本间性即可描摹。虽然不悖孟子"知人论世"、"以意逆志"的史论原则，钱氏却颇不赞同"因景求文"，认定"老为一首小诗布置一个大而无边、也大而无当的'背境'，动不动说得它关系世道人心"，终归远离诗文之旨，也难以窥见古人之文心。③ 在他看来，论诗文的历史嬗变，必须以词章为辐辏，以文体为主角，且诗文嬗变绝不沿线性而前行：

夫文体递变，非必如物体之有新陈代谢，后继则须前仆。譬之六朝俪体大行，取散体而代之，至唐则古文复盛，大手笔多舍骈取散。然俪体曾未中绝，一线绵延，虽极衰于明，而忽盛于清；骈散并峙，各放光明；阳湖、扬州文家，至有倡奇偶错综者。几

---

① 钱锺书：《谈艺录》，81页，北京，商务印书馆，2011。
② 钱锺书：《谈艺录》，658页，北京，商务印书馆，2011。
③ 钱锺书：《韩昌黎诗系年集释》，见《钱锺书集·写在人生边上/人生边上的边上/石语》，343页，北京，生活·读书·新知三联书店，2012。

见彼作而此亡耶。复如明人八股，句法本之骈文，作意胎于戏曲，岂得遂云制义作而四六院本乃失传耶。诗词蜕化，何独不然。……"诗亡"之叹，几无代无之。理堂［焦循］盛推唐诗，而盛唐之李太白《古风》第一首即曰："大雅旧不作，吾衰竟谁陈。正声何微茫，哀怨起骚人。扬马激颓波，开流荡无垠。废兴虽万变，宪章亦已沦。我志在删述，垂辉映千春。希圣如有立，绝笔于获麟。"盖亦深慨风雅沦夷，不甘以诗人自了，而欲修史配经，全篇本孟子"诗亡然后《春秋》作"立意。岂识文章未坠，英绝领袖，初匪异人任乎。每见有人叹诗道之穷，伤己生之晚，以自解不能作诗之嘲。此譬之败军之将，必曰："非战之罪"，归咎于天；然亦有曰"人可以胜天"者矣。亡国之君，必曰："文武之道，及身而尽"；然亦有曰："不有所费，君何以兴"者矣。若而人者，果生唐代，信能掎裳连袂，传觞授简，敦槃之会，定霸文盟哉。恐祗是少陵所谓"尔曹"，昌黎所谓"群儿"而已。而当其致慨"诗亡"之时，并世或且有秉才雄鸷者，勃尔复起，如钟记室［钟嵘］所谓"踵武前王，文章中兴"者，未可知也。谈艺者每蹈理堂覆辙，先事武断；口沫未干，笑齿已冷。愚比杞忧，事堪殷鉴。①

诗文嬗变，绝非新陈代谢，前仆后继，而是兴废交替，奇偶错综。所以"诗亡"之叹，堪比杞人之忧，先入之见遮蔽了诗文嬗变的丰富性，而这种武断之论扭曲了文体递变的轨则。焦循为"诗文相乱"而痛心疾首，实即他仅知皮相而不明就里，实在茫昧于诗文革命的意义：

文章之革故鼎新，道无它，曰以不文为文，以文为诗而已。向所谓不入文之事物，今则取作文料；向所谓不雅之字句，今则组织而斐然成章。谓为诗文境域之扩充，可也；谓为不入诗文名物之侵入，亦可也。②

在此，钱锺书远祧孔孟，步武有唐一代古文宗师，眼观当代理融

---

① 钱锺书：《谈艺录》，84—85页，北京，商务印书馆，2011。
② 钱锺书：《谈艺录》，85页，北京，商务印书馆，2011。

欧亚、词杂古今的诗文变乱,以词章为辐辏,以文体为重心,揭橥"诗文革故鼎新"的含义:以不文为文,以文为诗,任不入诗文名物侵入诗文,拓展诗文境域。他相当自信,于此即可"深识于文章演变之原",深悟韩愈"以文为诗"的真谛,尤其是深解清代"诗界哥伦布"黄遵宪"用古文伸缩离合之法以入诗"的革命意义。由此观之,"诗亡"之忧大可休息,诗文演变可以假道"复古",也可以取径"变古",但无论如何都不会浸衰废亡。因为,诗情诗体,本为一事,诗情为"心"而诗体为"迹"。就"心"而观之,文章往往蕴含诗情,词曲也不例外。就"迹"而察之,词曲与诗,皆为抒情文体,并立而不相害。因而,可见古今文章无非人的心迹,心不亡,情不亡,迹不灭熄,作为心迹的"诗",又岂能"亡"于一朝一世?

即便是五方杂处、俗间俚曲,亦可同雅洁文辞、风骚雅颂杂糅兼容,组织斐然词章,进入诗文境域,而渐渐为诗学制序所陶熔接纳。远溯上古,诗文相乱而文体递变趋势亦令今人震撼。诗三百惯用四言,节断而境不峻峭,一变为骚体长歌咏叹,词采斑驳,意象繁富,境界诡异势险,直至中唐古文运动兴起一扫骈俪纤巧之气,而振八代之衰,韵文递变于散文,以文为诗蔚为风尚。再放眼西方中世纪,基督教兴起,《新约》全书以民间俗语演绎圣哲行迹,记录宗师遗训,自是将崇高史诗与低俗语言熔为一炉的典范。奥尔巴赫特别关注《马可福音》所再现的那个折磨人心的夜晚,其中那位几次不认主的彼得被塑造为"最高最深最为悲情的人物",福音书作者被视为文体风格杂糅的典范。由于这种文体递变,奥尔巴赫断定福音书所代表的基督宗教摧毁了崇高与低俗文体之间的壁垒以及传统的平衡,正如降临人世道成肉身的耶稣消解了神圣与世俗之间的界限。[①] 合中西而识之,诗文演变以词章风格为主体,将往昔不入诗文之物件引入诗文,从而扩展诗国的疆界,增大诗境的容量。

钱锺书论"文体递变",显然取法于古典中国诗话,同时涵化了现代形式主义诗学的文史观。一方面,形式主义视"诗性之美"为作品中

[①] Erich Auerbach, *Mimesis*: *The Representation of Reality in Western Literature*, trans. W. R. Trask, Princeton, Oxford: Princeton University Press, 2003, pp. 40-49.

一切词章风格技巧的总和，尤其强调词章肌理与文字结构的独特差异，以及它们在意义生成中的作用。另一方面，形式主义也在历史中寻觅诗性演化之路。托马舍夫斯基指出，在形式诗学中，体裁的生命是发展的，而体裁之递变中发人深省的，是"高雅"常为"低俗"所排挤。"低俗"体裁不断渗透"高雅"诗文制序，从而构成了诗文历史的基本程式，描绘出"新形式的辩证自生"。① 形式主义的诗文史观惯于将想象中那幅平和渐进的牧歌一般的传统图画呈现为一种断裂、变革、反叛、竞争的过程。这种过程就是焦循所忌讳的"诗文相乱"，而钱锺书辨正，此乃"诗文之革故鼎新"，其意义在于发展诗体，拓展诗境，人类通情达志的精神诉求就此而被延伸到永恒。

结语：会通"天文"与"人文"

行文至此，笔者颇觉一路鞍马劳顿，猜想读者亦不胜疲倦：先是概览德国、法国及其英美三脉象征诗学传统，体验词语的火焰，穿越象征的丛林，倾听灵境的音乐；其次是进入中国现代文学新传统，在文学思潮、理论反思和文化现代性建构三个层面上审视中国象征诗学；最后以几个重要理论家为向导由今而及古，力求在涵濡华夷、视通今古的阐释学境域中把握中国古典象征诗艺与现代文化语境的契合，及其所创构的象征诗学。

涵濡华夷、视通古今的跨文化阐释学境域中，象征不独是一种诗学创化手法，而是一种历史透视视角，一种文化编码方式，以及一种民族认同中介。顺应日益加速而渐渐紧迫的文化全球化东扩趋势，以及同样日渐显著且越发强劲的中国文化世界化进程，中国现代象征诗学担负着中国文化自我定位、自我阐发以及自我兴立的使命。本章的探讨始于1927年，当时政治意识形态阴郁峻厉，革命运动陷于僵滞，如同茅盾所叹"游兴早已消完，路也都走完"，亦如鲁迅所言"革命文学

---

① ［俄］托马舍夫斯基：《主题》，见方珊等编译：《俄国形式主义文论选》，145页，北京，生活·读书·新知三联书店，1989。

家风起云涌的所在,其实是并没有革命的"。主体的意志与历史的铁律在此万分纠结,理论的悖论迭显,而诗性的悲情勃发。其实,1927年倒因此成为一个重要的时间界标,其后紧接着一个中国现代文化与诗学的"多元争鸣时段"。① 这一时段依然属于梁启超所描绘的"过渡时代",但它向今延伸直至1949年,甚至波及20世纪80年代,向古回眸到达古事累积、神话创构的"上世史",以及开创中国诗学传统的诗骚庄易时代。这一时段对于中国现代文论思想制序的创构可谓举足轻重,影响所及,乃是中国现代诗学之文化精神的整体品格。从本章所涉的诗学思想家的致思理路言之,这一时段诗学建构的辐辏,是要"在多重自我元素的竞争中回答哪种革命自我最为革命"的问题。诗性自我(梁宗岱)、伦理自我(宗白华)、人格自我(李长之)、浪漫自我(冯至)、神话自我"(闻一多)、历史中的自我(陈寅恪),甚至还有"词章中的自我"(钱锺书),都被标举为这道历史难题的备选答案。在论述正文中,我们看到,也就是在回答中国现代文论如何现代,以及"象征"建构应该产出何种"象征"的问题时,文化象征的诗性之维、伦理之维、人格之维、浪漫之维、神话之维、历史之维以及词章之维在不同的理论家手上得到了凸显。当然,他们在以象征诗学建构自己心仪"象征"之时,都自觉地进入了多元文化互动的境域。因此涵濡雨露,振荡风气,诗坛学界因此而鸢飞鱼跃,让人感觉到礼乐三千依然余韵悠长,流兴不息。不过,文化涵濡的情形在他们身上表现得更加复杂,他们不仅主动让古今华夷对镜互照,取长补短,而且还必须同复古、革命、变古、激进、守成等多种诗学争夺话语权力,以期用自己所创构的诗学制序一统当代人的灵魂,甚至还志存高远,要用自己创构的诗学体系将中外文学时潮涵而化之、制而用之。在这方面,宗白华以"节奏论"为中心的艺术境界论力求化现实主义、浪漫主义、象征主义、印象主义于一境的理论探索,堪为象征诗学创制的典范;而钱锺书以"词章"为中心的诗学自律论极力同浪漫主义、形式主义、柏拉图主义对话的努力,也确为象征诗学持续建构开拓了广阔的空间。

---

① 王一川:《累层涵濡的现代性——中国现代文艺理论的发生与演变》,见《文艺争鸣》2013年第7期。

这些文论思想家的著述，显然是多元共存和彼此争鸣的历史过程中的"断章"。不过，这些断章确实担负着建构中国现代文论思想制序，以至顺应文化现代性大势而推进中国文化复兴的使命。他们提供了一些彼此互相矛盾但可供选择的核心概念，为后世进一步建构现代中国文论预备了概念工具。他们的著作具有迥然不同的言辞结构，不同的书写形式，不同的建构策略，然而这一切都不妨碍他们异趣沟通，在学术伦理意义上他们共同烘托了现代性精神氛围，展示了现代性精神品格的方方面面：宗白华的意境论重诗学自律但其旨归却在具有审美世界主义意味的同情精神；李长之的人格论重在建构健康的生命形象却借助于直观灵动的语言；梁宗岱强调诗学境界的属灵性却始终不忘"纯诗"的自律；冯至凸显浪漫的象征取向，却一向关注类比思维的诗性智慧；陈寅恪吊古伤今却一以贯之地以为，他自己的使命乃是以抒情的方式将历史盘活，重新激发往昔的时代精神；闻一多托古自喻却矢志不渝地努力，要从玄文奇字与诗骚庄易中发掘出属于中国文化却具有普世价值的基本精神；钱锺书理融欧亚却坚守诗学本位，以词章为命脉、以断章为模式建构典故博雅而讽喻深刻的"通学"。总之，从梁宗岱到钱锺书，这些涵濡华夷而汇通今古的思想家，为中国现代文论传统提交了一份又一份"未结的提案"。他们生活的时代于我们渐行渐远，但他们思想的余韵于当今则润物无声。

如果说，多元竞争，多向涵濡，形成了中国盛期文化现代性的况貌，那么，学采中外，会通今古，这些置身于现代性盛期的学者们的学术建树，就必然凸显了中国文化现代性的基本品格。仅就诗学而言，他们同19世纪以降的欧洲学术乱象不期而遇，并遭逢人文社会学科主流的"语言论"转向，故而他们的象征诗学充分表现出对语言的激情。通过对语言的深情凝视而追寻诗艺的胜境，他们的诗学多少具有一些语言乌托邦的品格，乌托邦属灵的光照赋予了象征诗学以琼绝俗世的超越意味。[1] 瞩目语言，关注词章，他们各自建构的象征诗学又具有文体意识，而且它们还自觉地将文体系统置放在更大的文化历史系统

---

[1] 王一川：《西方文论史教程》，98—99页，北京，北京大学出版社，2009。

中，观澜而又索源，观今而又鉴古，诗史互证而隐显交融，幽情壮采尽在微言大义。

临近本章之末，笔者愿意斗胆强调，依据卡西尔的学说，"象征诗学"不是一个孤立绝缘的王国，当为视境更为博大的象征形式哲学的构成部分，而象征形式哲学同古今中外的伟大宗教具有同等的关切。这一学说的要义，在于将宇宙系统的起源和道德生命的养育放置在同等的创造性的层面上。宇宙系统与道德生命均为人类运用符号所创造的"象征的宇宙"（Symbolic cosmos），这一点无分古今中外，所以宇宙系统与道德生命具有同等的诗性智慧，或者说本来二者都是诗性的象征。让我们引用卡西尔的原话结束这一段驳杂的探讨：

> 所有伟大的宗教其实都把他们的宇宙起源学说和道德学说建立在这一种考虑之上。它们之间似乎有一种共宗之法：它们都共同认为创世神当具足一双重的身份和担当——双重职责——即同时作为天文秩序和人事秩序的创制者，和同时使这两种秩序脱离混乱的魔掌。①

卡西尔马上举出巴比伦史诗《吉尔伽美什》和古代埃及创世传说中的神话人物，说他们智慧笼罩天人，为宇宙制定轨则复为人类贞定法律：[神话人物]之为神也，在于彼能"洞察秋毫，诛惩恶贯，儆除歪叛，匡扶正道"。清楚明白地说，据以为宇宙制定轨则又为人类制定法律，就是运用符号来建构象征秩序，而这也就是"观乎天文以察时变，观乎人文以化成天下"。

---

① [德]卡西尔：《人文科学的逻辑》，关子尹译，2—3页，上海，上海译文出版社，2004。

结语：中西互化与中国现代文论的转型

一、立国之忧与"三个中国"说

19世纪末，启蒙思想家梁启超感叹说："以今日论之，中国与欧洲文明，相去不啻霄壤。"①但是，感叹归感叹，中国人却不能不"立国于世界"；因此，于中国人而言，始于启蒙时代而在全球化时代臻于顶峰的世界文化秩序并非遥远的想象物。以"文论制序"在中国的自觉为例，颇能说明近世中国这种"于世界既外且内"的诡异存在境遇。

1904年，号称"摩西"的诗人、学者和理论家黄人（1866—1913）在其巨著《中国文学史》中率先采纳波斯奈特的学说，不仅成为最早使用"比较文学"一词的中国学人，而且还自觉地利用比较方法展开批评实践，探索文论制序。经过浪漫主义炽热情感的熔铸，又接受现实主义冷峻理性的过滤，黄人在其批评实践中可谓深情冷眼。他强调，文学的本质在于审美，但文学的功用在于"修辞以立其诚"，强固国民心基，铸造民族品格。自觉运用比较方法于文学类型学，在中国侠义小说与欧洲侦探小说之间寻求跨文化会通，认为二者皆为"以理想整治事实的文学"。② 在黄人那里，世界主义视野下的民族意识已经相当自觉了。

同年，王国维发表《红楼梦评论》，自觉引进叔本华人生悲剧意识，融合佛家悲悯情怀，将《红楼梦》与欧洲近世文学经典《浮士德》相提并

---

① 梁启超：《论中国与欧洲国体异同》，见《饮冰室文集》，第4卷，66—67页，北京，中华书局，2004。

② 杨义、陈圣生：《中国比较文学批评史纲》，111页，台北，业强出版社，1998。

论，认为二者同样地体现了"美术之务，在描写人生之苦痛与其解脱之道，而使吾侪冯生之徒，于此桎梏之世界中，离此生活之欲之争斗，而得暂时之平和"。① 在王国维那里，普遍人类精神构成了悲剧艺术的审美通则。

1907年，鲁迅作《摩罗诗力说》，在其开篇就校雠印度、日耳曼、希伯来、意大利、俄罗斯诗学文化，提出"国民精神之发扬，与世界见识之广博有所属"的论断，通篇字里行间洋溢着浪漫主义诗人的天魔灵犀，呼吁中国诗人"发为雄声，以起国人之新生，而大其国于天下"。② 在鲁迅那里，世界主义构成了民族意识建构的地平线。

上引三例，让人十分清楚地看到：世界文化视野下的文论制序，生发于20世纪初那些先行者寂寞的孤心，世界文化体系总是一种确立国民意识的绝对参照。然而，以比较方法探索"文论制序"在中国的命运较之于西方，却有沉重得多的悲剧感，也必须担待凄苦得多的国民使命。黄人提及波斯奈特《比较文学》，看似随意。王国维携西方悲剧入中国文学语境，看似偶然。鲁迅用"摩罗诗力"统筹中西启蒙意识与浪漫诗学，又似乎过于率性。然而，比较文学方法在中国落地生根，对于文论制序的自觉探寻，却意味着中国民族开始留意和比照他者来确立自体文化身份，意味着"于世界既内且外"的诡异生存处境下的民族酝酿出了一种世界文化体系意识。自体文化身份意识，世界文化体系意识，源自中国文化的"转型时代"。所谓"转型时代"，是指中日甲午战争到"五四"大约四分之一个世纪的时间。在这个时期，民族存亡的危险造成了政治取向的危机，政治取向的危机引发了"意义取向"的危机。在世界文化体系的宏大背景下，中国的民族意识在危境、危机中暗淡觉醒。"要领会这两种取向失落的严重性，我们必须记住：中国传统文化，与任何其他的文化一样，自己构成一个'精神的意义世

---

① 王国维：《红楼梦评论》，见周锡山校编：《王国维文学美学论著集》，9页，太原，北岳文艺出版社，1987。
② 鲁迅：《摩罗诗力说》，见《杂文·坟》，47、77页，桂林，漓江出版社，2001。

界'."①中国近世的转型时代,是一个触目惊心的悖论时代,在世界主义和民族主义二极之间的摇曳游移,更给中国现代历史进程平添了云谲波诡的风貌。

将进化论携入中国整体历史叙述,激活今文经学家的"诡异之词",康有为在1902年描述了一幅堪与赫尔德"普遍精神史"媲美且同波斯奈特的文化演进故事争奇的历史图景。"人道进化,皆有定位,自族制而为部落,而成国家,由国家而成大统;由独人而渐立酋长,由酋长而渐正君臣,由君主而渐至立宪,由立宪而渐为共和;由独人而渐为夫妇,由夫妇而渐定父子,由父子而兼锡尔类,由锡类而渐为大同。于是复为独人。盖自据乱进为升平,升平进为太平,进化有渐,因革有因,验之万国,莫不同风。"(《论语注》卷二)在民族主义和世界主义之间,康有为建立了时间纬度,从而将自体文化身份融入世界文化体系中,凸显了中国近世奋力接近世界的渴望。

同样服膺进化学说而寻觅中国人文通衢的启蒙思想家严复,早在甲午战争爆发期间(1895年)撰写《论世变之亟》,文中写道:"中国理道与西法最相似者,曰恕,曰絜矩。然谓之相似则可,谓之相同则大不可也。何则?中国恕与絜矩,专以待人及物而言。而西人自由,则于及物中而实寓所以存我者也。"②严复不仅已经相当自觉地运用了比较方法,而且已经相当精当地把握了中西文化的核心差异。"自由"与"不自由",这是中西一切差异的根脉。严复的探索体现了比较方法之最为动人的魅力,因而成为近世中国文化研究的范本。他在世界主义的视野下反思了民族主义的局限,从而建构出一个超越的空间,借以安置普遍人类精神史及其涵养出的民族文化理念。

梁启超将中国历史分为上、中、近"三世",描摹"中国之中国"、"亚洲之中国"、"世界之中国"进化的轨迹,从而将自体文化身份与世界文化体系融为一个宏大的叙事。在《中国史序论》里,他写道:

---

① 张灏:《重访五四:论五四思想的两歧性》,见《张灏自选集》,260页,上海,上海教育出版社,2002。
② 严复:《论世变之亟》,见《严复集》一册,3页,北京,中华书局,1986。

第一上世史。自黄帝以迄秦之统一，是为中国之中国，即中国民族自发达自争竞自团结之时代也。其最主要者，在战胜土著之蛮族，而有力者及功臣子弟分据各要地，由酋长而变为封建。复次第兼并，力争无已时，卒乃由夏禹涂山之万国，变为周初孟津之八百诸侯，又变为春秋初年之五十余国，又变而为战国时代之七雄，卒至于一统。此实乃汉族自经营其内部之事，当时所涉者，惟苗种诸族类而已。

第二中世史。自秦统一至清代乾隆之末年，是为亚洲之中国，即中国民族与亚洲各民族交涉繁频竞争最烈之时代也。又中央集权之制度，日就完整，君主专制政体全盛之时代也。其内部之主要者，由豪族之帝政变为崛起之帝政。其外部之主要者，则匈奴种西藏种蒙古种通古斯种次第错杂，与汉族竞争。而自形质上观之，汉种常失败，自精神上观之，汉种常制胜。及此时代之末年，亚洲各种族渐向于合一之势，为全体之一致之运动，以对于外部大别之种族。……此中世史之时代，凡亘二千年，不太长乎？曰：中国以地太大民族之太大之故，故其运动进步，常甚缓慢。二千年来，未尝受亚洲以外种族之刺激，故历久而无大异动也。

第三近世史。自乾隆末年以至于今日（1925年），是为世界之中国。即中国民族合同全亚洲民族，与西人交涉竞争之时代也。又君主专制政体渐就湮灭，而数千年未经发达之国民立宪政体，将嬗代兴起之时代。①

梁启超让时间和空间互相交织，而建构了一种"空间时间织体"（spatial chronotope），以此来统辖三种政治体制——封建、帝制与立宪，三种文化形态——靡常天命、权力约束到民族自由。梁启超用比较的方法建构了一种文化哲学，期许了中华民族的一种应然状态，而让源自文化危机感的"文论制序"指向了一种文化责任意识。

1907年，章太炎在《答铁铮》中论说了比较方法的一项基本原则，他名之曰"依自不依他"。也就是说，在世界文化体系下通过对话而建

---

① 梁启超：《中国史叙论》，见《饮冰室文集》第4卷，125页，商务印书馆，1925。

构民族文化身份。章太炎写道："日本维新，亦由王学为其先导。王学岂有他长，亦曰自尊无畏而已。其义理高远者，大抵本之佛乘，而普教国人，则不过斩截数语，此即禅宗之长技也。仆于佛学岂无简择，盖以支那德教，虽各殊途，而根原所在，悉归于一，曰依自不依他。……至于自贵其心，不依他力，其术可用于艰难危急之时则一也。……至中国所以维持道德者，孔氏而前，或有尊天敬鬼之说（墨子虽生孔子后，其所守乃古道德）。孔氏而后，儒、道、名、法，变易万端，原其根极，惟依自不依他一语。……要之，仆所奉持，以依自不依他为臬极。……排除生死，旁若无人，布衣麻鞋，径行独往，上无政党猥贱之操，下作懦夫奋矜之气，以此揭橥，庶于中国前途有益。"①章太炎在此道出的是比较方法的灵魂所在。比较不是建构他者的神话，也不是沉迷自恋的幻影，而是在他者身上抓取创造的灵感，而增益于自体的生命力，从而在参与世界文化体系的建构中也将自体文化身份推向世界，从而把越来越富有世界性也越来越具有民族性的文化理念启示给人们。

我们必须看到，从西方文论的初期建制，到中国近代跨文化文论制序的探寻，无不表明，建构文论制序是庄严的理智行为，而非轻浮的修辞游戏。从赫尔德到波斯奈特，从严复到鲁迅，我们透过比较文化的灿然景象不难觉察到一种危机意识和悲剧精神。以西方言之，世界主义和民族主义花开并蒂，"扩张与收缩，民族主义与世界主义……我们必须在二极之间保持平衡"②。以中国近世言之，"文化比较……自始便在中西之辨的主调下，并以全副的努力致意于以西方为此一时代之主导的世界文化的中国化和中国文化的世界化"。③ 说到底，我们就必须审视中西互化的双向进程，考察全球化中国诗学的世界性蕴含了。

---

① 傅杰（编校）：《章太炎学术史论集》，83—89页，北京，中国社会科学出版社，1997
② R. Wellek, "Comparative Literature Today", in *Comparative Literature*, 1965, Vol. 17, No. 4, pp. 325-337.
③ 黄克剑：《比较文化之哲学断思》，见《黄克剑自选集》，287页，桂林，广西师范大学出版社，1998。

二、"境界诗学"的内在裂变

"世界文化的中国化"和"中国文化的世界化",双向进展,动静互流,这不仅是文化在全球时代的命运,也是比较研究无法拒绝的致思理路。文化进化的历史趋势和比较研究的必然理路也同样展示在自觉或非自觉的诗学研究及其成果中。即便是初看起来十分古典和非常传统的诗学范畴,也是全球语境下中国学者"以中化西"主动融化世界精神而铸造出来的。"境界诗学"源远流长,然而在中国现代文论中却因世界性内涵而发生了自我解构。

在《人间词话》删定稿第五十二则,王国维用"以自然之眼观物,以自然之舌言情"来品题纳兰性德词作境界。若仅从中国古典美学的现代延伸来评价王国维的"境界"诗学及其"自然"观,人们会不假思索地断言:意境诗学属于中国古典,只不过是被王国维携入了现代文化语境而获得了绵延不绝的生命力而已。如果从上述文化的双向进展来审视王国维"意境"诗学的生成及其"自然"观的真正含义,那么,实际的情形也许是,王国维的"意境"诗学是德国古典观念诗学的中国化和中国古典意象诗学西方化的结晶,而如棱镜一般反射出欧洲近代观念历史的危机,折射出中国传统文化观念的裂变。康德、席勒、叔本华的思辨哲学对王国维诗学思想的催化作用众所周知,而谷鲁斯、浮龙里的心理学在王国维"境界"诗学中的作用已然浮出水面,但尼采的悲剧哲学及其"赤子"精神对于王国维以及现代中国诗学精神的塑造作用一直没有得到应有的重视。在《述近世教育思想与哲学之关系》一文中,王国维描述了欧洲近代启蒙观念与浪漫观念之间的转型危机。在他看来,启蒙时代与赫尔德、歌德所代表的(浪漫)时代之间的根本区别在于,启蒙起源于"数学的物理学",而倡导"合理的且机械的思考",而赫尔德、歌德所代表的时代则表现出一种"诗的倾向","以自由为主,置自然于法则之上"。① 与数学、物理、合理、机械的启蒙思想顶逆,赫尔

---

① 王国维:《文学论著三种》,118页,北京,商务印书馆,200。

德、歌德发起狂飙突进运动，唤醒为宗教和礼法所压抑而沉睡的原始激情。赫尔德认为，异教的野蛮民族善于创造粗犷、活泼、奔放、具体以及具有抒情意味的歌谣，而一扫所谓文明民族思想、语言、文学中的矫揉造作与学究气息。"整个大自然从人身上认出自己的面貌，犹如面对一面活的镜子：它通过人的眼睛去观看，借助人的头脑去思维，凭借人的心胸去感受，使用人的双手去活动、创造。"①将赫尔德这段话同王国维表达"境界"诗学自然观的言辞对比，其类似程度令人惊异，王国维的有些词话简直就是直接翻译赫尔德的言论："以自然之眼观物，以自然之舌言情"（第五十二则），"大家之作，其言情也必沁人心脾，其写景也必豁人耳目"（第五十六则）。然而，赫尔德具有异教色彩的野性自然观念亦经过浪漫主义新神话而注入尼采的悲剧哲学中。②静水流深，含蓄无垠，这一脉源自欧洲文化危机的诗学与哲学思潮涌动在王国维貌似平静祥和的言辞之下，而赋予了其"境界"诗学的隐秘张力，酝酿着中国古典诗歌"意境"的自我裂变。③

朱光潜赓续前贤诗学义理，采纳"境界"概念，并进一步探索诗歌意境的内部结构。每首诗自成境界，返照人生世相，而诗的境界则由"情趣"与"意象"两个元素构成。讨论诗歌境界的形成，朱光潜特别强调视觉的作用："一种境界是否能成为诗的境界，全靠'见'的作用如何。"要产生诗的境界，"见"必须符合两个条件：一是"直觉"，即凝神贯注于独立自足的意象而丝毫不顾及意象的意义以及它与其他事物的关系；二是所见意象必须产生一种恰如其分的情趣。"意象"与"情趣"四字，满溢中国古典灵韵，但在朱光潜笔下却是对克罗齐美学术语的

---

① ［德］赫尔德：《论希腊艺术》，见刘小枫选编：《德语诗学文选》（上卷），64—65 页，上海，华东师范大学出版社，2006。
② "重要的是，赫尔德将神话置于一个语言化的世界图景空间里，这就必然与启蒙有了差别。首先，如果世界在语言的网络里才是有差异的——其次，如果人们将世界对大众的敞开成为这一时代的精神，或者这一时代的理性样式，那么，就有必要让理性的功效脱离语言的功效。赫尔德的历史功绩就是开启了这种脱离工作……而延续他的观点的，又有费希特、唯心主义、早期浪漫派和海德格尔。"（弗兰克：《浪漫派的将来之神——新神话讲稿》，李双志译，63 页，上海，华东师范大学出版社，20111）
③ 胡继华：《宗白华：文化幽怀与审美象征》，194—195 页，北京，北京出版社，2005。

直接翻译。"艺术把一种情趣寄托在一个意象里,情趣离意象,或是意象离情趣,都不能独立。"①这话出自克罗齐的《美学》,朱光潜援直觉主义美学入中国语境,而建构了他的"诗论"体系。作为其"诗论"体系之核心环节、核心概念——"境界",自然不只是中国古代诗学传统的现代延伸。相反,在朱光潜的"境界"诗学里,一种深邃的悲剧精神和强劲的生命意识亦在酝酿、涌动,表现出一个现代自由知识分子灵魂深处的壮怀激烈。在他看来,情趣与意象融合而为诗的境界,那仅是一种理想。事实在于,情趣和意象之间,不但有差异,而且有天然难以跨越的鸿沟。由主观的情趣跳越鸿沟而达到客观的意象,是诗和其他艺术必须征服的困难。朱光潜论述至此,一个强大的精神符号不可抑制地干预了他的"诗论"——那就是尼采及其《悲剧的诞生》。按照尼采的悲剧哲学,"意志"与"意象"之间的对立、酒神与日神之间的冲突,导致诗的境界总是两境相入,彼此抗争,和谐遥不可及,而"由形象得解脱"也永远是一个不可能的梦想。至此,蕴含在王国维"境界"诗学中的张力已经蓄满,就像一把弓已经被拉到极限,古典"境界"的自我解构就势在必行,正像箭在弦上,不得不发。

三、从"境界诗学"到象征诗学

中国古典"境界"诗学的自我解构、脱胎换骨,到宗白华手上终于得以完成。1944年,宗白华《中国艺术意境之诞生》增订稿发表,这是中国现代文论发展史上的重大事件。杜维明将宗白华的意境说与朱光潜的《文艺心理学》相提并论,认为他们体现了中国现代思想有目共睹的成就。宗白华在文章中提出,艺术境界居于学术境界和宗教境界之间。"以宇宙人生的具体为对象,赏玩它的色相、秩序、节奏、和谐,借以窥见自我的最深心灵的反映;化实景而为虚境,创形象以为象征,使人类最高的心灵具体化、肉身化,这就是'艺术境界'。艺术境界主

---

① 转引自朱光潜:《诗论》,见《朱光潜全集》第3卷,54页,合肥,安徽教育出版社,1987。

于美。……艺术家以心灵映射万象,代山川而立言,他所表现的是主观的生命情调与客观的自然景象交融互渗,成就一个鸢飞鱼跃,活泼玲珑,渊然而深的灵境;这灵境就是构成艺术之为艺术的'意境'。"①宗白华奋力守护艺术境界的"形而上学地位"。境界的灵魂是"道",而"道"就是"生命创化"的原理,是生生而有条理、至动而又和谐,即深沉的静照与飞动的活力、动力与结构、圆满与破坏的生动过程。"舞"正是这一创化过程的象征、表演。

> 尤其是"舞",这最高度的韵律、节奏、秩序、理性,同时又是最高度的生命、旋动、力、热情,它不仅是一切艺术表现的究竟状态,且是宇宙创化过程的象征。艺术家在这时失落自己于造化的核心,沉冥入神……从深不可测的玄冥的体验中升化而出,行神如空,行气如虹。在这时只有"舞",这最紧密的律法和最热烈的旋动,能使这深不可测的玄冥的境界具象化、肉身化。在这舞中,严谨如建筑的秩序流动而为音乐,浩荡奔驰的生命收敛而为韵律。艺术表演着宇宙的创化。……深沉的静照是飞动的活力的源泉。反过来,也只有活跃的具体的生命舞姿、音乐的韵律、艺术的形象,才能使静照中的"道"具象化、肉身化。②

在"舞境"结构的深层,在一切艺术的"究竟状态",动与静、力与韵、肉与灵的对立逻辑被推到了极致,冲突已经是触目惊心!从这段描述中的磅礴气势和激昂语调读来,这些矛盾难以和解、冲突难以平息,"生命"、"旋动"、"力"、"热情"在空前涌动而且浩荡奔驰……"酒神"已经酣醉,在韵律、节奏、秩序和理性建筑起来的家园之外狂舞,就好像要把"意境"溶解成一道生命的渊流或者焚烧成一团宇宙流火。

"道"在"肉身"中呈现。何谓"舞"?根据古文字学的资料,舞的文化原型是人体的姿态,可溯源到巫文化中。在巫文化里,"巫"是动作

---

① 宗白华:《中国艺术意境之诞生》(增订稿),见《宗白华全集》第 2 卷,358 页,合肥,安徽教育出版社,1994。
② 宗白华:《中国艺术意境之诞生》(增订稿),见《宗白华全集》第 2 卷,366 页,合肥,安徽教育出版社,1994。

之主体,"无"是动作的对象。这样,"舞"与"巫"、"无"具有同一的渊源。"舞"的创造,发生在史前时代,其实质是一个以肉体象征一个神秘世界。人通过肉体来接触宇宙,和宇宙构成了一种开放的结构,互相渗透,彼此关联地沉浸在时间的绵延即创化的过程中。"舞",这一"肉身"的姿势,作为一切艺术创造的原型,具有把个人的生命同宇宙的生命、把个人的灵魂和宇宙的灵魂通贯一体的能力。"舞境",就是个体与永恒同在,生命与造化同流。这不仅是中国艺术的追求,也是中国文化精神所设计的生命境界,更是宗白华探询的目光所逼视的"究竟状态"!

宗白华对"生命本体"有一种独特的见解:在理性精神的下层沉浸着永恒活跃的生命,在严整的韵律和秩序之深层旋动着剧烈的生命力量。意欲把握深层真实、传达活跃生命、启示生命真理的艺术家,首先要失落自我于造化的核心,即舍弃个体进入"沉冥"的深渊。在宗白华的意境诗学体系中,生命反对逻各斯,神话解构理性,动力逾越秩序,舞境超越乐境。于此我们看到,中国古典诗学中的境界行进在解构与转换中。宗白华就在古典诗学制序的裂变中尝试建构中国文化精神的基本象征。于是,境界诗学便转换为象征诗学。

从加速的全球化文化进程看,20世纪上半叶,世界文化"动""静"合流,"东""西"互激,后殖民主义文化批评以颠覆的策略将文化认同提到了紧迫的议事日程。而这一切都加速了中国古典诗学制序的自我解构。比如说,中国古典境界诗学,在域外文化强力的扭曲下,且因为诸多话语的干扰,而不可避免地走向破裂和自我解构。境界诗学并非中国古典诗学的延伸,而是中西涵濡和古今合流的诗学创化过程的成果。透过这一诗学制序,我们置身于现代和后现代世界既可以回味古典的灵韵,又可以领略现代的风姿。然而,从形而上的角度看,"境界"终归意味着"反躬自问的人向自身寻找人生的理据",而默许"人的生命的理由在于人自己"。[①] 在这个意义上,"境界"诗学也意味着追寻诗以及其他艺术形式的形而上价值,而默许诗和艺术具有其独有的自

[①] 黄克剑:《心韵》,11页,北京,中国青年出版社,1999。

律性，自成境界地构成一个独立的符号宇宙。诗的境界，像宇宙人生的其他境界一样，是普世的，又有民族文化的异质性。

境界诗学在现代境遇下自我解构与主动转型，预示着象征诗学的崛起。象征诗学，将人类认知和改造世界的活动理解为运用"符号"创造人文世界的实践活动。"观乎人文以化成天下"（《易经》），用卡西尔的话说就是制作象征，创化"象征的宇宙"（symbolic Universe）。从此，"人不再生活在一个单纯的物理宇宙中，而是生活在一个象征的宇宙中"。① 卡西尔还断言，在这个象征的宇宙中，有两股力量的"竞争与抵抗"：一股力量竭力保持恒常，另一股力量则努力变革更新。两股力量之间的纠结永无止境，诗学制序也永远处在解构和建构的过程中，同样永无止境。"这两种力量时而显示出的一种平衡，永远只不过是一脆弱而不稳定的平衡而已，它每一瞬刻之间都有锐化而为一崭新的变动过程之可能。"②象征的宇宙内部保守与变革的两股力量，决定了文化是一场"示物法象，惟新其制"的悲剧性变革。中国现代文论制序亦然，其保守与变革之争永不完结，解构与建构的过程永无止境。

四、方法论与中国现代文论形态的生成

中国现代文论是参照域外文化的间架而发动和生成的，其中伴随着对自体文化的执着认同，以及一种自我救赎的悲剧感。究其底蕴，在中西之争和古今之辩中，中国现代文论呈现出"静流趋动流"和"动流趋静流"的双流运动，以及"中国世界化"和"世界中国化"的双向进展。在这种双流运动和双向进展中，中国现代文论同普遍意义上的"现代性"一样表现出一种"矛盾情态"（ambivalence），具体呈现为"全盘西化"和"以西释中"的二极性。

从怀着强烈的民族国家意识而寻求他者的文化认同，到面临紧迫

---

① ［德］卡西尔：《人论》，甘阳译，34—35页，上海，上海译文出版社，1985。
② ［德］卡西尔：《人文科学的逻辑》，关子尹译，198页，上海，上海译文出版社，2004。

的全球化景象而寻求自体的文化精神，其中横亘着一个长时段的历史间距，中国的现代之旅经过了为承认而斗争、为超越而努力以及为和谐正义而奉献的三个阶段。在二极摇摆、三段进程的中国现代文化历史中，诗学（含文艺美学、比较诗学、文化诗学等）已经超越了学科含义而获得了普遍的方法论意义。通观诗学的现代意识之生成，以及现代语境中文学理论的建构活动，中国现代文论开启了一系列的理论建构的方法论。方法论，在这里是指在理论建构过程中主体所采纳的协调中西文化要素及理论内部构件的一整套方式与法则。在中国现代文论建构中形成的方法论包括以西释中、移花接木、镜像互观、摹西制中、西体中用和以中化西，而收获了悲剧诗学、意象诗学、节奏诗学、人格诗学、情本体诗学以及兴辞诗学。方法论蕴含着学术伦理，体现出建构意识，同时与中国古典文化精神有着隐秘的关联，支配着对西方文化的取舍立场。

（一）"以西释中"，悲剧论的生成

"以西释中"是指以西方哲学、美学和诗学所提供的概念工具对中国古典诗学文化进行阐释论证。运用这种方法的典范是现代诗学的开创者王国维，他运用叔本华的悲观意志论和尼采的"血书"观念分辨建构了悲剧诗学和境界诗学。一方面，悲剧诗学的要义是将一种不可征服的必然及其所导致的极度悲情追溯到人的原始欲望。"剧中人物之位置及关系而不得不然者"，这是指那种不可征服的必然。他从《红楼梦》中读出"非常之势力，足以破坏人生之福祉者"，读出"惨酷之行，不但时时可受诸己而可加诸人"，人人不得不"躬身其酷，而无不平之可鸣"。如此巨大悲情却源自生命的本源欲望："呜呼，宇宙一生活之欲望而已！而生活之欲之罪过，即以生活之苦痛罚之：此即宇宙之永远之正义也。"[①]另一方面，境界诗学化用德国古典哲学和英美经验心理学而激活了中国古典的境界概念，而让境界所蕴含的古典文化精神的余韵在现代世界普遍散播。

如果从"赤子"这个象征来看待王国维境界诗学的"自然"范畴，那

[①] 王国维：《红楼梦评论》，见周锡山编校：《王国维文学美学论著集》，11、12、9页，太原，北岳文艺出版社，1987。

就可能探索出另外一种解释的可能性。在《人间词话》、《宋元戏曲考》中,"自然"成为"境界"的本质规定之一,但这个"自然"同古典道家的"道法自然"之"自然"的含义、以及"清水出芙蓉"所象征的"自然"之含义显然有别。当王国维说"以自然之眼观物"时,他心中想到的是以"赤子"之眼观物。而"赤子"眼里的自然就是王国维渴望的"最斩新最活泼最合自然之新文化",而这种文化与其说是自然主义的,不如说是"新自然主义的",或者"野蛮主义的"。而这种新自然主义或者野蛮主义的文化构想直接来源于尼采而不是席勒或者卢梭。尼采反对卢梭,说必须"除此非常迷误而返诸自然,乃可以达于最高尚最自由最有效之自然状态",①说的是尼采要求人类逆一切开化状态,描摹"人类之新性状",弘扬"自然之价值"。而王国维和尼采心目中的自然之价值当在于"强健,快活,少壮",当在于狄奥尼修斯之欢歌醉舞,当在于查拉图斯特拉所教导的那样,"回到人生与躯体,使其为土地开意义,人类的意义"。最后,王国维的"自然"概念还可能是尼采的"酒神境界"与"固将磅礴万物以为一"的儒家境界会通,而这将预示着个体与永恒同在、生命与宇宙同流的审美世界主义将烛照中国现代文论精神的生成。

(二)"移花接木",意象论的生成

"移花接木"显然是一个比喻的说法,将西方学理比作花,而把中国古典比作木,花开艳丽而古木衰朽,朱光潜怀着一种对自体文化的焦虑感,将西方学理之花嫁接于中国古典诗论的木本上,而建构了以"情趣与意象"合一为核心、以天人合一为理想境界的诗学。朱光潜所采之花,有浪漫主义诗学、叔本华的悲观哲学、尼采的悲剧美学、克罗齐的直觉美学以及英美经验主义美学。"诗的境界是情趣与意象的融合",而这个融合是一场艺术征服的痛苦冒险。朱光潜引用叔本华、尼采和华兹华斯分别描述生命的苦痛、意境的冲突以及最终的和谐。叔本华说意志主宰着宇宙人生,宇宙人生痛苦而无从解脱,唯有通过审美的幻觉来寻求自我救赎。尼采用酒神来隐喻生命的活力、狂热和苦痛,用日神而隐喻精神的超然、静观和静穆,两境互相渗透就是生命

---

① 佚名:《尼采氏之教育观》,载《教育世界》,1904年第71号。

与精神的合一，就是悲剧的美感，也就是诗学的"情趣与意象"合一，哲学上的天人相调。朱光潜特别地表现了一个儒家传人的"淑世情怀"，他坚信虽然人生世相充满缺陷、灾祸和罪孽，却不妨碍人们以艺术的姿态体验世界，在苦痛中体验到美感，在罪恶中瞩望救赎。他把意象诗学的审美境界同英国浪漫主义诗人华兹华斯的"沉静中回味的情感"等同起来，从而把叔本华的悲观哲学、尼采的悲剧美学中所蕴含的生命精神儒家化了。① 表面上朱光潜是用浪漫主义诗人柔化了悲观哲学和悲剧美学，但在深层则显然是以中国古典的儒家审美理想"易容"了西方学理，将叔本华、尼采中国化了。

朱光潜受制于西方诗学思维模式、思想观念和研究方法的一个典型案例，是他的诗学中的"主体—客体"二分模式。《文艺心理学》、《诗论》以及《谈美》中反复出现的范畴有："情趣与意象"、"物我"、"情景"、"物甲物乙"，而他的美学和诗学就一直被学界称为"主客观统一论"。物/我区分，是西方现代认识论模式的基本区分，是科学的求真的认识方式的起点。将这种二分法移植到诗学思考中，就有再现/表现之分，写实主义/理想主义之别；将这种模式运用于中国诗学中，就有了对中国诗学文化的强行裁断和机械定位——《诗经》是再现还是表现？屈原是浪漫主义还是现实主义？朱光潜的诗学探索以心理学为中心，最后也许可以归根于这种典型的认识论二分模式，这是一个显而易见的事实。但必须指出的是，朱的诗学建构策略同时也受到中国古典思维模式的强大制约，其主客二分模式在中国思维方式和西方思维方式的双重压力下被扭曲变形了。他从主客二分模式开始探索，却以天人合一境界告终，后者是对前者的置换、抵抗以及消解，中国诗学的文化精神从西方认识论的威压下顽强地抬起头来。《诗论》中在主客二分的模式下讨论"见"（观看、欣赏），但说着说着马上泯灭了"见者"与"被见者"之间的界限，描写了一种"凝神观照"、"物我两忘"的境界："我的情趣与物的意态遂往复交流，不知不觉中人情与物理相渗透"。在《文艺心理学》中也表述了同样的境界："物我两忘的结果是物我合一。

---

① 朱光潜：《诗论》，见《朱光潜全集》第3卷，62—63页，合肥，安徽教育出版社，1987。

观赏者在兴高采烈之际，无暇区分物我，于是我的生命与物的生命往复交流，在无意中我以我的性格灌注到物，同时也把物的姿态吸收于我。""物/我"两分打上了西方思想方法的印记，而"生命往复交流"则更靠近中国诗学的灵魂——"天人合一"。鉴于此，有的学者已经指出，朱光潜的美学和诗学探索反映了西方思想从古典走向现代的趋势。我们也不妨认为，朱以"移花接木"的诗学策略，对西方中心论进行了一种置换，从而为中国诗学提供了一种文化差异的书写形式。

（三）"镜像互观"，节奏论的生成

这也是一个比喻的说法，将不同的文化比喻为镜子，文化间性就在镜子中互相观照对方的面孔中成型，"拿他人作为镜子照照自己的面孔"，从而为自体文化正名，寻求文化身份。镜像互观不是目的，而是在世界化视野下展开自体文化建构的手段。通过镜像互观，宗白华探寻中西文化的"菁华"，在"菁华"的总汇当中去建构自体文化："一方面保存中国文化中不可磨灭的伟大庄严的精神，发扬而重光之；一方面吸收西方文化的菁华，在这东西两种文化总汇基础上建造一种更高尚、更灿烂的新精神文化，作为世界未来文化的模范。"[①]怀着这么一种世界未来文化的灿烂愿景，宗白华在希腊文化、埃及文化、西方近代文化和中国古典文化之间展开镜像互观，从微观的审美体验和诗画的空间意识入手，建构了中国文化精神的基本象征——音乐的节奏。他认为，节奏贯通于中国古典文化的形、器、制、神等各个层面，而呈现在诗、画、园、戏等艺术形式中，化为气韵、成于意境、映于人格、含于人伦，而成为触摸中国文化灵魂之媒介。[②] 于是，宗白华在返本探源的意义上将诗学建构与中国文化复兴的大业统一起来，凸显了美学与诗学的生命意识和启示价值。

节奏诗学的主体结构包括：历史的文化定位、基本象征的建构、审美姿态的确立、形而上境界的呈现。第一，宗氏诗学在希腊文化、近代欧洲文化和中国古典文化三大异质的文化中给现代中国文化定位，暗示现代中国文化将既是自强不息无限奋勉的文化，又是乐天知命宁

[①] 《宗白华全集》第 1 卷，102 页，合肥，安徽教育出版社，1994。
[②] 《宗白华全集》第 2 卷，412 页，合肥，安徽教育出版社，1994。

静致远的文化,既扫荡阴柔暮气,又抑制恶魔人欲。第二,宗白华的诗学通过艺术空间追寻在现代世界失落的音乐感和节奏感,建构中国文化精神的基本象征。"用心灵的俯仰的眼睛来看空间万象,我们的诗和画中所表现的空间意识,不是像代表希腊空间感觉的有轮廓的立体雕像,不是像表现埃及空间感的墓中的直线甬道,也不是那代表近代欧洲精神的伦勃朗的油画中渺茫无际追寻无着的深空,而是'俯仰自得'的节奏化的音乐化了的整个人的宇宙感。"①第三,宗氏诗学确立了一种与节奏化的文化精神相一致的独特的审美姿态,这就是"俯仰往还,远近取与,是中国哲人的观照法,也是诗人的观照法。这观照法表现在我们的诗中画中,构成我们诗画空间意识的特质。"②第四,宗氏诗学最终把基本象征、审美姿态、诗学空间形式和审美特质上升到形而上境界。"游刃于虚,莫不中音,合乎桑林之舞,乃中经首之会。音乐的节奏是它们的本体。"不仅如此,"中国人的个人人格,社会组织以及日用器皿,都希望能在美的形式中,作为形而上的宇宙秩序,与宇宙生命的表征。这是中国人的文化意识,也是中国艺术境界的最后根据。"③宗白华相信,这种节奏化的文化精神不仅在经历了无数苦难和折磨之后仍然能保持其端庄美丽,而且可以救助悲苦无望的世界,将世界提携到壮美的交响乐中。

(四)"摹西制中",人格论的生成

"摹西制中",是指摹仿西方学理而完成中国现代文论的建制,或者说以现代诗学体系摹仿了古典人文理想。这是现代批评家李长之的独特贡献,蕴含在他的诗学中的古典人文理想,有四种互相异质但彼此趋近的精神要素:对古希腊、德国古典人文世界的想象,对中国古典人文余韵的回味,个体人格的外化,以及现代中国文化精神的投射。最令人动容的是,个体人格构成了李长之文论及其批评实践的基本精神。首先,李长之的个体人格,是在西方古典人文理想烛照下型构的生命想象。西方古典人文理想体现在温克尔曼的"完人"人格上,那就

---

① 《宗白华全集》第2卷,423页,合肥,安徽教育出版社,1994。
② 《宗白华全集》第2卷,436页,合肥,安徽教育出版社,1994。
③ 《宗白华全集》第2卷,412—413页,合肥,安徽教育出版社,1994。

是从"人间的"、"感性的"生命形象超拔而出，成为富有理智并浸润于理想中的"完人"。这一理想体现在歌德的人生与艺术上，"是生命之流和生命之形式的合一，是无限和有限的综合"。这一理想体现在诗人荷尔德林的生命中，就是通过观橡树而思泰坦、望"天堂之火"而寻自由的人格。其次，李长之的个体人格，是在现代文化语境下流溢的中国古典生命意象之余蕴。按照李长之，孔子素位而行，从心所欲而不逾矩。孟子"知言"，而"养浩然之气"。李白以有限生命去追求无限存在，油然而生一种"我本不弃世，世人自弃我"的悲剧情感。所有这一切，在李长之看来，同德国古典人文精神及其诗学表现若合符节，而把挣扎在"无限的自我与有限世界"之间的悲剧审美化了。"歌德的本质似李白，歌德的人生理想似孟轲，而收敛处，最大体会处则似孔子。"①因而，与其说李长之以德国古典人文理想激活了中国古典人格理想，不若说中国古典人格理想及其审美情愫作为流兴余蕴借德国古典人文理想之助而生生不息地散播在现代文化语境中，还产出了现代文化精神的新质。最后，李长之的个体人格，还是中国现代正在生成的审美文化精神的投射。作为一场启蒙的文化运动，五四代表了一种"立意在反抗"的时代精神，其中蕴含着一种崇尚力量的人格精神。在论述孟子时，李长之主张"批评精神"在于"正义感"。在对真相的追寻中，批评家穷根究底，锲而不舍。对美的追求中，批评家满怀热情，力求让美的事物广披人间。在对邪恶的阻击中，批评家用万钧之力，而绝无姑息之心。同时，批评家的表现还必须是"坦白，是直爽，是刚健，是笃实，是勇敢，是决断，是简明，是丰富的生命力"，"他自己有进无退地战斗着，也领导人有进无退地战斗着"。② 在论述"产生文学批评的条件"时，李长之大声疾呼"批评是反奴的"。"凡是屈服于权威，屈服于时代，屈服于欲望（例如虚荣和金钱），屈服于舆论，屈服于传说，屈服于多数，屈服于偏见成见（不论是得自他人，或自己创造），这都是奴性，这都是反批评的。"③正义而反抗奴性，构成了批评的核心精

---

① 李长之：《德国的古典精神》，126—127 页，北京，东方书社，1943。
② 郜元宝、李书编：《李长之批评文集》，293 页，珠海，珠海出版社，1998。
③ 郜元宝、李书编：《李长之批评文集》，377 页，珠海，珠海出版社，1998。

神，同时也显示了个体人格。而这个体人格正是现代中国正在生成的审美文化精神的要素之一。

此外，李长之的个体人格同文化精神紧密相连，或者说将文化精神内化为活生生的个体生命形象，因此个体人格又是文化人格，其意义恰恰在于境界的幽深处。这一点便赋予了李长之的诗学体系与批评实践以文化的广度和深度。用他自己的话说，"不了解那代表着一个民族之一般的精神，文化，是没法认识那深刻地触着人类的根底的部分的。"①

总之，李长之的个体人格，是一种理想生命形象的设计。这种人格沐浴着西方古典人文理想的光辉，又流溢出中国古典文化的悠长余韵，同时还是中国现代审美文化精神的一抹朝阳。这种人格精神依托于传统，扎根于时代，凝聚了他个人在历史进程中所体验到的痛苦，表现了普遍的反抗精神。正如别尔嘉耶夫所言："毫不夸张地说，人世间的痛苦即个体人格的生成，即个体人格为着自身的意象而斗争挣扎。……人的价值即个体人格亦即自由。"②

（五）"西体中用"，情本体学说的生成

这是对近代以来"中体西用"的颠倒，对"西化派"与"国粹派"对立文化立场的消解。③ 美学家李泽厚提出和运用这种诗学方法，而在他的论域之内，"西体"主要是指西方学理，尤其是指马克思主义，而中国古典文化主要是指儒家为主导的思想传统。"西体中用"方法具体运演是将马克思主义儒家化，上接周作人"伦理自然化"和"道义事功化"的主张，近靠瞿秋白马克思主义民族化的思路，远缘于康德、结构主义和心理分析哲学，从而凝练出"实践美学"，以及更为晚近的"情本体诗学"。李泽厚以为，中国历史上"魏晋风度"的审美内核就是对于"情"的本体感受。"情之所钟正在我辈"，"木犹如此，人何以堪？""时代动

---

① 郜元宝、李书编：《李长之批评文集》，398页，珠海，珠海出版社，1998。
② ［俄］别尔嘉耶夫：《人的奴役与自由：人格主义哲学的体认》，徐黎明译，11页，贵阳，贵州人民出版社，1994。
③ 李泽厚：《漫说"西体中用"》，见《中国现代思想史论》，311—342页，北京，东方出版社，1987。

乱，苦难连绵，死亡枕藉，更使各种哀歌，从死别到生离，从社会景象到个人遭遇，发展到一个空前的深刻度……它超出了一般情绪发泄的简单内容，而以对人生苍凉的感喟，来表达某种本体的探询。"① "情本体"属于内在灵性，而同属于外在机械性的"工具本体"相对局，而赋予了艺术实践及其符号产物以意蕴，这种意蕴总是同天道和人道联系在一起，构成华夏民族文化心理结构的动力方面。究其本源，"情本体"固然有儒、道、骚、禅等中国古典文化的血脉，但更多地则是将历史唯物主义的生产力、心理分析的源欲力予以内化的产物，或者说"西体中用"的一个诗学成果。"情本体诗学"补正了李泽厚过分强调文化心理结构的不足，同时开启了"人文化成"、"创造转换"的文化精神构建的道路，在一定程度上延续并深化了宗白华"节奏诗学"的思路。

立足现代性语境，洞察文化紧迫性，在李泽厚那里便是精神围绕着一个轴心运转。这个轴心就是历史上的"轴心时代"所酝酿形成并逾越千年而对今天仍然发挥巨大影响的"民族文化心理结构"。应该说，民族文化心理结构就是文化的灵魂，它构成了代代相传又有不断变异的文化传统之硬核，而且赋予了一个民族历史造物及其全部象征体系的意义。"对展现在文化思想中的本民族的心理结构的自我意识，也就可以成为哲学和哲学史的题目之一"。② 不仅是题目之一，甚至还可以说是哲学和哲学史的"元问题"。以这个"元问题"为轴心，李泽厚构建了一套叙述中国文化精神的象征符码，以及一套应对现代性紧迫问题的策略。在这套象征符码和应对策略中，最为引人注目的是二元系统。巫史传统、儒道互补，工具本体与情感本体，历史与伦理的悲剧，中体西用与西体中用，以及启蒙与救亡的二重奏。源自卢梭的浪漫主义以至海德格尔的晚期哲学，贯注其中的一种基本情绪是历史与伦理的悲剧感。历史具有悲剧的矛盾性，因为它总是在文明进步与道德堕落、想象的欢乐与现实的苦难的二律背反和严酷冲突中行进。历史没有许诺，也没有兑现希望，于是本雅明的"新天使"眼光总是向后，背靠汹涌而来的未来，而永远地飞扬在废墟之上。李泽厚欣赏孔子、赞美庄

---

① 李泽厚：《华夏美学》，见《李泽厚十年集》，335 页，合肥，安徽教育出版社，1994。
② 李泽厚：《中国古代思想史论》，296 页，北京，人民出版社，1985。

子，难以避免地用"新天使"的呼吸方式来感受世俗幸福与神圣救赎之间往返的节奏，将中国古典思想美学化，而提出了"以审美代宗教"的命题，用以凸显在工艺技术文化占主导地位的现代性语境下对生命情感的诉求。在这里，李泽厚提问的方式以及解决的方式都是康德的——以审美协调历史与伦理之间的悲剧冲突，而呼唤新感性的诞生。这种审美的协调就是解构，解构之剩余物是不可剥夺也不可遮蔽的审美感性。

（六）"以中化西"，兴辞论的生成

"以中化西"，是指以中国文化去融化、裁化和点化西方文化。这个命题的历史渊源是，在中国走向现代的百年历程中，相当长的时间内是以西化中，西显而中隐。这个命题的时代语境是，在中国进入世界化的紧迫时刻，正在经历着一场从文化认同到文化主导的转折，以及在生命体验上超越民族国家而获得全球意识。① 从"走向世界"进入到"在世兴我"，就势必"以中化西"，必须激活中国古典资源，延续现代性传统，并带着百年"以西化中"的收获物，主动地融化并超越中西文化各自的局限。运用这种方法的典范是王一川，他激活中国古典"感兴"诗学传统，延续现代意境诗学、节奏诗学、典型诗学传统，主动融合西方后浪漫主义时代的体验论美学、语言论美学以及文化论美学，而铸造出"兴辞诗学"。兴辞诗学不仅有浓郁的思辨色彩，而且有灵敏的操作功能。通过穿越古今中外文学文本的媒型、兴辞、兴象、意兴、余兴、衍兴等层面，兴辞诗学叩显开隐，直探文本的深层意味，并且让古典文化精神流溢出悠长的余韵。②

如何摆正中国、西方、世界三者的关系？"以中化西"暗示着一种调校中西文化的立场。一般而论，由视野和立场可能派生出四种文化姿态：从中国看西方，可能狭隘；从西方看中国，显然偏颇；从世界看中国，则未免虚空；从中国看世界，又可能虚妄。经过一个世纪的踟蹰而行，中国现代文论方法论给我们的启示，显然是超越空间地域

---

① 王一川：《中国现代学引论：现代文学的文化维度》，219—220页，北京，北京大学出版社，2009。
② 王一川：《文学理论》，第5、6章，成都，四川人民出版社，2003。

观念，从人类来看中国与世界，因而必然确立一种超越西方中心又克服中国中心的立场，那就是异趣沟通，以中化西。

以中化西，是对中国诗学现代性的再度定性。也就是说，中国现代文论既要全力顺应全球化的趋势，又要奋力显示中国文化的独特品格，也就是以全球化语境中现代中国的自体建构为基点更加积极地融汇与化合西方文化、文论的影响，力求在全球化的世界上参照人类普世价值而确立中国现代文论的独特个性。如果这个前提站得住脚，那么，在超越"西显中隐"走向"以中化西"的道路上，中国现代文论建设应该在四个步骤上用心使力。

第一，以中鉴西。鉴者，照也，以中国诗学以及中国文化来鉴照西方诗学和文化的某些方面，从而发现西方的一些偏颇与缺失，或许中国诗学与文化在这些方面依然还有补救与补偿的价值。比如说，当西方浮士德精神驰情入幻、浪迹虚无以至于蜕变为横流的人欲、残暴的战争之时，中国文化以及诗学中蕴含的那种自强不息却又宁静致远的智慧不啻是一种强有力的补正。我们说的是中国文化以及诗学的补正作用，而非救赎作用，因而这种想法不是一种虚妄的非分之想。

第二，以中释西。西学东渐以来，中国现代文论形成的一种几近偏颇的思维定势便是以西方的理论来解释和重述自体文化以及诗学的传统，这就格外突出了西显中隐的特征。要超越这种阶段性历史特征，能不能颠倒这种思维定势，用中国诗学来解释和重述西方诗学以及文化？当现代启蒙的先行者严复摘取唐朝诗人柳宗元的名句"欲采蘋花不自繇"中的"自繇"来翻译"liberty"，当五四时代学兼中外的学者陈嘉异用"传统"来翻译"tradition"，当博闻强记的学者钱锺书用《道德经》中的"道"来比拟"logos"，他们心中存有的信念自当是中国古典资源具有解释西方概念的活力。20世纪末，在海外比较文学和汉学研究中，有些学者已经自觉地扭转王国维、朱自清、钱锺书"以西释中"的思维方式，尝试"以中释西"，比如用"藏天下于天下"（庄子）、"以天下观天下"（邵雍）来阐释浪漫主义之后的诗歌现象与诗学概念。这启示我们，在中国现代文论建设中，"以中释西"与"以西释中"同等重要，随着全球化的空前拓展和现代性的自反趋向，"以中释西"成为一种越来越重要的思维方式，而它所指向的精神境界也充满了诱人的魅力。

第三，以中正西。正变兴衰，是人类文化历史的通用法则，因而也是中西方诗学的共同规律。西方近代以来，文学思潮风骚交替，诗学话语及其理论范式几经嬗变，尤其是19世纪以来"后浪漫主义"(Post-Romantic)诗学发展呈现出多元共生的局面。"正衰"而"奇兴"，成为西方20世纪诗学发展的常态，叛逆传统人文主义和基督教正统之后，留下的是一部正典衰败而异端迭起的诗学历史。"竞今疏古，风味气衰"（刘勰《文心雕龙·通变篇》），而这种情形的确不是人类精神发展的理想状态。如果说，在中国现代文论的创生阶段，20世纪的那些先驱者们更多是"借西造奇"，"别求新声于异邦"，饥不择食地将西方诗学的资源、概念和方法取来，建构区别于中国古典诗学的现代诗学，那么，在中国现代文论的再度定位阶段，我们今天以及未来的探索者则应该更多地"望今制奇，参古定法"（刘勰《文心雕龙·通变篇》），有所选择地承接西方的影响，充分发挥自体文化的筛选、过滤强势，以矫正西方诗学在其发展中的偏差。比如说，当浪漫主义衰变为颓废主义，感伤主义滑向了滥情主义，中国古典的伦理诗学就对西方诗学话语起到了纠偏与补正的作用。再比如，当形式主义诗学一味退向文本而丧失了社会关怀和批判意识时，当解构主义诗学的末流成为纯粹的文字游戏时，中国古典的教化诗学就应该担负起重建人文精神的文化使命。

第四，以中活西。在20世纪中国现代文论的发展史上，常常有这么一些戏剧性的情形：某些曾经被宣告过时的中国古典的诗学概念与话语因为西方诗学的引入而被激活了，比如"气韵"、"意境"等概念。一般人们将这种情形称之为"以西活中"。同样，在西方诗学的发展过程中，确实也出现了同样的情形，比如在18世纪末到19世纪初"东方的发现"激活了欧洲人对"远古黄金时代"的向往。"黄金时代"源于赫西俄德的《神谱》，随着近代科学和理性之主宰地位的确立，作为神话的"黄金时代"即被当作"怪力乱神"之说而被束之高阁。但1798年拿破仑远征埃及之后，一股"黄金时代"风再次掠过欧洲，一种叫作"浪漫东方主义"(romantic orientalism)的潮流复活了"黄金时代"的想象，我们在拜伦、济慈、歌德、荷尔德林、诺瓦利斯等诗人的作品中不难觅得这种想象的踪迹,也不难感受到西方古典余韵不息的流荡。在全球文化与消费意识形态这经纬交织的历史语境中,西方诗学与文化中某些概念、某些价值可能被毫不留情地宣判了死刑,但中国古典和现代诗学有可能让这些概念、价值起死回生。比如,中国儒家的道德诗学可能激活在20世纪受到虚无主义重创的"人文主义",中国现代文论中"艺术服务于政治"的观念则可能赋予西方20世纪屡遭争议的"艺术政治化"命题以全新的意义。

回望百年诗学思潮,前瞻未来诗学景观,我们特别强调,与中国文化复兴大业统一在一起的中国现代文论正在从"西显中隐"的阶段走出来,进入"以中化西"的新阶段。在中国现代文论这种再度定位过程中,必须回避两种困境:以西方裁夺中国,或者以本土排斥西方。本土或者中国,并非现代性之外的空间或者全球化的飞地(否则黑格尔的傲慢幽灵永不止息),而是构成了现代性和全球化的必要环节。在这么一个必要环节上,中国现代文论建设事实上就是以自体去融汇与化合西方。融汇与化合西方,充分体现了我们中华民族的"自性"与"自信",尽管这种"自性"与"自信"建立在文化身份的认同上,但它同样需要一种海纳百川的情怀,需要一种同情万物的眼光。王国维先生曾经说过,"中西二学,盛则俱盛,衰则俱衰,风气既开,互相推动。"艺无古今,学无中西,才无高下,大国的兴起并不意味着要建立新的帝国文化,中国现代文论的"以中化西"也绝无文化民族主义的霸气。在这种融汇与化合的过程中,中国现代文论没有推翻西方话语霸权重建华夏中心的偃安,也不再有唯西方马首是瞻亦步亦趋追随西方的卑微,而是要在一种杂乱喧嚣、多元互动、冲突不已的文化语境中发出自己民族的声音,并寻求异趣沟通的途径。

后　记

写完一本书，尤其是自己特别喜欢又特别费劲的这么一本书，真有一种孤危羁旅、鞍马劳顿之后的安详宁静之感。笔者顿然想起《旧约·以赛亚书》中先知的训诫："你们得救在乎归回安息，你们得力在乎平静安稳。"可珍惜的平静安稳！只有心平气和，才有鸢飞鱼跃。宇宙一片天机尽在斯矣。

德国诗人荷尔德林咏叹：生之重轭，人皆无力独自担当。在下写出这么一本书，自然也并非敝人一己之力所能成全。说到这本书，那必须追溯到2007年底和2008年初。业师王一川先生领衔主持教育部人文社会科学重大项目"西方文论中国化"课题，蒙先生之召，我有幸成为课题组成员。随后零散写出本书的一些章节，先生经过修改调整编入其主笔的结项报告中。先生领袖群伦，将学界各路先进凝聚为一个攻坚团队，课题成果斐然，理论建构恢宏，学术根基坚实，但同一切集体创作的情形一样，总有一些余意彷徨之处，未尽之意自在情理之中。于是，一川先生决定组构一套系列丛书，决意对20世纪百年诗学与艺术思想进行一番爬梳掘发。依据分工，笔者撰写20世纪20年代末到40年代初的诗学与文艺思想历史纲要。史家有称，这一个时段乃是群流并进乱云飞渡的时势。关于这段历史，学界成果辉煌，但无须为尊者讳，诗学与文艺理论的脉络尚有进一步予以学术史梳理的必要。然而，究竟拟取何种框架，采用何种方法，贯彻何等命意，去还原历史语境，阐发诗学与文艺思想的义理？笔者的学力之薄与识见之浅，自然是在写作中一次又一次地陷于迷茫和滞于困境中。好在有一川先生为稳靠后盾，这段心灵的历程才算有惊无险，虽不能说圆满完成，但于笔者确有心得。学而为己，点滴心得，于我已经够了。说先生是稳靠后盾，完全不是一句廉价的客气话。容我数来，略有如下几端，是为笔者求学问道过程中难忘的记忆：

2008年年底，先生组织召开"刘恪作品及其诗学"专题研讨会，笔者借题发挥，粗略地把中国现代文论思想制序的建构方法三分——政治启蒙、伦理规训、文化象征。虽然即兴论说，又乏具体论证，这一论点却得到了先生的首肯，并同时嘱咐我慎重思考，寻根问据。有先生的鼓励，笔者仿佛有恃无恐，就在这条思路上放胆扬帆。不过，当写出将近10万字的篇幅时，笔者陷入苦恼，因为真的无法用简单的二分、三分、四要素等范畴来驾驭那么一段复杂的历史，掌控那么一些灵动的思绪，阐发那么一系列深邃的学理。

2010年秋，北京师范大学文艺学中心召开一个国际学术会议，蒙陈太胜先生的美意，我有幸参加，并提交"诗学方法论与中国诗学现代形态的生成"为题的论文。笔者斗胆延伸一川先生的"以中化西"思路，致力于从方法论的角度为中国现代文论传统重新定位。当着我的面，先生没有表态，而正是他将我的论文推荐给《河北学刊》，次年4月发表，据说反响还不错。在此，真诚感谢《河北学刊》的王维国先生。

2012年冬，我因一次公务和先生邂逅，到他所住的旅馆向他汇报这本书的进展。我说到这段历史的复杂性，说到相关学人思想的灵动性，说到中国现代文艺思想史的"不夷不惠"、"童牛角马"。写作的苦恼，甚至抱怨之情溢于言表。先生报以幽默的微笑，随后建议我反思一下，找到一个稍微圆通的构架。不用说，使尽浑身解数，我真的没法找到一个圆通的说法，就那么机械地写呀写下去。

2013年春天，先生就好像洞若观火地看透了我的迷惘，将他对20世纪诗学和文艺思想的思考撰成一文，题为《累层涵濡的现代性——中国现代文艺理论思想的发生与演变》，通过电邮馈赠我们。说真话，我真的惊羡先生思考的穿透力，一下子说出了我们心中有而个个笔下无的核心概念——"文化涵濡"。先生思路的特异之处，在于将文化涵濡与现代诗学的"革命"面相紧密勾连起来。"文化涵濡"，措辞典雅，意蕴丰厚，更重要的是具有思想方法的意义，寓涵着启示力量。推进"文化涵濡"思路，笔者应先生之邀，也写成一篇短论，题为《文化涵濡与中国现代文论创制》，后经先生推荐，刊于《文艺争鸣》，在此顺向孟春蕊女士谨致谢意。虽然书稿已经草成，但我想自觉地运用这一思路，对已成的文章进行了大规模的调整，补写了其中重要的章节，闻一多的古学中的神话诗学、陈寅恪的史诗交融论、钱锺书的词章之美说，以及冯至的浪漫化象征概念，就是在先生的这一思路启发下写出来的。虽说自觉使用先生确立的学理范畴，但我深知效颦者难摹其神，其中差强人意之处，提交先生及读者贤君晒正。

值得特别说明的是，这本书并非个人研究成果，而是集体完成的科研攻关项目的一部分，当然笔者仰赖一个优秀学术团队的支撑。尽管王老师一再强调子课题的承担者互通音讯，彼此协调，力争写作架构、体例、风格、行文统一，但笔者几易其稿，不论是观点的凝练还是文字的表达，还是不尽如人意，留下了许多遗憾。所以，特别感谢导师对我的一再包容、宽限。在撰写这部书稿的过程中，学界时贤的成果令笔者收益甚多，恕不在此一一列举。学术虽为天下之公器，但笔者必须诚心表示感谢，感谢学者们俯读仰思，嘉惠学林，福深泽远。王老师为展开这一课题研究而组建的学术团队，熟悉或陌生的学者们，都以自己的方式嘉教于我，此情此意，毕生难忘。尤其是陈雪虎兄、石天强兄、胡疆锋兄、何浩兄、罗成兄、何博超兄，每一次聚会讨论，都会有新知睿见启发我思，其中雪虎兄、天强兄、疆锋兄认真读过全书，并提出了建设性的指导意见。2016年大寒节后的一天，"中国现代文论史纲"丛书定稿会在燕园召开。室外天寒地冻，屋内温暖胜春。导师率领的写作团队围坐在一起，对着投影仪将我的书稿从头到尾又"精读"了一遍，在关键地方提出了犀利但中肯的修改意见。青年才俊吴键博士置凛冽寒风于度外，奔走在北大校园，组织安排会务，同时他敏锐地发现我的书稿中的问题，提出了富有建设性的见解，在此特别鸣谢。师门情意，秦月陇云，每每让我感到学途有伴，吾道不孤。

本书的部分章节先后发表于《燕赵学术》、《中原文化研究》、《文化与诗学》、《湘潭大学学报》，特别感谢孙秀昌先生、谷建全先生、陈太胜先生、孟泽先生的荐稿和这些刊物的责任编辑的精心编校。承蒙王一川先生允许，本书的部分章节融入了他主编的《美学原理》（北京，中国人民大学出版社，2015），论述交叉、重复之处，敬请读者明鉴。该书进入出版流程之后，几经波折，幸得周粟先生、王则灵先生及其所率领的编辑团队把关斧正，从文字润色到版式设计，从逻辑贯通到文本布局，都凝聚着这些出版界先进们的心血；他们对于学术的虔诚和对于文字的敬畏，他们崇高的责任感和高雅的人文素养，让本书得以增色添彩，我必须对他们深表感谢。本书责任编辑赵雯婧女士，为本书付出了辛勤的劳动，特别值得感恩。

最后感谢小晴，她的支持一如既往。散步京郊小道，一些想法最初只能跟她说说，只要她没有反对，我就算默许，继续这么这么写下去。还要感谢遥遥的善解人意，诚诚的宽厚包容。

胡继华谨记，千禧乙未年腊月，极寒天气于中海枫涟山庄

图书在版编目(CIP)数据

中国现代文论史. 第四卷, 思想的制序: 中国现代文论的多元取向 / 王一川主编; 胡继华著. —北京: 北京师范大学出版社, 2019.7
ISBN 978-7-303-21144-9

Ⅰ. ①中… Ⅱ. ①王… ②胡… Ⅲ. ①中国文学－现代文学－文学批评史 Ⅳ. ①I209.6

营 销 中 心 电 话　010-58805072　58807651
北师大出版社高等教育与学术著作分社　http://xueda.bnup.com

ZHONGGUO XIANDAI WENLUNSHI DISIJUAN SIXIANG DE ZHIXU ZHONGGUO XIANDAI WENLUN DE DUOYUAN QUXIANG

出版发行：北京师范大学出版社 www.bnup.com
北京市海淀区新街口外大街 19 号
邮政编码：100875

| 印　　刷：北京盛通印刷股份有限公司
| 经　　销：全国新华书店
| 开　　本：787mm×1092mm　1/16
| 印　　张：28
| 字　　数：314 千字
| 版　　次：2019 年 7 月第 1 版
| 印　　次：2019 年 7 月第 1 次印刷
| 定　　价：168.00 元

| 策划编辑：王则灵　　　　　　责任编辑：赵雯婧
| 美术编辑：王齐云　　　　　　装帧设计：王齐云
| 责任校对：段立超　陶　涛　　责任印制：马　洁

版权所有　　侵权必究
反盗版、侵权举报电话：010-58800697
北京读者服务部电话：010-58808104
外埠邮购电话：010-58808083
本书如有印装质量问题，请与印制管理部联系调换。
印制管理部电话：010-58805079